U0898238

凤凰出版传媒集团
译林出版社

开 卷 语

一九三一年九月下旬，上海法租界薛华立路，杨宅家主的丧事在沉默中进行。鼓乐不响，挽联阙如，花圈极少，除偶尔二三知旧悄悄来凭吊一番外，守候在灵堂里的只有死者的妻子儿女。他们在哀哀哭泣，默默上香。

报童跟往日一样送来刚出的当日《申报》。臂上缠着黑纱的孝子接过，随手翻开，两行粗体字赫然跳进眼帘：帝制余孽潦倒沪上，风流荡子魂归佛国。孝子气得扔掉报纸，遗孀瞥见这两行字后，哭得更伤心了。

夜色降临时，四周一片昏暗。丧事的冷清，外界的讥讽，给整个灵堂罩上一股既凄惨又怨愤的沉重压力。这时，一个浓眉亮眼英俊挺拔的年轻人来到杨宅。他肃立在灵柩前，恭恭敬敬地三鞠躬，然后凝视遗像良久。他走到守灵者的面前，伸出一双强有力的大手，紧紧地将他们的手一一握过。杨宅遗孀终于忍不住号啕大哭起来。孝子拿出一副对联，嘶哑着嗓音对这个年轻人说：“伍豪先生，这是我父亲临终前亲手书写的自挽联。父亲他为寻求中国强盛的道路，艰辛探索了近四十年呀！”

被称作伍豪的年轻人郑重接过挽联，展开谛视：

帝道真如，而今都成过去事；
医民救国，继起自有后来人。

杨宅遗孀见了这副自挽联，又失声痛哭起来。她抓住伍豪的手喊着：“你是他生前最信赖的人，你要替他说句公道话呀！”

伍豪庄严地点了点头，对着灵堂正中那张满脸忧伤的遗照，坚定地说：“哲子先生，你放心去吧，历史会替你说公道话的！”

年轻的伍豪，就是日后中国现当代史上的巨人周恩来。他所呼唤的哲子先生，就是本书的主人公杨度。这个遭报界诟病而得到周恩来首肯的人，究竟是个何许人物呢？让我们一起来回顾他那充满着传奇色彩的大起大落的一生……

目　录

第一章　名师访徒

一　杨度推开《唐宋八大家文钞》，喟然叹息：世无英雄，使竖子成名

这是一个多么使人悲愤、令人诅咒的年代：从去年夏天开始的海上战事，以一份接一份兵败将逃、舰毁人亡的丧报，向全世界宣告大清帝国已被日本彻底战败的无情事实。朝野恐愕，举国震惊！到了今年年初，威海卫港一夜之间丢失，经营了十年之久、耗资数千万两白银的北洋舰队全军覆没。紧接着，《马关条约》签订，中国割让辽东半岛、台湾全岛、澎湖列岛，赔偿军费库平银二万万两，相当于全国全年财政总收入的两倍多。有着五千年悠久文化、曾在几百年间雄踞世界之首的华夏古国，蒙受了罕见的奇耻大辱。皇上被震动了，文武百官被震动了，士农工商被震动了，连边徼之地的土著野民也被震动了。从嘉庆以来的百年大梦仿佛初觉，人们都在思索：为什么国家竟会虚弱到如此地步，一个面积不及它三十分之一、人口不及它十分之一的小国都可以把它打败？它今后还可以强大吗？汉唐威仪、康乾盛世还可以恢复吗？它的自救自强之路究竟在哪里？一些有识之士在仇恨之余也能正视现实，冷静地思考：为何那个与我们一衣带水、同文同种的岛国能有如此强悍的国力，中国能从自己的敌手那里学到些什么吗？惨败带来奇耻，奇耻警醒酣梦，梦醒引起思索，思索孕育巨变。中国近世一场为期半个世纪、剧烈动荡急速裂变的年代，就从此时开始了。这个迹象，已在京师露出端倪，并且突出地体现在寓居京师的士人身上。

时交仲秋，在北京西山一条僻静的羊肠小道上，正有一个这样沉于国事思索的年轻人在踽踽独行。他才二十一岁，名叫杨度，是今科会试罢第的举子。　杨度生于清同治十三年，即1874年。光绪十八年，即1892年考取秀才，次年即中举。光绪二十年（1894）、二十一年（1895）朝廷连开甲午科、乙未科会试，杨度均参加了，但都未考中。1895年5月，“公车上书”事件发生，杨度因身为在京“公车”而被卷入。巍峨的大山，碧静的蓝天，枯黄的茅草，火红的栌叶，正是一幅绚丽与落寞相互交织的阔大背景，将这位青年举子衬托得分外清晰：个头中等，身材单薄，容长脸上眉骨突出，两只大眼睛精光闪亮，在挺直的鼻梁与轮廓分明的嘴唇之间有一道深深的唇沟，给人以一见即不可忘却的印象。今天，他身着一袭洗得发白的蓝布夹长袍，脚穿单梁薄底黑色粗布鞋，

头上没有戴帽子，脑后垂着一条尺余长的发辫。青年举子沿着崎岖的山路一步一步向上攀登，终于来到了峰顶。

现在，那座既雄伟壮丽又空虚窳败的八百年古都，已全方位地出现在他的眼底。他纵目远眺，神思飞扬。十个月来不平凡的京师生活，给初涉世事的杨度留下了终生不能忘怀的记忆。这真是一段难得一遇的时光啊！

他记得，一住进长郡会馆，便被三湘举子的爱国热肠所激动。他们日日留心前方的战争，议论国是，指摘时弊，厌恶朝政的腐败，斥责李鸿章的无能，一个个慷慨激昂，热血沸腾，尽管春闱在即，诗云子曰却抛之一旁，毅然置个人前途于不顾，誓与国家共存亡。当北洋舰队全部被日军接管时，他们连夜上书礼部，请求投笔从戎，与倭虏决一死战。浏阳举子胡玉阶带头以指血签名，五十余名举子个个仿效。他也一口咬破食指，滴血写下自己的名字。

他记得，当李鸿章代表朝廷在马关签署条约的消息传来的那天，他们义愤填膺，破口大骂李鸿章是李二汉奸，应当千刀万剐。正在这时，一个年轻人匆匆跑进来，自称是广东来京会试的举人，名叫梁启超，奉老师康有为之命前来联络声息。康有为大名鼎鼎，大家一听，都围了过来。梁启超说，广东举子明天联名上折，请求朝廷拒绝承认李鸿章所签署的条约，到都察院去递折子，有谁愿意去的，明天可以一起去。他当即表示支持，其他人也都赞同。第二天，广东、湖南两省一百多名举子来到了都察院。后来，各省举子都步其后尘，纷纷来到都察院，请转递联名奏折。就在这个时候，他结识了康有为和梁启超。他敬佩康有为渊博的学问，更景仰他胸雄万夫的气概。此人竟敢直接对太后、皇上大声疾呼：“今日中国倘若不改弦易辙，将有被外人吞并之祸！”这该要有多大的胆量！怀着对这位康南海先生的极大尊敬，他从一个朋友处借来了康著的《新学伪经考》。这部被朝廷明令销毁的著作，使他大开眼界。后来，他又读了康的《孔子改制考》的手抄本，更有振聋发聩之感。他也喜欢梁启超。这位籍隶广东新会的青年，虽只比他大两岁，但社会阅历以及对世事的洞察，却比他丰富而深刻得多，且梁启超性格开朗，举止大方，也正与他的个性相合。见了几次面后，他们便成了很投缘的朋友。

他尤其不能忘记的是，几天后康有为发起了一个大集会，邀请十八省举子共聚一堂，商量联合上书的大事，地点选在松筠庵。松筠庵是明朝的大忠臣杨继盛的旧居，他那篇著名的弹劾严嵩的奏折《请诛贼臣疏》，就是在这里写成的。杨继盛因此而招来奇祸，最后惨死在刑场上，直到十多年后才得以昭雪，谥为忠愍。后世人景仰他的节操，常来凭吊他的旧居。乾隆年间，松筠庵被改建为杨忠愍公祠堂。前些年，京师清流派首领李鸿藻、张之洞、张佩纶等人常在此聚会议事，以杨继盛的风骨互为勉励。他也一向敬佩杨忠愍公，只是还没有来过旧居。

这天一早，湘籍举子结伴来到达智桥胡同，杨度和大家步入松筠庵，来到杨继盛的塑像前。但见铁骨铮铮的大忠臣傲然屹立于厅堂正前方，左右两边悬挂着一副字句铿锵的对联：不与炎黄同一辈，独留青白永千年。上面的匾额上题着四个庄重的颜体字：正气锄奸。他不禁肃然起敬，隐然觉得自己正在继承杨继盛的事业，要以忧国爱民的正气锄掉当今的严嵩。各省举子络绎不绝地涌进松筠庵，人数竟达一千三百人之多，几乎所有参加乙未科会试的举子都来了。

会议开始了。白白胖胖的康有为发表激情澎湃的演说，从庚子年的鸦片战争说到甲午年的海战，从古代的改制说到今日的变法，说到动情处，声泪俱下，哽咽不能成语。杨度和一千三百名举子敛容聆听，时而狂呼，时而跺足，时而鼓掌，时而悲号。接着，瘦瘦精精的梁启超宣读了康有为用一日两夜草就的万言书。这篇以忠诚和血泪组织的文章，字字句句在他的心里激起强烈的震荡。特别是其中所列的四项国策更是铭刻在他的心头：下诏鼓天下之气，迁都定天下之本，练兵强天下之势，变法成天下之治。

万言书被全体举子一致通过。大家排着长队走向都察院。全国会试举子联名上书，这可是亘古未有的奇闻，京都沸腾了。一路上，行人为之让路，车马为之驻足，店铺为之鸣炮，观者为之喝彩，连都察院的都御史大人也为之感动得流泪。但条约已用宝，他们无力回天。这次行动虽未取得直接效果，但其影响之大却无法估计。自从那一天之后，“公车上书”一词，便成为京都乃至全国官场民间的流行口语，作为国魂民气的象征，激励着一切有良知的中国人去救亡图存。身为上书公车之一的杨度，这一天于他来说，自然铭心刻骨，终生不忘！

会试发榜了，杨度名落孙山，但却没有失意感。他参与了康有为的强学会，如饥似渴地阅读强学会创办的《中外纪闻》。不少落第年轻举子和他一样，并不急着回家，而是待在北京，一方面欲为维新变法做点事情，另一方面也借此历练才干。这群幼稚的爱国青年，天天沉浸在一片自我营造的喜悦中。刚开始还好，各部都有些官员名列强学会，朝中大老如李鸿藻、翁同龢等人都表示支持，刚从朝鲜回国的浙江温处道道员袁世凯更是积极参与。但不久风向便不对了。有人攻讦强学会是结党谋乱，也有人攻击《中外纪闻》造谣惑众，不时传出要解散强学会、查封《中外纪闻》的消息来。大多数留京举子见势头不妙，都打点书箱回家了。康有为也离开了北京，去上海创办强学会分会，梁启超也有赴上海的打算。长郡会馆也变得冷冷落落的，几个月前的热闹景象风流云散，只剩下三四个人还在观望着。

杨度面临着几种选择：一是继续留在京都，二是去归德镇伯父家，三是两种都不取，回故乡去。他一时拿不定主意，心情有点烦乱。今天一大早他就起来了，练完早拳回房间时，同住的益阳举子郦川已起床外出了。郦川家里贫困，无回家的路费，想在北京觅一塾师的位置，一边教书糊口，一边温习功课，下科再试。杨度无心做事，见郦川枕边摆着一本书，便顺手拿过来翻看。

原来这是明代茅坤编的《唐宋八大家文钞》。这是一本很有名气的唐宋文选本。正是因为有了茅坤这个选本，才使得韩愈、柳宗元、三苏、欧阳修、王安石、曾巩成了著名的唐宋八大家。杨度早闻这本书，但他一直没有机会拜读。

他随手翻开一页，见是韩愈的《与陈给事书》，轻轻地念道：

> 愈再拜：愈之获见于阁下有年矣，始者亦尝辱一言之誉。贫贱也，衣食于奔走，不得朝夕继见。其后阁下位益尊，伺候于门墙者日益进。夫位益尊，则贱者日隔；伺候于门墙者日益进，则爱博而情不专。

杨度读着读着，不觉眉头皱了起来，嘴里嘀咕道："这哪里是士人给官长写的信，分明是妾妇向男人的乞爱！"

他继续读：

> 今则释然悟，翻然悔曰：其邈也，乃所以怒其来之不继也；其悄也，乃所以示其意也。不敏之诛，无所逃避。

"这就是文起八代之衰的韩文公的大作吗？何自轻自贱、摇尾乞怜至此！"杨度怒道。

他跳过《昌黎文钞》不读，翻到了柳宗元的《愚溪诗序》，拿眼睛扫了开头几行：

灌水之阳，有溪焉，东流入于潇水。或曰冉氏尝居也，故姓是溪为冉溪。或曰可以染也，名之以其能，故谓之染溪。余以愚触罪，谪潇水上，爱是溪，入二三里，得其尤绝者家焉。古有愚公谷，今余家是溪，而名莫能定，土之居者犹龂龂然，不可以不更也，故更之为愚溪。

杨度心想，这文章怎么写得这样啰唆？又冷笑道："你以愚谪居此地，就改名为愚溪，别人或有因智巧而迁居此溪边者，岂不要改名为智溪？真正武断荒唐！"

号称一代文宗的韩、柳，其文亦不过如此，他人的大可不必看下去了。杨度推开《唐宋八大家文钞》，喟然叹息："世无英雄，使竖子成名。如此文章，亦可以传世乎？"心里寻思：倘若自己一意做学问的话，定可写出超过他们十倍的文章来！

他起身走到窗户边。空旷的庭院里，满是白杨树的落叶。一阵秋风吹过，又是十多片枯叶被卷得飘落下来。"秋风吹渭水，落叶满长安"，他轻轻地吟诵唐人的名句，心里蓦地生出一丝悲秋的情绪来。

"杨孝廉，昨天汤孝廉从西山回来，说那里的栌叶全红了。西山红叶，可是北京一大景致，您不想去看看吗？"给会馆看门的景大爷扛着一把大扫帚过来，见杨度出神地站在窗边，便笑眯眯地与他打招呼。

真的，西山栌叶现在正是红的时候，何不去欣赏欣赏！一向爱游山玩水的青年举子，被西山红叶的美妙所吸引，刚才的愤懑不平立时被冲得无影无踪。说去就去，杨度匆匆出了会馆，雇了一辆骡车，就这样一人来到了西山。

西山的红叶，粗粗地看，正如杜牧那首名诗中所说的，红得好比二月的花一样：一树一树的红，一片一片的红，一坡一坡的红，漫山遍野，仿佛开出了红彤彤的杜鹃花。细细地看又有不同：有的红得鲜亮，如同烧旺了的烈火；有的红得深沉，如同一盆积淀下来的朱砂；有的红得斑斑驳驳，如同千年古寺外的那道赤墙。这是造化给人类创设的一种浩大壮观的美景，但它毕竟又与二月鲜花不是一回事，它在壮美的同时又悄悄地带给游人一股美人迟暮、烈士晚年的沉重感觉！

杨度就是在这样一种复杂的心情下欣赏西山红叶的。他从一个山头走向另一个山头，流连在自然界的秋景之中，徜徉于前人遗留下来的古迹之间，一面咀嚼着已逝去的那段不平凡的岁月，一面又思考今后的道路应当如何去走。

山坡树林里传出几声母牛低沉的鸣叫。一会儿，从灌木丛中钻出一只小牛犊，用稚嫩的叫声应答着，并向母牛的方向欢快地奔走。母牛也从林子间出来迎上前，小牛来到母牛身边，亲昵地晃头摇尾。母牛伸出舌尖，爱抚地在小牛的头脸上舔着。杨度被这一幅情景迷住了，痴痴地望着。他的脑子里渐渐浮现出了母亲的形象，浮现出了家乡的山水田园……

那是湖南省湘潭县一个偏僻的山乡，地名叫做石塘铺。石塘铺里住着一户杨姓人家。据家谱记载，先世自明洪武年间由金陵上元迁衡山，天启年间再由衡山迁湘潭。五百年来，杨家也曾出过几个低级官员，但一直没有大发过。四十多年前，中国南方突然风云巨变。揭竿于广西金田村的太平军，在天王洪秀全、东王杨秀清的统率下，很快地把广西闹得天翻地覆。随后又进军湖南，一路攻城略地，斩关夺隘，地方文武抱头鼠窜，八旗绿营溃不成军。太平军围困长沙八十余天后,又突然改变战略方针,挥师北上,过洞庭湖，入长江，以迅雷不及掩耳之势拿下武昌汉阳，水陆两路百万雄师浩浩荡荡沿江东下，闯武穴，取黄州，克九江，复安庆，最后一举攻下江宁，遂将它更名天京，建太平天国都城于此。那时天国势如旭日东升，直欲指日之间推翻清廷二百年的统治，从爱新觉罗氏的手中夺走锦绣江山。

就在这时，一个名叫曾国藩的在籍礼部侍郎，奉旨在湖南办起了团练。这个姓曾的虽也是腐败官场中的一员，但比他的同事们都要精明能干。他白手起家创建的湘军，在几经挫败之后，终于为朝廷收回了武昌、汉阳、田家镇等军事要地，顿时声名鹊起。湘军中不少人升了官，没升官的也发了财，于是在湘乡、湘潭、宝庆一带兴起了一股投军热。无权无势、受饥受寒的作田人，有几个不想升官发财？杨度的祖父杨礼堂当时正当壮年，在那股投军热的影响下也告别妻儿，投入了湘军大将李续宾的麾下。没有多久，他果然做了个哨长，朝廷赏他一套正四品都司衔的蟒爪袍服。一个先前低眉弯腰的农夫，仅仅因为打了几场大仗，就成了四品大员，杨礼堂真是尝足了投军的甜头。他请人写了封家书，叫在家的大儿子杨瑞生也到前线来。

这两年，靠父亲在外面的战利品，杨家的四个儿子都发蒙读了书。十五岁的杨瑞生接到父亲的信后，立即放下书本飞奔江西，在父亲的哨里当了一名亲兵。一年后，李续宾、曾国华率领的宾字营、华字营在安徽三河城中了陈玉成、李秀成的埋伏，全军覆没，杨礼堂也死在战场。只有两三百人侥幸逃了出来，杨瑞生是其中之一，被收编在鲍超的霆字营，几个月后便升为什长。以后他又改投曾国荃的吉字营，跟着曾老九收复了几座城池，升为守备衔哨长。打下金陵时，他做到了参将衔的哨官。湘军大裁军时，他没有被裁掉，编入了张诗日部，同治四年北上与捻军作战。到了捻军平定后，杨瑞生实授参将，以后又升副将，不久奉旨调河南归德镇总兵，成为镇守一方的高级武官。世代贫寒的杨家，终于出了个光宗耀祖的大人物。

杨瑞生虽然官运亨通，但他的三个弟弟的命运都不济。老二老三未成年便早逝，老四懿生天资聪颖，但体质羸弱，不能外出做事，只得在家乡亦耕亦读，冬闲时则参加乡民的木偶戏班，在里面吹吹唢呐，敲敲锣鼓。懿生娶妻李氏，生下二子一女。不幸天不假寿，三十岁那年便去世了。那时大儿子才十岁。瑞生手足情深，对亡弟留下的寡妇孤子照顾周到，常常寄些钱来接济，使他们一家衣食无虑。两个儿子均能上私塾念书，女儿也能在家识字做女红。三兄妹都聪明颖秀，资质远在一般少儿之上。尤其老大杨承瓒不仅诗文卓异，更兼志向远大，抱负宏伟，从小听得大人们说当年湘军的事，对曾、左、彭、胡等一班由书生而建大业的乡贤景仰不已。十六岁那年，他把自己的名字改作度，字皙子，又将弟弟改名为钧，字重子。母亲问他为何要这样改，他回答说改名乃为立志，兄弟俩立志做称量天下的人。母亲听了欣慰不已。伯父也来信赞赏，并要他们到归德府来读书。他于是和妹妹杨庄一起离开家乡去了归德府。 杨度出生于湖南湘潭县石塘铺。他的祖父杨礼堂生有四个儿子，次子、三子均早夭。长子名瑞生，四子名懿生。懿生即杨度的父亲。杨礼堂本是一个清贫农人，后加入湘军李续宾部，以军功升任哨官。杨瑞生在十五岁那年亦弃农入伍，与父亲同在一营。1858年，太平军大败湘军李续宾部于安徽三河镇，近七千人死于这场战役，杨礼堂未逃过此劫，而杨瑞生则幸免于难。杨瑞生积战功升至总兵，驻守归德、朝阳等地，1907年病故。 杨瑞生任归德镇总兵时，曾招杨度及其妹杨庄（字叔姬）至归德，在署中与他自己的儿女们一起生活读书，直到杨瑞生奉调关外朝阳镇时，杨度兄妹才回到湘潭。杨懿生一直在家务农，三十岁时病逝，其时杨度才十岁。 1895年初夏，杨度再次罢第后，从北京回到湖南。

归德府三年，杨度在良师指点下，学业进步更快。无论三坟五典、九丘八索、四书五经、诸子百家、稗官野史，他见书就读，一读就通。晨昏课余，又遭伯父之教，练拳习剑，骑马射箭。伯父外出时，又有意带着他和诸位堂兄弟同行。杨度得以游嵩山，登岱岳，观黄河之雄奇，览汴京之遗迹，心胸愈加开阔，气宇愈加轩朗。去年秋季，他一举高中顺天乡试举人。喜讯传到石塘铺，李氏高兴得热泪直流。弟弟杨钧和刚从归德府回家不久的妹妹杨庄，都以伯兄的才华得意自豪。杨度之妹杨庄的丈夫王代懿，系王闿运第四子。杨庄后留学日本。杨庄工于诗文，有《杨叔姬诗文集》行世。杨度之弟名杨钧，字重子，号白心，与兄姊皆出于王闿运门下，后亦与兄姊一道留学于日本。杨钧工诗文，尤擅金石书画，著有《草堂之灵》等。李氏要小儿子写信给哥哥，会试过后，无论连捷中进士点翰林，抑或是暂屈未第，都一定要回家里来一趟。分别三四年之久的母亲，渴望见到已成人才的儿子的心情，真个是湘水不足以喻其长，洞庭不足以喻其深。自小失去父亲，在艰难家境中长大的儿子，又何尝不思念把全部心血都交给了儿女们的母亲呢？当目睹老黄牛舐犊情深的那一瞬间，久别母亲的青年学子，再也不能抑制住满腔浓烈的乡情，他决计先回石塘铺，与母亲弟妹们住一段时间后再定去向。

太阳渐渐西下，向晚的夕阳，以它血色的光焰将西山红叶映照得光彩夺目，连枯黄的茅草也镶上了耀眼的金边。极目远望，群山起伏，长城连绵，苍穹寥廓，古都森严。面对这一幅山河图画，此刻杨度心中激起的却是一种悲壮之感。一股山风吹来，他感到一丝凉意。是的，应该下山了。

二　碧云寺的泥塑罗汉预卜落第举子的命运

“皙子，你来西山，为何不邀我们？”

杨度刚走下几十丈远，迎面碰上了两位老朋友。说话的这位走在前面，名叫夏寿田，字午诒，湖南桂阳人，父亲夏时官居江西巡抚。夏寿田，字午诒，湖南桂阳人。父亲夏时做过江西、陕西巡抚。夏寿田曾在船山书院求学多年。光绪二十四年中一甲第二名进士，入翰林院。袁世凯做总统时，出任过总统府内史。夏寿田比杨度大五岁，长得身材颀长，眉清目秀，穿得也阔绰，一看便知道是个聪明俊秀的贵家公子。他这次会试亦未第，先前也住长郡会馆，前向搬到一个做京官的远房亲戚家去了。

“皙子，你私自出城，是不是有个相好的在西山等你呀！”后面一位哈哈取笑道。

这一位可不是寻常人物，他乃赫赫有名的曾文正公的嫡长孙曾广钧，字重伯，今年虽只二十九岁，却已做了六年翰林。他七八岁时便被目为神童，现在已是京都士林中人人钦佩的学士诗人。曾广钧系曾国藩次子纪鸿的长子，生于清同治五年(1866)。同治十一年曾国藩去世，纪鸿、广钧父子蒙恩赏举人一体会试。光绪十五年(1889)曾广钧中进士，入翰林院，做过翰林院编修、广西知府等，1929年去世，著有《环天室诗集》、《河洛算学》等。

曾家到广钧这一代，已是连续三代后继有人了，这是咸同年间的中兴名将中所仅见的，也为历代官场所少有。正是因为他的伯父、父亲和他本人的卓越表现，使得一部《曾文正公家书》更添魅力，成为曾国藩家教有方的得力证据。无论是面孔，还是身材，老辈人都说，曾广钧酷肖文正公。只是他的性格与乃祖大不相同。他穿着豪华，喜讲排场，极好玩乐，经常出现在八大胡同的花酒席上，至于京师文人雅士的集会中，如果缺少了曾重伯，似乎低了一个档次。他风流倜傥，文思敏捷，正是中国旧式才人的典型代表。

“原来是午诒兄和重伯兄，你们是怎么凑到一起来的？”在西山不期而遇这两位好友，杨度十分高兴。

“重伯兄一早来邀我，说户部卢老爷娶妾，在正阳楼请吃烤羊肉，要我们一起去凑个热闹。我就去会馆邀你。景大爷说你出城上西山了。我就劝重伯兄，不吃喜酒了，干脆我们也上西山，和皙子一起赏秋看红叶。”

“皙子，为了和你一起游西山，我们连正阳楼的烤羊肉都不吃了，够朋友吧！”曾广钧说着，已走到面前来了。和乃祖一个样，他也长着一双扫帚眉，但他的扫帚眉却没有祖父那种沉闷苦涩的气象，却带有点滑稽的味道。

“好，够朋友，够朋友！”杨度十分快活。

舍掉正阳楼烤羊肉不吃，专来西山寻他，的确是够朋友的举动。正阳楼的烤羊肉在京师饮食中名冠一时，一年四季食客不断。眼下正是秋高草深牛羊肥的时候，正阳楼的这道菜更是兴旺季节。食客一登楼，殷勤的店小二便端来一个炭盆，盆中是一堆烧得炽热的炭火，火上罩一个铁丝网。再捧出大碟鲜嫩的羊肉片，那肉片切得纸一样的薄，附带几个调好醯酱芥末的小碗，接着搬出一坛老酒来。最后，给每位食客送来一个矮脚小木几。小木几做什么用？原来，这正是正阳楼吃烤羊肉的与众不同处。食客并不坐在凳子上，而是站着，一足立地，一足踏在木几上，右手用筷子夹着蘸上佐料的羊肉片，左手端着酒杯，一片羊肉只要略微在铁丝网上放一放就可以吃。正阳楼的食客便都这样，脚踏木几，且炙且啖且饮，那模样很是豪放倜傥，极受年轻人的喜爱。

“好哇，正阳楼的烤羊肉，过几天由我来给二位补！”杨度最是一位好朋友的人，他很向往孔北海“座上客常满，樽中酒不空”的气派，只不过他现在还是一个靠伯父接济的穷书生，摆不起这种阔绰。他对二位好友说：“天已黄昏，我们不如先下山，找个店住一夜，明天再上山来游一天如何？”

“你这就外行了，投店还要下山吗？”曾广钧久住北京，西山来过许多趟，对这里很熟悉，“随我来，今晚就住碧云寺。”

杨度说：“碧云寺我中午去过。寺里今天做佛事，不接待俗客。”

曾广钧笑着说：“不要紧，只要我去，再忙的佛事，他们也要接待。”

“你和他们很熟？”杨度来了兴致。

“寺里的方丈演珠上人是我的诗友，不但接待，今晚还要他做东，请二位吃一顿顶好的斋宴。”

“我早就知道，跟重伯走有得吃。今天不来西山，就有喜酒吃，来西山就有斋酒吃。”夏寿田笑着对杨度说，“我们今夜饮他个通宵酒，让演珠心疼得咒骂重伯不是好东西。”

“演珠不是那类小气人。你们喝得越多，他越高兴，我带去的人越多，他也越高兴，他还会说我曾广钧是他的真心朋友。”曾广钧乐道，“不过有一点，若是文人去喝酒的话，临走时必须要赠他一首诗。否则，他真的要咒骂了。他不是心疼酒被喝了，而是心疼酒被灌进狗肚子里去了。”

“好，好。”杨度马上答应，“这个不难，我们每人送他一首。”

“晳子，你今天怎么一个人游起西山来了？”夏寿田知杨度不是那种内向孤独的人，对他今天的反常举止很不理解。

“我今天是憋着一肚子气来的。”

“什么气？”夏、曾一齐问。

杨度笑着说：“你们看气人不气人！韩愈、柳宗元那样的文章都可以流传千年，我和午诒却连进士都未考上，这世道还有什么公理呢？”

夏、曾听了这话，都摸不着头脑。杨度将今天早上所发的那通“世无英雄，使竖子成名”的感叹说了一遍。

夏寿田哈哈大笑：“你可真是天低吴楚，眼空无物啊！连韩柳之文都不屑一顾，也不怕别人说你狂妄。”

曾广钧说：“怪不得你中不了进士！我看你下科即使中了进士，也点不上翰林。”

“这是为何？”杨度问。

“因为翰苑门口有昌黎庙呀！凡初进翰林者，都要向老人家烧三炷高香，磕三个响头。”曾广钧说，“瞧你这个样子，是绝对不肯向韩文公低头的，他又何能准许你进去呢？”

杨度大笑了起来：“到那时，他不准我进去，我就邀几个人一起来拆了他的庙，让他老先生无家可归！”

三个年轻人一路上谈谈笑笑，断黑时分来到了碧云寺。碧云寺始建于元至正二十六年，原是个小小的佛寺。到了明正德年间，于经大加扩建。天启三年，魏忠贤又予以重修。这两个权阉都看中了此地风水好，想死后葬在这里，结果又都得不到善终，未能如愿，却给后世僧人们留下一座极好的诵经拜佛的场所。碧云寺是西山众多庵寺中最庞大的建筑群。它的殿堂依山而建，随山势而层层升高，直至山顶。每进院落各具特色，给人以层出不穷之感。金刚宝座塔精巧秀美，别具风格。天王殿宏伟壮观，罗汉堂内的五百罗汉，更是国内仅有的四处罗汉群雕之一。方丈演珠近五十岁，有“诗僧”之称。演珠敬慕曾广钧的诗才，更想攀附他的崇高门第，一向与他多有往来。今见曾广钧亲自陪同两位会试举子前来，喜得连声念阿弥陀佛，犹如迎接金身菩萨的降临。演珠一面吩咐安排上等斋席，一面叫小沙弥献上最好的香茶，又亲自动手整理房间，请客人坐下休息。当知道杨度、夏寿田都是第一次来碧云寺时，演珠又殷勤地说：“等会儿吃完饭后，贫僧陪诸位施主到罗汉堂瞧瞧。”

杨度的母亲一向礼佛，家中供奉着一尊观音菩萨。每逢初一、十五则吃斋。每年二月十九、六月十九、九月十九三个观音节，都要带着杨度兄妹去附近的法华庵烧香磕头，故而杨度从小对庵寺菩萨便有好感。他生来性子急，忙说：“吃饭还要过一下子，法师先领我们去看看吧！”

“也好！先把灯点着，一会儿就去。”演珠忙命几个小沙弥去罗汉堂点灯。

大家随便喝了两口茶后，便随演珠来到罗汉堂。这是一个很大的四方形殿堂，中间隔出四个小天井采光，整个殿堂的结构像个田字形。紧靠四面墙壁边，罗列着整整五百个罗汉，各人都有自己的名字。每两个罗汉共一盏油灯，二百五十盏油灯一齐点着了，恰如满天繁星降落，甚是璀璨。星光闪烁中，他们或站或坐，或蹲或卧，或清秀慈祥，或狰狞可怖，或瘦如干柴，或胖如水缸；头上戴的，手中拿的，腰中缠的，脚下踩的，都是些奇奇怪怪的东西：有树枝，有袋囊，有蛇虫，有魑魅。真个是五百罗汉，不仅面目各异，形态不同，就连浑身上下的装束都无一相似之处，且个个塑造得形神逼真，栩栩如生。

小小的油灯在夜风吹拂下，跳跃不停，空阔的罗汉堂半明半暗，时显时隐。若是毫无准备骤然间来到这里，胆大的仿佛觉得到了西方极乐世界，胆小的则如同跌入了阎罗王殿。碧云寺的罗汉堂，真是一个充满着幻怪、极富刺激的所在。

见他们看得入迷了，演珠说：“碧云寺的罗汉可预卜人的一生，极灵验的，你们试一试吧！”

夏寿田很有兴趣，问：“如何试法？”

演珠说：“随便走到哪位罗汉的面前，心里想好一个数字，或是自己的岁数，或是父母兄弟的岁数，或是别的什么数字都行，想定后再不能改，依着这个数字数下去，碰着哪个罗汉，那个罗汉就是你一生的命运。”

“我先来试。”夏寿田兴致浓烈地走到一个罗汉面前，说，“我今年二十六岁，就用二十六这个数字吧！”

曾广钧说：“我们一起替你数。”

于是大家都在油灯前面移动着，手指点着罗汉，口里不停地数着：“一，二，三……”

数到二十六，都停了下来，对面的罗汉名叫广福尊者，灯火照耀着这个罗汉怪模怪样的造型：双眼如铜铃，口张得可以放得进一只拳头，脸又长又窄，上下都尖尖的，极像小河小港中的鱼划子，两肩又格外的宽，一边肩上跳跃着一只白额猛虎，另一边肩上盘旋着一条青龙。

众人都不知这位广福尊者表示着一种什么样的命运，正要问时，只见演珠笑容可掬地对夏寿田说：“夏施主，你是大大的好命，龙虎相聚，好比龙虎榜高悬，下科会试，夏施主一定高中头名状元。”

大家都向夏寿田贺喜。夏寿田快活地说：“真的中了头名状元，我捐一千两银子给碧云寺。”

演珠忙合十，连声说：“多谢，多谢！”

杨度说：“我也来试试！”

他也走到一个罗汉面前，说：“母亲今年四十整寿，就以四十为数吧！”

“好一份孝心！”演珠称赞，“杨施主，贫僧替你来数。”

演珠一二三四地数着，大家的脚步也跟着移动，数到甘耳尊者面前，正好是四十，都停下来。只见这位尊者又与刚才的那位大不相同：头大如笆斗，眼陷如古井，鼻高如山丘，耳长如瀑布，青灰灰的面皮，白森森的獠牙，望之甚是可怕。甘耳尊者左手托起一棵桃树，右手掌中有一只鼓起的圆眼睛，正斜倚在一朵白云边。

“杨施主，你的命上上的好！”演珠不待问便大声地说。

“何以见得？”杨度把甘耳尊者细细地端详了一番，却不明白好在何处。

“施主你看。”演珠指着怪罗汉，“甘耳尊者左手中的桃树，是一个‘木’字，右手掌上的眼睛，是一个‘目’字，‘木’‘目’合起来是一个‘相’字。

杨施主，你日后要当宰相的。贫僧预贺你了！”

“真的吗？”杨度非常兴奋。

“这是绝不会错的。”演珠极为认真地说，“看施主这种气宇，今后一定有宰相的福分。”

夏寿田说：“皙子，你若真的做了宰相，一定要重修碧云寺酬谢佛祖才是。”

“一定，一定！”杨度高兴地说。

曾广钧看着甘耳尊者身后有一片白云，心想：常言只说是靠山，再也没有靠云的。俗话说风吹云散，云若是散了，这尊者不就没有依靠了吗？心里这样想着，觉得有点不大吉利。

“重伯兄，你也来试一试吧！”夏寿田怂恿。

曾广钧说：“我早就数过了，数到头来，站在我面前的是一位妻妾成群的享福尊者！”

众人听了，都哈哈大笑起来。一个小沙弥进来，说斋饭已准备好了，演珠把大家请入饭堂。饭桌四周各点起一盏洋油灯，雪亮的灯光照出一桌丰盛的斋席来。这斋席有鱼肉，也有鸡鸭，但都是用豆腐干、笋干做成，却又比真的大鱼大肉更清爽可口。也有酒，那是用西山泉水酿成的素酒，清清的，甜甜的，十分对文人的胃口。演珠频频递菜，殷勤相劝，三个年轻人不拘形式大饮大嚼，一顿斋酒席，吃得比城里八大居的荤菜有味多了。

饭后，演珠把他们送到客房，东拉西扯地闲聊了半个时辰，他明天还得早起，安排一个小和尚照料后，便告辞了。而此刻，这三个才子的谈兴才刚刚开始。

三　青年王闿运的风流韵事

“你们听说了吗？皇上近来为割地赔款的事情暗自哭过几场，对康有为的变法方略动了心。”演珠刚走，夏寿田便把话题引向了国事。

“真有这事？”杨度表示出很大的兴趣，“只要皇上动了心，这变法维新就一定可以兴起来。”

“人家日本，就是因为明治天皇下决心维新，还不到三十年，国家就强盛到这等地步。我们只要变法维新了，有十年时间就可以报这个仇。我们地大物博，人又多，蕞尔小国日本哪里是我们的敌手。”夏寿田长期生活在书斋中，脑子里满是天朝大邦的历史概念，眼下自己的祖国究竟贫困虚弱到了怎样的地步，他知道得并不多。

“十年时间就可以强盛起来吗？”杨度表示怀疑。他在乡间长大，对种田人的贫苦生活印象极深。

“君臣齐心，百姓努力，有什么办不到的？打败仗也是好事。当年越王勾践卧薪尝胆，十年生聚，十年教训，二十年后不是把吴国灭了吗？”夏寿田对国事似乎很乐观。

曾广钧冷笑：“卧薪尝胆，谈何容易！去年，‘致远’号壮烈殉国、三千海军一败涂地的时候，老佛爷还在颐和园大肆庆贺六十大寿哩！”

杨度说：“听说去年太后的寿庆办得很奢华，老百姓很气愤。不过，太后归太后，只要皇上能不忘国耻就行了。”

“你们不在京师不清楚，国家的大权并不在皇上的手中，老佛爷还死死抓住没放哩！”

“太后归政皇上，不是有好几年了吗？”杨度惊问，“六十岁的老太太，不去享清福，还要死死抓住国家大权做什么？”

“你们不知道，就是老佛爷自己不想抓，她手下的人也要她抓呀！你们想想，皇上的人掌了大权，对他们会有什么好处呢？”曾广钧喝了一口茶，轻轻地摇了摇二郎腿。

杨度说：“听重伯这口气，朝廷里有两派人，太后的人和皇上的人。”

“重伯，你当了多年的翰林，对朝廷里的事最清楚。你跟我们说说吧，也让我们有点底，看看这变法维新到底有点指望没有。”夏寿田毕竟是官宦人家出身的公子，对民间疾苦了解不多，对官场的钩心斗角却听得熟了。他知道官场上的事，说到底就是人事之间的纠葛。

“皇上的确是想变法维新的，但依我看，”曾广钧放下茶杯，脸朝夏、杨二人凑过去，嗓门稍微降低了，“这变法维新的指望不大。”

“为何？”夏、杨不约而同地问。

“你们知道，这变法维新的矛头首先是指向谁的吗？”

“谁？”夏寿田问。

“李中堂！”

“谁叫他办海军无能，又去马关签订和约，指向他也是对的。”杨度说，长郡会馆骂李二汉奸的场面，又在他的脑子里浮起了。

“可是李中堂是太后最亲信的人呀，是后党的首领。”曾广钧又端起茶杯，身子仰向椅子的靠背，“皇上也有一班子人马，朝中称他们为帝党。帝党的首领是皇上的师傅翁中堂。”

"翁中堂是个很有学问的人。"夏寿田脱口称赞。

翁中堂便是翁同龢，状元出身，又是帝师，身处古今读书人所企求的最高境遇。

"李中堂和翁中堂是生死对头。"

"这话怎讲？"曾广钧随随便便抛出的一句话，引起杨度和夏寿田的惊讶，他们顿增十分精神。这种秘闻，最让关心国事的人感兴趣，但一般人又如何晓得，也只有曾广钧这样的人才知底细。

"李、翁的结仇，起源在三十多年前。"曾广钧摆出一副翻古的派头，杨、夏洗耳恭听，"那时，李中堂还在先祖父幕府中做幕僚，翁中堂父亲翁心存在朝中做大学士，哥哥翁同书在安徽做巡抚，先祖父做两江总督。其时金陵还在长毛手里，先祖父驻节安庆。湘军除先九叔亲率领的吉字营围金陵外，大部分也在安徽与长毛周旋。翁同书那时住在定远。长毛攻陷定远，文武官绅殉难者甚多，翁却逃往寿州。身为巡抚，不能与城共存亡，应为可耻。但翁不仅不觉得可耻，反而想依靠苗霈霖办事，屡疏保荐苗逆。终于养痈遗患，使苗逆坐大，攻陷寿州，反叛朝廷。先祖父身为江督，如何能容得下如此皖抚？有心参劾，又顾虑到翁心存圣眷正厚，普通参折上去不起作用。寻思要递一份厉害的折子。幕僚多人起草，但先祖父看后都不满意。后来李中堂起草的那份，先祖父接受了。尤其有两句话，先祖父击节赞叹。"

"两句什么话？"夏寿田看过父亲的幕僚所起草的奏章，自己也学着写过，故对奏章有兴趣。

"我老家八本堂里保留了这份奏折的底稿，先祖父在那上面画了十多个圈圈。那两句话是：臣职分所在，例应纠参，不敢以翁同书之门第鼎盛瞻顾迁就。"

夏寿田听后点头说："这两句话是厉害。"

"的确厉害。"曾广钧接着说，"它的厉害，体现在起草者深得参劾折的'辣'字要诀。什么叫'辣'？就是说，一句话说出来，令你无法反对，尽管你心里老大不愿意，你也得照他的去办。果然，这份折子送到太后的手里，她想看在翁心存的面子上保翁同书都保不了。因为这一保，显然就是因为他的门第鼎盛而瞻顾迁就。其他想保的大臣也一样地被将死了，只得干瞪眼而不能置一辞。翁同书终于被革职充军。李中堂也因此奏而深得先祖父的赏识。先祖父称赞他天资于公牍最相近，所拟奏咨函批，皆有大过人处，将来建树非凡，或竟青出于蓝亦未可知。所以后来叫他办淮军，又密保他为苏抚。” 曾国藩的这道奏折名曰《参翁同书片》，收在其全集奏稿卷中。该折的最后一段为：“军兴以来，督抚失守逃遁者皆获重谴，翁同书于定远、寿州两次失守，又酿成苗逆之祸，岂宜逍遥法外？应请旨即将翁同书革职拿问，敕下王大臣九卿会同刑部议罪，以肃军机而昭炯戒。臣职分所在，例应纠参，不敢以翁同书之门第鼎盛瞻顾迁就。” 据野史所载，这道折子出自于李鸿章之手。李时在曾氏幕府中做草拟奏章函牍的幕僚。曾氏在众多幕僚的稿子中看中了李所拟的这一道，并由此看出李的才干。曾氏对身边的人说：“少荃天资于公牍最近，所拟奏咨函批，皆大过人处，将来建树非凡，或竟青出于蓝，亦未可知。”不久，曾氏便密保李出任江苏巡抚。

“哦！”杨度感慨起来，“原来李鸿章就是这样发迹的。”

“李中堂发迹是发迹了，但也就从此与翁家结下了深仇。”曾广钧喝了一口茶，接着说，“翁心存、翁同书先后死了，却不料翁同龢点状元后又封帝师，其地位比其父兄还要高。他不敢记先祖父的仇，则把仇恨集中到李中堂的身上，这些年来总与李中堂唱对台戏。这次让他抓到好把柄了，他要借皇上的力量将李中堂弄得身败名裂，遗臭万年。”

“李鸿章不是好对付的人，他的门徒遍于朝野。”夏寿田插话。

“正是这话。”曾广钧点头，“翁同龢虽为帝师，但论功劳，论实力，他远不如李中堂，也远不是李中堂的对手。翁靠的是皇上的力量，李当然斗不过皇上，于是他就要搬出太后来。李是决不能让皇上得势的，皇上既然得不了势，变法维新也就没有指望了。”

盼望着能变法维新的夏寿田、杨度一时都哑了口，照这样说来，变法维新的确没有多少指望。夏寿田叹了一口气说：“家父来信也说康有为成不了气候，要我回湖南去读书，不要留在京师久了。家父信上没说什么原因，听重伯兄这样说，我也是要离开京师这个是非之地了。”

“你也要回湖南？”杨度正愁找不到好伴，能与夏寿田同行，岂不甚好！转念又问，“你为何不去南昌，一定要回湖南读书呢？”

“我先到南昌住两个月，然后再回湖南投王湘绮先生门下。”夏寿田说，“家父说湘绮先生是当今天下第一师。”

湘绮先生即王闿运，字壬秋。他为自己所建的楼房取名为湘绮楼，又作了一篇《湘绮楼记》道出取名的缘由：“家临湘滨，而性不喜儒，拟曹子恒诗曰：‘高文一何绮，小儒安足为！’绮虽不能，是吾志也。”于是世人皆尊称他为湘绮先生。这位先生设帐授徒四十年，有一代文宗之称，加之他青壮年时期与肃顺、曾国藩、左宗棠、郭嵩焘等人的特殊关系， 王闿运与肃顺的交往，其子代功在所编的《湘绮府君年谱》“咸丰九年”中有记载：“四月，会试榜发报罢，以京师人文渊薮，定计留京，寓居法源寺。于时名贤毕集，清流谋议，每有会宴，多以法源寺为归。时龙文皞臣居户部尚书肃慎公宅，授其子读。李文篁仙供职户部主事，为肃所重赏。肃公才识开朗，文宗信任之，声势烜赫，震于一时，思欲延揽英雄，以收物望，一见府君，激赏之。八旗习俗，喜约异姓为兄弟，又欲为府君入赀为郎，府君固未许也。严先生正基闻之，惧府君得祸，手书诲以立身之道，且举柳柳州急于求进卒因王叔文得罪，困顿以死，言之深切。府君得书感动，假事至济南，作上征赋及济南途中秋兴诸诗。尹文杏农耕云赠诗有云：行藏须早决，容易近中年，尽叹府君之不遇也。十一月，李文篁仙因事入狱，府君闻之悲感，作幽愤诗，又为书致肃裕廷尚书，代叙其情。" 咸丰三年，曾国藩在衡州训练湘军，其时王闿运亦在衡州府，曾入曾氏幕府，不久即退出。咸丰十年，王闿运离开北京，取道山东南下，专程去安徽祁门会见曾氏。王在祁门小住一段时期后，回到湖南。第二年，为肃顺事，王闿运致信曾氏。关于此事，《湘绮府君年谱》中有较详细的记载："是岁七月，文宗显皇帝晏驾热河，郑怡诸王以宗姻受顾命，立皇太子，改元祺祥，谢太后同省章奏。府君与曾书，言宜亲贤并用，以辅幼主，恭亲王宜当国，曾宜自请入觐，申明祖制，庶母后不得临朝，则朝委裘而天下治。曾素谨慎，自以功名大盛．恐蹈权臣干政之嫌，得书不报。厥后朝局纷更，遂致变乱，府君每太息痛恨于其言之不用也。" 同治十年。曾氏北上检阅徐州镇军容，与王闿运在清江浦舟次相见。王跟随曾氏到徐州，后又同行至扬州分手，一路相谈甚欢。王将自己所著《周易燕说》、《尚书大传补注》、《禹贡笺》、《穀梁申义》、《庄子七篇注》赠与曾氏。曾氏回赠王长篇五言诗一首《酬王壬秋徐州见赠之作》："戒徒事秋搜，理棹及淮甸。尘坱正纷拏，邂逅扶英彦。乖离七易霜，天遣更相见。后车携佳客，同驰彭城传。轻飔浣素襟，名论回深眷。自云寻绝学，涂轨约三变。侨居蒸水阳，亲知断游宴。闭户自高歌，寒宵百虑战。群圣下窥瞰，忧喜同庆唁。尽抉诸经心，始知老儒贱。探箧出新编，照座光如电。说《易》烛大幽，笺《书》祛众眩。旁及庄生旨，抵峨发英盼。大雅久不作，小知各自衒。汉宋互嘲讥，余炎更相煽。迟君绍微言，毫芒辨素绚。高揭姬孔情，洪曦消积霰。湖湘增景光，老怀亦忻忭。" 王闿运自许为曾氏知己。他在给黎庶昌的信中说："文诚与闿运为知己，亦犹曾文正之为闿运知己。" 王闿运与左宗棠、郭嵩焘的友谊建于樊燮一案中。咸丰十年，因樊燮事，左宗棠离湘北上躲避。此时，王闿运正在肃顺家做塾师。薛福成在其所著《庸庵笔记》中写道："左文襄之在湖南巡抚幕府也，已革永州镇樊燮控之都察院，而官文恭公督湖广，复严劾之。廷旨敕下文恭密查，如左宗棠果有不法情事，可即就地正法。肃顺告其幕客湖口高心夔碧湄，心夔告衡阳王闿运壬秋，闿运告翰林院编修郭嵩焘筠仙。郭公固与左公同县，又素佩其经济，倾倒备至，闻之大惊，遣闿运求救于肃顺。肃顺曰必俟内外臣工有疏保荐，余方能启齿。郭公方与京卿潘公祖荫同值南书房，乃浼潘公疏荐文襄……此说余闻之高碧湄，未知确否。碧湄与壬秋皆尝在肃顺家教其子者也。"使得他在当代士林中有泰山北斗之威望。作为湘绮先生的同乡，杨度早在发蒙之初，便已仰闻其大名了，只是离湘潭时年纪尚小，未曾拜识，这几年客居归德府，对他的近况不太清楚。杨度问夏寿田："湘绮先生怕已有六十岁了吧！听说他长年在外讲学，现在回湖南了？"

夏寿田答："湘绮先生今年六十三岁了。他前几年从四川回来，又在南昌教了一年书，此后就再也没有离开过湖南，先在长沙主持思贤讲舍，去年秋上去了衡州，直到现在仍在主持船山书院。 光绪二年，王闿运应四川总督丁宝桢之邀，入川主讲尊经书院。王闿运在四川居住九年，于光绪十年回湘。不久，即接掌衡州船山书院讲座。王闿运在船山书院讲学前后历时二十余年，中途曾短期讲学江西豫章书院。光绪三十四年，朝廷特授王闿运翰林院检讨。宣统三年，因进学一甲子周年，朝廷又特加其为翰林院侍讲。哲子，你作何打算，是继续留京师，还是回归德？”

“我和你一起结伴回湖南。”

“那太好了。”夏寿田很高兴，“回家以后呢？”

“以后的事还没想好，先在家里住一段时间再说吧！”

“喂，我说哲子呀，你干脆和午诒一道去拜湘绮先生为师。”曾广钧建议。

“听说湘绮先生脾气有点怪，不知他肯不肯收我。”

曾广钧笑着说：“像你杨哲子这样的大才，他不收，还到哪里去找学生？”

“那也是的。”杨度笑道。他想起一件事来，问曾广钧，“我小时候听老辈人讲，湘绮先生曾劝文正公自己做皇帝，有这事吗？”

王闿运劝曾国藩做皇帝，这是在湖南民间流传很广的故事，今天遇到曾氏的嫡孙，又在荒山古寺冷寂之夜，岂不是畅谈良机！正在这时，碧云寺的鼓楼传出三通沉重的鼓声，已是三更天了。曾广钧说：“三更了，睡觉吧，明天再说。”说着长长地打了一个哈欠。

突然，一个东西“扑”的一声掉到桌子上，把油灯震得昏昏闪闪的。瞬时间，那东西又从桌上蹦起，冲破窗纸，逃出屋外去了。

“有鬼！”曾广钧惊叫了一声。

杨度和夏寿田一齐转眼望着被冲破了的窗纸，心里也很紧张。

一会儿，从夜色中传来两声凄厉的猫叫。

“原来是只野猫！”夏寿田长长地舒了一口气。

杨度看到桌面上有几根褐黄色的猫毛，说：“的确是只猫。它这样惊慌，大概遇到了什么强敌。”

“怕是碰上倭虏了吧！”曾广钧惊魂已定，有心思说笑话了。

这句话很幽默，大家都笑起来了。

杨度问广钧：“还想睡觉吗？”

广钧笑道：“瞌睡虫都让野猫吓跑了！”

“那就莫睡觉了，接着说话吧！”夏寿田说，“刚才哲子问湘绮先生曾经劝过文正公当皇帝，究竟有这事吗？”

“这事你们问我，我问谁去？”曾广钧摆出一本正经的样子，“先祖父死的那年，我才六岁，先父死的那年，我才十五岁，什么都不懂，哪里会去问他们这些事？前些年要问只能问先伯父。先伯父那人比先祖父还谨慎，若问起这档子事，他会害怕得撕烂你的嘴巴不行。我看呀，这事还不如去问你们的老师呢！”

杨度、夏寿田听了虽觉遗憾，但想想也不无道理，便也不好硬逼了。杨度说：“你的那个祖父就是胆子太小了，其实当皇帝有什么不可以的。倘若那时真的登了宝座，我们重伯兄今日就是万岁爷了！”

广钧笑道：“你这话说错了，先祖父即使真的做了皇帝，现在的万岁爷也不是我，而是广銮，他正袭的侯爵哩！说句实话，当万岁爷，我可不稀罕，一年到头锁在紫禁城里，哪有人生的真快乐！像我们今夜这样自由自在地评说历史，几多有趣，做皇帝的难处多得很。据宫里的太监说，他们伺候皇上多少年了，从来没见过皇上的笑容，连娶个老婆的权利都没有。”

夏寿田说：“是蛮可怜的。大家都说皇上并不喜欢皇后，只因为她是老佛爷的娘家侄女，不得不把皇后的位置让给她。皇上真喜欢的是珍妃，但老佛爷又不喜欢，常常不许他们见面。这个皇帝当得真不如一个平民百姓。”

“这件事，湘绮先生就比皇上要过瘾多了！”曾广钧忽然眉飞色舞起来，“你们听说过湘绮先生的风流韵事吗？”

杨度、夏寿田都是属于感情丰富的才子型人物，对这种事是再感兴趣不过了，遂一齐催道：“正要听重伯兄讲壬老的少年趣事，知道多少讲多少，决不许保留。”

曾广钧说：“首先申明，我这都是道听途说来的，算不得数，上不得谱传的。”

夏寿田说：“莫卖弄关子了，你姑妄言之，我和晳子姑妄听之，谁还真的去考证个水落石出哩！”

曾广钧说：“咱们都躺到床上去说吧！”说罢自个儿上了床，将棉被当背垫，靠在上面，“这舒服多了，你们也都靠到被子上去。”

杨度和夏寿田也都上床斜靠着厚厚的棉被，又催着：“莫磨蹭了，快说吧！”

“好，我说了。”曾广钧将他从翰林院里听来的逸闻汇编出来，“咸丰五年湘绮先生在湖南中了举，第二年进京会试，那年他才二十二岁，人又长得英俊，真个是才子年少，春风得意。这一天来到中州重镇郑州。湘绮先生喜郑州人文荟萃，便在这里滞留了几天。一日午后，他路过一家庭院，忽听得院中绣楼上传来娇滴滴的女人吟诗声。他停步侧耳细听：平临云鸟八窗秋，壮压西川十四州。诸将莫贪羌族马，最高层处见边头。”

“诗作得不错。”杨度插话。

“莫多嘴，先听重伯说下去。”夏寿田说。

“湘绮先生也觉得诗的气魄不小，心里想：谁作的？走了几步，见大门口挂一块木牌，上面写着‘倚春院’三字。这不是妓院吗？妓女也会吟诗作赋？湘绮先生问站在门边的老妈子。老妈子说那是我们秋云姑娘，她最喜欢吟诗。湘绮先生报了自己的身份，说想见见。老妈子说可以，得先交一两银子。先生早年丧父，家境清贫，平时生活节俭，但为了会一会这位喜吟诗的秋云姑娘，狠了狠心，拿出一两银子来。老妈子带他上楼，果然见一个女孩子坐在窗边。老妈子笑吟吟地说，湖南进京会试举子王壬秋先生想见见你。那女子转过脸来，随手将一本书放在桌上。先生见那书上写着三个字——锦江集，心中一时惭愧，原来是薛涛的诗！再看那女子，柳眉杏眼，淡妆素抹，显得既娇媚又庄重。就这一眼，先生就深深地爱上了秋云。”

“一见钟情。”杨度情不自禁地插了一句。

“你看你，又来了！”夏寿田听得入了迷，忙加制止，“重伯，你说下去。”

“先生问秋云，姑娘，诗坛上那么多英雄豪杰的诗你不读，如何偏读薛涛的诗？秋云答，薛涛虽是女校书，却不是什么人都可攀折的杨柳枝，她结交的都是川中一时名流，胸襟开阔，诗中多丈夫气，少忸怩作态，所以我喜欢。先生想，这女子非比等闲，心里生出一股敬意来。秋云说，你是进京会试的举子，应当会作诗，你能为我作一首诗吗？先生本是诗中大匠，听了这话，正中下怀。于是说，请姑娘出题。秋云不假思索，随口说，就以我们见面之事为题吧。先生在绣房中踱了几步后说，请姑娘借我纸笔。秋云拿来纸笔，先生借秋云的妆台写了起来。秋云凑过脸去看，先看题目，便不一般，道是名士惜倾国。”

“好题目！”这回是夏寿田忍不住打岔了。

“名士是不错，倾国怕是有点抬高了。”杨度斟酌着说。

“那是要讨姑娘的欢心。”夏寿田解释，“且不管它，诗是怎么写的，重伯你还记得吗？”

“记得，记得。”曾广钧摇头晃脑地念道，“同为第一人，初识艳阳春。流云将梦远，初花比态新。各言心有志，偶遇便相亲。旁人不道好，本自隔凡尘。”

“好诗，好诗。”夏寿田拍打着床沿赞叹。

“不料秋云姑娘看后扑哧一笑，嗔道，同为第一人，口气也太大了。

我愧为第一人，你也未必就是第一人。先生笑道，王某自发蒙以来从未考过第二名，这次进京会试，状元非我莫属。秋云暗自称奇，嘴里却说道，你那是在湖南考试，次次第一不算稀奇。会试集的是普天下的人才，只怕大话说早了。先生说，倘若我大魁天下，将以香车宝马来迎你如何？秋云喜不自胜，说，我望着这一天。秋云特为留先生吃晚饭。饭后，先生出示诗稿一本，秋云读后钦佩不已，遂留先生过夜，以身相许。第二天早上先生告辞，秋云回赠他一首诗：盖世文章不易才，蟾宫新折桂枝栽。杏花十里春如许，留俟王郎衣锦回。”

“果真是个女才子！”杨度发自内心称赞。

“后来呢？”夏寿田催问。

“后来，湘绮先生不但没有大魁天下，连个进士都没中。他自觉无颜见秋云，便绕道江宁回家。三年后再度进京路过郑州，他想见秋云姑娘，谁知她已死去一年多了。老妈子说，秋云骂你寡情，又恨自己命薄，是寻短见死的。先生伤心不已，来到姑娘墓前凭吊，集唐人诗句成挽联一副：竟夕起相思，秋草独寻人去后；他乡复行役，云山况是客中过。一个‘秋’字，一个‘云’字，将姑娘的名字不露痕迹地嵌了进去。”　《王闿运传记资料》收何人斯撰《记近代大儒与奇士的王壬秋》：“壬秋于少时赴京应试，道经河南郑州，眷恋一妓名秋云，出身书香之家，性淑能诗，其赠壬秋诗：‘盖世文章不易才，蟾宫新折桂枝栽。杏花十里春如许，留俟王郎衣锦回。’隐有托身之意。壬秋约以大魁后迎娶，乃落第不敢见女。女知壬秋之才，既代不平，又伤见弃，抑郁以没。三年后复经郑州，访其埋骨之所，壬秋曾为文吊祭，集唐人诗句题其墓门云：‘竟夕起相思，秋草独寻人去后；他乡复行役，云山况是客中过。’嵌秋云两字，自然流利，传诵一时。”

“浑然天成。”夏寿田赞道。

“天衣无缝。”杨度也赞道。

二人一齐笑道：“讲得好，比唐代崔护人面桃花的故事还动人。”

曾广钧得意地说：“还有哩，想不想听？”

“快讲，快讲，今夜干脆不睡了。”杨度霍地从床上爬起，重新坐在桌子边，望着曾广钧专注地听。

“那一年，湘绮先生应筠仙丈人之请，到广东巡抚衙门去做师爷。珠江边有一座南天酒楼，近日来了位广西歌女。那歌女二十来岁年纪，芳名叫莫六云，人长得很秀丽，只是皮肤黑黑的，人唤黑牡丹。那黑牡丹歌喉好，婉转清丽，甜润华美，低声如小泉暗流，高声如利箭穿云，把五羊城的歌迷们糊弄得如醉如痴，若癫若狂。每天一到傍晚，南天酒楼便座无虚席，晚来一步就只得站着听了。那些歌迷们就是站得两脚发麻，也心甘情愿。

多少商贾巨富想纳黑牡丹为妾，官场上的人物心里也痒得难熬。内中有潮州、惠州、高州、肇庆、广州、韶州、琼州、廉州八个知府私下托人向黑牡丹表示这个意思。黑牡丹均置之不理。”

“好个有志气的黑牡丹！”杨度又来神了。

“湘绮先生当时一人离家做师爷，晚上本无处消遣，便在南天酒楼定了一个最靠近黑牡丹的座位，每天准时去听她的歌。听得久了，黑牡丹也和先生熟了。先生常到黑牡丹的住处去玩，给她填歌词，讲典故。一来二往，黑牡丹知先生是个很有才学的人，又从别人那里听到，这个三十来岁的潇洒师爷，竟是前两年被太后处死的肃顺的西席。《湘绮楼日记》同治十年七月初六日日记：“至二龙坑劈柴胡同，见豫庭二儿，一日征善，字信甫，出继故郑王端华；二日承善，年十八，甚英发，园亭荒芜，竹树犹茂，台倾池平，为之怅然。”豫庭为肃顺表字，又写作雨亭。同月初八日日记：“故郑王子征善来，余本约豫庭子承善来，而以无衣冠不能至。旗人仍习气，讲排场，不能变也。谈久之，无策可振之。宗室禁严如此，亦定制之未善耶。”又因奏折写得好，被咸丰爷特赐貂袍，成为京师有名的‘衣貂举人’。更难得的是，肃顺死后，这个年轻人用自己卖文的千两银子抚恤过去东家的孤子。黑牡丹对这个师爷又敬又爱，决定将终身托付与他。黑牡丹毕竟是个混迹于舞榭歌台的人，觉得嫁给一个穷文人，在姐妹群中不体面。于是倾自己的全部积蓄，将羊城最大一家珠宝店里唯一一对名贵的宝石——猫眼绿换来，自己留一只，送一只给湘绮先生。这天，黑牡丹在南天酒楼，对着上千个歌迷宣布，她要择偶嫁人，做一个良家妇人了。一语未了，全场掌声如雷。一班轻薄子弟欢呼雀跃，狂叫乱喊，问她要什么条件。黑牡丹不慌不忙伸出三个指头来。”

说到这里，曾广钧戛然停嘴了。夏寿田急道：“怎么啦，说下去呀，黑牡丹伸出三个指头，是不是有三个条件？”

“太累了，睡觉吧，明天再说。”曾广钧也许真的困了，一连打了两个哈欠。

“那不行，今夜不说出这三个条件，你就别想睡觉。我来给你赶瞌睡虫。”

杨度边说边起身，用手在曾广钧的腋窝里乱戳，搔得曾广钧忙告饶，只得匆匆说完。

“黑牡丹的第一个条件是：三十五岁以下的英俊后生。这个条件一出口，南天楼一片沸腾，掌声如暴风骤雨。青年汉子个个脸上红彤彤的，兴奋得热汗直流。黑牡丹接着又说出一个条件来：举人以上的功名出身。这下掌声大为稀落，绝大多数人泄了气。黑牡丹笑了起来，从衣袋里将那枚猫儿眼拿出，说，我这里有一颗左猫儿眼，谁符合上面两个条件，又能在三天之内将右猫儿眼给我配齐，我就嫁给谁。这第三个条件一说出，全场都哑了喉。识货的人都知道，一只猫儿眼少说也要值三千两银子，况且要在三天之内配对，更是难上加难。黑牡丹两天不上南天楼。到了第三天，她问有没有符合那三个条件的，请亮相。等了许久，不见人上台。这时湘绮先生不慌不忙地走上去，对着大家自我介绍：王闿运，三十三岁，咸丰乙卯科举人。说罢，将黑牡丹所赠的那颗右猫儿眼拿出。全场立即惊呆了，人们向先生投来各式各样的目光，有羡慕的，有嫉妒的，有赞赏的，有愤怒的。黑牡丹走过来，挽起先生的手，对众人说，这位先生正是我的如意郎君，今夜最后给大家唱一曲，谢谢各位这些年的捧场，明日起将息影山林，与这位先生结百年之好。这是三十年前一桩轰动广州的特大艳闻。有好事者作诗说:抚署一幕客，名动五羊城。也有的说:湘中一寒儒，势压八名府。后来，黑牡丹将那对猫儿眼变卖，先生用这笔钱在云湖桥老家重新建了一座大楼房，依然叫湘绮楼。"

"又一个杜十娘！一个命好的杜十娘！"夏寿田击掌叫道。

大家一齐笑起来，吹灯睡觉。

一直睡到中午，三个游客才醒过来。盥洗完毕，演珠又摆出一桌好斋席。吃完饭，演珠说:"重伯学士光临，贫僧欢喜不尽，两位孝廉也都是饱学之士，难得有此良机。昨日寒寺送松林方丈回寺，贫僧吟了一首诗送给他。不知要不要得，请诸位方家雅正。"

说着便把底稿拿出来。众人看时，那上面写的是一首古风：

三年前见山人来，锡杖挑云到法台。
参禅弟子环佛地，万松岭上天花坠。
今日又见山人归，白云常护麦苗依。
拈花童子合掌拜，水龙陆象齐下界。
异哉山人之来随云来，山人之去随云去。
要知山人真行藏，但看白云飞絮处。

大家看后都说好。杨度说:"一片天籁蕴禅机，自是出自无牵无碍之手，功名场中是作不出这种诗来的。"

演珠喜笑颜开，说："阿弥陀佛，承各位硕才夸奖，贫僧今后作诗更有劲头了。今日幸会难再，请三位施主都留下墨宝，好为寒寺增光。"

说罢不由大家分说，便命小沙弥拿来笔墨纸砚。演珠亲自摊开纸："哪位先写？”

广钧说：“这是碧云寺的寺规，违抗不得的。这次既是我带二位来的，我就先写吧！前几天与翰苑几个同寅游江亭，回家凑了一首七律，录出来请你们斧正。”

大家看他写的是：

节序惊人不可留，网丝檐角见牵牛。
寒砧和笛同清响，玉露兼风作素秋。
京洛酒痕消短褶，关河幽梦落渔钩。
雄心绮思成双遣，拼得红香委暮流。

演珠率先赞扬，杨、夏也说好。广钧说：“我是一个十足的俗人，只能写这样的诗。午诒能够作禅吟，今日写一首送演珠上人。”

演珠忙说：“请夏施主施舍。”

夏寿田笑道：“我哪里会作禅吟！重伯既把我逼上西天，只得胡乱作一篇了，还请上人莫笑话！”

夏寿田凝神片刻，写道：

青松八九树，结庐两三人。各有随缘意，俱成自在身。
渊明形赠影，临济主看宾。为问禅窠老，于中那个亲？

演珠合十说：“阿弥陀佛！夏施主慧根深厚，这诗真正写得好！”

广钧说：“晳子，看你的了！”

杨度说：“昨日游西山途中，断断续续地凑了一篇四言古风，还来不及推敲，正要请各位帮忙修正。”

大家看他先写诗题：西山篇，刺时也。接下去，龙飞凤舞地写着：

木落高台，草虫悲鸣。心之忧矣，当欲语谁？
白日西下，暮宿于野。我思河阳，怀忧用写。
萧萧马鸣，悠悠旆旌。念君之反，潸焉涕零。
月白乌啼，其飞薄天。匪乌伊雉，亦息于山。
借日执之，莫我能贤。如不执之，自坠于渊。
鸡鸣始旦，宫门视饭。列戟在庐，鼓钟在殿。

武骑彪彪，税于西苑。道之云阻，遏云能还。
凡百君子，胡新胡旧。哀今之政，惄焉如疚。
兰泽之风，芳于平林。野人作诵，以正帝心。
式讹尔室，以斥孔壬。

演珠读罢说："这才真正是三百篇之遗风，诗之正宗，满篇忧国忧民之心，令贫僧敬佩。"

曾广钧道："晳子诗果然不同凡响，回去之后再抄一份给我，我要将它遍示翰苑衮衮诸公。"

夏寿田也说："幸而今天不是赛诗会，不然我们都输在晳子脚下。"

三人辞别演珠，走出碧云寺，再四处看看秋山野景，便下山回城了。一路上夏寿田心想：看不出来，晳子平时和大家一样说说笑笑，其实心中这份对国事的忧虑竟然如此沉甸！杨度很少再说话了，他的一颗心，经曾广钧的撩拨，早已飞向南国，飞到了那个曾经胸怀奇志而又风流不羁的一代名师身边！

四 王闿运不合时宜的举动：拒绝见陆抚台，倒屣迎张铁匠

号称"五岳独秀"的南岳衡山，群峰连绵，气势飞动，雄踞于洞庭湖之南。衡山山脉自南向北由七十二峰组成，最南者名曰回雁峰，所以古人赋诗："青天七十二芙蓉，回雁南来第一峰。"这回雁峰的名气，早在唐代即为世人所知。天才诗人王勃《滕王阁序》中的名句"渔舟唱晚，响穷彭蠡之滨；雁阵惊寒，声断衡阳之浦"，千百年来传诵不衰，使得历史的灰尘不能将它的盛名湮没。就在回雁峰下有一座城池，它因为在衡山之南，便依山命名，叫做衡阳。清代衡州府的府衙设在此，故人们都称它衡州府。衡州府有着两千年的悠久历史，素为湘南第一大镇。湘江从它的身边静静地流过，年年月月给它注以无穷的生命力，又为它不断洗刷去污垢尘痕，使古城得以生机勃勃，与时俱进。

离城南四五里的江面上，有一个长四百余丈、宽三十余丈的小岛，当地百姓叫它东洲。东洲上有一座古老的建筑和一棵参天白果树。

从洲上残存石碑的铁画银钩中，依稀可辨此建筑建于明宣德年间，名叫万圣宫，白果树就种植于建宫的同时。洲上向来只有三五户人家，全是渔民。因为此地安静，明末书院盛行，此地也建起一个书院，取名东洲书院，

少年王船山便在此读书，为日后博大精深的船山学说奠定了坚实的基础。咸同年间，衡阳出了一个名人，他就是湘军水师统领彭玉麟。光绪十二年，时为兵部尚书的彭玉麟捐赠重金，将东洲书院大为扩展，改名船山书院。

这东洲上自来野生着数千棵桃树。每到早春季节，桃花夭夭，灿若红霞，不但整个小岛成为桃花的世界，连湘江也被桃花映红了。待到暮春时光，桃花凋落，湘水上涨，那一片片落红漂浮在江中，仿佛给冰冷的江浪加了温，变成了暖人的桃浪。于是，东洲桃浪便成为衡州府的八景之一。当年王船山有首《摸鱼儿》，专道东洲桃浪的迷人处，甚为文人们所喜爱：

剪中流，白苹芳草，燕尾江分南浦。
盈盈待学春花靥，人面年年如故。
留春住，笑浮萍，轻狂旧梦迷残絮。棠桡无数。
尽泛月莲舒，留仙裙在，载取春归去。
佳丽地，仙院迢遥烟雾，香飞上丹户。
醮坛珠斗疏灯映，共作一天花雨。
君莫诉，君不见，桃根已失江南渡。风狂雨妒。
便万点落英，几湾流水，不是避秦路。

扩建后的船山书院，以它曾培养出大儒的名望和幽美绝俗的环境，很快便成为三湘名书院，不仅湘南学子视之为最高学府，甚至湘中、湘西，还有邻省江西、广东一带的莘莘学子也负笈前来。在书院任教的先生均为宿学老儒，主持书院的山长，则更非德高望重的硕才大老不可。去年，前山长致仕回籍的原内阁学士罗文辉谢世后，衡州知府窦世德亲到湘潭云湖桥，恭请王闿运老先生主持书院教务。壬秋先生一来感窦知府的盛情，二来他早年本求学于东洲书院，对此地极有感情，遂带着几个随从到了书院。自壬秋先生来后，船山书院更是名声大振，岳麓、城南、渌江等书院的高才学子纷纷南下，一时有学在船山之称。

这天上午，壬秋先生正在书房拟讲课大纲，他要给来书院较久的学子亲授一堂课，专讲何休注的《春秋公羊传》。王闿运对经学钻研极深，诸经中尤擅长《春秋》，于《春秋》更重《公羊》。他对《公羊》有独到见解，认为孔子述《春秋》，独《公羊》能传其精义。 易恕孜撰《湘绮老人及其门下三匠》："先辈们都说过，王闿运身材清俊，谈吐清朗，才气磅礴，胸襟恢宏，能言善道，偶得知己，拊掌以论天下大事，谈经学，论经济，言政事，谋军略，无不侃侃而谈，鞭辟入里。他穿着的一袭长袍大褂，经常用两袖揩拭鼻涕，以至污垢生光，亦不加洗涤，乍相见时，土里土气，完全一副冬烘老学究的神态，如果不是久闻其名，实在不敢相信他是一位饱学之士。”这时门房送来一个长大的信套。王闿运搁下笔，接过信套，见上面盖着一个长长的紫印：湖南巡抚衙门。他淡淡一笑，慢慢拆开，抽出一张精美的名刺来：钦赐进士出身巡抚湖南陆春江。他再看信套里面，却不见信。正纳闷之际，他翻转名刺，只见背面上写着一行小字："壬秋先生：下官谨订于初八下午专程来书院拜访，请届时等候。"王闿运鼻子里轻轻地哼了一声，随手将名刺往废纸篓里一丢，沉下脸问站在一旁的门房："谁送来的？"

门房见王老先生居然将巡抚的名刺扔在废纸篓里，正在惊骇中，忙战战兢兢回答："是知府衙门的傅班头送来的。"

"陆春江好大的架子，到衡州府六七天了，这时才想起见我。信都没有一封，就在名刺背后写几个字。不知是哪个先生教出来的混账学生！老夫名震京师时，他怕还在穿开裆裤，在老夫面前摆什么款式！"

门房见山长如此不把抚台大人放在眼里，早吓得不知所措，想溜走又不敢。

"傅矮子还在那里吗？"

"在，在。"门房忙回答，"他还在等您老的回信哩！"

"你去告诉他，就说我不愿见陆春江，叫他不要来了。"王闿运对门房挥了挥手。　　杨钧著《草堂之灵》卷十四《乘兴》："王湘绮先生在船山时，湖南巡抚陆春江赴衡拜谒，先生不纳。陆去半日，先生买小舟追百余里回拜。或以问余。余答曰：'前之不纳，示不敢当；后之远追，又以示敬。先生言行，多似六朝人。今之兴来即往，正与山阴访戴兴尽而返相晖映也。'衡阳某学堂谋夺寺产，和尚控办学堂人，且以二百元贿周妪，求先生函陆抚说项，但先约定，事败则须退还。先生不允致书，事果失败，然钱已为周妪用去。和尚索之急，先生曰若和尚来见，我亲还之。先生乃书'学堂以夺寺产为主义，凡和尚求见者须贽敬二百元'字条与阍者。明日和尚来，先生令其至阍者处看条示。和尚无言，嗒然而返。"

"是，是。"

门房答应着，赶紧走出了书房。见了傅班头，他到底不敢直说，扯了个谎："王山长近日病得厉害，不能起床，请转告抚台大人，实在对不起。"

傅班头只得回府复命。谁知有一个人此时恰好从这里走过，听了此话，心里猛然一惊。这人便是伺候山长的贴身女人，婆家姓周，大家都叫她周妈。　　胡遁园撰《湘绮老人王壬秋》："老人晚年鳏居，既未续娶，亦无姬妾，惟喜以房妪荐寝，世所传谈中之周妈，则为一貌奇丑陋之乡妇。"周妈也是湘潭人，三十八九岁年纪，长得矮矮胖胖，粗眉大眼，塌鼻梁，阔嘴巴。她的丈夫是个糊涂虫，既不会种田，又不会做手艺，成天只在醉乡中讨生活。周妈生有一个女儿，一个儿子。女儿今年十八岁，儿子也有十六岁了。三年前，两公婆为家务事大打了一场。周妈一气之下，离家投靠王闿运府上，当了一名上房老妈子。谁知周妈这一投，真好比韩信投了汉高祖，从此一帆风顺，步步高升了。原来，王闿运的妻子蔡夫人、妾莫六云都在他六十岁以前辞世了，而六十岁的王闿运老当益壮，依然豪健风流不减当年。他也不再续娶，把家中几个老妈子当老婆使唤：白天做粗事，晚上为他热被窝。府内府外，人言啧啧，王闿运却秉六朝名士的风采，我行我素，并不在乎。周妈一来，就大得老先生的宠爱，渐渐地颇有点宠专房的味道，使得另外几个老妈子肚子里打翻了一坛醋，却又发作不得。 罗石补《曾国藩目为狂妄的王闿运》："风流放诞，这是王闿运自命的，但一般人对他的私德都不敢恭维。他和女佣周妈的畸恋，俨然夫妇，大家都不以为然，何况周妈又是个有夫之妇。她的丈夫是一位流氓型的酒鬼，往往跑到湘绮楼趁王闿运讲学时大吵大闹，质问他为何强占有夫之妇，骂得王闿运无言对答，只好托人出来送钱，将这位流氓酒鬼打发出门，但不久钱花完了，又来丑剧重演。" "因此，王闿运死的时候，有人撰了一副挽联，专以他与周妈和周妈的丈夫纠缠情形为题材，极尽讽刺之能事，但都是真实的情景。挽联的内容是：继船山后，为百士师，才识竟如何，只怕周公来问礼；登湘绮楼，望七里濑，佳人犹尚在，不随王子去求仙。周公是指周妈的酒鬼丈夫。王闿运最怕的，是周妈的丈夫上门向他论理。周妈的家住在七里濑，他在生时，和周妈有生生世世为夫妇之约。周妈并发誓，如王氏一旦撒手西归，她必以死相殉。但王氏去世之后，而周妈并没有随'王子去求仙'。王氏死而有知，读到这副挽联，定当感慨万千，可是决不能不承认这副挽联是难得的佳构。" "在王闿运去世后开吊时，周妈居然也送来了一副挽联，这当然是大家都要一读的。联语是：曾臣清，曾臣袁，曾事民国，叹君一事无成，空有文章惊四海；是君妻，是君妾，是乃昵友，痛我半生何托，永留遗恨在三湘。有人说，周妈跟随王闿运数十年，闺中问字，灯下谈诗，她早已得到王氏的薪传，诗联均有可观。这副挽联，确是出于她本人的手笔。果然如此，连她也不同情王闿运一生行为的乖张，以致一事无成，空有文章惊四海而已。这副挽联，可以算得是王闿运盖棺后的定论。"

按理说，周妈这样丑陋粗俗的老妈子与王闿运的身份相差不啻天壤，老名士怎么会喜爱她呢？原来，这周妈貌虽难看，心里却很灵泛。她有几大长处。一是能干。经她操持的家务琐事，样样干得利利索索，熨熨帖帖，旁人都没有什么可挑剔的，老头子服了她。二是善解人意，对老头子的脾性摸得一清二楚。老头子一动眉一眨眼，她就能知道他心里想什么，于是便顺着他的心意说话办事，使得老头子有她在身边就舒心，无她在身边便不称意。 易恕孜《湘绮老人及其门下三匠》："他六十岁那一年，其妻蔡夫人就去世了，随得同乡周某之妻相侍从，乡人都称她周妈，是一个相当丑俗的女人。王闿运独钟爱之，不仅平日同床，来去自如，即一饮一食，亦无周妈不乐。举凡宴会，不邀周妈者不独与，席次上不偕周妈并坐者不入。"三是有心计。她虽不识字，但对老头子所读的书、所写的文章心里都有数。王闿运读书做文章，常把书房弄得一塌糊涂，每天傍晚，周妈都把它收拾得干干净净。第二天早上，王闿运要昨天读的书、写的文章，周妈立时给他找来，并不错乱。老头子常称赞她有陈平之才。周妈为王闿运书房助手事，可见之于王闿运的自述。刘成禺《洪宪纪事诗本事簿注》卷一附录了一篇题为《读湘绮楼日记注周妈事》的文章。文中说："湘绮告人曰：予藏书零乱，作文时引用考证，名某书某卷，惟周妈能一检即得，虽门人学者，亦不能细心若此，伺候老人外尚有专长。"

因为有这三大才干，王闿运便一天都离不开周妈了，而周妈也慢慢地以王府女主人自命。王闿运的众多儿女虽老大不舒服，但看在父亲的面上，有时也让她三分，于是周妈便更得意。去年王闿运就任船山书院山长，周妈自然也跟着来了东洲。前几天，花药寺住持先觉来东洲找王闿运，正遇着山长在给学子们授课，周妈便出来接待。先觉说，临江盐行起仓库，占用了花药寺的菜地，官司打了两年多，衡州府一直不处理。听说陆抚台到了衡州府，过两天要来拜访王山长。求王山长在抚台面前替花药寺说几句公道话，把寺里的菜地要回来。说完，先觉从怀里掏出二百两银子来，请周妈转给王山长。

周妈见了这么多白花花的银子，喜得笑眯了眼，忙接过来藏起，对和尚说："你只管放心好了，抚台大人是老头子的学生，只要老头子一开口，他就得照办。花药寺的菜地，要不了多久盐行就会归还的。"

其实所谓学生云云，纯粹是周妈的信口开河。先觉也不是个老实人，临走又加了句："若是事情没办好，这二百两银子还请退给我。"周妈满口答应。她想起女儿到了要办嫁妆的时候了，儿子过两年也得说亲，都要银子用，于是把这二百两银子私自瞒了下来，只对王闿运说先觉求他在陆抚台面前说两句话，把菜地要回来。谁知王闿运不愿意，说先觉那家伙刁钻，菜地是不是花药寺的很难说，此事不能插手。周妈一听急了，好说歹说，软缠软磨，好不容易说得老头子勉强答应了。不料他连抚台大人的面都不见，这事不就吹了吗？到手的二百两银子再退出去，周妈哪情愿？她想了想，有了个主意。

周妈走进厨房熬了一碗冰糖莲子羹，又切两片薄薄的人参放在汤面上。她端起这碗羹汤来到书房，格外甜蜜地笑道："老头子，歇会儿，喝了这碗汤吧！"

王闿运放下笔，端起碗来，看见人参片，问："你怎么放了这东西？"

周妈说："我看你这些日子太累，精神没有先前的好了，给你提提神。"

周妈走到老头子的背后，给他揉脖子，掐肩膀，捶背擦腰。老头子立时觉得通体舒服，问：“你哪来的钱买人参？”

周妈答：“就是上次花药寺的那个先觉和尚，硬要塞二百两银子，说是孝敬你。我想你只要对陆抚台说句话，还怕他不听？这件事一定办得了，就收下了。”

“你为何事先不跟我说？”老头子扭过脸来，显然有些不悦。

周妈忙笑着说：“不告诉你，都是为你好呀！我晓得你爱崽女爱得很，崽女们又不晓得疼你。过两天七小姐就要出嫁了，你若早晓得有这二百两银子，又要拿去为七小姐添嫁妆了。我所以不做声，拿这笔银子在敬一堂买了一斤最好的人参，昨天下午伙计刚送来，打算为你每天放两片。没想到老头子你不愿见陆抚台，先觉以后来讨银子，我如何对付呢？”

见王闿运不搭腔，周妈按摩得更殷勤。过一会儿，又试探着说：“老头子，你倒是拿个主意呀！要不，把那还未切的一半退给敬一堂。不过，敬一堂那萧老板向来是卖出去的药不收回的呀！”

王闿运默默地听着，不发一声，心里一直在盘算。他出身寒素，家里并无祖业，目前这份家产，全是他一人挣来的。蔡夫人生了四子四女，莫六云生了六个女儿。长子代功、三子代舆均成家生子，但二人都还在念书，不能为家庭增一丝收入。次子代丰前些年病逝，媳妇带着嗣子守寡在家。四子代懿未娶亲，跟着他在书院读书。十个女儿嫁出去了六个，还有四个在家。子、女、媳、孙等十多个人，全部吃的老头子一人的舌耕所获。另外男仆女佣尚有十一人，外加终年不断的客人、打抽丰的亲戚，尽管老头子名气很大，每年的聘金、润笔费以及那些当官发财的阔门生的孝敬费用等，各项收入加起来也不少，但开支实在过于庞大，他常常要为家里的银钱发愁。周妈一片好心为自己买下的人参，岂有再退回去的道理？一时也拿不出二百两银子来弥补这个亏空，何况先觉为人奸诈，他的银子也是装神弄鬼骗来的不义之财，花了他的心里不愧。想到这里，王闿运对周妈说：“你去叫门房进来。”

周妈知老头子有了主意，忙颠起两只小脚，快步向大门口奔去。当门房走进书房时，王闿运指了指书桌上一张刚写好的字条说：“花药寺的先觉和尚来时，你可出示此纸条给他看。”

门房拿起字条，念道：“本山长向来不与出家人往来，若僧尼有事求，须贽敬现银二百两。”

周妈一听，笑得圆胖脸上堆满了肉。

傍晚时分，王闿运照例由周妈陪着在桃林中散步，身后常常跟着一群学子，今天也不例外。他生性机敏善辩，老来更是倚老卖老，逍遥旷达。他在权贵面前有时清高傲岸，对恶人也喜玩点机巧，捉弄一下，图点快意，然在莘莘学子面前，却是一个蔼然长者，平易近人，一团和气。尤其对那些贫困而有上进心的青年，他更是尽力帮助，对其中的卓异者，他不惜降尊纡贵，与之订忘年交。正因为此，学子们敬重他，喜欢他，在他的面前，可以无拘无束地东拉西扯，也可以随意发表各种议论，哪怕惊世骇俗也不要紧。 陈彰撰《纪湘绮老人王闿运》:"壬秋与名公巨卿游，而意志偃蹇，遇少年新进之士，则蔼然逾恒，人或讶之，则曰:位高而年高者，大致可观止矣;后生虽尚无闻，而来日方长，不能限其前程，故不可不存礼畏之心也。"他常说自己就有许多惊世骇俗的举动，人活着，第一要适意，不要受世俗清规戒律的过多约束。

"湘绮先生，您老年轻时与曾文正公等人交往，有许多好听的故事，讲两个给我们听听吧！"说话的是近日来东洲游学的一位诗僧，四十多岁的年纪，也是湘潭人，俗家姓黄，名读山，出家后法号敬安，字寄禅，又因曾在舍利塔前烧去二指，世称八指头陀。寄禅幼年失去父母，为人拾粪牧牛。有次避雨私塾檐下，闻塾中小儿读唐诗"少孤为客早，多难识君迟"，潸然泪下。塾师怜其孤贫好学，以煮饭烧水为条件，收其为徒。没有多久塾师死了，他也离开私塾。以后白天为人佣工，夜晚在灯下读书。偶见桃花为风雨摧败，感人世无常，遂出家为僧，然心中常悲苦。寄禅在寺中偷偷地养了一只狗，有次正在喂狗食，长老来了，他怕责骂，将狗驱开，自己把残食全吃了。到半夜，他想起白天的事来，很觉恶心，大吐起来。吐后他猛然悟到：白天吃狗剩饭不觉难，夜晚想起当时情景反而难受，可见美丑善恶，均只在一念之间。从那以后，敬安对人生大彻大悟，不再自为悲苦,以念经礼佛、吟诗访友为终生乐事。寄禅初以一句"洞庭波送一僧来"引起当时湖南诗坛的青睐，后来遍游名山宝刹，与各方诗人唱和，诗也越写越好，成为一个著名的诗僧。但寄禅自知根底浅薄，佩服王闿运的博学鸿才，常常到王门请教。王闿运赏识他的诗，收他做弟子。前些日子，他从浙江宁波天童寺讲学回湘，听说王闿运任教衡州府，便赶来东洲，与壬秋先生谈诗讲文。 柴小梵《梵天庐丛录》卷二十八《八指头陀》:"八指头陀寄禅，为湖南姜畲黄姓农家子。幼孤贫，为人牧牛，十余岁时投山寺出家为僧，燃两指供佛，故名八指头陀。具夙慧，能为诗。初不识字，以画代书，不知壶字，则画壶形。其时姜畲铁匠张正旸，及杨度之妹叔姬，皆不学诗而自能诗，逼窄三里之内有此三异，姜畲人传以为奇。十余里外云湖，王湘先生闿运隐居之。其地又有老农沈氏能学陶诗，群呼为沈山人。又有陈梅羹处士亦居姜畲，博学能诗，不事科举，刻有《陈姜畲集》。一乡之中，诗学大盛，高谈格调，卑视宋、明，汉、魏、三唐，自成风气。惟头陀自出家后，远游于外，其先茔在姜畲，偶归拜墓而已。头陀自言初学为诗，甚苦，其后登岳阳楼，忽若有悟，遂得句云：洞庭波送一僧来。灵机偶动，率尔而成，不谓竟得诗奥。其后众僧推主长沙上林寺。叶郎园焕彬谓之曰：工诗必非高僧。古来名僧，自寒山、拾得以下，若唐之皎然、齐己、贯休，宋之九僧、参寥、石门，诗皆不工，而师独工。其为僧果高于唐宋诸人否耶？头陀不服。叶书楹联赠之，有正法眼空三教论，中唐音变九僧诗之句，亦谓其诗自工而僧固不高也。主上林方丈一年，童童仆仆，无一日顷闲。”

王闿运听了敬安问话后，心里舒畅。他喜欢别人问他与曾国藩、左宗棠等人的交往，这是他毕生引以为自豪的历史。他略微想了下，笑着说：“我讲一个吧！”

学子们听说山长要讲中兴时期故事了，顿时兴趣大增，后面的都走上前来，将他团团围住。周妈像个贴身侍卫似的，紧靠着老头子身边，呵斥着：“不要挤着先生了！”

“不要紧的。”王闿运乐不可支，以他特有的洪亮口音说，“那年我从山东到安徽祁门。当时安庆、金陵都还在长毛手里，曾文正刚被授两江总督，督署衙门没地方摆，曾文正选了祁门为驻节之地。我一到祁门，便看出那地方不宜扎老营，因为它处于丛山之中，出山之路一旦被长毛切断，便会与外面失去联系，只好坐以待毙。我跟曾文正说了，他没有听我的。他不听我也没有办法，说了一次不再说了。”

曾国藩死后谥文正，当时人们都称他曾文正公，以示尊敬，而王闿运则只称曾文正，不再加“公”字，他这样做，意在表明他与曾国藩是平等的朋友关系，无须格外的尊敬。

“先生，听说李中堂也跟曾文正公说过这样的话。”一个学子插话。

“那是以后的事了，李少荃正是因为这个原因，趁着为李元度说情不准而离开祁门的。李少荃那人向来乖巧。”王闿运笑了一声，继续说下去，“祁门幕府熟人很多，晚上无事，大家在一起随便聊天。有次我给他们讲了一个笑话：人们都知道孔夫子门下有个弟子叫公冶长，却不知道公冶长有个兄弟叫公冶短。公冶短去看哥哥公冶长，见洙泗河畔弦歌不绝，书声琅琅，尔雅温文，心里很是羡慕，便也想投在孔夫子门下求学。公冶长带着弟弟谒见夫子。夫子那时正在用餐，两兄弟席地坐在旁边。公冶长说明来意，并代弟弟呈上束脩，夫子答应了。他问公冶短，你哥哥通鸟语，你也通吗？公冶短恭恭敬敬地回答，门生不通鸟语，却通犬语。夫子听了很满意。此时恰好有两只狗在餐桌下争一块肉骨头，争得很起劲，发出汪汪的叫声。夫子问公冶短，你知道这两只狗在说什么吗？公冶短侧耳听了一下回答，一只狗正在啃骨头，嘴里说的是好吃，好吃。另一只去抢，嘴里说你吃得，我也吃得。”

王闿运用很重的湘潭土音，把“吃”念成“恰”，大大增强了幽默感，引得四周的学子们哈哈大笑。

“谁知道这笑话闯了祸。”见学生们笑得痛快，先生也很快活，“第二天传到曾文正耳中，他大为不快。后来我才知道，前几天九帅的部下与鲍超的部下争战利品，鲍超发脾气说，老九的人拿得，我的人为什么拿不得？曾文正说我是讽刺他的兄弟和部属。其实这是冤枉，我事先一点也不晓得。”

“难怪曾文正公没有留您老在幕府，恐怕就是因为这个缘故！”寄禅笑道。

“曾文正网罗了三湘才俊，就是不用我，原因很多，恐怕这也是一个吧！” 罗石补《曾国藩目为狂妄的王闿运》：“他趁给假回乡省亲扫墓的机会，迂道经过祁门，晋谒曾国藩，自然具有攀附之意。因为当时三湘才俊，几乎无不被曾氏所网罗，自问以他的才名，曾氏必当留用而畀予重任，所以，他是怀着美玉求售的心情而赴帅府的。” “帅府中为王闿运特别举行了一次欢迎的宴会，曾公亲率高级幕宾为他洗尘。王闿运自然感到十分荣宠，酒酣耳热，谈笑风生，他有些得意忘形。到大家提出余兴节目，并求他讲故事时，他乃毫不推让地讲述了一个故事。 “他说，孔子有一位弟子名叫公冶长，这是大家都知道的，但公冶长有位弟弟也是孔子的门弟子，可能大家都不知道。当这位老弟首次去进谒孔子时，夫子正在进餐，他就在餐桌旁进谒。先说明自己是公冶长的弟弟名叫公冶短，奉父母之命，前来请求收入门墙，并呈上所带的束脩。夫子在答允收录他为弟子后，突然向他提出了一个问题。 “孔子说，你哥哥通鸟语，你是否也通？公冶短很恭敬地答道：门生不仅通鸟语，还精通兽语。恰好这时孔夫子把一块骨头抛到桌下，几只狗为争这块骨头而发出吠声。孔子立即问他，这几只狗说的什么？公冶短答道：抢到了骨头的狗并未说话，没有抢到的狗正在骂它：你伢恰得，我伢恰不得？ “原来，公冶短所说的这两句话，是湖南湘乡土话，意思是你能吃得，难道我吃不得？在座的多湘乡人，非湘乡人也经常听到这种口头禅，所以故事说完，立刻引起了哄堂大笑。可是坐在主位上的曾大帅，却笑颜中含有愠色。因为这一则故事，隐含着讽刺当时曾氏及其部属正在争取先入金陵城第一功的意思。”

“先生，听别人说，文正公死后，您老送的挽联，曾惠敏公没有挂出来，有这事吗？”

问话的人三十来岁，名叫张登寿，是壬秋先生门下另一个奇特的学生。两年以前，张登寿还是湘潭乌石山下一个铁匠。他打铁时，不像一般铁匠那样，在炉火上悬一个饭锅，他是高高地悬一本书，一边打铁，一边读书，居然在熊熊炉火之旁读完了四书五经。这位张铁匠尤爱诗词歌赋，常常作些诗，在炉旁吟诵，自我欣赏。别人对他说，要想诗有长进，必须投壬秋先生门下。一个大雪天，张铁匠戴着斗笠，支着木屐，穿着破旧的衣服，冒着雨雪走了三十多里，来到湘绮先生任教的昭潭书院。这时王正在宴客，湘潭县的官绅名流济济一堂。门房见张皮肤糙黑，衣裳破旧，便不让他进。

张瞪起大眼说："我是乌石山张铁匠，非见先生不可！你不让我进，就把我这本诗稿送给先生看。"门房见张面色凶恶，有点怕，便代他将诗稿送进去。王闿运早已风闻张铁匠之名，遂在席上翻看诗稿，才读了几首，便叹道："果然是吾乡一位真正的诗人。"于是倒屣出门，将张铁匠迎了进来，请他上座。那些官绅生怕铁匠身上的泥水污坏了他们的狐皮袍子，都离得远远的。从那以后，张铁匠不再打铁，跟着王闿运吟诗填词。 钱基博撰《近百年湖南学风》："县人张正阳者，本锻工也，耽吟咏而为人佣。一夕，睹白桃花盛开，而月色绮映，忽得句曰：'天上清高月，知无好色心。夭桃今献媚，流盼情何深。'姜畬陈鼎见之大惊曰：'子诗何似孟郊？然非王先生不能成子名。'会大雪，戴笠著屐，单衣磬踔，造门投卷。阍者见其面垢衣敝，拒不为通，则大呼曰：'我以诗谒王先生，乃却我耶？'阍者不得已，为进。方设筵宴邑令，邑缙绅先生成在，闿运即席开卷读，顾曰：'邑中有此诗人耶！'延之上座，座客愕然。正阳泥淖满身，而貂狐裘丽，嫌为所污，莫敢与酬对。闿运则殷勤问讯，遂使受学而补诸生，通三《礼》、《春秋》、《尚书》、《诗经》，讲评孜孜。撰有《诗经比兴表》、《礼经丧服表》，闿运叹为前人所未发也。然宏奖之中，不废规诫。"

"我那副挽联，曾劼刚的确没挂，他认为我对他父亲褒扬不够，其实我说的话最公允，后人会有裁评的。唉！"王闿运微微叹了一口气，"曾文正的胸襟本来就不宽，他的哲嗣比他还不如。"

"倒是前几年您老挽彭刚直公的那副联，彭永钊把它挂在最显著的地位。"寄禅插话。

王闿运笑道："那都是说的好话，给他那样的脸面，他如何不挂？"

一个学子说："八指头陀，先生的挽联是怎么写的，念出来让我们学习学习。"

寄禅说："先生的挽联是这样写的：诗德自名家，更勋业灿然，长增画苑梅花价；楼船欲横海，叹英雄老矣，忍说江南血战功。时人评论，都说此联为彭刚直公的数百幅挽联中第一副。"

王闿运微笑着眺望江面上晚归的小渔船，心情十分舒惬。

那问话的学子叹道："先生才华真是横绝一世，再没有人比得上的。"

张登寿说："昨夜月光明亮，我吟先生咏月诗，胸中备觉清澄明洁，烦琐之事，一扫而空，尤其是'夜月明如玉，空山不辨花，云来一庭暗，风去百枝斜'数句，其传神之处，唐贤都不及。"

"张铁匠，你过奖了！还是你的咏月诗自然率真，我不及呀！"王闿运突然转过脸来插话，"天上清高月，知无好色心。夭桃今献媚，流盼情何深。大家听听，这才真叫传神哩！"

"哈哈哈！"四周学子一阵大笑，笑得张铁匠不好意思起来。

“父亲大人。”代懿急急忙忙地分开众人，走近来说，“夏抚台的大公子来了。”

“哦，午诒来了，我去见见他。”

五 听说杨度非韩薄柳，王闿运欣喜地说：孺子可教也

“门生拜见夫子大人！”夏寿田推开书房门，见王闿运端坐在太师椅上，忙趋前两步，行一跪三叩之礼。

“快起来，不必这样。”王闿运离座，亲手扶起夏寿田，把他细细端详一番，笑着说，“比前几年结实多了，老成多了。坐下吧，坐下说话。娶亲了吗？”

夏寿田挨着王闿运身边坐下，红着脸说：“大前年完的婚。”

“娶的是哪家的小姐呀？”王闿运慈祥地问。

“陈侍郎公的侄孙女。”

陈侍郎就是陈士杰。他是曾国藩筹建湘军初期的重要幕僚，后来做到了吏部侍郎。他也是桂阳人，与夏寿田同乡。

“哦，原来与俊臣家结了亲戚，好，好！”王闿运连连点头，“那年我第一次见曾文正的时候，他身边真正的幕僚，就只俊臣一人。”

五年前，夏寿田的父亲江西巡抚夏时礼聘王闿运主讲豫章书院，又把自己三个儿子都送到书院拜王为师。夏时对王很尊敬，彼此关系融洽。夏寿田聪明好学，也深得王的喜欢。但王与豫章书院的其他先生们合不来，只在南昌待了一年便回湘潭了。半个月前，王闿运接到夏时的亲笔信，信上说，犬子会试告罢，已命他回湘重拜在夫子门下，望夫子念旧日师生之情收下玉成为荷。王闿运虽拒湖南巡抚陆春江于门外，但他绝不是一个不与官场往来的人。事实上，他倒是热衷于官场周旋，不过这得有一个条件，那就是与他交往的官员，无论职位高低，都必须在他面前如同一个受业的门生似的。否则，不管资格多老、职位多高，他都可以做出极不礼貌的事来。 葛虚存著《清代名人轶事》卷十六《某官慕王壬秋》：“有某官慕壬秋名，屡欲造访，逢人寄声，而卒不至。朱暝庵克敬戏为诗曰：酿花天气冷如秋，风卷芦帘客怕留。却忆去年彭太保，布鞋点雪访壬秋。”同治十年他去江宁拜访曾国藩，恰遇曾有事未见他，第二天打发人来请他赴宴。他对来人说：“请转告相国，王某人不是为一餐饭而去见他的。”说完便乘船离开江宁了。前任巡抚吴大澂去湘潭拜会他，他设宴招待。席间，吴大澂颇以巡抚高位自得。王闿

运说：“这几十年来做官很容易，想做什么官，都可以做得到。”又指着环立一侧的仆役对吴大澂说：“这些人一旦乘时都可以为督抚。”他也不顾抚台大人脸上的尴尬，一个劲地说某某过去是个帮人打短工的，只因为投湘军打了十几年仗，结果做到了山西巡抚；某某过去是个无业流氓，也因为投了水师，后来做到了陕甘总督。说得抚台大人灰溜溜的，未终席便匆匆告辞。夏时虽身为巡抚，却从不在王闿运面前装大，总是一口一声“先生”、“夫子”地称呼，故王闿运也拿他当巡抚看待。

夏寿田告诉老师，这次会试虽未获隽，但在京师得益不少。王闿运安慰他，说年纪轻轻，不必计较这些，多进几次京，多几番历练，对今后大有好处。师生亲亲热热聊了很久，夏寿田突然问：“先生，杨度来了吗？”

“哪个杨度？”王闿运觉得奇怪。

夏寿田知道杨度尚未来东洲，颇为纳闷：长江边分手时说得好好的，回家住几天就去投湘绮先生，怎么还没来呢？他对王闿运说：“杨度是先生的同邑，家在石塘铺。祖父名叫杨礼堂，当年在李忠武公麾下当哨长，后在三河之役阵亡。伯父杨瑞生做归德镇总兵，父亲杨懿生病故多年了。”

王闿运点点头说：“杨瑞生我知道，听说他把兄弟的遗孤都接到归德镇去了。”

“没有全部接去，接去的是大侄儿和侄女。大侄儿就是杨度，字皙子。”

这时周妈进来了，端来一杯茶和一碟糕点放在夏寿田面前，满脸堆笑地说：“哟，这就是夏抚台的大公子吧！长得好秀气，脸白嫩得跟大姑娘一样！”

夏寿田不认得周妈，见她这副模样，说起话来又不知高低分寸，正不知怎样与她打招呼才好。

“她就是周妈。”王闿运坦然地介绍，“以后有什么事，见不到我时，可以跟她说。”

夏寿田在心里掂量着：先生这两句话，说来似乎不经意，但分量不轻，看来此人不同寻常。他站起身，客气地叫一声：“周妈。”

“哎呀，好孩子，真懂事，快坐下，快坐下，还没吃夜饭吧，我给你做去！”夏寿田此举给了周妈很大的面子，她高兴得手舞足蹈起来。

王闿运见周妈说话不成体统，便顺水推舟地对她说：“你去厨房做饭吧！”接着又问夏寿田，“杨度能接他祖父、伯父的脚吗？”

“门生这些年结识过不少有为的朋友，私下认为，还没有一个人可以超过杨度的。杨度的前程必定远在其祖父、伯父之上。门生看他真有点像贾太傅、谢东山一类人，若能得到先生的栽培熏陶，今后一定可以成为国家的柱石。”

“我们湘潭真出了一个这样的人才吗？”王闿运似问非问地自言自语。

“先生，门生和杨度在黄鹤楼下分手时，他送了我一首长诗，我很爱诗，随身带着。先生你看看这首诗，就知道杨度其人。”

夏寿田从衣袋里掏出一个信套。打开信套，将一张折叠的白宣纸抽出来，展开递了上去。

王闿运接过纸，立时眼睛一亮。未读诗之前，满纸书法先就吸引了他。那字体端正稳重，英气勃发，亦隶亦碑，笔力厚实。单从这字来看，就为他四十年来上千门生弟子中所少见。诗是歌行体，题作《黄鹤楼送夏大之江右》。他饶有兴致地读着：

> 少年怀一剌，遨游向京邑。朱门招致不肯临，海内贤豪尽相识。与君中原初一见，沥胆相要无所变。玉辔同行踏落花，琼筵醉舞惊栖燕。金貂换酒不自惜，玉管银箫恣荒宴。征歌夜饮石头坊，对策晨驱保和殿。
>
> 友朋纷入金马门，我辈怀珠空自珍。相如作赋谁能荐，贾谊成书未肯陈。人生得失岂足论，且倾绿酒娱清辰。闲来碧云寺里聚，西山日暮风萧飒。倦鸟低随木叶飞，夕阳深被青云合。偶然一啸当空发，万里孤鸿应声泣。山川萧条不称情，长铗归来事蓑笠。著书欲写於陵子，耕田且效陶彭泽。
>
> 遥传别后相思句，廓落天涯梦魂接。云散风流不自恃，金樽共醉信有期。黄鹤楼头望海隅，今日山河非昔时。辽东半岛血染红，烽火青青焚白骨。君今向何方，东见陈孺子。问我东山高卧时，苍生忧乱应思起。桥边石，感人深。送君去，为君吟。东行若过彭泽口，为问陶令是底心。

夏寿田被周妈招去吃夜饭了。王闿运看着摆在书桌上的诗，陷入了沉思。王闿运思维敏捷，别人殚精竭思得来的收获，对他来说可以不要费多大的力气便可得到，他因此而没有沉思的习惯，今日是少有的例外。凭着学者的识见，诗人的灵感，老人的阅历，他已看出作这首诗的杨度不是凡夫俗子。

王闿运自幼起便发愤苦读，朝所习者不成诵不食，夕所诵者不得解不寝，十五明训诂，十八通章句，二十而言礼，知三代之制度，详品物之体用，进而述《春秋》微言，博通诸经，二十一岁中举，后参曾氏幕，游京师，以布衣而动公卿。他不以文人学者自限，自青年时代起就十分留意海内鼎柱人物的动向，欲辅佐其人以成非常之业，自己也随之而名垂青史，百代不朽。他先是看准了曾国藩，以为他能建光复汉人江山的伟业，结果遭到了曾氏的冷遇。后转而投靠肃顺，将肃顺视为定满人乾坤的人物，但肃顺太刚愎自用，使他失望。咸丰帝死后，他洞悉肃顺已处于危境，一方面为了远离是非之地，保全性命；另一方面也为了拯救肃顺，他离京师南下，赶到安庆，劝曾国藩起勤王之师，进京劝阻不合祖制的垂帘听政，支持先帝亲定的八大顾命大臣，谁知遭到曾氏的拒绝。后来宫廷发生政变，那拉氏与奕欣携手废除顾命制，弃肃顺于市，曾氏受到空前未有的信任。事实证明王闿运以书生意气插手最高层政治，是何等的幼稚浅薄！王闿运灰心已极，从此不再过问官场之事，潜心于经史研究，肆力于诗文创作。他从庄子学说中领悟到逍遥处世的秘诀，表面上以一个佯狂玩世的风流才子自处，其实内心里一刻也没有放弃自己青年时代的初衷。他一面精心探求文化典籍中的帝王之学，一面在众多的弟子中注意物色传人，以便将自己一生中的真实学问传授其人。令他遗憾的是，几十年过去了，他始终没有在弟子中看到自己年轻时代的影子。他想起几天前做的一个怪梦。

那是一个夏夜，明月当空，清风送爽，他坐在湘绮楼上，把卷吟诗，自得其乐。忽然，他看到楼房东边山中冲出一束亮光，如同那里藏着一块稀世之宝似的。出于好奇，他下了湘绮楼，朝着亮光走去。进山后，看见一间茅屋，茅屋窗口边有一盏极明亮的灯。王闿运想，原来亮光就是这灯火，怎么这样亮呢？再一看，屋里有两个人：一个年纪轻轻，长相十分英俊；另一个是老者，鹤发银须，袍服华丽。那老者似乎有点面熟，一时又想不起来在哪里见过。他紧贴窗口，听他们说些什么。只听年轻的说："老先生，你是一代帝师，你收下我做一个门生吧！"老者说："我虽然教过朱洪武的太子，但太子并没有登位，我不能算一个真正的帝师。"

"教过朱洪武的太子"！王闿运听后大吃了一惊，再细细一看，啊，原来是宋濂，怪不得面熟！他继续听下去。年轻人又说："您老过谦了。太子虽未登位，但太子的儿子还是做了皇帝。太子拿您老教的学问教子，您老自然也就是帝师了。况且您老辅佐朱洪武的功绩是任何人都不能抹杀的。"老者叹口气说："有什么功绩可言啊，到头来遭贬还乡，如果没有马皇后的贤惠，头都被砍了。"年轻人说："自古伴君如伴虎，遭君主贬谪，甚至杀害的良臣举不胜举，但千年史册仍有他们的一页，这却是不可能湮没的。倘若能承老先生所学，做一番大事业，就是今后不得善终，我也心甘情愿。”老者捋须大笑："痴儿可爱。我不能当你的老师，自会有做您老师的人。你看，他不就在窗外！”

王闿运没有料到自己的行踪被宋濂识破，大为惭愧，赶紧离开，不小心被一根野藤绊住脚，跌了一跤，醒过来了。

一连几天他都在想这个怪梦。和当时所有的读书人一样，王闿运深受孔子梦周公的影响，相信那些非同寻常的梦一定有所征兆。二十一岁的年轻举人诗写得如此卓荦不凡，特别是“君今向何方，东见陈孺子。问我东山高卧时，苍生忧乱应思起”，这几句诗强烈地打动了他的心。石塘铺正是在云湖桥的东方。王闿运当然知道，“东山”用的是谢安隐居东山的旧典，但也奇妙地与云湖桥之东相吻合。莫非此人就是梦境中的那个年轻人？而自己就是宋濂已点明那个年轻人的老师？年轻人向宋濂孜孜以求辅佐学问，这不是自己多年来所寻找的帝王之学的传人吗？天示异兆，不可等闲视之！王闿运想到这里，异常兴奋起来。　陈彰《纪湘绮老人王闿运》："陈宝箴抚湘时，壬秋宴之于家。陈盛道楚才之不可及，颇致欣羡。壬秋环顾随侍，谓陈曰：‘此辈乘时，可为督抚。’陈无言。”

“先生。”夏寿田吃完饭后走进书房，见老师面有喜色，知道他欣赏杨度的诗，便说，“这诗写得还可以吧！”

“写得好！很有点李谪仙的豪气。此子才情识见都非比一般。”王闿运显得十分兴奋，又补充一句，“书法也是上乘。”

见老师如此赞赏，夏寿田也很高兴，说："杨度的确有大器之才，只可惜一直未遇名师点拨，蹉跎了岁月，他对先生崇敬不已，先生收下他吧！”

王闿运微微地笑了，问："此人有没有什么怪脾气？”

“人很好，最是仗义够朋友。”夏寿田说，“就是狂了点。”

“狂不是坏事，孔夫子还说过狂者进取哩！”

王闿运身为人师四十年，深知凡才高的年轻人，十之八九有点狂气。自己年轻时只身闯曾国藩军营，当面指出曾氏《讨粤匪檄》的谬误，那还不狂吗？年轻人不怕狂，倒是正要有三分狂气，才勇于进取，所谓初生牛犊不怕虎即谓此。年轻人最怕的是世故，十多二十岁的人，便学得圆滑瞻顾、规行矩步，多半没有大出息。不过，年过耳顺的老先生，在经过数十载对人情世态的洞察后，也清楚狂亦得有度，若狂得无法无天，狂得胡作非为，则易遭天忌人怒，那也多半会在未获大用的时候就被扼杀掉了。“午诒，这个杨度是怎么狂的？”

“他连韩愈、柳宗元都看不起哩！”夏寿田把游西山时杨度给他说过的事向王闿运叙说了一遍。

“孺子可教也！”不待夏寿田说完，王闿运脱口赞叹。夏寿田颇为惊奇地看着老师。

夏寿田毕竟还不太了解他的老师。王闿运于文，悉本之《诗》、《礼》、《春秋》，溯庄、列，采《语》、《策》，通司马，探贾、董，平素一向鄙视唐宋，轻蔑元明，书非上古三代秦汉不读，自己发为文章，乃萧散如魏晋间人，常太息今世无可语文者。被世人所称颂的唐宋八大家，他认为只可供幼童发蒙之用，不可作有志为文者的课本。他的这种看法少有人附和，现在竟然有一个弱冠举人与自己英雄所见略同，此子真大有过人之处。他恨不得立即见到杨度。此人早已言明要来东洲，为何至今未来，莫非有什么意外？得天下一英才而教之，乃人生一大乐事。孟夫子的心愿，千百年来已成为中国一切有事业心的教师的共同愿望。一个普通的教师尚且如此，何况他，一个有崇高抱负、精深学问的一代宗师，一个刻意寻求非常之才接替自己早年非常之业的策士，能让英才失之交臂吗？王闿运决定趁着回湘潭嫁女的机会，亲自到石塘铺走一遭，去会会这个年轻人，看看他的家庭，问问他至今未来东洲的原因。

六　大学者家嫁女与众不同

云湖桥王府办喜事，已经整整热闹三天了。王闿运这次嫁的是第七女，大名王莪，乳名棣芳，乃莫六云所出。棣芳今年二十岁，嫁的是已故川督丁宝桢的第八子体晋。

咸丰十一年，王闿运由京师经安庆回湘潭，那时丁宝桢正任长沙知府，闻王之大名，亲来云湖桥拜访，并恭请王为西席。两年后，丁调升陕西按察使，王因不愿离家远行，故未随往。不久，丁又调到山东。到山东后官运亨通，由按察使升布政使，由布政使升巡抚。同治八年，他冒着杀头之险，诛权阉安德海，一时名震海内。王十分佩服丁的胆量和骨气，但也为他的前途捏一把汗。出乎意外，丁此举不但未受慈禧的惩罚，反而得到赏识。光绪二年，丁调升四川总督。一到四川，他便邀请王去讲学。王带着莫六云及六云所生的两个女儿蒲芳、棣芳欣然前往，在成都创办尊经书院。丁有时来书院拜访王，因为是多年的老友，六云及女儿们也不回避。丁尤其喜欢棣芳，他的第八子大棣芳一岁。于是，两个父亲便为一双儿女订下了这桩百年大事。王感丁知遇之恩，在尊经书院甚为勤勉，一住九年，造就了大批人才，为巴蜀近代学术作出了巨大贡献。光绪十年，丁宝桢病逝，王闿运也便随之携眷离四川回湘。

丁宝桢虽然死去十一年，但为官日久，家资厚实，且丁体晋几个哥哥的官都已做得不小，故这次从贵州平远老家来湘潭迎亲的排场颇大，礼物也很丰盛。前来云湖桥贺喜的人很多，有湘潭的官绅名流，王、蔡两家的亲戚，王的朋友门生，云湖桥四周的乡邻，还有棣芳的嫡亲舅舅也从广西赶来了。王闿运这些日子来，又高兴又难受。高兴的是他看到女儿有一个很好的归宿:婆家是大官宦人家,有名望,有财产,女婿人品端正,知书达理。难受的是女儿远嫁千里之外，今后再见一面很困难。

王闿运一共有十个女儿，无论嫡出或庶出，他都一视同仁，没有高低贵贱之分。每生一个女儿，他都正正规规地为其取名号字，到了四五岁时，便亲自教她们识字，八九岁时则教她们读古诗古词，再大点，授以《诗经》、《楚辞》、《论语》、《孟子》，其中聪慧好学的，他也教她们读《春秋》，读《史记》、《汉书》，系统地教她们吟诗填词。故王门十女，个个都能识字断句，作诗作文。棣芳形神都酷肖乃父，不仅容貌俏丽，且聪颖贤惠，在姊妹群中数她书读得最多，诗文也作得最好，深得老父钟爱。

送亲的鼓乐声响起来了，在震天撼地的鞭炮声里，十几个穿红戴绿的伴娘，众星捧月似的将新娘子从绣房里拥出，来到正厅。这里坐着一排王、蔡、莫家的长辈，棣芳在胞妹锦同的搀扶下，一一向长辈行礼告辞。走到老父面前时，棣芳再也不能控制自己，放声大哭起来。王闿运抚摸着爱女的手，也禁不住老泪纵横。好久，他擦干眼泪，颤抖着嗓音说："棣芳，今天是你的大喜日子,莫哭了。我心里本是欢喜的,只是想起今天这个时候,你的娘却不能送你，我心里难过。"

谁知这句话，把棣芳心中最深处的悲痛引了出来，一发放声痛哭，不能自持，哭得在座的各位长辈都潸然泪下，站在一旁的女婿也在悄悄地抹泪水。大厅外的鼓乐鞭炮声也停了下来,王闿运不去劝,干脆让女儿哭个够,只是双手把女儿的手臂捏得更紧。当女儿的哭声渐渐低下来的时候，他继续说："丁家是个积善厚道人家，老八这孩子我亲手教过他五年书，既聪明又驯良。你嫁到这样的家庭，是你的福分。老父我和各位长辈都希望你们夫妻相敬相爱，多生佳儿，白头到老，百年幸福。"

棣芳听着父亲充满体贴和慈爱的话，心里一阵感动，眼泪又泉水般地涌出，满肚子的话一字也说不出来，只是不断地点头，表示记下了。

“你去丁家,这一生的吃穿都不用担忧。你娘生前为你准备了五箱嫁妆，虽不丰厚，也是娘家的一点心意。有句古话叫做好男不吃分家饭，好女不穿嫁时衣，未来的家业还要靠你们两夫妇自己创立。”

棣芳又点头。丁体晋在一旁说：“岳父大人教导的是，我们记住了。”

“话虽这么说，老父我也要送你一点嫁妆。”

满厅的人都在观望，王壬秋老先生要给女儿送什么样的嫁妆呢?

王闿运吩咐身边的仆人：“把木箱抬来，给七小姐当面看看。”

两个仆人抬来一口木箱。木箱漆着锃亮的黑漆，盖板上贴着一个红纸剪成的圆形大“囍”字，四边裹着一条红绸，红绸在“囍”字上结成一朵牡丹花。一个仆人走上前，将红绸结打开，然后再把箱盖板掀起。众人看时，那箱子里摆的并不是绫罗绸缎，也不是金银首饰，而是整整齐齐一箱子书。这是嫁女，又不是送儿子进京赶考，送这么多书做什么？众人嘴上不说，心里都在嘀咕。王闿运指着木箱问女儿：“棣芳，你今日远嫁，老父我送你这箱东西，你不感到奇怪吗？”

“不奇怪。”棣芳轻轻地答。

“喜欢吗？”王闿运又问。

“喜欢。”棣芳答得很爽快。

“棣芳，你真是我的好女儿。”王闿运顿时大为高兴起来，“世人都说女子无才便是德,我偏不这样看。诗三百篇,有不少都是出自妇人女子之口，那些缠绵悱恻之诗作，比须眉丈夫的无病呻吟更为感人。女子心细，又重感情，宜于吟咏。故从古至今，才女代代皆有。你们姊妹从小起，我就教你们读三百篇，读唐诗宋词，希望一是借此陶冶心性，消愁解闷，二是自己也学着写一点，夫唱妇和，琴瑟更加和谐，三是可以教育子女。我细心观察过，识文知书的女子与愚蠢女子所生下的子女大不相同。你几个姐姐出嫁时，我都送了几本书。你在姊妹中书读得最好，所以我多送一些。”

说罢，王闿运从箱子里拿出一本书来说：“这是一本元刻《诗经》，当年我在京师琉璃厂买的，极为珍贵，你要好好保存。”

棣芳点点头说：“谢谢父亲大人的厚爱。”

王闿运又指着另一排说：“这十几本书都是我手抄的汉魏唐宋诗词，当年专为供你娘读的。上面的许多圈圈点点，都是你娘的手泽。现在交给你保管，望你见它如睹母面。”

棣芳的眼眶又湿了。她掏出手绢来，把泪水慢慢地抹掉。

“这里还有几本诗集，都很不一般。”王闿运从箱子里拿出一本书来，随手翻了一下，对女儿说，“这几本诗集，是我们湘中近世几个名媛的闺房诗，有左文襄的外姑慈云老人和诒端夫人姐妹的《慈云阁诗钞》，有曾文正长媳惠敏夫人的《分绿窗集》，还有曾重伯的母亲郭夫人的《艺芳馆诗集》，杨石泉制军孙女的《椿荫庐诗词存》等，承他们的家人看得起，刻印时都送了一部给我，请我修改。我读了她们的诗，真是从心里佩服。她们道的都是人世真情，绝不做作，这才是真正的诗。你今后若有所作，都可以寄来给我看看，我替你修改。有了两三百首后，老父我给你刻个集子，印几百本分送亲友，让人家都知道壬秋老人也有个才女。”

王闿运说到这里，自己笑了起来，大厅里的客人都开心地笑了起来，心里都在说：到底是个大学问家，了不起。

厅外的鼓乐又响了起来，催众人启行了。女儿女婿再次向老父亲鞠躬。昨天说好的，老人不到江边去，就此告别。看着女儿被两个伴娘搀扶着上了花轿，想着这一别，今生今世还不知能否再见面，王闿运一阵揪心般的难受。他不顾众人的劝阻，非要送女儿到江边不可。儿女们无法，只得赶紧把家中存放的便轿抬出来，扶他上了轿，在吹吹打打的鼓乐声中，送亲队伍走了十多里路，来到湘江边的码头。棣芳走出花轿，和夫婿来到父亲的便轿前，涕泣感谢父母亲二十个春秋的鞠育之恩，请父亲大人多多保重。

王闿运坐在便轿里，听着女儿的告别之辞，万千情感一齐涌上心头。他强忍着不再流泪，对女儿说：“你的几个姐姐出嫁的时候，临上花轿之前，我都要她们背一遍《离骚》，这都是你亲眼看到的，这是我们王家的家规，你今天也不要违背了这一家规。老父我怜你远嫁，心情悲苦，不要你背《离骚》了，我中年时写的《圆明园词》，你最喜欢，也背得很熟。你小时在我面前每背完一遍《圆明园词》，我比听到别人一百句恭维的话还要高兴。今日远别，你再在老父我的面前背一遍吧！” 高伯雨《王湘绮的趣事和霸才》：“王女皆不栉进士。长女遣嫁日，彩舆在门，王令背诵《离骚》，讹数字，以指叩其额。次女适黄十一，南坡后人也。向例，吾国旧女子之博通载籍者耻与文盲为偶，每于合卺之夕，以文辞责难夫婿……王女于洞房夜叩黄所学。黄固绣花枕，恼羞成怒。”“王有稚女，从贵州丁氏，文诚公之哲嗣也。”

“好。”棣芳温顺地答应了一声，略微定定神，清清喉咙，背了起来，“宜春苑中萤火飞，建章长乐柳十围。离宫从来奉游豫，皇居那复在郊圻？旧池澄绿流燕蓟，洗马高梁游牧地。北藩本镇故元都，西山自拥兴王气。九衢尘起暗连天，辰极星移北斗边。沟洫填淤成斥卤，宫廷映带觅泉源。渟泓稍见丹棱沜，陂陀先起畅春园……”　　圆明园词　　宜春苑中萤火飞，建章长乐柳十围。离宫从来奉游豫，皇居那复在郊圻。旧池澄绿流燕蓟，洗马高梁游牧地。北藩本镇故元都，西山自拥兴王气。九衢尘起暗连天，辰极星移北斗边。沟洫填淤成斥卤，宫廷映带觅泉源。渟泓稍见丹棱沜，陂陀先起畅春园。　　畅春风光秀南苑，霓旌凤盖长游宴。地灵不惜瓮山湖，天题更创圆明殿。圆明拜赐本潜龙，因回邸第作郊宫。十八篱门随曲涧，七楹正殿倚乔松。齐堂四十皆依水，山石参差尽亚风。甘泉避暑因留跸，长杨扈从已弢弓。纯皇缵业当全盛，江海无波待游幸。行所流连赏四园，画师写仿开双境。谁道江南风景佳，移天缩地在君怀。当时只拟成灵囿，小费何曾数露台。殷勤无逸箴骄念，岂意元皇失恭俭。秋狝俄闻罢木兰，妖氛暗已传离坎。吏治陵迟民困痛，长鲸跋浪海波枯。始闻计吏忧财赋，欲卖行宫作转输。　　沉吟五十年前事，厝火薪边然已至。揭竿敢欲犯河房，探丸早见诛文吏。此时先帝见忧危，诏选三臣出视师。宣室无人侍前席，郊坛有恨哭遗黎。年年辇路看春草，处处伤心对花鸟。玉女投壶强笑歌，金杯掷酒连昏晓。四时景物爱郊居，玄冬入内望春初。袅袅四春随凤辇，沉沉午夜递铜鱼。内装颇学崔家髻，讽谏初除姜后珥。玉路旋惊车毂鸣，金銮莫问残灯事。　　鼎湖弓剑恨空还，郊垒风烟一炬间。玉泉悲咽昆明塞，惟有铜犀守荆棘。青芝岫里狐夜啼，绣漪桥下鱼空泣。何人老监福园门，曾缀朝班奉至尊。昔日喧阗厌朝贵，于今寂寞喜游人。游人朝贵殊喧寂，偶来无复金闺客。贤良门闭有残砖，光明殿毁寻颓壁。文宗新构清辉堂，为近前湖纳晓光。妖梦林神辞二品，佛前舍卫散诸方。湖中蒲稗依依长，阶前蒿艾萧萧响。枯树重抽盗作薪，游鳞暂跃惊逢网。别有开云镂月台，太平三圣昔同来。宁知乱竹侵苔出，不见春花泣露开。平湖西去轩亭在，题壁银钩连到薙。金梯步步度莲花，绿窗处处留螺黛。　　当时仓卒动铃驼，守宫上直余嫔娥。芦笳短吹随秋月，豆粥长饥望热河。东门旦开胡雏过，正有王公趋道左。敌兵未爇雍门荻，牧童已见骊山火。应怜蓬岛一孤臣，欲持高洁比灵均。丞相迎兵祗握节，徒人拒寇死当门。即今福海冤如海，谁信神州尚有神？　　百年成毁何匆促，四海荒残如在目。丹城紫禁犹可归，岂闻江燕巢林木。废宇倾基君好看，艰危始信中兴难。已惩御史言修复，休遣中官织锦纨。锦帆枉竭江南赋，鸳文龙爪新还故。总饶结彩大宫门，何如旧日西湖路？西湖地薄比郇瑕，武清暂住已倾家。惟应鱼稻资民利，莫教鹦柳斗宫花。词臣讵解论都赋，挽辂难回幸雒车。相如徒有上林颂，不遇良时空自嗟！

刚才热闹喧嚣的江边码头，一时静谧安堵，只有王府的新嫁娘清甜婉丽的诵诗声在四方传播。这哪是嫁女的场面，分明是书院里的先生正在督课学生。王闿运听着听着，老眼渐渐昏花起来，眼前仿佛是十余年前的成都尊经书院，七八岁的黄毛丫头在背“床前明月光，疑是地上霜”，又仿佛是四五年前南昌豫章书院，天真烂漫的少女在背《长恨歌》，背《圆圆曲》。岁月流淌，儿女长大，妻妾辞世，身入老境，人生真的如一场梦似的，没有多久便到了头。然而，这又是无可奈何的悲哀，薪不能不尽，只要火能传下去，也就值得欣慰了。想到这里，一股急欲寻觅传人的心愿油然而生。

“年年辇路看春草，处处伤心对花鸟。玉女投壶强笑歌，金杯掷酒连昏晓……”

“棣芳，算了吧，不要再背了，上船吧！一路上自己多加注意，到了平远后，记得报一封平安家信。”

一向豁达的湘绮楼主，面对着宇宙间不可抗拒的永恒规律，很快醒悟过来。他不再悲伤了，吩咐女儿上船。他要尽快结束这场费时伤神的婚嫁喜事，好早一天到石塘铺去。

七　为得天下一英才而教之，王闿运亲赴石塘铺指点迷津

石塘铺距云湖桥只有二十多里路，王闿运一大早就起床，命轿夫备轿，他也不带儿子和仆人，单身坐轿前往。正是暮春时节，一路上流泉溪水淙淙有声，新枝嫩叶之间时闻鸟鸣。杜鹃花红红白白的，开得漫山遍野一片锦绣。乳燕呢喃，秧苗青青，农夫荷锄扛犁在田间小道上往来，正为春耕而忙碌着。通都大邑的士绅们都在谈论去年的海战失败，割地赔款，而此地恍若世外桃源，质朴荒野，外部世界的折腾似乎对它没有任何的影响，人们仍然依照祖祖辈辈传下的方式，在平静而贫困地生活着。打听到杨度的住处后，王闿运吩咐轿夫在离杨度家屋场半里地的一座小石板桥边停下。

这是当地一带一栋较大的屋场。大大小小有七八间房子，一律青砖黑瓦，禾坪一侧还有四五间茅草杂屋，屋后是一块大菜坪，菜坪一角有一株年代久远的古柳，古柳下有两个人在习武。一个只有十五六岁，持一把剑蹲在地上，剑从后背指向天空，好像戏台上峨眉山上的小剑客一样。另一个在二十一二岁间，一边说话，一边也蹲下去，空手作了一个示范，看那架势是在纠正少年的动作。王闿运从夏寿田那里知道，杨度有一个弟弟，比他小六岁，看来这两人正是杨家兄弟无疑。

“请问杨皙子先生家住在这里吗？”王闿运走到古柳下，问那位年纪大一点的青年。

“他就是我哥哥杨皙子。”青年未开口，少年抢先做了回答。

杨度答：“我就是杨度，请问老先生有何事？”

杨度见眼前这位老者年近花甲，脸色红润，身板硬朗，穿着虽普通，气宇却不凡，眉眼之间透露出一股倜傥豪迈之气，心里想：这是哪里来的不速之客，从来没见过？

“啊，你就是杨皙子先生！老朽姓王，也是湘潭人，欲去城里办点事，偶路过贵宅，听说皙子先生刚从京师会试回来，想请你谈谈京师去年轰动全国的公车上书。”王闿运边说边打量杨度，他仿佛觉得杨度正是梦中的那位要拜宋濂为师的青年。

“哦，是王老先生，晚生失敬。”杨度想，此人如此关心国事，定然不

是一般人。他心生敬意，忙说，“请先生进寒舍一坐。”

杨度把王闿运带进书房后，便忙着张罗茶水。书房四壁粉着石灰，显得宽敞明亮，靠窗户摆着一个大书案，书案上放着几本书，有线装的，也有洋装的，一个古色古香的砚台，一个笔架，笔砚之间立着一个西洋进口座钟。书案上方粉壁上挂着一幅园林图。王闿运走过仔细一看，图下方有一行小字：京师圆明园全盛图。图两边是一副联语：海隅起狼烟，哀孱弱黎民无乐土；深谷蓄鹰志，看英雄先祖有后生。下联左边写着：留与重子吾弟共勉，杨度丙申年暮春。王闿运看后，连连点头不已。再看其他几面墙壁边，全是大大小小的书箱。

“王老先生，请坐下喝茶。”杨度提着一把小铜壶，端着一个木质茶盘，茶盘上放着两只小瓷杯，还有四碟农家土产：花生、瓜子、蚕豆、油炸红薯片。杨度筛好茶，摆好碟子，坐在王闿运的对面，笑着说，“老先生光临，晚生不曾准备，随便喝点茶，过会儿再用饭。”

王闿运见杨度离家五六年，又在京师住了近一年，仍未失乡间人淳朴热情的本色，心中甚是满意，说：“老朽是不速之客，就是吃个闭门羹亦不过分，你何须如此客气！我只略坐一会儿，等下还要赶路。晳子先生，你去年在京师参加的公车上书，据老朽所知，这是历史上尚无先例的事情。后生子，你真有幸呀！”

“要说有幸也算是有幸。不过，这其实是不幸的事呀！”

“为什么？”王闿运佯作不解。

“老先生，公车上书是社稷国家蒙受奇耻大辱的时候所进行的一件无可奈何的事，这本是大可悲哀了，何况也并没有成效。”杨度心情沉重地说。

“晳子先生，你说得对。不过，公车上书这件事，官绅们不用说了，就是全国士农工商也都受了很大的震动。看来，今后会对国家产生深远影响的。”王闿运随手拿起一颗蚕豆放进嘴里，“嘣”的一声，蚕豆咬开了。杨度暗自惊奇：这老先生的牙可真好！

“国事要好转也难呀！京师百姓听说割地赔款，人人义愤填膺，但王公大臣依然故我。颐和园里的太后庆贺六十大寿，花费了百万两银子，据亲身参加的官员们说，历史上记载的任何帝后的酒宴都没有它奢侈。而这庆典的举办，恰是前线战事大败的时候。将士阵亡，铁舰沉海，还有心思大办生日酒，京师百姓痛恨得不得了！”杨度说着说着气愤起来，端起茶杯大喝了一口，望着王闿运说，“老先生，你不知道，海军战败，其根本原因就在太后的身上。就是她当年把海军军费八百万两银子挪来修造颐和园的，恭王等人极力反对，她置之不理。老先生，国家的大权就握在这样的太后手里，国事还有希望吗？”

与去秋游西山时相比，杨度似乎对国事完全不抱希望了。

王闿运凝视眼前这位年轻人，心中很是赞许。他从杨度的身上，看到自己年轻时的豪气：慷慨谈国事，悲愤议朝政，四十年过去了，国家不但没有中兴，反而比过去更加疲弱，现在又转到儿孙辈来担忧了。唉，大清王朝，你为何如此一蹶不振，江河日下！

“皙子先生，我看你张挂着一张圆明园全盛图，看来是在时刻激励自己不忘国耻。”

杨度点点头。

王闿运突然问：“你读过王壬秋先生的《圆明园曲》吗？”

“晚生有幸拜读过。壬秋先生那篇长诗真正是大才大手笔，结构雄奇，意境深远，有人比之为元微之的《连昌宫词》。依晚生看，《连昌宫词》不能望其项背。”

王闿运心里异常高兴。尽管这篇长诗二十多年前在京师广为流传，洛阳纸贵，连大学士周祖培、侍郎潘祖荫都激赏不已，但大家的评价也只停留在今日《连昌宫词》的分寸上，并没有置于其上。眼下这位素不相识的青年如此推崇这首诗，他又本是专为此人而来的，心中如何不高兴！

他指着图旁的联语说：“听说皙子先生是阵亡在三河战役的杨哨长的孙子，我看到这副对联，知道你们兄弟要做无愧于英雄祖父的后辈，很是钦佩。古人说国家兴亡，匹夫有责，皙子先生身为举人，表率一乡，请恕老朽冒昧，当此国家危难之际，你能不能对老朽说说你的打算？”

“老先生问晚生打算嘛，”杨度目光炯炯地望着王闿运说，“刚回家时，我原本打算小住个把月后便去衡州府投王壬秋先生门下。后来母亲得病，我要伺奉汤药，不能离开，遂在家一住两三个月。前些日子收到好友胡玉阶的来信，他说康有为先生已回南海重开万木草堂，他即将南下投奔，约我同行。这副联语是我打定主意投万木草堂之时书别舍弟的。”

哦，原来如此，怪不得他一直未来东洲。这是个难得的英才，着意培植，日后定可成大器。他是湘潭人，不出于我的门下而成为康有为的学生，岂不可惜！眼睁睁地看着千里马从眼皮底下奔逸，能算得上真正的伯乐吗？王闿运想到这里，笑着说：“康有为是去年公车上书的领袖，足下尊敬他，欲投其门下，自可理解。不过，倘若足下真的成行了，老朽要为足下惋惜。”

“为何？”杨度疑惑地望着这位谈吐不俗的陌生老者，觉得他似乎对自己格外关心。

“足下要图虚名，只要投靠康有为必然会很快成名，因为康有为在从事一件大出风头的事，做他的门徒成名容易。但是，足下欲求真才实学，做一番真正有根有柢有实效的大事业，还不如不去南海为好。”

“老先生是说康有为没有真才实学？”杨度猛然想起曾广钧在碧云寺里说的翁李之间的仇怨，又问，“抑或是康有为的事业无根无柢？”

王闿运将小茶杯轻轻向前推移一步，不紧不慢地说：“康有为人很聪明，书也读得好，不能说他没有真才实学。只是他的学说乖张，他是在借孔夫子这个钟馗来打鬼的，目前虽然能新人耳目，轰动一时，到底走的不是正路，不可能长久。”

杨度心里想：康有为的学说惊世骇俗，许多有学问的士人佩服不已，自己也很崇拜。不过，这位老先生说得也有道理，康有为有些说法的确太过头了，自己对孔夫子的学问钻研还不深刻，康有为所论到底有几分真实，几分杜撰，也不能一一细究，于是不做声，默默地听着。

“康有为一布衣也，欲说动太后、皇上一夜之间尽改祖宗成法，行西洋新政，将置千千万万靠因循守旧而得利者于何地？”王闿运想起三十多年前，肃顺、载垣、端华等人以皇族辅政大臣之贵，欲施刀斧砍削烂疮都做不到，何况天涯海角之一公车！他斩钉截铁地说，“手中无实权而欲行此非常之举，不唯是无根无柢的瞎闹，以老夫看来，只怕将来死无葬身之地！”

杨度大吃一惊，暗思自己毕竟太年轻了，所更世事不多，老先生说得有道理，这类事情史不绝书，汉初的晁错不就是一个典型的例子吗？他不禁对面前的这位老者肃然起敬：“老先生，您老刚才的议论，大启晚生心扉，照您老所说的，那康有为是办不成事了？”

“世事成败难以预料。”王闿运严肃地说，“不过，据老朽的阅历来看，或许难以成功而易于失败。”

“老先生，康有为真的是一个爱国的热血志士呀！”杨度不能自已地站了起来，似乎康有为真的失败了，他为之痛惜。

王闿运冷笑一声说：“自古以来，爱国的热血志士抱恨终生、负屈黄泉的还少吗？何况康有为是不是一个真正的爱国志士还很难说，他太浮躁竞进了！”

“老先生有根据吗？”杨度对老者如此轻视康有为有些不满。

“实话告诉足下吧！”王闿运口气轻蔑地说，“这康有为其实是你先前提到的王壬秋先生的再传弟子，学生的学生。”

“真的？”杨度惊讶起来。

“光绪二年，王壬秋老先生应川督丁宝桢之邀，在成都城主持尊经书院，川中俊才一时云集，杨锐、张祥麟、宋育仁等皆其著名者，其中尤以廖平成就最大。廖平著述甚丰，《周礼考》《论语征》都得其师真传，其《公羊论》则与乃师《公羊笺》相距甚远，壬秋先生讥其仅得皮毛，未入阃奥。又作《今古学考》，定今学主《王制》孔子，古学主《周礼》周公。然不久即变其说，谓六经皆新经，非旧史，以尊经者作《知圣篇》，辟古者作《辟刘篇》。廖平那时方任教广州广雅书院，遇山长朱一新及教授康有为。朱一新本为御史，以劾李莲英得罪慈禧，降为主事，张之洞为两广总督，延朱为广雅书院山长。朱学问博洽，风义高洁，为海内外人士景仰。廖平与之谈《知圣篇》与《辟刘篇》，朱斥之为怪异。康有为得之后，却视为珍宝，遂跟从廖平问学。康有为发扬廖之《辟刘篇》以作《新学伪经考》，发扬《知圣篇》以作《孔子改制考》。廖平见之曰，虽本之于吾说，然发扬蹈厉，亦不容易。然壬秋老先生则斥之曰，谬种流传，每况愈下。康有为名曰尊孔子，申公羊，提出所谓通三世，张三统，实则全是他的臆造篡改，既非孔子之学，亦曲解何休之说。”

钱基博著《现代中国文学史》：“五十年来，学风之变，其机发自湘之王闿运；由湘而蜀（廖平），由蜀而粤（康有为、梁启超）而皖（胡适、陈独秀），以汇于蜀（吴虞）。其所由来者渐矣，非一朝一夕之故也。”

杨度听了老者这番话，有恍然大悟之感。早就听曾广钧、夏寿田称赞王闿运学问非凡，经老者此番指明，才知康有为的学问的确浅薄了。曾、夏也多次说过康有为的事恐怕难以成功。既然如此，不如还是先到船山书院去见见王老先生。

“足下年纪轻轻，前途远大得很，正宜打稳根基，不必汲汲以求名利。拜师要拜真正有学问的老师，办事要办真正能成功的实事。我劝足下不如不去南海，先去衡州府会一会康有为的太老师如何？”

杨度高兴地站起，向老者作了一揖，说：“谢老先生指点迷津，现既有参天大树就在咫尺，晚生岂能舍近而求远呢？”

王闿运哈哈大笑说：“好，我先去告诉壬秋先生，过两天足下就去船山书院吧！”

第二章　帝王之学

一　王闿运的三门功课：功名之学、诗文之学、帝王之学

五天之后，杨度来到船山书院，他先通过门房找到了夏寿田。夏寿田早就知道一切了。原来，王闿运前天从湘潭一回到书院，就把在石塘铺见到杨度的情形，一五一十地都告诉了他。

“皙子，你知道前几天与你说话的老者是谁吗？”一对挚友半年后重逢于湘江东洲上，兴奋异常，寒暄之后，夏寿田问杨度。

“你是问在石塘铺家里与我谈了半天话的那位老先生吗？”杨度颇为惊奇地问。

夏寿田点点头。

“我不认识他。他说他是进城去路过我家的，问了些去年京师公车上书的事，很可能是城里的一位绅士。”

“这位老先生如何？”夏寿田忍着笑问。

“极有学问，极有见识，以后有空我要去湘潭城里访访他。”杨度极认真地说。

“不要去湘潭城里访了，他就在船山书院。”夏寿田终于忍不住笑了起来。

“他原来是船山书院的教书先生！”杨度大喜，“难怪他劝我来此投奔壬秋先生。”

“皙子，你真是个傻子！”夏寿田敲了一下杨度的脑门，“那老先生正是壬秋先生本人！”

“真的是他？”杨度惊叫起来。

“皙子，你好了不起。我那天提了下你的大名，老先生就趁回家嫁女的机会亲自去找你了。”夏寿田感叹地说，“自古以来，只有门徒负笈寻名师，何曾见过名师亲访徒儿的？皙子，你可不要辜负老先生的一番厚望呀！”

杨度很激动，草草吃过夜饭后，便由夏寿田陪同，去王闿运所住的明杏斋拜谒。

明杏斋就是明代那棵银杏后面的一排三间坐北朝南的平房。一间为卧房，一间为书房，一间为厨房。老四代懿不跟父亲住在一起，先前跟其他学子一起住大宿舍，吃大厨房，最近夏寿田来了，一个人住单间，他邀代

懿同住，代懿就搬到夏寿田的房间里去了。书院也有小厨房，专供应先生们吃饭。周妈嫌小厨房做的饭菜不合王闿运的口味，就自己动手，为老头子操持三餐。老头子对周妈的体贴入微十分满意。

此刻，明杏斋书屋里，王闿运坐在软藤椅上，端着一把亮光光的铜水烟壶，一边抽烟喝茶，一边和周妈闲聊。一袋烟抽完后，周妈便走到老头子身边，将铜烟壶接过去，抽出那根装烟的活动空心铜杆，将烟灰倒去，剔干净，又装上一口黄澄澄的细烟丝，再递给老头子。

王闿运的烟瘾很大，只要不看书写字，就是一把烟壶捏在手里，与人谈话，不管是友朋门生，还是大官阔佬，他一概是这样。通常他自己剔烟灰，装烟丝，不过，只要周妈手一闲，这事便由周妈包了，她也乐意去做。似乎招呼老头子，对她来说是件其乐无穷的事。

"老头子，代懿今年二十一了，你该给他订门亲了。"又一次装上烟丝，将烟壶递上去的时候，周妈换了一个话题。这个话题，她已在心里盘算一年多了。她想把自己的女儿细藕嫁到王家，给代懿做老婆。倘若此事办成了，她就和王家攀上了亲，成为代懿的岳母娘，她在王家的地位就大大提高了，再也不是一个不明不白、不三不四的下人，可以正正式式地摆起女主人的款式来了。不过，她也知道，办成此事，并不比登天容易。一是她周家身份卑贱，与诗书无缘，老头子能看得起吗？二是女儿长得又不漂亮，代懿会喜欢吗？故而这个念头存了很久，她一直不敢说出口。后来，她见老头子对她越来越宠信，越来越器重，胆子渐渐大了。前些日子，趁老头子嫁女儿的机会，她叫女儿带着一份礼物到云湖桥贺喜。老头子见到细藕后夸奖了几句，代懿也和她说了两句话，周妈心里喝了蜜似的，甜甜的，她觉得此事有几分成功的可能。今天见老头子兴致挺好，便投出一颗石子来试探一下水的深浅。

周妈内心深处的这个算盘，王闿运压根儿就没有意识到。他淡淡地答了一句："代懿是到了议亲的时候了，但没有合适的人呀！"

"怎么没有合适的人？老头子，只要你不把眼睛盯在做官的有钱的人家里，合适的女孩子多着哩！"周妈立刻加以提示。

"你这就看错了！"王闿运不以为然地说，"我连嫁女都不选门第高贵的，讨媳妇还论这个吗？你莫看棣芳嫁到丁家是攀了高枝，这些日子来我一直在后悔，当初若不答应，棣芳哪里会嫁到贵州那个荒地去！"

老头子动了思女真情，说着说着嗓音也变了。周妈听了，心里却极惬意，忙将书案上的茶杯端起递了过去，笑着说："莫难受了，我晓得你又想七小姐了。刚才是我说漏了嘴，我晓得你是最明白开通的人，从来不想拉阔亲家。”

王闿运喝了一口茶，继续说：“自来选女婿挑媳妇，看重的应是本人的人品才貌。男儿只要肯读书，有上进心，就有出息；女孩子只要温顺贤淑，知道孝敬公婆、相夫教子，就是好的。若是本人不好，父母的万贯家财又有什么用呢！”

周妈越听越中下怀，从心里发出恭维：“老头子，你真是一个最明白不过的人了，难怪有这么大的学问。你就应该去做抚台大人才是，偏偏皇上就没有长这个眼睛。”

王闿运笑了一声，又补充一句：“当然，也要家境清白才是。”

周妈听了这话，觉得不大对味。转念一想，老头子也从来没有说过周家不清白。正想说两句拢边的话，仆役进来禀告：“夏公子陪新来的举人杨度求见。”

王闿运忙起身，一边说“请”，一边已向门口走去。周妈颇为扫兴，忙缩进厨房去收拾碗碟，再也不出来了。

杨度一脚踏进大门，急急地向前面走两步，见王闿运迎了过来，连忙跪下，行一跪三叩拜师大礼，嘴里说：“学生有眼无珠，那天在石塘铺多多得罪，望吾师海谅。”

王闿运哈哈大笑，说：“海谅什么！我阻止你去投康有为，劝你到我这里来，你真的就来了，你给我老头子大面子呀！”

说罢双手扶起杨度，指了指书案边的条凳说：“坐下，坐下。午诒，你也坐。”

杨度坐下后说：“学生幼年离开湘潭，未得受先生亲炙，这些年在外地，久闻得先生大名，景仰至极。早两天又蒙先生亲到寒舍点拨，杨度有幸受此殊荣。从此以后，将拜在先生门下，长承教诲。”

夏寿田说：“皙子能得到先生如此青睐，真是他的造化。”

王闿运又是一笑说：“也不要说长承教诲的话，你暂且在东洲做几天游客，若觉得此地不能相安，还可以再去南海。”

杨度赶紧说：“刚才午诒把书院的大致情况都对我说了，他来还只有半个月，已觉受益匪浅。学生亲眼见东洲如一条不沉的巨舰，航行在碧波荡漾的湘江上，洲上只有树木野花，不见红尘飞扬；只有杏坛黉宫，不见勾栏瓦舍；只有莘莘学子，不见利禄之徒；只有琅琅书声，不闻俗世喧嚣；世上到哪里去找这等求学的好地方？学生哪里都不去了，不从先生这里学到真才实学，决不离东洲一步！”

杨度这一番即兴表白，使王闿运听了大为痛快：思维敏捷，极善言辞，是一块大堪造就的浑金璞玉。是否有点华而不实呢？王闿运痛快之际突然飘过一丝这样的念头。但这丝念头很快就过去了，并没有影响他对这位文采斐然的年轻人的偏爱。

“先生，就让皙子跟我和代懿住一个房间吧！”

“要得，你去跟郑庶务说吧！”王闿运很赞成儿子与夏寿田住一个房间，现在又添了一位才子，对代懿只会更有益。近朱者赤，近墨者黑，但愿代懿在他们的带动下，早点聪明发愤。

杨度见书桌上放着一张未写完的纸，旁边还有一大沓，知王闿运又在忙于著述，便起身告辞。王闿运也起身，对杨度说：“皙子，你这几天多看看，初九日晚上，到我这里来，我和你谈一谈。”

初九日傍晚，杨度换了一件干净的蓝布长衫，选了一顶黑薄缎瓜皮帽戴上，兴冲冲地走向明杏斋。他猜想先生一定有重要的话跟他说。

王闿运一向不修边幅，衣着随便。今晚，他却特地叫周妈替他挑一件酱色团花夹里宁绸袍，又叫周妈把他的辫子打开重新梳理一下。王闿运虽然六十四了，白头发却并不多。周妈小心地把他的少许白头发夹在辫子里面，再寻一根黑布条扎好了。王闿运对着穿衣镜左看右看，觉得自己气色健旺，腰板硬朗，心里舒畅，对周妈说：“过来，过来。”

周妈不明白他要做什么，顺从地走过来。王闿运伸出右手说：“你拉上我的手。”

“好好的，拉什么手。”嘴上这么说，她还是照着拉上了。

“你对着镜子看看，要是我们俩这样走进城里去，别人不会看出我比你大二十多岁，倒是蛮般配的嘛！”

周妈的脸刷地红了，她觉得很不好意思，忙松开手走进卧房。王闿运得意极了，一个人对着镜子笑个不止。

“先生，什么事这样高兴？”杨度进来，笑着问。

“没什么，我看着自己穿了件好看的衣服，就年轻多了，觉得好笑。人要衣装，佛要金装，这话的确不错，连我这糟老头子都要好衣服来装扮。”王闿运说着，离开镜子走到书案边，心里想：幸而周妈松手走开了，不然的话，有皙子看的了。

“先生本来就不显老。”杨度的话一半是恭维，一半也是事实。

“还不老？曾文正都死了二十多年了，左文襄也死了十多年了，我还能不老吗？”

“曾文正”、“左文襄”是王闿运常挂在嘴边的话，口气有时尊敬，有时调侃，仿佛曾、左是他手里随意玩弄的傀儡，只为他服务而已。

“皙子，随便坐。”王闿运指着书房里的空凳子，又转脸朝卧房喊，“周妈，倒茶来。”

可能是上次来的不是时候，打断了周妈与王闿运商谈的大事，周妈对杨度有种说不出的不喜欢，与迎接夏寿田成了鲜明的对比，她懒洋洋地从卧房里出来，半天才给杨度端来一杯冷冰冰的茶水，脸上始终没有笑容，也不说一句话。杨度倒没有觉察出什么，他端正地坐在软藤椅的对面，认真地等待先生开口。

“皙子，今夜叫你来，也没有别的事情，我想听听你的选择。”王闿运已坐到藤椅上，习惯地摸起铜水烟壶。说完这句话后，他把壶嘴塞进嘴里，咕噜咕噜地吸了几下，没有烟，只是水在空响。见杨度瞪大眼睛望着他，知自己的这句话，学生尚未彻底弄明白，遂接着说：“我这里有三门功课，看你侧重在哪方面。”

“请先生明示，书院有哪三门功课。”杨度恭敬地问。

“不是书院定的，这是我本人的教授之法。”王闿运微微地笑了一下，右手指捏了一颗蚕豆大小的细烟丝，塞进活动杆头上的凹陷处，再吹燃纸捻，把烟点着，然后喉咙里发出一阵咕噜噜的响声。响过之后，他半眯着双眼，把烟轻轻地吐出，看那副怡然自得的神情，好像正在品尝仙丹美酒似的。伯父管得严，杨度至今尚未碰过烟壶，见先生抽得这样有滋有味，心里痒痒的，想着，如果书院不禁学生抽烟的话，明天也去买一杆水烟壶来，享受享受。

“因人施教，是孔老夫子传下来的有效的教学方法，几十年来我都有意这样做，但收获不大，关键的原因是高才不多。”王闿运又吐了一口轻烟，说，“我的三门功课，一是功名之学，一是诗文之学，一是帝王之学。”

杨度觉得很新鲜，也很有趣：“先生，请问什么是功名之学？”

“所谓功名之学，顾名思义，乃是为功名而来求学的。”王闿运不疾不徐地说，“这些人来我门下读书，其目的在考取举人进士点翰林，以此为终生荣耀。此等人，老夫只教他熟读四书，精通八股，作试帖诗，写策论。做官是他的目的，诗文只不过是敲开功名之门的砖石。圣贤的精奥不必深究，做人的道理不必身体力行，功名一到手，砖石尽可扔掉，到那时只需博得上司的欢心，用不着对天地良心负责，古圣昔贤不会来追究，塾师房师也不会来一一验核。此乃老夫门下最初等之功课，然要真正学好亦大不容易。”

杨度听在耳里，暗暗点头，再问：“请问这诗文之学呢？”

“老夫门下的诗文之学嘛，”王闿运放下水烟壶，端起茶杯，慢慢地说，“乃以探求古今为学为人之真谛而设。或穷毕生之精力治一经一史，辩证纠误，烛幽发微；或登群籍之巅峰，览历代之得失，究天人之际，成一家之言；或发胸中之郁积，吟世间之真情；或记一时之颖悟，启百代之心扉。总之，其学不以力行为终极，而以立言为本职。”

杨度听了大开心智，又问：“请问先生，这帝王之学如何？”

“帝王之学是这样的。”王闿运放下茶杯，站起身来，离开藤椅，背着两手在书房里踱了几步。他腰板挺得直直的，两眼射出少见的壮年人似的精光，声音洪亮地说，“老夫的帝王之学，以经学为基础，以史学为主干，以先秦诸子为枝，以汉魏诗文为叶，通孔孟之道，达孙吴之机，上知天文，下晓地理，集古往今来一切真才实学于一身，然后登名山大川，以恢弘气概，访民间疾苦以充实胸臆，结天下豪杰以为援助，联王公贵族以通声息。”

王闿运越说越激动，想起自己从二十岁到三十岁这段年月正是这样走过来的，不禁浑身热血沸腾，意气昂扬。此刻的杨度也听得心摇神动，倾之慕之。

“斯时方具备办大事的才能。再然后，或从容取功名，由仕途出身，厕身廊庙，献大计以动九重，发宏论以达天听，参知政事，辅佐天子，做一代贤相，建千秋伟业；或冷眼旁观朝野，寻觅非常之人，出奇谋，书妙策，乘天时，据地利，收人心，合众力，干一番非常大业，以布衣取卿相，由书生封公侯，名震寰宇，功标青史。”

直到王闿运以灼灼逼人的目光盯着他，好久不再说话的时候，杨度方从倾慕中回过神来。布衣卿相，书生公侯，这是杨度从少年起便梦寐以求的理想，只是他不知要具备什么条件才能实现这个理想。现在听王闿运这番高论，真有振聋发聩之感，又有拨云睹日之悟。他慌忙离开凳子，整一整蓝布长衫，然后撩起前襟，双膝跪在王闿运的面前，虔诚严肃地说：“先生之学问，浩浩乎如同大江之长流，泱泱兮如同东海之扬波；先生之声望，朗朗然如同北斗之在天，巍巍焉如同泰山之镇地。学生愚昧，幸蒙我师指点迷途，得以负笈东洲，求学书院。学生虽极慕翰苑清贵，开府权重，又想著作等身，文坛传名，然辅一代名主，成百年相业，更为学生所朝思暮想，昕夕以求。不是学生今日在先生面前说大话，学生从小便自认有领牧天下之才，越办大事越有精神，越处难境越有兴致，且生性顽梗，不达目的，绝不罢休。先生，请置功名、诗文之小道于一边，教学生以帝王之大学，以竟先生年轻时未竟之志，为天下苍生谋求福祉。”

王闿运本是一个目空一切、敢于大言的人，今夜见到这个刚过弱冠的学生居然也敢在他的面前自视不凡，出言不逊，他仿佛从杨度的身上看到自己青年时代的影子。他不仅不责备杨度的狂妄，反而认为这个青年有抱负、有志气，是个干大事成大器的材料。他正要答应，转念一想，又盯着杨度说：“帝王之学虽是大学问，然自古以来树大招风、功高易谤，大德大善与大罪大恶，不过一纸之隔耳。入凌烟阁、上封侯榜的是他们，油烹刀锯，甚或毁家灭族的亦是他们，究竟不若功名之学的稳当、诗文之学的清高，你可要想清楚了！”

杨度不假思索，应声答道：“清君侧，诛权臣，自来干大事者横尸路旁的多得很，学生不敏，然于此则早已深知。学生主意已定，倘若蒙先生所教，能成就一番大业，虽不得善终，亦心甘情愿。”

这最后一句话，使王闿运猛然想起那夜梦中的情景。真是巧合得很，那位向宋濂求学的年轻人不也说了这句话吗？看来此子正是自己的传人无疑！王闿运想到这里，高兴地说：“好吧，从这个月起，每逢初五、十五、二十五的夜晚，你到明杏斋来，我单独给你上帝王之学的课。若夏大有兴趣，也可以叫他一起来听听。”

二　胡三爹将保存二百年的家传《大周秘史》稿本送给王闿运

半年过去了，杨度除白天与其他学子一道上课作诗文外，每逢初五、十五、二十五都到明杏斋去。夏寿田有时去，有时不去，他对读好四书、练好八股文兴趣更大。他常常想起碧云寺数罗汉的事，暗暗下定决心，要在下科会试中取个一甲第一名，让天下读书人艳羡不已。他认为这才是正事，与杨皙子一道听先生云里雾里神吹瞎扯，味道是有味道，但浪费了时光。

逢五的明杏斋晚上，的确也是王闿运聊天的时候。他的帝王之学并无现成的教材，也无系统的内容，任凭自己的兴之所至，想到哪里就说到哪里。王闿运的口才极好，滔滔不绝，如河决堤似的，常常从掌灯时讲起，一直讲到二三更时分，有时是直到大厨房的报晓鸡打鸣了，才不得不说一声：“算了吧，今晚就说到这里，你就在书房里眯一下眼睛，天大亮后再走。”说罢，兴犹未尽地走进卧房。待杨度吹熄灯火时，窗纸已是隐隐发白了。

杨度对这样的谈话有说不尽的兴趣。刚开始时只是觉得有味，慢慢地他摸到了先生授课的脉络。他看出先生讲的主要是三个方面的内容：一是二十四史中记载的明君贤相的风云际会，这方面尤偏重于一个朝代的开国之初；二是稗官野史上的故事，这方面则偏重于君臣之间的奇、特、险、趣；三是谈自己年轻时周旋于王公亲贵之间那些世人传说纷纭的经历。王闿运说起自己的往事来格外的神采飞扬，气势奔放，且绘事状物，细致入微，使杨度常有如临其境、如观其人之感。

何汉文、杜迈之著《杨度传》："王任衡阳东洲、石鼓书院山长时，杨度得以入院读书，成了王的得意门生。杨庄也做了王家的儿媳。杨度在王闿运门下求学，历时三年。据他自述，这三年中，他最大的心得是王闿运的帝王之学，奠定了他早年的政治思想基础。"

杨度记得，那是一个盛夏的夜晚，明杏斋书房里，因为洲上多蚊虫，屋子里点上了三支长筒蚊香。这种蚊香长有两尺多，锅铲把似的粗细，里面填满木屑，烟气很大，驱赶蚊虫极有效。湘南一带无论城乡都用这种蚊香。香烟缭绕之中，王闿运右手拿着一把旧蒲扇，左手照例捧着那只铜水烟壶。杨度不摇扇，虽然已偷偷学会了抽水烟，但在先生面前不敢抽，他托着两只腮帮认真听。今夜先生讲的是他与肃顺当年的关系。

"祺祥政变后，全国都骂肃顺是凶逆，其实根本不是那回事。"王闿运放下蒲扇，缓缓地连抽了几口烟，似乎沉入了三十多年前那段难忘的岁月，"咸丰六年，我进京参加会试。就是这科，当今的帝师翁同龢中了状元，我却连进士都未捞到。晳子，我讲个故事，你看这会试气人不气人。"

王闿运甩开铜水烟壶，望着门生，愤愤地回忆："会试前几天，我们几个举子一起结伴出城游圆明园。其中有我的好友江西的高心夔、浙江的洪昌燕，还有一个便是这位常熟翁状元。途中，高心夔说，曾侍郎在我们家乡受困了，打了几年，连个九江也未打下，心情忧郁。这时他的一个幕僚母亲去世了，幕僚请曾侍郎作个挽联。曾侍郎满口答应，问幕僚的家世，知有九个兄弟，八年间有四个中了进士。曾侍郎说，上联有了，这是现成的事实，遂脱口吟道：八年九子四登科，合众口曰难兄难弟。曾侍郎本是作对联的高手，这种应酬性的联语很容易作得出。但那时战事不利，心情不好，居然一时卡了壳。硬是到第二天才补出下联。诸位想想看，曾侍郎下联对的是什么。限一刻钟交卷。翁、洪两位都不走了，低头构思。我也想了一会儿，很快便有了。一会儿高心夔说时间到了，交卷。问翁，他说没想出；问洪，洪摇头；问我，我答：万里孤云一回首，留此身以事父事君。"

《鱼千里斋随笔·王湘绮散记》："曾文正公善为挽词，虽于军需旁午中，有戚友之丧，必自制联语挽之。尝有同年生之太夫人殁，文正撰联得‘十年五子四登科’句，沉思对语未就。适湘绮至，倩其属对，湘绮应声曰‘万里孤云一回首’。盖母殁时，诸子皆官远地，故云然也，语意切合，文正甚赏之。”

杨度击掌道:“用‘万里孤云一回首’,对‘八年九子四登科’,真是妙对。不知曾侍郎的下联是怎么写的。”

“高心夔大笑道，王壬秋你是不是早听到人说了，为何与曾侍郎的一字不差呢？我说，我怎么会知道曾侍郎的下联呢，这只能是英雄所见略同罢了。实话对你们说吧，论命运，我没有曾侍郎的好，论才学，我却并不比曾侍郎差。洪昌燕说，你吹牛！我再出一个，你对给我看。我说，你随便出吧！他想了想，大概一时想不出太刁钻的来难我了，便指着高心夔说，你给他的名字补个上联。我略微想了一下，高声叫：矮脚虎。众人听了哈哈大笑。”

杨度也大笑起来说：“再妙不过了。”

王闿运也很自得地咧嘴大笑，笑过后说：“皙子，你看看天道公平不公平！就是这两个连‘八年九子四登科’，都不能很快对出的人，结果一个点状元，一个点探花。所以以后的会试我也不经意了。有一科，我干脆给房师开了一个玩笑，在场上洋洋洒洒地作了一篇万言大赋，弄得十八房房师个个张口结舌，不知如何处理为好。”

一个蚊子突破重围，盯上了王闿运的脸，他用蒲扇朝脸上打了一下，继续说：“好了，不扯远了，言归正传。那科下第后我寓居法源寺读书，一面托人打听寻个馆，总得赚点钱才行，自古以来长安米贵，白居大不易呀！高心夔告诉我，说肃中堂聘我到他府上做西席，俸金为每月三十两。三十两，你晓得在当时是个什么价吗？”

杨度摇摇头，他那时还未出生，如何知道？

王闿运抽了两口烟后，自己做了回答：“那时京师一般的西席月俸在六至八两之间，肃中堂开的四五倍的价。早就听说肃顺的器局开阔，果然名不虚传。我高高兴兴地去了。肃府的学生只有两个，一个是三姨太生的，一个是五姨太生的。论天资，都只能算中等，所以我这个西席容易做，于是经常有空给他代拟奏章。有次有篇奏折大受文宗赞赏。从那以后，肃顺对我更器重了，常常和我商量国家大事。肃顺时常感叹国家弊病甚多，人才匮缺，力劝文宗重用汉人，大胆革故立新。我于此看出肃顺非庸人，极想促成他做成几桩大事，我自己也可借他之力略展一点治理天下的抱负。”

“先生想促成他办几件什么事呢？”杨度想这正是老师的真才实学之

处，故格外用心倾听。

“第一件大事，便是保全左文襄。你是湘军的后裔，应该知道樊燮与左文襄当年打官司的事。”

“这事我听伯父说过，当年若没有先生和郭侍郎的主意，左文襄那时就没命了。”

“是这样的。这件事我就不说了。再一个就是劝他整饬吏治，这就有后来的户部宝钞案。”

这件事杨度也从伯父那里略听到一二，肃顺因此事得罪人太多，才陷于孤立。不过，他的伯父并不知道此事是王闿运出的点子。

“还有一件绝密的事，我今天告诉你，但你决不能说出去。你若不慎捅了出去，我这条老命就没有了。”

“什么事这样严重？”杨度肃然挺直了腰。

“文宗与其弟恭王素来不和。那时，文宗的病一天天沉重起来。有一天，肃顺哭丧着脸对我说，皇上看来活不久了，万一龙驭上宾，局势将会出现大变动。我看得出，他是在为自己今后的处境担忧。他因刚愎自用，在朝中所树之敌甚多，全凭着文宗这座靠山才借以立住脚跟，万一靠山真的一倒，他就危险了。他说他最怕恭王，恭王与文宗兄弟不和，迁怒于他，且恭王志大才高，受朝廷拥护。文宗一死，他就会落在恭王的股掌之中，后果不堪设想。我却对他说，依我看来，最大的敌手还不是恭王，而是西边的那个，西边，指的谁，你知道吗？”

“我知道，当今的慈禧太后。”杨度答。

“是的。”王闿运又抽了一口烟，说，“西边的那位不是普通的女人，精明能干，贪权嗜利。怕的是她今后挟幼子号令天下，置你们这班老臣于不顾。肃顺说那个女人是值得防范，你能有什么好法子吗？我轻轻地说，你要劝皇上效法汉武帝处置钩弋夫人的办法，死之前，赐西边的一根白绫绸，最大的后患便去掉了。肃顺高兴地说，好主意，皇后一向宽厚，对老臣们很是尊敬，西边的先死去，皇上大行后朝廷就不会出大乱子。过了一会儿，肃顺又阴沉地说，皇上仁弱，没有汉武帝的魄力，要他亲自下令绞死为他生下唯一儿子的贵妃，他很可能下不了这个决心。我一听也冷了下来，思索片刻后说，中堂大人要力劝皇上为江山社稷着想，割舍匹夫匹妇的小仁小慈，把此事办成。若万一皇上下不了这个决心，就劝皇上留一道遗诏给皇后，限制西边，防备她今后仗着儿子的势力干涉朝政。肃顺答应尽力而为。十多天后他告诉我，皇上果然不同意做汉武帝，还说西边的为爱新觉罗的家族立了大功，她应该享有她应得的名分。不过皇上还是给皇后留下了一道遗诏。遗诏上说，若那拉氏今后恃子而骄，可凭此诏按家法办事。听了肃顺这段话后，我知道祸不远了。这时，洋人打到京师，皇上仓皇北狩，我不能随驾去承德，既然无法为肃中堂赞画参谋，只得离京南下去找曾文正，请他帮忙。谁知曾文正私心太重，采取坐山观虎斗的办法，眼看着文宗死后，西边的和恭王携起手来，废除顾命制而行垂帘制。大清王朝从此江河日下，尽管长毛平后，曾文正他们口口声声喊中兴，那实际上是他自己想做中兴第一臣，国家何曾中兴过！” 《清朝野史大观》卷一《文宗密谕》："清文宗在热河临危之际，密授朱谕一纸与慈安后，谓某如恃子为帝骄纵不法，卿即可按祖宗家法治之。及文宗崩，慈安以之示慈禧，殆警之也。而慈禧慄慄危惧，先意承志，以事慈安，几于无微不至。如是者数年，慈安以为其心为他矣。日者慈安婴小疾，数日，太医进方不甚效，遂不服药，竟愈。忽见慈禧左臂缠帛，诧之。慈禧曰前日参汁中曾割臂肉一片同煎，聊尽心耳。慈安大伤感，泣而言曰：吾不料汝竟如此好人，先皇帝何为尚疑汝哉！遂取密谕面慈禧焚之。嗣是日渐放肆，语多不逊，事事专权，不与慈安协商。慈安始大悔，然已无及矣。光绪七年春夏间，京师忽传慈禧大病，不数日，闻死者乃慈安，而慈禧愈矣。或曰慈禧命太医院以不对症之药致死之。丧仪甚草草，二十七日后一律除孝。慈禧竟不持服，大臣进御者仍常服。国母之丧如此，诚亘古未有也。"

说到这里，王闿运停下手中的蒲扇，面色陡然凝重起来。烟熏火燎之间，杨度仿佛发现，对面坐着的是一位饱经世故令人尊崇的历史先哲，而不是往常那个随和平易、颇有点玩世不恭的诗酒名士。

"不知怎么的，劝文宗效汉武故事的话传到了西边的耳里。她一再追问这是谁出的主意。肃中堂反唇讥道，我肃某饱读经史，杀钩弋的故事，还要别人来提醒吗？你把我看成如你一样的人了？西边的大怒，竟然违背祖制，将努尔哈赤的子孙杀之于菜市口，这个女人的心真狠毒。多亏了肃中堂没有说出我的名字，不然的话，哪还有我们今夜师生谈辛酉政变的往事啊！"王闿运的语调明显地变了，杨度惊讶地发现，在先生那两个突出的泪囊上，竟然挂着几滴泪水，只听得王闿运喃喃自语，"人诋凶逆，我自府主。今生今世，我是永远不会忘记肃中堂的恩情的。" 陈彰撰《纪湘绮老人王闿运》："及中咸丰癸丑科举人，入京为肃顺草封事。咸丰帝知之，特以翰林例赏翎。""迨肃顺遇难后，壬秋不忘肃顺之知遇，故于其诗文中颇多追思之作，如《王志》、《独行谣》及《人日忆旧游作示知者》等是。只以时值同治，正女后当政，壬秋作诗之外，不敢多所注释，然就其价值言，则此等诗作，实较诸壬秋于民国七年所撰《录祺祥故事》一文超出多多矣。一如同治十三年所作《独行谣》有云：'谋迁误倚斌，号弓俄委裘。祖制重顾命，姜姒不佐周。谁兴同道章，翻怪垂帘疏。不能召亲贤，自刎据天图。戳之费一纸，曾不惊殿芦。祺祥改同治，御座屏波离。'诗中'祖制重顾命，姜姒不佐周'，乃指责慈禧不顾祖制擅自垂帘听政者，此在当时为一大胆手笔，殊堪瞩目。而'不能召亲贤’一句，则又说明肃顺失败之一端，同时亦为壬秋怨艾肃顺未及用其言之愤语。”“又如《人日寄南昌高心夔伯足诗》云：‘当时意气各无伦，顾我曾为宰相宾。俄罗酒味犹在口，几回梦哭新华春。’壬秋之与肃顺之交情笃厚，世所周知。此诗于肃顺被诛后十余年所作，除叙述当年盛况之外，处处充分流露出老人念旧之情，后尝自咏而泣曰：‘人诋逆臣，我自府主。’复入京鬻文，得数千金，恤肃顺遗属。于此又足见其对肃顺交情之深厚，而肃顺能获知交如壬秋者亦可瞑目于泉下矣。”

明杏斋的这一夜，在杨度的脑海中留下了极其深刻的印象。多少个日子里，三十多年前那场震惊华夏的政变，都在他的眼前浮现，他对先生的尊敬也由此而渗透到了感情的深处。

转眼到了秋天，一个秋风飒飒秋雨绵绵的上午，王闿运对杨度说：“今天我带你进城去看望一个人。”

杨度问：“先生要带我进城去见什么人？”

“上船吧，到船上后我再告诉你。”

船山书院有一条专供王闿运往返城里的船。船用深黄色桐油涂得亮光光的，船舱里摆着一张小几，备了一个藤躺椅，是给王闿运坐的，另有两张小凳子，是陪同进城的人坐的。驾船的是个三十多岁的汉子，大家都叫他陈八。陈八认为自己的差使是桩顶荣耀的事，他把船收拾得熨熨帖帖，尽量为王山长创造一个舒适的环境。王闿运一上船，他就端来一壶酽茶、一碟花生瓜子，再递来一把擦得干干净净的锡水烟壶。这些都是陈八自己掏钱准备的。陈八一个划船的工役，有几多收入，常年这样供应王闿运，他能供应得起吗？其实，羊毛出在羊身上。

王闿运的文名大，远远近近时常有官绅豪富之家前来求他写寿序，写墓铭，或有文人刻书的，也来求他作个弁言。许多人与他并无一面之交，又听说他有点名士派头，不敢当面找他，便辗转托人。受托最多的要数周妈，周妈便借机索取报酬，这几年来从中牟利不少。有的人则看中了陈八。陈八专为山长划船，从东洲到太子码头有五六里水路，要划半个时辰。遇到王闿运一个人坐船的时候，陈八便在殷勤的招待之后，小心翼翼地代人提出求文的事。王闿运喜欢陈八的勤快，也为了稍稍补贴他，凡陈八提出，他基本上都应允。陈八为人厚道些，所索不多，慢慢地找他的人还超过了周妈。王闿运也不把陈八抢生意的事告诉周妈，故陈八很是感激，招呼得也愈来愈周到。

高伯雨《王湘绮的趣事和霸才》：“湘绮五十岁后，文名日盛，达官贵人求他撰文者颇多，因此家道渐兴。当时的‘中兴将帅’都是他的老友，打长毛发达的大官有的是钱，死后，他们的孝子贤孙，不惜以千金求湘绮作谀墓之文，湘绮来者不拒，且高抬其价，收入大有可观。光绪三十年，署两江总督李兴锐逝世。因为死者生前无贪污名，且勤于政事，湘绮对他十分钦敬。一日，李兴锐的儿子趁湘绮坐陈八所摇的艇子回船山书院，亦买舟追及，上湘绮船，求为其父作碑铭，以酒二坛为润笔之资。湘绮绝不嫌少，并说：‘大侄，这事老夫一定做，连周妈也不许受火腿一块。’其时周妈在旁，睨宾主而笑。湘绮果然如期交卷，周妈也没有一些甜头。原来，湘绮晚年卖文，不但索价高，而且常常不依时交货，求者被迫得走周妈的门路，托她减价甚至免费，宁愿给她一点佣钱，所以她年亦颇有所获。船夫陈八见而眼红，也想捞些油水，而苦于无机会入手。人们知道陈八是书院雇来为院长摇船的，有时船中只有两人，他便可以向湘绮求个情，给他一点恩惠了。于是求文者亦有走陈八门路的。陈八明知自己没有穿房入舍的便利，万不能与周妈竞争，但在船上却又是他的机会。机会如何，则以院长每三五日必入城一次，旅行工具靠渡船，陈八的渡船是指定给院长专用的，有时船遇逆风，航行时间颇长，陈八便有机会向院长求情，绝不致被人偷听到了。湘绮为了照顾这个船夫，往往买账，所以陈八一年中也有入息。”

“晳子，八伢子的花生，你只管吃。”王闿运抓起一把花生放在手上，见杨度讲客气，笑着说。

“杨先生，你也难得坐一次船，莫讲客气！”陈八在窗外撑篙，听到王闿运的声音，知道这个年轻人是山长的得意学生，便也来劝。

杨度答应一句，抓起几颗落花生，一边剥壳子，一边问：“先生，你带我进城去看谁？”

王闿运拍打着长布衫上的破壳残屑说：“你应该知道，衡州府是做过都城的。”

“知道，吴三桂兵败前夕，为了过皇帝的瘾，在衡州府登基称帝，这里于是做了几个月的大周都城。”

“大周皇帝吴三桂登基后封的丞相是他的族侄吴永桢，我们要去看的就是吴永桢的七世孙胡三爹，他老人家今年八十六岁了。”

“吴永桢的七世孙怎么会姓胡？”杨度觉得奇怪。

“当年吴三桂死后，他的孙子吴世璠继位，衡州府很快被朝廷的军队攻破。吴永桢侥幸逃出了城，而他的全家都死在乱兵中。

为逃避清廷的追查，吴永桢改名胡桢，在江湖上流落了许多年。直到风声全部平息之后，他又重新来到衡州府，在当年大周朝的皇宫边建了一间小房子住下。后来又娶妻生子，他的子孙也就姓胡不再姓吴了。”

“胡三爹年轻时做什么？”杨度问。

“靠测字为生。”

“测字也能糊口吗？”

“能。”王闿运喝了一口茶，望了望舱外，牛毛细雨仍在下，江面上迷迷蒙蒙的，几乎看不到船只，一派秋风秋雨愁煞人的样子，“你不要小看了测字的，这里面的学问深得很哩。胡三爹曾经给我讲了一个故事。明朝崇祯年间，李自成、张献忠等人揭竿起义，国本动摇，崇祯帝每天在忧急中过日子。有一天，他万般无奈了，叫太监出紫禁城到街市上去找一个最会测字的进宫来，他要测字。”

皇上也要测字，这可真是好听的故事。杨度聚精会神地听着，连陈八也放慢了摇橹的速度，在船尾偷偷地听。

“太监遵命在大栅栏找到了一个七十来岁的姓佟的老头子。这人驼着背，人称驼背佟，是京师有名的测字人。驼背佟进了宫，崇祯皇帝赐他坐，问他测字测得准不。驼背佟说，我测了五十年的字，从万历爷手里测到如今，摊子一直摆在大栅栏，若测不准，我这口饭还吃得下去吗？崇祯想想这话也有道理，便说，我召你进宫，要你测字，你可要讲真话讲直话，不可花言巧语哄骗朕。驼背佟说我这个人最直，向来不讲假话，请万岁爷赐字吧！崇祯想了一下，说测个‘友’字吧，说着用手指在手心上写了个‘友’字。驼背佟一见忙说，万岁爷所赐的这个字不好。崇祯心里一惊，说哪里不好。驼背佟说，‘友’乃‘反’字出头，意谓国家到处都有造反的人在出头闹事。这一句话正打中了崇祯的心病，他脸色陡变，改口说，朕说的不是朋友的‘友’，而是有无的‘有’。驼背佟见皇上要滑头不认账，心里冷笑，说，这个有无的‘有’更不好。为何更不好？崇祯此时背上已冒出了冷汗。驼背佟说，这有无的‘有’，拆开来写，‘大’字少一捺，‘明’字少一‘日’，意味着大明江山将要丢掉一半。崇祯心里咚咚乱跳，又改口说，朕说的不是有无的‘有’，而是酉时的‘酉’。驼背佟听后皱起了眉头，说，万岁爷，这更加不好了，这‘酉’字乃是‘尊’字去头去脚。尊者，万岁爷之谓也，去头去脚者，乃遭人砍杀也。看来万岁爷要大祸临头了。崇祯一听，瘫倒在龙椅上。皙子，你说这测字的本事大不大？”

“大，真是大极了！”杨度发自内心地称赞。

“王山长，船靠码头了！”陈八在窗外喊。

“上岸吧。”王闿运说着起了身。

杨度撑开油纸竹骨伞，紧挨着王闿运走过跳板，踏上了太子码头，然后穿过先姬巷，通过吉祥街，再走两里多路，便到了钱局巷口。进了巷子，没走几步，王闿运在一家低矮的旧房子面前站住了，一边用手叩门，一边高喊：“胡三爹，开门！”

喊了两声后，里面传出一个嘶哑的声音：“来啦，来啦！”接着门打开了，露出一个头发胡须全白的老头子，满脸皱纹，身材矮矮小小的。老头子一见是王闿运，高兴得咧嘴笑起来，说：“贵客贵客，下这么大的雨，你还进城到我家来，不敢当。”

王闿运进得门来，向胡三爹介绍：“这是我的学生，杨度杨皙子。”

杨度有礼貌地鞠了一躬：“胡三爹，久仰久仰。”

胡三爹说：“皙子先生客气了，我一个糟老头子，哪里值得久仰。”说罢，将王闿运师生带进屋里。

屋子很矮，只有一扇小窗户，本来光线就不好，再加上外面下雨，更显黑暗。王闿运说：“点盏灯吧，你是夜猫子，习惯了，我可不行。”

胡三爹答应一声，打起麻石头，把纸捻点燃，然后再点起一盏小小的豆油灯。借着灯光，杨度看清了，原来屋子里简陋得出奇：一张黑不黑白不白的旧桌子，其中一只脚断了半截，用几块破砖头垫着，五六块木板架在两条长凳上，上面铺着一张旧草席，就成了床。只有一条方凳，胡三爹让王闿运坐在上面，自己坐在桌子边的一个旧木箱上。杨度没有地方坐，便坐在木板床上。胡三爹张罗着要烧开水，又说要上街去买麻花麻丸，都被王闿运制止了。寒暄几句后，王闿运说：“你把我召来做什么呀，害得我心思费尽想不出。”

胡三爹嘿嘿笑了两声，说：“我请你来看一部书稿。”

“书稿？你写的？”王闿运颇觉意外。

胡三爹摇摇头，说：“不是我写的，是我先祖写的一部关于吴三桂起事的秘史，胡家代代相传。我无儿无女，眼看活不了几天，你是大学问家，我想趁着在生时托付给你，求你代我胡家保存。倘若今后遇有机会，能付之梨枣，得以在世上流播，那我将衔环结草以报。”

“你还藏着这样一件宝贝。”王闿运大为兴奋，发起感叹来，“吴三桂建的大周朝，历时只有三四年，而这几年实际上也只是在重兵压境和逃亡途中度过，谈不上一个真正的王朝。历史从来是胜利者的历史，失败而又短暂的王朝是没有自己的历史可言的。所以人们一提起秦朝来，只有坏的，没有好的，就是因为秦朝前前后后不过十五年，还没来得及为自己评功摆好便亡了。汉朝人为秦朝修史，哪有好话说？吴三桂的命运连嬴政也不如，真个是席不暇暖。我想，吴三桂其实也是个人物，不然也不会成就一番那样大的事业。但可惜，关于他的史料太少了。永历帝的事情多亏了王船山有本《永历实录》，还可供今人参考，吴三桂比永历帝重要多了，却没有一本记载他的信史，我一直在遗憾。你家有这样一本书稿，可真是大周朝的大忠臣。”

王闿运的感叹，让胡三爹听了感激不已。他站起身说：“我这就带你去取。”

“这么重要的书稿你不藏在自己的家里，又放在哪里呢？”王闿运边说边站起，杨度也离开木板床。

“王夫子，你看我这破屋子还藏得书吗？又潮湿又多老鼠，我放在马王庙的涂道士那里。涂道士是我几十年的棋友了。”

胡三爹领着他们师生俩走出屋子，也不锁门，穿街串巷，向马王庙走去。马王庙是祭祀唐末楚国的开创者马殷的庙宇，离钱局巷不远，很快便到了。马王庙不大，殿堂破落，瓦缝生草，一副衰微的气象。到了庙门前，忽听得里面传出一阵板胡声来，那声调高亢凄厉，杨度听来像是湘中一带的花鼓变调。转瞬间板胡声停了，代之以老年男子浑浊苍哑的歌声。胡三爹笑着说：“涂道士又在发酒疯了。”说罢就要去敲门，王闿运摇了摇手。大家停立庙门外，听里面唱道：

长鲸吸海波澜枯，神龙徙宅移其珠。
大千腥垢天净区，人天殒泣宗社芜。
昭陵魏侯烈丈夫，古之任侠今则无。
赤手欲将天柱扶，龙泉三尺随手俱。
酒酣看剑长叹吁，国仇哪忍忘须臾。
青天朗朗明月孤，行矣努力莫踟蹰。
歼除毒虺斩平狐，妖魅闪尸伏其辜。
血腥荡涤剑不污，成功皈为祖师徒。
老道倚于草团蒲。

歌声戛然而止。

“好一个血性汉子！”王闿运赞道。

“这老鬼一定是喝醉了，又在这里吵得四邻不安。”胡三爹用力捶门，喊，“涂疯子，快开门！”

“去你娘的，老子歌还没唱完哩！”里面传来一句粗野的回话，板胡又扯了两下，看样子那人又要唱了。

“快开门，快开门，你胡三老哥来了！”胡三爹似被激怒，用力捶打，震得门上的陈漆都掉了下来。

“来啦，来啦，你胡三老哥又不是当今的皇太后，神气个屌！”说着门呀的一声开了，面前站着的竟是一个满脸通红、破袍烂鞋的老道士，那一头苎麻似的长发乱七八糟地在头上打了一个结。这副模样，极像传说中的济癫和尚蓄了发。杨度看了不觉发笑，心想若不是跟着先生前来，自己哪怕就是在衡州府住上十年八年，也不会跟今天这两个怪老头子扯上。

“船山书院的山长王壬秋先生来了。”胡三爹介绍。

“你就是大名鼎鼎的壬秋先生！失敬，失敬。”涂道士脸上立刻换上亲热的笑容，伸出双手来，做了一个请的姿势，又望着杨度问，“这位是？”

“这是壬秋先生的高足杨皙子先生。”

“请进，请进。”涂道士说，“难怪我今天高兴，原来有贵客光临。”

跨进大门，就是马王庙的正殿。那一尊王冕王服、仗剑挺立的马王塑像，因色彩剥落、黑烟满身，早已失去了往昔神圣的光辉，犹如一个滑稽的玩偶似的站在高台上。四面墙壁上绘着几幅图画，也因年代久远损坏过多，看不出个所以然来。殿中有一个大铁香炉。杨度走近一看，上面有“大楚长兴二年铸造”字样。长兴是马殷的儿子马希声的年号，距今将近千年。杨度在心里说：“马王庙里只有这个铁炉子值钱了。”

涂道士带着大家进了西偏房。这里面的摆设也简陋陈旧，与胡三爹差不多，只是多几条凳子，屋子高大些，光线足些。旧木桌上放着一个缺了口的小泥碗，旁边躺着一把老得掉牙的木板胡。看来，涂道士刚才就是坐在这里一边喝酒，一边自拉自唱的。

刚坐定，涂道士就朝东偏房大喊大叫：“聋崽子，到前街去赊十斤胡子酒、一碗猪脑壳肉来！”喊过后，对王闿运赔笑道：“他是个聋子，声音不大听不到。”

果然，从那边偏房里走出一个十六七岁的小道士来，穿着皱巴巴的黑道袍，脸上脖子上都是污垢，像有十天半个月没洗脸似的。让这样的人去买酒肉，杨度觉得有点恶心，见先生笑嘻嘻的，毫不在意，他也只得忍住。

“道长，我们师生吵烦你了，你也不要去赊了，把这块银子拿去，多换点酒肉来，可能有二三分重，都去买了，吃不完，剩下的归你们老哥俩。”王闿运从衣袖里摸出一小块碎银，放到涂道士的手里。涂道士也不推让，对聋崽说：“提个篮子去，尽银子买，鸡鸭鱼肉，都买熟的来。”

聋崽挎了个大篮子出庙门去了。胡三爹说：“涂疯子，你把我那个宝贝取下来吧，我要把它送给王壬秋先生了。”

“传了两百年的宝贝，你舍得送？”涂道士诡诈地笑着。

“不送，今后给我垫棺材板？在壬秋先生手里才真的是宝贝哩，挂在你涂疯子的庙里，还不是一堆废纸！”

涂道士也不搭腔，搬来一个竹楼梯，靠在墙壁上。他登上梯子，从梁上取下一个包包来。杨度看那包包，黑糊糊的，上面满是灰尘。涂道士拿来一块油晃晃的脏抹布，将灰抹掉，露出来的竟是一个黑黄黑黄的小牛皮包包。胡三爹从门后摸出一把锈菜刀，用力一割，把包包上的粗麻绳割断。打开牛皮，里面现出一个青布包。再打开青布，突然露出一片黄灿灿金光来。王闿运、杨度忙弯下腰去看，原来是一块上等金丝织就的蜀锦包的小包。虽然历经两百年了，那织锦依然色彩如新，上面的花鸟仕女图案清晰明亮。杨度还似乎嗅到了蜀锦里散发出来的麝香味。胡三爹把手使劲地在长衫上擦了几下，然后双手捧起这个锦包，犹如捧出胡家十代单传的婴儿似的，颤颤巍巍地来到桌子边。他把锦包放在桌上，再小心地打开，锦包里跳出一本寸多厚的装订得十分精致的书稿来，蓝色的绸面上贴了一条约六七分宽两寸来长的白纸带，纸带上端端正正地写着四个字：大周秘史。字体为篆书，端秀厚实，墨色光润，擅长书法的杨度暗暗叫奇。

王闿运轻轻打开封面，将目次翻了一下。书名题作《大周秘史》，实则从吴三桂镇守山海关时写起，直至洪化三年吴世璠被杀时为止。康熙十二年，吴三桂举兵叛清，自称周王。十七年，在衡州称帝，国号大周，建元昭武，不久即病死，孙吴世璠继位，二十年，吴世璠兵败自杀，大周灭。书稿的纸张用墨都不是寻常俗品，字体均为端正的楷书，令人观之十分悦目。这时，聋崽挎着篮子回庙了。胡三爹将书稿重新用蜀锦包好，外面还加上那块青布，双手递给王闿运，庄严地说：“今天，在马王爷的面前，我将我们胡氏的传家宝交给你了。”

王闿运郑重地接过，说：“我一定不负三爹的重托，认真拜读，妥善保管。只要条件允许，我便设法将它刻印出来。倘若万一我等不到这一天，还有我的门生杨度在这里，他会实现这个目标的。”

杨度忙说：“学生谨记于心。”

“来来来，坐下喝酒！”涂道士已将酒菜摆满了一桌子。四个人一人一方，聋崽子依旧进他的东偏房。涂道士说：“不要管他，他要为娘吃三年斋。我是野码头，什么都吃，当了五十多年的道士了，一天也没断过酒肉。”

“好，好，吃吧！”王闿运爽快地答应。主人将他推向上席，他也不客气，杨度挨着老师坐下，胡三爹、涂道士各占一方。四人开怀畅饮起来。别看胡、涂二人都到了耄耋之年，吃起东西来一点也不亚于年轻人。酒过几巡之后，真情愈加袒露。杨度觉得他们虽地位卑贱，穷困潦倒，却世情丰富，识见深刻，尤其是那一腔率真之情，士林官场上是绝对看不到的。久处这种环境的杨度今日心情十分舒畅，他突然领悟到，为什么刘邦的父亲不愿在长安当太上皇，宁愿回丰沛故邑与斗鸡屠狗者为伍，原来此中自有人生真味！他奇怪先生怎么会与衡州府里这班人联系上的。

“胡老哥，你的那个宝贝我偷看过一次。”在杨度遐想的时候，面孔鼻子重又通红的涂道士醉醺醺地说。

“什么时候偷看的，你为何不对我说一声？”胡三爹喝得差不多了，但脸却青青的。

“我说胡老哥呀，你的那个丞相先祖真是个人才，但可惜是明珠暗投呀！”涂道士又一次端起酒杯，衡州甜蜜蜜的胡子酒就有这样的魅力：越是喝醉了越是要喝！

“涂老弟，你说的有一半对，有一半不对。我的先祖跟随吴三桂一辈子，前半生吴三桂对他是言听计从的，后半生常常自以为是，不大听了。吴三桂也是人杰。壬秋先生，你是大学问家，你说是吗？”

“不错，吴三桂是人杰，令先祖也是人杰。”王闿运接过话头。他也喝了不少酒，但他酒量大，尚无醉意。杨度一直吃喝得不多，他在专心听。

“我最佩服你那丞相先祖的两处表现，若是吴三桂都照办了，这天下早就又回到我们汉人手里了，哪有今天割地赔款的奇耻大辱。伤心呀，满虏真把我们中国人的脸丢尽了。”涂道士说到这里，两眼竟然涌出泪水来。他也不去擦，任其在满是皱纹的脸上滚着，仿佛一条小溪在坑坑洼洼的坡地上流淌。满桌哑然。杨度想起进门前道士唱的歌里有“酒酣看剑长叹吁，国仇哪忍忘须臾”等词，这样地位卑贱的老人，居然有如此强烈的爱国之情，杨度不觉感慨起来。“位卑未敢忘忧国”，卑而不忘国事的何止一个陆放翁啊！

“老弟，你说的是哪两处？”胡三爹的声音出奇的温和，显然老头子也动了感情。

“一处是顺治刚死，康熙登位的时候，那是一个好时机。康熙那时只是一个八岁的小毛孩，一点人事不懂，国政掌握在其祖母孝庄太皇太后手里。孝庄虽号称厉害，但毕竟是个妇人。那时候满人入关只有十多年，还没有站稳脚跟，朝廷又群龙无首，的确是个难逢难遇的好机会，吴三桂若接受你那个丞相先祖的建议，趁机在云南起兵，打着驱赶满人恢复汉家江山的旗号，必定可得到大多数人的拥护，成就大事。但吴三桂却说顺治于他有大恩，不能欺负人家孤儿寡妇。他对满人抱这个感情，真是无大英雄的眼光。”

“令先祖真的有这个建议？”王闿运不知道这段史实,听了涂道士的话，不觉对胡三爹也生出敬意来。

胡三爹点点头说：“书稿里有记载。”

“令先祖见事之明，不在蒯通之下。”王闿运以手指头点着桌子，从心里发出赞赏。

为了不至于醉倒而在大学问家面前说胡话，涂道士克制自己不再喝酒了，他从一个破水缸里舀出一瓢冷水，咕噜咕噜地喝了几大口，再用瓢里的剩水洗了洗脸，撩起道袍将水擦干。他觉得头脑清醒多了，重新坐到桌子边，说：“第二处更可以看出你先祖的过人本事。吴三桂起兵后，开头战事十分顺利，贵州、四川的文武官员都响应，西南河山尽属吴氏。此时，你先祖向吴三桂提出，宜出巴蜀，据关中塞殽函以自固，待后方布置停当，再率兵由宛、洛入北京。”

“这是效汉高祖故事，是个好计策！”王闿运说。

“可惜，吴三桂没有听家先祖的话。”胡三爹叹息了。

“吴三桂的军队打下长沙后，那位老先生又建议立即渡江，全师北上，取幽燕腹中之地。吴三桂又不同意。”

“太可惜了！”杨度禁不住插嘴。

“后来，朝廷调集各方兵力，将湖南团团围住。老先生又急言，满人弱于水战，不如大掳民船，火速浮江东下，占领金陵，凭借长江天堑，与满人划江而治。”

“这是后来洪秀全的路子，已落下着了。”王闿运评道。

“就是这样不得已的下着，吴三桂仍旧没听，终于将自己困死在湖南。”涂道士边说边不知不觉地又端起了酒杯。

“所以说，令先祖是明珠暗投。”涂道士绕了半天圈子，又回到开头的结论上来。

“这大概是满人的气数那时还正在兴旺时期吧！”胡三爹无可奈何地自圆其说。

酒吃得差不多了，聋崽过来收拾残菜剩汤，随后又端来几杯热茶。王闿运喝着茶，对胡三爹说：“我这个门生对测字有兴趣，你给他测个字玩玩吧！”

胡三爹尚未开口，杨度忙说："胡三爹，你给我测一个字吧！"

涂道士也在一旁助兴："老哥，好久没有听你瞎扯了。你再胡乱扯一通，也让我醒醒酒。"

"测字是真学问，哪里可以胡乱瞎扯的。"胡三爹笑着说，"皙子先生，你就随便报一个字吧！"

杨度略想了一下，说："胡三爹您老住钱局巷，就测个'钱'字吧！"

胡三爹摸摸下巴上几根稀疏的白胡子，思忖了一会儿说："'钱'，乃三个字组成，右边两个'戈'字，南戈北戈相斗；左边一个'金'字，金者，贵也。干戈相斗之际，有贵人出来。目前人心浮动，四海不宁，内忧外患，随时可起大规模的刀兵相争。可以预测皙子先生将在争斗中赢得贵重的身份。"

"真的吗？"杨度大喜，想起先生在船上给他讲过的测字故事，也想借此试探一下这位测字老人的本事，于是说，"胡三爹，我不用钱局巷的'钱'，我用乾坤的'乾'。"

"'乾'字也是好兆头。"胡三爹说，"'乾'之左边，双十拱日，说不定哪年逢双十的时候，中国就会出现大变，乃拱出来一个新朝代新天子。右边为乞，乞者，求也，得也。皙子先生将在新朝中得大贵。"

"有这样好的事？"杨度欢喜过望，进一步试探，"胡三爹，我也不用乾坤的'乾'，我用的是汉代博望侯张骞的'骞'。"

"恭喜先生。"胡三爹起身，满脸堆笑，"'骞'乃宰相头，千里马之尾，皙子先生正是一匹千里马，将来必定在新朝中得宰相之位。"

"胡三爹取笑了。"杨度忙站起还礼，心里早已喜气洋洋了。

涂道士说："杨先生，我与胡老哥相交五十年，听他讲测字也讲了五十年，从来没有听到他讲过连测三字，三字都说到一个点子上的事。老道不会测字，但会观国运，会看人相。依老道看来，中国大乱就在眼前，满人气数也到了尽头。杨先生仪表非俗，又能得到壬秋先生的栽培，前途不可限量。我实话告诉你吧，胡老哥这本祖传的《大周秘史》，集中了中国两千多年来的纵横之术。读通了它，自会有意想不到的收获，愿杨先生好自为之，在不久的大变局中一显身手。"

涂道士说完后，王闿运微笑着对学生说："皙子，听清楚了吗？这本《大周秘史》先由你读三年，三年后再还给我。"

"谢先生和二位老伯的厚爱。"杨度深深一鞠躬。

此时，外面的细雨早已停止，王闿运师生告辞出了马王庙。在回东洲的船上，杨度迫不及待地打开蜀锦，偷偷地看了几页。谁知这一看，他便再也不能丢开了。

三　新政给古城长沙带来了生机

回到东洲后，杨度一头栽进《大周秘史》中。由于吴永桢三十多年间一直参与吴三桂机密，对于吴三桂及其部属如何与满洲联络导致了清兵顺利入关，如何为清廷开拓西南疆域，逼杀永历帝，扑灭南明王朝，又如何处心积虑密谋造反叛乱，以及如何策划用兵打仗，攻城略地，到最后如何应付危局，又如何儿戏般的登基称帝，安排后事等，他都写得十分细致生动。且因为这已是完全失败后的闭门著述，从下笔那天起，他就抱着藏之名山、传诸其人的宗旨，故这部书稿没有所有公开刻印的那些正史野史的通病：为尊者讳为贤者讳，以及其他种种原因而有意无意地篡改历史。

吴永桢以对天地神明负责的悲壮情怀，秉笔直书，不做任何掩饰。一部三十多万言的稿本，把两百多年前那桩移鼎之变记录得再真实不过了，其中尤以满洲皇室与吴三桂之间或公开或隐蔽的互相利用互相猜忌钩心斗角倾轧诡秘的活动写得更为丰富，超过了历代任何一部史书。杨度从《大周秘史》中所获得的帝王之学、纵横之术，也远远超过了从经史典籍、稗官野史里所获得的这方面的知识。从那以后，明杏斋逢五之夜的特殊课程，基本上是师生二人对这部奇书的研讨。王闿运凭着渊博的学问，并结合己身的实践经验，往往又能对该书及吴三桂事件发出许多杨度想不到的宏论，时常给他以深刻的启迪。春花开，秋月落，一年又过去了，怀抱壮志的年轻举人于帝王之学打下了牢固的基础。

这期间，康有为和他的弟子梁启超已把维新启蒙运动推行得红红火火轰轰烈烈，北京、上海、广东、江苏、福建、广西等省都出现了新气象，其中尤以湖南的新政最为引人注目。

正当《马关条约》签订的时候，江西义宁人陈宝箴由直隶布政使任上升调湖南巡抚。陈宝箴学问优长，为官干练明识有胆魄，是晚清极有作为的官吏，只因出身乙榜，故而一直沉沦下僚。直到五十多岁才为朝廷看中，擢升浙江按察使，又调湖北按察使，再升为直隶布政使。海战失败，屈辱条约的签订，强烈地刺激了陈宝箴的爱国之心。久处官场，他对于国家的弊病也看得很清楚，深知大清要从衰败中走出来，非大变祖宗成法不可。

为此他十分欣赏康有为的维新学说，认定康的一系列变法措施是救国良方。他上疏光绪帝，称赞康有为和他的弟子梁启超博学多才，议论宏通，言人之所不敢言，为人之所不敢为，实大清朝的忠臣，请皇上破格提拔，委以重任。疏上不久，就奉旨调任湖南巡抚。他心里很清楚，这说明皇上赏识他的这番见解，赋予他方面之权，鼓励他在所辖之境实行新政。六十四岁的陈宝箴感激皇上的信任，决心在须发皆白的垂暮之年好好地干一番实事。 陈宝箴，字右铭，江西义宁人，举人出身，历任浙江按察使、署湖北布政使、直隶布政使，光绪二十一年出任湖南巡抚，在湖南创办新政，设矿务局、官钱局、铸钱局；又设电报、轮船、枪弹厂，修建湘粤铁路；立保卫局、南学会、算学堂、湘报馆、时务学堂、武备学堂等。为清末督抚中推行新政最力者，遭受守旧派的猛烈攻击，戊戌政变后被革职永不叙用。布政使俞廉三体弱多病，不大多管事。署按察使黄遵宪四十多岁，是个颇有名气的学者诗人。他多年来出任海外，在日本、美国、英国做过参赞、总领事等职，熟悉西方各国情况，尤其对日本的明治维新研究有素，急切盼望自己的国家也能像日本一样，通过变法而迅速富强起来。 黄遵宪，字公度，别号人境庐主人，举人出身，广东嘉应人。光绪三年至光绪二十年间，先后任过驻日本使馆参赞、美国旧金山总领事、驻英使馆参赞、新加坡总领事。光绪二十年任江宁洋务局总办，二十二年创办《时务报》，二十三年任湖南长宝盐法道、署理湖南按察使，积极协助巡抚陈宝箴推行新政，延揽梁启超等人主持时务学堂。戊戌政变时被扣留于上海洋务局，后释放回乡闲居。有《人境庐诗草》等著作传世。学政江标还只有三十多岁，功名顺遂，年纪轻轻便中进士点翰林。他器识明远，雄心勃勃，目睹国家现状，慨然有矫世变俗之志。 江标，字建霞，江苏元和人，翰林院编修，曾入同文馆学习。光绪二十年出任湖南学政，设立校经学会，以舆地、掌故、算学选士，出版《湘学新报》。戊戌变法期间，被授以四品京堂，在总署章京上行走。变法失败后，被革职禁锢于家。

陈宝箴、黄遵宪、江标志同道合，一腔热血，遂精诚团结，和衷共济，在湖南率先推行维新事业。陈宝箴年轻有为的儿子陈三立前年中的进士，如今在吏部任主事，常常把京师的动向通报老父，为湖南的变革出谋划策。在这场震古烁今的变革中，陈宝箴还得力于一个著名人物的襄助。此人即中国近代史上最为壮烈的英雄谭嗣同。

谭嗣同字复生，号壮飞，其父谭继恂官居湖北巡抚。谭嗣同博览群书，识见高远，鄙视科举，好经世致用之学。他只身游历大半个中国，观察风土人情，结交名士豪杰，常发“风景不殊，山河顿异，城郭犹是，人民复非”的感叹。他愤而著《仁学》，发挥王船山的道器观念，认为“器既变，道安得独不变”，力倡变法，尖锐抨击纲常名教，发誓要冲决一切罗网，并决心为此而献身。谭嗣同不仅思想深刻，更兼武功高强，慷慨豪放，是当时声动朝野的名公子，有很大的号召力。

陈宝箴得天时、地利、人和之助，两年多时间里，在三湘四水大力推行新政。设矿务局、官钱局、铸造局，又设电报局、轮船公司，修筑湘粤铁路，创办南学会、算学馆、湘报馆、时务学堂、武备学堂、制造公司，发行《湘学报》、《湘学新报》，又专从上海购进维新派的重要刊物《时务报》，免费分发各州县。尽管遭到了以王先谦、叶德辉为代表的顽固守旧派的反对、诋毁，但维新运动仍在全省各地广泛开展，取得了令人欣喜的成效。湖南所有新政中，办得最为出色的便是时务学堂。

陈宝箴任命熊希龄为时务学堂的提调。熊希龄还只有二十七岁，湘西凤凰人，与陈三立同年中进士，他有幸被选为翰林院庶吉士，这时正在湖南。 熊希龄，字秉三，湖南凤凰人，光绪进士，选翰林院庶吉士。光绪二十三年任湖南时务学堂提调，次年被革职。后得端方援引，充当出洋考察宪政五大臣的参赞，又调奉天盐运使。武昌起义后，任过袁世凯政府的财政总长和热河都统，后又出任过国务总理。1932年任世界红十字会中华总会会长。陈宝箴接受儿子的建议，礼聘梁启超任中文总教习。谭嗣同又荐举自己的挚友唐才常任中文分教习。 唐才常，字黻丞，号佛尘，湖南浏阳人，贡生出身。光绪二十三年，与谭嗣同创办算学馆，后又任《湘学报》主笔，并参与创办时务学堂。戊戌政变后流亡日本。后在上海组织自立会，筹建自立军，不久即被逮捕捐躯。熊、梁、唐均一时人杰，更兼梁启超名满天下，遂把一个临时搭起来的时务学堂办得有声有色，引得一批热血热肠的湖湘子弟纷纷投奔，还有不少湖北、江西、广西的年轻士子也慕名前来。

船山书院有个热血沸腾的青年，也是湘潭人，名叫刘揆一，字霖生。 刘揆一，字霖生，湖南湘潭县人，曾任同盟会东京本部庶务、北洋政府工商总长。刘揆一十五岁时即拜王闿运为师，二十岁时改投时务学堂，弃旧学而治新学。其父刘方峣早年也是湘军中的小头目，后因仗义放走了太平军的一个总制，怕上司追查，便离开湘军回到湘潭老家躲了起来，直到金陵打下后再出来办事，经朋友介绍在湘潭县衙门做了一名小小的衙吏。刘方峣慕王闿运的大名，送已中秀才的长子揆一拜在王氏门下。王闿运到东洲任教，身边的一群弟子也追随来到东洲，刘揆一即为其中之一。刘揆一不仅书读得好，而且办事能干，在士子中颇有威信。他对时务学堂的教学甚是仰慕，认为国乱民危之际不是潜心故纸堆的时候，要的是能够拯救社会的真才实学，而时务学堂恰是培养如此人才的摇篮。他在士子中一宣传，便有一批人都听他的。终于有一天，他领着几个最为知心的朋友，悄悄地在渡口边坐上一艘小火轮，鸣笛鼓浪奔向长沙，临走前托门房转交一封信给老师。

王闿运看了这封信后，长长地叹了一口气，并没有指责刘揆一。过了几天，又有几个士子走了。王代懿也有点坐不住了，常常对杨度和夏寿田嘀咕，埋怨老父亲主持下的船山书院没有生气，总是老一套，跟不上时代的步伐。夏寿田是一心一意遵父教，要在明春名登金榜，不管外面闹得如何轰轰烈烈，时务学堂如何名震海内，王代懿如何嘀咕，他都雷打不动，天天焚膏继晷，孜孜不倦地埋首于四书文试帖诗中。杨度本是一个热衷于时务的人，也早就想去长沙看看了，何况梁启超又是故人！

“先生，我想日内到长沙去一趟。”杨度和代懿商量了两天，作出了决定。代懿怕父亲骂他，不敢出面，怂恿杨度先去探探口风。

“皙子，你是不是也要去投奔时务学堂？”王闿运停住手中的笔，颇为惊讶地问。王闿运自己有一门特殊的功课——抄书。从十六七岁开始，他便立志将所有他认为值得反复诵读的书，不论经史子集，不论厚薄，也不论家中是否有，以及今后买不买得起，他都手抄一部。他认为经自己手抄后能记得更牢，领会更深。近五十年来，寒冬不停，酷暑不辍，闲时多抄，忙时少抄，凭着坚强的毅力，他抄了将近三千万字的书，仅这一点，王闿运也堪称当时学界一绝，令天下读书人倾倒。到了船山书院后，他又开始了二十四史中的最后一部《明史》的抄写。此刻，正在抄张居正列传。他放下笔，端起茶杯，喝了一口周妈为他泡好的冰糖红枣茶。

“不是。”杨度赶忙回答，“到长沙去，一来是想见见梁启超。那年在北京时，我和他交了朋友，他来长沙好几个月了，我不去看看他，心中不安。二来我也想劝劝刘霖生他们，想让他们早点回到先生身边来。”

“哦，是这样的！”王闿运放下茶杯，脸上露出浅浅的笑容，说，“梁启超是个难得的人才。我虽然不赞同他的所谓民主民权，但我佩服他的文章写得好，很有煽动性，此人是一个很好的鼓动家。你有这样一个朋友，理应去会会。至于刘揆一等人，你大可不必劝说，人各有志嘛，我王某人难道还缺弟子吗？”

王闿运把左手边一叠已抄好的纸拢了下，顺手拿起一块龟形黑色大理石镇纸压在上面，问杨度：“几时起程，一个人去吗？”

“先生既然同意了，我明天就动身，代懿和我一道去。”杨度见书桌上砚台里的墨汁干了，便从旁边一个精致的小瓷瓶里倒出一匙清水来，拿起那支径长一寸粗的徽墨，为先生轻轻地磨起墨来。

“代懿也去，他为什么不自己来跟我说？”

“他怕先生不准他去，骂他。”

王闿运望着杨度手中慢慢转动的墨柱，心中陡然沉重起来。儿子想出远门，竟然自己都不敢说，要托别人来讲，已过花甲的老父亲心里很是难过。代懿是他四个儿子中最小的一个，人长得跟父亲年轻时一样的风度翩翩，但意志较脆弱，读书不用功，心思不沉静，至今还只是个秀才，王闿运不大喜欢他。前些年蔡夫人在，代懿尚不觉什么。蔡夫人死后，王闿运跟周妈关系亲密，代懿和他的哥哥姐姐妹妹们一样，腹中有非议，加之父亲又不太关心，他虽也来到东洲，但平时很少去明杏斋，父子感情越来越疏淡了。王闿运想起了夫人临死时的情形。那一刻，夫人从昏迷中醒过来，死死地握着他的手，反反复复地说：“我所生的四子四女，仅只有代懿未成亲了，你一定要为他找一个贤惠的姑娘。”王闿运尽管娶了莫六云为妾，但对夫人的挚爱并未少衰。他始终感激夫人在他贫贱时所奉献的纯洁爱情。

四十年前，王闿运还只是一个穷秀才，城南书院的山长丁取忠赏识他的才华，欲把亡友的女儿蔡艺生许配给他。丁把此意跟蔡母商量。蔡母说：“把王生带到我家里来看看。”王闿运来了，蔡母仔细审看了小伙子，又和他谈了一席话。王闿运走后，丁取忠问：“这后生子如何？”蔡母说：“王生长相谈吐都不错，就是家里太贫寒了。”丁取忠尚未来得及劝说，蔡艺生从屏风后面走了出来，红着脸对母亲说：“贫寒要么子紧！”说罢羞得赶紧躲进闺房。丁取忠大笑道：“小姐自己都同意了，你还怕她吃苦哩！”蔡母本来就对王闿运满意，见女儿不嫌他穷，就定下了这门亲事。洞房花烛之夜，王闿运笑着对妻子说：“见你的前夜，我做了一个梦，梦见了汉代的大孝女缇萦，这是一个好梦。我以后就叫你梦缇吧！”妻子含笑点头。四十年恩恩爱爱、苦乐与共的岁月一溜烟过去了，莫六云先走，梦缇也跟着走了，如今只剩下自己一个孤老头子。 陈彰《纪湘绮老人王闿运》：“壬秋……后娶蔡艺生，亦能文。先是，壬秋至艺生家，艺生于帘中窥见壬秋。其祖母曰：‘湘潭王生，尚有才名，惜太贫耳！’艺生良久乃曰：‘贫亦何害。’问名之夕，壬秋梦红锦金书，媞字朗然。越二岁来归，字以梦媞。婚后恩爱逾恒，事尽温馨之乐。”此刻，夫人临终前的嘱托又浮起，他深为自己这两年对代懿关心不够而负疚，决心要尽快地为儿子寻一门好亲。

“你要代懿到我这里来一下，我给他五十两银子，你帮他在长沙买一套像样的衣帽，过两年做新郎官时好穿。”

“好！”杨度十分高兴，看看墨也磨好了，便说，“我这便去告诉代懿。”

“慢点。”王闿运从博古架上取出一函书稿来，说，“这是叶德辉撰写的《经学通诂》，上个月打发仆人送来，要我给他作篇序。叶德辉这人虽然脾气古怪，人也长得丑，满脸铁丝麻，但做学问却肯下工夫。 叶德辉，字奂彬，号郎园，湖南湘潭人，祖籍江苏，光绪进士，做过吏部主事，后住长沙治学及从事书业活动，一生著述及校刻书凡百数十种，有《郎园丛书》行世。叶反对新学，且品行不端，向为士林所讥，1927 年在湖南农民运动中被杀。这部《经学通诂》的确不是覆瓿之作，你在路上可以翻翻。"

"是。"杨度答。

"我叫你送书给叶德辉，还有一层用意，你知道吗？"王闿运捧着书稿，不忙交出来。

"知道。"杨度答，"先生是要我借这个机会认识叶先生，日后好向他请教。"

"正是，正是。"王闿运高兴地直点头，"老杜说转益多师是吾师，这话是很有道理的。叶德辉精于版本目录之学，这方面的学问，我便不及他，他也可在这点上充当你的老师。他住在赐闲湖，早几年代懿跟着我到他家去过，代懿找得到。"

王闿运说着把书稿递了过来，杨度双手接过。

"先生，我去了。"

"去吧，路上多注意安全，代懿不懂事，你多留点心。叶德辉讲过，这篇序言，他要送我二百两银子，你叫代懿收下莫讲客气。叶麻子的老子做过大生意，家里有的是冤枉钱。"

杨度和王代懿一到长沙，就为江面上兴旺的内河航运业所吸引。码头上人声鼎沸，装货的卸货的上船的登岸的，把个零乱的河岸闹得热火朝天。时序虽是初冬，那情景让人看得似要热出汗来。他们在小西门码头上了岸，穿过下河街，从南正街进入闹市区。

街市上各色各样的公司、厂矿、局所招牌照得行人眼花缭乱，商店里货物充塞。往年冬季长沙城里所缺乏的香菇、玉兰片、红薯粉，现在填满了市场。平素稀罕的鱼翅、鲍鱼、干墨鱼、对虾等海味，也能在寻常南货店里见到。尤其是煤炭，以往一到冬季便令长沙市民发愁，煤炭既少又差且贵。此时杨度在南正街上看到两家煤炭店，堆得小山似的煤炭乌黑发亮。店门竖着黑漆大牌子，用白粉写着"耒阳白煤"四个大字，买煤的人也不拥挤。他们试探着问了几家伙铺，店家都摇头说客满。问哪来的这么多客人，回答说让各地来省城办矿产议修铁路的人包了。杨度感触极深地对代懿说："想不到右铭中丞的新政给长沙带来如此生机！"

走完了南正街就到了又一村，又一村乃巡抚衙门所在地。过去，这里的气象严肃阴冷，老百姓宁肯绕道走，也不愿意通过衙门前那块空荡的大坪,唯恐遇到什么倒霉的事。今天杨度看到这里的行人不少,脸上并无惧色。高大仪门两旁的木栅栏上，挂上了四块五尺见方的大木牌，上面用红漆刷上四个宋体巨字“有耻立志”。杨度早就听说，这是抚台大人为时务学堂创办典礼的题词，不料竟以这样隆重的规格移到巡抚衙门的前门。这四个大字犹如四把烈火，日日夜夜在长沙城里燃烧，象征着爱国复仇之火永不熄灭；这四个大字又如四道警钟，早早晚晚在官吏缙绅士农工商心里长鸣不止，警告大家莫忘国耻，立志兴邦。杨度又在心中感叹：“倘若十八省的巡抚都像右铭中丞这样，大清帝国的中兴真正是指日可待了。”

正在这时，他看见大坪的一角围了一堆人。有一个人站在人堆中间，高出大家一个头，像是站在凳子上，正不时地把手臂挥舞着。杨度和代懿都是好热闹的人，便朝人堆走去。

“皙子你看，那不正是刘霖生吗？”王代懿惊奇地指着人堆中高出众人的那个人说。

杨度一看，不错，那正是他们要找的同窗刘揆一！只见他站在一条长凳上，往日胖胖的孩子脸上流露着严肃的神色，此刻正弯腰与旁边一个年轻人在说话。

“我们叫他一声吧！”王代懿说着便要喊。

“慢点，看霖生说些什么。”杨度制止王代懿，牵着他的手挤进人圈中。

“父老乡亲们！”刘揆一昂起头来，响起洪亮激越的湘潭官话，“我告诉大家一个好消息。刚才李君对我说，江学台已奉调即将进京，皇上要与他商议全国变法大计。”

“江学台一定要高升了。”

“皇上英明！”

一旁听演讲的人纷纷议论着。

“江学台是个大有作为的好官，此番进京，皇上必定会有大的委任。百年大计，人才第一。江学台在我们湖南办起了时务学堂，为湖南的教育事业打开了新路子。我和李君进时务学堂还只有几天，就学到了许多有用的新知识。我希望有志报国的年轻兄弟们，都到时务学堂去听听课。”

“请问，去时务学堂听课要交学费吗？”听众中有个十八九岁的后生子发问。

“只要不住学堂里，旁听不交学费。”站在刘揆一身边的李君回答。

"时务学堂收学生有什么要求吗？童生收不收？"又一个青年提问。

"收。时务学堂收学生不论出身，只要有志向学，一概收。"李君又答，"秀才、举人编高班，童生编低班。"

杨度拉着代懿的手说："我们走吧！"

"霖生就在这里，我们跟他说几句话吧！问问他是不是还回东洲。"代懿急着说。

"还问他做什么？"杨度浅浅一笑，"他正在为时务学堂做宣传拉学生，自己还会回东洲吗？我们还是先到时务学堂去吧，晚上再去见他。"

四　一方菊花砚，凝结了维新志士的友谊

位于贡院大街的时务学堂，从早到晚，门前车水马龙，冠盖如云，抚台臬台学台时常前来学堂授课，南来北往路过长沙的官员士子、关心国事的商贾们纷纷前来参观，本来应是安静的求学之地，实际上成了政治活动的中心所在，这正符合中文总教习梁启超的心愿。他主持时务学堂，并不是要把它办成一个纯粹的读书讲学的书院，而是把它作为宣传维新思想，发现并培育维新人才的重要阵地。他的教学方式与众不同，正正规规的讲课时间不多，演说才是他的主要内容。对于每一个学员来说，他主要是通过批阅其札记来启发思维，传播新知。梁启超今年还只有二十六岁，热情高涨，精力饱满。他要求学员每五天交一份札记。札记内容不限，大至对朝廷举措的议论，小至关于身边琐事的记载。他对每个学员的每篇札记都悉心批阅，动辄数百上千言，常常是他的批语比札记本身还长。他很娴熟地将札记所写的内容引导到维新变法的大主题上。昨夜有个名叫蔡艮寅的邵阳籍学员交来一篇论重建海军的札记，梁启超看后大加赞赏。　光绪二十三年八月，时务学堂在长沙城正式成立。湖南巡抚陈宝箴任命翰林熊希龄为学堂提调（校长），主持一切行政事务，由署理按察使黄遵宪提议，学堂聘请梁启超、李维格分别为中文总教习与西文总教习，又聘请欧榘甲、韩文举、叶觉迈、唐才常等人为中文分教习，王史为西文分教习，许奎垣为数学教习。　时务学堂的功课，分为普通学与专门学两种。普通学包括经学、诸子学、公理学、中外史志及初级格算诸学四门功课。专门学包括公法学、掌故学及格算学。入学后的前六个月只读普通学，六个月后再各自选择专门学。除正式生员外，学堂还招收外课生（类似现在的旁听生），教师一样地为外课生批改札记。　学堂开办不久，即遭保守势力的攻击。后来熊希龄辞职，梁启超也离开了学堂，时务学堂的课程遂改弦易辙。戊戌政变后，时务学堂改名为求实书院。

蔡艮寅字松坡，出身贫寒而异常聪慧。十三岁那年，学政江标到邵阳

主持岁试，蔡艮寅的史学、辞章答卷出奇的优秀，江标亲拔为秀才，又勉励他以乡先贤魏源为榜样，讲求经世之学，不可埋头试帖之中，功名不在科举。两个月前，他应考时务学堂，在高班中名列第三。梁启超认定蔡艮寅是大器之才，着意培植。他用一个通宵为蔡艮寅的札记写了一篇三千五百字的批语，超过札记一倍多。快要天亮的时候才搁笔，和衣在床上躺下。开早饭时仆役叫醒他，不到一个时辰的睡眠，他的精神就完全恢复过来了。吃过早饭后，他把蔡艮寅叫到自己的备课室兼卧室里来。

蔡艮寅小小瘦瘦的，个头不及梁启超的耳根，但举止庄重，没有通常的未成年的孩子的羞怯感，使人觉得他有一种既聪明又稳健的禀赋。梁启超十分喜爱这个年轻的学生，热情地招呼他坐下，说："你这篇札记写得很好，不过也有不少不妥之处，我为你写了一段长批，你回去好好看看，有不同的意见，尽可以提出和我争辩。《中庸》提倡博学审问慎思明辨，又说辨之弗明，弗措也。时务学堂要贯彻这种学风，师生之间要有争辩，多争辩，则必然豁朗。"

蔡艮寅接过梁启超递过来的札记簿，说："梁先生的批改，我一定认真研读，若有不明之处，我也会再来向先生请教。今天我想趁这个机会向先生讨教几个问题，行吗？"

梁启超说："当然行，你说吧！"

蔡艮寅扑闪着黑亮的眼睛说："孔夫子主张大一统，因为大一统可以泯杀机，而现在朝廷却要官员们督其督、郡其郡、邑其邑，请问梁先生，这不是与孔夫子相违背吗？"

梁启超说："你这个问题提得对。古今万国所以强盛之由，莫不是由众小国而合为大国，见之美国、英国、意大利、奥斯马加、日本、瑞士都是这样。孔子大一统之义，正是为此而发。泰西各国，其大政皆为政府办理，如海军陆军交涉之类，其余地方各公事，则归地方自理，政府不干预，这是最善之法。而中国却相反，大事如海军，则南北洋各自为政，一小小的盗案却要送到朝廷去审定，这真是笑话。中国的法律若不整顿，不徒复为十八国，甚至有可能变成四万万国，国家权力之失，莫过于此。朝廷对此也没有办法，只好责之于督抚州县，希望一省一县自己去治理。"

蔡艮寅点头说："梁先生是说这是朝廷无奈之法，我懂了。我还想提一个问题。孔子讥世卿制，以为它导致民权不伸，君权不伸。自秦以后废世卿而行选举之制，二权略伸，这是孔子的功劳，但流弊无穷，假使易之以泰西议院之制，则可能尽善尽美。请问梁先生，是这样的吗？"

梁启超微笑说："你说的有道理，但不完全对。首先，说孔子讥世卿主选举，使君权民权略伸，但有流弊，这话就不对。凡行一制度，必须全盘实行才可，仅取其一二则不可。孔子选举之制，一出学校六经，遗规粲然具见，后世仅用其选举，不用其学校，徒有取士之政，而无教士之政，怎么可以得到人才呢？至于议院之法，不必尽向西方求教，孔子在当时便已深知其意而屡言之，见之于《春秋》者指不胜屈，你可将《春秋》好好读通。"

蔡艮寅说："梁先生的指教我明白了。还有一事我想请问。《春秋》一书非改制之书，而是用制之书。如视其书为改制之书，视其人为改制之人，则孔子不能逃僭越之罪。孔子修《春秋》乃为鉴于乱世，不得已而为之。故孔子说，知我者其惟《春秋》乎？罪我者其惟《春秋》乎？知我者，是知其为用制非改制，知其不得已之苦心，非自好自用之人。罪我者，是罪其为改制非用制，为自用自专之人。梁先生，学生对《春秋》的理解，是对还是不对？"

梁启超略作思考后说："你的这番议论似是而非。大约《春秋》所说的制度有四种：一为周之旧制，一为三代之制，一为当时列国所沿用之旧制，一为孔子自制之制。就拿你刚才提出的讥世卿一条来说，内有伊尹、尹陟是三代，乃世卿也。周有尹氏、刘氏等，是周世卿。晋有六卿，鲁有三桓，郑有七穆，是当时列国世卿。至于讥世卿而主选举，乃孔子所改之制。光从这个例子来看，就不能说孔子非改制之人。按照你的认识，似乎改制为可罪，这是极守旧的观念。凡制度，无所谓不能改变的。泰西人时时改制，故而强盛，中国人则终古不改，故而弱弊。本来一时之天下，有一时之治法，欲以数千年蚩蚩之旧法，处数千年以后之天下，一日之安宁都不可得。因时改制，正是孔子的功德之处，也是《春秋》一书的精义所在。你可再读读南海先生的《孔子改制考》。"

师生二人说得正兴浓，仆役进来报告："学台大人来访。"

梁启超起身说："松坡，你今天提的这几个问题都很有意思，孔子说学而不思则罔，好学深思，乃是求取真知的好途径。今天就说到这里吧！你有什么疑问，随时来找我讨论。"

"谢谢梁先生。"蔡艮寅恭恭敬敬地向他最为敬慕的老师鞠了一躬，捧着札记簿出了门。

江标奉调进京在总署章京任上行走，特为来时务学堂向大家告别。熊希龄、谭嗣同、唐才常等人陪着他进了大门，正好与梁启超碰上，便一起走进了梁启超的备课室。

江标深情地望着梁启超说：“卓如先生，我真不愿意离开长沙，离开你们和时务学堂，这几个月是我三十七年生涯中最值得纪念的岁月。”

梁启超也动情地说：“来长沙这段日子，得到学台大人的处处照顾，感激之情，难以言表。”

熊希龄也说：“时务学堂能有今天的兴旺，多亏了江学台和陈抚台等人的大力支助。”

江标说：“维新事业还才刚刚发轫，你们都只有二十几岁，真正是少年英才，振兴大清的伟业，就寄托在你们的身上。”

熊希龄说：“我们尚年轻不更世事，大人正当盛年，圣眷优渥，此去京师位居要津，大人一定会为维新变法事业作出更大的贡献。”

江标笑着说：“我们一起为国家出力吧！”

仆役进献香茶，大家边喝茶边闲聊。江标看到梁启超桌上摆着一个一尺余长六寸余宽的大菊花石砚，双手托起，但见浅灰色的石砚里清晰地现出一朵大如绣球的菊花，花朵怒放，花瓣娇美，不觉脱口赞道：“好一块难得的菊花石！”

信手翻看背面，只见上面用红漆题了一首砚铭：“空华了无真实相，用造莂偈起众信。任公之砚佛尘赠，两公石交我作证。”铭文后面有一行小字：谭嗣同丁酉冬于长沙时务学堂。

江标哈哈笑道：“原来这方菊花砚如此不平常，把当今维新三子联结在一起了。”

唐才常说：“卓如天天写字，苦无好砚台，正好我的一位朋友近来访得一枚少见的好菊花石，便央求一个雕了六十年菊花石的老匠人琢成了这方石砚。复生知道了，说我来写几句话放在上面吧，作为你们二人以石订交的见证。”

谭嗣同说：“铭文是写了，还没有一个好石工镌刻。”

江标忙说：“岂能找寻常石工，此事非我莫属。”

梁启超惊道：“江大人还会这门子手艺？”

江标喜道：“我正愁挤不进维新三子之列，天赐我良机，三百年五百年后，后人看到这方菊花砚，也知道江某人曾与大名鼎鼎的复生、卓如、佛尘为过朋友。”

一句话，说得三人大为感动。梁启超忙打开屉子，找出几把大大小小的刻刀来说：“这刀虽不太好，还勉强用得，大人快一展绝技。”

"刀子只要锐利就行，其他都可不论。"江标从中选了一把小的，用手指试了试刀口，点点头说，"就这把吧！"

说完捧起砚台就往袍服上一放，慌得熊希龄忙说："莫弄脏了衣服，我去找一个围裙来。"

一会儿工夫，熊希龄从厨房借来一件干净布围裙，帮江标系好。江标将砚台夹在两腿之间，顺着谭嗣同的笔迹刻了起来。

江标从小跟着父亲学治印，练就了一手好刀法。只见他奏刀砉然，石灰骤起，不到半个钟头砚背上的朱漆全部不见了，代之以深浅粗细均为适度的一片阴文，大家都叫好。江标停刀，上下看了看，又在砚背左下侧上加刻四个字：江标镌刻。

"好！"熊希龄赞道，"石头绝，铭文绝，刀工绝，可谓三绝砚了！"

大家都笑起来。江标将菊花砚放到书桌上，边解围裙边说："我这就算辞行了，还有许多地方都要去走走，就不坐了，后会有期。"

众人说："大人起程那天，我们都会来码头送行的。"

众人簇拥着江标来到大门口，彼此拱手相别。正要转身回屋的时候，梁启超突然看见了一张熟悉的面孔。他十分惊喜，大步流星地走了过去。

五　谭嗣同举杯：我们对着苍天神明起誓……

"皙子，你什么时候来的？"梁启超高声喊着，同时伸出了一双大手。

杨度把手伸过去，笑着说："我在这里等了好长时间了。来得不凑巧，刚到门房便遇到了学台大人，没法子，平头百姓只有让当官的。"

"什么话？"梁启超咧开大嘴，露出两排雪白的牙齿，与黝黑的皮肤形成了强烈的反差。

"门房不晓事，岂能让皙子您老兄在这里枯坐。其实建霞先生辞行，你进来，我们正好一起说话。"　梁启超在长沙时务学堂期间，与杨度有过晤面，二人还就学术问题有过争论。1903 年 10 月 4 日，杨度在给梁启超的信中附诗一首，诗中谈到了这段往事。此时二人均在日本。全诗如下："志远学不逮，名高实难副。古来学者心，栗栗惟兹惧。噫吾新会子，夙昔传佳誉。德义期往贤，流风起顽锢。曩余初邂逅，讲学微相忤。希圣虽一途，称师乃殊趣（杨度自注：戊戌春，在长沙论《春秋公羊传》，各主师说，有异同）。杨朱重权利，墨子尊义务。大道无异同，纷争实俱误（杨度自注：余尝谓湘潭王先生援庄入孔，南海康先生援墨入孔，实为今世之杨墨，而皆托于孔者也）。茫茫国事急，恻恻忧情著。当凭卫道心，用觉斯民寤。古人济物情，反身先自诉。功名岂足宝，贵克全予素。君子但求己，小人常外骛。愿以宣圣训，长与相攻错。"

梁启超松开手："我来介绍一下。"指着杨度对身旁的人说："这位是贵省湘潭举人杨皙子先生。"又把熊希龄、谭嗣同、唐才常三人也向杨度作了介绍。大家都抱拳，连声说："久仰，久仰！"杨度指着站在身后的王代懿说："这位是壬秋先生的四公子季果。"

代懿向梁、熊、唐鞠了一躬。梁启超慌忙回礼，深深一弯腰说："岂敢岂敢。壬秋先生是廖季平先生的老师，廖季平先生又是康南海的老师，康南海是我的老师。壬秋先生应该是我的太太老师，只有我向季果先生鞠躬的礼数，哪有季果先生向我弯腰的道理！"

这番话说得大家哈哈大笑，弄得代懿脸红红的，又开心又不好意思。

"两位先生请进学堂说话。"熊希龄以主人的身份伸出左手，指向大门内。

杨度也不推让，拉着代懿走在前面，大家都一起走进布置整洁的会客室，工役给各人泡好了茶。谭嗣同首先开了腔："久闻皙子先生参加了乙未年的公车上书，嗣同佩服不已，今日能在时务学堂仰见，真是幸会。"

望着这位身材虽瘦小却粗眉凹眼豪气四溢的名公子，杨度也说出了自己的心里话："谭公子名播海内，早有平原、信陵之誉，杨度倾慕已久，能在此处不期相遇，真乃天公作合。"

说罢，爽朗一笑。

梁启超高兴地说："你们是惺惺惜惺惺，英雄慕豪杰，先喝喝茶，过会儿我做东，就在这会客室里，我们痛痛快快地喝几杯。"

熊希龄忙说："卓如先生是客人，怎么能让你破费，这次东由我来做。"

唐才常笑着说："什么这次，你做了几个月的东家了。"

"佛尘取笑了！"圆圆胖胖一脸福相的熊希龄笑起来，两眼眯成一条缝，"要说时务学堂的东家不是我这个提调，而是陈抚台，我这次只做东请皙子、季果两位贵客。"

梁启超摆摆手说："平素都吃你们的，这次我还一次礼，不仅是请两位客人，还有一层意思。"

"什么意思？"熊希龄问。

"等下再说吧！"

谭嗣同最是爽快，说："卓如要做东，就让他做东吧！"又对着门口喊，"老余头！"

刚才倒茶的那位工役进来了。谭嗣同吩咐他："你去曲原酒家订一桌菜，一小时后要他们送到学堂里来。"

老余头答应一声出去了。

代懿说："真不好意思，一来就打扰你们。"

梁启超说："招待太太老师的公子，这是应该的。皙子，我前几天才从刘霖生那里知道你在衡州府跟随壬秋老先生读书，我到长沙三四个月了，你也不来看看我，也太不够朋友了吧！"

"我在东洲很闭塞。"杨度端起茶杯喝了一口，"我也是上个月才知道时务学堂的中文总教习就是梁兄你。你看，我这不是从几百里外专程来看你来了吗？"

大家又都快乐地笑起来。

杨度对熊希龄说："秉三先生，你们时务学堂也真厉害，把我们船山书院学生的大头领都招来了。"

熊希龄问："谁呀，谁是船山书院的学生大头领？"

"刘揆一呀！"代懿说，"我们今天在又一村见到他，没来几天，就帮你们向市民鼓吹了。"

"是吗？"梁启超咧开他的大嘴巴，笑着说，"那个刘霖生呀，他比我还激进。我说大清可以通过维新变法而富强，他说什么，你们猜！"

"他说什么？"杨度、王代懿不约而同地问。

"他说修修补补可能解决不了根本，最好是一锅端，学美国、法国和意大利。"

"刘霖生吃豹子胆了！"代懿大觉意外。

"他这个想法其实也不怎么可怕。"梁启超收起笑容，"时务学堂两百多号学生，并不是刘霖生一个人有这个想法。你们二位是不是奉了壬秋先生的钧命，要把刘霖生锁拿回东洲呀！"

代懿看了杨度一眼，杨度忙说："没有这回事，壬秋先生很大度。他对我说人各有志，不必勉强，还说要我们多看看多问问，把时务学堂的长处学过去。"

"壬秋先生真开明！"熊希龄为王闿运的宽阔胸怀而感动。

唐才常对熊、梁等人说："既然二位想多看看时务学堂，趁着曲原的菜未到，我就陪他们各处走走，你们都很忙，过会儿再叙谈吧！"

梁、谭、熊一齐说："那好，就偏劳你了。"

唐才常陪着杨度、王代懿先去看课堂。四个教室，有的在上课，有的在自修。一间有五六十个座位的教室里坐满了人，后面还站着十来个，一个蓝眼高鼻的外国人正在教授英文。代懿甚觉新鲜，在窗外伫立了好几分钟，又问唐才常：“时务学堂都学洋话吗？”

唐才常点头：“都要学的。要学习西方的好经验，不懂英文怎么行！”

看过课堂后，唐才常又带着他们看了看饭堂和寝室。饭堂里架着十几条长木板，木板两边是简陋的凳子。唐才常告诉他们，时务学堂里不论提调、总教习和分教习，一天三餐都跟学生们一道吃饭，吃一样的饭菜。杨度听了，连连称赞：“真正是师生平等！”

“师生平等还体现在课后的操场上。”唐才常指着身旁的大土坪说。

杨度、代懿开始注意这块空坪，见前面有一个可容纳十多个人的沙坑，沙坑里铺着平平展展的沙子，竖着高高低低几个木柱框架。沙坑那边还有两个相距十多丈远的木框架，框架上钉着一个大木板，木板上只有一个铁圈圈。王代懿指着问：“那是些什么？”

“那些都是学生们课后操练身体用的，名叫高低杠，人在上面翻上翻下，身体就强健灵活了。那两个钉着大木板的框框是篮球架。大家抱一个球，把它投进铁圈圈里，投中就算赢了，既练了身体，又培养了争上进的心思。”

杨度、代懿兴趣浓厚地听着。

“这些都是在学堂里任教的洋人教给大家的。一下课就没有师生之分了，大家一起玩，一起抱球，嘻嘻哈哈，快快活活的。”

“真有趣！”代懿从心里发出羡慕。

“时务学堂是真正的师生平等，不仅体现在同吃同玩上，更主要的是师生可以平起平坐地讨论学问，学生可以反驳先生。”

“有这样好？”杨度、代懿兴奋地叫起来。

所有的书院都维护着严格的师道尊严的古训，绝没有先生与学生同吃同玩的道理，更不容许学生反驳先生的怪事出现。王闿运课余和学生们一起散步聊天，已被视为最为开明最为平易的先生了，与这里相比，仍有十万八千里之差！怪不得不少年轻人愿到这里来。杨度和王代懿都在心里这样想着。老余头走过来说，饭菜已到了。

“好，我们去吃饭吧！”唐才常对客人们说。

会客室里那张简陋的木桌上铺了一条干净的白布，上面摆满了曲原酒家送来的十多碗精美可口的菜肴。为了照顾梁启超，菜都没有放辣椒，于是酒家另炒了一份湘味特重的豆豉老姜干辣椒。梁启超笑着对大家说：“湘菜样样好吃，唯独这盘家伙不能下咽。”

谭嗣同也笑着说：“湘菜若缺了这盘家伙，样样菜都不好吃了。”

杨度注意到酒席上又增加了一个清清秀秀的半大小伙子，梁启超忙介绍："这位是我在时务学堂里最得意的一个学生，名叫蔡艮寅，字松坡，别看他年纪虽小，气魄却大得很。我特地叫他来陪二位。"

杨度向蔡艮寅致意，蔡艮寅也站起来喊了一声"杨先生、王先生"。

大家分宾主坐好后，谭嗣同说："八仙桌坐了七人，唯缺一方。"

梁启超看着门外走过一个人，忙说："这空缺一方，非此人补不可！"

说着走出门外拉进一个人来，对杨度说："你看他是谁？"

"霖生！"代懿先喊了起来，接着杨度也叫了一声。

刘揆一高兴地说："梁先生说你们二位在这里，我还不相信，果然来了。"

熊希龄说："坐吧，就等你一人了。"

刘揆一大大方方地坐上空缺的一方。

还未吃饭，时务学堂的风气又使杨、王看到一件新鲜事：先生请客，居然还邀来学生作陪，哪个书院都不会有这等事！

梁启超举起酒杯说："今天借招待皙子、季果两先生之便，大家能在一起喝几杯，是件很开心的事。在座的诸位都是湘中名士，刘霖生、蔡松坡虽是学生辈，但英气勃发，今后也都有可能成为国家的栋梁，今天也算个小小的群英会吧。来，为我们的聚会干一杯！"

梁启超说完站起，大家都跟着起身，互相碰了一下杯子，一饮而尽。席上唯谭嗣同年纪最长，三十三岁，蔡艮寅年纪最小，十六岁，其余六人全是二十多岁，都是热血青年，都是饱学之士，今日聚首，相谈十分投机。大家不拘形迹，不避忌讳，敞开心扉，袒露肺腑，酒席上一片肝胆相照热情激昂的气氛。

"卓如兄，你方才说这次由你做东，还有一层意思，是什么意思？"熊希龄问梁启超。他不大会喝酒，刚喝了两杯，脸便红了。

梁启超则是海量，他喝得最多，依然若无其事。他放下筷子，身子靠紧椅背，说："我打算不久就离开长沙了。"

"什么？你要离开长沙，到哪里去？"熊希龄大感意外，全桌人也都感到意外，都一齐把身子倾向梁启超，认真听他的下文。

"南海先生有信来，要我明春到京城去。"

"是去会试？"杨度问，他已和夏寿田做好准备，参加明年戊戌科会试。

"不是的。"梁启超微微一笑，"我成天忙于教学，哪有工夫做八股文，考也是白考。我现在愈加看清楚了，以八股取士必定会遗漏许多有真才实学的人才。我这次准备再联合一批志同道合之举子，上书请求废八股文试帖诗，专考经史策论。"

“这可是一件惊天动地的事。”谭嗣同双目炯炯地注视着中文总教习。

杨度说：“不考八股文也不是凭空臆造的，康熙年间就一度废八股专考策论，不少国士就在那时应运而出。”

“皙子说得对。”梁启超很佩服杨度对掌故的熟悉，“当前国家多事，急需治兵御侮、实业理财之人，但朝廷却以诗文楷法取士，怎能得到应变救时之才呢？同时，朝廷取士，乃为万民立人才之标准，若不改变取士途径，天下读书人仍像过去一样以记诵圣人片言只语为手段，以空虚无用之起承转合为要务，对外不知兵事，对内不察民情，强国无方，富民无术，面对着虎视眈眈的强邻，便只有割地赔款的能耐，再无臣服夷狄的本事了，这国家不就亡在眼前吗？”

众皆点头，面容肃然。

“南海先生将于明春在京师成立保国会，向京师官绅士民大声疾呼亡国亡种之危险迫在眉睫，非群起而保卫不可。”

“这是爱国的壮举，最好邀请一些王公大臣参加，作用就更大。”熊希龄插话。他是新翰林，已进入官场，考虑问题的角度容易转向上层。

“我看不必要。”出身下层的刘揆一说，“那些王公大臣都是些昏庸无用之辈，国家强不强，他们从不去考虑，只要自己的官位爵位能保住就行了。我看关键是要动员一批有志气的年轻士人，国家的前途在他们的身上。”

“秉三和霖生的话都有道理。我为南海先生当助手，既去联络王公大臣，也去动员年轻士子，只要这两部分人感奋起来，中国就可保了。”梁启超说话之间，颇有点踌躇满志的味道。

“梁先生，时务学堂刚搭起个架子，你就要离开湖南，真可惜，能不能晚点去呢？”唐才常伸开双臂，做了一个挽留的姿态。

“本来可以晚一点离湘，但我还要到上海去一趟。夏天在上海与汪康年办时务报，里面还有一点小纠纷，我得去料理下。”梁启超又喝了一口酒，接着说，“时务学堂，赖诸君的努力，已打开局面，我离开后不会有太大的影响。龚瑟人说过，但开风气不为师。风气已打开，我的事情便基本完成。依我看，湖南今后应办的事情主要有三件。”

“哪三件？”谭嗣同问。

“一曰开民智，二曰开绅智，三曰开官智，此三者乃一切之根本。三者皆举，则于全省之事譬若握裘挈领了。”

大家都点头。

梁启超继续说：“开此三智，在朝廷而言，则为大变科举，废八股而专试策论。在地方上则为大办学堂，不但省城办，州县也要办，都要办成我们时务学堂这个样子。过两天我要向抚台大人建议，从各州各县挑选三至五个有学问有维新思想的爱国士人，分批来时务学堂。时务学堂专设一个这样的班对他们加以培训，培训半年，让他们回去在自己的州县也办个小时务学堂。贵省的大政治家曾文正公生前曾有志培养一批好官种子，撒到各地去，让他们在各地培养好的风气。曾文正公的眼光很远大，可惜天不假年，没有办成功。我希望在座的各位曾氏乡人，在培养创办开明学堂种子这件事上，实现文正公的遗愿。”

众皆报之以掌声。

梁启超说得更起劲:“贵省是一个文化渊源长远，人才层出不穷的地方。周濂溪创立的理学，惠泽我中华民族达千年之久；王船山博大精深，船山学说实为集儒家学说之大成;更兼以曾、左、彭、胡为代表的一批三湘子弟，经世致用，拯危扶难，为天下读书人挣足了风采。启超自懂事起，就向往这块地灵人杰之乡，这次能在长沙住了三个月，结识了在座诸位，实为三生有幸。”

谭嗣同起身举杯，说：“卓如先生说得好，我们为他的这番深情浮一大白。”

“好！”众人均一饮而尽。

熊希龄说：“贵省地处海疆，得风气之先，哺育了南海先生这位当今圣人，也造就了卓如先生这样的大才。”

“称我为大才不敢当，南海先生倒的确是个圣人。”梁启超面色庄重地说，“南海先生学贯中西，识通古今，最了不起的是他能从《春秋公羊传》中悟出了孔夫子原来是个最早最伟大的改革家。孔夫子的通三统、张三世的思想，两千年来一直如宝珠沉沙，不为世人所识，南海先生重新把这颗明珠挖出来，告诉国人，据乱之世已到尾声，升平之世即将来临，太平之世也将为期不远了。”

梁启超说到这里，心情十分激动，他挥起右手，俨然公车上书时涕泣演说的模样。

大家都静静地听着，杨度却提出了不同的见解：“康南海学问渊博，的确令我辈佩服，不过，通三统，张三世，乃东汉人何休的观点，并不是孔夫子提出的，为什么康南海硬要把它扯到孔子的身上呢？”

代懿也说：“是的，家父也就此事多次批评过南海先生。”

梁启超笑了笑，说：“孔子虽然没有明说过三统三世的话，但他的实质正是何休所解释的。南海先生指出这是孔子的思想，并不错，何必要拘泥于字面呢？”

谭嗣同接言：“南海先生的学说遭人诘难的不少，其实许多人并没有仔细读过他的书，只因他的书名起得诡异，便竟相指责。好比《新学伪经考》，若改名为《旧学真经考》，则人将倾服唯恐不及，哪里还敢诋毁。”

眼见杨度还想据理辩驳，熊希龄忙岔开话题：“卓如先生刚才说的办学堂开智识，的确是很有见地的主张。我再请问一下卓如先生，你认为当前中国最大的弊病在哪里？”

“中国最大的弊病在君权盛而民权衰。”梁启超不假思考地回答。

杨度觉得这个问题很重大，但他素日思考得并不多，便说：“请言其详。”

梁启超侃侃而谈：“中国历来只有君主而无民主。君主者何，私而已矣。所为者一家一姓；民主者何，公而已矣，所为者民众百姓也。从秦汉以来，都把江山社稷看成是皇帝一家的私产。这样的皇帝，说穿了，不是圣上，而是民贼！真正的圣上，在中国没有，全世界也很少，近世只有美利坚合众国的第一任总统华盛顿，那才是真正有高尚品德的君主。国家事，本是众人之事，国家要强盛，就非要众人共负起责任不可，而责任与权利是密切联系的。眼下君权日益尊，民权日益衰，实为中国致弱之根源。故争民权，行民主，乃今时救国之善图，而欲达此目的，非维新变法不可！”

“卓如这话说得好！”谭嗣同放下酒杯，从容地说，“中国政治之坏，根本一点就是颠倒了君民之间的关系。其实生民之初，并无君，皆为民，后世举一民为君，才有君产生，故君为末，民为本。孔夫子一生黜古学，改今制，废君位，倡民主，变不平等为平等，他著《春秋》，主要是为了反对君本位而倡民本位的。孔子死后，其学分为两支。一支由曾子传子思而至孟子。孟子畅言民主之理论以继孔子之志。一支由子夏传田子方而至庄子，庄子痛诋君主否定君权。但后来这两支都失传了，荀况乘机而起，鼓吹法后王尊君位，遂使秦以后历代君主用这种假冒的孔学去行其奸。南海先生的功德，就在于恢复孔学的本来面目。”

“复生兄刚才这番追根寻源最是有道理。”唐才常说，“总之一句话，今日救中国，舍维新变法，则别无出路！”

刘揆一也说：“各位先生都说得很对，中国只有变法才能图存，而且要大变，小变还不起作用。”

“诸位仁兄！”谭嗣同解开皮袍，卷起袖管，霍地站起，朗声说，“中国若不维新变法，外则亡于强虏，内则亡于奸吏，亡国灭种，只在旦夕之间耳。我堂堂炎黄子孙，凛凛七尺男儿，眼见国家处于危亡之际，能袖手旁观吗？能只为妻子儿女苟全一身吗？能不奋发而起，拼却一死救亡图存吗？”

“不能！”七个热血男儿一齐霍然站起。

“卓如，你到京师后，立即襄助南海先生把保国会建起来，只要北京的保国会一成立，我立即变卖浏阳老家的五百亩良田，在湖南成立保国分会，与你们遥相呼应！”

梁启超紧紧握住谭嗣同的手，激动地说：“谢谢你，复生兄！”

谭嗣同举起酒杯，大声说：“天下者，民众之天下；国家者，民众之国家。诸君，别看我们今天只是时务学堂的一群书生，来日我们都要成为国家的主人。我们对着苍天神明起誓：我们八个人，不论日后抱何种政治观念，也不论是从政，治军，还是为学，一、要为中国的富强而奋斗不息；二、无论是谁，只要他的行为利国利民，其他人都要尽力支持；三、需要的时候，不惜为我们的事业而献身。是真正的男子汉，请干了这一杯！”

说罢，将酒杯举到桌子上空。大家都为谭嗣同的凛然正气所慑服，人人仿佛皆平添了十分勇气，一齐把杯子举起，哐啷一声碰了杯，烈酒灌进了喉咙。

六　王闿运妙解《枫桥夜泊》

第二天晚上，杨度和代懿到了赐闲湖，将《经学通诂》稿本还给了叶德辉。次日，二人到了市中心八角亭成衣店转了转。王代懿挑了一身满意的衣帽，杨度也给妹妹买了条镶有孔雀毛的红呢披肩。当晚，他们乘小火轮离开了长沙。

这一夜，杨度在小火轮上辗转难寐，他的内心很矛盾。湖南实行新政两年来，长沙市面上出现了兴旺景象，这说明新政是顺潮流得人心的。不过，除开长沙外，湘江上的各大口岸如衡州府、衡山县、湘潭县都没有多大的起色，至于沿途所见到的乡村，则更依然是往昔的凋敝、闭塞、落后，看来新政的推行将是一件十分艰难的事情。时务学堂很有生气，梁、谭、熊、唐这些人，也的确是一批有才华的爱国志士。听他们的谈话，杨度很容易受感染，与他们相处，杨度觉得心胸很开敞，但放眼四望，士人中像他们这样的人毕竟太少了，废八股，倡民权，诋名教，能得到多数人的赞同吗？尤其是昨夜叶德辉那一番激愤的言辞，简直欲拍案而起赤膊上阵，与梁启超、谭嗣同决一生死。叶德辉是名士，学问渊博，声望很高，湘绮师也称赞他校勘古书态度认真。究竟是谁更有道理呢？杨度一时把握不住，他要好好听听先生的意见。

“四少爷回来了！”当杨度和代懿走进明杏斋书房时，周妈满脸堆笑地招呼穿戴一新的代懿，对杨度则只是随便地点了一下头。前两天，老头子很有感触地说起这两年对代懿关心不够，应该马上给他娶亲的事，周妈突然觉得把女儿嫁到王家来的事已有了八成把握。她格外殷勤地对老头子说：“代懿这孩子忠厚本分，他娘没来得及为他订下亲事，我早就跟你说了，要为他定亲了。二十二三岁的男子汉了，还没有一个老婆，他心里能不孤单吗？你要教书做学问，哪有太多的时间照顾他呢？把他交给他的老婆，你就放心了，安安闲闲地多几个孙子叫爷爷吧！”说得老头子对她更添了一分感情。周妈又进一步：“我说老头子呀，代懿体质单薄，从长沙回来后，他跟你一块吃算了，不要再吃大伙房了，大不了我多辛苦一点就是了。”

这时，周妈便拉着代懿到里面房子里，把代懿从头到脚仔细端详了一番，连声说：“四少爷穿上新衣后更体面了。”又说肩膀上的线缝得不匀称，要代懿脱下，让她扯掉再缝。代懿一向不喜欢周妈，见她异乎寻常的热情，心里反感，看在老父亲的面上，又不好意思一口拒绝，只得把衣服脱下，让她去缝，随手拿起父亲的一本书翻看，长沙之行，且由皙子去禀报吧！

书房里，杨度将这次在长沙所看到的新鲜事，选几件主要的说给王闿运听。王闿运左手拿起铜水烟壶，不时抽几口烟，间或也插几句话。杨度极善言辞，把时务学堂的办学方针，以及梁启超、谭嗣同等人的爱国情操叙述得娓娓动听。

“先生，这是叶吏部送给你的二百两润笔费。”杨度从上衣口袋里掏出一张日升昌票号的银票。

王闿运接过，仔细地看了看，然后又用食指弹了弹纸面，把它收了起来，问：“叶焕彬近来在做什么事？有人告发他，说他私刻《双梅景阇丛书》，赚了不少昧良心的钱。”

“可能有这事，我在他的书房里亲眼见过一本崭新的《玉房秘诀》。”

“这个缺德的麻子，将来怕不得好死！”王闿运笑骂道。

“叶吏部告诉我，他现正在编一部大书，取名叫《翼教丛编》，是为了翼护名教、抵制邪说而编辑的。”

“抵制邪说，是不是指梁启超、谭嗣同等人所倡导的维新改革呢？”王闿运放下水烟壶，神情似乎变得比刚才专注些了。

“正是的。我和代懿去见他，他问我们白天到了哪里。听说我们到了时务学堂，就拍案大骂起梁启超来，并要我们再不要去了。”

“他骂梁启超些什么？”

“他骂梁和他的老师康有为一样居心叵测，以所谓维新学说来蛊惑湘人，致使无识之徒翕然从之。还说其实他们的学说不外乎推崇泰西，主张民权，效耶稣纪年，言素王改制，又倡君民平权，攻击三纲五常，其学乃扰乱社会之邪说，其人乃无父无君之乱党。”

王闿运听着，轻轻地点了点头，没有做声。

杨度继续说下去：“叶吏部说，今日学术溃裂已甚。战国之世患在杨墨，孟子辟之；八代以降患在佛老，韩朱辟之。今日之世患在泰西，而无人辟之，并随声附和，以致异说横流，谬论蜂起，使我衣冠世族之礼义廉耻丧失殆尽。还说他一日在湖南，一日必拒之，赴汤蹈火，在所不辞。”

王闿运微微一笑，插话道：“好个铁肩担道义的麻子，他想以吴客执湘人之牛耳，未免狂了点！”

杨度弄不清先生这句话是褒还是贬，于是尽快回到《翼教丛编》这套书上来：“叶吏部说，他是激于义愤，联络几个同志编了这部《翼教丛编》，旨在尊圣教，辟异端，正心术，核名实，辨文体，端士习。”

王闿运又拿起了水烟壶，依然含着笑意说：“他还真有雄心大志哩！”

“学生这次到长沙，听梁启超等人所说，心情激奋，听叶吏部之言，也觉得有道理。先生，您老认为维新变法有指望吗？抑或叶吏部捍卫名教的精神应值得钦佩？”

王闿运含着烟壶嘴，好一阵子不做声，也不点火抽烟，半眯着眼睛，缩紧两道长长的浓眉凝思着。

“皙子，你这趟长沙去得及时。”王闿运终于开口了，“从我几十年的为学来说，我是绝对不能同意梁启超的君民平权的怪论的，这正是叶焕彬所斥责的无父无君之邪说。你想想看，中国将近四万万人口，满汉蒙藏回多族共处，若没有一个神圣不可侵犯的君主统御，人人都来做主人，都来管国事，那岂不乱得一团糟！那还有什么体统，还有什么礼仪，还有什么国家？皙子，不管今后是康有为、梁启超，还是其他比康梁更厉害的口吐莲花之辈对你说，中国不要君主，要实行民主，你都千万不要相信。现在有些人动不动就说什么美利坚呀，法兰西呀，英吉利呀，这些国家我没有去过，也没有读过他们的书，他们或许可以实行共和制，实行民主制，但对于我们中国，我是研究了一辈子的，一部二十四史，我比谁都读得多。

我从中悟出了一个深刻的道理，那就是，中国要富强，必须依靠英明的君主，国家大权集中在一个英明有作为的君王的手里，国家就强盛，百姓的日子就安定，反之，国家之权分散在诸侯、藩镇、地方大吏手中，国家就乱，就衰弱，百姓也就会饱尝战乱离散之苦。”

杨度心里想：先生这段话太精辟了。是的，周武王强悍，诸侯皆俯首听命，国家安定强盛，到了末期，王室衰微，诸侯各自为政，国则无宁日。汉武帝雄霸，以武力征服四夷，大汉王朝的威名播于绝域。到了东汉末年，各州刺史纷纷自成势力，结果国家四分五裂，百姓苦不堪言。唐太宗英武，贞观之治彪炳史册，而后来的藩镇割据则把国家推向水深火热之中。惨痛的历史教训不能淡忘！看来是要听先生的话，中国只能行君主制，不能行民主制。

“不过，我也不像叶焕彬那样，对梁启超、谭嗣同如此深恶痛绝，势不两立。”王闿运又转过头来，“虽然康有为以何休的话强加在孔子的头上，倡言所谓通三统、张三世，我历来不同意，也因此而不认康是我的再传弟子。但他们想通过维新，通过变法来使国家强大，用心也未必很坏。三代不同法，五世不同制，穷则变，变则通，这是自古以来传下来的真言。你所看到的长沙市面上的兴旺，也证明了只有变革才有生机。这些我早就有所预见。至于梁启超所说的废八股，专以策论取士的见解，我更加赏识。”

王闿运说到这里站起身来，在书房里踱了几步，引起了对往事的回首。这时代懿已穿上周妈重新缝好的马褂，悄悄地走到杨度的身旁，挨着他坐下。王闿运突然慷慨高谈起来：“历来治国大才都有自己一番真学问真本事，并非简单地模拟圣人，断章取义。其于科举考试则常常长于策论。借古人之旧题，融今天之时事，抒胸中之识见，画治国之策略，其人之才学器识究竟如何，读罢其一篇策论，大抵可见。所以当年欧阳修读了苏东坡的《刑赏忠厚之至论》时，说老夫要让此人出人头地。欧阳公就凭那一篇策论看出了东坡是个大才。中兴名臣中，除曾文正、胡文忠和李少荃外，其他人大多数不是进士翰林，罗泽南、王璞山、李续宾、李续宜、刘蓉这些人连举人都不是，他们一旦带兵，就可以与古之名将相比；一旦治民，就可以担负一省之重任。至于左文襄，那就更不要说了，以一举人平发捻复西陲，出则将，入则相，古往今来少有几个人比得上，而他这个举人，也是搜罗遗卷才侥幸得到的，倘若不是徐法绩的求才苦心，他连个举人都中不到，可见这四书文是选拔不出杰出人才的。另有不少读书人以四书文取得科第后，则追逐禄利，不再读书，故早在明末顾炎武就说八股之害甚于焚书，这话并非偏激之辞。”

杨度知道先生这番话其实是在发泄，发泄自己对没有中进士点翰林的委屈。他只是听着，不做声。代懿却从中获得了启发，高兴地说：“爹，这以四书文取士的方法的确不好，今后等废除了我再去乡试。”

“这是什么话？”王闿运瞪了儿子一眼，“十年不废除，你十年不乡试？二十年不废除，你二十年不乡试？”

代懿见父亲发起脾气来，便低头不做声了，心里想：原来老头子说的和做的不是一码事！

“我的话还没说完。”王闿运态度平和下来，“以四书文取士是要废除，这是一回事，但能不能废除，又是一回事。他梁启超想废除就废除？我王某人想废除就废除？这还得要皇上的口谕允准才行得通。你们想想，皇上身边决策的，都是两榜出身的人，他们能同意废除吗？再说，全国数十万读书人成年累月在练四书文，作试帖诗，他们又何尝愿意废除呢？以此推开去看，康有为、梁启超等人的维新变法中其他条文也都难以行得通，因为他们要砸掉许多人的饭碗，这些人能甘心让他们去砸吗？所以古人说利不什者不变法，他们是汲取了许多教训的。”

王闿运停止了他的议论，杨度、王代懿瞪起眼睛望着，一时不知说什么好。明杏斋里寂静无声，只有偶尔传来厨房里周妈轻微的响动。

王闿运重新坐在藤椅上，抱起了铜水烟壶，咕噜咕噜地吸了两口，对他的长篇议论作了总结：“所以，我劝你们不要对维新变法抱过大的希望。皙子好好温习功课，按原来的主意，过了年后就起程进京。到京师后，一心应试，少参加康有为的保国会为好。”

“皙子，你不是说令妹寄来了两首诗，想请我爹指教，拿出来看看吧！”见父亲的议论发完了，王代懿提醒杨度。

“哦，真的，我差点忘记了。”杨度从另一个口袋里掏出一张纸条来，双手向先生递过去。

“你的妹子也能作诗？”王闿运眼中射出欣喜的光芒。他平生最喜欢会作诗的人，尤其喜欢会作诗的女孩子。蔡夫人出身书香门第，在娘家就会作诗，结缡之后夫妻时常互相酬答。王闿运将此视为最美好的琴瑟之乐。蔡夫人能诗。同治八年腊月，王闿运冒着风雪从衡州船山书院回湘潭度岁，吟诗赠蔡夫人：“骢马缠冰雪未开，渐看鸳瓦认妆台。莫辞笑靥灯前出，十七年中第一回。”蔡夫人当即和诗一首：“开尽红梅向北梢，熏笼添火自朝朝。只应夜雪怜鸳瓦，飞近琼楼逐旋消。”莫六云原本不认字，嫁给王闿运后，他教她认字，到后来，六云居然也能作诗了。他的十个女儿自小便读《唐诗三百首》,个个都能吟诗。现在听说杨度的妹子也能作诗，他怎么不高兴!

“我这妹子从小于诗文上就比较灵泛。她从来没有正正经经地上过学。母亲给她发的蒙，我有时给她讲解点古诗词，就这样自己把诗文的路子摸上了。不怕先生笑话，小时候我贪玩，她时常代我作诗文，竟瞒过了塾师。”

“哈哈哈！”王闿运快活地大笑起来，说，“历来闺阁中多颖才，湘潭更有女子作诗的好传统。我看看令妹的诗写得如何！”

说罢展开诗笺，只见上面用娟秀的字迹写着两首七绝：

宜春小苑雨丝丝，肠断秋风为柳枝。
纵使春归能再绿，也应憔悴几多时。

燕子飞飞绕玉池，上林花事少人知。
阳枝阴蕊皆无力，一任东风左右吹。

“作得好！”王闿运脱口称赞，又轻轻地拖长声调再念了一遍。“好诗，真正是好诗。有景有情，融情于景，言近而旨远，意显而寄深，难得，难得呀！”

见先生对妹子的诗评价得这样高，杨度心中欢喜，说:“先生如此表扬，舍妹知道后将感激涕零，今后吟诗作文会更用功了。”

王闿运的眼睛仍留在诗笺上，过了一会儿，慢慢地说:“诗诚然写得好，但略嫌苍凉了些。令妹乃一年轻女子，正处在如花似玉的岁月，对人世应抱欢愉憧憬的态度。王少伯说得好：闺中少妇不知愁，春日凝妆上翠楼。少女少妇应多有这种心态才好，若人未老而诗作得过于苍凉，就诗来说固然是佳作，但对人来说，总嫌太世故了些。”

“先生指教得是。”王闿运这几句淡淡说出的话，对杨度很有启发，他似乎觉得此中大有可发掘之处，遂央求道，“先生，您能将舍妹的诗改一下吗？”

“好，我想想，令妹的诗是值得一改的。”王闿运轻轻地抚弄着稀疏的花白胡须，沉吟片刻，然后从笔筒里抽出一支玉管狼毫来，在诗笺上略微改了几个字。代懿性急，走了过去，见父亲已收笔了，便把改动后的诗大声吟诵起来：

宜春小苑雨丝丝，肠断秋风为柳枝。
莫说玉容已憔悴，来年婀娜待春时。

燕子飞飞绕玉池，上林花事少人知。
阳枝阴蕊皆颜色，最喜东风左右吹。

代懿惊喜地说："这两首诗的意境全变了！"

杨度的感觉与代懿一样，也高兴地说："先生真是妙手回春。"

王闿运抬头微笑，说："七绝最是难做，费工夫，少大成。全诗仅二十八个字，一字无力，即不成高调，既不能有斧凿而显得做作，又不能过于流畅以涉滑调，意不新颖，则更无诗可看，故此虽小构，实难于巨制。我素来作得少，前人出色的七绝也不太多。唐人号称精于此体，王少伯被誉为第一。少伯七绝的确写得神。如《芙蓉楼送辛渐》、《闺怨》、《春宫怨》等大声如钟，小声如磬，神完气足，一字千金，堪称绝唱。但也不是篇篇皆佳，字字皆佳。如'奉帚平明金殿开，且将团扇暂徘徊。玉颜不及寒鸦色，犹带昭阳日影来'一篇虽是名作，但在我看来，有想入牛角尖的味道。细细地推敲，'色'字终嫌未稳，只可以承上之'玉颜'而不可容下之'带'字。我为它想了很久，思量着换一字，但苦于找不出更好的字来代替。你们看看，这就是做七绝的难处。一字略输文采，则全篇大受影响，连挽救都难于着手。"

王闿运松开抚须之手，做出一副无可奈何之态，仿佛名医遇到难症，大匠碰见绝活似的。

杨度专注听着，把先生的每一个字都记在心里。想不到妹妹这两首平平常常的诗，竟然引来了先生论绝句的珠玉之言。以诗人自况的杨皙子，深感今日获益良多。

"刚才说七绝难作，因其字少之故；而正因其字少，读来理解亦不易。"王闿运今天说诗说得兴起，略停一会儿，又畅谈起来，"好比张继的《枫桥夜泊》，人人都说是一首好诗，千载以还，有名的诠者释者不下几百几千，在我看来都未得其意。"

杨度觉得奇怪，《枫桥夜泊》这首诗并不难解，为何先生说大家都未得其意，难道那二十八个字里面还藏有什么别的深意吗？"《枫桥夜泊》的深意是什么，请先生详言。"

王闿运缓缓地说："这首七绝是写一个痴人在久盼友人时的心情。"

"哦，是这样的！"代懿也觉得有趣。他从没有想到张继的这首唯一传世之作竟是痴人盼友！

王闿运浅浅地笑道："作客他乡，无人理会，只得自己一人没趣地离开姑苏城。到了城外，他还在望有朋友前来送行。一直盼到夜半，望穿双眼，还是没有人来，远远地看到寒山寺的大钟，竟也不肯移动一步，只是把声音送到他的耳中。你们看，这个羁旅之人苦闷无聊到了何等地步！"

杨度、王代懿都睁大了双眼！

"千余年来张继没有知音，到了大清朝才遇到王某人知道他的苦恼，我看他应知足了，谁要他只写二十八个字的绝句呢？" 杨钧著《草堂之灵》卷七《论七绝》："余年十四五岁时，偶成七绝，呈之湘绮。湘绮批有'绝句难作，费工夫，无大成，可勿存稿，聊作以自娱戏则可'等语。少年无学之时，即以勿轻存稿为诫，盖恐传之后世，有玷平生，湘绮之爱我至矣。自是以后，遂不轻作绝句，专读古诗而已。绝句难作，湘绮言之已详。全诗仅二十八字，一字无力，即不成高响。既不能有斧凿痕以现謦牙，又不能过于流畅以涉滑调，意不新颖，更无诗可看，故此小构，实难于巨制。湘绮门下皆惮为之，即可以知世人之动成七绝者，非湘绮宗派也。唐人多工此体，必以王少伯为第一，大声如钟，小声如磬，神完气足，一字千金，成绝唱矣。但其'奉帚平明金殿开，且将团扇暂徘徊，玉颜不及寒鸦色，犹带昭阳日影来'一首，虽是名作，湘绮谓为想入牛角尖者。若细案之，'色'字终嫌未稳，只可以承上之'玉颜'，而不可启下之'带'字，然除'色'字外又无字可用。穷于一字，诗之高境也。" 同书卷七《论七言绝句法》："湘绮批唐诗选本'月落乌啼'一首云：作客无人理会，只得自去，到城外犹望人送，等至夜半，更无人来，钟亦不肯来，惟声到耳。朽人往往有此情景，思入牛角尖矣。非我不能知其意，然旷世有知音，正不足恨。"

王闿运说到这里，开怀大笑起来，杨度和代懿也跟着笑了。杨度走到书案边，说："先生，这张诗笺我拿去，我要把它寄给舍妹，让她看到先生的墨宝，她会更高兴。"

"拿去吧！"王闿运拿起诗笺递给学生，随口问，"令妹多大了，嫁人了吗？"

"舍妹今年二十了，只因眼界太高，至今仍待字闺中。"

王闿运望了一眼儿子，突然发现儿子在长沙买的这套新袍褂十分得体，人也显得比往日精神多了。这女才子二十岁，尚未嫁人，与代懿不正好是一对吗？他想起那年在石塘铺匆匆见过的一面，虽未看得仔细，但大致轮廓是不错的。不如叫她到东洲来一趟，让代懿看看她，也让她看看代懿。主意打定了，他笑着对学生说："皙子，你写封信去，叫令妹到衡州来一下，让你的弟弟作陪，路费由我出。"

"好，我这就去写信！"杨度对老师的盛情邀请十分感激，忙把诗笺折好放进口袋里，急忙告辞出了明杏斋。

七　叔姬将初恋珍藏在心灵最深处

石塘铺远远近近的人都说，杨家的小姐杨庄与一般人大不相同。到了出阁年龄的女孩子，哪个不是大红大绿、花花朵朵地打扮自己，可杨小姐却从来只爱素色的衣裙，不擦粉，不戴花；别的女孩子成天在绣楼里赶制嫁衣，可杨小姐针线活一窍不通，却日夜书不离手，苦读诗文；别的女孩子到了十七八尚无婆家，便心神不安，变着法子暗示母亲替她寻觅。可杨小姐二十岁了，登门的媒人少说也有数十上百个，她却一个不答应，仿佛下定决心要当一世老闺女似的。这杨小姐真正是个怪人！话传到杨庄的耳里，她倒并不太介意。她心里很清楚，自己并不怪。

表字叔姬的杨小姐的确不太爱浓妆艳抹，花花绿绿的衣服很少，但她决不是不爱美，只不过她喜爱的是淡雅素净的美。她的服装并非一概素色，有几种小花小格面料的衣裙她也很喜欢。她的确醉心诗文，自负甚高，甚至幻想做当代的易安居士，至于说她对女红一窍不通，那真是大错了。

叔姬心灵手巧，针黹剪裁，描龙绣凤，样样拿得起，做得好。她还偷偷地做了一个鸳鸯荷包珍藏在箱子底层，只不过还没有人可送罢了。叔姬谢绝了一切媒人，固然是因为她的眼界高，看不起一般的男人，但还有一个更重要的原因。那是一个少女心中最深处的秘密，它只会永远埋藏着，绝不可能袒露给世人。

三年多前，十七岁的叔姬与哥哥一起在归德镇伯父家做客。一天，伯父家里突然来了一个陌生的青年男子，说是专程从开封府来到归德镇拜访杨度。杨度生性好客，见此人老远赶来，便很热情地接待他，留他在总兵衙门里住下。原来，那人就是夏寿田。他这次漫游中原，住在父亲的朋友开封知府陈老爷的家里。陈老爷告诉他，归德镇杨镇台也是湖南人，他的侄子是个才子，于是慕名前来拜访，愿意交个朋友。夏寿田在归德镇一住半个月，天天与杨度谈学问，谈诗文，谈国事，叔姬也不回避这位同乡夏公子。半个月来，夏寿田丰神俊逸的仪表，超群出众的才华，谦恭诚恳的态度，在情窦初开的少女心池中荡漾起甜美的涟漪。她喜欢接近他。哥哥和他谈话的时候，她总是静静地坐在一旁听，听着听着，眼角便不自觉地转到夏寿田身上去了。

叔姬永远记得那一天。

那是一个九九艳阳高照的日子。上午，夏寿田对杨度说：“天气这样好，我们到城外去走走吧！”杨度同意了。

叔姬说：“哥，我跟你们一起去。”

杨度说：“城外路不好走，你一个女孩子，就别去了。”

叔姬心里很委屈，撅起了嘴巴。

夏寿田说：“她天天在屋子里也闷得慌，难得有机会去一次城外。你做哥哥的不带她去，她跟谁去？”又对叔姬说，“走吧，我们一起去！”

叔姬听了，进屋换了件好看的衣服，又匆匆把头发梳理了一下，跟着哥哥和夏公子一起出了城门。

哟，城外多美呀！野草泛青了，山花开放了，溪水欢畅了，鸟儿展翅了,这一派春光太迷人了。十七岁的闺中少女恍若八九岁的小女孩,喜滋滋，乐融融，她再也不像往常样一心听哥哥与夏公子的谈古论今了，她离开他们，投身到大自然的怀抱。她一会儿到小溪边洗手洗脸，忘情地观看溪水中那墨点似的成群小蝌蚪；一会儿凝神谛听小树上雏鸟清脆的鸣叫声，这叫声是如此的稚气十足，如此的清亮悦耳，她觉得再美妙的弦歌也没有这样动听。她采摘了许许多多叫不出名字的野花：红的、黄的、淡紫的、雪白的，她捧了满满的一怀抱。突然，她看到一只极大的蝴蝶正贴近一朵花蕊上。那蝴蝶翅膀一动一动的，黑黑的质地上分布着一个个大大小小湛蓝色的圆圈。阳光照耀下，那些蓝圈圈放出透亮透亮的光彩来。叔姬从来没有看见过这么美丽的蝴蝶，她想把它捉住，于是扔下花，屏住气，蹑手蹑脚地一步一步靠近。看看可以捉住了，但她的手刚一伸出，那蝴蝶便飞了。叔姬不甘心，跟在蝴蝶后面追着跑着，那蝴蝶被吓得一直向前飞，再也不敢停下来。

“叔姬，你追什么？”杨度见妹妹向前跑，在后面喊着。

“蝴蝶，蝴蝶！”叔姬边跑边答。

“算了吧，一只蝴蝶，紧追它干什么？”

就在杨度试图制止妹妹的时候，夏寿田从后面赶上来，高声叫:“叔姬，先别跑，停下！”

叔姬止住脚步。夏寿田走近她的身旁，说：“你这样死劲追，它怎么会停呢？你应该站在这里不动，待它停住后再捉。你站好，我替你捉。”

“你替我捉？”叔姬看了看夏寿田，又看了看远远地袖手不动的哥哥，一时心头对这位巡抚衙门里的大公子充满了感激。

这只蝴蝶终于又在一朵野花上停住了，夏寿田摘下头顶上的黑缎帽子，轻手轻脚地走上前。看看靠近了，他猛力拿帽子盖过去，一不小心倒在草丛中。叔姬惊叫："夏公子，你跌着了吗？"

不料夏寿田却兴奋地说："罩住了，蝴蝶罩住了！"

叔姬走上前去，只见夏寿田趴在地上，死死地压住黑缎帽子："小心，不要让它跑了！"

叔姬小心地从夏寿田手中取出帽子，慢慢地打开一点。果然抓住了！蝴蝶正在那里扇动两只大翅膀，她忙用手指夹住。

"真好看，真是一只少见的蝴蝶！"夏寿田已从地上爬起，站在叔姬的身边，与她一起欣赏那只布满蓝圈圈的黑蝴蝶。

"血！"叔姬突然看见夏寿田的手臂上满是鲜血，再看看草丛，原来那里正有几块尖利的石头，一块石头上也沾满了血。

"不要紧！"夏寿田毫不在意地笑笑，从口袋里掏出手绢来擦着。

"痛吗？"叔姬心疼地问。

"不痛！"夏寿田摇摇头说，"这算得了什么！"

"噢，把帽子戴上吧！"叔姬怀着疚意将帽子递过去。

夏寿田接过帽子，把它戴在头上。叔姬痴痴地看了一眼。她蓦地发现夏公子的发辫特别乌亮，男子汉的气概特别足！

日子过得很快。夏寿田要离开归德镇了，他与杨度相约明春京师再见。杨度高兴地与他拱手相别，却没有想到，站在一旁的叔姬心里正冒出一股强烈的失落感。夏寿田刚走的那几天，叔姬像丢了魂似的，坐卧不安，茶饭不思，原本平平静静宛如一池秋水似的少女的心，突然失去了平衡。她常常不自觉地向哥哥说起夏公子，而杨度又总是称赞午诒学问好，人品好，是个不可多得的人才。听了这些话，姑娘的心中似乎有着某种满足。两个月过去了，杨度收到了夏寿田从江西的来信，他看完后满怀喜悦地送给妹子看，但只看了两行，叔姬的头开始晕起来，心突突地乱跳。原来，夏寿田的信一开头便以极其兴奋的口气告诉好朋友，他漂亮贤惠的妻子最近生了一个男孩，夏家添了长孙，合府喜气洋洋。

这一夜，叔姬失眠了，泪水悄悄地流了一整夜。她此时才明白，自己已深深地陷入了一条不该陷入的爱河，两个多月来竟然生活在一个荒唐的梦中！

一个庄重而有才华的少女的初恋是那样的纯洁、痴迷、专注、一往情深：三年多了，叔姬始终不能抹去那半个月的情意，她偷偷地写过上百首无题诗。她只有借着纸笔，借着奇妙的文字组合来抒发自己心灵深处那一缕情思。可惜，这些无题诗无一首保留下来，她随写随毁，不愿意让别人看到。

岁月匆匆，叔姬已足足二十岁了。二十岁的姑娘尚未定婆家是极少见的，母亲李氏心里犯愁，哥哥也在替妹子留意，叔姬自己也开始正视这件事了。她有时想，这一辈子怕是再难遇到夏郎那样的人了，难道遇不到就不嫁人了吗？花开堪折直须折，莫待无花空折枝。女孩子好比一朵花，而现在正处在鲜花盛开的时候，再过几年就会凋谢成空枝了。那时即使遇到了夏郎那样的人，你看上了他，他会看上你吗？心里虽这样想，但媒人每提起一个人，她就会下意识地与夏郎相对照，总觉得相差太远了。一辈子的大事，太委曲求全了，心性高傲的姑娘总不情愿。

前几天，哥哥来了家信，王闿运亲笔改定的诗笺也寄了回来。哥哥信中转述了王老先生对两首诗的称赞，还说老先生盛情相邀，并叮嘱妹子一定要来，决不能拂逆了王老先生的好意。捧着这封信，叔姬心里很激动。王老先生诗名满天下，能得到他的称赞，真正是无上的光荣。

她想起唐朝诗坛上的佳话：张籍揄扬朱庆余，陆贽称颂韩退之；王老先生便是今日的张籍、陆贽。倘若自己今后能通过王老先生的揄扬，将诗名传播开去的话，那真是幸事。一心想做易安居士的叔姬姑娘，心中燃起了一簇幻想的火焰。再看看经王老先生修改后的两首诗，不但拓宽了原诗的意境，且炼字功夫也远非自己可比。诗坛泰斗之称，果然不虚！现在老先生居然邀请自己去船山书院，这是一个多么难得的当面求教的好机会！

叔姬把自己这几年的存诗都翻了出来，一首一首地吟诵着，慎重地选出十首自己认为满意的，又再将这十首诗逐句地推敲。良工不示人以朴。自尊心极强的才女一再告诫自己：千万不能在诗翁面前出丑。诗选好后，她又把文章找了出来，从中挑选了三篇。这样一个好机会不能错过，要多方面地向老先生请教。一切都准备好之后，她猛然想起，夏公子不也在船山书院吗？分别三年多了，她真想见见他。叔姬打开衣柜，将伯母送的那件黄底起小红花的洋布罩衫取出，套在棉衣上。她对着镜子照了照，觉得镜中的少女很美。过一会儿，她又把哥哥送的那条镶着孔雀毛的红呢披肩拿出来，披在洋布罩衫上。镜中的少女，更加光彩夺目了。

“姐姐，明天走得成吧？”正在叔姬对镜自我欣赏的时候，弟弟杨钧进来问。

杨钧今年十七岁，个头比哥哥略矮一点。他和哥哥姐姐一样的清秀聪慧，不过他的性格中秉承母亲的成分较多，温和恬适，不喜竞争，对国事兴趣不大，好的是书画金石之类的纯文人的雅事。前些年，哥哥姐姐去归德镇，他还小，母亲不放心让他出远门，他只好留在家里。杨钧没有出过远门，连县城也只去过两次，这次到衡州府去，对他来说是生平第一次远行。接到哥哥信的这几天里，他一直处在兴奋中，天天催问姐姐什么时候走。

“明天走。”叔姬离开镜子，对弟弟说，“你告诉娘，我们明天一早动身，赶中午的小火轮，断黑之前一定可以到衡州府。你去帮娘把给大哥的干鱼干泥鳅包好。另外，我送王老先生的两只腊兔子肉放在碗柜里，已包好了，你也一起放到袋子里去。”

“明天一定走？”杨钧大喜，又不放心地补问了一句。

“一定走。”望着弟弟这副天真的模样，叔姬笑着点头肯定。

“好！”杨钧乐得手舞足蹈起来，忙向后面厨房奔去。

八　一阕《玉漏迟》，闺阁压倒须眉

黄昏时小火轮将杨家两姐弟送到了东洲码头。叔姬想起马上就要见到自己曾刻骨单相思的恋人，一颗心不觉怦怦跳了起来，脸上滚烫烫的。按照杨度提供的线路，姐弟俩很快找到了哥哥。出乎叔姬意外，与哥哥同住一间房子的不是夏公子，却是另一位身材高挑五官端正的年轻人。杨度对姐弟俩介绍说：“这是王老先生的四少爷代懿，表字季果。午诒也和我们住一间房，他下午进城去了，要明天才回来。”

听说夏公子不在，叔姬心里颇觉遗憾，但同时紧张的心也便松弛下来。代懿站起来，腼腆地说：“欢迎杨小姐和重子弟，我父亲今上午还在问你们什么时候到东洲。”

可能是壬秋先生的儿子的缘故，也可能是本人的仪表态度的缘故，叔姬对代懿的第一眼印象十分好。她觉得他腼腆的笑容里包含着孩子似的羞涩，对于一个已成年的男子来说，这份羞涩显得珍贵。叔姬本能地意识到，站在面前的这个学子是个聪明而又本分的人。

这个时候，代懿也以一种好奇的眼光打量叔姬。这个被父亲赞扬的才女很像她的哥哥，尤其那道深深的唇沟和棱角分明的嘴唇，简直与乃兄一模一样。修长的眉毛，闪亮的眼睛，显得比乃兄似乎还要机灵。眼皮底下和两侧鼻翼上长着疏疏朗朗的雀斑，不仅不难看，反而更添几分俏丽。在王家四少爷看来，这个才女虽说不上美貌娇媚，却自有一种吸引人的风韵。他的心头忽然飘过一丝异常的感觉。代懿很客气地为姐弟俩倒水洗脸，又到厨房去张罗饭菜。

叔姬当晚在书院客房安歇。次日上午，杨度领着弟妹去拜谒壬秋先生，代懿抢先给父亲报信。王闿运竟然走出明杏斋，在银杏树下亲迎杨庄姐弟。这次他认真地端详了杨庄一番。叔姬端庄秀丽的仪容、朴素大方的装束，使诗翁甚是满意。王闿运见杨钧也长得清秀斯文，心里欢喜。来到书房，代懿又代替周妈，亲自为客人斟茶。杨度将妹子带来的两只腊兔子奉上。王闿运高兴地笑起来，爽快地收下了，说："还没有行拜师礼哩，你倒先递交了束脩。"

叔姬乖觉，忙恭恭敬敬地向王闿运鞠了一躬，笑吟吟地说："先生若不嫌弃，女弟子有礼了。"说着就要下跪，行拜师大礼。

王闿运赶紧离开藤椅，双手把叔姬扶起，笑呵呵地说："鞠了一躬就行了，不必跪拜，我收下你这个女弟子了。"

重新坐好后，王闿运习惯性地捧起铜水烟壶，慈祥地对叔姬说："我们湘潭历来出女才子。左文襄的外姑和夫人的诗词，须眉男子也赶不上。前几天看了你的两首七绝，含蓄蕴藉，又胜过周氏母女。湘潭代代有才女，真令老夫高兴。"

叔姬说："先生夸奖了，小女子从来未好好地读过书，偶尔的涂鸦之作，哪里敢望前人的项背。"

杨度也说："湘潭真正的女诗人，首先当属师母，几位师姐师妹的诗也作得好。"

王闿运说："要说读书，代懿的母亲和姐妹们书倒是读得不少，在诗词上的确也下过工夫。但说句实在话，她们都缺乏叔姬的灵气。古人说得好，诗词别是一格，不关乎学问。当然啰，在灵气的基础上再辅以学问，诗词自然会更进一步。"

"先生，小女子这次来东洲，一则谢先生的奖掖关怀，二来还带了几篇诗文，想请先生再给我修改一下。刚才先生说得好，学问也是很重要的，小女子从小缺乏良师指教，书读得很少，今后该读哪些书，也请先生指点。"

叔姬口齿清楚，态度大方，令坐在一旁的代懿爱慕不止。

"好哇，你先把带来的诗文放在我这里，我给你看看，你不要急着回去，在东洲多住些日子，让你哥哥这几天陪你们姐弟到城里各处走走看看。初七初八两天，我要讲两次《楚辞》，你也不妨去听听。"

叔姬连连答应。

"代懿，你去吩咐小厨房做几样好菜来，我今天要请远客吃餐饭。顺便告诉陈八，船这几天归皙子掌管。"

杨庄姐弟受此殊遇，有点受宠若惊之感。

到了吃中饭的时候，周妈也不回避，径直坐在王闿运的身边。王闿运对杨庄、杨钧介绍：“这是周妈，她很厉害，凡求我的人都要先讨好她。”

周妈咧开大嘴笑了一下，杨庄、杨钧忙起身致意。杨度偷眼看代懿，发觉代懿脸上颇不自在。

吃完饭闲聊一阵后，杨度带着弟妹告辞了。代懿也要与他们一道走，王闿运留住了儿子。

“老四，你认为皙子的妹妹如何？”王闿运略带笑意地问。

叔姬的两首感事诗早已让代懿折服，现在又亲眼见姑娘端庄灵秀，更令他爱慕，听父亲这一问，已知用意，心里又惊又喜，吞吞吐吐地说：“她很好，的确很好！”

见父亲笑得怡然慈祥，代懿涨红着面孔，鼓足勇气请求：“爹，你跟皙子说说，要他同意把叔姬嫁给我吧！”

王闿运见儿子急得这份窘相，不觉笑了起来。正在厨房里洗碗碟的周妈，从老头子问儿子第一句话时便意识到不妙，她放下手中的活，竖起耳朵听书房里父子俩的对话。听到这里，她心里猛地一惊，再也顾不得自己的身份，冲出厨房，对代懿大声说：“四少爷，你怎么能娶刚才那妹子，她脸上尽是鸟屎，难看得不得了。周妈我替你找个好妹子，又白净又标致，保险比她要强百倍！”

代懿正在兴头上，被周妈这么一搅，又气又恼，一反平素表面客气的态度，吼道：“你晓得什么，我的事你有什么资格管！”

周妈很觉没趣，愣了一下，满脸换上笑容，走前几步，温温和和地劝道:“四少爷，你不要着急，天底下好看的妹子多得很，你是大名士的公子，自己又是秀才，长得又体体面面，哪个妹子不喜欢你？实话告诉你吧，你父亲正在替你找一个绝色的妹子哩！”

说着，向王闿运递了一个眼色。王闿运完全不明白周妈肚子里的鬼胎，对她说：“你去洗你的碗吧，这事不要你搭言。我给老四找的，正是今天这个叔姬。”

周妈一听脸都白了，精心筹划多时的宏伟计划顿时破灭，她真想跺起脚把老头子数落一顿，但她人不蠢，知道自己到底只是一个下人，不是代懿的后娘，满肚子的不快只得强咽下去，于是闭住嘴，缩手缩脚地退回厨房。

代懿听了父亲刚才那句话兴奋至极，激动万分地问：“爹，你跟皙子说了没有？”

王闿运摇摇头，代懿心里一紧。

“皙子那里倒不要紧。”过了一会儿，王闿运慢慢地说，“叔姬是个有才华的女子，心里有自己的主见，眼角子也高。这样的女子，她的婚姻大事，做兄长的怕当不了全家，大主意还得要她自己拿，我担心的是她看不上你。二十出头的人了，举人也没中，诗词文章也只平平，你满意她，晓得她满意你吗？”

代懿垂手恭听着，觉得父亲的话有道理，心里凉了许多，嘴巴轻轻地翕动着，嗫嚅了半天，终于硬着头皮求道：“爹，您老想个法子帮帮儿子吧！”

王闿运见儿子这副可怜相，甚是同情。知子莫若父。他深知儿子资质仅属中等，学问文章一般，又加之言辞较木讷，而杨庄天资很高，思维敏捷，能言善语，他真的既担心杨庄不同意这门亲事，又担心即使结合了，今后儿子也可能会受媳妇的欺负。转念一想，代懿毕竟是个秀才，好好再读几年书，中个举人也有希望，且人也还忠厚，大事做不成，保一身和妻儿应不成问题。何况叔姬的诗文的确胜过他的十个女儿，也胜过许多所谓的才女，他很喜欢她。他希望她能做他的儿媳妇，他甚至做过这样的准备，万一叔姬看不上代懿，不同意这门亲事，他也要说服她做自己的女弟子。他的桃李满天下，做大官的，做大学问的人都不少，但他们尽是男子，倘若能培养一个当代的李清照出来，对以育人才为后半生大业的王闿运来说，该是一个多么值得自慰自豪的成就！壬秋老先生决定在这件大事上帮儿子一把。

下午，夏寿田从城里回来，一见到杨庄，便如同见到亲妹妹似的，问这问那，关怀备至，又把刚买回来的上等宣纸拿出一半来送给杨钧。夏寿田的热情使叔姬既感温暖，又自叹命薄。当夏寿田以兄长的身份直接问她定没定婆家的时候，一片真诚无邪的赤子之心，终于使感情深沉的姑娘彻底醒悟过来：这一切都是命里注定的，她今生与夏郎无缘又有缘，无缘做白头偕老的夫妻，却有缘做互相敬慕的兄妹。这毕竟也是人生一件幸运的事，值得庆贺，应当知足。她决心终生将以对待自己亲哥哥的那份感情来对待夏郎，关心他，体贴他，以此来酬答自己最美好最纯洁的少女初恋。

一连几天，夏寿田陪着杨家兄妹游览衡州府的名胜。他们凭吊了理学鼻祖濂溪先生讲学之处莲湖书院，参谒一代大儒王船山的故居王衙坪，登石鼓嘴之巅一睹蒸湘交汇的壮观，攀回雁峰之顶饱览湘南山川之秀美。在青草桥头，当四人抚栏远眺的时候，夏寿田独自吟诵了当年秦少游作于此处的《阮郎归》：

湘天风雨破寒初，深沉庭院虚。丽谯吹罢小单于，迢迢清夜徂。乡梦断，旅魂孤，峥嵘岁又除。衡阳犹有雁传书，郴阳和雁无。

“淮海居士这首词，一如他的其他羁旅词作一样，婉约清丽，幽怨多情。多亏夏公子记得这样清楚，我记性不好，记不全。”叔姬静静地听完全词，由衷地发出赞叹。

“要说记诵功夫，午诒兄当数船山书院第一号。”杨度接过妹子的话称赞。

“你们莫打岔，听我说。”夏寿田望着杨氏兄妹说，“我由秦少游想到苏小妹，由苏小妹想到他的哥哥弟弟，又由他们苏氏一家，想到你们杨氏一家。你们兄妹恰好也是三人，又个个都是俊才，将来一定不会让苏氏一家专美于前。”

杨钧拍着手掌笑道：“午诒哥哥说得真有趣，好像偷听了我哥哥的话似的。去年我哥哥回来，对我和姐姐说，我们发愤努力，要学苏氏兄妹，还要立志超过苏氏兄妹，不要让后人一说起来就是苏家的兄妹如何如何，也要让他们说杨家的兄妹如何如何。”

杨度笑着说：“真个是童言无忌！幸好我们说的是古人，没有碍着今人的事。倘若私下说的是今日的名人，小三子这么一兜出来，那就惹麻烦了。”

大家都愉快地笑起来。

夏寿田说：“叔姬，今后若有幸遇到秦少游这样的夫君，你也要难他一下哟！”

说得杨庄脸红起来，无话可答。

杨度说：“只是叔姬至今尚未遇到秦观式的郎君，午诒，你要为叔姬留意才是。”

杨庄拉着杨钧的手背过脸去，指着远处的一座宝塔，对弟弟说：“那就是哥哥常说的珠辉塔。”

杨钧向远处望去。他们的背后，响起夏寿田的声音：“你刚才说的事，使我倒想到一个人来。此人虽不及秦少游的风流才华，却也长得一表人才，能诗善文，勉勉强强可以配得上叔姬。”

“谁？”

“远在天边，近在眼前。”夏寿田故意大声地说，“你看代懿如何？”

一听说“代懿”二字，叔姬一颗芳心怦怦跳起来。

“代懿？那当然很不错。”经夏寿田这一提醒，杨度也觉得王代懿的确跟妹妹是很好的一对。

“有四个字，加之于代懿的头上，他可以当之无愧。”夏寿田接着说。

“哪四个字？”

“诚实君子。”

远望佛塔的叔姬一直在倾听夏公子和哥哥的对话，“诚实君子”四个字，牢牢地记在她的心里。她相信夏郎识人的眼光，更相信夏郎为自己好的一片真心，但是，她没有嫁给王代懿的想法，因为她对他的才学并无所知。何况，曾经沧海难为水，这个世界上，除开自己的亲哥哥，还有哪个男子能比得上夏郎的才气和风度！

叔姬没有料到，第二天上午哥哥就把这个问题明白地提了出来。

杨度告诉妹妹：“昨天夜晚，王先生亲自对我说，他很喜欢你，有你这个女弟子，他很高兴。”

叔姬满心欢喜说：“王先生这样看得起我，我却还没给他行正式的拜师大礼哩，我这就去如何？”

杨度看着妹子这副虔诚神态，会心地笑了。叔姬转念一想，产生了顾虑：“我这个女弟子当不成了。”

“为何？”杨度觉得奇怪。

“王先生在这里做山长，我给他做女弟子，难道也能像男人一样离家住书院吗？”叔姬说到这里，扑哧笑了一声。

杨度说：“看你急得这副样子，我还没说完哩！王先生说，他希望你做他的女弟子，更希望你做他的儿媳妇。”

叔姬脸刷地红了，头低了下来。

杨度继续说：“王先生有四个儿子，都是蔡夫人所生。长子代功、次子代丰、三子代舆均为秀才出身，学有所成，只可惜代丰在那年由四川回湖南的途中得急病去世了。现在只剩下老四代懿未成家。代懿在兄弟中最得父亲的宠爱。我和午诒与他同住一个房间也将近两年了，对他很了解。人虽不及王先生那样聪明绝顶，但也有中上之资，今后中进士是很有希望的。最为难得的是代懿诚实忠厚，这点午诒的看法和我一致。所以他昨天当着你的面提出了代懿，虽有点笑笑你的味道，但我想，午诒还是把它当做一件事的。”

叔姬仍然低头默默地听着，不做声。

“叔姬，你今年二十岁了，早就到了说婆家的时候。”杨度知道妹子难为情，并不催她表态，又自个儿说下去，“父亲早逝，母亲足不出户，你的终身大事，自然是要做哥哥的我来帮你考虑。”

一股暖流在叔姬的身上滚过，她感激地望了哥哥一眼，很快又把目光收回到自己那双没有绣花的鞋尖上。虽然父亲去世的时候杨度还只有十岁，但全家包括母亲在内都自然而然地把他当做家庭的主心骨，叔姬更是习惯性地听哥哥的话。王先生亲口提出，夏郎也有这个意思，哥哥也完全赞同，代懿又一表人才，况且成就了这桩事后将可以天天聆听到王先生的教诲，诗词文章必然会大有进步。答应吧，还有什么可犹豫的呢？今生与夏郎既不能圆夫妻梦，难道真的一世不嫁人吗？二十岁了，二十岁的姑娘真的早到了讲婆家的时候了。

叔姬独自默默地在心里思索着，一则出于少女的羞涩矜持，一则对代懿的学问文章究竟没有底，她始终不说一句话，上牙咬着下嘴唇，有时又换过来，下牙咬着上嘴唇。像是猜出了妹子的心思，杨度说：“我晓得你不做声，是不知代懿的肚子里究竟有几多卷诗书。你是个心高眼高的人，怕将来夫君不争气，自己在人前人后抬不起头来。”

叔姬不由自主地点了点头。

“这点你要放心。你想想看，父亲文坛盟主，母亲能文善诗，舅父供职翰苑，这样的血脉下来的人还会蠢吗？”

哥哥的话的确有道理。常言说，龙生龙，凤生凤，虎父无犬子。代懿纵然再不济，也不会蠢到哪里去，叔姬的心放宽了一大步。

“我想，你是没有亲眼见到代懿作的诗文，不踏实。王先生昨夜说，要代懿把自己平时的习作拿出来，请你来修改修改。”

叔姬听哥哥说了半天的话，直到这时才抿着嘴唇甜甜地笑了一下。

下午，杨度从代懿手里取来一部诗文稿送给妹妹。叔姬接过文稿，见封面上题着两个端秀的楷书——鷇音，心里说，这两个字用得好。鷇音，即刚出壳的小鸟的鸣叫声音，典出于《庄子·齐物论》。将自己的诗文比作鷇音，这是很雅的谦虚。翻开封面，里面夹了一张窄长的纸条，纸条上有两行字。上行写着：叔姬学姐雅正。下行是：学弟代懿敬呈。姑娘心里又说了一句：好个谦谦有礼的学弟！

这里端端正正地抄录了代懿所作的二十多篇古风、律诗和绝句，外加五篇古代人物论：子产论，苏秦论，乐毅论，晏婴论，赵括论。叔姬以审阅者的眼光将每篇诗文都仔仔细细地读了一遍，最后她掩卷叹息：自己不过才作了几首小诗，写了几篇短文，便自封才女，看不起别人，真个是朝菌不知晦朔，蟪蛄不知春秋。代懿所作的诗文在自己的数倍之上，却谦称彀音，相比起来，岂不狂妄了吗？她提起笔来，也写了一个短笺："古人云，不临江海，不知水之深也，不登岱岳，不知山之高也。今日读《彀音》，乃知学兄之高明也。"

杨度看了这张短笺，知妹妹已应允，这两年来压在他心头的一桩大事总算了却了。一旦定下这门亲事，他与先生之间，便由师生之谊进到姻戚之亲，先生的满腹学问，尤其是他独得骊珠的帝王之学，将会更加无保留地传授给自己。想起妹妹今后的家庭幸福，想起自己今后的前途辉煌，杨度心里甚是得意。王闿运知道后很欣慰，至于代懿，则更是手之舞之、足之蹈之了。

又过了几天，杨庄和弟弟要离开东洲回湘潭了。先一天下午，夏寿田做东，邀请王闿运父子为叔姬、重子饯行。王闿运示意夏寿田也请周妈，周妈心里很不舒服，找个托词推掉了。席上，王闿运很兴奋，连连饮酒，谈笑风生，不断地夸奖叔姬送来的诗文写得好，诗有灵气，文有识见，要不了几年，便可以成为闺阁中独步天下的人物，说得叔姬心花怒放。老先生又告诉女弟子，送来的每首诗，他都对个别字做了改动，要她将改动前后的字认真对照比较一下。他捋了捋花白胡须，笑着说："叔姬送来的十首诗中，要数《咏菊》那首写得最好。"转过脸望着叔姬说，"你把《咏菊》背给大家听听。"

叔姬红着脸说："这里都坐着高手，我哪里敢卖弄。"

"我来背！"杨钧抢着说。

"你能背得出？"王闿运觉得挺有趣。

"背得出！"杨钧颇为自豪地说，"姐姐这十首诗，在船上我看过，随便背背就背出来了。"

见姐姐不反对，杨钧琅琅背道："百卉俱摇落，孤芳判独奇。不因春竟艳，桃李非曾疑。寂寂出崖侧，寒飙日夜吹。莫惊霜露冷，自有九秋姿。"

"果然好得很！"代懿首先唱颂歌。

"叔姬的诗的确比在归德府时又长进多了。"夏寿田说，说后又含笑望了一眼叔姬。

不料这一眼，却把叔姬的脸羞得通红通红的，她赶紧低下头去。

王闿运说："这首《咏菊》好就好在有风致，把菊花孤芳自赏的神态写活了，有陆放翁咏梅词的韵味，却又比放翁更旷达。放翁说'零落成泥碾作尘，只有香如故’，风格自是高，但显得凄凉，哪有叔姬‘莫惊霜露冷，自有九秋姿’的境界！”

“先生过奖了。”叔姬很高兴，这两句诗正是受了王先生的启迪而修改的。

“文章诗词，既是言志抒情的工具，又是文字的艺术。”老头子今天兴致极高，不觉滔滔大论起来，“这些年一班浅薄子弟迷信泰西，说泰西这好那好，连文字也比我们中国的好。其实，这班数典忘祖的后生子，对祖宗所留下的文字奥妙一丁点儿也没探到。我给你们讲个小故事吧！”

“好！”全桌后生子一齐欢呼起来。夏寿田满斟一杯酒递了过去，说：“为先生的故事，我再敬一杯！”

王闿运接过杯子喝了一口，抹了抹嘴巴说：“苏州的园林甲天下，其中有个园子更是建得好，亭阁楼台，山石流水，一一布置得十分得体。园子刚建好，正遇上了乾隆爷第四次下江南。前三次乾隆爷来苏州，看了拙政园、留园、西园，对苏州园林之美赞叹不已。苏州知府想，这次要让万岁爷看个新园子才好。得知这个园子就要建好了，便传令园子的主人，要他准备接驾。这家主人便日夜赶修，终于在圣驾来苏州的前夕将园子建好了。但有一件事却一直定不下，那就是园子该取个什么名字为好。请宿学高才拟了几十个，主人都不太满意。于是有一个人便说了，何必搜肠刮肚了，不如请万岁爷题个名字，御笔生辉，随便题两个字都是好的。大家都说这是个好主意。过几天，乾隆爷御驾亲临园子，主人竭尽全力殷勤接待。皇上在园子里游了一整天，为其清幽别致的美景所陶醉，真有点乐不思归了。趁着这时，主人捧了一张纸、一支笔跪在皇上面前说，万岁爷，此园刚建好，尚无园名，求万岁爷赐一个名字。乾隆爷说行呀，提起笔就在纸上写了三个字。大家满怀喜悦凑过脸去看，谁知这一看，都哑了口，做不了声。”

“写了三个什么字呀？”杨钧到底是小孩子，沉不住气，急着问。

王闿运微笑着说：“原来乾隆爷写的三个字是：真有趣。”

“这怎么可以做园子的名字呢？”代懿也忍不住了，说，“叫皇上再题一个吧！”

“谁敢这么说？皇上若是生气了怎么办？”王闿运瞟了儿子一眼，说，“正在众人都为这三个字犯难的时候，大学士纪晓岚想了一个好主意。他笑着对乾隆爷说，万岁爷这园名题得好极了，只是这园子的主人家财万贯，什么都有，而臣却两袖清风，缺的是一个‘有’字。万岁爷把这个‘有’赏给臣吧！乾隆爷哈哈笑了起来，说，想不到你还这么贪心，好吧，这个‘有’

就给你吧！后来，当园主人将乾隆爷御笔‘真趣’二字制成金匾高挂园门口时，苏州满城文士才子莫不一致称赞皇上这两个字真是题得含意深远，韵味悠长。”

杨度说："比起‘真有趣’三字来说，这‘真趣’二字完全是另一番境界了。”

夏寿田说："纪晓岚真有点石成金的功夫。”

王闿运笑着说:“你们看看，这便是中国文字之妙。把三个字合在一起，便是一句最浅最俗的话；把它分成两处，一则涵盖宇宙，包罗万象，一则趣味蕴藉，古朴典雅。泰西文字能有这个长处吗？”众人都说："那绝对没有！”

叔姬忙斟满一杯酒，说："先生这个故事又好听又有教益，女弟子敬您老一杯！”

王闿运乐呵呵地接住，说："我今天喝得太多了，这杯酒若是别人敬，我一定不喝了，但这是叔姬姑娘敬的，我非喝不可。”

说罢一饮而尽，大家都叫好。王闿运醉意蒙胧地对代懿说："你代我向叔姬姑娘回敬一杯。”

当叔姬连说不敢当的时候，代懿已把她面前的酒杯斟满了，双手举起说："请叔姬学姐喝了这杯酒。”

叔姬看着代懿脉脉含情的双眼，脸轻轻地红了，忙接过杯子，低头浅浅地抿了一口。

这时酒保端来一大碗鸡腿红枣黄豆汤。王闿运见了这碗汤，想起一件事来，说："今年初夏蚕豆熟的时候，锦同亲手摘了一筐蚕豆，托人送到东洲来，同时还附着一阕《玉漏迟》，要我步她的韵填一阕给她。我一直欠了这笔债未还。今日在座的都是才男才女，又在酒酣耳热之时，除重子年幼豁免外，每人都代我填一阕《玉漏迟》回赠锦同如何？”

话刚落，代懿便高声附和，又问："锦同用的是哪个韵？”

王闿运说:“她用的是萧豪韵，韵脚依次为早、了、小、调、好。到、恼、扫、晓、老十个字。你们都要步她的韵。”

“行！”代懿答得很爽快。

夏寿田心想，他一向不大填词，今日为何这般踊跃？见老师兴致高，便也不去多想，忙答："遵命。”

杨度最爱作诗填词，酒过三巡后，早已诗兴大发，恨不得借酒家的白壁粉墙来逞才使气，听先生这么一说，正中下怀，说："我还补充一点，以半个钟点为限，超过了罚酒三杯，作好后请先生评个高下，得魁首者，各人都向他鞠一躬。”

众人都说好。叔姬也很快活，她暗自下定决心要夺个魁首，在这群须眉男子面前显一显巾帼手段。

见弟子们都很踊跃，老先生很高兴，笑着说：“《玉漏迟》本是十韵，按理，你们只要十个韵脚相同就行了。但锦同下片第六句结尾一字为‘笑’，今天大家都很愉快，于是我再加一个规矩：每人下片第六句最末一字都要来个‘笑’。”

众人都笑起来说：“好！”

杨钧机灵，很快从账房里借来四支笔，四个砚台，四张白纸，一人分发了一份。他站在这个后面看看，又跑到那个后面瞧瞧，看他们如何构思，如何落笔。王闿运一言不发，端坐在上席，犹如平日在讲台上监视学生的作文一样。

夏寿田掏出怀表来交给杨钧，让他负责看时间。杨钧刚报“一刻钟过去了”，杨度便交了头卷：

> 好春蚕事早，竹外篱边，豆花香了。自挈筠笼，摘得绿珠圆小。城里新开菜市，应不比家园风调。撄笋较甘芳，略胜点盐刚好。曾闻峡口逢仙，说姊妹相携，世尘难到。今日相煎，怕被豆根诗恼。寄与尝新一笑，想念我晨妆眉扫。风露晓，园中芥荃将老。

王闿运看后微笑不语。这时夏寿田也写好了：

> 飞鸿来不早，碧池新涨，绿荷开了。消夏闲吟，正拂浣花笺小。军将打门传送，刚谱得红闺新调。谁唱定风波，墨向盾头研好。堪怜十四琼枝，似四摘瓜稀，仙凡颠倒。且向深山，聊避六根烦恼。偶得开颜一笑，便一抖胸中尘扫。清镜晓，提防玉关人老。

王闿运看后也只是笑笑，没有做声。

见哥哥和夏郎都交了卷，叔姬有点急了，便不再多斟酌润饰，也交了上去。王闿运连忙放下夏寿田的词看叔姬的：

湘城花事早，杜宇声声，又春归了。一水迢遥，还忆凌波纤小。畦畔盈盈细觅，想当日寻梅风调。翠袖弄芳菲，旖旎春园兴好。依依湘绮楼边，似玉府元都，俗尘难到。豆蔻新词，却被曹家妹恼。对月嫦娥应笑，空伫望碧天如扫。情未晓，天若有情将老。

“好词，好词。”王闿运连连称赞，又以手指叩击桌面，抑扬顿挫地再吟诵了一遍，点头感叹，“朱淑真、李清照一流也。”

代懿早就写好了，他有意不抢先，在父亲称赞叔姬的时候，他也把词递了上去。杨钧看了看怀表，说：“好险，再晚交一分钟，就要罚你三大杯！”

代懿对杨钧扮了个鬼脸。

春城花事早，摘豆条桑，筠篮编了。对使倾筐，翡翠琼珠圆小。咏絮才高七步，更谱出清新词调。堂上旨甘余，佐我盘飧尤好。 当年艳说逢仙，叹兰蕙凋零，仙山难到。护惜同根，泣釜燃萁休恼。投笔书生可笑，怅满地尘氛难扫。春露晓，莫道倚栏人老。

王闿运只略微浏览了一下，便把它和其他三张合在一起。夏寿田问：“先生已看了答卷，高下已分出来了，今日会盟，执牛耳者为谁？”

王闿运摸着胡须说：“我先不说，你们各自交换着看看，看你们的眼力如何。”

说完把四张纸一齐交给夏寿田，夏寿田又分给众人。叔姬先看的一阕正是代懿的，打头一句便让她吃了一惊，心里想：这不有缘吗？五个字竟有四个字相同。再读下去，觉得代懿的词写得真是不错，尤其是“春露晓，莫道倚栏人老”，很有点宋人的风致，于是对代懿的好感又添了一些。而代懿看的，又恰好是叔姬的，不待看完，便鼓掌高叫：“我不再看别人的了，今日的盟主就是这位巾帼英豪！”

说得夏寿田、杨度忙凑过来。夏寿田边看边说：“我同意代懿的评判，我们都认输！”

杨度看后，也觉得妹妹的这阕的确写得缠绵婉转，置于南宋婉约派词中，定可以今混古，自己的比不上，嘴上却说：“你们别把叔姬抬得太高了，我看还是午诒的格调高朗些。”

叔姬听他们评来评去，自己一直不做声。杨钧说话了：“还是请王先生裁定吧！”

王闿运停止抚须，笑微微地说：“要我说嘛，你们这三个须眉男子都齐齐地站到那边去，向叔姬鞠一躬吧！”

代懿一听，忙站起，不等杨度、夏寿田开腔，便向叔姬深深一鞠躬，说：“叔姬学姐，学弟代懿甘拜下风。”

众人哄堂大笑起来。叔姬红着脸说：“快不要这样，折杀我了！”

夏寿田笑着说：“世上没有兄长向妹妹鞠躬的道理，我比叔姬大了七八岁，也不宜向她行礼。代懿，你就代替我们，再向她鞠两个躬吧！”

代懿巴不得多献点殷勤，便毫不含糊又行了两个礼。杨钧在一旁，快活得直跳。叔姬心里乐融融、喜滋滋的，她觉得出生二十年来，今天是最得意最快活的一天。

第三章　浅涉政坛

一　谭嗣同千里迢迢为徐致靖送来紧急家书

快到过年的时候，船山书院放了假，夏寿田回南昌去了，代懿则带着厚重的订婚礼，来到石塘铺拜谒李氏。李氏见代懿长得端正，又是王先生的儿子，心里喜欢。此事既是儿子做的主，女儿也不反对，她当然同意。亲事就这样定了。初订明年秋后举行大礼。这个年大家都过得快乐，只有叔姬心里总隐隐地怀着一丝怅意。代懿在她心目中的地位，始终不能取代夏郎。就在订婚的这天晚上，叔姬填了一阕《醉落魄》：

连天衰草，苍茫寂寞凭谁道。长空万里归鸿渺，斜日疏烟，几点投林鸟。人生只说多情好，无情转是无萦绕。宵长意远仍惊晓，万碛千山，魂梦应难到。

写完后她吟诵再三，然后像过去那些无题诗词一样，这阕词也被送到炉火边。叔姬呆呆地望着词笺化作翩翩蝴蝶，口里喃喃地说："夏郎，夏郎，从今日起我就是王家的人了。这阕词权当我送给你的最后一段心声。上苍保佑，我们来世做恩爱夫妻吧！"

这一夜，姑娘的泪水静静地流了一通宵。第二天一早，她抹去眼泪，擦上薄薄的脂粉，强装出笑容，和哥哥一道送别了未来的夫婿。叔姬是明白人，她知道，既然已同意嫁给代懿，这颗心便不能再痴痴地恋着夏郎，它只能交给自己的夫君。但即使就是这样清醒冷静的时候，叔姬也没有想到要把早已绣好的鸳鸯荷包送给代懿！

过完年后，杨钧也负笈来到船山书院，拜在王闿运门下。杨度则和夏寿田辞别老师，结伴去京城参加戊戌科会试。

戊戌年是中国近代史上一个具有划时代意义的年份。

这一年的正月初三，光绪帝命李鸿章、翁同龢、荣禄等人在总理衙门接见康有为。荣禄首先以祖宗之法不能变的大帽子来压康有为。康反驳道："祖宗之法以治祖宗之地，今祖宗之地不能守，还有何祖宗之法可言？"又说就拿今日所在地总理衙门来说，祖宗之法中亦未有此一衙门，只能因时制宜，不能困守祖宗成法。荣禄语塞，李鸿章不置可否，于是翁同龢密荐康有为可大用。康有为向皇上进呈《日本变政记》、《俄彼得变政记》。初八日，康有为上疏，请皇上大集群臣于天坛太庙宣布诏定国是，变法维新。接着梁启超从上海赶到北京协助其师，筹建保国会，以保国保种保教为宗旨，拟在北京、上海设两总会，各省府设分会。这时也有人向权贵散发文章，斥责康梁等人厚聚党徒，妄冀非分，巧言乱政，邪说诬民，形同叛逆。京师既弥漫着浓厚的维新变法空气，同时，反对、阻挠之风也频频掀起。有识之人都说，八百年古都又将面临一次风云剧变！就在这个时候，杨度、夏寿田来到了京城，寓居城南虎坊桥长郡会馆。

湖南距京师遥远，往来一趟费用很大，许多家境贫困的举子本科不中，则滞留京城，或寻一个馆，或做一点杂事维持生计，苦读诗书，以应下科。会馆住房不收钱，伙食也很便宜，且都为同乡，易于照顾，于是这里便长年住着一批落第学子，一到逢丑、辰、未、戌年或恩科、特科的春天，会馆里便全部住满了进京会试的举子。这里乡人云集，信息灵通，尽管有些富家子弟有钱住得起豪华的旅馆客栈，但他们也不去住，宁愿挤在简陋的会馆里。夏寿田便属于这类贵公子，上科会试住会馆，这科又和杨度两人在会馆里订一小间房子住下。拜访了一些必须应酬的地方后，他便关起门来潜心于功课之中。

杨度今科也志在必得。他素来心高，当得知梁启超因冬天大病，现在又忙于变法，的确不参加会试时，他甚至还暗暗地想到要夺取今科状元，一舒上科受挫的抑郁！但他天生性格好动，又对国事有着不可遏制的浓厚兴趣，所以他总是难以静下心来，时常参与各种维新派人士举办的聚会，回到会馆后又忍不住到各个房间走访，传递消息，发表政见，往往高谈阔论到深夜。夏寿田知他秉性如此，且天资极高，虽把精力分散到闲事上，试场上的诗文决不会耽误，也便不去劝他。

眼看就要临近大考了。这天，门房景大爷递来一封信函。杨度拆开一看，见是梁启超写来的，只有一行字：复生日前抵京，盼来寓所一见。谭嗣同来了！杨度心中一喜，忙雇了一辆人力车，也不邀夏寿田，独自一人奔向长果胡同梁启超寓所。

那次在时务学堂晤面后，英迈豪放的谭公子便在杨度脑中留下了深刻的印象。回东洲后，杨度又细细地通读了谭嗣同著的《仁学》，更加对谭的学识和勇气敬佩不已。

门一打开，迎接的正是清瘦矮小的谭嗣同。故友会他乡，乃人生喜事一桩，二人亲切地拥抱。刚一松手，杨度看见屋里还坐着一位黝黑粗壮的中年大汉，正咧开嘴望着他俩憨笑。杨度问正在倒茶的梁启超：“这位兄弟是……”

“他是我的结义兄弟。”谭嗣同忙介绍，“江湖上有名的英雄，现在京师镖局做事，姓王，名正谊，字子斌，排行老五，因一把大刀无敌天下，故江湖上都称他为大刀王五。”　王五，名正谊，字子斌，河北人，擅长武术，尤精于刀棒，江湖上称之为大刀王五。王五以镖师为业，豪侠仗义，常往来于直隶西北之间，与谭嗣同交情深厚，支持维新变法。戊戌政变后，南下武汉参加唐才常领导的自立军起义。事败后折回北京，参加反对八国联军的斗争，不久即被捕遇害。

转过脸，又对王五说：“这位是举人杨度杨皙子先生。”

王五起身，双手抱拳，声音异常洪亮地说：“原来你就是杨镇台的侄公子杨皙子先生！”

杨度惊道：“你认识家伯父？”

“镇台大人我没有见过。”王五笑了笑说，“皙子先生在归德镇时的拳术教师孟胡子是我的朋友，去年我在开封府见到他，他说起过你。”

“哎呀，你是孟师父的朋友，那就是我的师辈了。”杨度说着，拱起了双手。

“莫这样，你就叫我五哥吧！”王五爽朗地一笑。

谭嗣同说：“说起来都是熟人，彼此都不要客气，你就叫他五哥，他就叫你皙子吧！”

大家都大笑起来，坐下喝茶。

“复生兄,你此次为何事进京来的？”杨度刚一坐下,便急着问。他猜想，眼下正是京师变法呼声沸沸扬扬的时候，谭嗣同的突然到来，必负有特殊使命。

“我专程从长沙赶来，为着递送徐学台的一封家书。”谭嗣同原本微凹的双眼更加陷落了，显然是连日旅途劳顿的结果。

“送徐学台的家书？”杨度颇为吃惊。徐学台的家书，何烦谭公子千里迢迢专程递送，它完全可以托付给巡抚衙门的折差顺便带到北京来，看来这封家书一定非同一般。

梁启超从柜子里取出一个七寸多长、四寸多宽的信封来，笑着对杨度说：“请你来，就是要你来看看徐学台的信，过后我们再一起商议商议。”

杨度接过信封问：“这是徐学台的家书，我拆开看合适吗？”

谭嗣同说：“虽是家书，说的却是天下第一大公事。徐学台招呼过，可以给几个心腹朋友看看。”

杨度将徐学台的信抽了出来。

徐学台就是继江标之后的学政徐仁铸，徐仁铸，字砚父，江苏宜兴人，光绪进士。光绪二十三年以翰林院编修身份督学湖南，支持时务学堂、南学会及《湘报》，并倡读西学，主张变法，遭保守派攻击，遂请求其父徐致靖向光绪帝荐举康有为、梁启超、张元济、黄遵宪、谭嗣同等。戊戌政变后被革职。其父遭革职监禁，曾与其弟仁镜上书请代父囚，遭都察院阻格。他以翰林院编修的身份视学湖南，其父徐致靖也供职翰林院，官居侍读学士。徐仁铸也是个热血志士，目睹国势孱弱，也深知只有维新变法才有出路。他一到湖南便继承江标的事业，鼎力支助陈宝箴、黄遵宪的新政，一面继续出版《湘学报》，同时又创办《湘报》，大力鼓吹新学。以王先谦、王先谦，字益吾，人称葵园先生，湖南长沙人，同治进士，曾任翰林院编修、侍讲、国子监祭酒。光绪十一年出任江苏学政，后回到长沙主持思贤讲舍和岳麓、城南两书院。戊戌维新时期，王先谦激烈反对变法。光绪三十三年，任湖南咨议局筹办处会办，赏内阁学士衔。宣统二年，以在长沙抢米风潮中"肇衅酿患"受降五级调用处分。辛亥革命后隐居乡间。王先谦治学成就显著，平生著述甚丰，著有《荀子集解》、《汉书补注》、《虚受堂诗文集》，编有《十一朝东华录》、《皇清经解续编》。叶德辉为首的顽固守旧派并不让步，继续与新学对抗。徐仁铸是叶德辉光绪壬寅年中进士的房师，叶对徐很恭敬客气，口口声声恩师长恩师短，但一谈起时事来，却坚守自己的阵地，寸步不让，还说什么"吾爱吾师，吾更爱真理，当仁不让于师"之类的话。叶德辉的强硬态度使徐仁铸不免有点怯弱。

尤其是最近，湖广总督张之洞忽然从武昌给他来了一封信，信上说近来有人告发《湘学报》、《湘报》远近煽播，倡为乱阶，务力杜流弊，即饬停刊。张之洞的决定给徐仁铸很大压力。他预见维新事业的前程将会异常艰难，于是给父亲写信，请老父向皇上荐举几个有血性有才干的人物，破格超擢，委以重任，果断地强制性地推行新法，并请他的翰林弟弟徐仁镜一道参与其事。

果然非同小可！杨度看完信后，郑重地将它折好放回信封，双手交回给梁启超，问："什么时候把这封信送给徐老先生呢？"

谭嗣同说："当然事不宜迟，明天上午就到徐老先生家里去，皙子你也一起去吧！"

"好！"杨度立即答应。参与国家大事，一直是杨度的夙愿，尽管尊师说，在学术上他与康梁有不同的见解，但在维新变法这一点上则是一致的，何况他也想借此机会结识徐老先生。

"见过徐老先生后，我要和五哥一起到山西太原去走一遭，那里有几个荆轲、聂政之流的壮士，五哥要我去见见他们。"谭嗣同神色凝重地说，"今后说不定有一天还要仰仗他们的力量。”

大刀王五接言：“你们先从文的一路入手，文的不行，我们弟兄再来武的。”

梁启超正色凛然地说：“是要做好这种准备，说不定有血流漂杵的一天。”

谭嗣同拊掌笑道：“若是这一天到来了，我第一个去断头流血！”

杨度心中一怔。断头流血的事，他压根儿还没想到过，对谭公子的豪侠义烈顿时肃然起敬。

接着，大刀王五说起他那几个太原府的兄弟，为人如何的慷慨仗义，本事又是如何的高强无敌。又说江湖上这些年来人心浮动，会党蜂起，无一不是针对官府和朝廷的，眼下大清王朝好比处在一堆干柴之上，只要一点星火落在上面，顷刻之间便会烧起冲天大火，而朝廷也就会在这把大火中被烧毁。大刀王五说的事，使杨度听来十分新鲜。这些年来，他一直在官衙和书斋里度过，江湖上的事一窍不通，今天才知道，普天之下早已是反旗林立，朝廷命在旦夕。这一夜，躺在梁启超临时搭起的木板床上，杨度想了很多很多。他隐隐地觉得，王五述说的人心所向，似乎与康、梁、谭等人的事业有很大的不同。朝廷如同一艘千孔百洞的破船，老百姓的想法是要把它捣毁沉没，而康、梁、谭等人却是要把它修补好。

二　自古以来在中国要办成大事，光凭嘴巴子没有刀把子是不行的

第二天上午，谭嗣同、梁启超、杨度三人整装来到了城西豆荚胡同徐府大门口。谭嗣同递上名刺，说明来意，门房通报后让他们进去。

这是一个很宽敞的四合院。一色的青灰砖石砌出一块平坦洁净的阔坪，坪的东西两侧搭起两个高大的葡萄架，时已暮春，架上爬满了油绿发亮的叶片，随处可见一串串小葡萄从木架顶部悬吊下来，如同碧玉雕琢出来的小珠子，十分逗人喜爱。葡萄架旁摆着大大小小的文竹、兰花和山石古木盆景，上下交叠，错落有致。另有八个硕大的白底青兽鼓形大水缸，水缸里怡然自得地游动着大水泡眼金鱼，还有浑身黑得如炭团的墨鲫。杨度赞道：“好一个高雅脱俗的庭院！”

门房将他们带到西厢房。厢房两边红木柱上刻着一副涂上石绿颜色的联语：恪恭在朝夕，俯仰愧古今。门房掀开竹帘子，大家看见屋里书案边坐着一个须发皆白的老者。老者见客人已来到门外，便站起身，以带有吴

地口音的北京话说：“请进。”

三人鱼贯进了书房，在北面墙壁边的一溜明式红木直背雕花椅子上坐下。门房斟茶时，杨度端详了老人一眼，见这位翰林学士年在七十左右，面色红润，腰板硬朗，眉眼之间有股倔犟凌铄之气。

徐学士面带微笑地问：“哪位是谭复生先生？”

谭嗣同站起答应了一声，并递上徐仁铸的信。徐学士接过信，搁在一边不忙看，先将谭嗣同上下打量一番，说：“你就是谭世兄，久仰久仰。早就听说敬甫中丞有一个不同凡响的公子，今日一见，果然名不虚传。”

谭嗣同说：“前辈夸奖了。”

“令尊政躬康泰吗？”

“家父身体尚可，只是年纪大了，有些养身病，不如您的身子骨硬朗。”谭嗣同出生在北京，直到十二岁才回到浏阳老家读书，他的一口京腔至今仍很纯正。

徐学士哈哈笑了两声说：“坐下，坐下说，这两位你给介绍下。”

“这位是广东新会举人梁启超。”谭嗣同指了指梁启超。

“哦！”徐学士显然有些惊讶，他朝着梁启超前倾上身，略带敬意地说，“梁卓如先生，你的大名如雷贯老夫之耳。你如此年轻，便已做出这么大的事业，享有这样大的名望，令老夫在你的面前都有点自惭。”

徐学士这番出自内心的话，使在座的三位后生感动，尤其使梁启超感激。他起身回答：“老前辈学问渊懿，德高望重，我们景仰已久。”

徐致靖是值得人们景仰的。他不仅学问好，更兼品德端方正直，素以提拔人才奖掖后学为己任，虽年过古稀，却依然雄心勃勃，敢作敢为。老先生还有一点尤令人尊敬，他治家有方，教子有道，两个儿子都在二十多岁时便中进士，入翰苑，一家父子三人同处词林，被士大夫传为美谈。

徐致靖，字子静，江苏宜兴人，光绪进士，选翰林院庶吉士，授编修，累迁侍读学士。光绪二十四年支持变法维新，上疏请光绪帝明定国是，并推荐康梁等人。百日维新期间，擢升为礼部侍郎，政变后被革职囚禁，两年后释放，后定居杭州。

谭嗣同接着介绍：“这位是湖南湘潭举人杨度。”

“哦。”徐致靖点点头，“好，好，你是来参加会试的吗？”

“是的。”杨度恭敬地回答。眼见得老先生对谭、梁异乎寻常的热情态度，杨度忽然有一种被冷落感。很快，他便平静下来。不能怪老先生有冷热不同，因为自己本不能与谭嗣同、梁启超相比，京师乃辇毂之地，名望官位在这里愈加显得重要。醉心于帝王之学的年轻举人，对自己的前途充满着信心，他相信自己今后的名望地位一定会引起京师人士的刮目相看。

“好，你们稍坐一下，喝喝茶，我看看信。”

徐致靖把信笺抽出来，戴上老花眼镜细细地看起来。这时，梁启超将放在茶几上的一叠《京报》拿起，信手翻看几页，便赫然见第一版中间一排粗黑字：翰林院侍读学士徐致靖上疏请明定国是。他轻轻招呼谭、杨二人聚首合看：伏闻皇上宵旰忧勤，熟讲中外之故，知当诸国并立之时，万不能复守秦汉以后一统闭关之旧，知时审变，力图自强，祖宗二百数十年艰难缔造之天下可无危坠。然胶事以来，新政无一举动，学堂、特科事未见举办，有若空文，天下咸窃窃然疑皇上仍以守旧为是也。若守旧，可明谕内外臣工恪守旧章；若变法，亦请特颁明诏，一切新政，立予施行。总之，请皇上速明定国是，俾天下臣民咸晓然于圣意所在，有所适从，不再如前之游移莫是，两无所成矣。

梁启超看后，对眼前这位老头子油然生出敬意来。这份奏疏上得太及时了，前几天他与老师谈论的正是这件事。康有为不见皇上明确的态度而心急如焚，梁启超也觉察到变法的前景不甚光明。现在，徐学士的奏疏登之于《京报》显著地位，说不定是皇上下决心明定国是的前奏。

“谭公子，小儿信上只说保举几个得力的人才辅佐皇上变法维新，但究竟是哪几个人并未提，他跟你说过吗？”老先生看完信，一边摘眼镜，一边问谭嗣同。

谭嗣同答：“离长沙前，我与徐学台反复商量了这件事，徐学台在另纸上写了几个名字，说仅供大人参考，最后荐举哪几个，一听大人圈定。”

说罢从衣袋里掏出一张纸来，双手递了上去。徐致靖重新戴上眼镜，小声念着：

> 工部主事康有为，忠肝热血，硕学通才，明历代因革之得失，知万国强弱之本源。湖南盐法长宝道署按察使黄遵宪，熟悉各国宪政，器识远大，办事精细。江苏候补知府谭嗣同，天才卓越，学识绝伦，忠贞爱国，勇于任事。广东举人梁启超，英才亮拔，志虑忠纯，学贯天人，识周中外。

“行，他与我不谋而合。”徐致靖把纸折好，重又摘下老花镜，慢慢地说，“维新之事，从三年前公车上书以来，空头话说得不少，成效却不多，京师可以说一切依旧。十八省，除湖南一省外，其他十七省也没有什么变化。

这中间的关键原因，在于朝廷内部反对的人很多，且势力很大。但大清要强盛，非维新变法不可，在这一点上，老夫与你们年轻人的看法是一致的。前几天我给皇上上了一道奏疏，目的就是敦促皇上尽快下决心。”

梁启超扬起《京报》说：“我们刚才有幸拜读了您的奏疏，真正是维新变法的及时雨。”

徐致靖浅浅地笑了一下说：“皇上被守旧的大臣包围得太紧了。他自己还是想变法图强的，只是身边无得力人物，仁铸的考虑是对的。不过你们都很年轻，地位也不高，缺乏威信，今后到朝廷来办事会有许多难处。”

说到这里，徐致靖想起朝廷执政大臣之间的复杂纠葛，想起太后、皇上长期以来的面和心不和，顿时心情苍凉起来。本想给这几个热血年轻人透露一二，但这些话不可随便乱说，且也不能多给他们泼冷水，话到嘴边又咽了回去。他敛容盯着谭嗣同、梁启超，严肃地说：“老夫对你们说句实话，此时充当皇上的贴身谋臣，很可能不是美差。”

谭嗣同应声答道：“晚生自知年幼无知，才浅德薄，并不敢妄求优保重任，更非借此为一己谋高位，实出于为国为民一片诚心。刚才老大人的提醒很重要。晚生深知历代主持变法之人，名荣身泰者极少，名裂身败者甚多，商鞅车裂，半山放逐，皆为前车之鉴。晚生厕身其间，并非幸事。说不定哪天失败了，不仅本人死无葬身之地，还要祸及老父稚子。然晚生仍愿借大人之力而获皇上重任，辅佐朝政，推行新法，实一心只为救大清于倾覆之际，拯黎民于危困之中。晚生在长沙时已对学台大人表示过，维新成功之后，嗣同决不居功，倘若维新失败了，嗣同甘愿以身相殉。”

“壮哉，豪杰之言！”徐致靖霍地站起，“就凭谭公子你这一番话，老夫亦将置身家性命于不顾，为国荐贤，为民举才，明日即上书皇上。”

梁启超也激动地站起，充满感情地说：“维新大业的成败，大清的兴衰，完全寄托在老先生您的身上了，我全体维新志士将对老先生感激不尽，四万万满汉蒙藏回同胞也将对老先生感激不尽！”

“都坐下吧！”徐致靖招呼大家坐下后，自己也坐下来，感慨地说，“感激二字不必提起，老夫此举，纯系出于一片忠心而已。这些年外患频仍，国事蜩螗，而那些深受皇恩的王公贵戚却懵然不醒，依然在醉生梦死中追逐一己利禄享乐。那些当要冲之辈又毫无应变策谋，或墨守成规，苟且敷衍；或轻举妄动，把国事当儿戏。老夫每念及此，莫不叹息涕零，然人既昏迈，又无实权，无可奈何，唯有叹息而已。乙未年亲眼见会试举子们那种爱国忧民的情绪，拜读他们那些振聋发聩的演说文章，老夫豁然开悟，大清的出路在维新,大清的希望在年轻人。刘禹锡说得好:沉舟侧畔千帆过，病树前头万木春。已经腐朽了的必然会被淘汰，新兴的生命是不可阻挡的。从那时起，老夫就不顾旁人的劝说耻笑，甘以白头置身于黑发之中，为皇上为国家尽一分余力。”

说到这里，老先生刚才凝重的神情变得开朗起来，他笑着对谭、杨说：“你们湖南有个大名士叫王闿运，年轻时踔厉风发，受了几次挫折后，就对国事抱逍遥态度了。他的学问文章，老夫自是佩服，只是他那句‘三十看花犹嫌老’的诗，就不免太颓废了点，老夫不敢苟同。老夫更喜欢苏东坡的那几句词：‘谁道人生无再少，门前流水尚能西，休将白发唱黄鸡。’”

杨度见徐致靖慨然谈国事的时候，无意中竟然提到了自己的老师，觉得很有趣味。他知道老先生对老师有些误解，这种场合，当然也没有解释的必要,便静听不语。倒是谭嗣同忍不住插话:“壬秋先生就是杨度的老师。”

“哎呀,你是他的学生！”徐致靖惊道,“老夫刚才失言了,请别介意。”

杨度忙说：“您说得对，‘三十看花犹嫌老’这句诗是有点颓废。为这句诗，晚生也曾当面请教过湘绮师。他说这是激励年轻人珍惜少年时光，人生难得是青春，切莫让年华虚度。”

“到底是学生，说起老师来就是不一样。”徐致靖爽朗地笑起来。

梁启超说:“杨皙子是壬秋先生的高足，有名的才子，乙未年公车上书，湖南公车的领头人就是他。他今科会试，必然高中无疑。”

徐致靖笑着说：“看来翰苑又要多一个三湘俊才了。”

这句话说得正合杨度的心思，他起身致谢：“谢老前辈的厚爱，今后若能有机会长蒙老前辈的教诲，乃晚生的幸事。”

谭嗣同也起身说：“打扰您半天了，我们就此告辞了。”

“好。”徐致靖起身，“我送送你们。”

杨度说：“老前辈这样客气，我们如何受得了。”

徐致靖说：“你们都是国家的希望所在，老夫理应亲送出大门。”

谦逊一番后，三个人跟着徐致靖出了书房，来到庭院。杨度指着那几个大水缸问：“这几个鱼缸古雅得很，是明代烧制的吗？”

“皙子先生好鉴赏力。”徐致靖答，“正是明代成化年间厂官窑烧制的。”

杨度说：“这样大而造型别致的厂官窑缸，存世者怕不多了。”

徐致靖摸了摸水缸的边沿说：“据说当年宫廷专门订制一百个这样的水缸，为保险起见，厂官窑一共烧了三百个，从中挑出一百二十个送去给宫廷。宫中选了一百个，剩下的二十个，以两百两银子卖给了一家瓷器店。

老板打起‘宫中剩余’的招牌，以两千两银子的价卖给了开平王常遇春的后裔，转手之间便获利十倍。”

众人发出啧啧声。

“这个老板虽获利十倍，但卖的是真品，还算赚的不是昧着良心的钱，最可恨的是卖假古董。我给你们讲个最近的小故事。”

众人的目光都从水缸移向徐致靖。

“上个月，湖广总督张香涛进京叙职，偶游海王邨，看见一个古董店，装潢甚为雅致，他便进店浏览。见店中庭院摆着一个很大的坛子，为陶制品，形状既古怪，色彩也朴质。张香涛本是个有名的古物鉴赏家，暗思这样的坛子还从来没有见过。走近一看，他更被吸引住了，原来坛子四周都是如蝌蚪形的篆籀文。张香涛谛视良久，也认不出几个字来，心里很惊异。问店主，回答说是某巨宦故物，店里借来陈列，不出卖。张香涛很惋惜。回寓所后跟一同进京的幕僚谈起这件事，幕僚说有可能是三代时的陶制器物。第二天，香帅和幕僚再去这个古董店。幕僚也是一个精于古董的人，二人仔细鉴赏一番，一致认为非三代古物莫属。香帅抚摸再三，不忍离去。幕僚知他想买，于是逼着老板找来物主，硬以三千两银子买下了。

“香帅极喜，命人抬回寓所，自己反复欣赏，费尽心思辨认坛子上的文字，同时又请高匠拓印数百张分赠僚友，大家都说这个坛子至少有三千年的历史了。香帅吩咐给坛子装满水，又放养几尾金鱼，天天在坛子边徘徊，自我陶醉。一天夜里，雷雨大作，第二天早上香帅来看坛子时，不禁惊呆了，原来四周的篆籀蝌蚪文已全部化为乌有，出现在眼前的则是一只极普通的瓦坛子。”

众人都不解，问："这是何故？"

“张香涛仔细一看，先前的那些古文字原来都是用蜡写在纸上，再加上色彩掩饰，把它糊在一只今人烧制的瓦坛上的。张香涛白丢了三千两银子，还招来一个传之后世的笑柄。”

徐致靖说到这里忍不住笑了起来，大家也都跟着笑了。

快到大门口时，徐致靖突然想起一件事，忙将谭嗣同拉住，说："老夫年来昏眊，办事常常记前不记后。刚才我突然想到这荐举人才的事，倒有一个重要人物要荐举。"

“老大人说的是哪一个？”谭嗣同停住脚步问，梁启超、杨度也都站定望着徐致靖。

“来。”徐致靖指着西边葡萄架后的一间房子说，“诸位请到这里再宽坐一会儿。”

三人跟着徐致靖进了屋。这里才是徐致靖通常会见客人的地方。房间宽敞明亮，四周墙壁上挂着几幅字画。杨度随便望了一眼，见有翁同龢、潘祖荫等人题款的字，还有一幅扬州八怪之一金农的兰草图，寥寥几笔，便把兰花高洁脱俗的神韵勾了出来。这幅图，似乎专为今日的收藏者而画。

“前几天，徐菊人从天津来京师办事，在寒舍坐了一上午，大谈袁慰庭在小站练兵是如何的有成效，办事是如何的有魄力，而且说袁慰庭多年在海外，见多识广，器局闳通，他对维新变法深表赞同，并要拜在我的门下。徐菊人说，若不嫌弃的话，收下这份拜师礼。说着取出一幅卷轴来。老夫打开一看，原来是冬心先生的兰草图。细细地审看纸质、墨色和印章后，我可以断定这不是赝品，颇为惊喜，问这幅画是哪里来的。菊人说这是袁慰庭在朝鲜汉城购来的。我很奇怪，冬心先生的画怎么会流失到汉城去了呢？菊人讲述了它的来历。袁慰庭在汉城的时候，偶然在唐人街一个古董铺里遇见一个中国人，此人抱着一捆字画与老板在讨价还价。慰庭凑过去一看，见都是当年扬州八怪的字画，心中欢喜。他出身世家，识货，知这些字画不是假的，若在国内卖，至少值五千两。估计此人之所以来汉城卖，定然是不敢在国内出手。在那人与老板相持不下的时候，慰庭说你跟我来吧，我都买下。那人于是跟着慰庭走，走到一座刀枪森严的楼房前，慰庭说进去吧！那人脸上突然不自在起来，连忙说不卖了不卖了。慰庭说不要怕，我不会抢你的。那人硬着头皮进去了。坐下后，慰庭和气地说，我知道你这些字画是偷来的，在国内不敢卖，便想到汉城来求个大价钱。你以为海外都很富裕，其实错了，汉城人都穷得很，你这些字画五百两银子都卖不出。你不如卖给我，我给你一千两银子如何？原来那人正是一个偷儿，也正是想到汉城来求大价钱的，但是来汉城一个月了，一直没有合适的买主，眼看盘缠快用完了，很是着急。先以为这次会被讹诈，想不到此人这样大方，愿以一千两银子买下，虽然比起自己的要价差了一大截，但事到如今已经是难遇到的良机了。那人竟大为感动起来，接过一千两银子，磕了三个响头出去了。”

徐致靖说到这里，谭、梁、杨都快乐地笑了起来。梁启超说：“袁慰庭既捡了大便宜，又赚了个感激，这个人真精明。”

杨度忍不住指着墙壁上的兰草图说：“袁慰庭送的就是这幅吧？”

“正是！”徐致靖点点头说，“我与袁素无交往，本不想受他这份礼，也不想收他这个门生。转念一想，袁有兵权又赞成变法，这对维新事业很有帮助。你们都是文人，不握刀把子，但自古以来在中国要办成大事，光凭嘴巴子而没有刀把子是不行的。想到这里，我于是收下了这幅画，也收下了这个门生。”

梁启超说：“袁慰庭赞成变法应是出自真心，那年我们在松筠庵开会，他一人捐了五百两银子。”

谭嗣同说：“都说袁世凯在小站干得很好，只是没有亲眼见过。”

徐致靖说：“老夫的意思是，你们哪位去天津看看，与他见见面，谈谈话，看看这个人到底如何。我想，他要徐菊人到这里来表示这番意思，无非是看在老夫喜欢荐人的分上，倘若真是一个热血志士，老夫岂能慳于一纸。”

谭嗣同说：“老大人说得很对，只是我已雇定了骡车，明天一早就要离开京师去太原。”

杨度想起三年前的一桩往事，说：“我正好想去见见他，我明天去一趟天津吧！”

谭、梁都说：“皙子去最好！”

徐致靖说：“我已收下了袁慰庭做门生，你明天去天津，就以送策论为名，限他半个月内做一份策论给我。”

“这样最好。”杨度说，又问，“题目呢？”

徐致靖想了一下说：“就做个‘商鞅变法与秦灭六国论’吧！”众人都拍掌说：“这个策论题真是再好不过了！”

三　袁世凯牢记嗣父的教导：官场犹如戏场，最大的本事在于装假的功夫技巧

因梁启超提起袁世凯捐助五百两银子的事，杨度猛然想起了三年前的一桩往事。

早春天气，北京还很寒冷，被爱国激情燃烧着的一群年轻举子们聚会在松筠庵，高谈阔论，慷慨激昂。谈到战事的失败，一个个泪流满面。讲到国家的衰败，又都悲愤填膺。一个举子提议歃血为盟，誓为大清朝的强盛尽忠效力，大家都赞成。于是张罗着要去买酒买肉，热热闹闹地聚一餐。但这些举子大多数都是清贫人家子弟，身上的银钱不多，有几个富家子弟愿意多出钱，却一时又未带着，百把人聚会，没有四五十两银子对付不了。正在犯难时，杨度刷地一下把身上穿的狐皮袍子脱了下来，说：“把它当了吧，过几天就用不着它了！”

身边的几个举子正在犹豫，试图劝他不要当，不想后面走来一个五大三粗的河南举子，伸出手抓起皮袍说："好样的，五花马，千金裘，呼儿将出换美酒，与尔同销万古愁。"说着便跑出去了。

一会儿，抬酒的，担菜的，拎鸡鸭的，一队七八个人跟着那河南举子的后面进了松筠庵。河南举子把一把碎银子朝杨度跟前一丢说："还剩了几两，你收起吧！"

杨度将碎银子一推说："你好事做全，尽这银子买几十封万字号的鞭炮来，放它个地动山摇，也为我们中国人出一口气！"

就在一片震天撼地的鞭炮声里，一百来个各省举子杯盘相碰，肝胆相照，豪言壮语充溢着殿堂庭院，爱国热情沸腾了寒风冷雨。杨度觉得有生以来，从未有过这样尽兴的豪饮！他喝得酩酊大醉，在朋友搀扶下回到长郡会馆，第二天中午仍酣睡未醒。

"皙子，醒醒，外面有人会你！"一个朋友使劲地推了他几下。

他睁开眼睛问："什么事？"

"有一个人要见见你！"

杨度赶紧起来穿衣洗脸，来到会馆门外。只见一个二十多岁的精壮汉子走上前问："你就是杨度先生？"

杨度点点头，那人从背上取下一个包包，双手捧着，向杨度鞠了一躬，恭敬地说："昨天先生在松筠庵的举动，我家大人深为钦佩，特命小人去当铺赎回先生的狐皮袍亲自送来。京师天气冷，乍然脱去皮袍要着凉的，愿先生为国家珍重身体。"

杨度接过包包，打开一看，正是自己昨天脱下的那件狐皮袍，大为感激地问："你家大人是谁？"

"去年从朝鲜回来的浙江温处台道员袁慰庭。"

杨度捧着皮袍尚在诧异之中，那人早已转身走了。一阵北风吹来，沉醉方醒的杨度蓦地打了一个寒战，他赶紧把皮袍披在身上，心想：多亏赎回它，不然真要冻出病来哩！

走进房间，他心里兀自奇怪：袁慰庭不就是大名鼎鼎的袁世凯吗？此人在朝鲜多年，事情做得轰轰烈烈，但闲言杂语也多得很，还有人说去年的海战是因为他得罪了日本人而引起的，又听说他对维新变法很热心，是个引人注目的人物。但自己与他素无一面之交，他为何要表示出这番好意呢？再说昨天松筠庵的集会，都是一些年轻的举子，袁世凯并未参与，他又何曾知道自己脱皮袍当酒肉的事呢？杨度很纳闷，觉得应该亲去袁宅谢一声才好，但又不知道他住在哪里。找夏寿田商量，夏寿田说："去问梁卓如吧，他是松筠庵集会的发起人，他可能知道。"

过两天见到了梁启超，杨度问起这事。梁启超说："袁世凯是京师支持维新的官员中的一个，他本人参加过几次国是讨论会，还捐助过五百两银子。至于他住在哪里，我也不知道。他是河南项城人，你不妨到河南会馆去打听下，豫省的举子中一定有人知道他的寓所。"

梁启超的话提醒了他，于是赶到河南会馆，一打听，居然还有项城籍的应试举子。门房带他去找。见面之际，彼此都很惊喜。原来这位项城举子正是那天为他当皮袍子的人。说明来意后，那人笑道："我把你的皮袍子当了，袁慰庭把你的皮袍子赎回，真是有趣得很。关于袁慰庭和他的家庭我知道得一清二楚。那天你请客，今天我做东，咱们到一家酒店去好好聊聊吧！"

在河南会馆旁边的一家小酒店里，项城籍的举子详详细细地将他所知道的袁家故事都给杨度端了出来。

袁家是项城的大家族。袁世凯的曾祖父袁耀东是个庠生，因读书过于用功，不到四十岁便病死了，留下四个儿子，在妻子郭氏的教育下个个成才。长子树三为廪贡生，三子凤三、四子重三都是庠生，功名地位最高的是次子甲三。袁甲三字午桥，道光十五年中进士，历任礼部主事、军机处章京、江南道监察御史、兵部给事中，最后做到漕运总督。他从咸丰三年起到同治二年这段期间，一直在前线带兵与太平军、捻军作战，权力最大时曾督办过安徽、河南、江苏三省军务。袁甲三为袁家聚敛了巨大的财富，赢得了崇高的名位。他的长子翰林院编修袁保恒、次子举人袁保龄以及侄儿举人袁保庆都跟着他打仗，立有军功。保恒后来官至侍郎，保龄官至中书，保庆官至道员。袁家成了项城最显赫的官宦之家。

兄弟们都在外打仗做官，家政便由树三长子保中以嫡长孙的身份主持。保中捐了一个同知官衔，却没有做过一天官。为对付太平军、捻军，他在家乡筑墙挖濠，修起一座有四处炮楼名叫袁寨的城堡，将自家和附近乡邻安置其中。咸丰九年秋天，保中的妾刘氏在袁寨里生下一个儿子，取名世凯，字慰庭。此子排行第四，在他之先，太太刘氏已生有二子：世昌、世敦，他还有一个同母胞兄世廉。世凯生下不久，胞叔保庆的妻子牛氏也生下一个儿子，但这个儿子很快夭折，牛氏心里悲痛，又恰遇刘氏奶水不足，于是世凯便由牛氏哺育，牛氏视世凯如同亲生一般。袁世凯降生在堡寨中，伴随着兵马战火长大，天天看到的是刀枪厮杀，听到的是鼙鼓炮声，从小锻炼了他过人的胆量和强悍的性格。五岁那年，大人带着他上城垣玩耍，这时正有一队捻军杀到袁寨下，鸣枪放炮，攻打吊桥，大人们都惊恐万状，四处躲藏。袁世凯仍站在城垣上面无惧色，并捡起一块小石子扔下去。他的父亲得知后惊异不已。

袁保庆年过四十仍无子，胞兄便把自己的第四子过继给他，那时袁世凯才七岁。不久，两江总督马新贻看中了袁保庆，调去南京任江南盐法道。这是一个肥缺，俸禄之外的银子源源不断。南京又是有名的古都，江山形胜，人文荟萃，袁世凯在这里一住六年，度过一段十分优裕而丰富多彩的少年时代。袁保庆为嗣子延聘了一个文武双全的举人做塾师。袁世凯对四书五经无兴趣，却迷恋舞枪使棒、骑马射箭，而且武功很好。那时太平军、捻军虽已平息，但西北战事仍很激烈，国家并未安定，需要军事人才。见嗣子志在兵戎，袁保庆也就不再强求他吟诗作文。袁世凯是吃牛氏奶长大的，牛氏非常疼爱他。保庆的妾金氏因为无出，也对他很好。牛氏、金氏不和，时有龃龉，保庆为之头痛，而袁世凯却偏能利用牛、金都喜欢他的有利条件，从中调和，化解怨仇。保庆于此看出嗣子的人事才能，知道他长大后可以做一个出色的圆滑官僚。袁保庆常常将自己的宦海心得讲给袁世凯听，着意培植。袁世凯从中学到了许多不曾见于书册的有用知识。有一段话，他记得最清楚。

那是袁保庆四十八岁生日这天，盐法道衙门大摆酒席，又请来江宁名伶来演戏助兴。十四岁的袁世凯坐在嗣父的身边，和他一起看戏。戏演到高潮时，袁保庆突然问嗣子："凯儿，你长大后想当官吗？"袁世凯答："想当。"袁保庆说："想当官是好事，但官也不容易当好。官场犹如戏场。你看台上演的这些忠孝节义、生离死别何等生动逼真，使我们闻之动心、观之泣涕，但这一切都是假的。戏子之难，就难在把假做成真。好的戏子，其功夫就下在这里。官场也是这个样子，最大的本事就在于作假的功夫技巧。若无此本事，或此等本事不佳的话，不但被戏子取笑，被百姓看不起，且自己在官场里也会混不下去。凯儿，你要牢牢记住我今天这段话，今后在官场才可以左右逢源，步步高升。"袁世凯瞪着两只又圆又亮的眼睛，将嗣父这段即景生情的格言深深地刻在骨头上。 袁保庆《自义琐言》："人言官场如戏场，然善于做戏者，于忠孝节义之事能做得情景毕现，使闻者动心睹见流涕。官场如无此好角色，无此好做工，岂不为伶人所窃笑乎？"

不料寿筵刚拆除，袁保庆便染上霍乱，离开了人世。袁世凯跟着嗣母回到项城老家。第二年，袁保恒从西北前线回家省亲，见袁世凯长得仪表非俗，又见他说起话来抱负不凡，很是喜欢，想把他琢成大器，便将他带到西北。不久，袁保恒奉调进京，袁世凯也跟着来到北京。袁保恒给侄儿捐了个监生，巴望他通过科举正途进入官场，遂在家里请了两个举人、一个进士教子侄辈读书，但袁世凯性子静不下来，诗文长进不大。十七岁那年回河南参加乡试，没有考中。这年冬天，他与比他大两岁的于氏结婚。第二年春天，他又去北京读书。冬天，河南大旱，保恒奉旨到开封府办赈务，袁世凯随侍在侧。袁保恒不幸在放赈时染病去世，袁世凯便又回到项城。

袁世凯生在有钱人家，又从小见过大世面，养成了大方爽快、挥金如土的习惯。项城几个穷秀才想办诗社，又苦无经费，袁世凯得知后便大力资助，穷秀才们则以社长头衔为酬谢。袁世凯并不作诗，却因此而当上了丽泽山房、勿欺山房两个诗社的社长，一时间居然成了项城的名士。

一天，一个年轻的书生慕名前来拜访。此人名叫徐卜五，字菊人，天津人氏，因家道贫寒，中举后在陈州府当塾师。徐卜五仪表堂堂，风度翩翩，袁世凯与之一见如故。晤谈之际，袁知徐能文善诗，学问渊博，必定是科场上的优胜者。徐见袁气宇轩昂，家世贵重，知袁绝非久在人下之辈。二人越谈越投机，便换帖拜了兄弟。徐年长四岁，袁称之为把兄；袁有钱有势，徐则依袁家的派号改名世昌。那时袁的长兄世昌已死去多年，徐改名世昌，正好补了这个缺。

徐世昌，字卜五，号菊人，祖籍天津，出生于河南，光绪进士，翰林院编修，后协助袁世凯创办北洋军，做过东三省总督、邮传部尚书、军机大臣、内阁协理大臣及北洋政府国务卿，1918年由段祺瑞的安福会选为总统，1922年被直隶军阀赶下台。晚年长住天津，直至病逝。

袁世凯当即拿出二百两银子送给把兄，要他辞馆一心准备明年的会试，徐感激不尽。第二年春天，徐世昌果然一举高中，点了翰林，二人关系更加亲密。袁世凯不愿老死乡间，走科举之路对他来说又很艰难，便干脆弃文就武，带着一班子弟兄们去投军。他投的是驻在登州帮办海防的淮军统领吴长庆。

吴长庆，字筱轩，安徽庐江人。淮军庆字营统领，累功迁直隶正定镇总兵、浙江提督。光绪八年奉命率部赴朝鲜平定兵变。光绪十年移防金州，不久即病逝。

吴长庆与袁世凯的嗣父袁保庆有过极不寻常的交谊。那一年，吴长庆的父亲吴廷襄在家乡安徽庐江办团练。一次，捻军将庐江城团团包围，情形非常危急。吴长庆奉父命来到宿州，请求袁甲三派兵救援。袁甲三当时亦在困境，派不派兵，心存犹豫，遂征求身边子侄们的意见。袁保恒认为围庐江的捻军势力强大，且自身危难，不能派兵。袁保庆却认为吴廷襄以绅士办团练，忠心可嘉，不能见死不救，力主派兵。双方都有道理，争执不下，袁甲三一时拿不定主意。待到第二天袁甲三决定派兵的时候，庐江城已破，吴廷襄被杀。吴长庆因此恨死了袁保恒，与之绝交，同时很感激袁保庆，与他磕头拜了把兄弟。后来袁保庆病死江宁时，吴长庆正带兵驻扎在浦口，一手料理了其后事，又对袁世凯说，今后若有什么事，可以来找他。就因这句话，袁世凯从项城来到登州。

吴长庆愿意照顾故人之子，却对袁世凯带来一班人的冒失举措很生气。他将同来的人都打发走了，仅留下袁一人。吴见袁尚年轻，仍希望他读书中举走正途，便叫家里的塾师张謇引导他读书。 徐凌霄、徐一士著《凌霄一士随笔》:“袁世凯之知名,起于在吴长庆戎幕时。张謇自撰年谱记其初入吴幕事云:‘项城袁慰廷世凯至登州，吴公命在营读书，属余为是正制艺。公语余曰，昔赠公以团练克复庐江，为贼所困，命赴袁端敏公军求救。端敏以询子侄。文诚公以地当强敌，兵不能分，主不救;侄笃臣以绅士力薄，孤城垂危，主救。迁延时日，而庐江陷，赠公殉。嗣与文诚绝不通问，而与笃臣订兄弟之好。端敏复命随营读书以示恤，义不应命。今留慰廷读书，所以报笃臣也。’” 这位张謇便是日后大魁天下的南通张状元，而那时也只二十七八岁，连举人都未中。 张謇，字季直，号啬庵，江苏南通人。光绪甲午科状元，授翰林院修撰，一生致力于实业与教育。光绪二十二年，经张之洞奏派总办通州商务局，并创办南通大生纱厂。二十六年筹建通海垦牧公司、上海大达外江轮步公司、资生铁冶厂等企业，并逐步形成拥有十九个企业的大生资本集团，又创建通州师范、女子师范及各类职业专科学校、中小学、博物苑、图书馆等。宣统元年，当选江苏咨议局议长。1912 年出任南京临时政府实业总长，1913 年出任北洋政府农林、工商总长，兼全国水利局总裁，后因不赞成帝制，辞职南归，晚年继续经营实业。张謇要他作八股文，他不作，问为何不作，他说大丈夫当效命疆场，安内攘外，岂能龌龊久困笔墨间自误光阴。张謇是个有大志的读书人，听了这话后不但不生气，反而欣赏他的气概，便有意安排他做几件实事，借以观察。袁世凯把这几件事做得井井有条，张謇于此看出了袁世凯的能力所在，对吴长庆说:“慰庭不是读书的料子，却是办事的好手，不如早让他参加军务，以资历练。”

恰巧这时朝鲜发生了内乱。朝鲜国王李熙是以旁支入继大统的，幼年时由其生父大院君李罡应执政。成年后，李罡应归政于他。李熙执政后，大权落入闵妃集团之手，李罡应很不满意，于是借士兵闹饷之机发动兵变，重新掌权。李熙向中国政府请援。当时朝鲜是中国的藩属国，中国有责任维护朝鲜政局的安定，于是决定派水师提督丁汝昌带军舰三艘、吴长庆带淮军六营东渡平乱。

出兵在即，各种准备事宜真可谓千头万绪，吴长庆接受张謇的建议，让袁世凯来经办，并限他六天完成。结果袁世凯只用了三天时间便一切就绪，吴长庆大奇之。船抵朝鲜南阳港，吴长庆命第一营营官刘镇村为先锋，次日登陆。刘请求稍缓。吴长庆立撤其职，命袁代理营官。袁只用两小时便部署完毕，即刻登陆。清军进汉城后，不少士兵抢掠百姓食物，袁杀了七个带头的士兵，很快刹住了抢劫风。丁汝昌与吴长庆设计了一个鸿门宴，让袁担任警卫。大院君不知是计，前来赴宴，袁以酒肉将大院君的卫队拦在门外。酒席上，丁、吴拘捕了大院君，将他押送中国，兵变很快平息，李熙复位。袁在这次平叛过程中，表现非常卓越，经吴奏请，袁得以同知补用，赏戴花翎。李熙也感激他，一次送他三个美女，他全部纳为妾。叛乱平息后，袁又帮助李熙整顿军队，训练士卒。后来吴长庆奉调回国，留下三营在汉城，以记名提督吴兆有为统带，袁总理营务处，会办朝鲜防务。

朝鲜的政局并没有完全稳定。有一派主张脱离中国投靠日本，袁说服吴主动出击，打败驻朝鲜日军，清除了亲日派。这一仗进一步提高了袁在朝鲜的威信，同时也助长了他干预朝鲜政局的气焰。袁一心想独揽清廷在朝鲜的军权，与吴兆有闹翻了，吴便处处压他。袁心灰意冷，回国休假。他通过堂叔袁保龄的关系攀上了李鸿章，向李禀报了朝鲜的情况，并提出自己的处理意见。李非常欣赏袁的才能，任命袁为朝鲜商务委员，并护送大院君回国。袁重到朝鲜后，调处了国王与大院君之间的关系，更受到李鸿章的器重。袁世凯一直住在朝鲜，作为中国的代表处理中朝之间各种关系。到光绪十九年，袁已升为浙江温处台道员，加二品衔，那时他不过三十四岁。这一年朝鲜发生东学党事件，日本、俄国都趁机插手朝鲜内政。袁世凯先是过低估计了日本的野心，待发觉后已无法遏制。到了甲午海战前夕，日本控制了朝鲜的政治局势，袁世凯处境狼狈，多次急电朝廷请求回国。那时中日即将开战，朝廷同意了他的请求，于是袁世凯改装易服混上平远舰，凄凉地结束十二年的朝鲜生涯，回到北京。紧接着海战爆发，中国一败涂地，袁世凯大受刺激。他清醒地认识到中国非变法不可，于是同情康有为的维新活动，参加了强学会，并解囊捐款，在高层官员中表现得很是突出。

项城籍举子整整叙说了一个多时辰，为家乡出了一位这样年轻有为又器识明达的人物而骄傲，但遗憾的是他从未与袁世凯本人有过任何交往，也不知袁住在哪里。不久袁世凯奉命去天津小站练兵，再后来杨度也离开了北京，终于未曾谋面。对于这样一位富有传奇性的人物，杨度极愿结识，三年前的恩惠也应该去当面道谢。于公于私，这一趟小站是必去不可的。但夏寿田劝他不要去，离会试只有十天了，真个是一寸光阴一寸金的时候，怎能花在这等事上呢？杨度却不以为然，他对会试高中充满信心，一来一去，顶多三天时间，不会有太大的影响。第二天中午，杨度踏上了前往天津的火车。

四 新建陆军统帅是当今官场上的凤毛麟角

天津城东南七十里处有一个地方名叫新农镇，当地百姓习惯叫它小站。小站虽地处北国，却水分充足，土地肥沃，自古以来，此地农民便有种水稻的传统，种出的“小站稻”品质优良，比南方稻米的味道还要好。二十年前，李鸿章看中了这块地方，他效法古人的军屯制，派一支淮军驻扎此地，一面屯垦，一面操练。海战爆发时，长芦盐运使胡燏棻招募十营新兵，按新式方法训练，这十营新兵取名为定武军。就在胡燏棻训练定武军的时候，袁世凯在京师召集一批才俊之士翻译各国兵书，成书十二卷，取名为《观海楼谈兵》。在当时人们的眼里，德国陆军为天下第一，袁世凯参照德国军制，结合自己多年带兵的经验，编写了《练兵要则十三条》。他将《观海楼谈兵》和《练兵要则十三条》呈送给军机大臣李鸿章、翁同龢及兵部尚书、总理各国事务大臣荣禄。朝鲜十二年的资历，再加上两部书，使袁世凯在执掌朝政的大臣们的心目中成为后起的第一号军事能人。他们交相上疏，保荐袁世凯，终于使得光绪帝召见了袁世凯，并派他取代胡燏棻训练定武军，另将胡调任芦汉铁路督办。

袁世凯来到小站后，对定武军大刀阔斧地加以改造，将兵员从原来的四千五百人增加到七千人，改名为新建陆军。新建陆军完全按照德国方式操练，聘请了十多个德国军事教官分别担任营务、炮队及马队教习，又设立德文学堂，以利中国军官学习德文。同时成立督练处，请来把兄徐世昌担任参谋，任命北洋武备学堂毕业的直隶人冯国璋为步兵总办，德国炮兵科留学生安徽人段祺瑞为炮兵学堂总办兼炮兵管带，正定镇标随营炮队学堂直隶人王士珍为工程兵学堂总办兼工程兵统带。袁世凯的新建陆军建立不到三年，便将原小站定武军的面目改造一新，引起官场内外的广泛注目。

下午三时，杨度在天津火车站下了车，随即换上骡车，黄昏时来到了小站。快到营房边时，突然听到一阵嘹亮的军号声。号声刚落，便看见一队队兵士从营房南边宽阔的练兵场走来。暮色苍茫中，但见这些兵士们几乎一崭齐的五尺高身材，簇新的灰色戎装长短合身，从膝盖以下一律绑腿，走起路来脚跟十分有劲。除开领队军官一二一的口号声，以及与之相配合的步伐声外，再无任何喧杂之声。杨度在伯父军营中生活了好几年，每逢初一、十五看到下操回来的绿营兵丁，几乎个个衣冠不整，神情疲惫，队伍七零八落，怨声骂声粗野的打趣声嘈嘈杂杂，与眼前的新建陆军比起来，一在天上，一在地下。“袁慰庭是一个将才！”杨度从心里发出赞叹。正感慨系之的时候，军营外的炮台射出三发号炮，从各个营房的伙房里走出几个伙头军，兵士们十人一堆席地而坐，就在土坪上吃起晚饭来。

杨度走到一个军官模样人的面前，打听督练处参谋徐菊人先生。那人将杨度带到一所四面有围墙的楼房面前，告诉他这就是督练处。门边的一个卫兵走上前来迎接，得知杨度来自京师，欲会见徐翰林时，便客气地请他稍候，自己进去禀报。一会儿，出来一个二十多岁身材挺拔的军官，将杨度迎进楼房。军官极有礼貌地告诉杨度：徐翰林陪袁大人去天津谒总督荣禄大人去了，明天下午回来。说完后又安排人招呼杨度喝茶抽烟，吃完饭后又陪着杨度闲聊了一会儿，然后把杨度领进一个舒适的客房，说：“杨先生今夜就在这里安歇，隔壁有当差的士兵，随叫随到。”说完告辞，出门时又替杨度把门轻轻地带上。杨度感到十分满意，又觉得新奇，他自然而然地又与归德镇的绿营比起来。伯父的部属，除几个幕僚外，几乎全不知礼貌为何物，对寻常来访者，一律待之以冷漠，对京师和省城来巡视的大员则又是一副既畏惧又讨好的卑琐之态。杨度很看不惯。“这里有一种八旗绿营军中没有的风气！”初次表面接触，杨度作出了这个判断。

习惯于晚睡晚起的杨度，直到上午九点多钟才醒过来。他刚穿好衣服，挪动一下凳子，便有一个十六七岁的小兵端着洗脸水，轻轻地推门进来。杨度见这个小兵长得可爱，笑着问：“我刚起床，你怎么就知道了？”

小兵略带腼腆地回答：“我一直在门外守候着，听见响声，知道先生起床了。”

杨度觉得有点过意不去，问：“你们什么时候起床？”

“夏天秋天五点半，冬天春天六点半。”

“当官的呢？”

“都一样。”小兵不假思索地回答，“上自袁大人，下至我们这些小勤务兵，一律都是这个时候起床。”

杨度心里有些惭愧。小兵又送来早点：一碟葱油饼，一碟白面馒头，一大碗豆浆，一小碟酱大头菜。依次摆好后，小兵说：“先生，徐翰林已来过两次了，过会儿还会来。”

杨度惊问道：“不是说徐翰林今下午才从天津回来吗？”

“徐翰林和袁大人一道，昨天深夜回来的。”

杨度脸一红，匆匆吃了早饭。小兵刚收拾好，一个四十多岁的中年男子已远远走了过来。杨度见来人身材高挑，风度儒雅，知道一定是来过两次的徐世昌了。杨度也没有见过徐世昌，只听得徐致靖说他这几年在翰苑并不得意，既未点过乡试考官，又未放过学台，是个不走运的黑翰林，他在小站是兼差，为袁世凯办事，袁给他支一份薪水，一来借用他的才干，二来也周济他的清贫。

“皙子先生，让你久等了。”徐世昌快步走上前来，伸出双手，欲行西方式的握手礼。杨度对这种礼节还不太习惯，见主人已伸出手了，也只得把手伸出去。

“菊人先生，听说你今早已来过两次了，真对不起！”

“没有什么，我一向好睡懒觉，只是来到军营，才不得不入乡随俗，至今仍不习惯，一天到晚总想打瞌睡。”徐世昌爽快地笑着，有意冲淡客人的窘态，说话之间，二人走进了会客室。

这里的摆设完全是德国式的：墙上挂的是莱茵河风光的大幅油画，地上镶嵌着来自柏林的彩色瓷砖，宽大笨厚的牛皮沙发之间摆的是磨石大茶几，茶几上放着咖啡、方糖和几本满是洋文的小册子。

徐世昌指着茶几说：“喝点咖啡吧！”

“好！”杨度还从没有喝过这种东西，很好奇。

一个勤务兵进来，给他们冲了两小杯咖啡。杨度坐在松软的沙发上，品了一口放了糖的咖啡，觉得一切都很舒适。他把徐致靖的信掏出来递给徐世昌。

徐世昌拆开来，迅速地看完后，笑着说：“徐老先生德高望重，器识宏通，奖掖后辈不遗余力。老先生能收下慰庭为门下士，这是慰庭的荣幸。所命策题，他一定会尽心做好，只是麻烦先生亲自送来，实在过意不去。现在先生既然来了，则安心在这里住两天，对新建陆军多多批评指教。”

杨度说：“菊人先生客气了。度乃一介书生，平日里虽也喜欢跑马舞剑，读点兵书，其实不过小儿游戏，纸上谈兵罢了。昨日抵达小站，已临薄暮，见兵士们收操回来队伍整齐，气概昂扬，又见营风整肃，井然有序，真是受教不浅，佩服无已！”

“哪里，哪里，皙子先生过奖了。”徐世昌的脸上浮起优雅的笑容。

“菊人先生，昨天听说你和袁大人去了天津，怎么这么快就回来了？”

“是的。”徐世昌答，“前天我陪慰庭到天津，向荣大人禀报关于再购买一千杆德国新式步枪的事，原定今天下午回小站，这个月发放薪水的日期推迟一天，明天发。昨天慰庭说，发薪水还是不推迟为好，兵士们都等着钱用。于是赶紧办完公务，乘夜班车赶回来了。”

杨度觉得奇怪，发薪水自有营务处的官员们料理，只需各营营官到营务处统一领取，再回去发放就是了，哪里还要一军统帅来亲自管这种琐事！杨度在归德镇几年，从来没有见伯父管过这事，连兵士们哪天开饷他都不知道。杨度以怀疑的口气问："袁大人难道还亲自给兵士们发饷？"

"从到小站练兵的第一个月起直到现在，慰庭每月都自己亲手给每个兵士发饷。他常说，俗话讲当兵吃粮，当兵就是为了吃粮，饷对兵士们来说是第一重要的事情。绿旗军营中克扣兵饷的现象普遍存在，兵士们怨气很大，所以军队无斗志。除克扣外，当官的还通过截旷和扣建，把朝廷大批银两攫入私囊，当不了几年将官就发了横财，但兵却越练越糟。慰庭说甲午海战失利，这也是一个主要原因。为了杜绝这种现象在新建陆军中出现，故他不管多忙，都要坚持每月按时开饷，自己亲自监督。"

"啊！袁大人真了不起！"杨度不由得脱口赞叹。他熟悉绿营情况，知道所谓的截旷和扣建，是当官的侵吞军饷的普遍手法。军饷的预算是全年的，这一年中常有兵员的出缺和替补，这中间难免日期不相衔接，这不相衔接的兵饷需要按时扣除，此谓之截旷。当时计算日期，均按农历每月三十日，遇小月只有二十九天，称为小建，则扣除一天，只按二十九天实发，名曰扣建。按理这两笔款子均应上缴国库，但营官们几乎都不交上来。杨度的伯父宽容部属吞没截旷和扣建，说部属们辛苦，打起仗来脑袋就别在裤带上，这两个钱就让他们得吧！杨度知道，袁世凯亲自发饷，各营营官就得不到这两项分外之财，这两笔银子便统统归他所有了。"厉害！"他在心里称赞。

"现在慰庭正在操场上监督发饷。他对我说了，发完饷后专门来看你。"

"不敢当，不敢当！"杨度忙说，"菊人先生，过会儿，我们到操场上去看看袁大人发饷吧！"

"行，我陪你去。"

接着，徐世昌向杨度介绍了新建陆军的情况。新建陆军现有步兵营十四个，骑兵营五个。营下设队，队下设排，排下设棚。以往，营官均由北洋武备学堂毕业的优秀学生充任。近两年军中办起许多学堂，除德文学堂外，还有炮兵学堂、步兵学堂、骑兵学堂。这些学堂负责培养棚以上各级军官，分高级班和初级班两种。高级班以《观海楼谈兵》、《练兵要则十三条》为主要教材，初级班以《新建陆军兵略录存》、《训练操法详晰图说》为主要教材。初级班的这两种教材也是袁世凯自己写的。又规定，凡营官队官必须由高级班毕业方可充任，排长棚长必须由初级班毕业方可充任。这样一来，全军上下人人奋发，争取进学堂图个出息。新建陆军于是出现了一股迥异各地旗兵各镇绿营的新气象。

徐世昌的简单介绍，使杨度听得入迷。小站的新建陆军训练得如此出色，京师中关于袁世凯能干的传说的确不是虚夸。

看看时近正午，徐世昌请杨度吃午饭。杨度问："练兵场上的饷发完了吗？"

"还早得很哩！"徐世昌微笑着说，"七千号人，一人一份，要一整天才能发完。"

"这个时候还发吗？袁大人和营务处的老爷们难道就不吃中饭了？"杨度奇怪地问。

"发饷这天，中饭在操场上吃，慰庭和所有官兵一样，一律四个鲜肉大包，一碗菜汤。未领饷之前，操练步法枪法，领了饷后继续操练。因为这一天发饷，大家的劲头格外足，从早练到天黑都不觉得累。"

真是新鲜！杨度起身说："菊人先生，我今天也不在这里吃饭了，我也去操场领一份四个大包一碗菜汤吧！"

"皙子先生有这份兴致，真是太好了，我陪你一道去！"

走出军营，将到操场边角时候，一阵阵飞扬的尘土夹杂着喊杀声便朝着杨度扑面而来。走近一看，操阵法的，练枪法的，格斗对打的，摸爬滚卧的，一幅热烈雄壮的练兵图便出现在眼前，很有些翻江倒海、龙腾虎跃的气概。杨度眼界为之一开。

走到操场偏远的北角，这里另是一种气象。只见红、蓝、黄、黑、橙五色白虎旗下分列着五营骑兵，一色的高头大马上坐着甲胄鲜亮、刀枪耀眼的骑士。前面用几张木桌拼成了一副长形案板，案板边的正中座位上坐着一个全副武装的中年人，两旁分站着四五位执事人员。其中一人捧着厚厚的花名册，一人在旁大声唤名字，一人从一个大木箱里取出一锭锭小银块，另一个接过递给前来领饷的骑兵，还有一人屁股上吊着一把尺多长的盒子炮在旁边游弋。整个场面除呼名、应答及偶尔的战马鸣叫之外，再无其他声音。清风吹拂，五色白虎旗迎风飘扬。杨度看在眼里，叹了一口气说："诗曰'萧萧马鸣，悠悠旆旌'，这不就是咏的今日眼前的情景吗？菊人先生，看来坐在那里监督发饷的人，就是当今'展也大成'之统帅袁大人了！"

“正是。”徐世昌点头说，“你在这里等一会儿，我先告诉慰庭一声。”

“不要打扰他了，我们到旁边去瞧瞧。”杨度拉着徐世昌的手，两人向东边走去。

“菊人先生，一个兵士月饷多少？”

“兵士分三个类别发饷。陆军又叫正兵，月饷白银四两五钱，骑兵比正兵多五钱，工兵比正兵少五钱。”

“月饷很高哇！”杨度说，“现在京师一石白米卖一两五钱银子，四两五钱可以买三石白米。这样说来，一个正兵可以养活四五口之家了。”

“是的，比绿营要高点，又加之从不克扣，所以新建陆军的士气高昂。”

来到工兵营的时候，他们正在挖操场的排水渠，既练了兵，又有实际作用。这时伙房送来了午饭。徐世昌和杨度跟工兵们一起在操场上吃了一顿关饷饭——四个大肉包，一碗菜汤。吃完饭后，徐世昌把杨度送去驿馆休息，自己又回到操场，协助袁世凯监督发饷。

晚上，杨度吃完了饭，坐在牛皮沙发上喝茶。昨天匆忙上车，忘记带水烟壶，现在烟瘾发作了，又不好意思向勤务兵要，正在喉咙痒得难受的时候，门被推开了，徐世昌陪着一个人走了进来。杨度一惊，不待徐世昌介绍，便说：“袁大人吗？请恕我未能远迎。”

“杨皙子先生，欢迎你来小站视察。袁某今日发了一天的饷，请教来迟，还望多多包涵。”说完伸出一双大而厚实的手，杨度忙将手伸过去，趁着握手的机会，杨度将袁世凯仔细地打量了一番。

这是一个四十岁左右的人，脑袋出奇的硕大圆滚，眉毛粗壮，双眼大而明亮，精光逼人，鼻梁端正，厚厚的嘴唇上蓄着浓密的短须，身板异常的宽厚结实，个头很矮，要比杨度低半个脑袋。

粗粗的第一眼印象，使杨度感觉到，眼前站立的这位新建陆军的统帅有一种常人没有的仪表气概。联系昨天的所见所闻，想起三年前他的不凡举动，杨度立刻神情庄重，肃然起敬。

“请坐，坐下说话。”袁世凯指了指沙发，说话间自己先坐了下来。当杨度也坐下的时候，却惊异地发现，此时袁世凯却显得很高大，似乎要比自己高出半个头。袁世凯操着浓重的豫东口音问：“抽这个吗？”

说着从上衣口袋里掏出一个金光闪闪的扁盒子，打开后露出并排摆着的五支黑黄色雪茄，他从中间抽出一支给杨度。杨度平时抽的是水烟，当时这种进口的外国雪茄很贵，一般人抽不起，杨度也没买过，现在正值烟瘾发作，再加上出于新奇，他不加推辞，伸手接了过来。袁世凯自己也拿了一支放在口里，又掏出洋火，先给杨度点了，然后再自己点。杨度轻轻地吸了一口，立时感觉到一股奇妙的香味充塞口鼻，十分惬意，于是又重重地吸了一口烟下去，霎时间通体舒服，精神倍增，心里想，还是洋人造的这种东西过瘾。

“皙子先生，谢谢你亲自送来徐学士的策论题目，请你转告老先生，我一定会按期做好送上的。”袁世凯吐出一口淡淡的轻烟，神态显得悠闲，一天的劳累似乎没有在他身上留下任何痕迹。

“袁大人，我这次到小站来，既是奉徐老先生之命，也是自己极想拜谒您，当面表示我的谢意。”

“皙子先生有什么要谢鄙人的？”袁世凯笑着说,露出一口整齐的白牙。

袁的笑意谦和平易，完全没有那种长期带兵将领的威凌肃杀之气。杨度乐于与这种人交往。“袁大人，您可能早已忘记了，三年前在松筠庵，我一时兴起，当了皮袍买酒喝，是您第二天派人将皮袍赎回，又送到长郡会馆。多亏了您的慷慨帮助，不然的话，往后的那几天倒春寒，我还真的过不了哩！”

“哦！”袁世凯取下放在嘴里的雪茄。他抽得很凶，一支肥大的雪茄只剩下一半了。“你一提起我就记得了。你在北京住得不久，不知北京的天气，再没钱用，不过清明是不能当皮袍子的呀！”说罢哈哈大笑起来。

徐世昌也跟着一起笑。他因早年家境贫困，一直保留着节俭的生活习惯，衣着朴素，不抽烟，甚至茶也很少喝。他插话:“京师俚语说，三月天，皮换棉，八月中秋节，兔子窝里歇。一年到头，冷的日子多，热的日子少。”

杨度说 :“当时送皮袍来的人说了一句话便走了，我也不知道大人住在哪里，问梁卓如他们，也不知道，故而一直无从致谢，心里想起来常觉惭愧。”

“区区小事，不必言谢。”袁世凯诚恳地说，“何况先生当袍沽酒，歃血盟誓，愿为大清王朝的强盛勇赴国难，此乃真正的慷慨热血之士，最为袁某人所敬重，倾囊结交犹恐不及，何谢之有！京师爱国志士的集会，只要有空，鄙人就亲自前去聆听，每每得益甚多。那次松筠庵集会，恰因俗务缠身，一时不能前去，特派小儿克定去听。克定回来后与我说起此事，我马上就叫他安排人赎回送去。”

袁世凯的一口豫东话干脆利落，没有当时官场那种含糊敷衍的习气。杨度从未见过这样的干才，又见他对关心国事的年轻书生深表赞许，更在心中增添一番敬意。杨度平日接触的多是不负实际责任的读书人，激昂有余，冷静不足。这是一个难得的好机会，他要认真听听这位正在脚踏实地做着富国强兵事业的有为官员，谈谈对国是的看法。

“袁大人，你多年扬威海外，久为国人钦仰。我昨日抵达小站，亲见营风整肃，士气昂扬，今日又在操场上观看兵士的军事演习，技艺娴熟，士腾马跃，又见大人亲自监督发放饷银，力矫军营陋习，并世难找第二人，可见在海外的军功得之实非偶然。又知大人忧国忧民，以大清王朝自强为己任，对国是深有洞察。杨度虽一介书生，身无半职，手无寸权，却天生喜谈国事，爱做忧天之杞人，今欲竭诚向大人求教，想大人当会不吝赐予。”

“皙子先生，你太客气了，要说对国事的思考，康南海先生、梁任公先生以及你们这班强学会、保国会的先生们都研究得很深透。鄙人长期在海外，对国内情况知之不多，这几年缩在小站这块地方，又很闭塞。不过，我很愿意与你共同商榷救国大计。你有什么想法，我们随便聊聊吧！”

见袁世凯爽快地答应了，杨度很高兴。他说：“我想先请教下，甲午那年的海战，到底是那一仗的失败，还是我们整个大清国对小日本的失败？”

袁世凯立即回答：“甲午年的海战，以海军全军失败为结束，其实是我们整个国家惨败于日本帝国。皙子先生，鄙人对你说件事。那年日本驻扎朝鲜的军队陆续由六千人增至一万二千人，在汉城周围挖掘战壕，修筑哨垒，同时鄙人又截获了他们秘密调遣海军的命令。情况很明显，日本会有大规模的军事行动。鄙人鉴于此，向朝廷发电，请求再增派军队来朝鲜，希望以压倒优势震慑日本，使他们放弃军事行动的想法，但朝廷没有回音。而后一连十个电报，均石沉大海。无法，鄙人只得回国。朝廷对形势估计错误，以为日本不敢开战。海战在我们无任何准备的情况下爆发了，我们终于坐失良机，最后全盘败给日本。”

袁世凯说到这里，又换了一根雪茄，猛地抽了两口，像是对当年的失误感到极其痛心似的。

杨度的胸口也有点沉闷。他喝了一口茶问：“袁大人，现在有识之士鉴于甲午年战事的失败，深以为中国非变法不能自强。听徐老先生说，皇上也亟欲起用一班有才识的人，并马上要诏告天下以定国是。但官场上除湖南湖北等个别省实行维新外，大部分都在等待观望。袁大人，你以为中国的维新变法有成功的可能吗？”

昨天深夜，袁世凯、徐世昌一回到小站，营务处的官员便把杨度持徐致靖信前来拜访的事禀报了。袁世凯和徐世昌心中有数，知道这表明徐致靖有推荐之意，二人仔细地商量了一番。这时，袁世凯略微思考一下说：“自古以来无不易之法，时至今日，国家内而不能抗灾，外而不能御侮，若还循先前旧法，不思改弦易辙，岂能摆脱困境，岂能转弱为强？所以鄙人从心里拥护皇上维新自强的决定，只要皇上圣心坚定，事情就好办了。现在有许多人之所以还在观望，就是未见皇上下定决心，故明定国是之诏必须早下，以此安定全国臣民之心。鄙人一向认为维新变法一定会获得上下支持，一定会成功的。”

袁世凯的语气十分肯定。杨度心想，这是一个见事明晰、自信心极强的人。徐世昌一直全神贯注地听着，这时也插了一句：“这是慰庭的一贯看法，他常常以此来坚定小站全体将官的心。”

杨度点点头，又问：“袁大人，你的信心将会使皇上增添一份力量，也会使康长素、梁卓如、谭复生等先生得到鼓舞。我还想问一句，您认为哪些陈法是当务之急非变不可的？”

袁世凯又深深地吸了一口雪茄，然后以坚定有力的口气说：“当务之急，一在改官制，二在废科举，三在练新军。改官制以利朝廷政令畅通，废科举以利选拔真正有用的治国人才，练新军以荡涤绿营的暮气，使军队能真正起到保国御侮的作用。”

袁世凯的想法与梁启超、谭嗣同的想法竟然完全一致，使得杨度大为感动，他决定要将在小站所亲见的一切，一点一滴地向徐致靖禀报，请老先生相信，新建陆军统帅是当今官场上的凤毛麟角，他手下的七千新军是一支强大的力量，要维新，要变法，非得重用他不可。他激动地对袁世凯说：“袁大人，我今日听了你的指教，所获比松筠庵多次集会的还多。明日回到京师，一定将大人的所教所为和新建陆军的训练成绩向强学会和保国会的诸君大力宣传。”

“皙子先生，鄙人谢谢你了。”袁世凯又一次握紧杨度的手。

吃晚饭时，袁世凯和徐世昌亲自陪着杨度。袁世凯一再劝酒劝菜，殷勤备至。杨度喝得醉醺醺的。第二天上午，袁世凯亲来驿站送行，徐世昌则一直陪送到天津火车站，临下车时，又送上一千两银票，说是慰庭赠的车马费。杨度大为意外，惧不敢收，但徐世昌反复陈说袁世凯的爱才惜才的心意，请他务必收下。杨度想，对方既然出于至诚之心，而自己也的确缺这个东西，推辞几次，也便收下了。

火车风驰电掣般地向京师奔去，杨度坐在车上兴奋不已。虽然只是短短一天多的接触，他已认定袁世凯是个英雄，并预感到袁和袁的新建陆军将在中国大地上迅速崛起。

五　江亭初题《百字令》：西山王气但黯然，极目斜阳衰草

回到京师，杨度在徐致靖的面前将袁世凯大大地吹嘘了一番。这时离会试只有六天了，他不敢再分心，遂和夏寿田一起闭门用功。

会试下来，杨度自我感觉很好，谁知金榜公布后，却并不见他的名字。他素来自视甚高，不料再次告罢，心中十分懊恼。夏寿田虽中贡士前列，他生性沉静，并不欣喜若狂，安慰杨度后，自己继续用功。到了殿试张榜时，竟赫然高中一甲第二名，成为戊戌科的榜眼。

按规定，一甲三名免去朝考直接进翰林院，于是夏寿田随即被授予翰林院编修。二十年寒窗苦读，皇天没有辜负有心人，二十八岁的夏府大公子终于一举成名天下知。喜讯传出，京师的湘籍官员们无不觉得脸上很光彩。原来，有清一代的鼎甲，大半部分被江南举子所占据，从顺治丙戌科起到本科，共计举行了一百一十科，湖南籍鼎甲中只有嘉庆乙丑科的状元彭浚、探花何凌汉，戊辰科的探花石承藻，己卯科的探花胡达源，道光乙巳科的状元萧锦忠，同治癸亥科的榜眼龚承钧，戊辰科的榜眼黄自元，光绪庚辰科的榜眼曹诒孙、探花谭鑫振，甲午科的榜眼尹铭绶、探花郑沅、乙未科的探花王龙文，加上夏寿田仅十三人，故显得极为珍贵。

半个月来，新科榜眼夏寿田忙于领恩荣宴，诣孔庙行拜谒礼，公请座师房师，出席各种宴会，真个是日日酒席，夜夜笙歌，享尽了人间的光彩荣耀。相形之下，杨度则显得冷落凄凉。梁启超等人安慰他，并请他留在京师一道参与变法。他虽答应了,但心里总感到压抑。夏寿田对杨度说:“皙子，你不应该难受，你应该高兴才是。”

杨度不解：“名落孙山还有什么可高兴的？”

夏寿田说：“你还记得那年与广钧在碧云寺数罗汉的事吗？看来，碧云寺的罗汉是灵验的。”

一句话提醒了杨度。是的，那夜数罗汉，夏寿田的预兆是大魁天下，自己的预兆是名列宰相。既然在夏寿田的身上已经灵验了，岂不是说自己今后也有应验的一天吗？想到这里，杨度果然高兴起来，并劲头十足地为夏寿田购置新居当参谋。这时，中国近代史上具有深远意义的维新运动正拉开了序幕。

先是，光绪皇帝正式颁布了“明定国是”的诏书。第三天，徐致靖即

上疏推荐康有为、黄遵宪、谭嗣同、张元济、梁启超。几天后光绪帝又第一次召见康有为，任命他为总理衙门章京行走，特许他专折奏事。接着又召见梁启超,命以六品衔办理译书局事务。又命谭嗣同迅速进京,以备大用。同时又连下两道上谕，废除乡试会试及生童岁科试八股，改用策论。再接着又出现了支持越级上疏的礼部主事王照，一次革除礼部六位堂官的轰动新闻。这期间，废除旧制、推行新政的上谕也一道接一道地下发。

正当维新运动以强有力的形式推行之时，枢垣却出现了一件极为微妙的事情。

明定国是的诏书颁布不久，新政的主要支持者、光绪帝的师父协办大学士军机大臣翁同龢，在他六十九岁生日那天，突然接到罢免一切职务立即回籍的上谕。先一天，翁同龢还在弘德殿与皇上畅谈新政宏图，力劝皇上接受徐致靖的推荐，早日超擢梁启超、谭嗣同等人，改组军机处，并考虑予袁世凯以重任，皇上都一一点头赞同。不料一夜之间突然发生变故，翁同龢目瞪口呆，百思不解，想面见皇上陈述，皇上拒而不见。无奈，只得收拾行装，含泪离开京师。此事在官场士林中影响极大。有人说这是今科状元没点好，不该点夏同龢，“夏”者“下”也，“夏同龢”者，“下”同龢也。但更多的人认为,这只是一种玩笑之辞,背后可能有很复杂的原因。

紧跟着慈禧太后采取了几项措施。一是任命亲信荣禄为直隶总督，统率包括袁世凯新建陆军在内的北洋三军。二是命亲信刑部尚书崇礼兼署步军统领，执掌京师警卫大权。三是任命亲信刚毅管理健锐营，命怀塔布管理八旗官兵、包衣三旗官兵及鸟枪营事务，并更换了一些要害部门的都统。这几项措施的结果是剥夺了光绪皇帝的军权。之后，慈禧太后又规定，凡补授的文武一品和满汉侍郎，新任命的各省将军、都统、督抚、提督等官员必须向她谢恩和陛见。这个规定实际上是夺去了光绪皇帝对大臣的任免权。京师官场对这些现象议论纷纷。杨度想起那年碧云寺中曾广钧说的帝后两党的明争暗夺，他预感到新政的前途已被浓重的阴影所覆盖。杨度刚从科场失利的沮丧心情中解脱出来，又被政坛多变的严峻局势拖到忧郁之中。就在这时，他和夏寿田收到了王闿运托折差带来的紧急信件。湘绮先生首先对夏寿田的高中表示祝贺，说门生的成功为他的老脸增了光，接着便命令杨度迅速离开京师南归。信的最后有这样几句颇令他的学生深思的话：“书痴，古人云月晕而风，础润而雨，又曰空穴来风，桐乳致巢，你身处是非旋涡之中，稍不慎便有灭顶之灾，难道一点都没有觉察到吗？”

京师的局势太令人捉摸不定了，夏寿田眼见杨度卷入旋涡已深，也劝他回湘安心再读三年书，以下科夺得状元为上策。杨度终于拿定主意，从师命回东洲读书。此时谭嗣同尚未进京，杨度遂向梁启超、徐致靖等人告辞。梁、徐猜想他主要原因是会试不中，心情抑郁，便也不再强留，背地里谈起来，不免有"皙子功名心太重"的感叹。

明天就要离京了，夏寿田为挚友远别而依依不舍，他提议今天去游江亭，就在那里略备薄酒权作饯行。杨度同意了。

江亭在京师城南右安门内。康熙三十四年，户部郎中江藻在辽金古寺慈悲庵建花厅三间，取白居易诗"更待菊黄家酿熟，与君一醉一陶然"之意，名之曰陶然亭，而京师人习惯依建亭人之姓，叫它江亭。江亭地处闹市之外，周围一带是洼地，终年积潦不干，芦苇丛生，凫鹤翔集，清野芜静，充塞着一派山村之气，因此成为京师那些厌倦了城里纸醉金迷喧嚣尘杂生涯的官员和士大夫们的最好休憩之地。偶有闲暇，他们便携三朋五侣来这里散散步、看看水鸟、喝喝酒、吟吟诗，求得一天半日心灵的洁净。

杨度、夏寿田来到江亭时，此地已有不少游客了。他们先没有进花厅，而是绕着洼地漫步，慢慢地远离游人，进入芦苇丛中的时候，四周变得更加的宁静清幽。放眼望去，满眼尽是青青翠翠的芦秆芦叶，侧耳谛听，耳中只闻野鸭呷呷，山雀啾啾；抬头仰观，则是湛蓝湛蓝一碧如洗的天空。夏寿田感慨地说："天地赋予人间这么美好的景物，只可惜世上的人忙于生计，忙于名利，少有这份闲心来享受，真可谓辜负了春光，冷淡了韶华。"

杨度笑着说："你偶尔来这里走走，觉得有味，若长期住下，必定会闷死的。"

正说着，他看见一个背猎枪的人远远走来，那人的后面跟了条狗，于是指着远处说："你若不信我的话，去问问此人如何？"

夏寿田说："行，我们去跟他随便聊聊。"

那人走近了，的确是个猎人，年纪在三十岁左右，满脸黑污，头发胡须杂乱如同茅草，身上的衣服又脏又破，老旧的单管猎枪上挂着一只野鸭子，连那只狗都毛发粗糙，瘦骨嶙峋，仿佛饿了好几天似的。

"大哥，打了些什么好野味？"看看猎人走近了，杨度上前去打招呼。

"今天倒霉，大半天了，也没打着什么，就这只野鸭子。"猎人把单管猎枪取下，野鸭子从背后移到了前胸。

杨度想起这个野鸭子正好做个下酒之物，便问："卖吗？"

"卖。"猎人见来人原来是买野味的，本来阴沉沉的脸立即开朗了。

"多少钱？"

"一百文。"猎人有意抬高一倍的价。

"行，卖给我吧。"杨度从怀里掏出一块约值二百文的碎银。

"先生，我没有钱找。"猎人说的是实话，他原本没打算在这里做生意。

"不要找了。"杨度一向大方，慢说一百文钱，得意之时，就是一百两银子，他也可以随手送给毫不相识的人。

"这就谢谢了。"猎人得了便宜，脸上露出了笑容。

夏寿田问："大哥，你就住这一带吗？"

"对，家离这里有五里地。"

"平时都做些什么？"夏寿田又问。

"种庄稼。"猎人答，"闲时就在这洼地打点野物，摸点鱼虾，换两个零钱用。你们是城里来的？"

夏寿田点点头。

"我知道你们是来散心的。我带你们去一个地方，那里的风景比这里好。"也许是回报多收的一百文钱，猎人一下子变得主动热情起来。

杨度、夏寿田在猎人的带领下走了一里多路，忽见眼前现出一排高耸笔挺的白杨树来，树边有一条弯弯曲曲的小溪，晶莹透亮的溪水悄悄地流进芦苇丛中的洼地，溪上横跨着一座小平板石桥，石桥旁边有几个做工粗糙的石凳。这里视野开阔，富有诗意，与刚才的洼地相比，又别有一种趣味。走了个把时辰，两人也累了，就在石凳上坐下休息，也招呼猎人一起坐坐。猎人坐下，那只瘦狗蜷缩在主人的脚边，不停地摇尾巴。

"大哥，家里几口人，日子还过得下去吗？"夏寿田问。

"家里七口人吃饭。"猎人叹了一口气，"什么过日子，到世上来变人，真是活受罪。"

猎人的脸又恢复到先前的阴沉了。一句话堵得夏寿田不好再问下去，看看他那一身穿戴，也可知日子过得是挺艰难的。杨度忽然想起了安慰的法子，大声说："大哥，不要担忧，过一两年就会好起来的。"

"怎么会好起来呢？"猎人皱着眉头问，这话显然没有给他带来兴奋。

"皇上已下了诏书，要变法了，你听说了吗？"

"皇上要变法？"猎人大为吃惊，"变什么法，怎么个变法？"

此地离紫禁城不过二三十里地，真正是天子脚下的子民，居然对闹得天翻地覆的维新变法懵然不知，热衷于此事的杨度不免气沮，喉咙哽了一下后还是作了解释："皇上要变法，就是把过去的旧法子去掉，立新法子。新法子立起来后国家就富强，老百姓的日子就好过了。"

“立新法子？”猎人似乎明白过来，“请问先生，新法子里有没有说把田分给我们庄稼人？”

分田！这不是当年太平天国的主张吗？他想到哪里去了！杨度摇了摇头。

“不分田给我们，是不是今后可以少给官府交粮谷呢？”猎人又问。

轻赋！这几年赔款赔得朝廷一贫如洗，皇上恨不得给各省加赋增税，主张变法的书生们谁也不敢说轻赋的话。杨度只得无奈地又摇了摇头。

猎人彻底失望了，脸色阴沉得可怕。他站起身说：“既不分田，又不少收粮谷，庄稼人的日子从哪里好过起？这变法有屁用！两位先生自个儿在这里观风景吧，我要打猎谋生去了。”

说完喊了声“来富”，那瘦狗立刻站起，使劲地颤几下，便跟着主人走了。

夏寿田望着杨度呆呆的傻样子，说：“一个种田打猎的人懂得什么！你跟他大谈维新变法，不是自找没趣吗？走，我们到亭子里去，把这只鸭子炒了，痛痛快快地喝几杯去。”

二人走出洼地，来到江亭，拣了一个临窗的桌面，把买来的野鸭子交给酒保，要他来个一鸭三吃：肉蒸，内脏炒，骨头熬汤。然后要了一壶仿唐名酒万里春，点了四个菜，两人便对酌起来。

夏寿田的兴致很高，谈诗文，谈翰苑掌故，谈这几年的东洲同窗生涯，颇有点春风得意的味道。杨度本来就有心事，再加上被猎人这么一冲，更是兴味索然了。他信口应酬着夏寿田的高谈阔论，脑子里猎人那句“这变法有屁用”的话总不时浮起，又想起朝廷中的明争暗斗，变法前景黯淡，又想起袁世凯虽信誓旦旦支持变法，但他的顶头上司荣禄是太后的死党，且荣禄还掌握着聂士成的武卫军、董福祥的甘军，这两支人马合起来，要远远超过新建陆军。后党如果真的动起手来，帝党岂能抵挡得了？维新变法啊，看起来是凶多吉少！几杯酒吞下后，杨度心中千头万绪如乱麻，满腹忧国忧民之愁都随着酒兴而涌起，看着几个游人正在新刷的白粉墙上题诗，他从账房柜台上抓起一支大毛笔，快步走到墙边，略加思索，便在上面飞快地写起来：

百字令·江亭抒怀

登临眺远，见幽燕大地，风高云扫。西山王气但黯然，极目斜阳衰草。果儿未熟，花瓣落尽，雏燕愁已老。一番浓兴，且付野山荒岛。　却思尧舜基业，汉唐江山，何时已杳杳？空有诸葛济世才，困隐茅庐谁晓！不如归去，随牧童樵子，摘捡梨枣。书生意气，徒招万千烦恼。

在杨度挥毫题壁的时候，夏寿田一直注目细看，当读到“西山王气但黯然，极目斜阳衰草”的时候，心里不觉叫道：“皙子，你太悲观了！”新科榜眼毕竟处于人生最得意的时刻，他对皇家的恩德感激莫名。尽管他也和许许多多的士人一样蒙受了国耻，对国是日非也痛心疾首，但他认为皇太后皇上执掌的朝政大计还是英明的，少有外侮，足以警惕在位，不宜遽作此亡国之音而失哀乐之正。他心里也在构思，要和作一首，把皙子的颓废心绪矫正过来。杨度写完，又坐到座位上。他说：“你这首《百字令》写得好是好，但调子太低沉了点，我来给你奏点明快之音。”于是接过杨度手中的笔，饱蘸浓墨，也走到粉墙边，一气写下来：

百字令·江亭远眺

仲夏时节，喜莺歌燕舞，落日归棹。万顷菰蒲新雨足，碧水明霞相照。酒帘高挑，江亭雄峙，词客醉里笑。莫负雅兴，风物最宜远眺。　从来盛世难逢，千年史册，有几时光耀？都说贞观与文景，也只隐恶扬好。且请宽心，虽略有惊吓，偶遇强暴，恰如警钟，九重朝夕鸣号！

当夏寿田的《百字令》快要写完的时候，亭子间慢慢地踱进一位今科新进士。他刚刚落座，把眼睛向外面一扫时，便从背影上将夏寿田认了出来。原来，清代在会试结束后照例要举办恩荣宴，这是一个很隆重的宴会。该科所有新中的进士和参与该科考试的所有官员包括主考大臣、读卷大臣、銮仪卫使、礼部尚书侍郎等都出席。在恩荣宴席上，状元一人独占一席，榜眼和探花两人合共一席，其他进士则八人一席，这样鼎甲三人就分外引人注意，待到宴会结束，所有出席宴会的人无不对这三人非常熟悉了。他向桌上几个朋友介绍：“那边题诗的人就是今科榜眼湖南人夏寿田。”

“真的，那就是榜眼公吗？”

“听说还是一位巡抚的公子哩！”

“待我去看看。”

说话间便有人离开座位，绕过桌子，从另一个窗户口对着夏寿田的正面仔细地看了很久，然后回到座位上大声说：“好一个榜眼公，又年轻，又俊雅，真正是文采风流！”

这么一嚷，满江亭的游客都知道了这个新闻。夏寿田刚一落笔，便有不少人围了过来，有钦佩的，有爱慕的，有好奇的，有凑热闹的，把个榜眼公围得水泄不通。那新进士分开众人硬挤了进去，对着夏寿田作了一揖，说：“年兄也来游江亭了，怎么不叫小弟一声？”

夏寿田正愣着，心想：好亲热的一个人，但我怎么不认得他呀！那人忙从衣袋里掏出一张大红名刺，上面印着几行黑字：钦赐戊戌科进士出身江西瑞州殷连奇字慕白号石屋居士。原来也是今科的进士。夏寿田忙还了一礼，满面笑容地说：“慕白年兄，你也来了，真是幸会。”

“难得这次见面，就请年兄放驾，到我席上坐一坐，我的几位朋友都想一睹年兄风采，聆听年兄謦咳。”

殷连奇边说边伸出手来，挽起夏寿田的胳膊向外走。夏寿田说：“年兄好意小弟领了，小弟还有一个朋友，现正在那边等着我哩！”

“好说，好说，我们痛饮几杯后再把年兄的朋友请来一起聚会。”殷连奇不由夏寿田分说，硬把他向自己的酒桌拉去。围观的人见这位也是新科进士，遂平添三分敬意，让出一道空隙来，放他们走出圈子，然后再跟在他们的后面，一边走，一边不停地发出赞叹声，眼光里流露出无限的艳羡。

杨度眼看着这一幕情景，心里不是滋味。人世间就是这样：颂扬成功者多，抚慰失败者少；攀荣附贵者多，扶危济困者少；锦上添花者多，雪中送炭者少。它凸现了人情冷暖、世态炎凉的一面，同时也有激励人心向上的一面。杨度默默地想：且忍下这口气，三年之后再把天下所有的风光都挣来！

“先生！”一个娇嫩的声音，把杨度从思索中唤回。他转脸一看，一个十七八岁的少女正笑吟吟地站在他的旁边。那女子穿着一身藕绿色的衣裙，身材匀称，五官清秀，肌肤白净，眉目之间透出一股妩媚的气息，尤其是盈盈笑意之中那种恬静纯情的神态，更令人一见便生爱心。

“是叫我吗？”杨度立刻从失意中跳出来，满脸春色荡漾。

少女点点头。

“请坐吧！”

少女略带一丝羞涩，挨着杨度身边坐下来。

“找我有什么事？”杨度和颜悦色地问。刚才这一丝羞涩，更增添了几分少女的娇美。杨度想，再加一番修饰，她真可以说得上倾国倾城的。

少女从怀里掏出一把桃形豆绿绢扇来，轻声说：“先生在粉墙上题的那首《百字令》真好，我想请先生题赠给我，就写在这把绢扇上，不知可不可以？”

“可以，可以，我给你写上。”这么一位美人看上了自己题的词，还要求写在扇子上，真是一件趣事。闻着扇面上悄悄透出的脂粉香气，二十四岁的三湘才子不觉心旌摇动起来。

“小姐，你叫什么名字？”杨度不忙着题词，拿着少女的绢扇细细地欣赏着。

“我叫静竹。”

静竹。杨度的脑子里浮起了家乡的满山翠竹，再看看眼前的静竹，一身绿装，真是一枝秀美文静的苍筤新竹。

“听你的口音，像是江浙人？”杨度满目含情地望着静竹。

“先生说对了，我是苏州人。”静竹答，声音仍是轻轻细细的。

“你来京师几年了？”

“两年多了。”

“今天是跟父亲来的，还是跟哥哥来的？”

杨度不知不觉地想起前几年跟他一起去归德镇的妹妹来，她那时跟这位少女的年龄相差不多，也常常要自己把新吟的诗句抄好给她。

“我是跟师父一起来的。”静竹的声音更轻更细，头微微低下，脸上泛起浅浅的红晕。

“师父，教你什么的师父？”

“教我弹琵琶，吹箫的师父。”静竹的头更低了，长长睫毛下的眼睛里似乎水盈盈的。

杨度不再问了，他已略知静竹的身份了。京师里妓院、戏班里许多从苏州卖身来的年轻女子，她们或卖笑或卖艺，总之都是身份低贱的可怜人，看来静竹是这中间的一个了。杨度从隔桌席上借来一支小笔，静竹又替他磨墨。杨度屏息静气地用端端正正的小楷，将自己的新作抄录在小巧精致的绢扇上。静竹一直凝神看着，对这位五官端正、棱角分明的年轻才子，她心里充满了感激。从他那一笔不苟的字迹中，她看出此人对自己是喜欢而尊重的。静竹常受别人的喜爱，但很少受到别人以平等相待的尊重。这份尊重，对她来说是一份多么难得的礼物啊！

“谢谢你，杨先生。”当杨度写完“戊戌仲夏湘潭杨度题于江亭”一行字时，静竹方知词人的名字，她以极其真诚的心情向杨度表示谢意。

“粉壁上还有一阕《百字令》，是我的朋友写的，我给你题在背面吧！”杨度翻过绢扇的另一面来。

“谢谢，不必要了。”

“你不知道，他可是今科的榜眼公哩！”

“我知道，刚才这里人人都在说。”静竹不以为然地说，“他虽然是榜眼公，但我看他的那阕不如你的这阕好。我喜欢的是词，不是榜眼。”

此时此刻，正当不远处人们簇拥着夏寿田欢声笑语的时候，这位有可能是沦落下层的苏州少女的两句平平淡淡的话，犹如一块石子，在自命不凡而两挫会试的三湘才子的心中激起千百层涟漪。他的心被震动了，世上居然有这样慧眼独具却又超凡脱俗的姑娘！他后悔与她相见太晚，想起骡车已经定好，心中十分惆怅。见静竹已站起，他只得把绢扇递过去。静竹接过扇子，对杨度嫣然一笑，轻柔地说了一句“谢谢你了，杨先生”，然后转身离开。轻风吹动她薄薄的藕绿衣裙，宛然一位仙姑欲离开人世，杨度痴痴地看着。走了几步，静竹又回过头来，对着仍呆望的杨度粲然一笑。杨度如梦初醒，大声说：“静竹姑娘，我们后会有期！”

六　潭柘寺定情

杨度望着衣带飘动款款而去的静竹，心里蓦地涌出一种落寞感。这是一个可爱的女子，他虽然只和她短暂地相处一时半刻，但她的笑容、举止、言谈，已伴随着一种无形的魅力深深地留在他的脑中，令他回味，令他迷恋。杨度多么不愿她离去，多么希望时空永远凝固在刚才那一段温馨的时刻上！突然，静竹停止了脚步，转身向他走来，杨度惊喜地快步迎上去。

“杨先生，五天后我会在西郊潭柘寺，你愿意去那里和我再见一面吗？”

“愿意，我愿意！”真正是神灵成全自己的心愿，杨度不假思索地一口答应。

“好，那就这样说定了，五天后我们潭柘寺再会。”静竹又嫣然一笑，露出两排贝壳似的雪白细牙。一刹那间，杨度觉得天地人间一切美妙都集中在眼前，集中在这个寓居京师的江南女子身上。

“今夕何夕，见此良人！”杨度喃喃地背着古人的诗句，两眼怔怔地望着越走越远的静竹，直到她消失在人群中。这时他才记起，自己原来已定了明日起程的骡车。“明天哪怕是八抬大轿来抬我，我也不出京师了！”杨度心里拿定了主意。

晚上，他向夏寿田撒了一个谎，说感了风寒，得在会馆将息几天再走，让骡车主等一等。夏寿田当然不会催他走。

潭柘寺在城外西郊宝珠峰下，离城里有八十里路。三年前，杨度曾和友人去过一次，那是一处旅游胜地。为了不误期，头天下午，杨度便去西直门外雇了一架马车。太阳快要落山时，他来到了宝珠峰下。

潭柘寺的客人向来较多，尤其夏秋两季是京师的好季节，游人香客往来寺院的络绎不绝，寺门外的几家客栈都住满了人。杨度巴不得早点见到静竹，便到客栈里去四处打听寻找，却一直没有见到她。他心里想：她不住客栈，又住哪里呢？这时还不到，难道硬要等天黑才进店？或许她根本就没有来？杨度躺在床上胡思乱想着，一夜都没睡好。第二天一大早他便起了床，随便吃了早点就向寺院走去。真个是莫道君行早，更有早行人，通往寺院的路上已有不少的人了，或背手漫步，或斜挎香袋，或一人独行，或三五结伴，原本是清静寂寞的山寺却变得热热闹闹的了。

也不知是哪位具有非凡眼力的高僧选择的寺址，潭柘寺真正是建在一块绝妙好地之上。寺院的左右后三方,有九座山峰环绕其侧;寺前一峰笔立，宛如一座巨大的屏风，人们赞之为“前有照，后有靠，左右山环抱”。京师大小百多处庵寺，再没一处的地势能赶得上它了。主峰宝珠峰上有一个深潭，称为龙潭，山上多有柘树，于是此山又名潭柘山。寺院建于东晋太康年间，原名嘉福寺，武则天时期改名为龙泉寺，金代皇统年间重修后改名为大万寿寺，清代康熙乾隆两朝又作了大规模的修建，改名岫云寺，因为山名潭柘，人们习惯于依山名叫它潭柘寺。潭柘寺立寺于晋代，比北京立都要早八百余年，故史家都说先有潭柘后有幽州。

这是一座气势非常宏伟的梵宇。山门外有一座高大的木牌坊，牌坊三间四楹三楼，顶部覆盖着黄色琉璃瓦，檐下装饰有斗拱结构，全部彩绘。前额上有四个金字：“翠嶂丹泉”，后额也有四个金字：“香林净土”，均为康熙御笔。牌坊前有两座石狮。石狮旁长着两株形状奇特的石松，两株松树挟肩握手，犹如一对挚友，枝枝叶叶相互交通，组成一顶绿色的天棚。牌坊后是一条涧水，上面有一座单孔石拱桥，迎面是一道绵延十来里的围墙。墙约一人高，刷着赤红颜料，上面覆盖着蓝色的琉璃瓦。未见殿堂，单是这道围墙，就给人以气魄恢宏之感。高大的山门为砖石结构歇山顶，均以汉白玉石砌成，正中嵌着康熙御笔“敕建岫云禅寺”。山门两边，有八个巨大的白粉书写楷体字，左边是“佛国生辉”，右边为“法轮常转”。走进山门，潭柘寺便出现在视野之中。

它的主要建筑天王殿、大雄宝殿、毘卢殿依山势建在南北中心轴上，左右两边则分别为方丈室、祖师殿、观音殿、楞严坛、戒坛、僧舍等大大小小二三十座殿堂。寺院内外古木参天，流水淙淙，僧塔如林，修竹成荫。杨度虽是重游，面对着这一处庄严清幽的京郊第一道场，仍然有浓厚的兴趣。他一边欣赏，一边留意进进出出的游人香客，努力寻找静竹的倩影。

太阳已升起很高了，人越来越多，杨度却没有在人流中发现静竹。她真的没有来吗？他的脑子里数十次地浮起这个疑问。每当疑问冒出，他又自己迅速地否定了：这样可爱的女儿家，怎么会失信呢？何况是她主动约我的呀！杨度不怨不悔，满怀激情地边走边寻索，嘴里不停地念叨：她一定会来的，我一定可以找得到她！

杨度顺着南北中轴线，不知不觉地走到这个偌大建筑群的北端终点毘卢殿。毘卢殿东侧有一座碧瓦朱栏、雅致小巧的精舍，一圈围墙将它包围着。这座房子原先是专为康熙修建的，建好后康熙来住过几次，以后乾隆驾幸潭柘寺时也住在这里。乾隆之后，嘉庆、道光、咸丰三代帝王再没来过，房子便一直锁着，无人居住。同治五年西藏的达赖喇嘛参谒潭柘寺，在这里住了两天。自那以后这座精舍便从皇帝行宫的地位上降了下来，变成了贵宾休息之地。先是王爷、贝勒、贝子及其眷属可以住进，后来住持为广结善缘，京师中的一二品大员也在这里住。再到后来，外地来的巨商富贾，只要为寺院捐上一二千两银子，也特许在这里住几天。山僧不解数甲子，一叶落知天下秋。那些上了年纪的老和尚们从来不出山门，也不知时局的演变，只是从这座精舍房客的变化上已觉察到世风不古了，他们常常摇头叹息。年轻的僧人却讥笑他们不通时务，拿这座现成的房子去赚来银子有何不可？莫说和尚，连佛祖也食人间烟火哩！没有银子，佛祖的金装如何能更新？座前的油灯如何能长明？

精舍围墙后面有一块亩把地大小的竹林，林内修竹丛生，枝叶葱绿，青翠欲滴。从山顶龙潭里流下的清水形成一条小溪，穿过竹林。溪水叮咚，给幽静的竹林增加了几分生气。杨度看着轻轻摇曳的翠竹、欢快清澈的溪水，情不自禁地发出感叹：倘若能在此处住上几年，也真不虚度一生了！

正流连之际，从竹林中忽然传出一阵清脆舒缓的琵琶声来。林中有人！杨度正欲循声进去，转念一想又停住了，这么好听的琴声，若是冒昧进去，岂不打断了？那太可惜，不如在外面偷听为好！他倚在一根大楠竹边倾耳听着。

杨度对音乐很有兴趣，自己也能操琴度曲。略听一会儿，他已断定这是一首古曲，再一听，他会心笑了，这不就是《霓裳羽衣曲》吗？这绮艳柔曼得近于颓靡的乐曲，让年轻举子立时想起千年前大唐宫廷内那壮观奢华的大型歌舞会，想起歌舞会中的灵魂——那位领舞的贵妃娘娘，想起白居易那首世代传诵的《长恨歌》。琵琶声轻轻的慢慢的，正是“春寒赐浴华清池，温泉水滑洗凝脂”，忽而又变得急促起来，原来已到了“渔阳鼙鼓动地来，千乘万骑西南行”的时候。渐渐地，杨度的脑子里浮出排空驭气的道士、海外虚无缥缈的仙山、梦魂初惊的太真仙子、七七长生殿里的帝妃私语……

杨度陶醉在乐与诗的美妙绝伦的境界中，忽然他想起，在这样幽雅的竹林里，弹这样优美的琵琶古曲，非窈窕婵娟，即绝代佳人，此人莫不就是我今日众里寻她千百度的静竹？

就在这时，“啪”的一声弦断了，琵琶声戛然而止，只听见竹林里传出一句娇媚的女音：“偷听我弹琵琶的杨先生，请进林子里来吧！”

果真是静竹！杨度惊喜万分，急匆匆分开竹枝闯了进去。竹林中有一块不大的草坪，坪中有一个四四方方的石桌，旁边有四个石凳。静竹正站在石桌边，右手拿着那把杨度题词的豆绿绢扇。

“静竹姑娘，你原来躲在这里，我到处寻你半天了。”杨度望着他苦寻苦等的姑娘，只见今日的静竹比五天前更显得娇艳俏丽：她梳着时髦的高髻凤尾发型，头上横插一把翡翠悬链嵌珠簪子，沿发际绕一根珍珠银丝带，带子正中浅浅地坠一块心形墨绿宝石，身穿嫩绿宽松上衣，下系一条鹅黄大摆百褶乌丝绣边裙，薄匀粉面，深描黛山，白净如凝脂的耳垂上挂两串波光闪闪流水环。

“杨先生……”

“不，你叫我皙子吧！”杨度有点忘情地打断静竹的话，“大家都是这样叫我的。”

“好。”静竹笑吟吟地说，“我也在这里等你半天了。”

“你怎么知道是我在听你弹琵琶的？”杨度快活地问。

“古人说，弦断有知音。我猜想一定是你。”姑娘回答，脸上飞起一阵淡淡的红晕。

“听了你这话，我高兴极了。不过我倒要讲你一句。”望着仿佛与四周化为一体的美丽姑娘，杨度爱抚地说，“此处是清静无为的佛门寺院，你怎么可以在这里弹琵琶？倘若让和尚们听到，一定会谴责你的。”

“不要紧，我是得到住持大法师特许的。”静竹依然笑吟吟地说。

“真的吗？”杨度疑惑地问，“住持怎么会特许你弹琵琶？”

“以后再告诉你吧！”静竹嫣然一笑，掉转了话题，“皙子先生，潭柘寺你从前来过吗？”

“三年前与朋友来游过一次。”

“太好了！”姑娘轻轻地拍拍手，“你带我四处看看吧，我是第一次来。”

“好，我们走吧！”

静竹紧挨着杨度走出了竹林。

“哎呀！”杨度突然想起了一件事，“静竹姑娘，你的琵琶还放在石桌上哩！”

“不碍事，它不会丢的。”静竹悄悄地推了杨度一把，瞬时间一股热流流过杨度全身。

杨度带着静竹绕过毘卢殿来到三圣殿前，静竹对殿堂兴趣不大，倒是对殿堂左右两侧两棵银杏树惊讶不已。这的确是两棵罕见的银杏。高达六七丈，树干从中部开始枝繁叶茂。时近正午，两棵树投射在地的浓荫遮盖了大半个庭院。

“皙子，你说这树有多大年纪了？”

杨度发觉静竹的称呼中已去掉了“先生”二字，他心里一阵喜悦，自己也随即将“姑娘”二字去掉了：“静竹，依我看，它至少活了一千岁。”

“噢。”静竹点点头，“那有那有，说不定有一千二三百岁。你看这树干多粗，我们来围围看。”说着便伸出手来。杨度拉着她纤纤细细的手，两人紧贴着树干，双手用力伸开。

“皙子你看，我们还没有围到它的一半！”

静竹咯吱咯吱地笑着，脸涨得通红。在杨度的眼里，分明绽开了一朵鲜丽的红牡丹。他猛然意识到：这是自己有生以来所遇到的最美的女子。

“静竹，你看左边的那一棵与这棵有什么不同吗？”松开手后，杨度指着另一棵问。

静竹靠着银杏树出气不匀，一边端详着前面的那一棵：“差不多，也有这么粗。对了！它的主干下部有一个侧枝，这棵没有。”

“那株侧枝是怎么生出来的，你知道吗？”

“不知道。”静竹摇摇头。

“那一年康熙皇帝要来潭柘寺朝佛，早半年寺院就开始做准备，又是建行宫，又是修驿道，又是给佛祖重塑金身，大家都忙忙碌碌的，谁也没有注意到这两棵银杏树。直到康熙皇帝来的前一天，住持法师才突然发现左边那棵银杏长出了一枝三尺长的侧枝，满寺和尚得知后都惊讶不已：这棵树有上千年的岁数了，怎么还会长新枝呢？第二天康熙皇帝来，住持把这件事告诉给他听，康熙皇帝哈哈大笑。身边的大臣趁机恭维道，这是皇上洪福齐天，才使得千年银杏发新枝。康熙皇帝高兴极了，对住持说，这棵树竟然知道为朕而生新枝，朕封他为帝王树！住持向皇帝合十鞠躬说，贫僧代它领旨，谢吾皇万岁万岁万万岁！”

杨度不自觉地学着和尚的模样双手合十弯腰点头，静竹被逗得快活地大笑，笑完后说：“晳子，你这是哪里听来的胡编，什么洪福齐天、皇爷感化等，那都是献媚讨好的话。其实很简单，那株银杏是母的，这株银杏是公的，公的母的长年相爱，哪有不生儿育女的道理！”

“是的，是的！”杨度鼓掌赞道，“还是我们的静竹见识高明，公母相爱，不但是人，万物都是一样的。”

“你不要扯远了。”静竹意识到刚才的话有点出格了，脸上羞得泛起满天红霞。

三圣殿旁是观音殿。静竹说：“观音是女菩萨，你陪我进去看看吧！”

“好，我们一道去参拜这位大慈大悲救苦救难的好心肠菩萨。”

观音殿不大，只有三间房子，正中门楣上挂着一块金字横匾，上面“莲界慈航”四个字是乾隆皇帝的手笔。殿中供奉的观音坐像敛目合十，俊秀端庄。塑像前有一个陈旧的大蒲垫。静竹忙走过去，跪在蒲垫上，向菩萨磕了三个头，口里念念有词。她说的什么，杨度一个字都没听清。站起来时，她指着蒲垫前面的空缺说：“这寺院里的和尚也太懒了，缺了一块砖也不补进来，恰好在菩萨像前正中，多难看。”

杨度笑道：“不是和尚懒，这里有个故事。”

“什么故事，讲给我听。”静竹顾不得佛殿的规矩，扯着杨度的衣袖央求着。

“你看你，就像我那个调皮的妹妹一样，一听说我要讲故事，就不得了啦。”

“你妹妹多大了？”

“今年二十一岁了，比你要大。”

“那我要喊她姐姐了。”静竹欣喜地说，但很快眼神便黯淡下来，低低地说，“可惜，我没有亲姐姐。”

“我妹妹今后可以做你的亲姐姐。”杨度望着静竹突变的目光，出自内心地安慰她。

姑娘的眼神并没有放出光彩，依旧是暗暗的："皙子，不谈这个了，还是听你讲故事吧！"

"六百年前，元朝的都城就建在北京。元朝的开国皇帝元世祖忽必烈有个女儿叫妙严公主。这位公主虽然是金枝玉叶，却不爱富贵，向往佛门，后来干脆住进了潭柘寺。她每天早晚都到观音殿来给菩萨烧香磕头，几十年从不间断，到她离世的时候，蒲垫旁边的砖块给她的鞋底磨陷了两寸多深。寺里称这块砖为妙严公主的拜砖。到了明代万历年间孝宗皇太后常来潭柘寺烧香，为妙严公主的虔诚所感动，为了教育宫眷们，她把这块砖挖出来带回宫中，命工匠做了一个箱子，把它装起来，以示珍惜。就这样，此处便一直空了一块，传到如今也不补，以便让寺里和尚和香客们一见到这块空处，就想起妙严公主，激励他们虔诚礼佛。"

静竹静静地听着，这个故事似乎很使她感动，她将蒲垫前的空处凝视良久。忽然，她发现空处旁边一块砖的一角裂开了缝。她弯下腰，用手将那一角砖摇着，居然将它拔了出来，是一块寸把长宽的三棱形砖角。

"你把它拔出来做什么？"杨度奇怪地问。

静竹笑而不答。殿堂一角有一个盛水的太平缸。她走到缸边，将砖角在水缸里洗干净，然后从上衣纽扣边取下那条与衣服一个颜色的嫩绿绸，将这块砖角小心包好，双手递给杨度，正正经经地说："那天你为我在扇子上题了词，这是一个珍贵的礼物。我这几天一直想着要回赠你一样东西，但觉得什么都拿不出手。刚才听了妙严公主的故事，很为她数十年寒暑不断的恒心所感动。妙严公主是我们女儿家，虽有恒心，但到底做不出大事来。皙子，你是一个男子汉，才高识大，仪表堂堂，今后若有妙严公主这个恒心，人世间哪种大事业做不成？拜砖已藏于宫中，我无法得到，拜砖旁边这块松裂的砖角，看来是菩萨有意给我们的。我今天将它拔出来交给你，让它常伴在你的身旁，今后遇到困难时看到它，就会想起当年的妙严公主，以她那种拜佛的恒心去克服艰难，朝着自己认准的目标走下去。皙子，我相信你一生会有了不起的大成就的。"

杨度惊讶地看着这个纤纤袅袅的弱女子，压根儿没有想到会从她的口里说出这般豪言壮语来。深研帝王之学的湘军将领后裔，突然觉得这个美丽的女子一下子变得高大起来，简直就如眼前这座菩萨般的崇隆伟岸。他无限激动地双手接过礼物，蓦地跪在蒲垫上，对着观音塑像喃喃念道："菩萨在上，拜砖为证，我杨度今生若不做出一番轰轰烈烈的伟业来，我就不是天地间一个男子汉！”

说罢站起，对着静竹深深一鞠躬，忘情地说：“静竹，谢谢你的礼品，太珍贵了，它胜过万两黄金，胜过连城和璧，它是你的一颗纯洁的心，它是无价之宝。我收下了，我要将它永远带在身边。你放心，我一定会做出让你满意的伟大事业来。”

当杨度说完抬起头时，只见静竹默默地抿着嘴，一声不吭，泪水不停地流着，鹅黄百褶裙下的一块大青砖早已被泪水浸湿了。

杨度一时不知所措，傻眼望着。突然，他不顾一切地紧紧抱住静竹，用手轻轻地抹去她脸上的泪珠。就在这时，杨度心里萌生了一个强烈的愿望：“我要娶她！”他将脸贴在静竹的脸上，两个滚烫的身子靠得更紧了。

肃穆的殿堂啊，庄严的菩萨啊，请宽恕他们对佛祖的亵渎吧，这对少男少女已沉浸在人类最崇高最圣洁的情感之中！

“会有人来的，咱们走吧！”相互依偎了很长一段时间后，静竹低声对杨度说。

外面阳光灿烂，人声喧哗，他们出门后很快便恢复了常态，指指点点，笑笑说说，抚摸一处处古迹，穿过一座座殿堂，二人来到一个四角石亭边。

这亭上盖着绿色琉璃瓦，顶部有一颗硕大的黄琉璃宝珠，一块横匾标出它的名字：猗轩亭。他们走进亭子里。猗轩亭并不是通常的供游人休息的那种亭子，而是一个娱乐的场所。亭内汉白玉石基上，雕琢了一条弯弯曲曲的蟠龙形象的水道。从龙潭里流下的清水被引到这里，从龙头处流进，穿过曲折水道，从龙尾处流出，出口处的石基上有一只小小的双耳瓷杯。

“这是什么？”静竹指着水道问。

“这是古代一种娱乐活动。”杨度蹲下来，将双耳小瓷杯拿在手里说，“这种杯有个名字，叫羽觞。古时每年三月三日这一天，亲朋好友聚集在郊外小溪边，把酒倒进羽觞里，放到溪水中任其漂流。小溪是曲折的，羽觞浮到拐弯处便会停下，坐在这个拐弯处的人则饮下这杯酒。这个活动叫做修禊禳灾。”

“噢，这就是仿照古时修禊建造的，我知道了，《兰亭集序》开头一段就讲的这事。”

“你读过王羲之的《兰亭集序》？”杨度颇为奇怪地问。

“读过，小时候父亲教我读的。”

“还记得吗？”

“记得。”

“你将开头的那段背给我听听。”

静竹敛容凝思片刻后背道：“永和九年，岁在癸丑，暮春之初，会于会稽山阴之兰亭，修禊事也。群贤毕至，少长咸集。此地有崇山峻岭，茂林修竹，又有清流激湍，映带左右，引以为流觞曲水……”

“好了，好了。”杨度打断静竹的背诵，“背得很好，一字不漏。现在我们分坐两边，让羽觞漂流，在哪个面前停下，哪个就喝酒。”

“好。”静竹忙答应，接着又笑道，“可惜没有酒。”

“没有酒，就用清水代替吧！”

“也要得。”静竹兴致勃勃地将羽觞注满水，放在龙头处，羽觞顺着流水漂动起来。

“慢着！”杨度拿起羽觞，“喝清水毕竟没味，我们改一个方式玩。”

“怎么玩法？”静竹望着杨度，眼睛中闪着清清亮亮的光波。

杨度想了想，动情地说：“静竹，自从那天在江亭与你相识，我就觉得我们有缘，今日重聚，更是欢乐无比，我想永远和你在一起，但一不知你同意不，二不知天意如何。现在我也不管你如何想的，先来看看天意如何。”

“天意？你怎么知道天意如何？”静竹心里甜蜜蜜的，脸又红了。

“这样来测天意。”杨度站起，从身上掏出一张纸来，“我想我们之间的关系不外乎这样四种：夫妻、兄妹、朋友、路人。我将这张纸撕成四片，每片写上一种关系，搓成纸团，放在水道的弯折处，羽觞停在哪处，就说明我们今后的关系是哪种。这就是天意，你看如何？”

静竹又害羞又快乐，点点头说：“哪来的笔写字呢？”

“真的，没有笔。”杨度向亭子外望了一眼说，“这样吧，我到外面取四样小东西：小花代表夫妻，树叶代表兄妹，石粒代表朋友，土块代表路人。你说要得吗？”

静竹抿嘴点点头。

杨度转身出了亭子，又很快回来，手掌上放着四个小纸团：“我都放进去了，就这样摆着。”

杨度边说边把四个小纸团放在四个拐弯处，静竹将羽觞重新放在龙头处，羽觞再次漂流。杨度看了一眼羽觞，又看了一眼静竹，只见她的丹凤眼睁得大大的，屏息静气地瞪着羽觞，那副认真相，仿佛羽觞里装的不是清水，而是她的生命。羽觞漂过第一个拐弯处，并没有停留，继续下漂，杨度见静竹的嘴角微动了一下。到了第二个拐弯处，眼看要停了，谁知晃了几下后，羽觞又向下漂流起来。“哎呀！”静竹轻轻地叫了一声。羽觞终于在第三个拐弯处停了下来，杨度将纸团拾起，正要打开，静竹高声叫道：“让我来打开！”她从杨度手里一把抢过纸团，紧张得连气都不敢出，手里捏着纸团，许久不敢打开。她不知天意如何，暗中祷告佛祖保佑。

“打开吧，老捏着它干什么？”杨度在一旁含笑催道，他的神情很从容。

纸团打开了，是一朵小花，一朵鲜艳的小红花！她心里一阵猛喜，怦怦地跳着，一只手捏紧小红花贴在胸口，一只手捂着面孔。透过指缝，杨度看得出，她的眼角眉梢上全是幸福的笑容。

“静竹，这是天意，天意让我们结为夫妻！”杨度抓起静竹捏着小红花的手，激动而真诚地说。

“皙子，我看看那三个纸团。”静竹挣开杨度的手，弯腰将那三个纸团一一捡起。

“不要看了，不要看了。”杨度急着说。

静竹怀疑起来，她迅速打开一个纸团，露出来的居然也是一朵小红花，她嗔了杨度一眼，又打开第二个，又是一朵小红花。

“皙子，你在骗我！”

“静竹，我不是要骗你，我爱你，我要娶你！”杨度急忙表白，重新把静竹的手抓起。

“皙子，你真的爱我吗？”静竹抬起头来，两只妩媚的丹凤眼里荡漾着千种柔情，万般风韵。

“静竹，我真的爱你，我永远爱你！我们去大雄宝殿吧，我要在佛祖的面前起誓，今生今世永不变心。”杨度说着，就要拉静竹离开亭子。

静竹没有动。她的滚烫的手将杨度有力的手紧紧握住，低低地说：“皙子，我是什么人，你一点都不知道啊！”

“不管是什么人，我都爱你！”静竹的话并没有使杨度吃惊。那天在江亭的时候，他就推测到静竹很可能是个身份低贱的人。他不在乎这些。

“皙子，我感激你爱我，但今生今世我们怕难以成为夫妻。”静竹的脸开始由红变白，眼中滚动起泪水来。

“为什么？静竹，你难道已嫁了人？”杨度害怕起来，双手死死地将静竹的手抓住，仿佛马上就有人要来把他心爱的姑娘夺去似的。

静竹摇摇头。

“只要没有嫁人，我就一定娶你！”杨度大声嚷着，仿佛是对着这神圣的潭柘寺宣誓。

静竹点了点头，泪水夺眶而出。

“静竹，你一定有什么为难之事，你要告诉我，你非告诉我不可！”杨度靠得更紧了，若不是光天化日之下游人聚集之处，他真要把静竹搂在怀里。

静竹低下头，沉默着。

“说吧，静竹！”杨度几乎哀求着，又突然坚决地表示，“你说出来吧，什么事我都可以替你做主！”

又沉默了一刻，静竹终于平静下来，说：“好吧，明天我对你说。”

“现在就说吧，为什么要等到明天呢？”杨度性格爽快，他不能理解静竹这种欲言又止的忸忸怩怩。

静竹重重地叹了一口气：“还是明天说吧！”

“好吧！”杨度无可奈何地答应，“那我明天到哪里来会你呢？”

“还是在那竹林，听见有琵琶声，你就进来，我在那里等你。”静竹将杨度轻轻地推了一下，“皙子，我该走了，明天竹林见。”

“你到哪里去，我送送你！”

“别！”静竹坚决地制止，“你就在这里待着，直到看不见我后再离开。”

杨度迷惘地点点头，目送着静竹飘然而去。他遵守诺言，一直站着不动，直到静竹穿过塔林，不见影子后，他才走出猗轩亭，快步向塔林奔去，企图看看静竹进了哪间房子。不料当他走到塔林边时，姑娘已经无影无踪了。

夜晚躺在客栈床上，杨度又是半夜不寐。他太爱静竹了，白天的聚会是那样的快乐幸福，杨度觉得出生二十四年来，还从来没有过如此美好的一天。他也深信静竹是爱他的，她一定有难言之隐，要么是遇到了很大的困难。杨度决定：明天不论静竹说出什么天大的事来，他也要替她担当。她是一个弱女子，遇到难事，自然不易承受，自己是个顶天立地的大丈夫，什么困难不可以克服？何况是为了自己心爱的女人！

第二天一早，杨度来到竹林边，竹林一带静悄悄的，他捺着性子在旁边徘徊着，两只耳朵一直倾听四周发出的声音。半小时过去了，竹林里没有任何声音。一小时过去了，还是听不到琵琶声。杨度实在捺不住性子了，他穿过竹林来到空坪。只见石桌石凳依旧，却不见琵琶和弹琵琶的姑娘。他走近桌边，忽然发现桌面上有一张纸，纸上压着一个鹅卵石。杨度拿起纸来，看上面写着：

哲子：今晨我不得不离开潭柘寺，我实在不愿就这样离开，因为我约了你来，我要把一切都对你说……看来我们此生无缘了，猗轩亭里的小红花毕竟是人为的，而不是天意。但不管如何，我的一颗心已经给了你，再不会给第二个人了。哲子，你是一个伟男子，我相信你一定会做出大事的，说不定日后我们仍有相会的一天。珍重！

爱你的静竹

杨度捧着这张小小的纸条，呆呆地坐在石凳上，不知如何是好。坐了好长一阵子，他开始使劲地捶打自己的脑袋。他后悔来迟了，倘若天刚亮就守在这里，一定可以遇到将纸条压在石桌上的静竹，那时他一定要抱住她，无论如何不放她走。自怨自艾一阵后，他便亡命似的奔出竹林，在潭柘寺里乱穿乱转，几乎把每一座殿堂，每一个房屋，每一处可供游览之景都寻遍了，始终再也不见静竹的踪迹。第二天，他又在潭柘寺外四处逛荡，希望能偶尔撞见他心爱的姑娘。直到太阳落山，他才失望地回到客栈。第三天，他终于没精打采地离开宝珠峰回城。

夜里，他将这几天的奇遇一五一十地告诉夏寿田。新榜眼公也惊讶不已，十分羡慕好友的艳遇，也对那个姑娘的突然离去觉得不可理解。当杨度表示要在京师四处查访，非找到不可时，夏寿田却反对："静竹姓什么你都不知道，又不晓得她是做什么的，在京师找一个这样的女子好比大海捞针，你从何处着手？说不定她是个水性杨花的风尘女子，逢场作戏，做出那个样子来逗逗你，其实第二天她就不喜欢你了，写一张这样的纸条来哄你这个痴情的书呆子。"

"不会的，若是烟花女，她图我什么呀！"杨度摇摇头。

"图你什么？图你风流倜傥呀，图你多情多意呀，图你是个诗词作得好的才子呀！"夏寿田大笑，有意地打趣。

"她还送我拜砖哩，鼓励我做大事业哩。"杨度自言自语。

"哎呀，哲子，你说她一进塔林就不见了，塔林是埋和尚的地方，这姑娘莫不是住在墓穴里的狐狸精变的？《聊斋》、《阅微草堂笔记》里面这类故事多啦！"夏寿田一本正经地提醒。

"不可能吧，狐狸精变的，能写得出这样实实在在的字吗？"杨度将静竹留下的纸条从里衣袋子里掏出，夏寿田仔细验看后，也的确嗅不出半点狐仙之气来。

“不管她是谁，凭你掌握的这点东西，你是找不到她的，算了吧。湘绮师总说你是个书痴，看来你要变情痴了！”

杨度总不死心，一闭着眼，静竹那美丽的身影，那娟秀的面庞，那波光闪闪的眼睛便出现在他的脑海中。他迷迷糊糊地在京师数不清的胡同里转了七八天，直转得头昏脑涨，双脚发肿，还是一点消息也没有。万般无奈，他只得怀着无穷无尽的遗恨离开京师南下。

七　接到夏寿田送的宫花后，叔姬在病榻上整整躺了半个月

小火轮路过湘潭码头时，杨度上了岸，回石塘铺看望母亲和妹妹。李氏不以儿子会试再次告罢为意，安慰儿子，功名有天数，时运到了，自然会中的，当年曾文正公进京赶考，也是考了三次才点的翰林。老人家告诉儿子，王家结婚的聘礼送来了，说着又高高兴兴地领着儿子看礼物：金簪一对，金耳环一对，金戒指一对，玉镯一对，聘银一千两，外加彩锦四匹。李氏笑眯眯地指着彩锦对儿子说：“这还是王先生当年亲自从四川带回来的蜀锦哩，你看看，亮光闪闪的，多耀眼！”

王家的聘礼如此之重，足见湘绮师对叔姬看得很重，杨度心里高兴，对母亲说：“王先生虽是名人，但没有做官，全靠教书来养活一家老小二十多口，银钱并不宽裕。他送了这么重的聘礼，是看得起我们的叔姬，我们不能学世俗的样子，嫁女就眼巴巴地望着聘金。儿子想，其他的都收下，这一千两银子就退还给王先生。母亲您老看如何？”

李氏说：“儿说得对，王先生的聘礼是太重了。这几年你受了王先生的教导，现在你弟弟又拜在他的门下，今后你们兄弟依靠王先生栽培的日子还长哩！”

杨度见母亲如此深明大义，十分感动，于是从怀里掏出袁世凯送的一千两银票，双手恭送到母亲面前：“王先生的一千两银子，退回去，这个缺，我给您老补上。”

李氏看了看儿子手中的银票，没有接，问：“你哪来的这么多银子？”

杨度说：“您老接了后，我再说给您老听。”

李氏好奇地从儿子手里接过这张花花绿绿的银票，不知怎样处置，像捧个金娃娃似的，将它放在手心里托着。杨度简单地把去了一趟小站的情况告诉了母亲。谁知李氏听了，脸上却不太高兴起来，说：“度儿，你父亲生前常说无功不受禄，又说为人不可贪横财，那袁世凯，你与他并无深交，

又没帮他很大的忙，他何故要送你一千两银子？你可要慎重，当心莫上当呀！”

杨度见母亲这样小心谨慎，大笑起来说：“那袁世凯是大官绅之后，又身为朝廷练兵大员，手中的军饷每天成千上万地过，千把两银子，对他来说小事一桩，他与王先生大不相同。”

李氏把银票还给杨度说：“这银子我总觉得不踏实，我不能收。乡里小户人家，粗茶淡饭便可度日，要这多银子做什么，你还是自己留着吧！”

杨度知母亲素来本分，于是不再多解释，说：“我近来也不需要大宗钱用，您老就帮我保管吧，放在家里也安全些。”

李氏见儿子这样说，方才收下。这时杨度发现叔姬早已不在旁边了，想起就在母亲介绍聘礼的时候，叔姬脸上似乎并没有喜色。是害羞，还是因为即将出嫁离开娘家，心里难受？杨度兴冲冲地走进妹妹的闺房，见叔姬正背对门坐在桌子边，遂大声说：“叔姬，我给你带来了午诒送你的一件婚礼！”

“夏公子！”叔姬猛地一回头，冲着哥哥问，“他送我什么？”

杨度走到桌边，从灰布包里取出一个用油纸包着的四方小盒子来，说：“午诒特地招呼我，要由你亲自打开，我也不知道他送的什么。”

叔姬心里分外激动，手微微地颤抖起来。她小心翼翼地将油纸打开，露出一个黑色木盒来。那木盒做工相当精致，上下左右六面都有螺钿镶嵌的花鸟虫鱼，配以闪亮的国漆为底，显得十分古色古香。叔姬将木盒盖抽出，里面躺着一朵小巧的宫花。这宫花以浅绿色翡翠为叶片，以大红珊瑚为花瓣，中间的花蕊，乃是一颗晶莹的淡黄珍珠。

“呀！午诒竟送了一个这么贵重的礼物。”杨度感叹着。他知道，这种宫花只有大栅栏祥记首饰铺才有卖，祥记是专为宫里的妃嫔和王府里的女眷制造饰物的。别看它只是一朵小小的宫花，买起来绝不少于一百两银子。杨度对一向未戴过贵重首饰的妹妹说明它的价值。叔姬痴痴地听着，一句话也没说，待哥哥走出房门，深情专注的才女，再次捧起这朵昔日恋人今日榜眼所送、出自京师巧匠之手的宫花，一动不动地坐在床沿上。先是胸中如波涌云飞起伏不定，继而两眼如天塌一方雨水淋淋，最后竟然如玉山倾倒一卧不起。

叔姬病了。她躺在床上不吃不喝，常常恍恍惚惚地梦见自己头戴凤冠身着霞帔，与头插金花身穿大红锦袍的夏公子拜天地入洞房，含着甜蜜的笑意醒来的时候，一眼瞥见枕边那朵珍珠翡翠珊瑚花，又不觉泪如雨下。

有时她禁不住在心里大声喊叫："夏公子，我如此思恋你，你到底知不知道！"有时又不禁在心里长叹："老天爷呀，你为何要在一个弱女子的心中播下如此难忘的情种！"她默默地一遍一遍地背诵《红楼梦》中那首《枉凝眉》："若说没奇缘，今生偏又遇着他；若说有奇缘，如何心事终虚化？"

李氏白天黑夜守在床边，见就要出嫁的女儿这副模样，心都碎了。杨度急得四处延医，亲自为妹妹煎药，劝她服下。就这样，叔姬在病榻上躺了半个月，直病得花容憔悴，骨瘦如柴，方才渐渐好起来。杨度问母亲，叔姬前一向可曾患过病？李氏摇了摇头。先前既未病过，这些日子又未感过风寒，是什么原因使她病得这样厉害？那朵宫花平放在妹妹的枕边，泪水滴在上面，犹如一朵清晨刚刚摘回的花瓣上尚滚动着露珠的鲜花。看到它，正从失恋中回过神来的杨家老大似乎一切都明白了。

等叔姬可以下床喝稀饭的时候，杨度告别母亲和妹妹，返回船山书院，将妹妹的病况禀报给湘绮师。代懿得知后急得一夜没睡好，第二天一早便向父亲请几天假，到石塘铺看望未过门的心上人去了。

杨度问王闿运："先生，您老说再留在京师，我将有可能面临灭顶之灾，这是什么缘故呢？"

王闿运微微一笑，说："再过些时候你就明白了。"

看着先生那副神秘的样子，杨度如堕五里云雾中。先生既然不肯明说，他也不便再问，于是继续往日的学业。杨钧正在跟先生学诗词，闲时则调色作画，画技比在家时大有长进了。过了些日子，杨度将这次会试的四书文、试帖诗和策论拿出来请先生指教。王闿运读后说："你的试帖诗写得典雅平稳，甚合会试格式，但四书文和策论都欠古朴遒劲，虽议论滔滔，貌似雄辩，其实不扎实，给人以夸夸其谈的感觉。写文章，宜取三代秦汉魏晋人为准的。他们的文章雄深雅健，真气内葆，浮华尽去，然古艳自存，令人百读而不厌，其中尤以庄子的文章为第一。你看它汪洋恣肆，跌宕起伏，仿佛有天地不能羁绊、时空不能限制的气概，读来使人胸襟开阔，百忧忘却，真正是古往今来第一等好文字。它奇思怪想，波谲云诡，又最能启发作文之思路。曾文正说过，思路宏开，层出不穷，乃文章必发之品。为文之奥妙，首在开拓思路，思路一开，笔底文字则滚滚而来，如泉涌，如堤决，常人之所不能有的雄伟瑰丽的境界不期而然便来到，那样的文章还不发皇吗？《庄子》三十三篇，内篇精奥，外篇恣睢，杂篇闳博，篇篇都是精品，尤其是最末一篇《天下》，乃集文章之大成，最宜熟读慢嚼，下苦工夫体会。我年轻时读过上百遍，手抄也有一二十遍，下第不要紧，你还可趁此机会多读点书。当年王安石未大用之时常伏案苦读，朋友问何故如此，他说‘它日如负国家之重，恐无暇读书也’。你要珍惜眼下的时间，日后肩负大任之时，想再有东洲读书之乐都不可能了。”

王闿运这一番话，如电光石火之撞击，使杨度脑子大为开窍，过后再细细咀嚼，又觉精义无穷。他深深认识到老师腹内真有不可测试之学问。一番点拨，胜过自己三年五载的苦苦摸索。他于是将精力集中于三代秦汉文字，很快便觉得自己的文章已进入到一个新的层次。

这时，京师的新政正在大力推行的消息不断传来。先是皇上任命谭嗣同、杨锐、刘光第、林旭为四品军机章京，接着又赏加袁世凯以侍郎衔。杨度听到这些消息心里高兴，知道这都是皇上接受了徐致靖荐举的结果。与此同时，训农通商，整顿厘金制度，推行保甲制，开筑铁路，兴办学堂，兴办邮政，废除漕运，一连串的上谕不断见之于报端。在杨度看来，京师的新政正在方兴未艾之中。但从省城长沙传来的消息却并不太妙。

湖南学术界的泰斗、曾任国子监祭酒、现任岳麓书院山长的王先谦，公然在岳麓书院禁止学生们谈论新政。有几名学生因违反这个规定被开除了，徐仁铸为他们说情，竟然遭到王先谦的指责，并以辞职相要挟。徐仁铸敌不过王先谦，亲到岳麓书院挽留，并向王赔礼道歉。又屈服王的压力，被迫停办时务学堂。王的学生曾廉公然上书朝廷，请杀康有为以谢天下。叶德辉的《翼教丛编》正在日夜刊刻之中。他的门徒声称，数年以来康梁倡伪经改制度平等民权之说，使民无论智愚，人人得申其权，可以犯上作乱，祸国之深，实大清建国以来所未有。康梁之徒，国之大蛊，应全国共诛之。湖广总督张之洞的《劝学篇》被广泛刷印发行，勒令湖南学政发放各书院，三湘学子，几乎被强行人手一册。《劝学篇》说民权之说，无一益而有百害，使民权之说一倡，愚民必喜，乱民必作，纪纲不行，大乱四起。又列举了大清王朝薄赋、重民、恤商、慎刑等十五条仁政，说凡我报礼之士戴德之民，固当各护忠爱，人人与国为体，凡一切邪说暴行足以启犯上作乱之渐者，拒之勿听。

长沙本是推行新政最激烈的省份，为何现在唱的调子与京师发出的上谕如此针锋相对呢？张之洞本是积极主张变通陈法力除积弊的有识大员，他曾捐五千两银子到京师强学会，在督署以重礼接待过康有为，称赞他的爱国热肠，如今为何这样杀气腾腾地对待康有为呢？陈宝箴、黄遵宪、徐仁铸等人为什么不以皇上的谕旨来批驳张之洞呢？杨度的心开始紧张起来，为新政的前途而忧虑，为梁启超、谭嗣同的命运捏着一把汗。

时隔不久，京师传来天崩地裂般的消息。谭嗣同、康广仁、杨锐、林旭、杨深秀、刘光第被杀于菜市口。谭嗣同尤为死得壮烈，临刑前愤然高呼：“有心杀贼，无力回天，死得其所，快哉快哉！”围观之人无不欷歔。所有参与新政的人员都被目为乱党，一一拘捕。康有为、梁启超幸得外国人的帮助才逃出国境。徐致靖被捕入狱，陈宝箴、黄遵宪、徐仁铸、熊希龄等均被革职回籍，永不叙用。连早已罢官回家养老的翁同龢，此时亦罪加一等，交地方官严加管束。光绪帝则被囚之于瀛台。慈禧重新训政，新政一律废止。实行了一百零三天的新政，成为中国近代史上的一现昙花。湖南的新政也全部崩溃。原布政使俞廉三署理巡抚。他上台之后，一切复旧。王先谦、叶德辉之流弹冠相庆，原先参与新政的人员或拘捕，或外逃，刚露生机的三湘大地又回到了以往死一般的沉寂。

惨痛的剧变使杨度陷于忧郁之中，随之而来的一则传闻更使他惊讶。新近从京师回来的人都说，这次政变的祸首虽是慈禧，而导致政变的罪人，正是被杨度称之为当今官场上的凤毛麟角之袁世凯。政变前三天深夜，谭嗣同密访袁世凯，请他救援皇上，袁满口答应。但袁回天津后即向荣禄告密，荣禄连夜进京见慈禧，将皇上的计划全部奏报。于是慈禧凌晨进宫，先一步下了手，从而演出了一连串的悲剧。

杨度听了这则传闻，如同头上重重地挨了一闷棍。他怎么也不可能相信，那个雄才大略、礼贤下士的练兵大员竟然是一个出尔反尔、卖主求荣的小人！自己在徐致靖的面前是说了袁的不少好话的，徐致靖的推荐，谭嗣同的深夜密访，是不是与此有关呢？想到这里，杨度的心情很沉重。然而，他又不得不佩服湘绮师，如果不是湘绮师的那封叫他回湘的信，说不定此刻他仍在京师，那后果就不堪设想了。但是，湘绮师身居湘江孤岛，离京师数千里之遥，他何能有如此英明的预见呢？看来虽追随先生两三年了，尚并未得到先生学问之皮毛。怀着对先生深深的谢意和敬意，在一个风雨如磐的秋夜，杨度来到了明杏斋。

八　湘绮老人传授帝王之学的真谛

“皙子，这么晚了，又下着大雨，你怎么来了？”正在灯下挥毫不辍的王闿运摘下老花镜，对着站在门外的学生说。

“特为来向先生讨教。”杨度在宽敞的屋檐下脱去木屐，收起雨伞，然后擦去脸上的雨滴，整了整衣冠，恭恭敬敬地走进书房，坐到先生的对面。

“周妈，皙子来了，泡碗好茶来！”王闿运对着卧房大声喊。

周妈答应了一声，却磨磨蹭蹭地半天不出来。叔姬就要和代懿结婚了，周妈的如意算盘彻底落了空，这一切都是因为杨度的缘故。假若他不来，哪里会有什么叔姬？没有叔姬，她的女儿就稳稳当当成了王家的媳妇，她也就名副其实地做了王闿运的中馈了。这个该死的杨度，第一次见面便冲了她的兴头，想不到现在居然真正坏了大事。周妈本想不出来泡茶，但又怕惹老头子发脾气，好半天才端来一碗不冷不热的温吞水，懒洋洋地放在杨度的身边，话也不说一句，眼也不瞧一下地便走了。杨度却不在意，完全不把周妈的态度看在眼里。他对老师说：“学生今夜要向您老请教，两个月前，学生身处京师，可谓在是非旋涡之中心，虽时时感觉到新政推行的艰难，但并没有想到新政会败得这样悲惨，而您老远在东洲上，连长沙也不去，那时就说我若不离京师，将有灭顶之灾。先生，您老对新政，对时局的预见，为何能有如此的英明？”

王闿运摸起手边那把雪亮的铜水烟壶，从周妈手绣的莲花鸳鸯荷包中慢慢地掏出一撮蚕豆大小的金黄烟丝。杨度赶紧将桌上摆的一盒洋火擦燃，给先生点上纸捻子。王闿运半眯着眼睛吹燃了纸捻，随着一阵咕噜噜水浪声音过后，满是书笔的宽大案桌上空飘起一缕缕轻烟。眼看着轻烟慢慢地消散了，湘绮老人仍未开口。王闿运一向以思维敏捷应答如流著称，如今虽年过花甲，思维和行动均无老态，他手下一批号称机敏的学生也常常自愧不如。今日如此面无表情反应迟钝，杨度近两三年来还是第一次看到，想必先生正在进行一项重大的思索，他放下洋火盒，正襟危坐，随时准备聆听教诲。

“我从同治元年开始设帐讲学，至今已有三十七八年了，教出来的学生不下三千多人，说一句桃李满天下的话也不过分。”王闿运并没有直接回答学生的提问，却回忆起他的教书生涯来，杨度颇为迷惑不解。“这三千弟子，虽不能说个个成才，但绝大部分都没有辜负我的期望，这是我这个做了近四十年教书匠的安慰，尤其是今科夏大的高中榜眼，他自己风头出足，也为我的老脸挣了不少光。这几个月来请求进船山书院的人已逾千数，大家都说王某人教出了一个榜眼公，本事大得很，人人都想做榜眼，便都来投王某人的门下，他们哪里知道，王某人执鞭授徒四十春秋，也只教出了一个夏大。”

说到这里，王闿运笑了起来，他磕掉烟锅里的烟灰，重新又装了一袋，吹燃了纸捻。杨度心里很惭愧。老师当然不是借此来讥讽他，这点他知道，但自己也太不争气了，倘若他杨皙子这次点了个头名状元回来，该会给老师带来多大的荣耀！

“世人更不知道的是，我王某人教书育人的最大目的，并不在于造就进士、翰林，故而夏大中了榜眼，在一般的教书先生看来是最大的终身荣光，但在我看来，却并没有多大的喜悦。你应当记得，你刚来到东洲的时候，就对你讲过，我有三门学问：一为帝王之学，一为诗文之学，一为功名之学。这功名之学乃是我王门第三等即下等之学，这门学问即使再出几个鼎甲，我也不会欢喜若狂。”

初进明杏斋的情景又浮现在杨度的脑中。就是在那天，他激动地向先生表示，他要学的是上等的帝王之学。而这几年，先生也的确是把他向这门学问中引导，事实上他也从中学到了许许多多外间所学不到的真学问。杨度想到这里，刚才失衡的心情略趋平衡。

“我有四个儿子，也曾想让他们能有一点惊人的出息，但后来我冷眼旁观，四个儿子都不是那块料。在你之前，我也曾有意培养几个弟子继承帝王之学，但很遗憾，有的后来自己不争气，有的又时运不济，几十年过去了，并没有一个满意的学生。我今年六十六岁了，有生之年不多了，现在只有你一个在致力这门绝学，更何况王杨两家又联了姻，你我之间既是师生又是亲戚，我将自己一生的真实学问传授给你，这是不用怀疑的。不过，皙子你自身也要努力，不要辜负了我这番心血。”

杨度的心被先生这几句至诚至恳的话说得急剧地跳动起来，他涨红着脸慷慨地说：“先生请放心，学生决不会使您老失望。今生若不得时则罢了，只要风云一动，学生一定要乘时而起，做今日的良、平、房、杜！”

王闿运轻轻地点点头，放下铜烟壶，端起茶杯喝了一大口，说：“你有这个志，这点我早已看出，你有这个才，我也不怀疑，但你毕竟阅历太少。前些年跟随伯父游历过中原大地，这是你一个可贵的经历。你之所以有浩然不凡之志，其实正得力于汴洛旧京之风的熏陶。这点或许你自己并没有意识到，但我当年亲去石塘铺会你，却有很大程度是看中了这一点的。不过总的来说，你还是在书斋中过来的人，又对书迷恋得太深。我曾对人说过，代懿是书呆，午诒是书蠹，你是书痴。书不可不读，但呆、蠹、痴却不可取，不要说办国家大事不行，就是那些真正成就了一番大学问的人，也没有一个是书呆子的。你应该记得许浑的两句诗：溪云初起日沉阁，山雨欲来风满楼。你问为何我在东洲有先见之明，这是因为早在年轻时我就已看到溪水边涌起的乌云，又在今春感觉到一阵阵不寻常的冷风，从而断定有一场大山雨要来。”

湘绮老人绕了老大一个圈子，到这时才接触到杨度所提的问题，而杨度就在随老师绕圈子的过程中，得到了两三年来所从未有过的绝大信任和期望，心里正烧起一团火。这团强烈求知的欲火，要把先生所传授的深奥的大道理煨熟煨烂，然后再细嚼慢咽，消化吸收。这或许正是作为一代名师的王闿运的执教成功之处。年轻时便看到了溪云，这话说得多玄！杨度竖起两只耳朵，以十二分的凝神专注，谛听老师的下文。

“先说说冷风。”王闿运又习惯地摸起烟壶。杨度也恰好感觉到有股冷风从后面吹来。原来外面的雨下得正起劲，风也在不停地刮，一张窗纸遭雨淋湿，又被风吹破了。冷风乘虚而入，灌进了明杏斋。杨度本想去找块木板挡着，见先生已开口说话了，便不敢再挪动脚步。

“皇上鉴于甲午年海战的失败，采纳康有为的主意，以变法来求自强，本无可厚非。世无常法，唯变可通，但变则触犯旧序，触犯旧序则必然有人反对，故古来有言，利不什者不变法，算是充分看到了变法的艰难。这话去年你从长沙回来时，我跟你说过，你还记得吗？”

“记得。”杨度点头说，“您老那时就说康有为的变法会要得罪很多人。”

“是这个意思。”王闿运继续说，“若利有十倍，拥护者则多，反对者成不了气候，所变之法易于通行，否则必然引起动乱。大清朝之法，早在几十年前，我便看出它弊病丛生，非变不可。曾文正当时也看出了，他在晚年用了很大的气力来扭转弊端，想做一番中兴大业，但即使如曾文正这样功德和权势都达到极点的人，所变亦不多，收效更微。于此可见大清朝的法改变之难了。”

纸捻子又点着了，书案上空又飘浮起一缕缕轻烟。隔壁卧房里，周妈早已发出阵阵均匀的鼾声。

“在湖南，正当陈右铭力倡新政的时候，王益吾、叶焕彬他们就公开反对。叶焕彬在学界的威望当然不够，但王益吾却不可小觑。他们攻击陈右铭的一切新政，这固然不对，但对右铭放任梁启超在时务学堂鼓吹民主、民权的批评，则是很有道理的。这点，我也支持他们。”

杨度想起他从长沙回来，一谈起时务学堂先生就反感的事。的确，民权、民主几乎在所有耆宿眼里，都成了大逆不道的邪说。

“不过，王益吾、叶焕彬等人的反对，归根结底只是书生的议论，可以影响人心，但毕竟成不了大事。右铭采用强硬的手腕，湖南的新政还是在推行的。今年春末，张香涛制军突然广为印发《劝学篇》，说中国之祸不在四海而在九州之内，又说这些年邪说暴行横流天下，倡民权民主的人都是祸国之贼。张香涛这个人你不认识，同治年间我在京师时与他交往很多，他是一个很不一般的人物。他十六岁中解元，二十六岁中探花，供职翰苑时为清流派的主要人物，尔后清流派均因得罪权贵而遭贬，唯独张香涛却官运亨通，由内阁学士外放山西巡抚，没有几年又调升两广总督，起用老将冯子材，取得谅山大捷。来湖广这几年修铁路，建铁厂、枪炮厂，设织布、纺纱、缫丝、制麻四局，又创办两湖书院，政绩显赫。 张之洞于同治二年会试中一甲第三名，授翰林院编修。同治十年，王闿运在京师参加辛未科会试未第。在京师逗留期间，王闿运与时任翰林院侍讲学士的张之洞过从较密，互有诗词唱和。《张之洞全集》中收有《和王壬秋五月一日龙树寺集诗一首》、《和王壬秋孝廉食瓜诗三首》、《送王壬秋归湘潭（王为某故相客故有中郎之感）》。兹录《送王壬秋归湘潭》长诗中的最后几句于后，以窥王张交往之一斑："九嶷窈窕湘波绿，高楼正临湘水曲。女儿授学书满床，小妇弹筝美如玉。尽添鸿宝付名山，会听蒲轮动空谷。君去江干兰自芳，君诗荡气更回肠。欲从无奈湘潭水，我亦金门执戟郎。"在诗末，张自注："壬秋新制圆明园词，为人传诵。" 刘禺生撰《世载堂杂忆》："张之洞曾谓王湘绮云：'我为博学，君为鸿词，合为一人，始可应博学鸿词考试。'湘绮答曰：'若必如此，又从何处得同考之人？前代诸科所选，博学者多，鸿词者少，不博不鸿者几乎过半。学风极盛之时，尚且如此，全才诚不易也。语云学然后知不足，今之少年，不学而足，中兴人物，并无中兴学风，可叹！'之洞闻言默然。"张香涛先前十分看重康有为，把康视为国士，而康又为皇上所倚重，这样一个工于宦术的朝廷大员，若没有从京师最上层获得不利于新政的最机密最确切的消息，他敢于刊发《劝学篇》，公然与皇上唱对台戏吗？"

王闿运两眼望着杨度，似乎在向学生提出这个问题。杨度明白了许多，轻轻点头说："先生分析得对，大家都说张制军最圆滑最会做官，他的确有可能掌握了最高的机密，春末时便已预见了初秋的这一幕。"

"这就是山雨未来之前的满楼风。我得知你在京师与康、梁、徐学士等人接触频繁时，对代懿说，书痴自谓不痴，这回却痴了，所以急速召你回湘。"

外面的大雨不知什么时候停了，风也住了，只听见屋檐水滴答滴答的响声，伴着周妈的轻微鼾声，愈加衬托出夜色的寂静单调。

"先生，你刚才说年轻时就已看到了溪水边涌起的乌云，关于这一点，您老能详细给学生指明吗？"杨度前倾着身子延颈受教。

"关于这一点，我今夜要好好地跟你谈谈。"王闿运起身舒展了一下四肢，笑着说，"夜很深了，我肚子饿了，想必你也饿了，厨房里有现成的卤菜，前些日子赵明府打发人送了一坛胡子酒，还未打开，你也去搬了来，今夜我们师生就来个竟夕畅谈吧！"

经先生这么一提，杨度也的确觉得肚子饿了。他喜欢饮酒，也善饮，今夜在明杏斋，一边饮味道醇美的胡子酒，一边听先生讲逝去的本朝典故，这是人生一件多么难得的趣事！美酒雅兴，相互辉映，直到没齿之年回想起来都是回味无穷的。

他兴冲冲地提着油灯走进厨房，见碗柜里摆着一碟卤牛肉，一碟油炸香干，忙把它端起。又四处寻找，见屋角边有一个大肚小口酱色瓦坛子，坛子上套一圈篾织的绳索，无疑这是酒坛子了。杨度一手提酒坛，一手夹着两碟卤菜走进书房。王闿运笑着说：“皙子能干，将来开酒店，一定是个好伙计！”

杨度高兴起来，与老师开着玩笑：“那时我和先生一起开家酒铺，先生管收钱，我当垆。”

王闿运大笑道：“我这么老了，还能管账吗？你自己去收钱吧，找个卓文君来替你当垆！”

杨度也哈哈大笑起来。王闿运从书桌屉子里摸出一包油炸花生米来。杨度打趣道：“先生，这是你平时的零食吧！”

“不错。”王闿运爽爽快快地承认，“周妈知道我喜欢吃这个东西，常常塞一包在这里，幸而小孙子们不在身旁，不然的话，哪还有我老头子的份！”

王闿运咧嘴开心地笑着，宛如一个老顽童。

师生对坐，三杯酒下肚后，王闿运接上了刚才的话题：“我年轻时漫游江湖，以文会友，初生之犊不怕虎，也敢于游说公卿，不怕他侯门渊深似海，虎帐刀枪如林，颇有点说大人则藐之的气概。咸同年间的名人，朝廷中的肃雨亭、潘伯寅、张香涛，督抚中如官秀峰、张石卿、骆吁门等都成了忘年交，至于三湘子弟中的豪杰，上自曾文正、左文襄，下至偏裨校尉，结识的不下数百人。李少荃、袁甲三、多礼堂、鲍春霆等人，或与他们谈过诗文，或赴过他们的宴席，都非泛泛之交。就在这遍识天下士之际，我将爱新觉罗氏创建的这个王朝看得一清二楚了，我断定它的兴盛期早已一去不复返，大清已经走到了末路。”

追随先生两三年来，用这样明白的语言表达他对朝廷的看法，这尚是第一次；何况朝廷正在杀气腾腾地镇压乱党，先生的言论与乱党的主张有何不同？杨度暗暗地吃惊。

“皙子，你听没听说过，我两次劝曾文正蓄势自立的事？”王闿运说话之间又喝了几杯，略有点醉意了。他摘去头上的青缎瓜皮帽，把它抓在手里，睁大眼睛问学生。

这是杨度最感兴趣的事，那年在碧云寺他问过曾广钧，也不知广钧是真不知还是假不知，就是不肯说，还说要他今后亲自去问湘绮师本人。今夜先生主动说起这件事了，真是难逢难遇的好机会，杨度精神倍增，说："听是听说过，但不详细，又有人说先生本人并不承认。"

"我在别人面前都不承认，承认了就要杀头的呀！"为人本来就平易的王闿运，喝了几杯酒之后，就更不摆师道尊严的架子了。他伸出右手掌来，做出一把刀的样子，在自己的脖子上比画着。杨度觉得先生越是这样，越是可亲可爱。

"今夜我告诉你，这都是真的，但你千万要记住，不能对外人说呀！"

杨度想，今夜老师格外兴奋，要是他能将两次劝曾国藩造反的事说出来，岂不给后人留下一段信史？现在固然不能说，今后总要寻一个法子把它留在史册上，传给后代子孙的。应该让先生毫无保留地说出来。他起身抓起酒坛子，将老师的酒杯倒满，说："先生您老说到哪里去了，今后就是刀卡在我的脖子上，我也不会出卖您老。当初您老是如何劝曾文正自立的，详细地讲给学生听听，就当您老上一堂帝王之学的课吧！"

王闿运望着满满的酒杯，没有喝，说："你去烧一壶开水来，给我泡一碗浓茶。酒不能多喝了，再喝就醉了。"

杨度当然不希望老师醉，于是到厨房去烧水。王闿运则又拿起铜水烟壶抽起烟来。一会儿，水烧开了，杨度泡了两碗茶，一碗给先生，一碗给自己。胡子酒性不烈，王闿运喝下茶后微醉已消失，恢复了常态。

"第一次在咸丰四年春，我那时也在东洲，但不是做先生，而是做学生。曾文正在衡州府练了大半年的兵，建起了水陆二十营一万人的团勇。就要出师了，他写了一篇《讨粤匪檄》，叫人抄了几百份四处张贴。我看到了，就借此入手，到桑园街去会曾文正。"

曾国藩的文章本写得好，又加之功业名位冠于一时，当时读书人无不诵读曾的文章，称之为湘乡文，比桐城文还要高出一筹。杨度也读过这篇檄文，他极为用心地听着，看先生是如何通过这篇檄文入手的，这可是真正的窾要之处！

"我那时年轻，原以为曾文正大异于常人，谁知一见面，才知他极其普通。他那时正守母丧，办事都穿素便服，我看他那模样，就是一个乡里穷塾师，待人也还谦和，一开口就说对我闻名已久，先以为这是客套话，后才知道他真的听别人说起过我，于是一下子就显得亲近了。我说，曾大人，你的檄文写得好是好，就是回避了一件大事。他问回避了什么大事。我说长毛造反，一个重要的依据是说满人不是中国人，所以要把满人推翻赶走。其实长毛这个说法是错的，满人是中国人。满洲是在唐代就入了中国的版图，怎么说满人不是中国人呢？檄文对此事一字不提，而大谈保卫孔孟名教，使人觉得湘勇是一支卫道之师。我劝曾文正，这篇檄文再不要印了，免遭非议。”

杨度心里想：在京师时听说有一种革命党要推翻朝廷，理由也是说满人不是中国人，满人入主中原，就是中国亡了国。看来先生早在四十多年前就批驳了这种观点。

“先生，曾文正当时怎么说呢？”

“曾文正听了我的话后，笑着说，说得好，足下年纪轻轻便有这等见识，将来前途无量。我见机会到了，便说我有几句重要的话要对大人说，请屏退左右。曾文正将我带进他的书房。我关上门窗后对他说，满人入关二百年来，历来对汉人防范甚严，明公今有水陆万众，皆一人所招，兵强马壮训练有素，此为我朝从未有过的事，朝廷对此将会亦喜亦忧，望明公师出以后于此等处时时加以检点，免遭不测。曾文正听后点了点头。我于是又说，明公治军严明，礼贤下士，衡州有识之士都以为明公为扭转乾坤之人。秦无道，遂有各路诸侯逐鹿中原，来日鹿死谁手，尚未可预料，愿明公留意。”

王闿运说到这里停了下来，端起茶杯。杨度听得入迷，也紧张极了，忙催问：“曾文正公听了先生的话后是如何说的呢？”

王闿运喝了一口水，轻轻地摇了摇头说：“曾文正听了我的话后半晌不做声，拉长着脸，脖子上的筋鼓鼓的，好久之后才说了一句，今夜天色已晚，就说到这里吧！什么态度也没有。” 何人斯撰《记近代大儒与奇士的王壬秋》：“王壬秋是一位有政治活动野心的人，迭遭慈禧的打击，又看到清政的腐败，故极力希望曾取清以自代，结果不为曾所接受，常骂曾不识抬举。迄同治十一年国藩去世，壬秋在日记中记云：‘念曾侯魂归故山，真如大梦，惜其赍志有不敢行者，可惋也。’又以联挽之曰：‘平生以霍子孟张叔大自期，异代不同功，戡定仅传方面略；经术在纪河间阮仪征之上，致身何太早，龙蛇遗憾礼堂书。’因为骆宾王讨武后檄文中‘霍子孟之不作’句，故壬秋挽联中引用，日记中所谓有赍志不敢行者，盖指自立之事。”

“噢！”杨度垂下了头，慢慢端起酒杯。这时他才发现，不知什么时候风又起了。呼呼的秋风卷着夜雨，打在树叶上，打在窗棂上，发出令人生悸的声音。杨度仿佛觉得门外有千军万马在奔跑，幻幻影影的，似乎是当年湘军与太平军在激战。

“第二次是在文宗刚刚驾崩的时候，从当时京师和热河的种种迹象看来，会有大变故出现。我为肃雨亭的处境深为担忧，特地连夜兼程南下赶到安庆，劝说曾文正或带兵入京勤王，或干脆在安庆独树一帜，不受朝廷约束。”

“曾文正这次的态度怎样呢？”杨度急切地问。

“嘿嘿！”王闿运冷笑了两声，“比上次还糟。他不做声，只在桌子上用茶水连写了几个‘狂妄狂妄’，然后借故起身出门，走到门边还回过头来对我说曹子建的后人送来几张字画，要我鉴定一下是不是曹子建的真迹。他把我看成什么人了？从那以后，我彻底失去了对曾文正的期望，同治十年在清江浦第三次见面的时候，我就只跟他谈诗文，再不提国事了。”

杨度失望之余，记起刚才老师说了一句这样的话：“从当时京师和热河的种种迹象看来，会有大变故出现。”那不又是一次预见吗？人生最难的是预见，最可贵的也是预见，立志投身政坛的杨度更希望能有老师这种非凡的预见力。

“先生，您老是从哪些迹象看出咸丰皇帝死后会有大变故的出现呢？”

王闿运左手托起铜烟壶，右手上下不停地在烟壶上抚摸着，沉吟不语。杨度猛然间有了一个新发现：老师的铜烟壶锃锃亮亮的，原来并不是周妈擦拭的，而是他自己抚摸成的。看着他那轻柔的动作，仿佛摸的不是烟壶，而是他心爱的小孙子的脸蛋。

“这话就长了。”王闿运将烟壶放回到书桌上，缓缓地说，“先要从文宗与六爷恭王兄弟失和说起。文宗的生母孝全太后很年轻的时候就去世了，那时文宗只十岁，由恭王的生母孝静太后抚养。孝静待文宗如同己出，两兄弟年纪相差不到一岁，常在一起玩耍，故而文宗与恭王的关系比醇王、钟王、孚王为亲。咸丰五年，孝静病危，文宗常去探视，亲伺汤药。有一天，文宗又去看望孝静，孝静正面向墙壁侧睡在床，她以为是自己的亲儿子恭王来了，便说，你又来了，该给的东西都给了，皇帝心眼多，你要提防些。说完转过脸见是文宗，很觉惭愧。文宗假装没听见似的，一如平日样地请安问候。过几天，孝静死了，文宗谥她为孝静康慈弼天辅圣皇后，不系宣宗谥，不祔庙，有意减杀哀仪，把孝静降在生母孝全之下。

“恭王为母亲恳求祔宣宗庙号，文宗不许。大丧办完后，便以办理丧事不周为借口，罢了恭王的军机大臣的职务，命回上书房读书。过两年虽复授都统，再授内大臣，但兄弟俩的隔阂甚深，始终未能恢复如少年时的亲密无间的关系。咸丰十年，洋人打进北京，文宗躲到热河，恭王留守北京，全权与洋人谈判议和。后来文宗在热河病重，恭王要去探视，文宗都不许。文宗与恭王失和，让一个人钻了空子，那就是当今的西太后，当时的名号为懿贵妃。懿贵妃这人在当妃子的时候便不安本分，喜欢揽权管事。肃雨亭很讨厌她，要我帮他出主意去掉那个大清帝国的隐患。关于这件事，我对你说过，你还记得吗？”

怎么不记得？两年前的一个夏夜，也就在这里，在这间烟熏火燎的明杏斋书房，先生给他上了一堂最生动深刻的帝王之学课：讲叙当年的祺祥政变。杨度清楚地记得，先生当年给肃顺出了两个主意：劝文宗效汉武帝处死钩弋夫人的故事赐慈禧以死，若此计不成，则留一道遗诏给皇后，借以制约慈禧。

“这个厉害的女人利用恭王长期遭冷遇急于掌权的心理，与恭王联合起来，于是有了祺祥之变。我的计谋落了空，肃雨亭也因此丢了头颅。这些都不说了。”三十多年前的那场变故给湘绮老人的刺激太深了，他不愿过多地再去谈论它。“我后来回湘潭讲学，不再参与政事，但对朝廷的大计举措一直在关注着。金陵攻下后，勒令曾沅甫回籍养病，逼曾文正裁撤湘军，充分暴露了这个女人的心计和手腕。穆宗死后，她不立溥字辈的人继位，却要立胞妹之子，年仅四岁的今上登基。为什么要这样做呢？因为若立溥字辈，她则成了太皇太后，不能再干涉朝政了；若立年长的，她也难以随意挟制。这个女人的贪权擅政之心真是历代少有。后来，她又和恭王不协了，因为恭王比她能干，恭王又多次阻止她修建行宫，她又嫉又恨，终于在甲申年中法战争时期，借口恭王办事不力，罢了他一切职务，起用她的妹夫醇王，同时军机处全班换人。从此朝政如江河日下，不可收拾。时人将此事比做开元年间的罢张九龄而起用李林甫。”

窗外，急风暴雨已经过去，夜色黑得如同锅底一般，孤岛东洲早已沉入酣梦，就连平素那些“三更灯火五更鸡”的用功学子也已熄灯入睡，唯独明杏斋这盏灯已添过三次油了，依然闪亮着。老人在回忆往日风华正茂的岁月，评判历史烟云的是非功过；年轻人在努力吸取前人的经验教训，憧憬日后辅佐朝政的辉煌前景。两个人的精神都异常亢奋，如同忘记了室内的诗文酒坛，忘记了门外的校舍树木、岛外的芸芸尘世，甚至也忘记了自身的存在！

“就我的观察，爱新觉罗氏本是一个强悍的家族。努尔哈赤不用说了，正是因为他的英武，才有建州部落的强盛国力，奠定了日后入关主中原的基础。他的儿子皇太极也英雄盖世。传到福临，虽年轻早逝，但那个少年天子也有许多超乎常人之处。到了玄烨、胤禛、弘历三代，不仅是大清朝的全盛期，也是中国有史以来罕见的全盛时期，无论是君王本身的文治武功，还是国家的强大兴旺，都完全可以和汉唐盛世媲美。也可能正是应了日中则昃、月满则亏的古话，传到颙琰就显得平庸了，国家的弊病也日渐露出，只是那时内则有乾隆朝留下来的厚实家当，外则洋人也还没惹是生非，二十五年的天下，虽有几年白莲教的闹事，也总算是平平安安地过去了。到了旻宁，他的仁弱，从选嗣一事上足可体现。”

“据说文宗就是因为围猎时一矢未发而得皇位的，是这样吗？”杨度插话。

“正是。”王闿运点头，“奕詝听从师父杜受田的主意，围猎时不发一箭。旻宁问他，他说目前正当春季，是鸟兽繁衍的好时候，儿臣不忍心杀生以干天和。旻宁听了大为感慨，认为这才是真正的帝者之言，遂定奕詝为大阿哥。旻宁若作为寻常人，这种心思正是仁爱之心，足可以使他成为孝悌君子。但身为天子则不能只有仁爱而无威严，君临天下，须恩威并重。旻宁缺的正是一个‘威’字，所以后来洋人在海隅生事，他采取的总措施是息事宁人，致使大清朝的国门被洋人的船炮撞开了，启后来无穷之患。”

杨度禁不住又说：“先同意林文忠公抵抗，后又将他革职充军，也太不讲信义了。”

“这也是出于他的软弱性格。在洋人的炮火威吓下，他害怕了，只图早日安宁，便顾不得信义不信义了。”湘绮老人继续说，“旻宁几个出头露面的儿子都秉承了他的软弱性格。文宗刚即位时还有点励精图治的样子，后来太平军一起，洋人一打，困难重重，他失望了，退缩了，以醇酒妇人来解脱，结果酒色过度，三十岁就死了。恭王号称能干，但同治初年秉政不久，被西太后轻轻一压，便缴械投了降，以认错求得宽恕。至于醇王还有趣些，听说西太后要立他的儿子做皇帝，当场就吓得昏死过去，醒来后痛哭流涕，叩头求免，这哪有一点龙子龙孙的味道！连一个普通田舍翁都不如。接着便上疏，求开缺一切差使，说什么为天地留一虚糜爵位之人，为宣宗成皇帝留一顽钝无才之子，简直把列祖列宗的脸丢尽了。这样胆小怕事的醇王生下的儿子，还能是有作为的人吗？”

王闿运冷笑一声，杨度也笑了一下。

“可见爱新觉罗氏从入关之后，由强悍到平庸到懦弱，已是一代不如一代。所以对今上，我一直不寄予重望。反过来，从杀肃雨亭压恭王吓醇王来看，那个拉那氏才真正是强者。今上的种子既是弱的，又四岁入宫，在她的卵翼下登上帝位，又在她的淫威下长大，今上对这个所谓的亲爸便只有又感激又害怕的分了。虽说现在是亲政了，他能不听老佛爷的吗？他要改变老佛爷过去的那一套，要罢黜老佛爷过去提拔的旧人，老佛爷能不愤怒吗？老佛爷一愤怒，辛酉年的旧事就有可能重演。这就是我对新政遭杀头流血下场的预料。”

窗外又下起了小雨，淅淅沥沥的，星移斗转，新的一天悄悄地来到已有一个多时辰了。湘绮老人这一番对爱新觉罗家族的剖析，使杨度大长了见识，得到了多方面的启迪。康有为、梁启超、谭嗣同他们是一腔热血忠君爱国，但知己而不知彼，结果碰得头破血流。自己也跟着他们闹了一段时期。幸而有这么一个极富政治经验又冷眼旁观的先生的及时点拨，否则平生大志一无展布之时，便被投之囹圄，甚或被砍了头，岂不太冤枉可惜！

“来来来，再喝两杯！把碟子里剩的卤菜都吃掉！”王闿运把已放下多时的筷子又举起，敲了敲碟子边。

杨度赶紧把坛子端起，先给先生倒满，又给自己加上，一坛子胡子酒只剩下小半了，师生二人又重新碰了杯。

“康有为这班子人现在是鸡飞蛋打各奔东西了，他们的不幸，在于扶持的是一个软弱而无实力的皇上，反对的是一个强悍而又死党众多的太后，这是他们失败的一个主要原因。还有一个重要的原因，就是他们鼓吹民主民权。这一点，你去年从长沙回来时，我就讲过，民主民权，在泰西或者可以实行，但在我们中国却是万万行不通的。择一个英明之主而辅之，这是我前半生为之奋斗的目标，可惜我时运不济，未曾遇到合适的人。肃雨亭、曾涤生都不是真命天子。肃雨亭有其胆而无其才，曾涤生有其才而无其胆，都白让我操了心，我希望你的时运比我好。外人侵凌，主上柔弱，民生不安，国家不稳，这国乱民危之际，正是英雄豪杰并出之时，我帮你留意，你自己也要有心，选择一个真正有胆有才的人辅佐之，让我有生之年能看到我的帝王之学没有成为空谈。晳子，你应当清楚，我在你身上寄托着多大希望啊！”

说到这里，王闿运把杯中的酒一饮而尽，双目炯炯地望着眼前这位英气勃发的学生兼姻亲。杨度也将酒一口喝尽，庄重地说：“先生放心，杨度一定不负您老的厚望！”

一股酒气冲上脑门，王闿运觉得头晕晕的，桌上的狼藉杯盘显得模糊了。他挥挥手说：“晳子，你回去吧，我乏了，要睡觉了。”

正在这时，一声嘹亮的雄鸡鸣叫，穿过窗棂传进书房，步履蹒跚的王闿运停下了脚步。突然，他引吭高吟，声调悲怆慷慨：

> 饮酣画鼓如雷，谁信被晨鸡轻唤回。叹年光过尽，功名未立；书生老去，机会方来。使李将军，遇高皇帝，万户侯何足道哉！披衣起，但凄凉感旧，慷慨生哀。

杨度被眼前突发的这一幕惊呆了。这应景而起的半阕宋词，抒发了先生多少追忆，多少抱负，多少牢骚，多少期待！目送先生步入卧房后，杨度才恋恋不舍地走出明杏斋。

东洲的风和雨都已停了。近处仍然漆黑一团，遥远的东边天幕，现出一抹浅灰色的亮光，新的一天的黎明已将它的第一缕晨曦送到了人间。四周的空气分外清新。杨度毫无睡意，他整夜都在亢奋之中，此时的头脑显得十分清醒。他仿佛意识到，湘绮师神秘深奥的帝王之学，经过两三年来的研习揣摸，终于在昨夜探到了它的真谛。

第四章　佛门俗客

一　怪木匠齐白石

与醉心帝王之学的哥哥相反，杨钧投在湘绮师的门下，专心致志学的是先生的诗文。哥哥有时跟他讲先生在咸同年间如何如何地与当时名流交往，腹中如何如何地充满了王霸之才，显得艳羡不已。十八岁的杨家老三不同意哥哥的看法，他认为湘绮师在帝王之业上完全是一个一事无成的失败者，而他的诗文成就却是世所公认的。使他纳闷的是，为什么这样明摆着的事实，哥哥却看不清楚呢？更使他不解的是，湘绮师本人也不这样认为。杨钧记得，有一天在课堂上，先生神采飞扬，将一堂分析古诗十九首的课讲得如同天女散花，精彩纷呈。临下课时，又笑着对大家说："今晚谁要是有兴趣，可到明杏斋来，我请他喝酒！"学生们问："先生，今天有什么喜事了？"湘绮师说："我今天收到二百两银子的润笔。"一个学生说："先生平时常得润笔，也没有请客。这次为何请客？"湘绮师说："你们不知，这二百两润笔与通常的不同。江南提督李朝斌是我的老朋友，他请我为他的尊人写一篇墓志铭。我对他说，你是咸同年间立过大功的湘军宿将，又清廉自爱，我敬重你，为你的尊人写墓志铭，我答应，而且不收你的润笔费。写好后寄去，今天他托人带来二百两银子，还有一封信。信上说，我是个武夫，纵然打了几场胜仗，算不得什么，你才是真正的霸才。你能为我的亡父写墓志铭，生者和逝者都很有光彩，照例二百两润笔费不能少。你们看，他许我为霸才，这才是我的知己。过去曾、左、胡、丁、肃、潘、阎、李诸公，或赞许我的经济，或赞许我的文章，但没赞许我为霸才的。就凭'霸才'这两个字，我不能拂他的意，痛快地收下了。你们说，我们师生该不该在一起痛饮几杯？"学生们都雀跃起来，齐声道："该！"那天晚上，真的有十多个学生去明杏斋喝了酒。杨钧却没有去。　高伯雨《王湘绮自负霸才》："有个江南提督李朝斌，是湖南善化人，有一次送了一百两银子给湘绮。湘绮复函致谢其受之无愧之意。信写得很有趣，节录于左：'汉春仁兄军门节下：前见已慰所怀，陈伯严来述尊论，见许为霸才，不胜感激。自来曾胡左丁肃潘阎李诸公，相知者多，其或有许其经济，从无赏其纵横，尝有自挽联云：春秋表仅传，正有佳儿学诗礼；纵横志不就，空留高咏满江山。盖其自负别有所在也。而麾下一见，便能道其衷曲，曷胜钦佩。来贶百元，便不复辞，以相知深于此也。虽然，空名无益，现钱极难，麾下一言而送去百金，万言则倾家矣，此又务虚名之过其实。投契结分，不在此等。'读这封信，我们亦可窥见湘绮的思想行谊一斑。”

诗文之余，杨钧则调色作画。他在绘事上很有天赋。过去在石塘铺，没有老师指点，他就学王冕那样，以造化为师，描摹山川景物、花鸟虫鱼的形态和颜色。数年来苦心钻研，居然无师自通。来东洲书院的时候，画出的东西已很成样子了。王闿运是个胸怀宽阔、兼容并蓄的良师，并不因杨钧爱画画而责备他耽搁正事，反而鼓励他。王闿运自己不善此道，却收藏了不少名画，他把这些名画都借给杨钧看，又给杨钧在衡州城里找了一位姓姚的绘画老师。每隔五天，杨钧进城向姚师学半天画。近一年来，杨钧画技大有进步。更令他喜悦的是，三个月前，当杨度还在京师的时候，王闿运收了一个会画画的木匠为学生。那天下午，湘绮师特地打发人来叫杨钧，要他立刻到明杏斋去。

杨钧赶紧来到明杏斋。王闿运正在写日记。王闿运的日记与通常人的日记不同，他在其间记下许多读书心得，有的就是一篇学术小论文。他对此事看得很重，几十年来不间断。他放下笔说：“重子，过一会张登寿会带一个人来拜我为师，学作诗文。他叫齐璜，号白石，也是我们湘潭人，是个木匠，画画得很好，我看你也爱画画，一定会乐意见面的。”

“太好了！”杨钧乐道，“我看看他的画到底如何，真的比我强的话，我愿跟他学。”

“你先帮周妈泡两碗茶放在厨房里，过会子他们来了，你把茶端上来，不要周妈出来了。”

杨钧年纪小，又清秀伶俐，更兼有姻亲的身份，王闿运对他尤添一分爱抚亲近。有时来了贵客，或是头次见面的生客，王闿运常常叫杨钧来替他端茶递水，以取代周妈的位置。杨钧知道这是先生对自己的器重，他非常乐意，干得也很称职。

就在这时，杨钧从窗外看到张登寿领着一个人进来了。

“齐璜，这就是你钦慕已久的湘绮先生，你还不赶快过去行拜师礼！”刚一进书房门，张登寿便指着端坐在书桌边的王闿运，对身边那个高高瘦瘦的人说。

“先生在上，齐璜叩见先生，求先生收下我做您老的学生！”齐白石边说边向前走两步，然后对着王闿运跪下来，接着便是三个响头，砸得青砖地嘣嘣作响，把在厨房里准备茶水的杨钧吓了一大跳，心里想：磕得这样重，不痛吗？

王闿运凝神端坐着，正眼望着跪在地上的齐白石，只见他三十七八岁年纪，脸瘦长粗黑，额头上刻着很深的几道皱纹，尽管没有留胡须，也显得苍老，一件家织的、颜色染得粗劣的青黑大褂子套在身上，显得别扭，似乎平生第一次穿长袍似的。王闿运还注意到，他下跪的时候，小心翼翼地将袍子撩开，生怕膝头上的重力把它压皱磨破了。脚上没有袜子，套着一双厚底黑布鞋。浑身上下，一副土头土脑的乡下老农的模样，唯有那双晶莹透亮的眼睛，使得阅人甚多的王闿运知道，这是一个外拙内秀的人。

"齐璜，我早就听说你好学用功，但就是不肯做我的学生，今天怎么舍得到东洲来拜我为师了？"

王闿运微笑着说，他心里其实对齐白石此举是十分高兴的。齐白石这些年来在湘潭县里是颇有点名气了。王闿运时常听到乡亲们说，白石铺出了个怪木匠，雕花手艺在湘潭数第一。祖祖辈辈都是种田人，家境很贫苦，却染上文人习气，好吟诗画画。画出的人物花鸟，就像真的一样。有一次，他在翰林院供职的妻兄蔡枚功来信，说湘潭有人来北京，称赞木匠齐白石怎么怎么了不得，我却一点都不知道，国有颜子而不知，深以为耻。王闿运是个好名的人，恨不得将天下有才的人都收集在自己的门下，但这个木匠好吟诗，却不来拜他为师，他心里有点不快。有一天与张登寿闲谈，提起了这事。张登寿早就认识齐白石，便托人捎信给他，要他速来东洲拜师。

"先生在上，能做您老的学生，是我的光彩，哪有不肯的道理。"齐白石依旧跪在地上，把腰伸得笔直，极为诚悫地说，"只是我齐璜出身卑微，是个木匠，家里穷，从小只跟外公念过一年书，后来得胡沁园先生关怀，又得到他家塾师陈少蕃先生的指教，才开始读《唐诗三百首》，学作诗。那些世家子弟、饱读诗书的人，都以做您老的弟子为光荣，我这样一个贫寒人家的粗人，哪里敢来投靠您老呢？"

王闿运听了这话，态度更加和气了，说："家里穷不要紧，我的学生大部分家里都不是有钱的。你说你是木匠，手艺人出身，不好意思。我王某人从来不嫌手艺人，张登寿就是铁匠嘛，我嫌不嫌，你问问他本人！我至今仍叫他张铁匠，那是叫顺口了，并不含轻视的意思，他也照应。"

张登寿插话："我倒是喜欢先生叫我张铁匠，亲切，我本是铁匠出身。铁匠又怎么啦？当年田家镇打长毛，还多亏了孙昌国、孙昌凯两个铁匠兄弟哩！后来他们做了提督，彭宫保仍旧当面叫他们孙铁匠，他们听了乐呵呵的。我向来不认为手艺人卑贱。"

王闿运点头说："这话说得有志气。我看齐璜啦，这点你要向张登寿学。"

"是，先生教训得对！"齐白石听了这话，心里暖融融的。他外表谦抑退让，其实骨子里是很傲的。他心里何尝认为自己出身木匠就卑贱，等闲做官的，他还瞧不起哩！只是嘴里常常这样说说，一来从世俗，二来他到底是穷人家出来的，祖父母、父母从小起就教导他：压自己一点，让别人一点，可以少惹很多麻烦。安分守己做人，这正是那个时代穷人家护身的一个法宝。

“你也许不知道，我还有一个手艺人出身的学生。”王闿运颇为得意地说，“他叫曾招吉，铜匠，十三岁时从江西一副铜匠担子挑到湖南。他也好学，愿拜我为师，我照收，现在连你，我王某人门下就有三匠了。今后子孙们提起来，也是我王某人的一段佳话哩！” 易恕孜《湘绮老人及其门下三匠》：“他先后主讲四川尊经书院、长沙校经书院、衡阳船山书院，桃李满天下，其如杨皙子、夏午诒之辈，皆逊清之俊彦。惟于张仲飏、曾招吉、齐白石三人最为得意。他们三人都没有进过什么讲堂书院，算是入室弟子，世称为王门三匠。” “张仲飏，亦名登寿，是湘潭乌石铺人。世业农，八岁而孤，家贫无以为炊，他自己便替邻家放牛，晚上得东主的儿子指点，读《三字经》及《论语》。年十五，改习铁工。”“张仲飏虽操此业，仍不忘读书，即在操作间断的片刻，也不放过。一日，他正在铁炉边读孟东野的诗句，王闿运适往山间扫墓，惊闻朗朗的读书声出自农家茅屋，奇而入视，见是一铁匠，一手扶，一手举书，高声朗诵，旁若无人。王闿运就相诘问，又阅读彼自行箧中取示的作品，认是天赋异才，又能劬劬好学，遂告以是王某人，愿收为门弟子。张仲飏欣然下拜，从此便跟了王闿运钻研经史诗文，不数年而学业大有成就，后来做了湖南高等学堂的教务长。” “曾招吉是从江西来湖南以制铜器为生的铜匠，说他在十三岁时就跟师父肩着担子来到我们湖南，只是一个略识之无的苦孩子。不久他师父在衡阳病死，他就徒承师业，在湖南各地东飘西荡，招揽生意。 “那是王闿运乡居时期，曾招吉在湘潭开河湘绮楼的邻家制造铜器，他每日工余，手不释卷，焚膏继晷，必至深夜。主家见有铜匠如此好学，引荐王闿运，纳为弟子，授以经学。曾招吉生性慧敏，博闻强记，不几年间，文学的造诣大有突飞猛进之势，为王闿运所重。他学成之后，不再操制造铜器的手艺，落叶归根，回了江西，任教南昌高等学堂……曾招吉后来异想天开，以制造空运大气球为业。其气球可坐二人，任风吹行。惜天不假年，他于试验时坠水丧命。”

王闿运摸着微微上翘的长下巴，快乐地大笑起来。

“先生，你收下我了！”齐白石惊喜地叫道。

“收下了，你起来吧！”

齐白石忙又磕了一个头，将身后背的黑背包解下，打开，露出一捆油腻腻的纸包来。他双手将纸包捧起，举过头，虔诚地说：“先生，学生家贫，送不起重金，这十条干肉，是学生堂客亲手喂的猪背肉烘干的，请您老笑纳。”

王闿运起身，郑重其事地从齐白石手里接过，打开油纸一看，里面整整齐齐地摆着十条肥瘦相间、黑里透红的腊肉，并冒出一股扑鼻香味。他把腊肉放到书桌上，对齐白石说：“这是谁叫你这样做的？”

“我外公生前对我说的。他老人家做了一世的穷塾师。”齐白石诚惶诚恐地回答。

王闿运说:“你用的是古礼。孔夫子说过,自行束脩以上,吾未尝无诲焉。送十条干肉给孔夫子,他都收为弟子,我难道还不收吗?好!这十条腊肉我收下了。从今日起,你齐璜便是我王某人的弟子了。起来吧,起来好说话。”

齐白石又谢了一句,这才站起,垂下双手,恭恭敬敬地等候先生的发问。

“齐璜,你也是三十好几的人了,不是刚束发的童子,不必这样拘谨。坐下来,坐下说话轻松些。”王闿运指了指书桌对面的木靠椅,又对张登寿说,“张铁匠,你也坐下。”

待齐、张坐下后,他又朝着厨房喊:“重子,端茶来!”

杨钧一听,忙托了个茶盘出来,上面放着两碗热茶,先把一碗茶放到张登寿的面前,又将一碗茶放到齐白石的面前。齐白石以为他是王闿运身边的书童,便只对他略微笑了笑。王闿运指着杨钧对齐白石介绍:“这是你的师弟杨钧。”

杨钧忙叫了声:“齐师兄。”

齐白石一惊,他刚才错把师弟当书童了,很觉得对不起,赶紧站起来,对着杨钧鞠躬:“请杨师兄多多关照。”

杨钧被齐白石的举动弄得不好意思,红着脸说:“齐师兄,你比我大一截,该是我向你鞠躬才对。听说你的画画得很好,说不定我今后还要拜你为师哩!”

齐白石受宠若惊,一个劲儿地说:“不敢当,不敢当。我是个乡下的土画匠,画的画上不了大场面,今后还要请杨师兄多多指点。”

齐白石这一副乡下人小心谨慎的神态,把王闿运逗乐了。他笑着说:“齐木匠,莫客气了,喝茶吧!”

张登寿也拉了拉他的袍子说:“坐下吧,你再不坐下,杨重子不好意思了。”

齐白石一边坐,一边说:“杨师兄,你也请坐吧!”

杨钧也便靠着王闿运的身边坐下来。

王闿运和气地问齐白石:“在家里读过什么书?”

齐白石忙放下茶碗,挺直腰板回答:“回先生的话,学生三四岁时就由祖父万秉公发蒙教我认字。到了七岁时,认得了三百来个字了。八岁那年,过了正月十五灯节,祖父带我到枫林亭王爷殿,拜外祖父雨若公为师正式读书。开始读书时,外祖父教我读《四言杂字》,随后读《三字经》,再读

《百家姓》。这年秋天，田里收成差，家里无法过日子。母亲对我说，这年头紧，糊住嘴巴再说吧！就这样，不到一年，《论语》刚开头，我就停学了，在家砍柴放牛拾牛粪。我怕学的字忘记了，常在家里点了松明在地上划字。后来我想，外祖父教的《论语》我要读完，于是每天出门时，把《论语》挂在牛角上。一到山脚边，我就抓紧砍柴拾粪。砍了一担柴，拾了一筐粪后，就读《论语》。有不认得的字和不明白的意思，我趁着放牛的方便，绕道到王爷殿外祖父蒙馆里去问。用了两三年的时间，终于把一部《论语》读完了。以后学木匠，先学粗木匠，后学细木匠。为了多赚几个钱养家，就自己学着画像。一直到二十七岁，才在胡沁园师的指教下读《唐诗三百首》。"

齐白石用一口湘潭农家土话叙述着自己的求学经历，使得一旁的杨钧感动不已，心里想："齐师兄家境这样苦，年纪这样大了，艰苦力学，真不容易，相比起来，自己就要惭愧多了，今后要好好向齐师兄学习。"

王闿运也为之动容，说："二十七岁开始求学问也不晚。《三字经》上不是说：'苏老泉，二十七，始发愤，读书籍'吗？你也二十七岁始发愤，正好应了古话。"

说得齐白石咧开嘴笑了。

"你的诗集带来了吗？"

"带来了。"

"给我看看。"

齐白石将刚才打开的粗布包里的另一个油纸包打开，里面是三本装订得整整齐齐的簿子。他将最上面的一本递给先生。

王闿运见那簿子封面上端端正正地题了个书名：白石诗草。左下边写着几个字：借山吟馆主，下面还钤着一方红印。王闿运问："'借山吟'是什么意思？"

"回先生的话，"齐白石答，"学生屋前有一座山，这座山一年四季草木青翠，学生常对着它吟诗，但这山不是学生家的，所以只能说'借'。学生借此山吟诗，便把读书的那间屋取名叫'借山吟馆'了。"

"有意思。"王闿运称赞，"这间书房名取得雅致得很。齐璜，你有几个号？"

"回先生的话……"

"以后再不要说这种套话了！"王闿运打断齐白石的话，"我是个很随便的人，不拘形式。今后我们天天在一起，常常说话，你总套些这样客气话，有几多不自在！"

张登寿也对齐白石说：“王先生最是平易洒脱，我们跟他老人家说话都随随便便的，你就莫讲客气了。”

齐白石说：“先生这样对待我们做学生的，真是宽宏大量。”

“你说说吧，你有几个号？”王闿运说着，顺手抓起了桌上的铜水烟壶。

“学生生下来时，祖父按齐家宗派的排法，给我取了个名字叫纯芝。祖父母、父母都叫我阿芝。后来做了木工，大家都叫我芝木匠，也有客气些的当面则叫我芝师傅。又有个号叫渭清，后来还有个号叫兰亭，都是祖父取的。陈少蕃先生给我取个名叫璜，号濒生。胡沁园师说，画画后要落款，落款的名字要高雅点。白石铺驿站离你家不远，我给你取个别号叫白石山人吧。后来我凡画画，落款就用白石山人四字。但别人叫我时，常把山人省略，光叫我齐白石。另外，我自己还时常在画后落款木居士、木人、杏子坞农民、星塘老屋石人、湘上农人等名，以示不忘本。”

就如同刚才回答读书提问时一个样，齐白石又从叶到根，详详细细、实实在在地回答了一番。

“哦，哦！”王闿运连连点头，对这个朴实无华的木匠的好感又加重了一分，“我看看你吟的诗。”

王闿运慢慢地翻看着。齐白石神色紧张地盯着先生的脸，力图从脸上的表情来估量自己诗作的优劣。杨钧和张登寿也专注地望着先生。王闿运的脸上不时露出笑意，齐白石提起的心渐渐地回落。王闿运的眼光停止在一页上，问：“这首诗写的是件什么事？”

齐白石站起，走到先生的身后。杨钧耐不住，也走过去看。那一页上写着这样一首诗：

星塘一带杏花风，黄犊出栏西复东。
桌上铜铃祖母送，铃声可响楼却空。

齐白石不好意思地笑了笑，说：“学生小时身体不好，算命瞎子说我水星照命，多灾多难，防了水星，就能逢凶化吉。祖母就买了一个小铜铃，用一根红绳子系在我的脖子上，说，阿芝呀，你带着二弟上山去，好好地砍柴放牛，到晚晌，我在门口等着，听到铃声远远地响，知道你们回来了，我就好烧火煮饭。今年春上，祖母去世了。我看见桌上摆着的小铜铃，想起小时候的事，就写了这首诗。”

王闿运笑着说：“好，有意思。”

又翻过去，看上面写着：

> 村书无角宿缘迟，二十七岁始有诗。
> 灯盏无油何害事，自烧松火读唐诗。

王闿运点着这首诗说：“你可以照诗上写的画一幅画，我看这情景蛮好！”

说着合起簿子，对齐白石说：“你读过《红楼梦》吗？”

齐白石红着脸说：“听诗友们说起过这部书，但我还没有读过。”

王闿运笑着说：“以后有空读一读。我看你的诗，属于这部书中的薛蟠体。”

张登寿、杨钧都笑了起来。齐白石虽不知薛蟠体是什么体，但从张、杨的笑声中感到有点不妙。

“不过，你比薛蟠有灵性。今后好好跟着学，多读点书，自然就会脱去这个体的。”

齐白石明白了，这薛蟠体大概就是不读书的人写诗的体，证实了刚才的直觉。他赶紧递上了第二个簿子。王闿运打开一看，这是一部印谱，每页纸上都印着或方或长或圆或扁各种图章。有白文，也有朱文，字体有楷书，有碑体，有篆体，以篆体为多。大部分为私家印玺，也有不少闲章，或是格言，或是诗词。王闿运边看边点头，说：“这部印谱不错，比诗强多了。”

齐白石听了心里高兴，忙说：“先生夸奖了，请先生指教。”

王闿运说：“我年轻时也治过印，后来因为没成绩，也就丢弃了。你治印有功夫，比我年轻时强多了。治印有三个关键：一是布局，二是篆字，三是奏刀。你的布局不错，可以看出你有才气。你的奏刀很有力，这怕是得力于你木匠出身的缘故，长年使斧头，拉锯子，把手劲练大了。”

齐白石不觉笑了起来，杨钧也笑了。张登寿笑着说：“我是抡铁锤出身的，比齐璜的劲还大，我要学刻印，一定比他合适。”

王闿运说：“你用抡大锤的劲刻印，一刀下去，石头早碎了。”

众人又都笑起来。

“缺点是篆字的功夫还不到家，今后还得多练练字。另外，你治印是自己揣摸出来的，没有名师指点，显得野了点。我不能指导你治印，但我这里有好几部印谱，你可以拿去看。”

“谢谢先生！”齐白石忙起身致谢。正如王闿运所说的，齐白石治印没有师传，全靠自家摸索。他早就想读点前人的书了，只是找不到。

“另外，你的奏刀技艺还不高。朱文、白文，刻法不同，而你的刀法都差不多。陈西庵说过，刻朱文须流利，令如春花舞风；刻白文须沉凝，令如寒山积雪；落手处要大胆，令如壮士舞剑；收拾处要小心，令如美女拈针。”

齐白石听得入迷了。春花舞风，寒山积雪，壮士舞剑，美女拈针，这几个比喻多美妙形象。自己运刀时虽也时有些体会，但总是朦朦胧胧的，讲不出个所以然来。你看前人总结得有多好！他于是问：“先生，您老刚才说的陈西庵是哪朝哪代人？他的这番话又是出自哪部书？”

王闿运说：“陈西庵就是本朝乾隆年间人。他的一部《印说》把这些道理都说得很清楚。我这里有，你过会子拿去好好看看。”

“学生一定恭敬拜读！”

“你的朱文印刻得好些。白文印看似比朱文印容易，实则更难。古印皆白文，前人对白文印更有讲究。孟亭说，白文任刀自行，不可求美观，须时露颜平原折钗股、屋漏痕之意。又说转折处须有意思，非方非圆，非不方不圆，天然生趣，巧者得之。这些话都说得比较玄，要靠自己慢慢体会，才能得心应手。”

“非方非圆，非不方不圆”，齐白石一个劲地琢磨这两句话，他真的不懂这中间的奥妙。在先生的面前，他觉得自己实在太鄙陋了。

“先生，孟亭的书，您老这里也有吗？”

“孟亭这部书叫《敦好堂论印》，我这里也有，你可一并拿去。不过，书上讲的都是一些法则和道理，读了，可以少走弯路，但无论如何不能代替自己的亲手操作。轮扁可示人以规矩，却不能喻人以巧。”

“是。”齐白石答应着，又将他的第三个簿子递上去。

这个簿子里全是他的画，有水墨，也有彩绘。人物肖像，山水田园，房舍窝棚，狗猫鸡鸭，鱼虾虫鸟，树木小草，蔬菜豆禾，等等，举凡人们日常所能见到的东西，几乎全部进了他的画册，给人的第一个印象便是亲切。王闿运兴趣盎然地翻看着，脸上的笑意越来越多，双眼越来越明，翻看的速度也越来越慢。

好半天，他才把画册轻轻地放下，深情地望着这个浑身上下尽是泥土味的下里巴人，分外和蔼地说：“南齐人谢赫论绘画有六法，一曰气韵生动，二曰骨法用笔，三曰应物象形，四曰随类赋彩，五曰经营位置，六曰传移摹写。六法中最难的是气韵生动。在我看来，你的画恰恰在气韵生动上大大超过了时下的一批画人，尤其是那些鱼虾鸡虫，真可谓一只只都能呼之欲出，令人观之赏心悦目，其乐无穷。你今后的成就必在绘画上，再努力几年，曹霸、韩干当不足法也。你治印也多过人之处。至于诗文，只可能作为你的画、印的陪衬，但这陪衬也是很重要的。你家贫，要靠画画养家糊口，不能在东洲多住，你这次就在这里住十天半个月。每天吟几首诗送上来，我给你修改。另外，再将平素读书中遇到的疑难提出来，我给你讲解。"

齐白石高兴地答应了。王闿运站起来，对张登寿、杨钧说："齐璜画画治印兼吟诗，又是一个寄禅黄先生！" 《白石老人自述》（张次溪笔录）："光绪二十五年，我三十七岁。正月，张仲飏介绍我去拜见王湘绮先生。我拿了我做的诗文、写的字、画的画、刻的印章，请他评阅。湘公说：'你画的画、刻的印章，又是一个寄禅黄先生哪！'湘公说的寄禅，是我们湘潭有名的一个和尚，俗家姓黄，原名读山，是宋朝黄山谷的后裔，出家后法名敬安，寄禅是他的法号，他又自号为八指头陀。他也是少年寒苦，自己发愤成名，湘公把他来比我，真是抬举我了。 "那时湘公的名声很大，一般趋势好名的人，都想列入门墙，递上一个门生帖子，就算作王门弟子，在人前卖弄卖弄，觉得很有光彩了。张仲飏屡次劝我拜湘公的门，怕人家说我标榜，迟迟没有答应。湘公见我这个人很奇怪说高傲不像高傲，说趋附又不肯趋附，简直莫名其所以然，曾对吴劭之说：'各人有各人的脾气，我门下有铜匠衡阳人曾招吉，铁匠我同县乌石寨人张仲飏，还有一个同县的木匠，也是非常好学的，却始终不肯做我的门生。'这话给张仲飏听到了，特来告诉我，并说：'王老师这样地看重你，还不去拜门！人家求都求不到，你难道是抬也抬不来吗？'我也很感激湘公的一番厚意，不敢再固执。到了十月十八日，就同了仲飏到湘公那里，正式拜门。但我始终觉得自己学问太浅，老怕人家说我拜入王门是想抬高身份，所以在人面前，不敢把湘绮师挂在嘴边。不过我心里头，对湘绮师感佩得五体投地的。仲飏又对我说：'湘绮师评你的文，倒还像个样子，诗却成了《红楼梦》里呆霸王薛蟠的一体了。'这句话真是说着我的毛病了。我做的诗，完全写我心里头要说的话，没有在字面上修饰过，自己看过，也有点呆霸王那样的味儿哪！"

出了明杏斋后，杨钧邀请齐白石住到他那里。张登寿说："重子住的房间，原先是他哥哥、夏午诒及王先生的四公子季果三人住。后来重子来了，季果搬出去了。现在午诒中了榜眼，再不会回来了，他哥哥也还要几个月后才回来，你住他那里要得。"

夏寿田，齐白石虽不认识，但这个名播三湘的今科榜眼公的大名，他早在湘潭那些诗友和士绅的口中听得烂熟了。他笑着说："重子的房间里出了位榜眼公，我住在那里也觉得荣幸。"又问杨钧："令兄大名怎么称呼？"

张登寿代答："他的哥哥就是杨皙子杨度。"

"啊呀！"齐白石惊讶地说，"皙子先生就是你的哥哥！"

"齐师兄认识家兄？"

"没有见过面。"齐白石显出一种遗憾的神情说，"但我知道令兄是个大名人。湘潭许多士人都说，论学问文章，令兄要比午诒强，可惜今科未中。

他们都摇头叹息说，这功名之事，真个是前世定的，不可强求。”

杨钧笑了笑，说："齐师兄，你的画真是画得神。你住我这里，我也好早早晚晚向你请教。”

齐白石便在杨钧的房子里住下。白天，他抓紧时间读书作诗，到明杏斋去求教。晚上，则与杨钧在煤油灯下论画作画。齐白石和杨钧聊天："湘潭城里住着一个江西盐商，是个大财主。他逛了一次衡山七十二峰，以为这是天下第一好风景，想请人画个南岳全图，作为游山纪念，于是有人介绍我去。那盐商见我是个乡巴佬，有点看不起，说，先把话讲在先，你画得好，我比别人加倍给钱；画得不好，一两银子都没有。我说行，又问他觉得南岳好看在哪里。盐商想了想说，南岳七十二峰气势好，就像要飞起来的样子，又说绿得可爱，让人看了都好像自己变得年轻了。我揣摸他的意思，画了十二幅六尺高四尺宽的中堂，着力把南岳腾飞的山势描出来。十二幅分开看，各成体系；合起来云海茫茫，山峰苍苍，气魄更好。他爱绿色，我就把绿色特别加重。你猜猜，这十二幅画，光石绿一色，我用了多少？”

杨钧想了想，往多里说："用了十二两？”

齐白石大笑："你是猜不着的，哪个画画的都猜不着，我足足用了两斤！”

“两斤！”杨钧睁大着眼睛。

齐白石依旧笑着说："画十二幅中堂，用了两斤石绿，这在行家看来是个笑话，可那个盐商看了，欢喜得不得了，连声说画得好画得好，我眼里的南岳就是这个样子，我要重重报酬你。你猜他给我多少钱？”

“一百两银子？”望着两眼都是笑容的齐白石，杨钧尽量夸大着数目。

“不对，不对！”齐白石用力摇摇手，“三百二十两，三百二十两啦！”

齐白石将右手竖起，先伸出三个指头，又伸出两个指头，笑得十分开心。

“啊，这么多！”杨钧也很是羡慕。

“乡里人都说，这还了得，画画真可以发财啦，齐木匠画了几幅画，换来了梅公祠八间大瓦屋啦！”齐白石模仿着乡邻的口吻，配合着手势，大声地说笑着，比那天在明杏斋要活跃得多。杨钧觉得这个土头土脑的老大哥十分有趣，但同时又觉得他怪得很。

一是他从来不在东洲书院吃饭，书院的饭菜比街上饭铺里的要便宜，他说贵了，每天去烤红薯挑子上买红薯吃。天天如此，不烦不厌。二是他对那件粗布长衫很爱惜，一进屋就脱下，小心折好平放在枕头下。三是一旦脱下长衫后，腰间便会露出一大串钥匙。这串钥匙整天不离身，就是夜晚睡觉也不解下。杨钧好奇地问他，哪有这么多的钥匙。他指着钥匙一把把地介绍：这是开钱柜的，这是开米柜的，这是开油筒的，这是开盐缸的，这是开颜料箱的，这是开纸笔箱的，这是开木工工具箱的。大大小小的钥匙总有十多把。

杨钧笑着说："钱柜、颜料柜的钥匙你随身带出来，这我想得到。开米柜油筒盐缸的钥匙你都带出来，家里人不要饿肚子？"

齐白石认真地说："我都算计好了，我在这里顶多住半个月，加上来回路途，一共二十天，二十天里共需要多少米和油盐，我都先量出来了，不会饿肚子的。"

杨钧在心里摇了摇头，觉得这个怪木匠真是不可理解。

齐白石问杨钧："那天先生说我是又一个寄禅黄先生，这是什么意思？寄禅黄先生是个什么人？"

杨钧把八指头陀寄禅法师的事对他简单地说了说。齐白石说："他和我一样，也是个贫苦出身的人，现在又同为王先生的学生，我这次回去一定要去拜访他。"

这一夜，齐白石给杨钧画了三幅画，说明天要回家去了，这三幅画抵房租。杨钧高兴地收下了。第二天，齐白石向先生辞行。

王闿运对他说："回去后，不仅只读《唐诗三百首》，还要读读《诗经》和汉魏六朝的古诗，那是诗的源头。把源头弄清楚了，后来发展的流派才能看得了然，吟起诗来才有根底。"

齐白石弯腰答应了。

王闿运又说："读了唐诗，还要读宋诗。宋诗虽不如唐诗，也自有它的长处，非唐诗所能代替。元明诗不必多读，泛览一下就够了，因为元明两代无诗人。到了国朝，诗的成就评价不一。作诗的人很多，可观者也不少。吴梅村、屈翁山、王阮亭、袁子才、龚定庵、何子贞的诗都值得一读。读诗的同时，也要读读词曲。晚唐两宋之词、元人之曲，都是前人留给我们的珍品。诗词学好了，不仅可以使你能在朋友之间酬唱应对，抒怀题画，还可以帮助你提高治印画画的境界。你好好读几年诗，慢慢细细地咀嚼我对你讲的这番话。"

齐白石恭敬回答："多谢先生的指点。学生一辈子都不会忘记先生教诲的恩德。学生就此告辞了。先生家里有什么事要学生效力的吗？"

王闿运想了一下，说："别的事没有，只有一件事，我想恰好你可以帮得上忙。”

齐白石说：“先生只管吩咐，学生一定尽力去做。”

王闿运说：“夏午诒、杨哲子他们凑了四百两银子，要把我三十年前建的、后遭火烧的湘绮楼修复起来。 王闿运撰《湘绮楼记》：“湘绮楼者，余少时与妇同居之室，僦居无楼，假以名之，后倚长沙定王故台，实面湘津，谢拟曹诗曰‘高文一何绮，小儒安足为’。余好为文而不喜儒生，绮虽未能，是吾志也。”“戊子火灾，大改前制，楼虽岿存，亦并新之，为内外二间，无前四周回阑之制。诸女适人，妻妾殂逝，始去兹楼，移居山庄。年七十，门人张登寿倡议醵金，于山塘作楼，以志庆祝。弟子多闻此言。子妇杨氏兄度敛钱许铭彝，许极以为不然。语闻于余。余以为倡议诚非，阻者亦未是也。为师筑室，亦弟子之职，因惜费而訾之，与己不能而求助者，庸有愈乎。且此议既闻，而夏巡抚、唐衡州俱有助资，杨许议废，抑又何说？度幡然更督其工，费四百金，为山中湘绮楼。”你是木匠出身，粗细木匠都做过，这事属你的行当。我请了云湖桥的魏木匠掌工。魏木匠人是能干，肚子里也有样子，就是有点鬼，算价上料，都爱玩手脚。你回去后，帮我和魏木匠一起算算价，莫让他呷住我这老头子。有空时，常去云湖桥看看，看他上的材料假不假。如何？”

“行。”齐白石一口答应，“先生放心！要说别的事，学生常被人欺负，至于说起屋上的事，世上没有哪个可以蒙过我。我一回去，就找魏木匠一起做个估算。动工后，我每隔十天半个月去看一次，一定要把先生的湘绮楼重新建好。”

“有你这句话，我就放心了。”王闿运站起身说，“今年年底，我在东洲的聘期就满了，明年我就会回云湖桥去，住在湘绮楼上再不出来了，你以后问诗求学也就方便了。”

“那太好了！”齐白石高兴极了。他是个很恋家的人，将近四十岁的人了，才第一次出湘潭县。这半个月，他觉得好像有半年之久，今后不出湘潭就可以见到先生，岂不太好了！

张登寿要回乌石山去一趟，于是就和齐白石结伴同行。路上，从王闿运一句“又是一个寄禅黄先生”的话，两人又谈起了寄禅法师。

齐白石说：“我们湘潭出了一个这样有名气的诗僧，我先前一点都不知道。”

张登寿笑着说：“寄禅法师虽然也作诗，但到底是方外人，你天天守着老婆孩子，哪里能听得到佛门中的事。”见齐白石有点羞惭的样子，他又补充道，“这也难怪，好比我，又不是大名士，寄禅也不会跟我交往，若不是他到东洲来拜访王先生，我也不会认得他。”

齐白石说："如何去见他一面才好。"

张登寿说："他是个爱走动的和尚，时常外出，难得见到他。"过了一会儿，他想起了什么，说："他的亲弟弟结山现在还住在龙潭冲。他们是共过患难的兄弟，感情很深，想必知道寄禅的行踪。"

二人于是转路来到龙潭冲。一问起寄禅法师，这里的人都知道，主动带他们到结山的家里。结山听说来的两位都是王闿运先生的门人，便很热情地接待他们，留他们吃饭，住宿。结山告诉他们，他的兄长去汉阳归元寺去了，两个月后会回龙潭冲住几天，然后回衡阳大罗汉寺，回寺途中要去东洲拜见王先生。

齐白石决定，两个月后再来龙潭冲会见寄禅，和他一起再去一次衡州府，将两个月来学诗的心得向先生作个禀报。

二　老衲无聊题红叶

自从结识齐白石之后，杨钧于绘画之外又添了一门爱好，那就是治印。自制了几把刻刀，又按齐白石所教的，从河边拣回一些质地较软的楚石，磨平后刻字，刻了又再磨平，反反复复地自我摸索。他本是一个极灵慧的人，什么东西一学就会，待到哥哥从京师回来的时候，杨钧已刻得很成样子了。杨度见了很喜欢，称赞弟弟聪明。杨钧听了很高兴，精心给哥哥刻了几枚印章。杨度的书法很好，常有人请他题字，弟弟刻的印章正好派上了用场。

这天傍晚，杨度在灯下重读《大周秘史》。另一侧，杨钧在一刀一刀地刻石头。张登寿进来了，对杨钧说："重子，齐白石和寄禅一起到东洲来了，现正在寄禅的僧舍里说话。他说过会儿来看你。"

东洲书院里并没有僧舍，因为寄禅这一年来主持大罗汉寺，常到东洲来，王闿运特为给他预备一间小房子，供他一人使用，书院便戏称这间房子为僧舍。杨钧一听齐白石来了，很高兴，这两个月里，他已刻了百多块石头，篾篓子装满了一篓，很想请齐白石看看。杨度听弟弟说起齐木匠的经历，尤其是画画得精绝，也很想去见识见识。八指头陀的名字，他也听说过，只知道是个爱写诗的和尚，却从没有晤过面。于是兄弟俩一齐起身，去僧舍看望齐白石和八指头陀。张登寿也随着他们一道去。

一进屋，杨度看见油灯下，两个人正在用湘潭乡下话交谈。张铁匠大叫了一声："杨晳子来看你们了！"

二人慌忙站起。铁匠指着和尚对杨度介绍："这位就是寄禅法师。"

和尚双手合十，弯下腰来，声音洪亮得惊人：“贫僧久仰皙子先生大名！”

杨度诧异地打量着，只见和尚身高足足超出他大半个脑袋，粗眉大眼，宽脸长耳，满嘴浓厚的胡须垂到前胸，膀阔腰圆，孔武有力。他暗暗吃惊，心想：若不是光光的脑顶上那九颗醒目的艾灸伤疤，眼前站立的分明是一个江湖豪杰、武林高手！于是忙答道：“杨度素慕法师高名，今日有幸得见佛容，不胜荣幸。”

铁匠又指着木匠说：“这位便是白石先生。”

齐白石忙将起皱的长衫扯平，垂手恭立道：“木匠齐璜向皙子先生行礼了。”说着便深深地鞠了一躬。

杨度忙扶住，说：“舍弟时常称赞先生绘画治印，艺冠三湘，今夜特来拜识。”

“杨二师兄那是夸奖，其实不敢当，不敢当！”齐白石摇着头，心里却很高兴。

说话间，杨钧也与和尚互相问了好，然后拉着木匠的手，亲热地站在他的身边。大家坐下后，说着闲话。铁匠有事先告辞了。

将门之后的杨度，文雅的外表里流动的是豪放的热血，他第一眼见寄禅长得如此雄壮威风，便打心眼里喜欢，很乐意与和尚多说话。杨钧则有许多刻石的体会要对齐白石说，于是四个人分成两摊子，都谈得十分投机。

杨度见桌上摆着一个簿子，上书“白梅集”三字，便拿过来，说：“据说法师二十多年来吟的诗有一千多首，这本诗集是第几本了？”

寄禅笑着说：“皙子先生出身世家，饱读诗书，吟的诗才真的是诗，贫僧腹内草莽，所谓吟诗，不过是打山歌而已。”

杨度说：“法师客气了。诗言志，道出真性情的，便是好诗。诗三百，大部分都是当时的山歌情歌。”

寄禅会心地一笑，说：“皙子先生，你真的懂诗。不瞒你说，这本《白梅集》是第三本了。第一本诗集叫《嚼梅集》，收的是吴越之游的诗三百余首。第二本诗集叫《餐霞集》，收的是漫游回来，到大罗汉寺之前的诗五百余首。这本《白梅集》将这一年的诗汇总了一下，也有三百多首。”

杨度赞道：“真不容易，前代的名诗僧没有一个可以与法师比得的。”

寄禅大笑道：“多有什么用，好的太少了！”

杨度说：“哪里，哪里！”说着顺手将《白梅集》打开，一眼见第一页上写着“白梅诗五首”，心想，看来这就是这本诗集命名的由来了。再看那字，却不上眼，歪歪斜斜的不成体，又大大小小，搭配不匀，也有写错写白的，旁边有改正的字，字迹端正，显然是别人的笔迹。杨度想：这样的字也能写得出好诗来吗？和尚能吟诗就不简单了，是不是世人鉴于此而把他抬高了呢？姑且看看吧！遂先看第一首：

了与人境绝，寒山也自荣。孤烟淡将夕，微月照还明。空际若无影，香中如有情。素心正宜此，聊用慰平生。

杨度吃了一惊。这诗真的写得不俗，尤其是“孤烟淡将夕，微月照还明”这两句写得妙。于是顿生兴趣，一口气读了下去：

一觉繁华梦，性留淡泊身。意中微有雪，花外欲无春。冷入孤禅境，清如遗世人。却从烟水际，独自养其真。

而我赏真趣，孤芳只自持。淡然于冷处，卓尔见高枝。能使诸尘净，都缘一白奇。含情笑松柏，但保后凋姿。

寒雪一以霁，浮尘了不生。偶从溪上过，忽见竹边明。花冷方能洁，香多不损清。谁堪宣净理，应感道人情。

人间春似海，寂寞爱山家。孤屿淡相倚，高枝寒更花。本来无色相，何处着横斜？不识东风意，寻春路转差。

杨度读罢，心里叹道：“一个和尚能将梅花写得如此传神，真正称得上才情横溢。”于是激情洋溢地对寄禅说：“法师，古来咏梅的诗人成百上千，尤以林和靖居士的梅诗最为高雅，然法师这五首白梅诗，却在和靖居士之上。”

寄禅连连说：“皙子先生过奖了。贫僧努力追赶，还望不到和靖居士的后尘哩！”

杨度说：“若法师不嫌弃，晚生试评论一下如何？”

寄禅说：“皙子先生大才，正要听你为贫僧纠正错谬。”

杨度指着诗说：“这两句，‘意中微有雪，花外欲无春’，可谓道出梅之神。这两句，‘淡然于冷处，卓尔见高枝’，可谓突出了梅之骨。这两句，‘孤烟淡将夕，微月照还明’，吟出了梅之韵。这两句，‘花冷方能洁，香多不损清’，说出了梅之理。而‘人间春似海’一首为诸诗之冠，不可以句摘。咏梅至此，真是独擅千古。” 太虚法师撰《中兴佛教寄禅安和尚传》：“所作诗，清穆之中往往奇气盘礴。文仿六朝，亦骎骎乎入其堂奥。尝刊有《八指头陀诗集》十卷、《白梅诗》一卷行世。日僧已为编入续藏。八指头陀之诗名，遂远播海外。其未刻者，有诗集八卷、文集二卷、续集二卷，先后经郭伯琛、王壬秋诸老选定。和尚曾语予曰：‘传杜之神，取陶之意，得贾、孟之气体，此吾为诗之宗法焉。’昔王壬秋嘲以‘能为岛瘦，不能为郊寒’，故晚近诸作，多效东体云。呜呼！万般无常，会归消灭，证穷于常净我乐，度尽法界众生。与真如法性同其不生不灭，其至矣！次则发明真理，建立休业，使天下万世食其福利而讴其功德。复次则我生不展，怀才莫达，以高厚凄婉之情，为名山寿世之文，后之读者哀其志，悯其遇，想见其为人，亦足随大地人类以终古。和尚道全业隆，更能出其绪余，为宇宙间增一不可磨灭之精彩，洵人杰哉！八指名成寿无极，千载之下，应犹有为和尚咏者。然和尚幼岁失学，既出家则成佛心切，无意世谛文字，卒以能诗名，斯则余所谓奇已！”

寄禅听了心中大喜，说：“皙子先生，你的这番评说，真为贫僧的诗大增了光彩。”

杨度说：“《白梅集》，看来就是因此而命名，至于《餐霞集》，必定又有一番缘故。”

寄禅心里高兴，不免有点得意地说：“光绪十年我三游奉化雪窦寺。回到天童寺后，我又与日本僧人冈千仞游玲珑岩。这年八月，我从四明山回到长沙，小住麓山寺，后又卜筑南岳烟霞峰。我爱烟霞峰水石清幽，竹树翠蔚，吟了一首诗：身闲罕人事，瓶钵足生涯。晴晒春前药，香闻雨后花。溪声清枕席，云气湿袈裟。箕踞长松下，朝朝餐碧霞。这最后一句‘朝朝餐碧霞’，甚为朋友们所称赞。我于是取来做了第二本诗集的名字了。”

杨度听得有趣，说：“那《嚼梅吟》呢？”

寄禅答：“那是我泛游吴越时的写照。想当年，一个贫困潦倒的游方僧，那日子是多么苦的了。一瓢一饮，登山涉水，渴饮清泉，饥嚼梅花，边嚼边吟诗，这便是嚼梅吟。”

杨度哈哈大笑起来，餐霞嚼梅，眼前这个和尚是个志趣极为高洁的人。他饶有兴致地继续翻看着，眼光停在一首诗上。那诗题作《九日寄天童秋林老宿》，为七言绝句：满城风雨动幽思，正是重阳放菊时。遥羡吾师行道处，一株红叶好题诗。

杨度像抓着把柄似的，揶揄道：“法师原来凡心甚重，这几十年竟是如何熬过来的？”

寄禅惊问：“你说的什么？”

杨度指着诗说：“一株红叶好题诗。看来法师对卢渥的艳遇是极羡慕哩！”

说罢直望着和尚笑。

寄禅坦然说：“不瞒皙子先生，这就是先说的，贫僧腹中书籍太少的缘故。那时偶成红叶题诗一句，心中颇为欢喜，以为得之天助，谁知却暗合了唐人红叶题诗的风流故事。”

杨度笑道：“若是暗合，那就更有趣了。”

寄禅说：“你看下去就明白了。”

杨度翻开另一页，见赫然写着：“辛丑九日，余寄秋公，有‘一株红叶好题诗’句，彼时不知有宫女故事，秋公次韵见讯，复成一绝答之：禅心不碍题红叶，古镜何妨照翠娥。险处行吟方入妙，寄声岩穴老头陀。”

杨度笑道：“好个诗坛佳话，佛门佳话。法师，我来为此事赠你一首诗如何？”

寄禅伸出左手来，将手掌张开，做了个致敬的礼节。那边厢齐白石、杨钧听到这边要吟诗了，遂停止谈话，竖耳恭听。杨度凝神想了一下，念道：“禅心泥絮恐非真，悟彻西厢始入神。他日采君入诗话，题红艳事又翻新。”

吟罢哈哈大笑，杨钧、齐白石也跟着笑起来。和尚不但不生气，反而说：“阿弥陀佛，皙子先生这样看得起我，我不能不和一首。”

他一只手不停地数着胸前的念珠，半眯着眼睛，念念有词，不到一袋烟的工夫，也吟出一首诗来：

卅年匿迹住深山，只有孤云伴我闲。
难去风骚余韵在，题红佳话落人间。

杨度鼓掌赞道：“好诗，这才是真性灵的写照，这段佳话是一定传下去了。”

杨钧忙张罗着纸笔，一边说：“我给你们记起来，免得日后法师不认账！”

一向老实的齐白石也露出了真性情，快活地说：“重子，你写好后，我在旁边落个款做个证人，还要刻个闲章盖上。这个闲章，刻个什么好呢？”

齐白石还在思考，杨度已抢先答了：“就刻个‘今日红叶题诗僧’。”

寄禅说：“还不如刻个‘老衲无聊题红叶’的好！”

“妙！”众人皆鼓掌，快乐地大笑起来。

笑过一阵后，杨钧和齐白石又凑在一起谈他们的金石篆刻。寄禅却对杨度说："我这次来衡阳，是向大罗汉寺的僧众辞别的。"

杨度问："法师又要外出云游了？"

"不是云游，而是到另外一个地方。"

"哪座宝刹？"

寄禅神情庄严地说："沩山密印寺的住持觉幻长老八十七岁了，前几年就要我去那里接他的脚。觉幻长老道行高深，在密印寺有很高的威望，我自认为不能代替他，多次谢绝了。前不久，他又来信催我快去，说他已得病在身，圆寂之日不久了，关于沩仰宗的研究，他有许多心得，要在去西天之前对我说。这次不容我不去了，我要当面听觉幻长老谈谈对沩仰宗的研究，并尽量记录下来，莫让它失传了。"

"是去当住持吗？"杨度问。

"是的。"和尚点头。

"住持一任几年？"

"有四年的，也有五年的。我不一定任满，遇到合适的人便传给他。我的性格好动不好静，一地待久了，易生厌心。"寄禅略停顿一下，望着杨度说，"皙子先生，我们今夜初次见面就谈得这样投机，我想这怕是缘分。如果你不介意的话，我想请你帮我一个忙，不知你愿意不愿意。"

杨度最是个乐于助人的人，立即爽快地答应："行，只要我能做得到的，什么事都行。"

"好！"和尚又举起一只手掌来，向杨度致谢，"贫僧刚才说的，要将觉幻长老的沩仰宗研究成果记录下来，为佛门保存一份珍贵的遗产。但贫僧少年失学，文字功夫差，打打山歌还可以，真的要执笔为文，则是一件很艰难的事，想必皙子先生从《白梅集》的字迹上便早已看出。不怕先生取笑，贫僧的字便只能写得这样子了。这种字，如何能记下觉幻长老的口述？更不能整理成文了。我想请皙子先生和我一起去密印寺，在那里住上十天半月，将觉幻长老的话记下来如何？"

"行！"杨度不假思索地满口答应。

"阿弥陀佛，功德无量，功德无量！"和尚十分感激，边说边起身，双手合十，深深地对着杨度鞠躬，"贫僧代表觉幻师和密印寺全体僧众感激你。"

杨度慌忙站起，扶着和尚说："法师不须如此客气。请问何日起程？"

"我明天去大罗汉寺，在罗汉寺里料理三天。"寄禅掐着指头说，"初十来东洲，十一与王先生谈下届碧湖诗社的事，十二去花药寺，十三日一早我们起程，行吗？”

“要得。”杨度高兴地说，“我拨出一个月的时间，随法师作一趟佛门之游！”

三　佛学原来竟是如此深奥而有趣

十二日下午，寄禅从花药寺返回东洲书院。杨度向王闿运讲明原因，请先生准他一个月的假。王闿运笑着说：“好哇，此时多在佛祖面前积些阴骘，日后好得佛祖保佑。”

第二天，杨度随寄禅起程。他们乘小火轮北下，一路上的大小码头，包括长沙在内都不上岸。在船上，寄禅总是闭目打坐，两只手不停地交替拨弄着胸前的念珠，口里念念有词。满舱的人都为他这种佛门静穆之气所慑服,无不向他投射敬佩的目光。杨度则恰成鲜明的对照。他一时翻开《大周秘史》，一时又走到甲板上，眺望两岸风光，一时和同船的陌生人谈笑风生，一时轻轻背诵唐宋诗词。他热情好动，很少有安静端坐的时候。

他们在靖港下了小火轮，然后换上一条小木船，溯沩水西上。经过一天一夜的摇晃，第二天上午到了双叉口。双叉口是两条小河的汇合处，水太浅，不能再行船了，于是上岸步行。沩山在双叉口的北边。吃过午饭后，寄禅说：“沩山离双叉口还有一百二十里路，我们带点干粮放身上，今夜就不落伙铺了,慢慢悠悠地走,明天清晨到密印寺。走夜路,你吃得消吗？”

杨度说：“法师别看我是个书生，归德镇那几年，在伯父的督促下，我可是扎扎实实练了几年武功的，刀枪棍棒，拳打脚踢，都来得几下，走夭把夜路算什么！”

“哎呀！”寄禅惊奇地说，“看不出你有武功，我还以为你手无缚鸡之力哩！”

两人说说笑笑，开始了百里之行。

正是深秋时分，湘中丘陵一带青藤转黄，枫叶染丹，起伏不平的大小山包披上了一件赤橙黄绿青蓝紫的七色外装，时见农舍前后的树木上，结满了累累待摘的果实。田间的稻禾一半已收了，稻草被垒成上尖下圆的垛子，垛子四周一群群鸡鸭在争食未打尽的谷粒。还没有收割的稻子，黄灿灿的谷穗弯腰低垂，使人一见便满怀喜悦。碧蓝的天空上，偶尔可见大雁南飞，将一声声清唳从半空传到人寰。路边茅草堆里，常有野兔被惊得箭似的奔逸逃命。远处小灌木丛中，也易见肥壮的山鸡扑突扑突飞起落下。苏东坡说:“一年好景君须记,最是橙黄橘绿时。”如果不去探求人生的深处，在两个赶路的行人眼里，东坡居士的这两句诗是吟得一点都不错的。

一边走，一边欣赏秋景。就这样走了十多里路后，杨度忽然想起，这次去密印寺，不是寻常的烧香拜佛，或是凭吊古迹，而是为觉幻长老记录沩仰宗的研究心得，但是自己不仅说不上对沩仰宗的体认，就连对佛门的一般学问都知之甚少，如何记录，如何整理呢？到头来，岂不辜负了寄禅的一片好心，也有损自己的名誉。百里跋涉，有的是时间，何不趁此时向法师请教，且可消除疲劳。

“这个不难，以皙子先生的颖慧，略一点拨就行了。”当杨度说出自己的顾虑后，寄禅轻轻巧巧地回答。

“那我就要向法师请教了。”

“请教二字不敢当，有什么疑问，你只管说出，就我所知作点答复。”

寄禅走路时不数念珠，虽年近五十，两条腿却强劲有力，登山涉水，如履平地。杨度看着他在船上的坐姿和眼前的行路，想起多年前伯父常说的修炼者的秘诀：坐如钟，卧如弓，立如松，行如风。他觉得这个和尚的举止正是如此。

“法师，你就从沩仰宗谈起吧。”

“沩仰宗是禅宗里的一个支派，而禅宗又是佛教传到中土来以后所产生的一个派别。要讲清这个过程，还得从佛学的诞生讲起。”为了和杨度并肩走，寄禅有意放慢了脚步。

“那太好了。”杨度高兴地说，“小时，我看见母亲烧香敲罄子拜菩萨，问她什么是佛，她一点都不懂。自从离家去归德后，这些年来我也到过大河内外、汴洛旧邑，每到一处，也喜欢逛寺庙，看菩萨，但那多是受好奇的心思所驱使，一点点庵寺常识也是东鳞西爪听来的，正经要说佛学，可谓一问三不知。这次能从法师这里得到佛门真学问，那真是三生有幸了。”

寄禅正视杨度说：“佛门中最讲一个缘字，你我相识是缘分。此次又同去密印寺，记录觉幻长老的沩仰宗的谱系演化说，更是一个大的缘分。这些日子,我细细地观察过先生。你前世有慧根，今生有灵性，若一旦修行，即可成正果。”

杨度见寄禅说得如此有趣，不觉大笑起来，暗思自己研习的帝王之学与佛门典籍简直是风马牛不相及，莫非这和尚在诳我，诱我做他的同门？遂假意说：“法师，我这次就跟你在密印寺剃度如何？”

寄禅正色道："阿弥陀佛！出家人不喜打诳语的人。眼下先生尘缘重如山，谈什么剃度出家！我只是说先生若出家可成正果，但绝不是劝你出家。万一今后有一天，先生历尽苦海，遭受到千折百难，那时不妨再到佛门寻一处清闲之地。贫僧若还在世的话，定当为先生求得解脱。"

杨度听后，心头陡然蒙上一层阴影，遂默默不语。寄禅见状，笑道："晳子，贫僧看你气色，三年之内必有鸿运高照，定当一举成名，震动天下。"

杨度一喜，忙问："照法师所言，我下科可以中状元了？"

寄禅想，说他尘缘重如山，真是一点不假，说："正是。今天不谈这个，我们还是来谈佛学吧！"

正说话间，对面走过来两个妇人。一个六十多岁，头发花白蓬乱，犹如枯树枝上的鸟窝，干瘦佝偻，手里拿着一截竹竿。另一个三十多岁，穿一身黑旧衣服，头上包一块白底蓝花布。那中年妇人每走几步就双膝跪下，将额头向地上一碰，然后站起，又走几步，又跪下碰地。杨度甚觉奇怪，看看和尚，只见他的脸上露出满意的微笑。慢慢走近了。杨度见两个妇人胸前都背了一个黄布口袋，袋子上印着四个黑字：进香归来。他明白了，这是烧香拜菩萨回来的人。又见那跪拜的妇人膝盖上打着两个厚厚的补丁。补丁又被磨破了，上面全是泥土草屑。那两个妇人见寄禅走来，赶紧让路，口里说："长老大安。"又从布袋里摸出两个铜钱来，双手递出。

和尚双手合十，弯腰说："多谢檀越，请收回，贫僧心领了。"

老年妇人说："长老不要嫌少，我们家贫，统共只有十个铜板了，还要赶路，请长老收下。"

"阿弥陀佛！贫僧一向不受布施，请收回。"

老年妇人见和尚执意不收，只得将那两个铜板放进布口袋。

杨度问："你们是从哪里烧香来？"

"从密印寺来。"中年妇人答。

杨度想，她们一路跪拜，像这样要走多久？便问："走了几天了？"

"三天。"

"你这样边走边跪，累不累？"

"不累。"那妇人答得爽快。

"她这是为娘老子烧拜香。娘老子受了这香后，在阴间里魂就安稳了。她心里高兴着哩，哪里会累。"老年妇人抢着回答。

杨度看那中年妇人，见她脸上露出笑容，那模样也的确像是不累。他又好奇地问："你年年都这样烧香吗？"

“她烧了三年了。第一年娘老子刚死，她是三步一拜。第二年五步一拜。今年是第三年，七步一拜，明年就不要拜了。”老年妇人又代为回答。

“那么老人家你呢，你又为哪个烧香？”杨度又问。

“我为孙伢子。孙伢子五岁了，病痛多，我求菩萨保佑他无病无痛。”

杨度点点头，又问：“你们家在哪里，还有多远的路？”

“不远，就在白箬铺。”中年妇人答。

杨度心想，白箬铺至少还有百把里，她们还得拜三四天才能到家！

又说了几句闲话，于是各自赶路。和尚对杨度说：“她们这是烧晚班香了。若是两个月前，中元节前后，这一路进香的善男信女来来回回的络绎不绝。”

杨度叹口气说：“三步一跪，五步一拜，这番诚意难得呀！”

和尚说：“是呀，我们佛门最看重的就是这番诚意。所谓诚心礼佛，就是这个意思。好了，我们继续谈佛学吧！”

“好，恭听法师点拨。”

“讲佛学，先得讲清‘佛’字的意义。”寄禅慢慢地引出开场白。

“正是的。”杨度一下子就来了兴趣，“从小起，就天天听人说佛呀佛的，佛到底是什么意思，也没有人讲得清楚。”

寄禅严肃地解释：“佛，即佛陀，这是古天竺国梵语的音译，若是按意译呢，应译成智者。”

“这么说来，佛就是最聪明的人啰！”杨度反应很快。

“是的，可以这么说。”和尚点点头，说，“但又与通常所说的聪明人不同，它包括三个方面：一是佛能认识一切，二是佛能使别人也和他一样认识一切，三是佛的智慧是最高的，无可指摘的。佛门里常讲正觉、等觉、圆觉，就是指的这个境界。”

“难怪人们顶礼膜拜佛。”杨度感叹地说。

“佛即释迦牟尼，名叫悉达多，两千四百多年前出生在古天竺国北部迦毗罗卫国，是净饭王的太子。佛虽为太子，荣华富贵，但他见世间包括人在内的生命短促无常，且活着要受生老病死许多痛苦，心里想，造成这些痛苦的原因在哪里呢？他决心要寻找一条解决痛苦的路子。二十九岁时，佛偷偷地离开国都，出家修道，寻访名师，却一无所获。经过六年的苦苦修行，终于有一天在菩提树下得道了。他悟到了解脱人世痛苦的办法。”

“什么方法？”杨度急着问。

“莫急，这不是一句话能说得清的，整个一门佛学，千万卷佛经讲的就是这个解脱办法。我下面还要详细讲。”

一阵秋风从山谷吹来，杨度略感一丝寒意。他觉得自己像是被法师引到了佛门的门槛边了，只要一迈腿之间，便可登堂入室。

“佛悟道后，下决心要让世间所有众生都悟道，于是开始了艰苦的传道。他先在鹿野苑对摩跋提等五人宣讲四谛、十二因缘、八正道、三法印。”

和尚说的这一系列佛学内容，杨度闻所未闻，一点都听不懂，忍不住问：“法师，什么叫四谛、十二因缘、八正道、三法印？”

寄禅笑了笑说：“要解释清楚，三天三夜都不够，我简单说几句吧。四谛，即苦、集、灭、道。十二因缘，即过去世的无明、行二因，现在世的识、名色、六人、触、受五果及爱、取、有三因，再加上未来世的生、老死二果，合起来即十二因缘。八正道，即正见、正思维、正语、正业、正命、正精进、正念、正定，共八正。三法印，即诸行无常、诸法无我、涅槃寂静三条标准。”

杨度从束发受书以来，包括《书经》、《易经》在内极难懂的文字和道理都没有难倒过他，可他此时听和尚说起这些佛理来，却越听越玄，如堕五里云雾中，不见天，不着地，莫名其妙，不得其解，刚才还自以为即可迈进门槛，登堂入室，岂知这一步如此难迈！他不好意思再问，只得硬着头皮听下去。

“这五人听了佛的宣讲后，心悦诚服，一齐皈依，此即最先的五比丘。后来又收了阿傩、迦叶等十大弟子，最后他的弟子不可胜数。佛归天后，佛的学说在古天竺国广为传播，成为一门最显赫的学问，这就是佛学。慢慢地，佛学也传到了我们中土。”

“我在洛阳看到了白马寺，据说是东汉明帝时代白马驮来了古天竺国的佛经。法师，佛学是不是东汉时传到我们中国的？”

“正是。佛学传到中土后，因解释经义和主张修行方法上的分歧，产生了许多宗派。最有名的有净土宗、天台宗、律宗、三论宗、法相宗、贤首宗、禅宗，其他宗派到后来都日渐衰落下去，唯有禅宗一支香火不断，渐渐地成了中国佛学的正宗。觉幻长老所研究的沩仰宗，即禅宗中的一大宗派。”

杨度一时间又听到了这么多宗派的名字，知道不可一日之内都将它们弄明白，当务之急是要了解禅宗和沩仰宗，便说：“先请法师讲讲禅宗和沩仰宗吧，其他的宗派，到了密印寺后再听法师传授。”

“我要对你讲的也主要就是禅宗。”寄禅法师抬头望了望前方，说，“我们先坐下打尖吧，前面是雷公岭，已走了五十里了。”

杨度这才注意到天色已渐渐昏暗，听法师讲佛学，不知不觉之间，天已黄昏，百里之途也走了一半。

法师从布包袱里摸出几个桐叶糯米粑，还有一包荷叶卤香干、腌萝卜，又拿出一个竹筒来，竹筒里装着泉水。两人选了一块干净的沙地，盘腿对坐，慢慢地吃喝。桐叶粑清香可口，香干萝卜也味道甘美。杨度觉得野地里的打尖，竟比京师的大餐馆还来得有味。吃完饭后，天色完全黑下来。好在正是九月中旬，一轮圆月早已在东边升起。秋高气爽，夜空无云，那一团月亮格外地显得皎洁明亮。清辉照耀着山丘田间，如同给人世罩上一袭薄薄的轻纱，远远近近的景物，都蒙上了一层神奇的气氛。世界似乎没有争斗、陷害、倾诈、残忍等邪恶，从来就是一片祥和友爱的乐土；也似乎没有生老病死的痛苦，从来都是幸福宁馨的桃花源。清风，明月，和尚，佛学，这一切构成了一幅无比恬适静穆的氛围，又将眼前的一切化成虚无缥缈、空灵冷逸的境地，仿佛有来到西方极乐世界、已成了金身罗汉之感。酷爱幻想、极富诗人气质的帝王之学传人，觉得此时的夜景最为美好，最为舒心。

“什么是禅，禅是梵音‘禅那’的简称，按意思译来便是静虑。”继续赶路的时候，和尚接上了吃饭前的话题，“静虑即心注一境，安静思虑。正如《瑜伽师地论》中所说的，静虑者，于一所缘，系念静寂，正审思虑。心绪宁静专注了，便能深入思虑义理。”

杨度先前听了和尚所说的一系列佛学名称，都有点不着边际之感，而禅，经法师解作“静虑”之后，他马上就明白了，并深表赞成。他自己的这种体会太多了。读书时，只有心绪宁静，才能读得进，懂得透，略一心猿意马，便不知古人所云了。怪不得禅宗能长盛不衰，莫非正是因为它的理论通俗易懂的缘故吗？

“禅宗的初祖为达摩，古天竺国人。他在梁武帝时代泛海来到中土。梁武帝是一个笃信佛教的人，曾经多次舍身入佛门。他入一次，臣子们则将他赎回一次。武帝慕达摩的名，把他请到金陵，很恭敬地问他，朕即位以来，建寺写经，剃度僧人不可胜纪。朕这样做有多大的功德？达摩答，没有功德。武帝吃了一惊，又问，何以无功德？达摩答，这只是人天小果，有漏之因，如影随形，虽有实无。武帝不明白，问，如何才是真功德呢？达摩答，净智圆妙，体自空寂，如是功德，不以世求。武帝仍不明白，遂又问，如何才能算是圣谛第一义？达摩答，廓然无圣。一连串的否定，使武帝心里不免有些愤怒了，便问，你知我是谁吗？达摩答，不识。武帝气得拂袖而起。达摩知机不相契，遂连夜出走，来到长江边，但见江面宽阔，水流湍急，达摩便顺手折断江边一根芦苇，对它吹了一口气，放在水中，然后踏上芦苇秆，渡过长江，北去中原，来到嵩山少林寺。”

杨度听得入神了。达摩与梁武帝这段对话，他虽然不完全懂，但大致明白，全不像和尚先前讲的那样深奥晦涩。他尤其佩服达摩的胆量，竟敢藐视皇帝！若无高深的道行，何能有这样惊世的举动？

“达摩来到少林寺后，并不像一般高僧那样礼佛讲道，他成年累月只是面对石壁静坐。就这样，他在静虑中修炼，面壁十年，终于入定启慧，明心见性，成为得道高僧，受到少林寺僧众的敬仰，并因此创立了禅宗。达摩临圆寂时，将从天竺国带来的木棉袈裟和钵盂传给弟子慧可，同时传给他四卷《楞伽经》，此外的经书一概没有。慧可尊达摩为初祖，他即为二祖。后来慧可传给弟子僧璨，僧璨为三祖。僧璨传给道信，是为四祖。道信传弘忍，即五祖。弘忍当时在黄梅冯幕山聚徒讲学，门下有七百余人。他讲经的重点不再是《楞伽经》，而是《金刚经》。弘忍的高足名叫神秀。弘忍到了晚年打算将衣钵传给神秀，命神秀念一偈言，讲讲他对禅宗宗旨的体认。神秀当众念一偈：身是菩提树，心如明镜台。时时勤拂拭，勿使惹尘埃。”

初听这四句偈语，杨度觉得太浅白了，重复念了两遍后，又觉得它里面蕴含着许多机趣，不由得佩服神秀的比喻贴切。正在暗自思索时，不料和尚的话转了急弯。

“当时弘忍坐在法座上，听了神秀的偈语，半晌不做声。这时，一个苦役僧打扮的僧人从后门走了进来，对弘忍说，请允许我也念几句偈语吧！弘忍不认得他，问他是做什么的。那僧人答，舂米僧。众僧见这个舂米僧竟敢来抢首座的衣钵，都笑他不自量。弘忍见他相貌不俗，便说，你念吧！那舂米僧不慌不忙地念道：菩提本无树，明镜亦非台。本来无一物，何处惹尘埃？弘忍一听，大为吃惊，说：念得好，这衣钵就传与你吧！”

杨度也为这四句偈语所惊服，暗思，这好比釜底抽薪，厉害！原来就一物不存，何来尘埃之染？难道禅宗信仰的就是这个吗？

“弘忍于是把他带到方丈，对他说，你的偈语虽好，但仍未见性，我给你讲《金刚经》吧！舂米僧端坐聆听，不发一语。当弘忍讲到‘应无所住，而生其心’时，舂米僧顿时大悟，随口念了几句偈语：何期自性，本自清静；何期自性，本不生灭；何期自性，本自具足；何期自性，本无动摇；何期自性，能生万法。弘忍听后大喜，遂大开水陆道场，将衣钵传给了这个舂米僧。此人即六祖慧能。慧能有高足六十余人，其中最为出色的是南岳的怀让、青原的行思、菏泽的神会、永嘉的玄觉。后来，南岳系下形成沩仰、临济两宗，青原系下形成曹洞、云门、法眼三宗，世称五宗。临济宗在宋代又形成黄龙、杨岐二派。这些被统称为禅宗的五宗七派。”

天上一丝浮云都没有，月亮愈加明亮了，脚底下现出三条路来。正中一条大道，左边一条石板路，右边一条曲折小路，通向山脚。

杨度问：“法师，我们往哪条路走？”

寄禅答：“往右边的小路走，那山便是大沩山，密印寺在大沩山中。”

“那不是快到了吗？”杨度喜道。

“大沩山大得很，说在山中，其实还远着哩！”

杨度刚要迈脚向右走，突然草丛中蹿出一条大蛇来。那蛇足有一丈多长，大楠竹般粗，在月光映照下，两只金黄色的眼睛如同两点灼人的凶火。杨度本能地停住脚。和尚却视同无物，口中喝道：“孽畜，还不给老衲让路！”

说也奇怪，那蛇向两个过路人望了望，竟不声不响地朝对面禾田滑过去，好像自知妖术不敌正道似的。杨度看着这一幕，会心地笑了。

“现在我们单独来谈谈沩仰宗。”在爬山的过程中，和尚继续他的中土佛教史的讲课，“我们前去的密印寺就是沩仰宗的发源地，即祖庭。沩仰宗的创始人灵祐长老是唐朝福州人，俗姓赵，十五岁出家，在杭州龙兴寺受具足戒，广究大乘小乘经律，二十三岁前往江西参谒百丈怀海。怀海为怀让的再传弟子。怀海一见便赞许他，安置于参学之首。有一天，怀海对他说，你去拨一拨炉子，看看有火没有？灵祐拨弄几下说，无火。怀海走下讲座亲自去拨，拨到深处，拨出一点火星。怀海指着火星对灵祐说，这不是火吗？灵祐惭愧。怀海以此启发他，你先前没有拨着火，乃暂入歧路。佛经上说，‘悟了同未悟，无心得无法’，只要无虚妄凡圣等心，本来心法原自备足。你今天明白了这个道理，以后要善自护持。”

杨度心想：从寻火星这件事上能生出如此深奥的人生道理来，佛家祖师们的确善于取物作譬，因势利导。这一点，甚至湘绮师也比不上。

“有一天，寺里来了一位懂天文、地理、相命、阴阳的独目头陀。独目头陀对怀海说，宁乡大沩山是个一千五百人的大道场。怀海说，老僧可到那里去吗？独目头陀说，沩山是肉山，和尚是骨人，老和尚居之，徒众将不满一千。怀海对独目头陀说，我门下弟子，你看谁可去？独目头陀遍视满寺僧众，都摇头。最后看到了灵祐，说，此人可去。众僧不服，纷纷说，为什么他能去，我们不能去？怀海说，也罢，考试一次吧，谁考得好谁去。于是随手指了指座下的净瓶，问众僧，此物不能叫净瓶，你们可再叫它什么？众僧中有的答叫瓷罐，有的答叫瓦坛，怀海都不点头，转问灵祐。灵祐什么话都不说，走上前将净瓶踢倒，众皆骇然。怀海大笑道，你们都输给他了。于是灵祐去了沩山。”

杨度也笑了起来。他想，这禅宗门下的考试竟是如此别具一格，而灵祐的应试又是这样出人意料，真个是方外的趣谈，非方内人所知！

“灵祐到了沩山。原来此处山高林深，荒无人烟。他好不容易找到一块日后可容纳一千五百人的平地，但他一人如何建立寺院！灵祐于是在沩山山洞里修炼讲道，名声日渐远播，被潭州节度使裴休知道了。裴休便来参访，果然知他佛学渊深不可测，乃助他建寺院。唐大中九年，寺院建成了，取名密印寺，后来果然聚集了一千五百僧徒，大家都叫它十方密印寺。灵祐揭橥‘思尽还原，性相常住，事理不二，真佛如之’的宗旨，从深思熟虑、机缘凑泊而发，将禅宗的顿悟因缘大为发展一步。灵祐晚年曾对徒弟们说，我死之后将化作山下一头水牯牛，牛的左胁上书有‘沩山僧灵祐’五字。你们看到那头水牯牛，就是看到我。我现在叫做沩山僧，将来叫做水牯牛，你们说我到底是什么呢？徒弟们都不知如何回答。”

杨度猛然想起了庄周梦蝶的典故，忙说：“我可回答，沩山僧即水牯牛，水牯牛即沩山僧。”

和尚笑着说：“你这个回答跟没有回答是一回事。”

杨度被浇了一勺冷水，心里明白了，佛家与道家不是一门子的，怎么能拿道家来解释佛家呢！

和尚并不需要俗客的回答，他自个儿继续说下去：“后来灵祐死了，他的头号高足慧寂在江西仰山传播灵祐的学说，徒众也很多，于是大家叫这个派别为沩仰派。沩仰派在唐代十分盛行。后来慧寂传光穆，光穆传如宝，如宝传贞邃，贞邃之后法系则不明了。觉幻长老几十年来孜孜矻矻研究的便是贞邃之后的法系，所以他的功德很大。”

吴枫、宋一夫主编的《中国佛学通典》对沩仰宗作如下介绍：“该宗是中国佛教禅宗五家之一。著名学者黄忏华说：由于此宗的创始人灵祐及其弟子慧寂先后在潭州的沩山、袁州的仰山举扬一家之宗风，后世即称之沩仰宗。灵祐……二十三岁时到江西，参谒百丈怀海，颇受器重，并列为参学之首。唐元和末，遵怀海之嘱到沩山开法，并在乡民帮助下修建了寺宇。然而不久遇到唐武宗毁寺逐僧事件，只好化装隐匿。唐大中初，湖南观察使裴休把他迎请回来，并将原寺命名同庆寺。从此禅风大振，四方来山参禅之人逐年增多。于是提倡垦田开荒，当时住下僧众达一千五百人，法嗣四十余人，其中以慧寂、智贤为首。灵祐宣扬佛法达四十多年，于唐大中七年圆寂。”“沩仰宗的祖庭沩山，在湖南宁乡县，山顶为广野，平畴千亩。古往住僧耕作，人称罗汉田。又有密印寺，即灵祐所居。”

说到这里，和尚突然想起一件事，问杨度：“皙子，你看过《白蛇传》

这出戏吗？”

沩仰宗说得好好的，怎么突然提起《白蛇传》来？杨度觉得奇怪，随口答：“看过。”

“那你一定知道戏里有个法海和尚了？”

“知道。”杨度莫名其妙地回答。

“你知道这个法海是谁吗？”

“不知道。”

“他就是协助灵祐建寺院的潭州节度使裴休的儿子。”

“真的？”杨度惊道，“我先前一直以为他是一个编造出来的人物哩！”

和尚笑了笑说：“裴休景仰灵祐的道行，就让儿子出家，拜灵祐为师。灵祐给裴公子取个僧名叫法海。法海很有慧根，很快便成了密印寺中出类拔萃的和尚。灵祐派他到东南一带传道，他看中了镇江城外长江边上一块地，认为是建寺院的好地方，遂召集人破土动工。寺院建到一半，没有钱了，法海求佛祖保佑。几天后，他在菜园子里偶尔挖出了一坛金子。法海大喜，就用这坛金子建好了寺院。为感谢佛祖的赐金，遂将寺院命名为金山寺。”

“哦！”杨度兴趣大增，“这样说来，将白娘子压在雷峰塔下的事也是真的了。”

“那事不是真的。”和尚断然否定，“因为法海在江浙一带的名气很大，编故事的人就随便把他拉过来，好使故事显得像真的一样。”

“我想也不会是真的。”杨度如释重负，“一个得道的高僧怎么会拆散人家的好姻缘，把一个那么美丽的女子压在砖塔下呢！”

和尚听了杨度这番感慨，只是笑笑，没有做声。

明月早已西坠，夜风化作晨雾，百里行程走完了八十多里，佛教传到中土，再在中土分宗别派，一直到沩仰宗的形成，这一个繁复的演变，也由寄禅大致说完了。杨度已在心里勾出了这个演变史的轮廓。他十分钦佩寄禅法师佛学知识的渊博，更钦佩他删繁就简的本事，几个时辰的讲叙，竟然把近两千年来的中土佛教发展史介绍得这样的简要而清晰。因壮游吴越的非常之举而仰慕其为人，因一千多首诗作而仰慕其才情，昨天到今晨，又通过渊懿精深的佛学知识而看出其学问，杨度对这位传奇般的八指头陀肃然起敬，并由此而对佛学产生了浓烈的好感。

“法师，世人都说佛家经典奥秘难懂，是这样的吗？”杨度想利用这一个月的时间在密印寺里读点佛经，于是借这一问来投石探路。

“也有不好理解，须钻研十年八年才能得其旨意的经义，不过大部分内容都好懂，就如同说故事一样的。”

“真的吗？你说两个给我听听。”

“好吧，我随便说两个。”和尚想了一下，说，“有一个故事是这样讲的。一只小猫初次独自觅食。它问母猫，我要找些什么食物吃呢？母猫说，不必担心，人会教你的，你出去就知道了。小猫想，人怎么会教我呢？它虽然怀疑，但还是出窝了。走到一家厨房里，听到主人在关照仆人：鱼要盖好，压块石头，肉要锁进碗柜里，蒸馍要放到笼屉里去，这些都是猫爱吃的，你要小心。于是小猫知道了，鱼、肉、蒸馍都是好吃的东西。”

这个小故事太浅显了，连三岁的孩子都听得懂。杨度正要讥评两句，却蓦地领悟到，这个故事的含义似乎并不简单。它至少隐约地告诉人们，世间的邪念源于人类自身的互相启发。如果再深入地作些举一反三的思考，还可以联想得更多更多。

“这个故事有意思，它出自哪部经典？”

“出自《大庄严论经》。”和尚回答，“我还给你讲一个吧。《杂譬喻经》里说了这样一件事。从前，一个木匠和一个画师是好朋友。画师对木匠说，我送你一百两银子，你帮我找个老婆。木匠收下银子，却用木头劈成一个女人，手脚也可以动，当时骗过了画师。第二天，画师知道上了当。他便画了一幅自己上吊的画，悬挂在木匠的房里。木匠半夜回来，见后吓得昏倒过去，足足病了十多天。后来，两人发觉因诳骗对方，自己都吃了亏，于是握手言好，再不做骗人的事了。”

这个故事的普遍性和深刻性再明白不过了。杨度想，佛经能以这样浅近的故事来寄寓深奥的道理，以此来告诫人们，劝化人们，引渡人们，难怪它能得到众多人的信仰，两千多年来香火不衰。

“好了，不讲了，前面就是密印寺，我们坐下好好歇息一会儿，天亮再进山门吧！”

顺着和尚的手指望去，果见不远处隐隐绰绰地似有不少大大小小的房屋。六七个时辰的长途跋涉，仿佛在不知不觉中过去了。看着远处晨光熹微中的密印寺，杨度在心里说：“佛学竟原来是如此的深奥而有趣！”

四　觉幻长老传衣钵

杨度靠着一棵老松树坐着，迷迷糊糊地看到一个僧人向他走来，问他寄禅法师到哪里去了。他指了指云雾深处的丛林说：“法师在山中采药。”

“醒来，醒来，会受凉的。”

猛地，一个人在用力推他的肩膀，他醒了过来，想起刚才的梦境，这不是贾岛的那首“松下问童子，言师采药去，只在此山中，云深不知处”诗的幻化吗？他觉得特别有趣，揉了揉眼睛，站起来，向前方望去。这一望不打紧，可把他吓了一大跳，这到了什么地方了，莫不是进了仙境？

原来，在旭日的照耀下，他的眼底出现了一片金灿灿的屋顶，仿佛有点在煤山上望紫禁城的味道。一道红墙将高高低低十余座建筑圈在其间。晨风送来一阵阵悠扬的钟声，高耸的旗杆上飘扬着一面杏黄色的长条犬牙旗，旗上斗大的“佛”字时隐时现。好一座气派壮观的密印寺！杨度在心里喝彩。

密印寺依山而建，前方面对着开阔的峡谷，左右两边都是耸立的山峰。山坡上长着万千株古老的松树，郁郁苍苍，愈加衬托着寺院的古老。在左边的山寺之间有一条丈把宽的溪水从后山流下，直奔峡谷。水流不湍不急，两岸清清幽幽。“天下名山僧占多”，此话真不假！杨度正在饱览眼前的胜景时，和尚催道：“下山吧！”于是二人下山投密印寺而来。

来到山门外，只见高高的山门顶上嵌着一块巨石匾，上面有五个鎏金大字：敕建密印寺。左边有两行小字：大中九年潭州节度使裴休敬题。刚进山门，一个正在打扫庭院的小沙弥便迎上来，放下扫帚，对着寄禅双手合十：“请问大师有何贵干？”

寄禅答：“我们特来参谒觉幻长老。”

正说话间，走来一个四十余岁的精干僧人。那僧人惊喜道：“这不是寄禅大师吗？”

寄禅立即笑答：“智定法师，多年不见，一向都好？”

智定上前两步，合十弯腰：“托大师清福，小僧还安静。久闻大师住持衡阳大罗汉寺，今日光临敝寺，难得，难得！”

寄禅从智定的话里听出，觉幻并没有把他的意图告诉密印寺僧众，遂也合十答：“久不见觉幻长老和各位法师，特来见见，叙谈叙谈。”

说罢指着杨度介绍：“这位是湘潭居士杨度杨皙子先生，特随贫僧一起来瞻仰宝刹，看望各位大师。”

智定又合十：“杨施主莅临，使敝寺增辉！”

寄禅又介绍智定：“这位是密印寺维那智定法师。”

杨度也弯下腰来：“久仰宝寺大名，特来参拜，果然辉煌壮丽，名不虚传！”

“杨施主客气了。”智定一边答话，一边将他们引导到客堂。客堂里布置得十分雅致。正面墙上挂一幅彩绘观音柳枝洒水图，两边悬着一副联语：清静庄严超众圣，慈悲真舍度群伦。杨度一见便知是何绍基的墨迹。细看下联左侧写着：蝯叟熏沐拜书。果然不错！画像下是一张供桌，桌上摆着三个小铜香炉，香炉两旁是四盆盛开的金黄野秋菊。其他三面，靠墙摆着一圈雕花楠木椅和镂花梨木茶几。刚落座，便有小沙弥献上香茶。闲聊了几句，智定告辞出门，一会儿又进来了，说：“长老有请二位。”

寄禅、杨度走出客堂，由智定带着来到大殿东侧的僧舍。穿过一道长廊，三人在门外站定。智定正要进去通报，一个年迈的僧人，由一个二十来岁的年轻和尚扶着走了出来。寄禅一见，忙双手合十，说：“敬安拜谒长老。”

杨度知道这位便是觉幻长老了，也垂手恭立。

觉幻伸出一个手掌来，回了礼，操着嘶哑的嗓音说：“今天总算把你请来了，进屋吧。”

又对杨度微笑致意：“居士请进。”

杨度跟着寄禅进了方丈。大家坐定后，那个年轻和尚便端来一大盘红皮橘子，一大盘雪白莲藕，一大盘浅黄落花生，一大盘油黑瓜子，又递上三盏盖碗香茶。觉幻指着桌上的东西，笑着对杨度说：“居士请，山野小寺，无甚好吃的物品，只不过这些都是地道的沩山土产，且都出自小寺僧众之手。居士请勿嫌弃，尝尝这些自产的土货吧！”

说着亲手递来一个橘子，也给寄禅递一个。走了一夜的山路，又饥又渴，且杨度为人向不拘泥，便告一声谢，剥起橘子来。寄禅向长老谈他这几年的情况。长老话不多，只静静地听着。

说话间进来一位五十余岁的僧人，向长老请示：“早禾冲皮封翁的太太去世了，打发人送来三百两银子，请寺里去十六位和尚念四十九天超生经。小僧已收下了银子，请长老法旨，看派谁为头去？”

觉幻说：“把银子还给皮封翁，请他多多包涵，就说敝寺过几天要做大法事，抽不出人来，请他们别处请和尚念经。”

退银子？禀事僧人大为不解，这三百两银子，对寺里来说，可是一笔大收入了，这样大方的施主三五年难得遇到一个。

“请问长老，我们过几天要做什么法事？”

“明天你就知道了。”觉幻挥挥手说，“你去办吧！”

“小僧还想多一句嘴，请问长老，法事做几天？”那僧人还是站在原地不动，过会儿又提出一个问题。

"一天。"

那僧人听了这话后才出门。

寄禅问："这位师兄眼生得很。"

觉幻说："他是本寺的知客，叫智凡，去年才从南岳华严寺来的。"

正说着，智凡又推门进来了，对长老禀道："小僧对皮家来人说了，这几天内我寺有事，抽不出人，我为你们去请安化上隆寺十六位和尚来念头七，二七以后由我们密印寺的人再去念，他们答应了。特来禀告长老，我立即带着四十两银子去安化，请长老同意。"

觉幻想了下说："好，你去吧，今天晚上一定要赶回来。"

智凡答应一声出门去了。

寄禅笑着说："长老真会识人，智凡师兄确实能干会办事。"

觉幻说："到手的银子推出去，他觉得可惜了，也难为他一片好心为了密印寺。"

两人又继续说着话。杨度插不上嘴，便悄悄地打量起这间方丈来。方丈里并不见一处佛像香火，东边靠墙摆着两个大立柜。一只柜子的半扇门打开着，里面堆着一函函蓝布面书。南边是个窗户，窗户下是一张大木桌，桌上有笔墨纸砚，还有一副黑边眼镜。西边摆着一张木床，床显得很陈旧，已是早晚很凉的天气了，床上仍只铺着一张草席，草席上放着一条黑色棉被，床头墙上挂着一幅装裱得非常雅致的草书。细看时，却原来是一首七言古风：

淮阴江上清风细，钓竿七尺千金系。封侯拜将丈夫心，兔死狗烹君王意。淮阴侯，何昏昏，几见英雄如妇人。将军有金酬漂母，汉王未肯哀王孙。穷不聊生达亦死，英雄结局乃如此。吁嗟乎，淮阴不起季亦微，区区亭长何能为！

旁边有一行小字，当是诗人的落款，可惜字小看不清楚，杨度亦不便离席去看，心里想：这方丈乃是寺院的中心，最是集中体现着参禅礼佛、清心寡欲的佛家特色，为何挂着一幅这样怀古伤今的诗卷！

正在怀疑时，觉幻长老似乎窥测到了，浅浅地笑了一下，对杨度说："那首古风是平江卧云和尚写的。老衲见他书法气势好，特地托人去长沙裱糊的。居士看他写得如何？"

杨度又看了一眼后说："字写得不错，淋漓狂放，有癫张醉素的风采，只是既然出了家，就不必再议论这些俗事了。”

觉幻笑道：“居士不知，这卧云皈依佛门之前，正是一位失意的英雄。追求了大半生的事业，你叫他一时如何放得下！”

寄禅指着杨度对觉幻说：“这位晳子先生也是有志图王霸之业的人，这次却愿意帮我来记录长老的谱系研究。”

“善哉！”觉幻点点头说，“我看居士的气概，也是个做大事的人，愿佛祖保佑你日后能成就一番事业。”

杨度忙致谢。

觉幻又说：“佛祖原本是王子出的家，可见佛门自来与王霸事业有天然的联系。佛家与皇家，看似有天地之遥，其实不过一步之隔。居士年轻，趁着懵懂之年去放胆干一场吧。王霸之业做得疲倦了，再坐到佛殿蒲垫上将息将息，或许能于人世看得更清楚些。”

杨度困惑地望着觉幻，似不可解。觉幻笑着说：“老衲说话一向荒唐，居士大可不必在意。斋堂早已备好了早餐，我陪你们吃饭去。”

吃完饭后，智定带他们到大殿西侧的云水堂休息。这里有十余间干净的单间客房，专为接待临时挂单的游方僧人以及寺院之间佛事往来的人员，间或有些僧众的俗家亲戚来寺探望，也安排在这里住几天。

昨天太辛苦了，杨度倒下后便呼呼入睡，醒来时已是未正时分了。他走到隔壁去看寄禅，只见房门虚掩着，人已不知去向。他走出云水堂，慢悠悠地在密印寺内转着看着。寺院里有天王殿、大雄宝殿，都建得高大壮阔。还有一座万佛殿，四面墙壁上都是烧铸的小佛像，且个个镀金绘彩，光鲜耀眼。杨度粗略数了下，小佛像约有一万二三千个，叫它万佛殿，还真的名副其实。另有一座宣讲佛法皈戒集会的法堂。法堂很大，可容纳二三百听众。围绕着这几座主建筑的是职事堂、香积厨、斋堂、茶堂和僧舍。杨度心里感叹起来，这样一座规模齐全的大寺院，真可谓一座僧城，据说最多时人数达一千五百余人，如此庞大的僧众队伍处在闭塞的大山丛中，能够生活得井然有序，也真是奇迹！

晚上，寄禅告诉杨度，三天后密印寺将举行盛大的佛事活动，觉幻长老将当众把象征着禅宗权力地位的衣钵传给他。寄禅说他一再推辞都不能获免，只得勉为其难接受了。

杨度问：“这衣钵是不是当年达摩祖师从天竺国带来的原物？”

“觉幻长老说是的。”寄禅笑着说，“其实哪里会是原物。一千多年了，钵子或许还可以保存得下来，袈裟不早就烂了？何况禅宗后来分成那么多宗派，每宗每派都说自己得的是祖师爷的真传衣钵，那祖师爷岂不有六七套衣钵？觉幻说是原物，也就姑妄信之罢！”

寄禅竟然如此通达爽直，令杨度吃惊，也使他对和尚更添了一分信任。

密印寺的僧众像过浴佛节似的整整忙碌了两天，将殿堂、庭院、僧舍打扫得干干净净，又买来许多油、盐、豆腐、干笋，还有两担山区人极稀罕的海带。僧众个个容光焕发，喜气洋洋，私下里都在悄悄打听着谁是新上任的住持，仿佛俗世间注视着新登基的皇上似的。

这天三更时分，密印寺山门边的大铜钟就被敲响了。杨度和所有的僧人一样，怀着喜悦的心情起床。瞬时间，所有房间和廊庑全都点上了灯烛，跳跃着红色的火苗，给寺院增添了浓厚的喜庆气氛。接着，斋堂的小钟敲响了，僧众都涌向斋堂吃早饭。今天的早餐很丰盛。每人三个油煎糯米粑，外加一大碗放着红枣的细米粥，四碟小菜：豆角、剁辣椒、香干、腐乳。吃完饭后，维那智定将全体僧人排成一行，然后带领他们鱼贯进入法堂。法堂西墙边安置了八把坐椅，杨度和另外七个对寺院有贡献的善男信女被特邀入座旁观。杨度坐下后四处看了一眼，眼前的法堂与三天前所见的大不相同。

灯烛明亮，香火缭绕，平日供坐听讲法的十条长凳搬走了，一个铁香炉被抬了进来。香炉里正焙烧着大块大块的檀香木，散发出扑鼻的异香。抬头看，法台后悬挂出五幅大画像。正中一幅画的是释迦牟尼在说法传道，他的左边是正踏在一根芦苇上渡江的达摩祖师，右边是一位僧人拿着杵在石臼里舂米，这僧人便是六祖慧能。达摩的左边是沩仰宗的开山祖灵祐，慧能的右边是灵祐的弟子慧寂。

五幅画像，托出了密印寺所崇拜的五位始祖，勾出了佛教从天竺到中土到沩仰宗的演变过程。法台上并排摆着两把铺着靠垫、坐垫的大椅子，两把椅子之间有一张小几案。近三百名僧人在高低起伏的梵音中有条不紊地走进了庄严隆重的法堂。他们一律穿着酱黑色海青，戴着浅黄色钵形僧帽，脚上都是白布袜、方头布鞋，颈挂念珠，双手合十，神情肃穆。僧人们排着十支横队，一齐面向法台站着。待普通僧众站好后，从法堂两侧同时走进两队人，一队六人，都披着大红金线百衲袈裟，头戴金黄船形帽，脖子上的念珠串既大又长，颗颗珠子在烛光照耀下闪闪发亮，显得颇为名贵。他们站在僧众和法台的中间，西面一队，东面一队，相向而立。这两队人称之为西序、东序。西序选学德兼修者担任，称头首，有六职：首座、书记、知藏、知客、知浴、知殿。东序选精通世事者担任，称知事，也有六职：都寺、监寺、副寺、维那、典座、直岁。今天这十二个人，正是这十二个职务的现任者。西边紧靠法台的是首座，然后依次排下。东边紧靠法台的是都寺，后面的五个也依次排下，极像戏台上朝廷议事时，文武两班分站两边的情景。杨度看在眼里，心想：这佛门与世俗的秩序并无差异，同样的贵贱分明，等级森严！

这时，钟鼓擂响，鞭炮齐鸣，一句拖长了的洪亮的话在殿堂里回旋："恭请觉幻大法师、寄禅大法师上座！"东西两序的执事僧和面向法台站立的近三百名众僧，一齐念起含混不清的梵音来。就在嘈嘈杂杂的响声和云遮雾罩似的香烟里，觉幻长老拉着寄禅法师的手双双登上了法台。

犹如降下两尊金身罗汉似的，两位大法师的出现使法堂顿时生辉。只见他们身披紫金大袈裟，头戴佛三世像金冠，佩上一长串绀绿松花玉珠，显得格外的神圣尊贵。年老的虽清癯瘦弱，却神采奕奕；年岁较轻的原本就伟岸雄壮，今日益发气宇轩昂。两位法师并肩坐下后，西序由首座带领，在法台前站成一横队，合十鞠躬，口里念道："参拜大法师！"待西序退回原处后，东序由都寺带领重复一遍西序的动作。待东序退回原处后，近三百名僧众一齐发出雷鸣般的喊声："参拜大法师！"

喊声一落，大殿里一切声响均皆停止。觉幻长老干咳了一声，威严地向四处扫了一眼，说："老衲自同治十年主持密印寺以来，至今已历二十八年。怎奈根基浅薄，德行凉菲，实不堪担此重任，二十八年来幸能支撑门面香火不衰者，全靠寺院各执事僧员及全体僧众扶助之力。老衲今年已虚度八十七岁了，精力日衰，体气日弱。三年前，老衲曾祷告灵祐祖师，求他老人家指示传灯之人。夜来祖师托梦告诉老衲，得八指高僧，可使密印寺兴旺。老衲遵祖师指示，寻觅八指僧人。所幸十个月前，探得大罗汉寺住持寄禅法师正是八指高僧。寄禅法师出身贫苦，早年丧亲，佛性深厚，十八岁便以童子身皈依我佛，读经参禅，诚心修炼，年纪轻轻便远胜侪辈，湘中佛门诸老无不交口赞誉。更为难能可贵的是，二十八岁时，寄禅法师在浙江宁波阿育王寺，于佛舍利前剜臂肉如钱者四块，燃灯供佛，又亲点艾火，将左手两指燃去，其礼佛心意之诚，近世罕见。"

觉幻说到这里，动起感情来，嗓音更嘶哑，情绪激动，满堂僧众凛然恭听，一齐向觉幻左边的那位寄禅大法师投来无限敬仰的目光。杨度身边的几个善男信女也在互相交换目光，表示钦佩。一位老太太感动得流下眼泪，一边轻轻地念着："阿弥陀佛，阿弥陀佛！"一边用手绢擦拭眼睛。杨度看端坐在法座上的寄禅，面带微笑，神态恬然，真有点震慑群僚的开基之主的气概。

“寄禅大法师从青年时代起游遍东南数十名刹，广结天下高僧，佛学精博，诗名远播，为我佛门大增辉光。此次幸蒙大法师应允，俯就密印寺住持之职，正是上应佛祖梦示，下解众僧渴望，老衲亦可脱卸仔肩，专心于沩仰宗谱系研究。老衲为密印寺庆，为众僧庆，也为自身庆。智长法师！”

“小僧在！”西序领头的首座智长走出队列，登上法台。

“将当年达摩初祖从天竺国带来的木棉袈裟和椰树钵托来！”

“是。”智长答应一声，朝着法台后面高喊，“托衣钵！”

喊声刚落，钟声再次响起。殿外点起长龙似的鞭炮，十把鸟铳也一齐对天鸣射。一时间，激越的钟声、浑厚的鼓声、噼噼啪啪的鞭炮声、轰隆隆的鸟铳声交混响起，把一个大沩山震撼得鸟飞兔奔，周围七八里地面都感受着十方密印寺的隆重庆典。

这时，从法台后面走上两位穿戴一新的年轻僧人，每人双手托着一个黑漆雕花木盘。一个木盘上放着一件折叠整齐的枣红袈裟，一个木盘上放着半只黑黄色的椰壳。两个僧人来到法台前面，先面对两位大法师。大法师们起立，双手合十，弯腰鞠躬，嘴里念着一连串听不清楚的梵语，约有两三分钟的光景方才止住。于是两位僧人转背，面向僧众。就在这一刻，东西两序及所有普通僧众一齐跪下，顶礼膜拜，一阵阵浑浊不清的梵语响彻屋宇，也过了两三分钟才止住。

智长带头，后面跟着两个托盘的僧人，作一品字形，迈着庄重的步伐走上法台。觉幻形容凝重地转身对站在一旁的寄禅说："初祖衣钵，来自天竺，禅宗世代，以此为尊。老衲今日秉灵佑祖师之命，将此木棉袈裟和椰钵传给大法师，也把沩仰宗的继承和密印寺的兴旺一起托付给你了。想大法师一定不会负祖师和合寺三百僧众之望，尽职尽责，造福造祉，一洗老衲疲惫之旧习，重振沩仰当年之雄风。”

说罢，托袈裟木盘的僧人走前一步，觉幻双手将木盘接过去，高高举起，朗声喊道："寄禅大法师，请接初祖袈裟！”

寄禅举起双手，朗声应道："敬安拜接初祖袈裟。”说着将木盘接过去，对着匍匐在地的众僧举了一下，然后再放到法几上。

托椰钵木盘的僧人也走前一步。觉幻又双手接过，高高托起，朗声喊道："寄禅大法师，请接初祖椰钵。”

寄禅又举起双手，朗声应道："敬安拜接初祖椰钵。”说罢将木盘接过，又对着众僧举了一下，也放到法几上。

"请大法师入座。"待寄禅坐下后，觉幻自己也坐下，然后对着满堂僧众说："从此时起，密印寺的住持就是寄禅大法师了，诸位都要听从他的调遣。"

众僧一齐叩首，高喊："参拜寄禅大法师！"

"诸位都请起来。"寄禅和气地对大家说。

众僧都站起来。首座在一旁说："请住持训诫。"

寄禅看了大家一眼，挺直着身子，按着佛家接启的旧规，一字一顿地念道："本是寻常粥饭僧，声名狼藉使人憎。无端又应沩山请，直向毗卢顶上行。诸佛子，山僧礼佛三十余年来，常入荆棘之林，深探虎豹之穴，若不是托佛祖庇佑，几乎丧身失命。于是知唯有运水搬柴之能，并无开堂秉拂之志。一自南岳退休，万念灰冷，甘学缩头之龟，不羡冲天之鹤。无何五灯尊宿，重光下照，照及钝根，承乏大罗汉寺，而祖庭洒扫之役，义不容辞，又只好将错就错，来到密印十方大寺。"

满堂僧众尽皆垂手恭听，无一人发出半点声响。寄禅又念道："诸佛子，戒、定、慧三无漏学，是出世正因，当勤加修习，勿令毁犯。云何为戒？戒者止也，谓止住尘劳妄想，不使流行，即名为戒。尘劳妄想既止，心得清静，即名为定。心既清静，光明自生，譬如云散月明，尘消镜明，即名为慧。此戒、定、慧三无漏学，由一而三，即三以一，世间一切妙善功德，莫不从此出生。三世诸佛，十方菩萨，亦皆秉此出苦海，得成菩提。诸佛子当依此修行。虽说妙道无方，岂论迟速；真如不变，谁分先后。兰蕙早芳，不如松柏晚秀；众鸟千翔，不如大鹏一举。此事只贵一悟，然一悟乃在久修之后。故诸佛子当诚心礼佛，勤加修炼，不可懈怠。"　寄禅法师于光绪二十二年至二十五年间，出为沩山密印寺住持。法师在佛事活动中有许多精彩说辞，特录几段以飨读者：上堂辞一　本寺开山祐禅师示众云："老僧百年后，向山下檀越家作一条水牯牛，左胁下书五字曰沩山某僧甲。"当恁么时，若唤作水牯牛，又是沩山僧；若唤作沩山僧，又是水牯牛。毕竟唤作甚么即得？众中有能下转语者，请出相见。（久之，无人出答，乃挥拂子云）一个沩山水牯牛，多年公案若为酬。人牛今日诸无迹，山自青兮水自流。　上堂辞二　太白峰前天雨霜，东篱寒菊始飘香。悲秋试问秋何处，万绿丛中一叶黄。若论此事，无寒暑昼夜、春夏秋冬，一法普印，何始何终。故傅大士云"有物先天地，无形本寂寥，能为万象主，不逐四时凋"，且道不凋个甚么？(顾左右云）寒时寒杀阇黎，热时热杀阇黎。　上堂辞三　太白峰头云接天，玲珑岩下水平川。忽然侍者焚香请，惊起山僧白昼眠。《般若经》云：若谓如来有所说法，即为谤佛。说法者，无法可说，是名说法。《维摩经》云：菩萨当观众生机，随宜说法。山僧今若有说，是违背《般若》;若无说法，又违背《维摩》，作么生即得？心地从来无定基，在南成北东为西。牟尼一颗色非色，一任人间见不齐。　元旦升座辞　去年十二月，昨夜何方去？今年十二月，今日来何处？以此问梅花，梅花笑不语。爆竹动四邻，桃符更万户。易得重阳晴，难逢元旦雨。足兆五谷丰，定见三农舞。恭喜大众师，新岁俱纳福。　　为某僧入塔辞　　六十余年一革囊，皮肤脱尽见真常。不萌枝上春常在，说与东风自主张。(以杖指塔云)好座无缝塔。这个金刚不坏身，一回锻炼一回新。于今毫发无遗恨，始是光明磊落人。虽然如是，只今入塔作么生道?(敲灵骨云)水流终到海，叶落始知秋。

说完，望了一眼觉幻长老。长老点点头，寄禅高声宣布："散场！"

此时，钟鼓声重新响起，众僧依次退出法堂，一个个表情严肃，行礼如仪。杨度望着他们那一副副虔诚的面孔，顿生敬意。忽然，他在退场的僧众中发现了一张似曾相识的面孔。那僧人见杨度盯着他，赶紧低下头来，夹杂在人群中，匆匆走出法堂。看着那僧人异于常人的刚劲步伐，杨度突然想起一个人来。难道是他吗？杨家公子差点惊叫起来！

五　无意中遇到了哥老会头目

待到全体僧众都退出法堂，杨度急忙走出大门去追寻那张熟悉的面孔时，那人早已不知去向。杨度留心在寺院各处寻了几天，奇怪的是再也见不到此人了。

寄禅自接过衣钵做起密印寺的住持来，便有忙不完的事情要办理，杨度则每天去觉幻长老处，将他口传的话一一记下，下午整理，空余时间，则到后院藏经楼去找一些常见的佛家经典翻翻。他是个不甘寂寞喜欢交朋友的人，晚上常去僧舍串门子。他发现久享盛誉的密印寺中的绝大部分僧人都是浑浑噩噩的，既不懂佛学经典，亦不实心参禅，出家原是无奈，做功课乃因寺规所定，自身心里却是一塌糊涂，真正是谚语所说的，做一日和尚撞一日钟，靠寺院里的油盐柴米来打发岁月罢了。不过，他也在执事僧中结交了几个朋友。这些人都识字断文，能读得通佛典，说起话来有条理，对佛学对人世都有自己的看法，有的还能作点诗文，其中尤以知客智凡智力不凡。

从第一次见智凡所处理的去皮家念经一事中，杨度便看出这是个精明能办事的人，以后接触得多了，更知他不仅会办事，而且极有见识，于是常常到他的僧房去。普通僧众都是几个人住一间大房子，执事僧却享受着一人一单间的待遇。智凡的房子里除开一床一桌一凳外，便是书柜。书柜里佛经不多，更多的是世俗的书籍。杨度每次去，智凡都给他泡上一碗沩山茶。然后，他盘腿坐在床上，杨度伸脚坐在凳子上，两人就这样天南海北的扯起来。从佛家到儒家，从西方极乐世界到时下的人世间，从佛门的雕塑艺术到世俗的书画创作，从僧尼的日常生活到社会的机巧权诈，无所不谈，且十分投缘，有时说得兴起，竟不觉鸡叫三遍，东方发白。

有一天晚上，杨度与智凡谈了一阵话后，杨度问：“你这里有围棋子没有？”

智凡没有回答，反问他：“你很会下棋？”

杨度答：“谈不上很会下，在东洲书院里，比诗文不说，若比下棋，夺个鼎甲不成问题。”

“那就算很会下了。”智凡正色道，“你到底是在家人，不懂出家人的规矩，僧尼是禁止下棋的，因为下棋启人争斗之心，所以古人说‘宁为斟酒意，不存下棋心’，就是讲的这个。佛家以息争斗为宗旨，岂能容许下棋！”

杨度不好意思地说：“是我唐突了，请勿生气！”

谁知智凡竟笑着说：“不过，你问我却问对了，我这里私藏了一副棋子。”

“你有？”杨度惊喜道，“看来你一定是酷爱下棋的高手！”

“本来佛门不许下棋，也不会有棋。”智凡解释，“但我原来所在的华严寺的住持玉海长老，出家前是一个真正的围棋高手，虽剃度多年，始终忘不掉棋子。后来他当了住持，便公开允许下棋，只不过不让香客看到便是了。华严寺在南岳山上，一年到头又冷清又单调，自从允许下棋后寺院有了生气，僧众们再也不觉得日子难得打发了，同时也出了好几个围棋能手。不瞒你说，小僧别的不行，但在下棋这桩事上，却数度忝居鳌头。”

说罢，得意地笑了起来。

“这么说来，我越发要跟你下几局了。”杨度好胜之心顿起，催道，“把棋子找出来吧！”智凡从书柜里摸出两个一模一样的小木盒来，又找出一张布满方格的棋枰。杨度赶紧打开木盒，铺平棋枰。

“莫着急！”智凡走到门边，把门关好，插上闩，然后从床底下摸出一个大肚小坛子来，找了两只瓷杯。他打开用泥封死的坛子盖，一股浓烈的酒香立刻弥漫着僧舍。

杨度惊道：“这是酒！”

“小声点！”智凡指了指嘴巴。他将两只瓷杯倒满，说：“先干了这一杯。等一下，谁赢了谁喝酒，赢一局，喝两杯。”

“行！”自进密印寺来，杨度还没喝过酒，今夜见了这一坛酒，如何不欢喜！他决心拿出全部本事来，一定要局局皆赢，喝他个一醉方休。

黑白两方分好后，智凡说了声“请”，执黑的杨度便以客位先按下一子，执白的智凡也跟着将一子布定。杨度反应快捷，出子时从不多加思考，对方一子才落枰，他的子便下来了。智凡却相反，每动一子都要考虑再三。于是两人下起来，一方悠闲自在，一方常皱眉沉思。半个时辰后，局势逐渐明朗了。杨度喜形于色，智凡努力挽救败局，终于无计可施，承认输了。杨度不待智凡开口，抓起坛子就倒酒，一口将酒喝完，又倒了一杯放在旁边。

第二局开始了，杨度以赢家身份又先开子，智凡跟上。两个人你来我往，一子接一子。杨度依然出兵神速，智凡则比上局出手快一些了。不到半个时辰，局势又明朗了。这回却是杨度处于不利。他不甘心失败，使出浑身解数来，但回天无术，只得悻悻撒手。智凡笑着喝了两杯酒。

第三局，杨度憋着一口气，一上来便气势凌厉，企图先发制人，但智凡似乎早已窥破他的阴谋，处处预防。杨度计谋使尽不能奏效，很快便又丢了一局。

“三打两胜，你认输了吧！”智凡笑着说。

“再来一局！”杨度不甘心。

“好！”智凡将棋子分好，“再下一局吧，你先下子。”

这次杨度再不敢小觑了，每出一子，都认认真真地思考，下得比前三局慢多了。相反，智凡却早已成竹在胸，举重若轻，子下得越来越快，两人恰好来个互换。下到一半，杨度便感到只有招架之功，再无还手之力了。他绞尽脑汁，步步设防，苟延残喘了几分钟，终于无可奈何地举起了白旗。

“你的本事比我高！”杨度心悦诚服地说，“可惜你身为佛门弟子，不能张扬，不然的话，凭着你的棋艺便可名扬天下。”

杨度一向对棋艺自视甚高。东洲书院高手云集，在全国士林中颇有名望，杨度又是东洲棋坛的盟主，他常常自诩为围棋国手，今夜智凡不仅赢了他，而且赢得轻松，赢得他无话可说，他不得不从心底里发出钦佩。

智凡迅速地收起棋子，把它依旧放到书柜里，淡淡地对杨度说：“我有十年不下了。”

“十年不下了还有这样的本事！”杨度睁大了眼睛，“为什么不下呢？”

“我后来渐渐领悟到，下棋乐，不如观棋更乐，因而在十年前便洗手不下了，但在华严寺时，每晚上必观看师兄弟们的对弈，在观棋之中得到了真正的乐趣。”

杨度很有兴致地听智凡讲，一边又偷偷地倒了一杯酒。智凡发觉了，笑着把坛子抱过来，将泥重新封好，说：“不能让你喝了。喝醉了，会把我的私货暴露。”

杨度笑道：“这一坛子酒醉不了我。”

"莫说大话，这酒后劲足。"说着把坛子塞进床底下，然后再盘腿坐到床上，桌上仍摆着两个茶碗，一如往常，方才的烈酒凶斗，仿佛从未发生过似的。

"后来，我有一个偶然的机会读到了明人顾云美为友人作的《看弈轩记》，才知道观棋之乐胜过弈棋，并非我的独家发现，古人早就体会到了。这篇文章你读过吗？"

"没有。"杨度摇了摇头。

"我背两段给你听听。"昏黄的灯火下，密印寺的知客僧情绪投入地背诵着，那声音抑扬顿挫，字字清晰，"余尝读韦昭《博弈论》曰：当其临局交争，雌雄未决，聚精锐意，神疲体倦，虽有太牢之享，韶夏之乐，不暇存也。则弈者拙而看弈者休矣。至或徙棋易行，廉耻之意弛而忿戾之色发，则弈者辱而看弈者奉也。胜敌无封爵之赏，获地无兼土之实，则弈者愚而看弈者智也。以变诈为务，非忠信之事也，以劫杀为名，非仁者之意也，则弈者谲而看弈者正也。"

智凡不再背下去了，叹了一口气说："'清簟疏雨看弈棋'，此中自有真乐趣，何苦舍休、奉、智、正者不为，而要去做拙、辱、愚、谲者呢？"

入冬的冷风从大沩山坳里穿过来，吹破了陈旧的窗棂纸。灯火晃动得很厉害，似乎就要熄灭了。夜色深沉。杨度很能体会智凡的心态，但他不想做智凡一类的人。他要做一名进取的弈棋者，要去追求胜利者的荣耀。他起身告辞，走到门槛边，突然想起了一件事，问智凡："你们寺里的僧众都住在院子里吗？院墙外还有没有僧人居住？"

"所有的僧众都住在寺院里，只有枫树坳里住着一个人。"

杨度立即问："为什么那里还住一个人？"

智凡解释："枫树坳离寺院五里远，地气最适宜长萝卜。寺院在那里种了五亩多地的白萝卜，怕人偷，特为砌了两间小房子，每年轮流安置两个人去守，先年夏末搬进去，第二年春末再搬回来，因为冷清，谁都不愿去。前年寺里来了一个未受具足戒的游方僧人，自愿去守，而且不要伴，这两年便都由他一个人顶这个差使。"

杨度点点头，心里想：他一定就在那里！

第二天吃过中饭后，杨度走出山门，前往枫树坳。踏过溪水上的小石桥，绕着山坡走了一段路后，眼见前面一大片枫林。经霜的枫叶变得红彤彤的，树顶一片深红，树底一片残红，将整个山坳染成了一片红色的世界。不用问，这里必是枫树坳了。杨度踏着厚厚的落叶穿过枫林，果然见一大块油绿色的菜地。萝卜叶子茂盛肥嫩，有的萝卜已不安于久被泥土压住，冲出了地面，露出雪白的头脸来。菜地里有一个僧人，正弯腰蹲着，像在观察什么。那人似乎早就意识到有人来了，当杨度刚挨近他的身边时，他便转过脸来。果然是他，六年前就该处死的千总姜三豹！

那一年，杨度正在归德镇伯父总兵府里。军营里突然爆出一桩大新闻：驻在商丘的勇左营里发现了哥老会，会众有七八十号之多，头领便是千总姜三豹。哥老会起自四川，当年由川籍将领鲍超手下的人带进了湘军。这是一种秘密团体，用结拜兄弟的方式将士兵们团结起来，互相帮助，济难救危。军营中的哥们义气，平时看不大出，一到打起仗来，就显得非常重要了。两军相遇，你死我活，被敌人包围了，谁来抵死相救？受了重伤躺在战场，谁来背你回营房？这就要靠自家兄弟了。有没有铁心相护的兄弟，简直与性命相关联。于是哥老会在湘军中广为发展，几乎遍及所有军营。兵士们一经结为团伙，力量大了，便要仗势招惹出更多的是非。或打家劫舍，或目无官长，甚或哗变策反，什么事都干得出来。所以当年曾国藩对湘军中的哥老会采取严厉镇压的态度，不管有无劣迹，只要发现哥老会，为头的杀头示众，一般成员驱逐出营。

归德镇总兵杨瑞生知道军营中出现哥老会的危害，他要从严处理。姜三豹被押到总兵府审讯。他并不隐瞒，痛痛快快地全招了。杨瑞生面对着这个千总有点为难：处死嘛，这的确是条好汉，有功夫，有血性；不处死嘛，他又犯了该死的罪。权衡利弊，还是狠下心来，杀一儆百，以肃军纪！

谁知就在临刑的前一夜，姜三豹却逃走了。杨瑞生得知这一消息后，虽感到气愤，但内心里也为姜三豹不死而庆幸。他实在并不想杀这个千总。杨瑞生只把两个看守人各打了五十大板，并不派人去追索。

杨度对这个案子的前前后后都很清楚，对伯父不加严究的心态也摸得很透。他是反对杀哥老会头领的，只是不能向伯父建言而已。真没想到，在这偏僻的大沩山中的密印寺，却意外地遇到了这个姜三豹！

“姜千总，你认得我吗？”杨度热情地迎上前去，主动地打招呼。

“我知道，你是杨总兵的侄公子。”姜三豹颇为冷淡地说，“冤家路窄，不想在这里碰到了你。你会告诉你的伯父来抓我吗？”

“哈哈哈！”杨度大笑起来，“姜千总，你说哪里话来，我为什么要告发你？我的伯父当年就并不是非杀你不可，何况事情过去了这多年！”

“杨公子！”姜三豹用疑惑的眼光望着杨度，“你说杨镇台并不是一定要杀我？”

“是的。”杨度肯定地说，“那年拷问看押你的人说，你是五更天才破窗逃出的，脚上还有镣铐。天亮时，你绝不会走出归德多远，而且你那模样，白天也不敢露面。倘若我伯父存心要抓你并不难，只要派出几十个人在周围十余里的草丛废洞里搜搜就行了。倘若一时搜不到，叫人把住各条路口，你也一定逃不出。我伯父怜你是条汉子，有意睁一只眼闭一只眼，放你一条生路，可惜你却至今不知恩德！”

姜三豹永远记得，他那年逃出营房，还没走出四五里路，天就大亮了，路上行人渐渐增多，他带着镣铐，当然不能再走，看见路边有一孔报废的石灰窑，便躲了进去，想起很有可能再被抓获，心里七上八下的。谁知一个时辰一个时辰地过去了，窑外平静如常，不仅没有搜索的士兵，甚至连到窑边的闲杂人都没有一个。姜三豹暗暗感谢上天的保佑。他在窑洞里用石块死命地把脚镣砸开了。断黑时，他走出窑洞，一夜之间，轻轻快快地走了七八十里，远远地离开了归德府。直到此刻他才知道，暗中保佑他的并不是上天，而是判他死刑的杨镇台！他将这分感激转到镇台的侄公子身上。

“谢谢了，杨公子，请进屋吧！”

杨度跟着姜三豹进了屋。这里有两间房，一间正房，一间杂房。正房的简陋空荡令人吃惊：靠墙角有一张床，约三尺来宽，用五六块木板搁在砖上架成，上面一床旧草席，一床旧棉絮，既无褥子，又无草垫。屋中间一块青石板压在两个旧石础上，权当桌子。旁边围着三个一尺多高的树桩，看来那就是凳子了。床对面的墙壁上挂着一个黑布大包袱。整个房间的陈设，如此而已。杨度心想：这样也能过日子吗?

“坐吧！”姜三豹指了指一个树桩，问，“能喝酒吗？”

“能喝两杯！”杨度点点头。他知道，在这个哥老会头目面前不能充会喝酒的好汉，还是谦虚点为好。

姜三豹从隔壁杂房里取下一个黄得发黑的老大葫芦来，在两个粗泥碗里倒满酒，对杨度说：“没有菜，你能喝得下去吗？”

“能！”

“那就一口干掉！”

姜三豹不待杨度回答，便将酒往口里倒，咕隆咕隆两下子，一碗酒早已全部进了肚。杨度也不含糊，泥碗也很快见了底。

“好样的，到底是出身将门，有种！”姜三豹高兴起来，说，“你道我真的没有下酒菜，刚才是试一试你能不能真喝酒，稍等一下。”

姜三豹进了杂屋。只听得一阵砧板响后，如同变戏法似的，姜三豹托出一大盘熟肉来，外加一碟红红的剁辣椒。

“这是什么肉？”杨度指着盘子问，他已闻到一股浓浓的肉香。

“野兔肉。”姜三豹答，“早两天在山腰上打的，这家伙肥得很，足足有十二三斤。吃吧！”

姜三豹说着又给两个泥碗倒满了酒。

“你用什么东西打？鸟铳吗？”

“不，我用这个。”姜三豹从衣袋里掏出一个黑溜溜的鸽蛋大小的铁球来。

杨度很有兴味地拿过铁球，在手里掂了掂，笑着说：“姜千总，你原来是个没羽箭张青啊！”

姜三豹“嘿嘿”笑了两声，说：“不要再叫我姜千总了，我有个僧名叫大空。”

“大空？”杨度轻轻地念了一遍。绿营的千总，哥老会的头目，一入佛门，便将世事看空了。他望着虽穿僧服，然英气并未减杀的大空问：“你离开了军营，有多少事情可做，为什么要入空门？”

“一言难尽。”大空喝了一口酒，抹抹嘴巴说，“我以后再慢慢对你说吧！”

听这话，杨度料想他出家有其为难处，便不再问了，说：“你为何入空门我不知道，但你为何一人在此守萝卜，我却知道。”

“你知道什么？”大空颇为吃惊地问。

“为了这个呀！”杨度指了指盘子里残存的野兔肉，又摇了摇酒葫芦。

“对，你说得对！”大空脸色松弛下来，随即哈哈大笑。

“你住在寺院能喝酒吃肉吗？”杨度夹起一块肉说，“要我做和尚，我也做得，就是不能长期吃斋，要做就做鲁智深那样的花和尚差不多。”

“何必一定要做花和尚，像我这样，做个守萝卜的野和尚也可以嘛！”大空很开心，喝了一口酒，问，“杨公子，你来密印寺住了好些日子了，做什么呀？”

“帮觉幻长老记录沩仰宗的谱系研究。”

“记得怎么样了？”

“大概还有十来天就差不多了。”

“你的朋友寄禅法师怎么样？我不是问他的佛学，我是问他的人品。”大空盯着杨度的眼睛问。

"我与寄禅法师相交并不深，来密印寺前才认识的。"杨度捏着泥碗，沉吟一下说，"据我与他相处的这些日子看来，他是一个通达世事、光明磊落的人。"

"是不是一个真正的和尚？"

"我看是的。"杨度肯定地回答。

大空沉默不语。

杨度看窗外的日头已经偏西了，站起来说："我要回寺院了，改日再来看你。"

"行，以后常来吧！"大空也起身送他出门。

"你刚才在菜地里做什么？"望着一大片绿油油的白萝卜菜叶，杨度问大空和尚。

"除草。"大空答，走了几步，他望着杨度说，"你是个饱学士子，应该记得《史记》里朱虚侯的《耕田歌》。"

杨度疑惑地望着这个未受具足戒的野和尚，他怎么会突然想起为铲除诸吕复兴刘家汉王朝立了大功的朱虚侯来？又怎么会想起以《耕田歌》来讥讽吕太后的故事来？

"《耕田歌》说：'深耕穊种，立苗欲疏，非其种者，除而去之。'这说的便是除草。"大空意味深长地盯着杨度，问，"杨公子，你说，'非其种者，除而去之'，此话对不对？"

"噢，噢，对，对。"杨度含含糊糊地回答。

夜里，杨度在密印寺云水堂里，又想起了大空念的《耕田歌》。他知道哥老会中有不少人参加了以驱逐满人为宗旨的会党。"非其种者，除而去之"，难道说，大空是在做推翻朝廷的事？但他又为什么要隐居在密印寺里呢？

在通常有功名的读书人的眼里，大空这种不安分的野和尚宜远远避开才是，但杨度却天性喜结交，三教九流，三姑六婆，他都乐意与之往来。这大空敢于与朝廷作对，定然非比一般，他对此人更有兴趣。他隔两三天便到枫树坳去，与大空谈天说地，喝酒吃肉，晚上则与智凡下棋，记录谱系之外的翻阅佛典之事，早已抛在脑后了。

六　倭国古刀与松花念珠

日子过得很快，觉幻长老的沩仰宗谱系研究讲完了，杨度也记录整理好了，他向寄禅和觉幻告辞。两位大法师一再挽留他多住两天，第三天再派一个年轻的和尚护送他回衡州，护送者顺便去一趟大罗汉寺，取回寄禅存于该寺的几件旧物。杨度同意了。

下午，他又去枫树坳，打算把回东洲的事告诉大空。他兴冲冲来到萝卜菜地，却不见人影。又推开房门，也不见。人到哪里去了呢？杨度转到屋后。屋后是一片丛林，丛林后便是大沩山主峰。正在无目的地四处张望时，只听到山脚边传来一声喊，极像大空的声音："兄弟，那家伙蹿到刺茅草里去了！"随即又传来一声粗叫："追，今天一定要宰了他！"

杨度一听，心里惊道：大空在跟谁搏斗？仗着自己也有点拳脚功夫，杨度冲了过去，一心要助大空一臂之力。

他来到刺茅丛中，突然听见里面传来猪的喘叫声。定睛一看，果然草丛中有一只一人多长的大野猪，正瞪着两只恶狠狠的眼睛，欲作一番拼死恶斗。

"你是谁？不要命了，还不赶快滚开！"杨度冷不防被人从身后将肩膀抓住，就势一甩，抛出了两三丈远。他在地上打个跟斗，一纵身跃了起来。原来，眼前矗立一个五大三粗、满脸络腮胡子的黑大汉。杨度虽被甩，却佩服黑汉子的手劲大，又知道他是为自己好，因为野猪发起凶来，其威力并不弱于老虎。这时大空过来了，忙对黑大汉子说："兄弟，这就是我对你说过的杨公子杨皙子。"又对杨度说："这是我的俗家兄弟马大哥马福益。"

马福益，湖南湘潭人，采石工出身，早年加入哥老会。光绪十一年创立回龙山，为回龙山大头领，开堂聚众，势力遍及醴陵、湘潭、浏阳等地。光绪二十五年，曾派人赴香港，出席兴中会与哥老会、三合会的联合会议，组成兴汉会。光绪二十六年，参与过自立军的活动。光绪三十年，经黄兴联络，建立同仇会，为华兴会外围，授少将衔，参与策划长沙起义，任副总指挥，事泄避走广西。第二年潜回湖南，拟在洪江图再举，为官府捕获，在长沙被害。

杨度正要对马福益行礼，马福益却不睬他，眼睛直盯着草丛中的野猪。大空对杨度说："你赶快到我杂房里去，把柴刀和锄头拿来。"

对付这样一只被围困的野猪，赤手空拳是没有办法的。杨度飞跑进屋，赶紧把柴刀和锄头拿来了。马福益拿起锄头，犹如将军舞起长兵器，对着硕大的猪头一锄头打下去。只听见那畜生惨号一声，掉转头便向马福益扑来。马福益不曾防备这畜生如此乖巧，正要舞起锄头挡住时，野猪一个前爪将他的右手臂死死地抓住，再用力一拖，像铁钩勾肉似的，马福益的右手臂被抓去了两块肉，鲜血淋漓，疼痛钻心。他没有放下锄头，依旧打去，但力量显然不够大，打在野猪的背上，未伤要害。那野猪再次发起攻击，直向马福益的头部扑来。这时，大空挥起柴刀，从背后一刀砍去，正中野猪后颈，血流如注，野猪痛得立即回头。马福益乘此机会，憋着一肚子怒火，奋力用锄头对准野猪一击。野猪被击晕了，四蹄乱蹦。杨度两手搬起一块大石头向野猪扔去，恰好打中它的头。那畜生大声吼叫，跌倒在地。马福益、大空一齐上前，挥起锄头柴刀一顿乱打，终于将这只野猪打得七孔流血，最后连蹄子也不能动弹了。杨度抓起野猪尾巴往山下拖，哪里拖得动！大空笑着说："这家伙起码有三百斤，且让它躺在这里，反正没人来，我们先进屋歇歇气，马大哥也得包扎包扎。"

三人离开刺茅丛进了屋，马福益拿起一块手巾擦了擦脸和手。大空从屋边采回几棵不知名的野草，用柴刀把捣碎，从包袱里找出一条旧布来，替马大哥包扎好。又拿出酒葫芦来，三人坐在青石板上喝酒压惊。

杨度怀着敬意说："马大哥你好本事，今天就像个打虎的英雄一样。"

马大哥嘿嘿地笑了两下，露出一口雪白的牙齿来，与粗黑的皮肤形成了强烈的对比。

大空介绍："马大哥是醴陵人。"

杨度问："你是特为从醴陵来看大空法师的？"

"不是，我在山坳那边的石灰窑里烧石灰。"马福益说话平静温和，与先前粗暴的怒吼判若两人，"听大空说起过你，总想来拜访，窑里忙，抽不出空，刚才失礼，还请杨公子多多包涵。"

杨度豪爽地一笑："哪里，哪里，马大哥你的膂力过人，我还真佩服你哩！"

大空说："刚才若不是失手让那畜生抓了一把，个把野猪，马大哥不在话下。"

"马大哥，你这身气力是怎么练出来的？"杨度问。

"还不是为混口饭吃，在江湖上闯出来的。"马福益向背后床沿一靠，摊开双手说。

大空说："马大哥是苦出身，十几岁便给人放牛，后又在煤洞里挖煤，码头上挑脚，河边拉纤，这几年又在大沩山烧石灰，这都是要力气的活，一身蛮力气就这样练出来了。"

杨度望着挺直腰板伸开双臂，几乎把整个一张床都遮住了的这个黑大汉子，心里想：真是一条李逵似的闯荡江湖的好汉！

"杨公子，听你的口音，是湘潭人？"马福益问。

"是的，我是湘潭石塘铺的。"

“你认识贵县一个叫刘揆一刘霖生的人吗？他的父亲叫刘方峣，在县衙里当捕快。”

“认得，认得。”杨度高兴地答，“刘霖生是我东洲书院的同窗好友，后来他去了时务学堂，我还去长沙看过他哩！”

“你知道时务学堂解散后，他到哪里去了吗？”马福益很欣喜，背离开了床沿，倾向杨度。

“他和另外一个宝庆人蔡松坡一道去了上海，据说前不久又渡海去了日本，要跟梁启超继续学业。”

“噢，他出国了。”马福益停了一下，又说，“出国也好，免得他爹娘为他操心。”

听口气，马福益与刘揆一交情不一般，杨度问：“马大哥与他很熟？”

“他是我的救命恩人。”马福益敛容答道。

“真的吗，他年纪轻轻的，怎么会是你的救命恩人呢？”杨度很觉奇怪。

“那一年，我在渌口对河的雷打石石灰窑做工。渌口是个大集镇，居民有一万多人，集市上有赌场数十家。一到夜晚，赌业兴旺。赌徒输光了，常常会行凶作恶，抢劫财物，遭殃的首先是有钱的商号，所以渌口镇的商人们都很恐慌。商会会长陈胖子不知从哪里听说我有点武功，便过河来雷打石石灰窑洞找我，要我组织一个护卫队，夜晚巡逻，保护渌口商贾，每月给我四十两银子。我想渌口的赌棍们是闹得不成话了，不但商人，就连老百姓都要受到骚扰，制止赌棍们的胡作非为，是男子汉大丈夫的本职，何况石灰窑收入微薄，把这个差使揽过来，也可以给自己和兄弟们补贴补贴，于是同意了。”

杨度听到这里，心想：这马大哥一定是个窑工头，不然商会会长何以会找他？

“我挑了十个身强力壮的弟兄，组成一个护卫队，每天傍晚过河去渌口，天亮时回雷打石。十弟兄分成上半夜、下半夜两班，带着刀棍巡逻。自那以后，渌口秩序大为改善，赌坊生意兴旺，赌徒们无论输赢，都安分多了。不料有一夜，有三个汉子赌钱输红了眼睛，窜到绸缎铺去抢钱，被弟兄们遇到了。那三个汉子不但不逃走，反而与弟兄们打起来。那三个汉子有功夫，五个弟兄居然打不过他们。我闻讯赶来解围，他们却拔出短刀砍我。我一怒之下，飞起腿朝那个执刀的家伙踢去。这一脚踢得太重，把那家伙的手踢断了。那家伙惨叫一声，丢下刀逃命，另外两个也吓得逃走了。弟兄们都很痛快。第二天，绸缎铺的老板还请我们到湘江阁去吃了一顿。大家都不把踢断赌贼的手当做一回事，因为那家伙活该。”

“莫说踢断手，打死都活该。”杨度插话。

“谁知祸事来了。”马福益继续说，“有天中午，我正在窑里出石灰。一个弟兄跑来告诉我，县衙门里的陈差役就要来捉我，说我是会党头目，劝我赶快逃走。我一惊，问这消息哪来的。他说是城里河街伙铺老板打发人来说的，来人讲这是刘差役的儿子刘揆一报的信。既然是刘差役的儿子说的，当然可靠，我于是赶紧躲了起来，后来索性离开雷打石四处闯荡。为了报答救命之恩，我曾让一个弟兄送了一条猪腿和一坛老酒给刘家。刘霖生去了日本，想必生活一定有困难，我想汇一笔款子给他，也不知寄到哪里。”

杨度说：“霖生在日本什么地方，我也不知，待日后我打听清楚了，再告诉你。我怎么样找你呢？”

“你找我很方便。”马福益起身说，“沿湘江两岸的大码头，比如岳州、湘阴、长沙、湘潭、衡山、衡州等地，你左手拿一张白纸，纸上按品字形写上三个‘马’字，在码头上转两圈，自然会有人上来与你说话，你告诉他找马某人，他就会带你来找我。”

杨度觉得挺新奇，随之他便想到，这位马大哥必定非一般人，他既然跟大空要好，说不定也是哥老会里的头目，遂点头说：“行，我记住了。”

马福益说：“我要先走一步了，告诉窑里的弟兄们，叫他们把野猪抬回去，可以饱餐几顿了。”

杨度也起身说：“今天在这里结识马大哥，我很荣幸。后天一早，我要离开密印寺了，我们后会有期。”

大空惊问：“后天就走了？”

杨度点点头。

马福益说：“听大空法师说，杨公子是将门之后，又有才学。一个弟兄送了我一把倭国古刀，不知它到底价值几何，现在我转送给你，作为我们相识的一点小纪念。你稍等一下，我去拿了来。”

说罢跑步出了门。

大空招呼杨度坐下来，重新饮酒。他告诉杨度，马福益是个十分了不得的人，武功极好，豪爽仗义，在江湖上很有声望，作为男儿可办大事，作为朋友可托死生。杨度听了，也为结识一个江湖豪杰而庆幸。他想起等下马福益送来倭刀而自己却无回赠的礼品，颇为作难。大空笑道：“你是读书人，常言说，秀才人情纸一张。你就写首诗回赠他嘛！”

杨度说："客居寺院，也只有这个办法了，只是纸和笔你这里没有，要回云水堂去写了。"

"我这里有！"大空走进杂房，一会儿将笔墨纸砚都拿了出来。

杨度大喜，凝神片刻，挥毫写下一首七绝：

僧佛相处一月余，暮鼓晨钟自安居。
无奈此心多野性，好观莽汉斗山猪。

在诗之后他又写了一行字：密印寺记沩仰宗谱序一月，唯今日观人猪相斗为乐，并于此结识马福益兄。马兄豪杰之士也，赠我倭国古刀，无以为报，书此相送。杨度于大沩山中。

刚写好，马福益推门进来了，将刀递给杨度。杨度接过一看，牛皮刀鞘里是一把不到一尺长的小短刀，系精钢打就，锋刃尖利，叩之有声。刀柄上有七颗黑色宝石，按北斗七星的图形摆布。从木质柄看，此刀的年代已经很久远了，但七颗黑宝石却仍熠熠生光。曾在军营中住过多年见过不少兵器的杨家公子，一眼就能断定这是一件不寻常的短刀，他郑重收下，带着歉意说："做客庵寺，无物回报，聊赋小诗一首以为纪念。"

马福益接过纸，看后大笑道："写得好，我就是喜欢你这种有野性的文人，若真的成了密印寺的那批人，我才不理你哩！"

说罢，也卷起收好。

大家拱手相别。

第二天，觉幻长老和寄禅法师宴请杨度，维那智定、知客智凡也都出席。觉幻感激杨度一个月来的辛勤劳作，杨度则称赞觉幻为沩仰宗的功臣。宾主相谈尽欢。

僧席散后，觉幻特请杨度来到他的居室叙话。觉幻取下佩在脖子上的念珠，诚恳地说："杨居士一个月来为密印寺立了大功，老衲心中感谢，山野荒寺，从无珍稀，只是这串念珠，乃当年乾隆爷赏给悟真长老的。悟真长老圆寂后传给秀性长老，秀性长老圆寂后传给兆明长老，兆明长老圆寂后传给老衲，老衲佩戴这串念珠，已近三十年了。这串念珠本来也无甚名贵之处，只是它一来为御赏，二来在佛门传了一百二十年，通了灵气。老衲偶有烦恼之事，挂起它，数上十多圈后，便烦恼尽去，和乐重返。老衲观居士气象，非等闲俗人，日后大有为国事操劳的时候。老衲脱离红尘几十年，都免不了烦恼，何况居士身处红尘之中？只怕是名声愈大，烦恼也就愈多。那时，倘能依老衲所说的，屏去闲人，独处静室，戴上这串念珠，数上十多二十圈，必定能神清气爽，忘怀一切。这就算老衲对居士的一点酬谢吧！”

杨度十分虔诚地伸出双手，接过这串闪亮的绀绿松花玉念珠，他完全相信觉幻长老这番话。这串在禅宗四代高僧颈脖上佩戴百余年，不知听了几多万句佛经梵语的珠子，岂能不沾灵气？它无疑是一件宝贝。

昨天得了马福益的倭国古刀，今天得了觉幻长老的百年念珠，杨度觉得这趟大沩山之行真是收获巨大。同时他又觉得很有趣，杀人的屠刀和礼佛的念珠，这两件水火不兼容的物品，居然能和谐地藏于自己的行李包中，受到同样的礼遇！

第五章　八日榜眼

一　借讨好周妈的小手腕，消除了王闿运的恼怒

这年冬末，湘潭云湖桥的湘绮楼，在齐白石的实心监督下已修复一新。齐白石又精心画了几幅山川风物画，自己动手装裱好，悬挂在书房和客厅墙壁上，更给湘绮楼增添了几分情趣。一楼靠东侧的两间房子，王代懿煞费苦心地巧为布置，室内是一套全新的红木家具，流光溢彩，花窗外移栽了几株正在开放的腊梅，暗香浮动。这是他和杨庄的新婚洞房。

腊月中旬，王闿运撤去了东洲书院的五年教席，回到云湖桥，住进了修复后的湘绮楼。六十六岁的一代名师，决定从此不再外出执教了，就在云湖桥的云霞湖光之间，在湘绮楼的诗书图画之中，安安静静地与周妈和儿孙们一起打发晚年。

过小年这天，湘绮楼披红挂彩，喜气洋洋，王闿运代表男家、杨度代表女家为一对新人举行了隆重的婚礼。代懿穿上从长沙买来的那身长袍马褂，叔姬披着镶有孔雀毛的红呢披肩，在鞭炮笙乐中拜了天地。

杨钧也住进了湘绮楼，一来不辍学业，二来也好陪伴刚离娘家的姐姐。杨度则往来于石塘铺和云湖桥，继续向王闿运学习经史诗文，也时常和齐白石、张登寿等聚会，谈谈诗词书画。王闿运是碧湖诗社的社长。每隔两三个月，诗社都要举办一次诗会，王闿运也常带杨度参加。说起碧湖诗社，乃是湖南近代史上一个最为著名的文人结社。它的成立，要追溯到二十多年前。

同治十三年冬天，建于长沙北门内的曾文正公祠堂，经过两年多的施工装饰，终于落成了。挂了个盐运使衔、候补郎中的曾国藩四弟曾国璜，欲效白香山洛阳结社的风雅故事，向湘中一批负时望、有文名的高年耆宿发出邀请，在祠堂竣工典礼这天的宴席上赋诗纪念。以曾国藩生前的名望和死后的荣耀，当此湘中第一祠堂建成之时，能厕身祝贺之列已是莫大的荣幸，何况还有这样一桩能流芳百世的雅事，真个是百年难遇。一时间湖湘俊杰云集星沙，王闿运也应邀与会。当时有九个均为翰林出身，且又有过司道以上官职履历的老人，他们年纪最小的为七十岁，最大的八十五岁。这九个白发老人聚会一桌，畅谈湘军旧事，十分感慨。曾国璜看重他们年岁高迈，地位贵重，于是请他们每人题诗一首于祠堂墙壁上。这些诗立即

不胫而走，广为流传。九老也便成了当时湖南的新闻人物，很出了一番风头。其他与会者的诗作，曾家也一并雕版印刷，广为散发，备受士大夫的称颂。 曾国藩祠堂落成庆典为当年长沙盛事，官场士林纷纷吟诗庆贺，现录九老之一七十四岁的光禄寺署正熊兆松七律一首，借以略窥一斑：“温公伟烈炳三台，会仿耆英绮席开。棣萼乍令祠宇焕，菊山新为友朋堆。图形一一抡遗老，报国倦倦数众才。莫论飞腾有迟速，且谈风月共衔杯。” 祠堂庆典结束之后，这些雅人们兴犹未尽，于是便由郭嵩焘兄弟发起，成立一个诗社，定期聚会，吟诗作赋，得到大家的欣然赞同。因为诗社的规格很高，故对参加者限制很严。他们或为中兴勋臣，如曾国荃、李元度等人；或为勋臣之嫡子孙，如曾纪泽兄弟、左孝同兄弟等人；或为翰林出身，或为文名著世，如黄瑜、王定安等人。王闿运以文名著世的身份被接纳为社员。

诗社的第一次集会选在城外开福寺前面的碧浪湖边，于是这个诗社便被命名为碧湖诗社。 《洪宪纪事诗三种》一书中有关于碧浪湖诗会的记载：“长沙碧浪湖，在北门外开福寺之后，有屋数椽，极幽静之致，为陈程初军门海鹏所筑。玉池、湘绮诸老，曾结碧湖诗社，岁时佳节，置酒流连。民国四年上巳，长沙文士假碧浪湖修禊盛会，与者曾重伯、吴雁舟、程子大、袁叔舆、易由甫、陈豪生、刘腴深、徐实宾等凡数十人，推湘绮首坐，湘绮即席成五古一首，并举旧作‘长沙旧事君知否，碧浪湖边多鲫鱼’句以为笑乐。” 第一任社长公推郭嵩焘。后来郭嵩焘出洋任英国公使去了，社长一职便由赋闲在家的曾国荃继任。以后曾国荃又去江宁当两江总督去了，李元度接任社长。慢慢地，勋臣故去，老成凋谢，诗社也逐年增加新的年轻成员。同时，入社的条件也相应地渐渐放宽了，声名也便没有先前的烜赫了。但尽管这样，它仍然是湘中头面文人所乐意参加的社团。传到第五任，社长的座位，便众望所归地由王闿运来坐了。王闿运当社长后，吸收成员更看重的是本人的诗作成绩，不太顾及出身和社会地位。于是和尚寄禅、铁匠张登寿、铜匠曾招吉等人都成了诗社的成员。

开头几次，杨度保持着晚辈后学的态度，只看别人写，自己不下笔。后来他看到这些所谓诗坛高手也不过如此，便也依韵作了一首，立时引起大家的注意，称赞不已，于是杨度也便成了碧湖诗社的一员。杨度本就诗才俊逸，更兼在诗会上广结朋友，切磋学问，诗便愈写愈好了。每次碧湖诗社聚会，都少不了密印寺的住持寄禅法师。杨度不仅和他谈诗，还和他谈禅理，彼此都觉得很是投缘。

正当杨度与湖湘文人们诗酒唱和的时候，中国的北方却发生了一件惊天动地的大事。

原来，早在乾隆中叶，山东一带便出现了一个名叫义和拳的民间组织。

朝廷视之为邪教，严加禁止，但它未被镇压垮，一直在下层百姓中秘密活动着。甲午海战之后，义和拳激于民族义愤，开始组织民众反抗外国侵略者。它沿袭白莲教杂拜各家鬼神偶像的传统，相信通过念咒语便可刀枪不入，其活动方式带有浓厚的神秘色彩。光绪二十四年，山东巡抚张汝梅同情义和拳的反帝心态，上疏建议朝廷将义和拳改编为团练，于是义和拳也叫做义和团。因为朝廷中有人主张对义和团实行抚的政策，使得义和团很快在山东、直隶一带发展起来。后来居然在京师设坛收徒，公开活动。

戊戌变法失败后，慈禧打算废除光绪帝，于是立端王载漪之子溥儁为大阿哥，以便取而代之。但各国公使都不入宫祝贺，使慈禧十分恼怒，产生了利用义和团打洋人的想法。她的这个想法得到载漪和协办大学士刚毅的支持。就这样，各地义和团树起“扶清灭洋”的大旗，有恃无恐地摆开了与洋人决战的架势。各国驻华公使大为恐慌，以保护使馆的名义，由俄、英、美、日、德、法、意、奥八国拼凑二千多人，从天津开拔进北京，沿途遭到了义和团和清军的坚决抵抗。此时，各国驻华海军联合攻陷了大沽炮台，战火再次燃起。

清廷内部，以光绪帝和许景澄、袁昶等人为首反对与外国开战，而载漪、刚毅等人则主张宣战。督抚之中，李鸿章、张之洞、袁世凯等人也反对开战。但慈禧出于对洋人的私怨，赞成载漪、刚毅的意见，正式对八国联军宣战，并颁布上谕，声称“与其苟且同存，贻羞万古，孰若大张挞伐，一决雌雄”。谁知开战不久，义和团和参战的清军便一败涂地，八国联军很快兵临北京城下。

几天前尚捶胸顿足要与洋人一决雌雄的慈禧吓慌了手脚，一面火速调两广总督李鸿章进京，充任全权代表与各国议和，一面化装成一个乡村老太婆模样，携带光绪帝和一大群后宫妃嫔仓皇离京西逃。八国联军随即占领了大清帝国的都城。

京师陷落，帝后出逃，最后以赔款割地来乞求洋人的退兵媾和，四十年前的屈辱一幕竟然一丝不改地重演，爱新觉罗王朝将中华民族推到了丧权辱国的顶峰，不仅激起了全国人民的普遍憎恶唾骂，甚至连稍有点民族气节的文武官员们都感到悲愤填膺，对朝廷失去了信心。

慈禧太后一则深感国势的颓弱，企图挽救，二来也想捞回面子，赢得民心，在逃难途中便发布变法自强的上谕。诸多变法中有一个令有志学子很感兴趣的条目，那就是朝廷命令各省选派学生，用官费出国留学，学成回国后，将分别赏给举人、进士的头衔，同时也鼓励自费留学。

用官费选派幼童出国留学，本是同治十年间曾国藩和李鸿章向朝廷提出的建议，被采纳后，由容闳负责此事。他选拔了一百二十名聪颖少年，每年三十名，分四批，于同治十一年、十二年、十三年、光绪元年分别抵美。这些留美幼童在美国呼吸到西方的自由空气，一改国内的卑顺心态，然而却因此引起清政府驻美官员的反感，认为长此下去，这些少年将会变成洋鬼子，根本不可能为国效力，国内一批顽固官员们也深有同感，于是在光绪七年全部勒令回国，留洋一事便这样结束了。

二十年后此事又重新提出。国难当头的严峻形势，使国内不少当权的官员们头脑开始清醒过来，认识到此事的重要性，遂在自己管辖的地方内认真办理。许多关心国事、器局开阔的青少年更是踊跃报名，巴望被选中。这时留洋的目的地，主要的已不是欧美，而是近邻日本。

日本与中国相隔不过一衣带水，素称同文同种。一个小小的岛国，自从三十多年前实行维新变法以来，国力日臻强盛，以致使得老大帝国都败在它的炮火之下。日本的成功经验，的确值得中国效法，何况去日本路近费省，更有许多方便之处。

湖南自从出了湘军之后，风气大开，选派去日本留学的人也较其他省为多。 湖南巡抚衙门以官费派遣学生留学日本，始于光绪二十八年。学生由各院山长推荐，首批选中出国的有胡元倓等十余人。他们在日本学习时间为六个月，系速成教育。每名学生发费用四百元银元，另给养家费五十两银子。官费派遣推动了自费留学。据有关资料记载，仅从光绪二十八年正月至九月，申请自费前往日本留学的就有9批24人。到了光绪三十年，湘籍留学日本的人员为373人，占全国留日生的11%强。次年，湖南留日学生中又增加20名女生。

去年，当两宫回銮再次下诏变法实行新政的时候，湖南巡抚俞廉三便选派了十九人出洋赴日了。今年又听说要选拔四十多人，杨度的心早就不安静了。他很想趁着这个好机会到日本去看一看，开开眼界，长长见识。当他把这个想法与先生商量时，先生却不赞成。王闿运认为不值得远渡重洋去向外国取经，要救国救民，要施展自己的抱负，只要跟着他研透帝王之学，耐心等待时机就行了。 王代功《湘绮府君年谱》:光绪二十八年“三月，皙子来，言当往日本求学说异同，止之不可，盖意有所属也。府君言读书不能变化气质，习俗之染，甚于师友之言，时势使然也。”由此可见，对杨度去日本求学一事，王闿运是持反对态度的。这并没有动摇杨度的决心，他认为到日本去实地看看，只有好处，没有坏处。杨度要弟弟妹妹暂时帮他瞒着先生和母亲，在一个初夏的夜晚，怀揣着袁世凯所送的一千两银票，搭船由湘潭到汉口，由汉口到上海，然后再在上海换上一条日本海船，抵达日本的都城东京，进了弘文学院师范速成班。

杨度在弘文学院一边学习日文，一边留心日本的教育，他结识了许多有志气有作为的新朋友，其中最为有名的便是黄兴。第一天上课，他便和黄兴同桌。黄兴是湖南长沙人，与他同年，却比他长得壮实威武，以两湖书院高才生的身份，由官费派往日本留学。 黄兴同治十三年九月出生于湖南善化县，五岁发蒙，十四岁于读书时兼习拳术，十九岁入长沙城南书院就读，二十二岁考中秀才。二十四岁，进武昌两湖书院深造。次年，由湖广总督张之洞派遣赴日本考察教育，第二年夏天归国回书院。光绪二十八年春，黄兴由张之洞选派赴日本留学，入东京弘文学院速成师范科。此时，杨度与黄兴相识，并一起编《游学译编》。杨度见他的墨笔杆上刻着着行字：朝作书，暮作书，雕虫篆刻胡为乎？投笔方为大丈夫。又见其砚台上刻着两行字:墨磨日短,人磨日老。寸阴是竞，尺璧勿宝。杨度于此看出黄兴是个有大志的人，又因同乡，遂与他相交十分亲切。梁启超在横滨办《新民丛报》，这段时期到檀香山去了，蔡锷到广岛去了，刘揆一倒是偶尔给碰上了，他也在东京读书。假日里，杨度常常和黄兴、刘揆一等人结伴游览日本名胜，畅谈时事，一晃半年过去了。

弘文学院的师范速成班以半年为期。半年满了，成绩合格者，就发给结业证书。若想继续深造，则凭此结业证书再进一个班。杨度结业之后，准备再选一个高级师范班继续学习。这期间，他有感于国内对日本所知甚少，于是和黄兴等几个湖南籍同乡创办了一个名为《游学译编》的刊物，拟在国内发行。 《游学译编》又名《湖南游学译编》，光绪二十八年十一月，在日本东京创刊，系湖南留日学生主办的月刊杂志，熊野萃主编，杨度、杨毓麟、黄兴等编译，以输入文明增益民智为办刊宗旨，有学说、教育、历史、地理、外论、外交、时事等栏目，宣传教育、实业救国，后渐次鼓吹革命。二十九年九月停刊，共出十二期。他们看中了苏松太兵备道袁树勋是一个较为开明的官员，又是湘潭人，便要杨度回国去找他，请他支持这个刊物。 袁树勋，字海观，湖南湘潭人，历任江苏、上海等地知县及江西、天津等地知府，光绪二十六年调任苏松太道，后历任江苏按察使、顺天府尹、民政部左侍郎、山东巡抚等职。宣统元年出任署理两广总督，不久即辞职，晚年寓居上海。

袁树勋早年参加过湘军，与杨度的伯父有过交情。当杨度来到上海会见袁树勋，说明来意时，袁树勋一口答应。 《杨度集》中收有《为〈游留译编〉立案事上袁树勋禀》。全文如下:“窃举等以一国风气之开，系乎教育；教育之道，必能和中外之学，审人己之宜，非广译书籍，以备参考，不能期于完备，是以纠合同志，创设游学译编社于日本东京，翻译和洋书籍，如政治、经济、法律、教育、陆军、工业、商务、历史、地理各种有用之学，汇译成编，月出一册，售之内地。如能推广，或增加册数，或以一门所译已成完书提出单行，或另编一书附于本社印发，皆以期流布内地，供学者之考求。特恐坊贾射利，任意翻刻，舛错遗漏，至滋遗误，用特禀恳立案，示禁翻刻，并具切结，声明均系自行编辑，并无抄袭割裂情弊，如有查出，愿甘罚办。”　　此文刊于一九〇二年十二月十四日所出版的《游学译编》第一期上。杨度顺利地办成了这件事，打算即刻重返日本着手办刊物，不料袁树勋却说："皙子，你应该回湘潭去一次。"

"我是应该回家去看看母亲和先生，但眼下没有时间。"杨度想着有许多事情要做，当务之急便是要为这个即将问世的刊物写一篇发刊词，同时还要多组织几个好朋友来撰稿，争取把《游学译编》办成一个对国内最有影响的刊物。

"王先生对你的不辞而别去东洋十分震怒，他对别人说你背叛了他。"

"袁观察，你是怎么知道的？"杨度很是惊诧。到东京后，他曾分别给弟妹和先生寄了一封信。先生没有回信，叔姬的回信里并没有说起先生恼怒的事。只是说，先生不愿意向海外寄信，嘱叔姬代为叮嘱多多注重身体。袁树勋从哪儿听到这样的话呢？

"湘潭的事，还能瞒得了我吗？"袁树勋打着哈哈说，"早两天，我娘舅家的一个表兄来上海，还说起这事哩！湘绮老人的气话，还不止一两个人听到。皙子，你先回去一趟，对先生说清楚，船票我来替你买。"

背叛师门，这是个很大的罪名，何况"背叛"的是这样一位情同慈父、名如山重的恩师！杨度没有想到事情会有这样的严重。再无别的选择了，必须马上回湘潭一趟，向先生说清楚。但这次原本不打算回家，随身并没有带什么东西，总不能空手回去吧。好在上海有的是东洋货物。他顺着先生的爱好，挑了一盒福冈生产的甜软枣糕，一盒奈良出产的上等柿饼，又特地买了一包鹿儿岛出产的烟丝，还给母亲弟妹一人买了一样物品，把一个从日本带回来的大木箱塞得满满的。正觉得差不多了的时候，他又想起一个人来。弟妹的东西不送犹可，这次却千万不能冷淡了此人。她就是周妈。

杨度向来不把周妈放在眼里，平素相见，看在先生的面子上略略点点头，表示打了招呼。周妈仗着老头子的宠信，也并没有把这个傲慢的举人看得怎样高。自从叔姬进门后，周妈的胸口一直堵着一团棉絮。叔姬更是清高，她压根儿就只把周妈当个服侍公公的老妈子看待，从不与周妈正面打个招呼，随时随地注意与周妈保持着一段距离。周妈虽心里嫉妒，却找不到半点口实，何况老头子把这个儿媳妇捧上了天，远远地超过了对亲生儿女的疼爱，周妈反倒时时要向叔姬赔笑脸。见了她，老远就喊"四少奶奶"。叔姬听了，只微微地点点头，嘴里哼都不哼一声，高傲得如同公主一般。杨度心里想，平时可以不买周妈的账，这次却要讨好她一下，让她吹吹枕头风，在先生的耳边说几句好话，消消气。于是，他给周妈挑了一段黑得发亮的东洋细平绒，拿根红纸条腰好，也放进了大木箱。

杨度回到石塘铺后，不敢贸然去见先生，打发一个人去云湖桥，借口母亲病了，将杨钧和代懿叔姬夫妇接回家。三人一见哥哥从日本回来了，又惊又喜，接过日本礼品，都非常喜欢。杨度将半年来在日本的亲见亲闻说给他们听。他们原本也和王闿运一样，不大赞成杨度去日本，但毕竟是血气方刚的年轻人，听哥哥说起日本是如何的富裕，如何的强盛，都怦然心动。杨钧立即表示要去日本，并说现在官府正在组织第三批留日人员，希望哥哥代他活动活动，最好弄个官费生的名额。代懿也想去，想起爱妻已怀有身孕，便暂时不提。杨度说："听说先生对我去东洋很不高兴，你们帮我出出主意，如何去跟先生说清楚。"

代懿说："父亲一向喜欢你，你去湘绮楼，在他老人家面前磕个头，赔个不是，我看他会谅解你的。"

杨度说："到日本去实在是件好事，要我说不对，岂不自己打自己耳光？"

代懿忙分辩："不是说去日本不对，而是说不辞而行不对。"

杨度不做声，托腮沉着脸。

过一会儿，杨钧献计："过几天是先生六十七岁大寿，我想由哥出面，邀请白石兄、正阳兄等人为先生摆一桌酒，席上哥捧酒祝寿。先生见了哥这份孝心，自然气也就消了。"

"真的，我怎么忘记了先生的寿诞将近了！"杨度喜道，"小三这个主意好，干脆这几天就不去湘绮楼了。"

叔姬说："重子的主意要得。不过，你最好还要满足先生的一桩心愿。"

"先生有桩什么心愿没有满足？"杨度问。

"明年的会试，先生门下居然没有一个弟子敢于进京应试。"叔姬因为怀孕，显得比先前要消瘦些，而即将做母亲的喜悦，又使她的双眼充溢着过去少有的欢快光彩。

"为什么？"杨度想，先生在东洲书院的弟子中有十多个举人，为何竟然没有一个人敢去应试，岂不是怪事？

"你在东洋，不知道国内的事。七月里，皇太后、皇上下谕旨，规定从明年起会试、乡试一律不用八股文，恢复戊戌年的新政，改用策论。"

"噢，就是这个原因，我在日本早就看到报上登载了。"杨度淡然地说，"这有什么，考策论就策论嘛！无非是写几篇议论时政的文章，不用八股套式，放开手脚去写，还可以写得更好些。"

“你倒是说得轻巧。”叔姬微笑道，“我晓得你们写八股文，就和我们女人裹脚一样。布条一裹，走起路来极不自在，但裹惯了，一旦放开，刚开始那两个月，走路更不自在呀！”

几句话，说得大家都笑了起来。叔姬接着说：“几十年来王门第一次无人应会试，你看先生如何不烦恼？你若答应去应试，先生一定会高兴得不得了，私自去东洋的这笔旧账也就不会算了。”

杨度尚未开口，代懿立即否决了：“会试赶不上了。这是什么时候了，学政大人早就把明春会试的举人名单上报礼部了。”

“补报一份不行吗？”叔姬望着丈夫问。

“不行。”代懿摇摇头。

屋里沉默着。

“有了！”杨钧突然拍着手掌说，“前些日子，先生说过明年会试后朝廷还要开一次经济特科。又说这件事朝廷已经酝酿几年了，比会试还看得重。哥何不去考明年的特科呢？”

“正是的，皙子兄如果去考明年的特科，爹也一定会欢喜无尽！”代懿忙补充一句。

关于明年朝廷开经济特科一事，杨度在日本也听说过。在日本的中国留学生普遍厌恶乡试、会试，但对经济特科，却有不少人跃跃欲试。经济特科是制科中的一种。制科始于西汉，是一种临时设置的科举考试。唐代每隔四五年就要举行一次，宋明制科不多，清代也沿设制科，但更少。正因为少，考取以后又有较优越的地位，故人们对制科特别看重，而参加制科考试的人，其要求也更加严格，必须经各省督抚保荐才行。杨度回国之前，没想到要参加明年的经济特科，听弟妹们这么一说，他想不妨去试试也好。留学本身并不是目的，自己的目标始终是在国内施展抱负。东洋半年，眼界和胸怀都开阔了很多，既然经济特科侧重于时论，而自己对国家时局的看法正多，何不借此向朝廷上几道书呢？倘若真的高中了，进入权要之津，不正是自己梦寐以求的事吗？何况还可借此获得先生的欢心！至于《游学译编》，由黄兴等人去主办也是一样的。想到这里，杨度同意了。他拿出给先生的礼品，请代懿转送，代懿乐意地答应了。又拿出给周妈的料子来，代懿却不肯代劳。问叔姬，她冷笑一声摇了摇头。杨度知道他们是瞧不起周妈，只得对弟弟说：“小三，你去帮我送一下。”

杨钧是艺人气质，为人随和，等级观念也较淡薄，不太计较名分，遂爽快地答应了。

第二天清早，代懿提着杨度买的糕饼和烟丝，蹑手蹑脚地走进父亲的书房。请完安后，他小心谨慎地说："皙子从日本回来了，这是他给您老送的礼物。"

说到这里，代懿偷偷地看了父亲一眼，只见父亲的眼神突然亮了一下，他以为父亲要说什么了，忙停住。但父亲什么也没说，于是只得硬着头皮说下去："皙子知道爹对他不辞而别去日本很生气，他要儿子先来告个罪，过两天他再来向父亲请安。"

代懿见父亲左手捧着铜烟壶，右手慢慢地捏纸捻子，依然不做声，他的额头开始冒冷汗了，双腿有点微微发颤，不敢再等父亲的示下，便把礼物放到书案，悄悄地退出。一进自己的房门，叔姬忙问："爹说些什么啦？"

"一句话都没说。"代懿摇了摇头。

"礼物收下啦？"

代懿点了点头，叔姬松了一口气。

这时，杨钧提着腰了红纸条的细绒黑呢，笑嘻嘻地走进厨房，对着正在忙忙碌碌为王闿运操持早点的周妈亲亲热热地叫了一声，说："我哥哥从东洋回来了，特地给你送了这段呢子。"说着递了过去。

周妈一听，两眼射出惊喜的目光，忙将手在围裙上搓了两搓，然后从杨钧手里接过礼物，大为激动地说："这是皙子送我的？皙子什么时候回来了，怎么不见他来看老头子？"周妈用手轻轻地捏了两捏，做出一副很内行的样子，"这是真正的东洋货，你看多细多软和呀！"

过一会儿，又高声叫道："哎呀，还腰了红纸条哩，皙子做事真有礼性！"

周妈忙解下围裙，将绒呢捧到心口边，对杨钧说："你代我谢谢你哥哥，我这就收起来了。过几天我叫我崽到城里去请个裁缝来，好好做件外套过年穿。不叫云湖桥土裁缝做，他们冇见过世面，会糟蹋这段料子的。这可是一段来得远的东洋呢子啊！"

说着，笑眯眯地走出厨房，进了卧室，打开一个皮箱，将它珍藏起来。就这一段绒呢，将周妈这几年对杨度的无名怨恨一扫而尽。到了晚上，她在老头子的耳边一个劲地将杨度夸个不停："我说老头子呀，皙子这趟洋出的，真是大大地开通了，比先前懂事多了，又有礼性了，你不要总记得他瞒着你去东洋。你不同意嘛，他只得这样了。小三子说，娘老子他都瞒着哩！怕你们骂他。唉，这孩子也可怜兮兮的，你就宽恕他这一次吧！"

见王闿运不吭声，她抱着老头子的脸亲道："皙子送给我的东洋绒呢又细又软，真是好料子，我要好好做件外套，打扮打扮，让你看着高兴。喂，老头子，你看做件什么样子的好看？”

莫以为王闿运这个将近古稀之年的老头子缺乏激情，也莫低估了这个四十多岁模样不中看的村妇的魅力，周妈这一劝一媚还真在王闿运身上起了作用，老头子对杨度的气恼，十成消了八九成。

要说王闿运对自己的高足有多大的恼怒也说不上。杨度不辞而去东洋，当然令他不快，气来了的时候，也会骂上几句，但他并非坚决反对门生出国留洋。王闿运向来通达，虽恨日本的无礼侵犯，但也知道日本的确国力强大，去走走看看也未尝不可。只是他认为杨度的国学根底还并不扎实，不必赶时髦急着出国，更重要的是因为杨度在戊戌年卷入了康梁一派中，而康梁之徒大多逃亡在日本，他担心杨度去日本后会继续与他们混在一起，中民权民主的毒太深而最终会动摇自己的信仰。现在杨度回来了，他心里已觉欣慰，居然还给周妈送了一份礼，这更给不护细行的老先生的脸上很抹了一道光彩。家人和外间对他与周妈关系的议论以及看不顺眼等，他岂会不知？对于这件事，他自有一番难以对世人说清楚的苦衷。

王闿运六十丧偶后，仍需要女人的温情和照顾，但续弦又会给他和他的家庭带来新的烦恼：花甲老人的续弦自然不可能是黄花闺女，过门来的人曾经有过自己钟情的男人，还一定有留在前夫家的儿女，她如何能一心一意地服侍老头子，服务于王氏这个大家庭？自己的成群儿孙，又会不会接受新来的内当家，给不给她以相应的礼仪和尊敬？王闿运亲眼看过多少这种家庭内部的矛盾争吵，最后大半皆以分崩离析的结局而告终。且不说世风日下的今天是这样，就是风气淳厚的古代也不能例外，所以颜之推的家训里专门列《后娶篇》，历数前代贤父孝子，因后妻参入而失和；又多父死之后，辞讼盈公堂，谤辱彰道路，子诬母为妾，弟黜兄为佣，播扬先人之辞迹，暴露祖考之长短，造成家门大不幸的悲剧。王闿运每读《颜氏家训》至此，莫不感慨欷歔，遂坚决不予再娶。周妈心思细致，服侍周到，很得王闿运的宠信，简直不能离之须臾。前年，周妈的丈夫死了。周妈几次流露出要王闿运将她明媒正娶，但老头子丝毫不动心，她后来也便绝了这个念头。既不是后娘，周妈再厉害，也拿不起款式，不可能在他王家制造事端。他既得了女人的照顾，又免去了家庭的纠纷，可谓一举两得。这其实正是王闿运纵横之学在家政方面的运用。可怜一个欲以此学斡乾旋坤安邦定国的当世奇才，不能施展于庙堂之上，只能用之于房帏之中。老头子在自鸣得意之时，常常免不了心中的悲哀。王门子弟从小受诗书熏陶，个个都清高得很，那个出身农家不识之无的女佣，在他们的眼里实在地位卑贱。这几个月又添一个才气横溢、禀赋冷傲的新媳妇，她连招呼都懒得跟周妈打一声，使得王闿运心里颇为周妈抱不平。她虽是佣人，但到底是陪他睡觉的屋里人，多少总得给点脸面吧！现在杨度从东洋回来，居然万里迢迢给周妈送来一份厚礼，使王闿运大为感动。他觉得杨度此举一来为他补了所欠周妈的情，再则也为子弟们，尤其是为叔姬树立了一个榜样。王闿运决定给杨度此举以回报。

王闿运把儿子、媳妇和杨钧都叫到书房里，带着笑意对他们说："皙子这次漂洋过海，真是学到了不少学问，他回国来能给周妈送一份重礼，我看这就是出息了。重子，你回去一趟，叫你哥哥来，就看在他对周妈关心这一点上，我宽恕了他！"

杨钧一听，大喜过望，忙说："我这就回家去告诉他。"

代懿也欢喜，杨庄脸露喜色，心里却冷笑道："好个老不正经的公公！"

杨度来到湘绮楼，毕恭毕敬地向先生赔了不是。王闿运是个胸无城府的人，又对他抱着很大的期望，便绝口不再提过去的事，师生相见，一如往日的融洽。杨度又说起愿去京师参加明年的特科，王闿运更是高兴，一口答应要湘抚俞廉三保荐。

过了几天，王闿运接到张之洞寄自武昌督署的信。信上说，多年来浮沉宦海，应酬簿书，办事既多掣肘，学问又早已生疏，甚是无味，而老朋友著作等身，桃李满天下，名山事业，杏坛伟绩，令人称羡；得知老友已辞去东洲书院的教席，欲聘为两湖书院的山长，不知肯屈驾北上否？最后又提到，高足杨度在日本留学时表现甚为出色，据说近日已回国，能否同来一见？

王闿运已经很久没有接到张之洞的信了，看到这个声名已非常烜赫的老朋友的亲笔信，他当然很觉高兴，但他不能应邀去两湖书院，因为他不想再离开湘绮楼外出谋生了。令他奇怪的是，这个日理万机的湖广总督，怎么会知道他有个弟子叫杨度，又知道杨度去了日本，而且竟然还知道近日已回国？难道杨度在日本有什么惊人的举动？王闿运想到杨度考经济特科，正要督抚举荐，与其找湖南巡抚，不如找张之洞。倘若得到张的保举，岂不分量更重！于是他给张之洞修书一封，要杨度亲自送到武昌去，借此见见面。杨度自然乐意。不过，杨度也很纳闷：赫赫有名的总督大人，怎么会知道他这个名不见经传的小人物？

二 张之洞眼中的高才

对于张之洞其人，杨度断断续续地从先生和其他官绅士人那里听到过一些谈论，有些印象，但究其实，他对这个非同寻常的人物所知甚少。

张之洞的堂兄张之万为道光丁未年的状元，他本人十六岁便高中顺天乡试解元，一时间以神童名震全国，本可次年连捷中进士入翰苑，为科举史话再添一个少年高第的例子，却不料喜极转悲，父亲陡然去世，他不得不在家守制，眼睁睁地坐失一次机会。到了以后几科，张之万连续充任会试考官，按规定张之洞须回避。同治元年，张之洞入京会试，却不料意外告罢。次年再次会试，便巍然高中一甲第三名，成为举世瞩目的探花郎，再次轰动全国。那时，他才二十六岁。从此，"张之洞"三个字，便成为神童才子的代名词。

张之洞进翰林院后，对国事表现出极大的热情，于官场上的腐败之风尤为痛恨。他敢于触犯权贵，一再上疏弹劾朝廷重臣和地方要员，很快便赢得舆论的称誉，成为清议派的领袖。但张之洞并不一味蛮干，他于宦术甚有研究：触犯权贵，以不冒犯太后、皇上为原则；弹劾大员，则以证据充足为基础。当时官场上流传一个"附子不入药"的故事，最能见张氏的为官之术。

光绪六年十一月的一天，慈禧打发两个太监挑八盒食物赏赐妹妹醇王福晋，由一个宦官领着，大摇大摆地走到午门。守门护军按宫中规矩，要宦官打开盒盖检查。宦官仗着是慈禧身边的人，所送的又是慈禧的赏物，十分傲慢，不愿打开，护军因职守在身，亦坚持按规矩办事。双方争执不下，居然殴打起来。宦官气得把食物倒在地上，然后跑到慈禧跟前，一状告起，说护军不让他们出门，还踢翻了赏物。慈禧一听怒火冲天，立即下旨，革去护军统领的职务，将参加斗殴的护军速交刑部关押，并要刑部处以杀头示众。

这个谕旨刚一下达，便引起了宫中极大的不安。大家议论纷纷：护军按章办事没有错，宦官仗势违禁才真正地应受处罚，现在是非颠倒，举措乖置，照这样下去，宫禁岂不混乱，谁来忠于职守？翰苑侍读学士陈宝琛闻之气愤，拟上疏慈禧，希望她收回成命。张之洞对陈宝琛说，疏可上，措辞不宜太激，只能说此风不可长，门禁不可弛。陈宝琛认为张言之有理，把原拟的正折改为附片。张之洞见上面有这样的句子："此案本缘稽查拦打太监而起，臣恐播之四方，传之万世，不知此事始末，益滋疑义。"又说："臣幸遇圣明，若竟旷职辜恩，取容缄默，坐听天下后世执此细故，以疑圣德，不独无以对我皇太后、皇上，问心亦无以自安。此事皇上遵懿旨不妨加重，两宫遵祖训必宜从轻。”张之洞看后，似觉重了，回家后越想越不妥，深夜打发家人急驰陈府送信。陈宝琛看那信上只写了八个字：附子一片，请勿入药。

这是一句诙谐话。附子，系中药中的一味。此话表面看来是说去掉药单上的附子一味，实则要陈勿上附片。陈将此事与当时同为清议派首领的张佩纶商量。张佩纶看了附片后说：“这样好的奏章不上，真正可惜。”于是陈将此片递上。张之洞听说后叹息：“我之谏，陈弢庵不采纳，又如何能指望太后采纳陈弢庵之谏呢？可见从谏如流不是一件容易事。”

张之洞鉴于陈片言辞之激，自己再拟一道疏，用极其委婉动听的语气陈说前代阉宦之祸，颂扬国朝宫禁之严，夸奖两宫太后治内宫有方，并望严防阉宦中的小人惹是生非，有损圣德，而绝口不提护军有理、予以宽恕之类的话。结果陈之附片留中淹没，而张之奏疏受到慈禧的赞赏，护军统领和参加斗殴的几个护军也都被赦免，一场宫中闹剧就这样较为合理地收了场。

慈禧于此看出张之洞的忠心和才干。过两年，张便以内阁学士的身份外放山西巡抚。晋抚任上三年，张被朝野誉为贤能。法国侵略军从越南入侵广西时，慈禧升张为两广总督，处理对法战事。张之洞一到广西，便礼聘在家养老的名将冯子材为提督，带兵出击。冯子材感激张之洞以清望高位而看得起他，遂为之驱驰，取得谅山大捷，为软弱无能的清廷赢得了极为罕见的对外胜仗。自然，这个功劳被记到身为制军的张之洞头上。张之洞因此而赢得了举国上下的称颂，一跃而为疆吏之首。光绪十五年修建芦汉铁路，张之洞以能当重任的名声奉调为湖广总督，监理芦汉铁路湖北段的修筑。

张之洞办事气魄宏大，规模壮阔，但也不免好大喜功，挥霍靡费。他在武昌办学堂，建工厂，其中最有名的工厂就是汉阳铁厂。汉阳铁厂是当时中国最大的炼铁厂，为中国的重工业奠下第一块基石。但汉阳铁厂由大冶取矿，由萍乡运煤，成本高昂，成效甚少，也因此遭到了不少有识者的讥责。去年八国联军打到北京，他与两江总督刘坤一、两广总督李鸿章、山东巡抚袁世凯打起东南互保旗号，即向外国列强表明所管境内自行保持安定，不需外人代为靖乱，从而堵住外国列强入侵这几个省的借口，使东南半壁免遭蹂躏。张之洞等人的这个举动，深得逃难在西安的慈禧太后的赏识。今年五月间，他又和刘坤一会衔，一连三次上疏请求变法。这有名的“变法三疏”也得到了慈禧的首肯。

张之洞是一个洞悉国家弊病、头脑清醒的大员，他深知中国不变法则别无出路，故而戊戌年之前便厕身康有为的维新行列，庚子年之后又及时上疏再弹变法旧调。但张之洞又是一个看透了朝廷权力争斗的老练圆滑的官僚，他最善占测气候，明哲保身，故而戊戌年他一旦看出苗头时，便广为刻发《劝学篇》而表明他对太后的忠心，划清与康有为的界限，保住了自己的优渥圣眷。

这就是张之洞，这就是满肚子帝王之学却一无仕宦经历的书生杨度暂时还不能认识的湖广总督。然则张之洞何以知道杨度呢?

原来，张之洞器局开阔，在疆吏中首倡重开留学之风。朝廷采纳后，他管辖的湘鄂两省官派留学生为各省之最，其中绝大部分是去日本。张之洞对这些派往日本的留学生十分重视，他希望这里面能产生大久保利通、伊藤博文那样的治国大才。他委派一位能干的幕僚，每隔一段时间到日本去一次实地查看，并向他汇报在日本的留学生，尤其是两湖留学生的动态。杨度不曾想到，他与日本著名教育家嘉纳治五郎辩驳有关支那教育问题一事，早已通过那位幕僚传到了张之洞的耳中。

那是两个多月前，在弘文学院第一期速成班结业会上，日本高等师范学校校长嘉纳治五郎发表了一场学术演说。嘉纳讲述了普通教育的三个内容：德育、智育、体育，指出应三者并重，缺一不可，给全体学生很大的启发。嘉纳又说谋国当以和平主义，而不能取骚乱主义，并强调必须服从满人的朝廷。这是因为满人有居高临下的气概，笼络一切的魄力，而汉人尚文守雌，善于服从，故满人天生当为君，汉人只能为其臣役，何况汉人臣服已久，岂能复有他心？还说今日之世界，其实为种族竞争之世界，白种人最强，黄种人无以敌之，汉人只有臣服满人，不生异心，再与日本相结合，方能保东方局面之安定而不受白人之欺负。

嘉纳这一番议论，中国留日学生大多不能接受，但慑于他在日本教育界的崇高名望，大家又都不敢与他当面争辩。杨度这段时期受黄兴等激进派的影响较大，思想偏向于激烈，在大家窃窃私语的时候，他站起来愤怒驳斥这位日本教育界的权威。他说，欧洲数千年向不闻以和平进步，必待法国大革命后引出全欧革命才一举进入文明；日本几千年来亦不闻和平进步，必待近三十年来倾幕之兵、立宪之党经过一场大骚乱，而后才能跃入文明之邦，所以骚乱可以鼓全国之民气，促文明之进步。杨度又慷慨激昂地说，汉人绝不比满人低贱，也绝不比日本人低贱，黄种人固然要联合起来对抗白种人的种族压迫，但这种团结，必须建立在平等的基础上，绝不能在黄种人内部又划分高低贵贱。杨度的当面反驳，赢得了全体与会中国留日学生的支持和赞扬。过几天，梁启超在横滨主办的《新民丛报》刊登了杨度与嘉纳的辩论，所有在日本的中国留学生，无不对这位湖南青年深表钦佩。杨度与嘉纳的辩论，《杨度集》以《支那教育问题》为题收于其中，全文二万余字，连载于《新民丛报》第二十三号、二十四号上，随即印单行本在国内外发行，在当时影响很大。朱德裳在其《癸卯日记》中称赞此文“至为透辟”，又说杨昌济先生“推许备至”。

张之洞尽管不准老百姓看《新民丛报》，他自己却每期必读。杨度鼓吹的骚动进步主义虽为张之洞所反对，但杨度所表现的那种无畏的气概，却为张之洞所佩服。同时，作为汉民族中出类拔萃的人才，张之洞的心灵深处对朝廷比比可见的无德无才而处高位的满洲亲贵是极为不满的，杨度反驳嘉纳的话正是道出了他的这段心曲。当他从幕僚处知道杨度是湘军将领之后，又是好友王闿运的弟子，二十岁中举，近期已回国时，便决计要见见这个后生。

杨度奉师命来到武昌督署辕门口，将名刺递了进去。好半天，门房才姗姗出来，手里拿着一张宣纸，操一口厚重的河北土音，大大咧咧地说：“我家大人出了一道上联在这里，你将下联对上。对得好，我领你进去见大人；若是对得不好，你就识相点，赶紧离开此处走路。我这里有笔和墨，你就对吧！”

说着，将手里的宣纸递过来。杨度没有想到见张之洞还有这么个规矩，他觉得有趣。对对子并不是难事，他八九岁时就能对得很好。可是，当他从门房手里接过上联时，却深感出语不凡：“风物称闲游，望渺渺潇湘，万水千山皆赴我。”这上联显然咏的是湖南风光。潇湘景物，在诗人墨客的眼中，通常笼罩着芷兰芳菲、多情多意的气味，这位辖制湘鄂两省的制台大人，面对着三湘大地，竟显得如此心闲气定、胸壑开阔，确乎有一股包涵寰宇、弥纶天地的气概充塞于内。自己下联的气势一定要能与之相匹敌才行。杨度坐在板凳上托腮苦想。门房一旁揶揄道：“对不出来了吧，谁要你的名刺上写着举人的头衔？凡读书有功名的人来见，我家大人都要设这道难关。不这样的话，他老人家一天见客还见不赢哩！”

门房的聒噪，使杨度很烦厌。他走出小屋子，背着手在辕门外踱来踱去。突然，他灵感一来，有了！忙进屋蘸墨疾书：“江湖常独立，念悠悠天地，先忧后乐更何人？”门房看了看，头轻轻地晃动说：“我家大人出了十七个字，你也对了十七个字，字是一样多，好不好我就不晓得了，也不知我家大人满意不满意，你等着吧！”

说着进去了。一会儿，门房对着杨度点头哈腰，满脸堆笑地说：“杨少爷，劳你久等了，请进，请进。”

杨度知道张之洞认可了他的下联，心里高兴，对门房说：“烦你在前面为我带路。”

门房弯着腰说：“小人不敢！杨少爷你请前面走，小人我在后面跟着。”

就这样，杨度在前，门房在后，一路上指指点点地来到一间装饰得十分豪华阔气的厅堂。门房走前一步，将左边一扇发亮的宝蓝色绸棉帘掀开，对杨度说：“杨少爷请进，制台大人正等着您。”

杨度从掀开的帘子下走进房间。这是一间宽大的书房，地面上铺着两寸来厚深红色西域毛毯，四周紧靠墙壁摆着的是一色黑漆大书架。房间中央有一个大铜盆，铜盆放在半尺高的木架上，铜盆里是垒得高高的烧得通红的木炭。外面早已是寒冬腊月了，这里却暖洋洋的。靠南面窗户边有一个大书案，书案上堆满了文件。书案旁边有一个一人来高的镶金嵌玉的景泰蓝花瓶，花瓶侧面坐着一个身穿便服背后拖一条花白辫子的老头，老头正在细细地看着他书写的下联。杨度知道，这老头无疑便是声名卓著的张之洞了。

他趋前走上几步，双膝往地毯上一跪：“湘潭杨度拜见制台大人。”

张之洞的目光从宣纸上移了过来，眯着老花眼睛，将杨度仔细地看了一会儿，慢慢吞吞地说：“哦，你就是杨度，起来吧，坐到那边去。”

杨度顺着张之洞的手势，在他对面一张铺着俄国毛毯的椅子上坐下，立时觉得背后如同有一把火在烧，浑身热得滚烫。

“我看了你的下联，对得不错，不愧是王壬秋的弟子。”长着一张干瘦长脸，大鼻子大眼睛，满口大胡须差不多全白了的张之洞斜斜地靠在椅背上，椅子轻轻地转了一下。杨度这才发觉他坐着的原来是一把西洋进口的转椅。

“老大人夸奖了，老大人的上联才真的有涵盖山河的气魄。”杨度的回答既是恭维，也是心里话。

“哈哈哈！”张之洞笑了起来，显然这句话说得他爱听，“老夫六十多岁了，还有什么气魄不气魄，聊以自嘲罢了。你的老师身体还好吗？续弦了吗？”

“湘绮师身体还健朗，并没有续弦。”杨度说着，从口袋里将王闿运的信拿出来，双手递上。

“还是要续弦好！”张之洞边说边拆开信，很快浏览了一遍，说，“怎么？他不愿来武昌！我这张老脸皮，他都不肯赏啦？”

杨度忙说：“湘绮师离开东洲书院时，上上下下都攀轿挽留说，何必要到别的地方去哩，若是嫌薪金低，可以再加些。他老人家当着众人的面说，不是要到别的地方去舌耕，这次回云湖桥就不出来了，要在云湖桥颐养天年。因为当众讲过这样的话，所以不能来武昌，免得别人说闲话。”

“世上最聪明的读书人就是你的这个老师。”张之洞自个儿端起桌上的茶碗喝起来，那茶碗里盛的是高丽参汤，“他活得自在，不像我，这一大把年纪了，还得每天起早贪黑地受人驱使。”

“老大人是国家的栋梁，皇太后、皇上不可一日离开老大人，自然得日夜为国家操劳。”杨度本来还想加一句“湘绮师再聪明也只是书生终老而已，岂能比得上您”，想想这话万一传到先生的耳中，老头子会火冒三丈的，于是话到嘴边又咽下了。

“你是什么时候回国的，在日本待了多久？”张之洞望着杨度问。杨度觉得那目光中明显地含有审问的神态，不免有点心跳。他记起先生有次在明杏斋里对他说过的话：越是在名声大地位高的人面前，越要保持自己的尊严，万不可气馁。你本来就名位低，若再气馁，则愈加在这种人的眼中变得渺小了。应该反过来，以气盛来补自己名位的不足。这就是孟子“说大人则藐之”的背后原因。先生还说，这种气概，左宗棠在未发迹时保持得最好，他有意向左宗棠学习，也有好的效果。杨度想到这里，心很快安定下来，跟张之洞说话，要的正是这种气概。

“晚生十月中旬回来的，在日本读了半年的速成师范。”

“你并不是湖南的官费生，自己花钱去日本，为的是什么？”张之洞顺手将书案上一个玛瑙鼻烟壶拿起，打开小盖子，倒出一点粉末在手指上，然后将粉末抹到鼻孔边。

“晚生到日本，是想看看日本人究竟是如何把国家治理得富强起来的。”杨度挺直腰杆，目光炯炯地望着张之洞，气势充沛地说，“都说日本三十年前比我们还落后，仅仅只有三十年时间，就把国家治理得强盛起来了。晚生认为，一个有志于国事的士人，应该放下架子，亲自到人家那里去看看学学，所以虽然没有得到官费名额，我还是去了。”

“有收获吗？”

“收获很大。”杨度颇为兴奋地回答。

“好！你有哪些收获，下次再跟老夫谈。”张之洞将鼻烟壶放回书案，盯着杨度问，“老夫现在问你，你为何要在日本鼓吹骚动，反对朝廷，你难道没有想到，这是大逆不道的吗？”

杨度大吃一惊，他没有料到张之洞会突然这样严厉地责问他。瞬时间，他有点后悔不该来闯虎穴，但很快便镇定下来：既已来了，便不能退却，说大人则藐之！他从容回答：“回大人的话，晚生在日本的确是讲过，一个弊病丛生的国家，与其死水一潭发烂发臭，不如来点骚动，招引生气，龚瑟人早就说过：九州生气恃风雷，万马齐喑究可哀。可见鼓吹骚动的，并不就是罪过。至于朝廷，也不能说它事事都对。倘若一点缺漏都没有，为何皇太后、皇上在蒙尘时要下诏自责呢？假若在太后着迷于义和拳时，有人坚决反对并起了作用的话，又哪来的日后帝后播迁呢？伍员唱反调而为忠臣，伯嚭善逢迎而为奸佞，这已是历史的定论。因此，反对朝廷的不见得都是反叛。晚生以为，大逆者，逆全国之人心也，大反者，反天地之大道也，而招引生气、补苴罅漏，不能谓之大逆不道。晚生无知，还望大人赐教。”

杨度这一番雄辩，试图将自己在日本对朝廷的不恭之心、不轨之言轻轻巧巧地掩盖，倘若遇到的是一个满蒙亲贵，或是一个对朝廷愚忠的汉族大臣，自然并不会起多大的作用，可是现在问话的是一个想顺潮流而动，力倡变法，主张中学为体、西学为用的开明总督，张之洞不但不认为他是在巧言掩饰，反而认为他说的是真正的实话。

“照这样说来，你是大清朝的忠臣，老夫错怪你了？”张之洞站起身，离开转椅，在西域毛毯上甩手踱步。他气血不好，坐久了身子就发麻，非得走动走动不可。他比王闿运小两岁，在杨度看来，却比湘绮师显得老迈得多，且身材矮小，远没有先生的风采。张之洞这句话是讥讽，还是真的消除了误会，杨度一时拿不准。他和他的老师一样，从来没有想到要做大清王朝的忠臣，孜孜以求的只是一展自己的抱负。杨度本来想回答：“晚生要做的是中国的忠臣，并不想做一家一姓的忠臣。”转念一想，在这样一位大清朝的宠臣面前，初次相见便说出这等话来，毕竟是太冒昧了，不如顺着他的意思敷衍。“晚生家父祖两辈蒙受国家之恩，晚生本人又是举人，的确如大人所说的，一心想做朝廷的忠臣。在日本，虽有与朝廷为敌的革命党，但晚生与他们并无联系。晚生在日本半年，感受最深的是，日本之所以迅速强盛，就是因为明治维新加强了天皇的权力。我们中国要学日本，首要之点也就是要加强朝廷的权力。关于这一点，晚生还要慢慢向老大人禀报。”

这几句话说得张之洞很满意，他轻轻地点点头，脸上露出微微的笑意，起身走到景泰蓝瓶边的书架前面，从架子上拿出一张报纸来递给杨度：“这张报纸想必你在日本还没有来得及见到，那上面登了一首黄河歌词，写得不错。作词的杨承瓒是不是也在日本留学，你认识他吗？”

杨度接过报纸，大感意外。原来这是一张《新民丛报》。《新民丛报》上刊登的文章，多数说的是维新变法，梁启超的时论，几乎每期都有。梁启超以他特有的笔端常带感情的“饮冰体”感染着千千万万的读者，使他们在阅读过程中不知不觉地接受了他的观点。国内许许多多的人，尤其是年轻人依旧如醉如痴地崇拜他。这种心情，不但不因朝廷的禁止而减弱，反而随着太后、皇上再次明令变法大为增强了。人们普遍认为，康梁是首倡变法的先驱，戊戌年对他们的镇压是错误的。尽管人心如此，官方依然维持原议：康梁是乱党，他们所发行的报刊是绝对禁止在国内传播的。就是这样一张被慈禧太后视为洪水猛兽的《新民丛报》，居然出现在堂堂湖广总督衙门内，大模大样地摆在总督大人的书房里，杨度大为惊讶。至于歌词的刊出他也没想到。梁启超想为留学生们制作一首新歌，要求雅俗共赏，利于唱诵，在《新民丛报》上发起征稿启事。杨度以黄河作为中华民族的象征写了一首歌词，为不让老友知道是他写的，便用自己的原名“杨承瓒”三字落了款。不料梁启超毕竟眼力不凡，作为首选刊登了他的《黄河曲》，更不料张之洞英雄所见略同，也加以称赞。 杨度的这首《黄河曲》登在《新民丛报》第四十六、四十七、四十八合刊号。关于这首《黄河曲》，《杨度集》的编者有如下说明：“本篇系杨度为中等学校所作的歌词，由曾志忞谱曲，收入曾编之《教育唱歌集》。梁启超在《饮冰室诗话》中曾称道说：‘今欲为新歌，适教科用，大非易易。盖文太雅则不适，太俗则无味。斟酌两者之间，使合儿童讽诵之程度，而又不失祖国文学之精粹，真非易也。杨哲子之《黄河》、《扬子江》诸作，庶可当之。’又天津《大公报》1904年7月17日曾刊载《黄河》歌词全文。今日某些老人犹能颂唱，可见当时影响。” 杨度很高兴，仔细看着。刊出来的是他的原稿，一字未改：

黄河黄河，出自昆仑山，远从蒙古地，流入长城关。古来圣贤生此河干。独立堤上，心思旷然。长城外，河套边，黄沙白草无人烟。思得十万兵，长驱西北边。饮酒乌梁海，策马乌拉山，誓不战胜终不还。君作铙吹，观我凯旋。

“回禀大人，这首歌词是晚生所作，杨承瓒是晚生小时候的名字。”

“哦！”张之洞的眼睛里射出欣喜的光芒。看到杨度对的下联时，他便知此人器识不俗；听到杨度为自己辩解的那一席话后，他更知此人胸襟开阔；得知这首《黄河曲》为杨度所作之后，他又感觉到这个青年的爱国之情。张之洞一生所结识的有才有识的年轻人不下千数，但像杨度这样的人才尚不多见，此子无疑是时下士人中的高才捷足。张之洞的脸上显露出一派赞许的神色，说：“你以黄河作为我们这个古老民族的象征，老夫于此十分赞赏。黄河曾经哺育了我们华夏举世无双的文化，培育了历朝历代杰出的人物，黄河就是我们中国的代表，我们应该颂扬它保护它。泰西各国尽管有很多东西超过我们，但他们的文化是远不能跟我们的文化，即诞生在黄河两岸的中华文化相比拟的。这就是老夫作《劝学篇》的目的所在。可惜现在不少年轻人，尤其是出洋留学的年轻人说起泰西来神魂颠倒，好像别人那里就是天堂，我们这里就是地狱似的，老夫为此感到忧虑。看到这首《黄河曲》，老夫知你不是那种数典忘祖之辈。你想参加明年经济特科，老夫支持你，只是老夫已奉派为主考，不便再上荐书。”

张之洞又站起来，在地毯上来回踱步，杨度兴奋地看着，似乎觉得老迈的总督的脚步变得轻盈多了，两手甩动时，那动作也很优雅。他设想，当年的神童才子必定有迷人的风采。“这样吧，我给四川总督去一封信，由他出面推荐你。他十年前做过湖南藩台，于你的老师也有交谊，由他来推荐也说得过去。你看如何？”

“晚生深谢老大人的栽培。”杨度起身道谢，说着又要下跪。

张之洞急忙拦住：“不要这多礼节了，我是个不喜多礼的人。我这里事情多，也不留你了，你早点回家作准备。记住，特科考试定在明年闰五月中旬！”

三　癸卯科会试在冷冷清清中收了场

四月二十四日下午，杨度和另外几位湘籍举子行色匆匆来到北京城，住进了长郡会馆。离考试还有一个多月，他们之所以提前选在这个日子进京，是为了一睹状元打马游金街的盛况，因为明天正是癸卯科会试传胪的日子。杨度已参加过两次会试，但都没中。一同参加考试，别人高中，自己落第，心情的抑郁可想而知，何况他又是一个才大心高的人，哪里能见到那种场面！所以前两次传胪这一天，他便在会馆里一人喝闷酒睡大觉，根本不上街。这次不同了，他没有参加会试，自然也就没有考中的得意和落第的失意，也就有了旁观的闲心情。这毕竟是三年一遇的大场面，既来京师，如何能错过？

第二天一大早，杨度和几个朋友一起来到紫禁城午门外，挤在万头攒动的人堆中。满人入主中原，以少驭众，靠的是八旗子弟的武功威力，强迫汉人服从。入关以后，摄政王多尔衮采用范文程、洪承畴等人的建议，变镇压为笼络。一是礼葬崇祯皇帝，全部以原官职留用明朝旧官吏；二是尊孔祭礼，以儒家学说为立国之文化思想；三是开科取士，收买汉族士人。就这样，满人的政权巩固下来了。也因为如此，清代的每科乡试、会试，朝廷看得很重。从顺治开始，每代帝王都亲自出席会试的传胪典礼。

从乾隆二十六年起，传胪典礼定在四月二十五日这天，地点设在太和殿。太和殿就是民间所说的金銮殿，此殿位于紫禁城的中心，是享有最高地位的殿堂。遇到会试年的这天清晨，銮仪卫设卤簿法驾于殿前，设中和韶乐于殿檐下，设丹陛大乐于太和门内。礼部、鸿胪寺设黄案两座：一于殿内东楹，一于丹陛上正中。又设云盘于丹陛下，设彩亭御仗鼓吹于午门外。三品以上大臣穿戴朝服站立于东西丹陛之下。辰初时分，礼部尚书赴干清门奏请皇帝礼服乘舆，近侍导引入太和殿升座。这时中和韶乐奏隆平之章，一卫士执鞭来到屋檐下。这鞭名叫静鞭，又叫鸣鞭。鞭子以皮制成，长一丈三尺，柄为木质髹朱漆，长一丈，上面雕刻一个龙头。卫士孔武有力。只见他拿起静鞭慢慢地绕着自身旋转，越舞越快，那条鞭也便渐渐成螺旋式上升。突然发出一声清脆的巨响，声浪直奔云霄，绵绵几分钟不绝，有龙吟凤啸之余韵，世间任何响声似乎都不能与之相比。这样连舞三次，响过三声之后，丹陛大乐奏庆平之章。这时殿试读卷各官北向行三跪九叩之礼。大学士进殿奉东案黄榜，出而授之于礼部尚书，礼部尚书再陈之于丹陛正中黄案。于是鸿胪寺官员引新进士就位。新进士一个个身穿朝服，头戴三枝九叶顶冠，站在东西丹陛下王公大臣之后。传胪官高唱：“某年某月大清皇帝策试天下贡士，第一甲赐进士及第，第二甲赐进士出身，第三甲赐同进士出身。”接下来再高唱第一甲第一名某人，随之导引出班，就正中丹陛御道左跪，又唱第一甲第二名某人，再导引出班，就御道左稍后跪，又唱第一甲第三名某人，也导引出班，就御道右稍后跪。然后唱第二甲、第三甲新进士名字，但不再导引出班。唱名毕，鼓乐大作，丹墀两旁各官及新进士由大学士带领，向端坐在太和殿中的皇帝行三跪九叩礼。最后，中和韶乐奏显平之章，典礼到此结束，皇帝乘舆回后宫。礼部尚书将黄榜置于云盘内，奉出午门，放在彩亭中，再由校尉抬着彩亭，前面导着黄伞鼓吹，一路吹吹打打热热闹闹地来到东长安门外，张挂于长安街上。金榜两旁有卫士执戈护卫，张挂三天后取下珍藏于内阁。在礼部尚书捧榜出午门的同时，新进士分左右两队，左边由昭德门出，右边由贞度门出。一甲三人则随榜由午门正中而出。清代规矩，正中丹陛下为御道，御道非御驾不践。午门中路为御路，御路非御跸不启。亲王宰相都不可逾越这个规矩，唯鼎甲三人跪御道，行御路，这是给鼎甲三人的特殊荣誉，其目的也正是为了抬高科举考试的地位。

第二天，皇帝于礼部赐新进士宴，名曰恩荣宴，乃仿照唐朝的曲江宴而设。唐代士人以雁塔题名、曲江领宴为终生的无上光荣。清代学唐代的样，不但设恩荣宴，还将所有新科进士的名字刻之竖于国子监的石碑上，以便永垂不朽。恩荣宴上，一甲三人用金碗，二甲、三甲者用银碗，各人均赐宫花一支，小绢牌一面，上书“恩荣宴”三字，独状元与众不同，为银牌。席上金盘玉碗山珍海味，极天厨之馔，为民间所无。

光绪戊戌年以前每科的传胪典礼和恩荣宴大致都如此。然而今科——经过戊戌流血、八国联军入侵后的癸卯科传胪典礼，其情其景却大异先前。

首先倒胃的是三品以上的大官们有一半没有出席，来的一些人也懒懒散散，神情漠然，全没有以往那种兴奋激动之情。再看太和殿前，卤簿法驾一样都没有，一派冷冷清清暗暗淡淡的景况，站在左边偏殿廊庑下等候导引的新进士心中已开始疑惑不安：难道皇上御驾不来？正在心里嘀咕着，果然礼部尚书宣布：皇上圣体不适，不能参加传胪典礼。原来，三十三岁的光绪皇帝不是身体不适，而是精神不旺。自从戊戌年的变故后，光绪帝实际上已是一个关在瀛台的囚犯。从西安回銮这两年来，处境也并没有好转。他终日沉默寡言，忧郁不乐。有时慈禧接见臣工，也拉他坐在旁边。他知道这是老太婆为装门面而做出的假样子，所以也总是阴沉着脸一言不发。一些重大的宫中仪式，慈禧要他出面，他也常常借故推掉。因为他心里明白，大清的年号虽然仍叫光绪，但这江山实际上早已不属于他了。出自这种心情，受历代祖宗和他本人过去所看重的传胪典礼，他也无丝毫兴趣参加了。

皇上不驾临，还能称得上殿试传胪吗？人们常常称进士为天子门生，其实天子并不出席他们的考试，也仅仅只是在这一天，才远远地与他们打个照面。对于大部分的新进士来说，说不定这一生只有这一次才能得见天颜。不过这也就够了，九五之尊的真龙天子，不仗着新科进士的特殊身份，寻常读书人一辈子能见得到吗？有这见一面的经历，“天子门生”四字，他们也便受之无愧了。可是，现在皇上不出来接见，这成什么典礼呢？既失去了得见天颜的机会，也使“天子门生”的美誉叫不响亮。这些新科进士也终于明白了，为什么王公大臣们到得稀稀落落，原来他们早已得知皇上不参加的内情，清早起来的满肚子激情，立时被打消了多半！

余下的仪式虽然按规定举行，但都如同演戏似的做作，缺乏真实的灵魂：三声静鞭响得不清不脆，只有响声，没有余韵；出班的一甲三人面对着太和殿里空空的宝座跪下，那模样，颇像祭祀逝去了的祖宗；连鸿胪寺的唱名官员的声音也没有以往的响亮动听。杨度和看热闹的京城市民们好不容易将金榜盼出来了。捧金榜的礼部尚书没精打采，跟在后面的状元、榜眼、探花也脸无笑意，两旁走出来的新进士们，一出门便各自星散了。一甲三人出了午门后，榜眼左霈、探花杨兆麟依旧仪送山东籍的状元王寿彭到齐鲁会馆，然后贵州籍的杨兆麟送左霈到他的拉面胡同家中，最后杨兆麟只在自己的小书童的陪同下，悄悄地回到云贵会馆。所谓的状元打马游金街，就在这种既不风光又不热烈的气氛中收了场。

第二天，杨度又听说恩荣宴也办得大不成体统。主持人恭亲王载瀓只到礼部大堂坐了一会儿，新进士行完礼后，他便袖子一甩，走了。据说急急忙忙回王府的原因，是要听三喜班一个新来的漂亮女伶的清唱。参与考试的官员也到得不齐，宫花系红纸所做，写有“恩荣宴”三字的小绢牌也免掉了。席上摆的是粗瓷竹筷，陈列的是家常菜肴，令所有赴宴的官员和进士们哭笑不得。

晚上，杨度去皮库胡同看望夏寿田。夏寿田已升为翰林院侍读了，仕途还算顺利，但心情沮丧。庚子年他随銮驾西逃，历尽艰险，心头上一直压着一种亡国似的耻辱。回京虽一年多了，这种压抑感仍未全部去掉。他拿出在西安时写的《庚子长安杂诗》给杨度看。杨度读着“鲁乱国无刑，周衰民去礼。神州其左衽，皇舆竟西轨”等诗句，心情也很沉重。他把这两天的见闻告诉夏寿田，夏寿田苦笑着，想起五年前自己中榜眼时的风光，恍若有隔世之感。

杨度说：“明年是太后七十大寿，一定有恩科。”

“是的，恩科已定了。”夏寿田点点头说，“今年秋闱，云贵两省的主考、副主考都已放了。”

云南、贵州地处偏远，路途艰难，历来乡试考官都先放这两省，为的是好让他们先起程。

杨度问："放的何人？"

"贵州的主考放的是李哲明，副主考为刘彭年。云南主考放的是张星吉，副主考放的是吴庆坻。"

杨度说："李哲明、张星吉都不曾听说过，刘彭年、吴庆坻两人，戊戌年会试时，就听说他们先年一个放了四川正主考，一个放了河南正主考，都是大省，他们资历也老，想来这李、张二位，一定是翰苑老前辈了。"

"什么老前辈，都是戊戌科我的同年。"夏寿田冷笑道，"一个比我大一岁，一个比我小三岁，是翰林院里最不用功、最无出息的人。"

"这就怪了，他们何以有这样好的差运？是不是靠山硬得很？"杨度惊异地问。

"他们也没有很硬的靠山，靠的只是父亲大人当年给他们的名字取得好。"

"这与名字有何干？"杨度如堕五里云雾中，迷惑地望着老朋友阴沉的脸。

"说起来真是荒唐！"夏寿田气愤地站了起来，"某大老说，明年是老佛爷的七旬万寿，是个大吉大庆的年份，最先放的主考要应着这个意思。他将翰林院的名单排了出来，挑选了这四个人，组成'明年吉庆'四个字呈报老佛爷。果然老佛爷欢喜得不得了，立时就赏他一柄镶金吉祥玉如意。"

杨度将李哲明、刘彭年、张星吉、吴庆坻四人的名字重新念了一遍，真的组成一句"明年吉庆"的好话来。

"就这样，刘、吴两个老头子便只好委屈做年轻人的副手了。有人对这个大老说，李哲明放贵州正主考已经说不过去了，而张星吉年纪又轻，诗文又最差，放云南正主考，既引起翰苑哗然，又怕将来误事，最好换一人。那大老说，换谁呢？再也找不出一个大名里有'吉'字的人了。老佛爷已经认可，还能让她老人家扫兴吗？算了吧，再不行，也是他的命好，告诉翰苑诸公都不要眼红了。"

抡才大典，乃国家最为重要的事情，却儿戏如此，令杨度震惊。联系到这两天的反常，两位老朋友都叹息不已。会试典礼的衰落，象征着国势的衰落；放乡试考官的荒唐，暴露了国事的荒唐。大清帝国的国运，看来真的是一蹶不振了。

四　八大胡同寻静竹

看了这场热闹后，参加闰五月经济特科考试的士子便开始待在会馆里准备功课。经济特科只考两场：正场、复试，每场只考论一篇、策一道。杨度对国家时局有一肚子策论，他不习惯也不屑于泡在会馆里读死书，况且对朝廷科考也淡然多了，于是常常外出闲逛，晚上则多半在皮库胡同夏寿田寓所里谈天说地。在京城，除夏寿田这个多年挚友外，杨度心里还惦念着一个人，那就是五年前邂逅江亭的姑娘静竹。

说来也怪，二十八岁的杨度自从成年以来，接触到的漂亮而又有才情的女子也不少，但没有几个能引起他的眷恋，而那个穿着一身绿色衣服操着带吴音的京腔的少女静竹，仅仅只和他有过一两天的短暂交谈，便偏偏在他的脑中刻下了十分清晰而美好的印象。这个印象五年来不时地浮现在他的脑海中，甚至在异国他乡的岁月，他也常常想起过她。“我看重的是词，不是榜眼”，这句话，千百次地在他的耳边嗡嗡作响。这次从日本回来，做媒的不少，但他的兴趣都不大，要追寻心灵深处的原因，便是因为有这样一个倩影常常出现的缘故。离家前夕，他把当年静竹送他的拜砖放进随身带的书箱里，暗自做好了打算，一定要借此机会找到她。

当然，五年过去了，犹如杜牧说的“绿树成荫子满枝”，当年的少女或许早已成了牵儿抱女的少妇，但无论如何，杨度想见见她，跟她说几句话。名花即使有主，他也愿再睹一次芳颜，聊以慰藉那种理不顺说不清、混合着种种情感、杂糅了各色意念的心思。可是，偌大一个京城，上百万人口，九市百街，数千个胡同，当初又并不知她住在哪里、操何种职业，甚至连她的姓都不知道，冠盖京华，茫茫人海，要寻找一个这样身份低微的弱女子，五年前都无法实现，五年后更从何处着手呢？

杨度记得，静竹对他说过，她是随教她弹琴的师父来江亭玩的，她是苏州人，来京师三年了。自己当时听了这话后就没有再问下去了，心里想到这个女子一定沉沦下层。行，这就是线索！杨度想，静竹很可能是戏班子里的。

当时北京内城禁止演戏，戏院多半在正阳门外的中城。有几句巡城口号，道是：“东城布帛菽粟，西城牛马柴炭，南城禽鱼花鸟，北城衣冠盗贼，中城珠玉锦绣。”“珠玉锦绣”指的就是大栅栏的珠宝商店和围绕大栅栏一带的挂着蟒袍玉带的戏园子。这一带方圆两三里之地竟然集中了庆乐、庆和、广德、三庆、同乐轩五大京戏园，另外还有肉市之广和楼、鲜鱼口之天乐、抄手胡同内之裕兴园。杨度一大早便来到这里，他一家家戏园子寻找，遇到关门的，便从口袋里摸出几个钱来送给门房，请求让他进去；遇到正在演戏的，他就买一张票入场，先看前台，再看后台，都没有看到，他便四处打听：这里有没有一个二十二三岁苏州来的名叫静竹的姑娘？所有被问的人都摇头。八家戏园子走遍了，问遍了，直到街头巷尾到处亮起了灯笼蜡烛，连静竹的一点消息都没有打听到。他又累又饿，拖着两条疲乏的腿回到长郡会馆。

第二天起来，疲乏消失了，他的劲头又来了。换了一个地方，跑到朝阳门外的芳草园、隆和园去打听。跟昨天一样，又是一无所获。第三天，他去了阜成门外的阜成园、德胜门外的德胜园，所得结果与前两天一个样。京师主要的戏园子都找遍了，能问的人都问遍了。看来，静竹不是戏班子里的人。那么她是妓院里的人？杨度想到这里，心里颤抖了一下，但很快就平静了。妓女又怎么样？妓女就不是人了？自古以来，风尘中的有识女子多得很，梁红玉、红拂，谁不认为她们是女中豪杰！哪怕静竹真的是妓女，也值得爱，也应该去见她！杨度在会馆里读了两天书，权作休息。这天一大早，他又出了正阳门。

京师中的妓寮也和戏园子一样，多在正阳门外，其中最有名的要数八大胡同了。所谓八大胡同，是指五广福斜街、石头胡同、陕西巷、韩家潭、朱芳胡同、胭脂胡同、小李纱帽胡同、燕子胡同、柏兴胡同、留守卫、火神庙、青风巷等胡同。其实不只八处，大大小小的胡同有十多二十处。京师人口顺，喜欢以“八”来代替众多，如八大楼、八大春、八大居等，这片众多的胡同，也便称之为八大胡同了。先前这些胡同里住的是优童。这些优童大部分是戏园子里演旦角的男人，他们演惯了女人，渐渐地沾染了女人的习性：柔顺低媚，轻言细语。他们跟女人一样的傅粉涂朱，红衣绿裤，勾引男人。这些人被称为相公，又叫像姑，他们所居住之处叫下处。清代官场狎妓嫖娼是丑事，朝廷明文禁止，但玩弄优童不但不遭谴责，还被认为是件风雅的事，官吏士大夫们常常聚在一起津津有味地谈论着逛下处挂像姑，洋洋自得，有的大官甚至公开娶男妾。这种怪现象起于康熙初年，咸同年间风气大炽。光绪中叶，江南女子纷纷北上进京做妓女，挂牌营业，妓院大多设在八大胡同一带。江南女子的特有韵致终于赢得了京师男人的青睐，优童的市场被她们占领了。到后来，优童几乎全部被赶出，八大胡同成了妓女的一统天下。

杨度走出正阳门，往南经珠宝市，再折入大栅栏，走到尽头，穿过煤市街，即为小李纱帽胡同。从这里向西向南一大片胡同，就是所谓的八大胡同了。

杨度虽生性豪爽不拘小节，但寻妓院会妓女，这还是头一次，心里不免有点不自在。一路上忐忐忑忑，先只是用眼睛看，不好意思问人。这一带的妓院真是多。名气大的，价码高的，多在陕西巷、石头胡同。最负盛名的要算是陕西巷首的金花班了，它的班主赛金花有着传奇般的经历。

赛金花十三岁开始在苏州原籍弹琴卖唱，被状元洪钧看中。十四岁嫁给洪钧做妾，十五岁跟着丈夫出洋，充当驻英、法、德、奥等国的钦差大臣夫人，学会了一口流利的英语、德语。二十岁时洪钧死，洪家不容她，她在上海开起了妓院。过几年后进京，先在李铁拐斜街挂牌，很快便艳帜高张，名播京师，门前车马络绎不绝，达官贵人趋之若鹜。就是在她的带动下，江南女子才纷纷进京，在八大胡同做皮肉生意。凭着一口德语，庚子年她结识了八国联军统帅瓦德西，办成了一些连慈禧太后、王公大臣都不能办的事，遂使得赛二爷的芳名红遍京师上下。前两年，她的金花班移到了陕西巷。

杨度见金花班的黑底金字竖匾高高悬挂，三扇黑漆大门油光闪亮，几十辆绿蓝呢轿、红障泥马车将陕西巷大半条胡同塞满，十几个龟奴油头鲜衣、低首哈腰，忙得不亦乐乎。低矮的粉墙内垂柳依依，石山累累，鲜花簇簇，池水清清，一间间门楣装饰得流光溢彩的小房子里，时时传出丝竹管弦之声，软绵绵，柔靡靡，使人听了心摇神荡，如痴如迷。倘若不是记得自己是专为来寻访静竹的话，杨度真想一直倚墙听下去，不愿离开了。

到了石头胡同，云吉班的气派也不亚于金花班。一样的彩楼绣阁，一样的纸醉金迷。别的胡同里的妓院，有门庭若市的，也有嫖客不多的；有的门口竖着气魄宏大的油漆招牌，也有的门口只钉着一块窄窄的白板木牌，上面用墨写着孤零零一个名字。还有涂脂抹粉亲自出门，倚门靠窗，挤眉弄眼地向来往男人献媚态的。这种人在妓女中的地位最低，俗称野鸡。

转了一圈后，杨度犯难了。此地不比戏园子。戏园子可以打听，可以进去，顶多不过是白买一张门票而已。妓院可就不同了。你只要往门口一站，龟奴们、鸨母们便糯米粘糖似的黏着你不放，露出使人肉麻的笑脸，说出使人发酥的话语，让你不进门脱不了身。若是遇到那些亲自拉客的野鸡，就更麻烦了。杨度年轻风雅，举止倜傥，在八大胡同转了几圈，早已引起了妓院内外的注意。她们看准了这是一位浪荡的富贵公子，便不待他开口，那些鸨母们、龟奴们、野鸡们纷纷主动走上前来揽生意。开始，杨度还想趁这个机会打听静竹下落。这些人一个个油嘴滑舌，都说先进门吧，进门后把姑娘们都叫出来，让你一个一个地认好了；又说我们这里好看的姑娘多着哩，说不定你见了她们就再不会想那个静竹了。杨度听了心里很不舒服。他们完全把他当做一个来寻旧日相好的嫖客了。当然，把人叫出来认是个主意，但妓院不比别处，叫个姑娘出来让你看一眼，行，但接下来便该你掏银子了。几十家妓院，几百个姑娘，杨度花得起那么多银子吗？晕头晕脑地在八大胡同混了一天后，他再次失望地回到会馆。

第二天杨度便觉得头痛得难受，在床上躺着。没有访到静竹的一点踪影，他心里总不能安，书也无心读。到了中午，觉得略舒服了点，他便叫来一辆黄包车，拖着到了天桥、大钟寺等地。这些地方是说书、唱大鼓、玩杂要等人的集中地，杨度寻思静竹也可能出没于此等地方。他在这几个地方转来转去，细心搜索，依然没有丝毫收获。他把这几天的情况告诉夏寿田。夏寿田笑道："痴情郎，都五年过去了，你还没有忘记那个女子？算了吧，先温习功课，待特科考过以后，我陪你一起去找！"

夏寿田说得对，杨度于是暂时搁下这件事，打点精神准备策论。

五月上旬，从初一到初十，正是京师城隍庙会的日子。初十清早，夏寿田就来长郡会馆邀杨度去逛庙会。杨度因为没有寻到静竹，这些日子心里总不大安宁，没有心思看热闹，不想去。夏寿田劝道："今天是最后一天，年年这天的庙会最是热闹。下午宛平县城隍、大兴县城隍都要前来向京师城隍行晋谒礼，到时有不少舍身为两县城隍服务的人。去年宛平县居然有两个中年汉子用铁丝穿过手臂，再在铁丝上悬挂大红灯笼作城隍菩萨的前导，说不定今年的名堂更多些，不去看看，太可惜了！"

杨度本是个好热闹的人，见夏寿田说得如此奇特，便跟着走出了会馆。

京师城隍庙位于宣武门内庙街，始建于元世祖至元十七年，明永乐年间加以扩建，清雍正、乾隆朝两次重修，兴盛时期的城隍庙是京城中一座规模宏大的建筑群。城隍庙中央是大威灵祠，后面为寝祠，两庑建有十八司，前为阐威门，塑有十八省城隍泥像。十八个城隍神态各异，栩栩如生，望之俨如十八个帝王站立着。群像前面有一道门，曰顺德门，门前左边为钟楼，右边为鼓楼。再朝前走，便是大门了。

自明代起，每月朔望及二十五日为市，逢初四、十四、二十四则于东皇城之北设集，每年正月十一日至十八日则在东华门外十里街道上张灯结彩，名曰灯市，成为京师一景。到了清代，满人崇隆祀典，每年春分秋分两季节朝廷遣官员致祭，祈求城隍保佑京师风调雨顺，城宁民安。又定每年五月初一至初十为庙会日。每年这十天里，京师九城商贾，宛平、大兴等县的士商，乃至百里之外密云、怀柔等地的货商都集中到这里做生意，百货充盈，应有尽有：日用杂货、小儿玩具、古董旧物、珠宝珍稀、车马家具、琴棋书画，甚至还有通过不同路子从宫中偷出来的禁品。入夜则灯火辉煌，亮如白昼，各种卖小吃食的人从四面八方赶来凑夜市，弄得城隍庙里里外外香味弥漫，热气腾腾。人们纷纷前来，有买货的，有观赏的，有看热闹的，有来吃零食的，还有些轻薄子弟，什么也不买也不吃，专为来看漂亮女人。真个是人山人海，声浪沸腾。可惜，光绪六年城隍庙遭了大火，祠堂、楼台被烧毁大半。光绪二十年春重建，刚建好正殿，恰逢海战惨败，无心再建下去，于是原来颇为壮观的城隍庙除了一座完整的正殿外，其他都是断壁残垣，相应地，香火和集会也跟着冷落下来。但毕竟北京是都城，有百万人口，不乏有钱和有闲的人，几年过后，一切又慢慢恢复过来，近两年庙会居然闹得很兴盛，并不比咸同时代相差太多。

夏寿田和杨度携手来到此地，果然货物山积，琳琅满目，人群拥挤，热闹非凡。两个书生对吃的穿的都不感兴趣，他们有兴趣的是笔墨纸砚、书画古董。擦过数不清人的肩膀，穿过数不清的摊位，夏寿田突然被一个江南口音所吸引：“喂，此地有正宗宜兴紫砂壶，还有时大彬真品！”

夏寿田拉着杨度循声挤过去，果然见一个四五十岁的汉子坐在那里叫唤，面前铺着一幅大呢毯，呢毯上放满了大大小小的泥壶泥杯。那汉子见人来了，忙站起笑着问：“要买紫砂壶吗？这都是真正的宜兴壶！”

夏寿田点点头说：“先看看。”

汉子热情地指着泥壶介绍：“我这里的货很齐全，各种造型的都有。”又一个个地指指点点说：“这是六方壶，这是南瓜壶，这是龟壶，这是提梁壶，这是蟠桃壶，这是八卦壶。”不待夏寿田发问，又说：“泥色也很全。先生若喜欢深色的，我这里有乌泥紫砂；若喜欢浅色的，我这里有黄土紫砂；若喜欢不深不浅的，我还有夹层紫砂。”

夏寿田从中挑了一把蟠桃形壶放在手里掂了掂，又举过头顶，对着阳光照了照，又用手指轻轻地弹了弹，点点头说：“不错，你这是把真正的宜兴紫砂壶。”

那汉子十分感激地说：“你这位老爷是真的识货，我这里都是真正的宜兴货，没有一把假壶、一只假杯。”

“多少钱一把？”夏寿田问。

汉子凑过脸来，殷勤地说：“不瞒您老爷，我这把壶足足要卖三两银子，您老爷是识货的，说出的话没有亏待我，有义气！我们吃江湖饭的人，最讲的就是‘义气’二字。凭您老爷这句话，我对折了，收您老爷一两五钱银子，一个子都不再多要了，拿去吧！”

说着，便对夏寿田连连挥手，那模样很是慷慨。

杨度说："太贵了吧，一把这点大的壶就值一两五钱银子？"

杨度对紫砂壶没有研究，他不识货，只是凭直觉觉得贵了，一两五钱银子可以买一石白米了。

"老爷，不贵，不贵！这不是一般的壶，这是真正的宜兴紫砂壶。我从宜兴运到这里，光运费每只就得耗费五钱。"汉子忙解释，又嬉皮笑脸地对杨度说，"老爷，我辛辛苦苦从江南赶京师庙会，总要赚几个钱养家糊口吧！"

夏寿田摸着壶，浅浅地笑道："你说你有时大彬的真品，拿出来给我看看。"

时大彬是明朝后期一位著名的紫砂壶巧匠。他的壶制得特别精美，但传世不多，在很长一段时间内几乎绝迹，近几十年来他造的壶时有出现，被紫砂壶爱好者视为宝贝。

汉子忙不迭地说："行，您老爷要看，我拿出来！"

说罢转过脸去，从小凳子边的皮袋子里摸出一把壶来，又笑着说："不瞒您老爷说，我这时大彬的真品是花大价钱从他后人手里买来的，等闲人来问，我是不会拿出来的。今天遇到您老爷，知道您老爷是位肯出大价的识货人，不瞒您老爷说，这是真正的时大彬的壶哩！"

汉子翻过壶底，壶底上果然出现"大彬"两个字，旁边还有一颗篆体阳文印章。

杨度靠拢夏寿田，只见他手里捧着的是一把圆形提梁中壶，颜色黑黑的，造型优雅。夏寿田将壶放在鼻子边嗅了两嗅，又把壶盖揭开看了看。杨度从他手里拿过来，掂了掂，觉得这把壶沉甸甸的，比毛毯上那些壶重多了，心想：这怕真的是一把明代旧壶！

夏寿田不加评判，问汉子："就这一把，还有吗？"

"还有一把。"汉子说着，又从皮口袋里摸出一把来。夏寿田见这把壶是一把四方壶，提手在一旁，壶嘴很长，造型简单，样子显得古朴。他端在手里，也上下左右地仔细看了一遍，又问："还有吗？"

那汉子不直接回答，凝神看了他好半天，才神秘地反问："您老爷是真买还是假买？"

夏寿田问："真买又如何，假买又如何？"

"若是真买，我这里还有一把，拿出来给您老爷看，若是假买，就不消看了。"

“你拿出来吧，我真买。”夏寿田以坚定的口吻答复了那汉子的提问。他本是贵公子出身，从小花大钱花惯了的，只要真看中了，即使很贵，他也不在乎。

汉子将一只手轻轻地伸进皮袋子里，慢慢吞吞地从袋子里摸索着，壶嘴刚一露面，那一只手便立刻接住，然后双手端出一把壶来，那份小心翼翼的样子，就如同接生婆捧出一个二十年不孕的产妇生下的头胎男婴似的。夏寿田和杨度一见，立时被这把壶的精巧造型所吸引：壶身是一个匍匐在地的蟾蜍，微张的嘴巴变成了壶嘴，嘴巴上方左右各有一粒绿豆大的黑珠子，那显然是蟾蜍的眼睛，壶身上布满了大大小小的凸粒，背上有一只昂首展翅的蝗虫,那是壶盖。托在手里的茶壶,竟是一尊形神兼备的蟾蝗雕塑。

“好壶！”杨度禁不住脱口称赞，造型如此别致的紫砂壶，他生平第一次见到。

“是不错。”夏寿田也笑着赞扬。他轻轻地提起蝗虫盖，朝壶肚子里望了望，又翻转过来看了看壶底，只见上面也刻着“大彬”二字，也有一枚篆文印章。

“这也是时大彬造的？”夏寿田问。

“您老爷，这还要问吗？我这是亲手从时大彬十二代孙的家里买过来的。时家的后人说，这是大彬晚年的得意之作，也是他一生所制作的最好的壶。”汉子指着壶说，“这造型摆在这里，不消我说了。至于这泥色，您老爷一时或许看不出，这是泥工洗手时冲下来的粘手泥，三年五年才能积下一把壶的泥料，这是顶顶上尖的好泥料。”

见夏寿田连连点头，汉子知道遇到了知音，遂愈加起劲了：“我看出这的确是把人间少见的好壶，咬了牙关，用重金买了下来。在无锡、江宁我都不拿出来，虽有识货的，但没有出大钱的呀！这次特地带到京师来，我想这把壶只有天子脚下的人才买得起。”

那汉子说得唾沫四溅。杨度见他说得神乎，笑着问：“你这把壶到底要卖多少钱？”

那汉子伸出三个指头：“三百两，一个子不少！”

杨度睁大眼睛，望着夏寿田，不知他舍不舍得花这笔大钱。夏寿田将茶壶在手里转了几下，突然盯着汉子看了片刻，然后哈哈大笑起来，说:“你这真是时大彬制的壶？”

那汉子似乎早有准备，并不在意，从容答道：“不是真的，难道还是假的不成？”

夏寿田说："你这把壶拿去哄哄公子王孙或许可以，不过我要告诉你，那些公子王孙又并不在庙会买宜兴的壶，自有江苏的巡抚、苏州的知府、宜兴的县令巴结，把道道地地的宜兴壶送上府门。你这把冒牌的时大彬壶要想卖三百两银子，真正是痴心妄想！"

"你这个人呀！"卖壶的汉子改了称呼，"你凭什么说我的壶是假的？"

"好，我说出来让你口服心服。"

夏寿田把壶底翻过来，对汉子说："时大彬制的紫砂壶，落款有个规矩，要么刻两个行书'大彬'，要么刻一个篆文印章，从来无既有字又有章的。造假的以为既有名字又有印章，双重作保，其实恰恰就在这里露了马脚。"

那汉子脸上阴阴的，心里暗暗吃惊：今天真的遇了个行家？他望了望四周，见幸好没有人在旁听，便说："你难道就看遍了所有传世的时大彬壶，能下这个断论？"

夏寿田冷笑道："是不是真的，我还有个验证方法。"

他拿着壶走到一个卖汤面的小贩摊边，叫小伙计从锅子里舀了半勺沸水倒进壶中，然后回到汉子面前说："你闻闻，这壶有什么气味没有？"

那汉子闻了闻，摇摇头。

夏寿田又叫杨度闻。杨度闻了闻说："什么气味都没有。"

夏寿田说："时大彬没有儿女，哪来的十二代孙子？况且近几十年流传于世的大彬壶，都是出土于万历年间达官贵人棺木中的殉葬品。这些壶在棺木里躺了二三百年，沾上了棺木气，一灌上滚开水，这股气味就更大了。仿造的大彬壶尽管外形可以做得惟妙惟肖，但这股棺木气是无论如何仿造不出来的。"

夏寿田说到这里，盯着卖壶的汉子问："你还有什么可说的吗？"

那汉子脸红了。夏寿田这个鉴别方法，他还是第一次听到，的确很有道理。他想了一会儿说："您老爷是个真正的内行，我服了你了。我这把壶的确不是时大彬的真品，是我自己仿造的，现在我将这把壶送给你，只求你不要说出去。在下家里有老有小，还要靠卖掉这几把假壶过日子。"

夏寿田笑道："你这位兄弟倒也直爽，承认是假的就算了，现在这世界上假的东西多得很，我也不会来坏了你的饭碗。我看你的手艺也不错，这把壶只要不冒时大彬的名，也不失为一件紫砂精品。你造出它也不容易，我拿十两银子买下吧！"

说着从口袋里取出一锭银子，那汉子忙接过，感激地说："您老爷真正是个有学问的道德君子，请告诉我你住在哪里，明年庙会，我再做一把更好的送到府上。”

夏寿田说：“算了，不必了，你自己留着卖大价钱吧！”

离开紫砂壶摊子后，杨度带着崇敬的心情问：“午诒，你哪来的这套学问？”

夏寿田答：“家父幕府里有一位研究紫砂壶的专家，本人又是宜兴人，他用毕生精力写了一部关于紫砂壶的书，只是没有钱刊刻，一直摆在箱子里。临死时，他把这部书稿送给了我，希望我帮他刻出来。我闲时无事，喜欢看看，慢慢地也便成了半个紫砂壶专家了。过两年，我要请几个刻工来帮他刻印，让老先生在九泉下安心。”

“快莫造孽了。”杨度笑着说，“你把这部书刻印出来，不就要断了别人的财路吗？”

两人都快乐地大笑起来，继续边走边看。前面有一个砚石摊位，摆着各色各样的砚石，有三四个年轻后生子也在看，中间有一个对伙伴说：“这几台砚石标名徐公砚，请问仁兄，这徐公砚是什么砚？”那伙伴摇头说：“我也不知。”另外几个伙伴也答不出。

卖砚的老头子笑着说：“这徐公砚是砚石中的珍品。”见又过来几个人，老头子更得意了，于是对着众人大声说：“诸位，只要哪位能说出徐公砚的来历，老汉便送他一块以表敬意。”

见周围的人都面面相觑不能回答，杨度心里说，好，这才该我露一手了！

“老汉，你刚才的话算数不？”杨度望着卖砚的老头问。

“算数，算数！”老头连连点头，“少爷若能说出它的来历，任凭少爷你自己挑一块，老汉我一定奉送。”

刚才那几个年轻人以及后来的人都看着杨度，夏寿田也不知徐公砚的来历，便催着：“皙子，你说吧！”

“这徐公砚出自山东琅玡山，又叫琅玡砚。”杨度意气昂扬地对着众人说，“这里的石头为泥质岩，经过造物千万年风雕雨琢，天然成趣，又硬度适中，宜于奏刀，早在唐代就有石工采来制造砚石。大历年间有个叫徐晦的举子进京赶考，路过此地，偶得一块形态奇异的石头，便拾起来自制一砚。这年冬天长安气候极冷，考场里所有砚石的墨水都结了冰，举子们无不苦之，唯有徐晦的砚寒而不冻。他挥毫疾书，运笔流畅，满腹经纶跃然纸上，高高地中了个头名状元。后来，他竟然因巍科出身而做到礼部尚书。徐晦感谢琅玡砚的功劳，老来离京筑一屋于此，常年居住。以后此处人口渐多，因为徐晦的官高名气大，人们遂以他的姓为此处命名，叫做徐公店。徐公店一带的石头制成的砚石便称之为徐公砚。”

老汉听了杨度这番话后高兴得不得了，忙双手拉起杨度的手说：“少爷，你讲的一点都不假，你真了不起，你怕是翰林院的学士吧！”

杨度看着夏寿田笑了，两人都觉得有趣。有个年轻人高声说：“刚才这位先生的故事说得好听，只是眼下天气温暖，拿什么来检验它是不是真的徐公砚呢？”

杨度答：“这也不难，若是真的徐公砚，其质地必然温润嫩滑，指划有痕，墨浓如油。”

当时便有人来试验。果然用指甲轻轻一划，便在砚台上留下了一道痕迹，再用墨来磨磨，磨出的汁也的确浓黑如油。这下摊子旁边热闹了，大家都来买，一百文钱一台的徐公砚，一下子就卖出了十多方。老汉对杨度说：“少爷，这故事出自你的口，大家都相信；若是出自我的口，大家都会说是我瞎编的。你帮了我的大忙，谢谢你，这摊子上的砚台，你随便挑一方吧，我送给你！”

杨度从中挑了一方桐叶徐公砚，见夏寿田也喜欢，便为他也挑了一方鲤鱼徐公砚，从衣袋里掏出二百文钱来说：“老人家，你是小本生意，我不能白要你的，两方砚石，二百文钱，你收下吧！”

老头子坚持要退出一百文来，杨度忙拉着夏寿田走了。这时，只见外面锣声噹噹，唢呐呜呜，有人喊：“巧得很，宛平的城隍和大兴的城隍今年碰头了！”

顺着人流，杨度和夏寿田走到大门口，看见南北两路城隍出巡队伍果然对面而来。北面的队伍最前面是一块约一丈长三尺宽的木牌，上面大书“宛平城隍”四字，由一个身高六尺头大如斗脸抹五彩的大汉举着，后面跟着八对吹鼓手，一律穿黑色紧身衣，扎灯笼裤，脸上涂着黑墨，再后面是一对童男童女，每人手中拿一把扇子，也穿黑衣服，但脸上却擦着红胭脂。童男童女后面是一座八抬的黑轿，抬轿的人一个个扮作牛头马面，轿中坐着一个枯瘦如柴的偶像，穿一身黑布金丝绣山水云浪长袍，头戴冲天圆箍冠，满脸乌亮，两眼深凹，巨口獠牙，小耳长颈，一副凶神恶煞的模样。杨度问夏寿田：“这城隍的像如何这般瘦长，头肩腰都太不成比例了，样子也可怕。”

夏寿田说：“你不晓得，这像是用藤雕的。”

“藤雕的？有这样粗的藤！”杨度很惊奇，再一次细看。

“这城隍像有二三百年了，据说有一个姓滕的人，生前在宛平做县令，清正廉明，嫉恶如仇，死后被玉帝封为宛平城隍，老百姓就找了一棵千年古藤给他雕了一座像。这位滕城隍面孔虽古怪丑陋，心地却最好，百姓都敬重他。”

说话间，南边那队点起了鞭炮，噼噼啪啪地响个不停，把大家的视线都吸引过去了。比起北边的队伍来，南边的气派大多了。前导的长木牌红地金字“大兴城隍”四字格外醒目,后面是十六对吹鼓手,一律红衣镶金边，接下来是四个囚犯,脚镣手铐,披发带枷。杨度又问:“这四个人犯了什么罪，要如此示众？”

夏寿田笑道：“他们都不是罪人，是好人。”

“那为何要这样当众丢丑呢？”

“他们这样做，是为了求得城隍爷的欢心。”夏寿田解释，“城隍爷一欢喜，就赐给他们福气，或保佑他们无病无灾，或保佑他们发财做官，或保佑他们早生贵子。”

突然，人群中大起哄，都说：“快看呀，快看呀！”

杨度、夏寿田看时，只见四个囚犯后面走着四个人，有两个人的手臂上悬着铁钩，铁钩不是挂在臂上，而是穿过臂肉，下端还吊着一盏点燃的油灯，时时可见鲜血从臂上流出，顺着铁钩流进灯盏里。另外两个更可怕，铁钩穿过腮帮，下端托着一根点燃的蜡烛，千千万万双眼睛都投向这四个可怜人，到处是啧啧声、叹息声、惊异声、赞扬声。杨度又不明白了。夏寿田在京师住了四五年，对此很熟悉，便又告诉他：“这都是些苦命人，或从小就死了父母,或老来失去儿女,或一生受贫受累,他们自认罪孽深重，甘愿受非人之苦来赎罪以求来生。”

杨度十分感慨地说：“今生已经受苦了，还要加一项这样的苦来受，如此折磨自己，来生就有福享了吗？”

后面十六抬的显轿中也端坐着一具城隍偶像。这城隍身躯魁梧，头大脸方，还留着两尺来长的赤色胡须，身穿大红袍，头戴十二旒平天冠。轿后判官小鬼一大群。夏寿田告诉杨度，大兴县的城隍是用樟木雕的，所以身宽体胖，这个城隍喜欢讲排场，他出巡时要随从众多浩浩荡荡，百姓依着他的性子，他就保佑护卫，不顺着他的性子，他就降灾降祸。

这时，两队城隍在大门口会面了，都站住。北边举牌的大汉厉声喝问：“前面来的是何方人马？”

南边举牌的大声回答：“大兴县城隍奉玉帝命出巡，特为朝拜京师城隍大王。你们是谁？”

北边的答：“宛平县城隍奉旨巡视，专程进谒京师城隍大王。”

南边的再问：“请问带给大王什么礼物？”

北边的再答：“五谷丰登，六畜兴旺。请问你们给大王什么礼物？”

南边的回答：“风调雨顺，四境平安。”

然后北边南边一齐高喊：“老哥，你请先！”

此刻两队的锣鼓唢呐都响了起来，把即将结束的庙会推向高潮，四周围观的人群无不笑逐颜开。就在这个时刻，杨度突然发现一个身穿藕绿色衣裤的年轻女子，正望着宛平城隍的藤像甜甜地笑着。那神态，那笑容，正是五年前邂逅江亭的静竹！更令杨度兴奋的是，那女子右手还拿着一把绢扇。是的，她一定就是五年来自己时常想起的、前些日子踏破铁鞋寻找的那个心上人！杨度顾不得与夏寿田打招呼，便穿过密不透风的人流，向那女子奔去。

待到杨度快要走近绿衣女子身边的时候，绿衣女子却移动了脚步，杨度也便随着她走，眼睛死死地盯着，生怕她被人流淹没了。慢慢地越走人越稀少，看来这女子是要离开庙会回家，杨度暗自欢喜。快要走到石驸马大街的时候，杨度加快了步伐，看看离那绿衣女子只有一两步脚了，杨度轻轻地叫了一声：“静竹姑娘，你停一停！”

或许是声音太小了，那女子并没有停步。杨度又叫了一声：“请停一停，静竹姑娘。”

女子停下来，回过头一望。杨度大吃一惊：原来她不是静竹！那女子却依旧甜甜一笑，主动问：“刚才是先生你在叫静竹姑娘吗？”

“对不起，刚才是我在叫静竹姑娘，我认错人了。”杨度十分失望，就要转身回庙会去找夏寿田。

“等等。”绿衣女子叫住了杨度，“听先生你的口音，不像是本地人。”

“是的，我是从湖南到北京来应特科考试的举子。”杨度觉得眼前的这位与静竹穿着同样衣服的女子，有着与静竹同样热情善良的性格。他乐于与她攀谈，遂走前一步，与女子平行。

“那么，你是如何认识静竹的？”女子斜斜地偏着头，用一双好看的杏眼望着杨度。

杨度这时才发觉，绿衣女子虽然脸形轮廓很像静竹，这双眼睛却不像，静竹的眼睛是眼角微微上挑的凤眼，不如她的圆，而杨度更喜欢那双丹凤眼。

“那是五年前，我来京师参加戊戌科会试，一个偶然的机会，在江亭认识了她。”杨度想，看来这女子可能认识静竹，否则，他那声“对不起”的话说过后，她就该走自己的路了，不会再来问东问西的。想到这里，杨度心中燃起了希望。“姑娘，你认识静竹吗？我这次一到京师就四处找她，一直没有找到。”

“先生尊姓大名？”绿衣女子不回答杨度的提问，反倒盘问起他来。

杨度不以为意，忙回答：“我姓杨名度字皙子，湖南湘潭人。”

“你就是杨皙子先生！”绿衣女子睁大眼睛，本来就圆的眼睛显得更圆了。

“正是，正是！”杨度似乎觉得静竹已呼之欲出了，急着问，“姑娘，请你快告诉我，静竹她在哪里！”

姑娘并不急着告诉他，她四处望了一眼，说：“前面胡同里住着我的结拜姐姐，你如果不在意的话，我们到她家去坐坐吧！”

“行，行。”一个上午的庙会，逛得他又累又渴，能有一处地方坐坐，边喝茶边说话，那是再好不过的了。

杨度跟着绿衣女子由大街转进一条小胡同，来到一家紧闭的脱漆旧门边，女子用力敲了两下门，又高声喊道：“丹姐，请开开门！”

喊声刚落，二楼窗口里伸出一个女人头来，笑着答：“哎呀，是亦妹呀，等一下，我来开门了！”

一会儿门开了，里面站着一个浓妆艳抹的二十多岁年纪的女子，笑吟吟地望着亦妹，又将杨度看了看，极其热情地说：“稀客，稀客，快进屋，上楼坐。”

说罢，随手将门又关紧了。门关上后，屋子里显得黑黑的，过了几秒钟后，杨度才看清这是一间杂屋，屋里有一个大灶台，灶台上放着锅瓢碗筷，灶台两旁堆满了煤炭干柴。他跟在亦妹的后面，沿着又窄又旧的木楼梯上了二楼。楼上光线充足多了，有两间小小的简陋的木板房，前面的小房间摆着床、梳妆台，后面的小房间有一张小方桌、四条方凳，有两只叠着的黑漆旧木箱子，板墙上贴一张十分俗气的贵妃出浴图，还有几张大红大绿的年画。亦妹把杨度带进这间小房子，大家在方桌边坐下来，丹姐笑着问亦妹：“这位先生是……”

“他就是杨皙子先生。”

“哎呀，你就是杨皙子先生！”丹姐忽地站起来，将杨度仔细端详着，看得杨度颇为不好意思，心里想：她们怎么都知道我？

丹姐转而问亦妹：“你在哪里遇上了杨先生？”

“在城隍庙会上。”

“你都告诉他了吗？”

丹姐问的虽是亦妹，杨度却不由得紧张起来，他感到有点不祥的味道。

“还没有哩，正要借你这里说说话，麻烦你下楼给我们烧点水喝吧！”

“好。”丹姐答应着，走到门边，又转身看了杨度一眼，说，“杨先生，你这几年到哪里去了，为什么不早来北京？”

杨度发现丹姐的眼神有点凄凉，越发觉得不妙：难道静竹出了什么意外？

“亦妹。”杨度学着丹姐的口气称呼绿衣女子，急切地问，“静竹她现在哪里？”

“她已经故去了。”亦妹轻轻地慢慢地吐出一句话来，仿佛一根游丝在飘动。杨度一听，却如五雷轰顶。这怎么可能呢？五年前那个十七八岁的女孩子，那样的纯洁，那样的甜美，那样的活泼热情，那样的生机蓬勃，她那时是一朵花瓣初绽的蓓蕾，这时理应是一朵迎风怒放的鲜花，她怎么能萎去，又怎么会萎去呢？

“她什么时候故去的，得的什么病？”二十八岁的堂堂男子汉杨度，竟忽然嗓音哽咽起来，眼圈也红了。

“上个月故去的，已安葬在西山了。她的病完全是因为思念你而得的……”

亦妹的话还刚刚开头，杨度却已脸色惨白，一时间百感交集，千悔万恨。他心摇神移，虚汗淋漓，不觉眼前一黑，猛地晕倒在楼板上。

“晳子先生，晳子先生！”亦妹吓得不知所措。

丹姐闻讯忙上楼来。她到底比亦妹大两三岁，见识多些，说：“不碍事，不碍事，他这是一时急的，我们把他抬到床上去。”

两个女子，一人抬肩一人抬脚，费尽了力气才把一条七尺大汉抬到隔壁房间的床上。丹姐从楼下打来一盆温水，要亦妹给杨度擦去脸上脖子间和手心里的虚汗，自己则翻箱倒柜，找出一小瓶同仁堂配的救急水。丹姐用竹筷撬开杨度的牙关，将救急水倒进他的口里，又喂了两匙温开水，再拿床薄被子给他盖上，然后拉起亦妹的手走出房间，把门带上。

在刚才说话的房间里，亦妹将遇见杨度的过程告诉了丹姐。

“看来这位杨先生是个重情重义的好男儿，静竹的眼力不错，她真有福气，我不如她。”丹姐思忖了一下说，“他既是来赶考的，千万不要误了他的大事。依我看这次什么都不要对他说，待到他金榜高中的时候，再把真相告诉他，让他喜上加喜。”

“行！”亦妹点头赞同。

半个钟头后杨度醒过来了，见自己躺在陌生女子的床上，很觉不好意思，他忙起身下床。亦妹听见响声，推门进来。杨度凄然笑道：“真对不起，吓着你们了！”

亦妹问：“好些了吗？”

“好多了。”杨度在梳妆台边的小凳上坐下，“亦妹，你把静竹的事详细告诉我吧！考完后，我去西山祭奠她。”

丹姐端了一杯热茶进来，忙说：“杨先生，你先喝喝茶，养养神，饭菜都好了，你就在我们这里吃饭。静竹的事，不是一时半刻说得清楚的。天色也不早了，我们不便留你在这里过夜。你千里迢迢来北京，主要目的是为了赶考，回客栈后好好温习功课，待放了金榜后再到这里来，我们姊妹把一切对你说清楚。你看呢？”

杨度见丹姐一脸正色，又想起自己刚才的失态，不觉对这个房主人有点畏惧，他只得遵命照办。吃晚饭时大家再不谈静竹的事。吃完饭后，二人送他下楼。亦妹一再叮嘱，金榜放后，一定要来，她和丹姐在这里等着。

五　亦竹告诉静竹：你就要做榜眼公夫人了

杨度回到长郡会馆，拿出静竹送给他的拜砖，呆呆地看着，江亭题扇、潭柘寺定情的往事一幕幕地浮上脑际。往事是那样的清晰温馨，而今却芳魂已逝，天人永隔，再也见不到她那娟秀的面孔，听不到她那乳燕般的笑语了，感情丰富而脆弱的倜傥才子不觉失声痛哭起来。他一直哭了大半夜，天蒙蒙亮时才迷迷糊糊地睡去。临到中午醒来时，他的心情已趋平静了。人既已逝去，再思念再哭也是空的了，静竹送拜砖时说过，要用妙严公主的恒心做出一番事业来；只有记住她的话，做出成就来，才是对她最好的缅怀。杨度这样想着，决心要把这次特科考好，待到金榜题名的时候，再到西山去祭奠，去告慰静竹的在天之灵。

从那以后，杨度再不外出了，连夏寿田那里也很少去，他闭门谢客，真正实实在在地用起功来。各省应试举子陆续到京，大家纷纷互拜，借以通声息，交朋友。杨度本是极喜欢应酬的，因为心情不佳，一概不加入，别人拜他，他也不见。只有四川举子宋育仁曾经是尊经书院的弟子，因系同出于王闿运的门下，是他的师兄，当宋专程来访时，他只得和宋见了面。于是第二天便有广东三水县人梁士诒邀了江苏吴县人张一麟也要来拜访。梁士诒字翼夫，号燕孙，出身官商之家，极为聪明干练。他以进士身份参加特科考试，一心要拿个特科状元。张一麟字仲仁，号公绂，出身书香门第，从小饱读诗书，以才闻名三吴。没想到杨度却借口生病不见，梁、张吃了个闭门羹，心中不悦。外省举子都说杨度性格古怪，他听了也不在乎。

待到主考大人张之洞排场十足地进了京城后，特科考试的气氛便骤然浓重起来。这次考试，朝廷派了八个阅卷大臣，除主考张之洞外，另外七人为：裕德、徐会沣、张英麟、戴鸿慈、李昭炜、张仁黼、熙瑛。这七个人无论科名、资历、地位、声望都远不及张之洞，自然一切都听从他的安排。张之洞住进贤良寺的当晚，便将各部院寺正卿及各省督抚学政保荐的名单一一细看，然后又将已报到的名单拿来对照：保荐的有三百七十二人，报到的却只有一百九十一人，刚好过半，他心中颇为不快，使他略觉安慰的是杨度、梁士诒、张一麟这几个人都来了。杨度见过面，他已看准是个栋梁之才；梁士诒、张一麟没有见过面，也不是他推荐的，但早闻二人的名字，论者都说他们有真才实学，他很想借此测试一下他们的才学究竟如何。经济特科是有清以来的第一次，朝廷于这次考试并无成议，一切都委托张之洞，要他全权办理。 商衍鎏著《清代科举考试述录》对经济特科作了专节介绍：“经济特科，始于光绪二十四年贵州学政严修之请，总理各国事务衙门会同礼部核议，拟定章程六条。二十六年庚子之后，时局阽危，外侮孔棘，海内皇皇，亟思破格求才，以资治理。二十七年因诏举经济特科，命各部院寺堂官正卿及各省督抚学政保荐，有学问淹通洞达中外时务者，悉心延揽。二十九年癸卯，内外臣工奏保者三百七十余人，政务处议定考试之制如廷试例，第一场为正场，录取者再行复试一场。均试以论一篇、策一道。闰五月十六日试于保和殿，与试者一百八十六人……派张之洞、裕德、徐会沣、张英麟、戴鸿慈、李昭炜、张仁黼、熙英八人为阅卷大臣。二十一日奉谕，拟定一等之梁士诒等四十八名，二等之桂坫等七十九名，准与复试，备取五十九名报罢。二十七日在保和殿复试……派荣庆、张之洞、葛宝华、张英麟、陈邦瑞、戴鸿慈、李昭炜、郭曾炘八人阅卷，取一等袁象谷、张一麟、方履中、陶炯照、徐沅、胡玉缙、秦锡镇、俞陛云、袁励准九人，二等冯善征……等十八人，汰去正场所取者约百人。正场之一等前五名仅取张一麟一人，梁士诒、杨度、李熙、宋育仁皆未入选。因将卷进呈后，疑梁士诒与梁启超为同族，杨度本湖南师范生，又疑其与富有票唐才常为同党，故黜之。迨授官命下，京职外任仅就原阶略予升叙，举贡用知县州佐，以视康乾时词科优遇，迥不如矣。”看完名单后，张之洞在心中暗暗定了主意：取士尽可能广，一来国家时局危阽，急需人才；二来录取的人愈多，被荐举而未来京考试的人就会愈感到遗憾，他存心要让那些人遗憾。慈禧太后为了表示对重臣的礼遇，特赏张之洞在主考前游颐和园一次。

颐和园乃光绪皇帝不惜动用海军经费为慈禧太后修建的园林。皇家园林是不允许外人游玩的。以李鸿章功劳之大，地位之高，未经允许私自游了一趟被八国联军烧毁的圆明园，尚且受到严责，罚俸一年，可见慈禧对张之洞礼遇之隆。

张之洞一生顺遂，此时受到这般礼遇，更是志得意满。游园的这一天，李莲英亲率一班抬轿太监在门边恭候。张之洞看不起阉竖李莲英，明知他是慈禧的宠奴，也不对他特别示以客气。八个太监轮流抬着张之洞穿长廊，游排云殿，上万寿山，登佛香阁，累得上气不接下气，张之洞大模大样地坐在轿中，吆三喝四，颐指气使，全然不把这群御仆放在眼里。临走时丢了三百两银子给李莲英，叫他分赏太监们。这些太监们满以为累了这一天，可以得个三百五百的，谁知一分下来，连四十两都没有，一个个气鼓鼓地跑到李莲英那里去挑唆："大总管，这张之洞也太神气了，奴才们抬了一整天轿不要说了，大总管也为他辛苦了一整天，他只赏三百两银子。当年左侯爷那样高的功劳，大总管只交还他一顶遗漏的帽子，他就用三千两银子回赠。比起左侯爷来，张之洞不值一提，他凭什么这样看不起大总管！"

太监们说的故事是真的。

光绪七年，左宗棠从新疆前线载誉回京，谒见慈禧太后。左宗棠目空一切，睥睨天下，但第一次拜谒天颜，也诚惶诚恐，汗流浃背。退下时，因心情紧张，竟然将放在一旁插有双眼花翎嵌着大红珊瑚顶子的朝帽遗落在御桌前。这是一桩很失礼的举动，左宗棠出门后颇为着急。李莲英机灵，忙进去给慈禧太后换茶，借这个机会将帽子取出，连夜亲自送到左宗棠寓所。左甚是感激，问身边的幕僚要给多少谢银为宜。幕僚伸出三个指头，左命人托出三百两银子。幕僚说，不是三百两，而是三千两。左宗棠虽觉太多了，但还是照数给了李莲英，又对他说了几句感激的话，喜得李莲英逢人便说左侯爷是大英雄。二十多年来，朝内朝外哪个大官不竭力巴结他逢迎他，看他的眼色行事。张之洞居然如此无视他，李莲英窝着一肚子怒火，但一时又不好发作，只得暂且隐忍下来。

张之洞却并不知道得罪了这班太监和他们的总管。他按规定日期闰五月十六日在紫禁城内保和殿，举行隆重的癸卯经济特科考试。经济特科的考试比进士的考试简单。进士考试有四场。第一场会试考出贡士；第二场复试贡士；及格者再参加第三场殿试，由殿试成绩定出一甲、二甲、三甲三个等次，分别赐予进士及第、进士出身、同进士出身，统称进士；第四场朝考进士，择文章书法双优者为翰林院庶吉士，余则分发各部任主事或去各省任县令。经济特科只考两场，以第一场为主，称正场，考出一等、二等，五天后再复试，只要不出大问题，即维持正场的结果。所以，全体应试的举子都把第一场看得很重。临到进场这一天，有五个举子突然病了，实际应试的只有一百八十六人。

杨度找到自己的座号后坐下，拆开密封的试卷，里面有两道试题。论一篇，题曰：《大戴礼》“保”，保其身体，“傅”，傅之德义，“师”，导之教训，与近世各国学校体育、德育、智育同义论。看到这道论题后，杨度心里甚是高兴，做这道题正是他的长处。在日本弘文书院半年，除学习日文外，专攻的就是各国教育，对外国所提倡的体育、德育、智育都有研究。这篇论文，无须思考就可以一挥而就。

再看策题：汉武帝造白金为币，分为三品，当钱多少各有定值，其后白金渐贱，钱制亦屡更，竟未通行，宜用何术整齐之策。西汉初期，文帝、景帝、武帝对繁荣经济都有过不少杰出的贡献，奠定了汉代兴盛的基础，以国计民生为己任的王闿运，对汉初的经济做过系统的专门研究，这些研究成果，他都传授给了弟子，杨度得其精奥最多。日本半年，又涉猎过东西各国的经济方略，把先生的研究成果与自己所得的新学结合起来，一篇八百余字的对策定可以做得头头是道，警策动人。

杨度早有成竹在胸，用不着多加思考，便以恭正的楷书写出了一论一策两篇文章，当他停笔时尚未到正午。他环顾四周，其他人都还正在紧张应对之中，或托腮苦思，或挥笔疾书，无一人完卷，他心里高兴。看看时候还早，便又从头至尾读了一遍，自己觉得字字珠玑，掷地有声，又如花团锦簇，耀人眼目，竟无须一笔更改。杨度十分得意，插笔合卷，早有执事官过来将他的卷子收了过去。当他起身离座时，看到端坐在主考大人席上的张之洞正向他捋须微笑。张之洞当即便从执事官员的手中要来杨度的试卷，细细地看了一遍。议论风发，剖析精当，虽措辞偶有偏激之处，总体来说是一篇难得之作，只可惜错了一个字，可见作者于才华横溢之余却不免有心气浮躁的毛病，张之洞深为之惋惜。

不到二百份试卷，有八个人看，阅卷费时并不多，到了第二天傍晚，一等二等的名次便大致出来了。全体名次的排列，张之洞委之于礼部侍郎裕德，他自己只排一等前五名的先后。同考官推出前五份试卷来，他们为宋育仁、李熙、梁士诒、张一麟和杨度的策论。张之洞将他们一一作了比较：论稳妥，宋育仁当排第一；论才气，杨度当排第一；论老练，李熙当排第一；论深刻，梁士诒当排第一；论典雅，张一麟当排第一。张之洞偏爱杨度，本欲置杨度第一，无奈他写错了一个字，置于第一不妥。比来比去，只得将梁士诒排第一，杨度屈居第二，以下依次为张一麟、宋育仁、李熙。

第三天，张之洞将取中经济特科一等梁士诒等四十八名、二等桂坫等七十九名奏报皇上，请求予以复试。光绪皇帝亲自看了前五名的策论，很满意，准予复试。二十日这天清早，张之洞将取中的一等二等名单张榜于正阳门城楼上，并特别注明：奉旨于二十五日在保和殿复试。

杨度看到这个名单时，虽以未中一等第一名而略有遗憾，但毕竟取中了第二名，他心里仍然高兴不已。考中的一百多名举子互相道贺，看到黄榜的百姓们也四处传播，不到一个时辰，喜讯便传遍京师。大家比拟殿试，将梁士诒称做状元，杨度称做榜眼，张一麟称做探花，尽管他们都知道制科毕竟不能与进士考试相比，但也乐于接受这个殊荣，尤其是梁士诒更是喜不自胜，当天在广东会馆大宴宾客。杨度也被夏寿田接去，在他的寓所里，几个湘籍朋友聚会一起，为新榜眼公贺喜。

夏寿田举起杯子对大家说："我们一起敬湘绮师一杯，他老人家教出了两个榜眼，近几十年来无一人比得上他。"

大家都赞同，一齐举起了杯子。杨度笑着说："你是真榜眼，我是假榜眼，不要鱼目混珠了。"

众人都说："你也是真榜眼，过去博学鸿词科的待遇比进士还高哩！"硬逼着他喝下这一杯酒，杨度只得喝了。于是接下来你敬一杯，我敬一杯，把个杨度灌得醉醺醺的，他心里高兴得不得了。杨度根本不可能想到，此时在京师还有一个人甚至比他还兴奋，此人便是亦妹说的已死其实并没有死的静竹！她正在精心打扮，热切地等候着一别五年的郎君。

静竹是一个命运悲惨的女子。她出生在苏州城阊门外，父亲陆育之是个博学的秀才，人品学问都好，可惜科场蹭蹬。十八岁中了秀才后，连考三科举人皆不中，他一面教蒙馆，一面仍不死心，继续攻读八股。妻子郑氏漂亮温柔。夫妻二人生有一女，取名静竹。静竹长得伶俐可爱，一家人的小日子虽然过得清苦，却也亲亲爱爱。不料，郑氏第二胎难产，母婴都没有保住。陆秀才抱着刚满三岁的女儿，哭得死去活来。妻子死后，陆秀才也绝了再考的念头，一心一意教书抚养女儿。女儿五岁时，他便教她认字；八岁时，他教她背《唐诗三百首》；十岁时，他教她读《古文观止》。女儿聪明好学，父亲一教便会。静竹十一岁那年，陆秀才经人撮合娶了顾氏。谁知两年后陆秀才得急病死去。静竹没有母爱后又失去了父爱，心中万分悲痛。顾氏年轻，耐不了寂寞，偷偷摸摸地跟一些不三不四的男人私通,有一次不巧被静竹撞见了。顾氏恼羞成怒,恨死了静竹。于是背着静竹,将她卖给了一家妓院的老鸨。老鸨见静竹长得漂亮，便一转手以三倍之价卖到了北京八大胡同的横塘院。可怜一个娇弱的江南小女孩被推进了举目无亲的京师火坑，她再不情愿再反抗也无可奈何，哭哭闹闹几个月后便也只得认了命。

好在教她弹琵琶的老琴师也是苏州人，老头子卖艺一生，到老来仍孤贫一人。苦命人怜苦命人，老琴师同情静竹，安慰静竹，将她看做自己的女儿，把四十多年来所练就的琵琶技艺悉心教给静竹。在艺术美的陶冶下，可怜的小女孩渐渐长大了，出落成一个如花似玉的婷婷少女。十六岁那年，老鸨收下了一千两银子，一个浪荡的王孙破了她的女儿身。那一夜，姑娘的泪水简直可以汇成一条河!

从此她便沦落为一个最被人瞧不起的烟花女。可是，从小受过诗书熏陶的姑娘却有一颗高洁的心。她读过《琵琶行》，为洛阳女的命运而哭泣；也读过唐人的传奇《虬髯客传》，为红拂风尘识英雄的慧眼而感叹。小小年纪的静竹立下了大志，一要在京师人群中识别一个可托终身的英雄；二要想方设法积攒私房，若不能遇到英雄，则自赎从良，决不老死娼门。

五年前的一个夏日，是老琴师的生日，他的徒弟们——横塘院的几个姐妹凑钱为他祝寿，大家到江亭喝酒观风景。就在这天下午，静竹遇到了题词江亭的杨度和夏寿田。说实在话，在静竹看来，两个人的词都写得好，两个男子都长得潇洒英俊，只是夏寿田为新科榜眼，大家都众星捧月般地围着他，杨度遭到冷落。苦水里过来的静竹有一种同情弱者的本能，在这种心情的驱使下，她走过去主动与杨度搭腔，请他为自己的扇子题词。面对面地对坐说了几句话后，与男子打交道颇多的姑娘从杨度的举止神态中，看出这是一位有才而多情的男子，心中很有好感。告辞后走了几步，她忍不住回头看了杨度一眼，发觉杨度也在专注看着她。从杨度那无邪而又激情洋溢的眼光中，姑娘进一步断定这个陌生的年轻的举子是可以交往可以信赖的，她情不自禁地约他去潭柘寺相会。

其实，静竹此去潭柘寺并不体面。她一不是去烧香拜佛，二不是去游览古迹，她是专为陪一个南洋商人而去的。这个南洋商人既笃信佛教，又贪恋女色。他用双倍的银子将静竹“租出”几天，带着静竹去参拜潭柘寺。商人又掏出一张两千两银票来送给住持大法师，包下那座已由行宫降格的精舍。住持见他携带一个美貌的年轻女郎住寺庙，虽觉得不妥，看在那张大额银票的面上，同意让他们住三天。

在杨度来到宝珠峰的那一天，静竹陪着商人住进了寺里精舍，故杨度找遍了寺外所有的客栈也寻不到她。约定与杨度见面的这一天，静竹撒谎说病了，不能陪商人游玩。那商人也好，并不强迫她，自己也不游玩了，改而与住持谈论佛法，于是静竹得以用琵琶声把杨度招进竹林，和他一道畅游宝刹。游览过程中，杨度倜傥的风度，广博的学识，恳挚的性情，再次赢得了姑娘的芳心。当他接过她所送的那截小小的砖角后所表现出那种真诚的谢意和向佛祖起誓时的郑重态度，使姑娘深深地感动而流泪了。静竹降生到人间短短的十七八年，自从母亲去世后，不知流过了多少眼泪，那都是辛酸的泪，痛苦的泪，这一天她第一次流下了幸福的泪水。她庆幸自己遇到了一个好人，一个真正的男子。就在那一刻，她决定嫁给他！在猗轩亭流水羽觞的游戏中，杨度用四朵小花包在纸里，卜决他们之间今后的关系，虽是哄她，但他那一颗决意与她结连理的强烈的滚烫的心，却使她深为感激；而正是这颗真心，倒使她忽然发觉自己不配做他的妻子。自己是个什么人？自己是一个任人玩弄任人欺侮的下贱妓女，怎么可以与他般配！算了吧，赶快结束这段不该有的荒唐的爱恋，什么也不告诉他，让他心里永远保留着一段美好的记忆。转念她又想，他既然这样深情爱我，应该不会嫌我，何不试探他一下呢？哪怕问问他家中有没有妻子也好。静竹的脑子里翻滚着种种不同的想法。她一时拿不定主意，只好约杨度明日再谈。

这天夜晚，商人折腾她一阵后呼呼睡着了，静竹则一夜未合眼。她反复考虑明天见还是不见。不见，或许真正的有情人会失之交臂，自己一辈子会后悔不已；又想到杨度见不到她时的痛苦，自己心里也难受。见，或许一旦得知真情，他会大梦初醒，弃自己而去，自己更会哀痛欲绝，比不见更后悔。左思右想，一直到天亮了，静竹仍没有拿定最后主意。一会儿商人起床了，对她说马上离开潭柘寺回城。静竹大吃一惊，不是还有一天吗，为何提前走？商人说原以为这里有得道的高僧，谁知这里的和尚都浑浑噩噩，真乏味。商人的突然改变主意，使静竹对见不见杨度一事再没有思考的余地了，她想这大概就是天意。于是她给杨度留下了那张纸条。不过她的心里仍存着一个念头：如果这位杨皙子真正是一个痴情的男子，他还是有可能在城里寻到自己的。

静竹回到城里后，一直巴望着杨度来找她，却不知杨度早已离开北京回湖南去了。静竹见不到杨度，心里又痛苦起来。她后悔自己没有留下地址，以便杨度来找，致使得有情人终于失之交臂。杨度的身影总在静竹的脑子里出现，他的率真，他的恳挚，姑娘永远也忘不了。她一遍又一遍地诅咒自己。有时，她也想把杨度从记忆中排除，努力设想他是一个薄情郎，好比易涨易落的山溪水。但即使这样，她也难以将他的身影在脑中排除掉。

这些年来，静竹没有快乐，有的只是思念。她把自己心中的秘密告诉了一个新来的小妹妹。这个小妹妹也是苏州人，身世比她还要苦。她连自己的生身父母的印象都没有，也不知道自己姓什么，也没有一个正正经经的名字。静竹可怜她，依着自己的名字，给她取名亦竹。亦竹将静竹视为亲姐姐，常常劝她，叫她不要再想杨皙子了。天底下像杨皙子这样的人一定不止一个，何苦如此痴情？再说杨皙子没有来寻找，可见他也不是一个钟情的汉子。亦竹又把静竹的事告诉她的朋友丹花，丹花于是也劝静竹忘掉这段恋情。

想不到一别五年，杳无音信的杨度竟突然出现在八大胡同，出现在横塘院前。那天下午，当静竹隔着窗帘看到这意外的一幕时，她简直惊呆了。她指着在胡同里踽踽独行的那个人，对亦竹说："他就是皙子。"

亦竹立即要下楼去唤她，静竹制止了。出自于一个恋情深厚的姑娘家的复杂情感，静竹心里此时涌出来的，却是苦多于甜，怨多于爱。她恨皙子为什么直到今天才出现在她的眼前，这许多年都干什么去了？何况她又生出怀疑，他是不是早已忘记了自己，到此地来是为了找别的姑娘图快活？她叫亦竹远远地跟着杨度，看他究竟到八大胡同来做什么，住在哪里。

晚上，亦竹告诉她，杨度并不是来嫖妓女的，他住在长郡会馆。亦竹还打听到杨度此番来北京，是为了参加经济特科的考试。静竹得知杨度不来逛窑子，心里欣慰，但相隔了五年，不知他的心思变没变。她和亦竹商量了一个主意，暂不惊动他，让他考完后，再由亦竹出面扯个谎试探一下。不料城隍庙会结束的这一天，杨度错以为亦竹是静竹，自己找上来了。

杨度走后的第二天，亦竹将偶遇杨度的事一五一十地告诉静竹。当她听到杨度得知自己已死突然晕蹶，醒过来又说要去坟头祭奠的时候，静竹流下了欣慰的眼泪。这个洞庭湖南的汉子，倒真是一个实心实意的情郎。这样的男人，即使为他死也是值得的！不管他这次考中不考中，也不管他家里有没有妻子，二十三岁的静竹姑娘不能再在灯红酒绿的卖笑场中葬送自己的宝贵青春了，她要从良嫁人，要跟她的心爱郎君，一起去秋风万里芙蓉国的楚山湘水之畔，一起去洒满帝子爱情之泪的斑竹故园，做一个普普通通的女人，为丈夫浆洗缝补、生儿育女。

五年来，凭着自己的美貌和一手绝妙的琵琶，静竹积攒了上万两银子的私房，她和亦竹商量，要自赎离开横塘院，她不能在这片污泥浊水中接待皙子,她要在自己的家里与心上人久别重逢。亦竹一听,忙跪在她的面前,哭着说：“好姐姐，你帮帮我的忙，把我也赎出去吧，我今生甘愿做你的丫环奴仆，服侍你和杨先生一辈子，来生再变牛变马报答你的恩情。”

望着这个苦命的义妹，静竹的心在颤抖。老鸨早就说过要找一个出得起大钱的人给亦竹破身，因为一时没有找到这样一个人，亦竹仍还是一个姑娘身子。这样一朵娇美的花朵眼看就要遭践踏而不施以援手,于心何忍！只是今后的事情尚不能料定，万一受苦受累，她吃得消吗？亦竹坚定地回答：“哪怕是沿街乞讨，也比在这里强呀！”

静竹对老鸨说，愿以五千两银子自赎，又用一千五百两银子代赎亦竹。妓女从良是常有的事，老鸨不能干涉，况且她们愿出这样的大价，老鸨一口答应。

两姐妹收拾了自己的行李，又与老琴师和手帕姐妹们依依话别，毅然离开了横塘院。她们在西山脚下赁了三间干净的农舍，临时布置一番，住了下来。

这一天，亦竹从城里回来，告诉静竹一个天大的喜事：经济特科正场已公布，杨度高中一等第二名。“静姐，大家都说，特科考试以正场为准，复试只是做个样子，杨先生成了榜眼公，你就成了榜眼公夫人了！”亦竹激动地向静竹道喜。

静竹听到这个消息，喜得心花怒放。她紧抓着亦竹的手，一个劲地说：“亦妹，你说的是真的吗？真的吗？”

“真的，一点都不假！榜就张在正阳门外，还说二十五日复试哩！”

“这就好，这就好！我早就看出皙子是个大有出息的人，他真的出息了！”静竹喃喃自语，“亦妹，二十五日那天你去长郡会馆门口等他，见到他复试回来后，你就把他接到这儿来。你说我没有死，我天天都在想念他！”

“好，二十五日那天一早我就去！”亦竹欢喜无尽地答应。

静竹开始精心打扮了。五年后的今天，她比潭柘寺定情的时候更成熟，更具风韵，也更迷人了。她要把最好的化妆手段用出来，把自己装扮成一个比西施、昭君还要美的美人，让皙子在自己美丽的容貌下痴迷融化。

谁知上天并不成全她，几天后一场意外的灾祸粉碎了姑娘如诗如画的憧憬。

六　“梁头康足”毁了榜眼公的锦绣前程

经济特科正场录取名单公布的第二天，总管太监李莲英在养心殿门外永巷里，听到一个刚从王府井采买珍珠回来的太监小羊子，和另一个太监马胖子在悄悄说话：“外面都在说，特科取的第一名是康梁乱党中的头头。”

“真的吗？”马胖子瞪起小眼珠，吃惊地问，“他叫什么名字来着？”

“梁士诒。”小羊子压低声音，“也是广东佬，都说是梁启超的堂弟哩！”

“哎呀呀，这康梁乱党才平息了几年，又冒出个大人物来了。老佛爷知道了，不气死才怪哩！”马胖子表面上抱怨，其实心里喜欢。他不是喜欢康梁乱党复活，他是想看看老佛爷发大臣们的脾气。太监生活枯燥无聊，只要事情不出在自己的头上，他们是时刻盼望紫禁城里出事儿的，事儿出得越大，他们越兴奋，越觉得有趣味。

“小羊子，你们在谈论些什么？”李莲英在后面尖声叫了一句。

两个小太监转身见是总管在后面，吓了一大跳。这些太监们平素并不怎么怕后宫里的主子——一大群名目繁多的太妃、妃子们，最怕的是这个李莲英。他是他们的最高上司。

“李四爷，我们没有说什么。”

李莲英在兄弟辈中排行第四，宫中大小太监都尊称他为李四爷。

“没说什么？”李莲英拉下脸来，“什么康梁呀，乱党呀，这也是你们说的话吗？仔细揭了你们的皮！”

“是这样的，李四爷。”

小羊子颤颤抖抖地把在外面听到的事情向总管作了禀报。

“第一名真的是梁士诒？”李莲英厉声喝问。

“真的叫梁士诒，大家都这么说的。”小羊子低下头，不敢正视总管。

“真的是广东人？”李莲英又问。

“真的是广东人，都说是梁启超的嫡亲堂弟。”

“你们听着！”李莲英叉起两只手训道，“下次若让我听到你们说国家的大事，按世祖爷的家法，先抽三百鞭子，再撵出宫外。听到了吗？”

“听到了，再不敢了。”两个小太监灰白着脸答道。

“走吧，干你们的事去！”

打发两个小太监后，李莲英心里琢磨着：老佛爷最恨的是康梁乱党，好个张之洞，你竟然敢取梁启超的堂弟为第一名，不存心要和老佛爷唱对台戏吗？你仗着是探花出身的总督，瞧不起我们这些当太监的。好哇，我叫你瞧瞧我这个太监李四爷的手段！

李莲英转身入内，要把这个特大的事马上报告慈禧太后。走到东暖阁帘子边，他停下了脚步，心里想：我出面告发这事，毕竟不合祖制，如果由另外一个老佛爷信任的大臣来说则更好。他退出养心殿，在前面庭院御厨窗口边徘徊，恰好这时军机大臣瞿鸿禨进来，跟他客气地打了声招呼，便进了东暖阁。李莲英突然想起，这位瞿鸿禨是最合适的人了，因为他对张之洞成见甚深。

瞿鸿禨字子玖，湖南善化人，二十二岁中了同治辛未科二甲进士，改庶吉士入翰林院，和张之洞一样，也是一个少年高第的才子。他历任侍讲学士、日讲起居注官、乡试正考官、学政、礼部侍郎等官。戊戌政变前，他曾三次力荐康有为，认为康是大清朝的社稷之才。

因为瞿二十余年间官职清华，加之立身较严，时人皆赞扬他以清德孤操称天下，又没有参加过康梁的团伙，所以戊戌政变时，他没有被牵累上。庚子年八国联军入京，慈禧挟光绪西逃，随扈的军机大臣载漪、刚毅、启秀、赵舒翘四人因支持义和团被同时罢职，在军机当值的便只有荣禄和王文韶，枢务需人，于是瞿鸿禨因荣禄的推荐，由礼部右侍郎升授都察院左都御史，改工部尚书，一到西安，即被任命为军机大臣。因为正是所谓“西狩”途中入参枢务，与慈禧共过患难，故瞿得到了慈禧的特别信任。

瞿鸿禨，字子久，湖南善化人，同治进士，先后任过翰林院侍讲学士，内阁学士，河南、浙江、四川、江苏学政等职。光绪二十六年，随同慈禧出京逃往西安，因此得到慈禧的信任，出任工部尚书、军机大臣，兼充政务处大臣。光绪二十七年改任外务部尚书。光绪三十二年授协办大学士、总司核定官制大臣，参与筹划预备立宪。三十三年因受参劾奕劻父子一案的牵连，得罪慈禧，遭罢斥。辛亥革命后寓居上海。

瞿为人耿直，张之洞对维新派前恭后倨的态度使他反感。张之洞办事任性，也使瞿一直认为张非方面之才。他听人说过有关张之洞在山西巡抚任上的两则故事。

张之洞早年在翰苑时，与潘祖荫、李慈铭、吴大澂一起研究金石之学，京师号为清流党。那时他以内阁学士初膺疆寄，意气特盛。山西省正在修通志，府学教授杨淯主其事。杨淯家藏有两本同样的碑帖，所有的字都一样，只有一个字，一本作“勾”，一本作“公”。杨淯不明其故，请教张之洞。张怀疑“勾”、“公”属声转通假，但苦于不得证明。有人告诉他，洪洞县的县丞王纬博学，或可找出证明。王纬为拔贡出身，原为曲沃县令，然此人喜学问而不问政事，曲沃县被他弄得一塌糊涂，前任晋抚把他降为洪洞县丞。王纬到了太原，张之洞问他这件事，他一口断定“勾”、“公”为一字，并立即找出《仪礼》郑玄的笺注“勾亦作公”为证。张之洞大为佩服，视王纬为奇才，立即开复他曲沃县令原职，三个月后又升为太原知府。

第二年为大比之年，巡抚按规定为监临，要在闱中住一个月。张之洞是个不耐寂寞的人，要找一个人在闱中陪他说话。有人提议榆次县令吴子显是袁枚外甥的孙子，潘世恩的女婿，最适合。张之洞听了高兴，既是大才子的后人，又是状元郎的女婿，自然博学多才，即刻将吴县令调进闱中。谁知此人素不读书，胸中实无多少墨水，张之洞与他谈金石之学，一问三不知。张大不悦，讥笑吴说：“令岳丈以十万卷书赠朱九江而不送与你，足见你不可造就。”未及半月，就叫他出闱，从榆次改调广灵。广灵县既贫瘠，其前任又亏空了四千两银子，张责令吴补偿。

这两件事令山西官场惊诧，也使瞿鸿机听后懵然。这样一个将国事视若儿戏的人，居然会被称之为能员，委之以重任，岂不是怪事！在与李莲英的一次闲聊中，瞿鸿机发出了这样的感叹。

待瞿退出养心殿时，李莲英悄悄地把张之洞录取梁启超的嫡堂兄弟为经济特科第一名的事告诉了瞿。瞿从心里来说并不恨康梁，他只是对张之洞这种无节操的行为表示厌恶。回家后，他特为打发家人去正阳门看名单。家人回报，第一等第一名梁士诒，广东三水人。瞿想，梁启超是广东新会人，与三水是两个县，嫡堂兄弟一说，看来不能成立。不过他有新发现，康有为字祖诒，与梁士诒末尾一字相同。梁士诒与梁启超共头，与康有为共尾，这却是无疑的，这不明摆着为康梁翻案吗？张之洞呀张之洞，你可以用《劝学篇》洗刷与维新党的关系，但这次却露出了铁的把柄，看你如何狡辩！

第二天，瞿鸿机再次面见慈禧，将梁头康足一事奏上。慈禧对戊戌年维新派试图围攻囚禁她一事恨之入骨，一听到“康梁”二字便神经质地愤怒，不待瞿讲完，慈禧怒不可遏，即速降旨：“撤销梁士诒的第一名。”

瞿又乘机奏道：“外间有人议论，这次录取的人员中有康梁乱党骨干，请老佛爷明察。”

慈禧又降旨：“命礼部将所有应试举子的履历及正场答卷从严审查，决不能让康梁乱党混杂其间，严禁有人借机宣传康梁谬论。”

张之洞得知因“梁士诒”一名引起慈禧震怒，也深为惶恐，他上奏一面承认自己疏忽，一面又辩解，说梁士诒虽姓梁是广东人，却不是康梁一党。

慈禧览奏后也觉得说梁士诒是康梁乱党证据不足，以“梁头康足”来证明张之洞起用康梁乱党的人，也有牵强附会之嫌，但已近七十高龄的老佛爷一则要维护自己至高无上的权威，二则出于对康梁不共戴天的仇恨，想起经济特科录取的状元之名三个字中就有“康梁”两个字在其间，总觉不舒服，她没有追查张之洞的责任，只命他复试时决不能录取梁士诒。　何汉文、杜迈之著《杨度传》：“1903 年 6 月，清政府开设经济特科，杨度参加了考试。由于他的新学知识较丰富，考试成绩优异，被录取为第一等第二名。考取第一等第一名的叫梁士诒。考试放榜后，慈禧太后向军机大臣瞿鸿禨征询对经济特科取录人才的意见。瞿因与阅卷大臣张之洞有隙，乃乘机进谗，说梁士诒的名字和康有为（又名祖诒）、梁启超的姓名各同一字，有人说他是‘梁头康尾’。平素仇恨康梁新党的慈禧太后，因而误以为梁士诒是康梁的同党，遂不予取录，并下令查办阅卷大臣。监察御史也提出弹劾，闹得满城风雨。　杨度因与梁士诒系同科录取，加之他在试卷中又大谈新学，当然也犯有新党嫌疑，在国内站不住脚，只好再度去日本留学。”

在官场待了一辈子的张之洞，深知触犯龙颜所带来的后果将不堪设想。正在惴惴不安时，见到了慈禧的谕批，大喜过望。他本来就没有起复康梁党人的意思，委屈一个名不见经传的梁士诒，也算不了一回事，自己没有遭贬已是皇恩浩荡了。于是他下令复试推迟两天，等待礼部全部审查完毕再考。

紫禁城里这一场荒唐无稽的官司，应试的举子们何曾知道？他们一个个都正在准备复试。梁士诒、杨度、张一麟三个人，一天到晚陶醉在三鼎甲的恭维声中。二十四日这天突然宣布复试推迟两天，大家都出乎意外。有的猜测可能是考题泄了密，要重新拟定；也有的猜测可能是主考大人陡然病了；还有的猜测说不定朝廷新出了什么急事。有人向做京官的亲朋好友打听，但都不得要领。

杨度自从正场考后，便搬出长郡会馆，住进了夏寿田家。他俩也感到纳闷，都认为这样的大事不应该推迟，一定有什么缘故。二十五日这一天，亦竹在长郡会馆前面等了半天，也不见杨度的影子，后来打听到复试推迟，便回去了，决定后天再来。

二十七日，正场录取的一百二十七名考生再次走进保和殿，复试又是一论一策。论题为：《周礼》农工商诸政各有专官论。策题为：桓宽言外国之物外流而利不外泄，则国用饶而民用给，今欲异物外流而利不外泄，其道何由策。

这两篇文章，杨度同样作得十分精彩。出场后，他仍住夏寿田家，单等金榜张挂，然后走马上任，一展平生抱负。谁知正当杨度扬扬自得的时候，这天傍晚夏寿田告诉他，都察院湖广道监察御史上奏太后，说已查明杨度在日本期间有攻击朝廷的言行，正场策论中又有不满朝廷政纲的文字，可见该生狂妄成性，请削去该生举人功名，拘捕讯办。

杨度听到这个消息，简直如晴天霹雳，不知所措。夏寿田也大出意外。他冷静思考后，对杨度说："你不是朝廷官员，御史这个弹劾不会使得朝廷马上拘捕，顶多是通过复试把你除名，然后再密令地方官监视你。这是就正常情况而言，还不知是不是有人存心要加害你。若有意害你，这事就难说了。皙子，你这两年得罪什么人没有？或者在日本时，得罪了哪个大官员的公子少爷？"

杨度死劲地想了想，想不出。

"皙子，我看你还是赶紧离开北京为好。回家收拾一下，到日本去避一避风声，若没事再回国，好在重子和代懿都在那里，兄弟郎舅在一起，也互相有个照应。"

杨度接受了好友的建议，第二天便悄悄离开京师南下。

杨度这一走不打紧，害得静竹空喜了一场。后来，静竹从报上得知杨度被逼出走东洋的过程，又转而为他庆幸。从此，她和亦竹洗去铅华，隐居在西山脚下，做安安分分的普通百姓。她相信她的皙子一定会回来的，她要永远等着他。

杨度离京后的第三天，经济特科正式张挂金榜。一等取士九名，二等取士十八名。一等前五名除张一麐仍被录取为第三名外，其他四人都被刷下来了。这次经济特科也因为有了这个插曲而大大跌价。考取者除少数几个有路子的，安排在六部做主事外，其余的全部回原籍。而回籍的人，绝大部分的境遇与考前没有任何区别。

中国历史上空前绝后的经济特科，就是这样一场令人可笑可悲的儿戏。导演这场儿戏的朝廷，它还能撑得久吗？

第六章　亡命扶桑

一　五年前出逃的惊险情景，梁启超终生不会忘记

早在杨度赴京参加经济特科考试之前，杨钧和代懿便考取了湖南官费留日生，日后在中国近代史上很有名气的陈天华、杨昌济也在这批留日生中。杨度以学长的身份在饯别宴会上发表了激情洋溢的演说，鼓励他们学习新知，为团体谋公益，以“新吾中国，救吾中国”作为留学的最高目标。　光绪二十九年正月，湖南新一批留日学生即将起程，省会各界为之集会送行。杨度以先行者的身份即席发表演说。兹录其演说中的一段于此，可见杨度及当时湖南留日青年的思想：“诸君，诸君，离乡井，辞父母，弃妻子，出国门而东，其富于国民思想也不待问可知也，是仆辈所东望顶礼者也。然则诸君之竭其材力聪明，讲求科学，以新吾中国救吾中国者，其主义当早其定之，无待仆言。以度之顽愚，更不知所言。然而不能已于言者，以度一得之愚，为人群谋公益，而诸君者，又度所东望顶礼者也，度又何能已于言？科学之中，以自然科学为要。自然科学者，科学之大乘也。夫不能为自然科学，则一切种种，皆留声机器耳。度敢为诸君谋，自然科学则个人学问、团体利益是也。无个人，无团体；无团体，无个人。此义诸君自知之，无俟度言。度敢为诸君进一言曰：不为团体谋公益，则个人学问何足贵哉？是则度所东望顶礼，不能不有厚望于诸君者耳。”与一年前的反对态度大不相同，这一次，王闿运对杨钧、代懿的出洋是支持的，一方面是日趋开放的大势的影响，另一方面也是杨度东洋半年回来后器局更为开阔对他的启发。何况对代懿和杨钧，王闿运从来没有寄予第一流人才的期望，他认为让他们在东洋学点实用的技艺回来，或许在今后的乱世中于养家糊口更为有利。

杨度回到石塘铺后，看到了近日弟弟从东京寄回的家信。信上说他们在日本一切都很好，都进了日文补习学校。杨钧还颇为得意地夸耀他已经可以和日本人作些简单的对话了。湘绮楼上，杨度将特科两次考试的情况向先生作了禀报，王闿运也觉得难以理解，安慰学生不必过于沮丧，在家里安心住一段时间，且待形势的变化。

这天，湘潭县衙门派人给王闿运送来一封急信，原来是夏寿田托折差带回湖南的。他告诉先生和挚友，京师官场中已捅出了所谓“梁头康足”事件的内幕，并说御史胡思敬最近又上了一封措辞严厉的奏折，指责杨度与明末牛金星以举人叛从李闯情事相同，罪实倍之，现已逃离出京，很可能已回湘潭原籍，请旨密令湖南将杨度锁拿归案，以为儆戒云云。夏寿田催杨度赶快到日本去，再不走就晚了。

杨度读罢信，冷汗淋漓。

朝廷竟然荒唐到如此地步，令阅历甚丰的湘绮老人都大出意外。他长长地叹了一口气，对杨度说："你干脆到日本去算了，一则避避风头，二来也借此机会多结识些朋友。这一年多来，不少有为年轻人都去了东洋，今后中国的指望，或许就在这批人身上，你多结识他们，对事业会大有好处。另外，代懿和重子初次出国，一定会遇到很多困难，你去后也可以照应照应。"

午诒和先生的看法都很有道理，杨度决定再度出走扶桑。

李氏得知儿子的决定后，黯然说："你去东洋，娘不阻挡你，只是叔姬出嫁了，小三子留学了，娘的身边没有一个人，连说句话都没人听。"

杨度说："娘，儿给您老人家雇一个丫环来如何？"

李氏说："乡里小户人家的，雇什么丫环，等你日后当了大官再说吧！"

杨度颇觉为难地说："娘，那怎么办呢？要不，反正代懿也不在家，干脆让叔姬回来住吧！"

"傻儿子，哪有出嫁的女儿长住娘屋的道理！"李氏轻轻地笑了一下，爱抚地望着儿子说，"你今年都二十八岁了，难道没有想过要给娘找个媳妇，添个孙子吗？"

听了母亲这句话，杨度半晌做不得声。从归德镇刚回来的那几年，常有提亲的人上门，他都谢绝了，他一心想的是金榜题名后，再来洞房花烛夜。不料那一年，金榜无名，却邂逅静竹。从那以后，美丽的江南少女便深深地进入了他的心灵。尽管他怀着万分惆怅离开了京师，但他心里总是痴痴地想着，自己与静竹是定了情的。江亭畔那阕小小的《百字令》，潭柘寺里那块不起眼的断砖头，就是他们的百年信物，作为彼此间情感交融心心相印的象征，它们的价值，远远不是世俗的黄金白银所可比拟的。五年里，他摒弃了一切旁念，死死地相信，他和静竹一定会有重逢的一天，他不能背弃自己的誓言，把人生最珍贵的那份情感送给另外一个女人。

他万万没有料到，而今静竹却已长卧西山，他们今生已是天人永隔，无缘结连理枝了。现在，应是理智地处理这件事的时候了。母亲的话是有道理的，二十八岁的男儿也是该成家了。这次是避名捕之祸出走，还不知何年何月才能回国，留下母亲一人长年在家孤零零的，确为做儿子的不孝。好吧，就算为母亲娶一房媳妇吧！但时间仓促，哪里去找一个合适的人呢？

李氏说："中路铺黄波老先生，你是知道的，人品学问都很好。他的第二个女儿，你们也见过面。这妹子也和我们叔姬一样，眼界高，一般人看不上眼，到了二十岁还没出嫁。前两个月，有个媒人提起了你，她倒是一口同意了。我说你到京城赶考去了，等你回来再说。”

杨度想起来了，那年在黄家吃春酒，是见过黄家的二小姐的。姑娘虽然说不上很漂亮，也还端端正正，知书达理的。杨度想，自己当时并未怎么留意她，看来她是留意自己了，不然，何以别的人都不同意，独独愿意嫁到我杨家来呢？杨度笑着对母亲说：“她同意，怕是以为我去赶考，会中个进士、翰林回来，若是知道我不但没考上，还要避难出洋的话，她一定不同意了。”

李氏想想也是的，现在和两个月前截然不同了，黄家还愿意结这门亲吗？思忖好长一会儿，她对儿子说：“这样吧，叫你三舅到黄家去一次，探探他家的口风。如果还是同意的话，你就拜了堂后再出洋。”

杨度只得点头应允。

第三天，三舅红光满面地回来了，兴奋地对外甥说：“你就准备做新郎官吧！黄老先生说，朝廷现在是昏聩到顶了，否极泰来，清明时刻的来到不会太久了。办了喜事后，皙子只管放心出国去，家里事都交给仲瀛。皙子榜眼公虽没做成，名声已是传播天下了，今后一定会做大官的。只要那时富贵了，勿忘糟糠之妻就行了。”

未来老岳丈的这几句话，给遭受意外挫折心情抑郁的杨度很大的安慰。他想，有如此明达之父，必有贤惠之女，静竹虽然去世了，幸而有人可以代替她。

黄老先生亲自选定了一个黄道吉日。这天，石塘铺完全按照祖辈传下来的仪式，为这个喝过洋水又即将再去喝洋水的新郎官举行了隆重热闹的婚礼，黄家的仲瀛二小姐则从这一刻起，成了杨家的冢妇。

半个月后，杨度告别母亲、妻子、妹妹和湘绮师，背上一个简单的行囊，并特意将马福益所赠的那把倭国古刀佩戴腰间，依依不舍地离开了石塘铺。

杨度再次踏上东京土地时，距他前次离别仅仅只有十个月。他没有想到这么短的时间内就会重来日本。然而就是在短短的十个月里，日本的中国留学生界，却出现了巨大的变化。

首先是人数的激增。去年十月，杨度回国时，留日学生不过五百人左右，而现在已多达一千二百余人。国内腐败的政局刺激了众多有志青年来东洋寻求救国真理，这是原因之一，另一个原因是朝廷的鼓励。今年春天，张之洞奉朝廷之命，制定了一个奖励留学的章程。章程上说，留学回国的学生，视成绩优次，将赐以拔贡、举人、进士、翰林等出身，并加以录用，授予官职。也有不少人是受这种驱使来到日本的。

其次是留学生爱国热情的空前高涨。无论是激烈地主张排满的革命派，还是温和的拥护光绪帝的保皇派，都肆无忌惮地集会结社，侃侃高谈自己的观点，言谈之中，洋溢着满腔救国救民的激情，就连专门为禄利或为学习某种专业技术而来的人，也不能不卷入其中，倾听别人的政治主张，发表自己的国是意见。相对于国内的沉闷而言，日本的留学生界如同一锅沸水。这个巨大的转折点就是三个多月前的拒俄运动。

沙俄是一个掠夺成性的侵略帝国。早在十七世纪五六十年代，它就开始了对中国东北的侵犯。十九世纪中叶以后，又不断强占中国边界，霸占了中国大片领土。庚子年它是八国联军之一。根据光绪二十八年签订的中俄交收东三省条约，第二年四月是沙俄从中国东北撤军第三阶段的最后期限。但沙俄不仅不撤兵，反而增兵南侵，又突然向清政府提出了七项要求。

这年二月，日本东京《时事新报》发表号外，登载沙俄驻日公使的谈话，说什么“俄国现在政策是断然取东三省归入俄国版图”等，此事引起了留学生的极大愤慨。四月二十九日，东京留学生界在神田锦辉馆召开全体会议，决定立即成立拒俄义勇队，当即就有一百三十多人志愿参加，另有五十多人表示愿在东京本部工作，还有十二名女学生签名参加护理事务。这些热血青年坚决表示：“誓以身殉为大炮之引信，唤起国民铁血之气节。”两天之后，义勇队改名为学生军，准备回国开赴东北前线。

留学生的行动吓坏了驻日公使蔡钧。他对朝廷说留学生名为拒俄，实则革命。清廷与日本当局相勾结，严令解散了学生军。此事对日本留学生刺激很大。本来大部分留学生只想拒俄，并非要革命。现在朝廷将拒俄与革命混为一谈，倒使不少学生清醒过来：不革命则无以拒俄。于是以黄兴、陈天华、秦力山等人为首，在学生军的基础上组织军国民教育会，其宗旨为“养成尚武精神，实行民族主义”，采取“鼓吹”、“起义”、“暗杀”三种形式与朝廷作斗争。 陈天华，湖南新化人，光绪二十九年留学日本，入弘文学院师范科。回国后与黄兴等人在长沙创办华兴会，并策划长沙起义，事泄再赴日本。光绪三十一年，在东京支持孙中山创立中国同盟会，被推举为会章起草人员。同年冬，为抗议日本政府颁布《清国留学生取缔规则》，写下绝命书，在东京大森海湾投海自尽。秦力山，湖南长沙人，光绪二十三年入长沙时务学堂学习，参加南学会。光绪二十五年赴日留学。次年回国参加自立军，失败后复至日本。光绪三十一年加入同盟会，回国策动安庆新军起义，事泄走香港，次年病逝于云南。就这样，留日学生们的政治热情上升到了一个新的高度。与此同时，各种宣传爱国思想的报刊杂志相继诞生。

杨度记得，他离开东京时，留学生界的报刊只有《国民报》、《新民丛报》以及他和黄兴等人创办的《游学译编》等三四家，而现在又冒出了《湖北学生界》、《大陆》、《浙江潮》、《江苏》等一系列刊物，还有一批以通俗语言写成的小册子，如陈天华的《猛回头》、《警世钟》，杨毓麟的《新湖南》，宋教仁的《灭汉种策》，秦力山的《革命箴言》，朱德裳的《中国魂》等，在留学生中广为散发，影响极大。 杨毓麟，湖南善化人，字笃生，后改名守仁。光绪进士，曾任湖南时务学堂教习。光绪二十八年留学日本，与杨度、黄兴等人编《游学译编》。次年参加拒俄义勇队，并组织暗杀团。三十年夏去北京，计划谋杀慈禧太后。三十二年加入同盟会。三十四年赴英留学。宣统三年广州起义失败后，忧愤交集，赴英国利物浦投海自杀。 宋教仁，湖南桃源人，字遯初，号渔父。光绪二十九年考入武昌文普通中学堂，同年秋与黄兴等人在长沙创立华兴会，出任该会副会长。三十年与黄兴谋划长沙起义，事泄逃亡日本，先后入东京法政大学和早稻田大学。三十一年参与创立中国同盟会，次年代理同盟会庶务，主持本部工作。宣统三年在上海创立中国同盟会中部总会，任总务干事。武昌起义后，在武昌协助军政府办理外交。1912年初出任南京临时政府法制院院长，同年5月出任北京政府农林总长，8月改组同盟会为国民党，任代理理事长。1913年3月，在上海车站遇刺身亡。 朱德裳，字师晦，湖南湘潭人，秀才出身。光绪二十九年，以官费生身份留学日本，后加入同盟会。回国后主办湖南警政学堂，秘密参与唐才常的自立军。不久又入京师民政部，任警视厅右丞。五十岁后即致仕，家居以临池吟咏著述自娱，著有《三十年闻见录》、《续湘军志》等。

杨钧和代懿到达东京后，经过一段短暂时间的日文补习，分别进了弘文学院和陆军学校。杨钧很用功，半年后便能用日语谈话了，空余时练字治印。他的治印技艺很快传遍了留学生界。知道哥哥要来，他在饭田町为哥哥找了一间寓所。

寓所主人是一对老年夫妇。老头名叫田中龟太郎，老太太叫和子。有一个独生子叫田中君代。田中君代的太太是横滨一个富商的女儿，于是他住横滨协助岳丈经营商务。田中龟太郎十分喜爱汉学，尤嗜好中国的书法篆刻。他能讲中国话，因治印与杨钧认识，结为忘年交，情愿以半价出租给这位小友。

杨度住进龟太郎的家，见两间房子收拾得整整齐齐，老两口慈祥和气，又看到他们的书房里悬挂着中国字画，书架上摆着不少中国线装书。田中龟太郎时而用日语，时而用汉语与他谈话，杨度心里高兴，仿佛此处就是家乡似的。

下午，田中龟太郎用中国传统饮食招待杨度兄弟和代懿。饭后，杨度将母亲亲手做的布鞋交给弟弟，把杨庄母子的合影交给代懿，又把那包豆豉紫苏姜分成两半，一人拿一半。二人接过来自故国亲人的礼物，欢喜无尽。

三郎舅说了一个通宵的话，从家事说到国事，从中国说到日本，一直到窗口发白才躺下睡觉。

杨度重到日本的消息，很快便在东京留学生界传开了。去年杨度在日本弘文学院求学时，留学生们认为他是一个勤勉聪慧的书生。许多留学生半年尚未入日语之门，杨度三个月便过了语言关，然后便是整日整夜地啃着日文原版书籍。历史、地理、哲学、文学、法律，什么书都读，且过目不忘，令同学们钦慕不已。除开读书外，大家并未见他参加多少政治活动，都以为他是专门做学问的书呆子。谁知毕业前夕，他却以敢为天下先的勇气，一人与嘉纳反复辩难，竟然使得这位日本教育界的权威语塞。仿佛一匹骤然冲出的黑马，令东京留学生界刮目相看。然而，正当大家都想与他结交时，他却突然回国了。不久，《游学译编》出版，刊出了杨度洋洋万言的序文。文章从培根、笛卡儿、孟德斯鸠、鲁索、亚当·斯密、达尔文、斯宾诺莎谈到孔子、左丘明、司马迁、孔尚任、李鸿章、黄遵宪，从欧洲说到美国，从日本说到中国，论学术，论教育，论军事，论实业，论理财，论内政，论外交，论历史，论地理，论时论，论新闻，论小说，学问之渊博，见解之深刻，议论之犀利，爱国情感之深厚，为留学生文章中所罕见。大家这才认识到貌似书呆子的杨度是个不可多得的人才，他的胸中仿佛蕴藏着古今中外的一切学问。弘文学院的人以做他的校友而自豪，外校的人以不识他而遗憾。朝廷开经济特科为日本留学生界所瞩目，且应试人中也有回国的留日生，当杨度高中一等第二名的消息传到东京时，大家又为之惊叹，不久“梁头康足”的消息也传进来了，大家愈加看出了朝廷的卑鄙。现在，杨度避难再来东京，寓居异国的留学生们谁不想见见他？短短几天里，饭田町田中寓所人来人往，络绎不绝，许多人是第一次见面，大有生不愿封万户侯，但愿一识韩荆州的味道。杨度慷慨豪放，热情坦率，给初次见面的人很好的印象。

黄兴、刘揆一这两个老友也来了。还带来了一个广东人胡汉民。杨度见此人很有才气，极乐意与他交朋友。四人在一起畅谈了半天。黄兴还在弘文学院继续学业，刘揆一到东京后换了几所学校，后来也进了弘文学院，与胡汉民同班。他们建议杨度再进弘文学院。究竟在日本学什么好，杨度一时尚未拿定主意，想想弘文学院情况熟悉，暂且挂个名字在那里也好，就答应了。

留学生对读书大多很随便，学校管束也不严，杨度在弘文学院挂名后，便在饭田町寓所贪婪地阅读这几个月来出版的各种报刊杂志。

十月，梁启超从美洲游历回到横滨。梁启超自戊戌政变时逃到日本，已经整整五年了。当年出逃的那些惊险情景，深深地刻在他的脑海里，每当他闭目略作休息时，那一幕幕的场面便会不期而然地浮现在眼前。

八月初六这天，梁启超在谭嗣同的房里说话。那时，梁住粉坊琉璃街新会邑馆，谭住半截胡同浏阳会馆。两地相隔很近。他们几乎天天见面，谈新政，谈学问，遇到意见相左时，两人都会大声激烈地阐述自己的观点，常常弄得面红耳赤，但彼此之间从不存芥蒂。这天的谈话没有争吵，近日政局的种种恶象，使他们对变法的前途怀着深深的忧虑。正说着话，谭嗣同的仆人神色慌张地破门而入，急促地说："三公子，大事不好了！外面的人都在说，皇上被太后抓起来了，南海会馆已被抄，幸而康先生已去上海，不然就要抓起杀头了！"

谭、梁一听，知道西太后已先下手，新政彻底失败了。梁启超赶紧起身说："复生，事情已万分危急了，我与日本使馆代理公使林权助有一面之识，我们赶快到日本使馆去，请求他们保护。"

谭嗣同面色不改，仍坐着不动。

"快走吧，抄了南海会馆就会马上来抄浏阳会馆，晚了就逃不成了。"梁启超抓起谭嗣同的手催道。

谭嗣同似乎早有预料似的，慢慢地说："我一直想救皇上，看来皇上已不可救了。现在要救南海先生，也没有办法救。我活在世上，已没有事情可做了，只有等死。"

梁启超急道:"哪有等死的道理！留得人在，自有成功的一天。快走吧，复生！"

谭嗣同依然平静地说："你说得有道理，对天下事，应有知其不可而为之的决心。但我早已作了打算，我愿意一死殉皇上，殉国家。中国变法从来未有流血者，有之，请自嗣同始！"

梁启超深为谭嗣同以死殉国的牺牲精神所感动，他紧握着好友的手说："这样的话，让我和你一起流血吧！"

"不！"谭嗣同坚决反对，"你赶快到日本公使馆去，伊藤博文这些日子正在北京观光。他是个大英雄，对我们的事业向来是支持的。你请他致电日本驻上海领事，赶快救南海先生！"

梁启超答应了一声，便离开浏阳会馆，来到东交民巷日本使馆。这时已是午后两点钟，代理公使林权助正和来华旅游的前任首相伊藤博文饭后聊天。林权助得知有一个中国青年匆忙来访，便出门相见。见面之后，才知是梁启超。他见梁面色苍白，一脸悲壮之色，知有大事，忙领他进了后面的一个房间。梁启超开门见山地说：“请给我一张纸！”

林公使拿出一张纸来，又递给他一支自来水笔。梁启超接过纸笔，刷刷写下：仆三日内即须赴市曹就死，有二事奉托，君若犹念兄弟之国，不忘旧交，许其一言。

林公使笑着说：“梁君，出了什么事，这样严重？你不要写了，就用口说吧，我可以与你用中国话交谈。”

慌急之间，梁启超竟一时忘记了林公使是个中国通。他拍打着脑门说：“我糊涂了！”

林公使用玻璃杯子端了一杯白开水过来，梁启超喝了两大口说：“公使先生，中国出了大变故，太后囚禁了皇上，抓捕新政官员，我也马上就会被抓，最迟三天内就会被杀头。我的生命早就献给了我的国家，杀头毫无所惜，现在只是请你出面解救皇上，保护皇上龙体不受伤害。康有为先生目前正在上海，请你电告贵国驻上海领事馆，想法搭救康先生。我要求的就是这两件事，恳请你们帮忙。”

林公使并不知道中国出了这等大事，惊诧之余，果断地表示：“可以。梁君，你说的这两件事，我决意承担。不过，你为什么要去死呢？你好好想一想，如果心意改变了，什么时候都可以到我这里来，我一定救你！”

梁启超听了这几句话，悄悄地流下了两滴感激之泪，说：“好，谢谢你了，伊藤博文先生那里，也请公使代我转达此意。”

“伊藤前首相就在客厅，你去见见他吧！”

梁启超见林公使答得如此坚决，觉得没有必要再去与伊藤讲了，何况他还有许多事情须立即料理，便说：“我不去了，我要赶紧回寓所。”

说罢，急急忙忙离开日本使馆。梁启超回到寓所，赶紧将几捆来往信件烧掉，又将文稿杂记等一律焚毁，然后将书籍和日常衣物匆匆整理一下，到了断黑时，提起一个皮箱出了门，再次来到日本使馆。使馆门前乱糟糟的，趁着混乱之际，他飞快地跑了进去。林公使把他安置在一间小房子里，然后去和伊藤博文商量。伊藤说：“梁启超这个青年是中国宝贵的灵魂，救下他，是做了一件好事。你出面想个办法，让他逃到日本去。到了日本后，我来帮助他。”

第二天，谭嗣同在浏阳会馆静坐了一天。他模仿父亲的手迹，假冒了几封父亲给他的信。信上大骂他不该办新政，并声明与他断绝父子关系。谭嗣同知道自己的事必定要牵连父亲，身为巡抚的老父到时便可以借此而减轻责任。到了傍晚还不见有人来抓他，便将自己的诗文手稿和一叠家书放进一口小木箱里，提着这口小木箱来日本使馆会梁启超，托梁启超替他妥为保管。梁启超要他留在使馆里不要到会馆去了。谭嗣同再次坚决地谢绝，说："不有行者，无以图将来；不有死者，无以酬圣主。今南海先生生死未卜，程婴、杵臼、月照、西乡，吾与足下分任之。"

说罢二人相与拥抱而别。

这时，恰好日本驻天津领事馆领事郑永昌正在使馆里，林权助便和郑永昌商量了一个逃跑路线和接头的办法。

次日，郑与梁化装成外出打猎的样子，背着两支双筒猎枪，使馆的汽车把他们送到前门火车站。二人上了车后，林又给有关方面挂了电话。他们在天津站下了车。刚一出现在站台，梁启超便被一个人认出来了。那人立即告诉天津站的巡逻人员，巡逻员马上跟踪他们。当发现有人跟踪时，郑急中生智，带着梁跳上海河岸边的一条帆船。这时已是深夜十二点钟了。郑拿出十块银元给船老板，请他赶快开船去塘沽。帆船开出不久，巡逻员坐了一只小汽船追了上来。当时塘沽的上游方向停泊着日本的军舰，下游方向停泊着日本的一只商船，巡逻员以为他们会逃向商船，遂在商船旁边等着。就在这时，帆船开到军舰边，按照预先约好的信号，郑领事挽着白手帕，舰长把他们接上了军舰，立即起航。就这样，梁启超侥幸地逃到了日本。不久康有为通过英国的帮助逃离虎口也到了日本。在伊藤博文和首相大限重信的照顾下，梁启超和康有为在日本住了下来。梁为自己取了一个日本名：吉田晋。康也取个日本名：夏木森。

后来，梁启超得知六君子被杀于菜市口的噩耗，心中悲愤不已，尤其是谭嗣同能逃而不逃，甘愿以一己之流血来唤醒国民的崇高献身精神，更令他又敬又叹。为了纪念谭嗣同，纪念他们所共同建立的那番为国家和人民造福的轰轰烈烈的新政，梁启超含泪撰写了著名的《谭嗣同传》，刊登在他主办的《清议报》上。这份报纸传到国内后，引起了舆论界的巨大反响。

五年来，梁启超除受康有为之命在日本及檀香山、新加坡、澳洲等地建立保皇党组织外，他的绝大部分精力是用来办报纸，以此来唤起民众，鼓吹自由、进步、民主、民权、宪政等一系列新思想。他先在东京办《清议报》，继而去横滨办《新民丛报》，又办《新小说报》。他所主办的《新民丛报》风靡海内外，是所有报刊杂志中最受中国民众尤其是知识青年所欢迎的宣传品。赋闲在家的黄遵宪写信给梁启超，说《清议报》远胜《时务报》，《新民丛报》又远胜《清议报》。《新民丛报》上的文章惊心动魄，一字千金，为人人笔下所无，却又为人人意中所有，虽铁石人亦应感动。从古至今，文字之力之大，无过于此。

梁启超学识渊博，精力过人，除办报写政论文章外，他还写了不少学术著作。古今中外的各种流派思想，杰出人物，都在他的研究范围之内。梁启超成了日本留学生心中的偶像，大家出自内心地敬仰他，愿意与他交往。一段时期里，孙中山与梁启超过从甚密。梁表示赞成孙的革命主张，甚至有意将两派合为一个会，推孙为会长，梁自任副会长，只是由于康有为的坚决反对没有实现。正是从那时开始，康梁之间的思想分歧便越来越大了。

梁启超回到横滨，得知杨度已来到东京后，便作书一封。信上说：五年未曾晤面，时常想念，知已到日本，不胜欣慰。本欲到东京来把酒畅谈，无奈外出日久，报馆事务繁多，一时不能抽身。过几天是明治节，特为邀请令兄弟郎舅同来横滨过节，以慰云树之思云云。梁启超不知杨度的寓所，便将信寄给住在东京的王照，托他转给杨度。

二　王照的一句话，道出了戊戌政变的真正原因

王照字小航，乃是戊戌变法运动中的风云人物。他原是礼部的一个主事，却不料一封参劾将六个堂官一齐参倒，这是清朝自开国以来没有过的怪事，一时间轰动全国。事情是这样的。

新政推行不久，礼部尚书许应骙上了一折，说经济特科考试时务策论，为非常之举，不妥，宜与正科一样，改试八股。这是明目张胆地与新政唱反调，御史杨深秀、宋伯鲁合词劾之。光绪皇帝很讨厌许应骙阻挠新政，想罢黜他。协办大学士刚毅出面为之说情。这是新旧两派正面交锋的第一次。

到了七月中旬，礼部主事王照写了一个折子，请皇上游历各国，扩张眼界，又建议设立教部以扶翼圣教。因为王照官阶低，不能自己上奏，于是请许应骙交递。许不肯。康广仁对王照说，皇上号召广开言路，岂容大臣阻蔽不达，宜劾之。王照性格勇直，当即具折参劾。侍郎坤岫、博颋令掌印者勿收。王照气得捧着折子外出，声言前往都察院告状。坤岫等只得允为代递。许应骙得知后大怒，也赶紧上一折，说王照咆哮署堂，借端挟制；又说他请皇上游历各国，是将皇上置于险地，居心叵测。光绪皇帝见到许的奏折后大为不悦，批示交部议处，又批示今后条陈事件，各堂官应将原封呈进，毋庸拆看。部议将许降级。光绪皇帝恼怒处分太轻，一气之下，

将礼部尚书怀塔布、许应骙，左侍郎坤岫、徐会澧，右侍郎溥颋、曾广汉六个堂官全部革职。赏王照三品顶戴，以四品京堂候补，以昭激励。特擢李端棻、裕禄署礼部尚书，耆寿、王锡蕃署左侍郎，萨廉、徐致靖署右侍郎。这道命令一下达，举国为之鼓舞欢忭，争求上书，每日各署都要递数十封条陈，光绪皇帝从鸡鸣阅至日晡犹不能尽，而王照也因此而名闻全国。到了政变时，王照自然成了拘捕名单中的一员。在外国人的帮助下，他也及时离开北京逃到日本。先是和梁启超一起住东京马场下町，后来梁去了横滨，他便一人住。当时王照接了梁启超的信，即向友人打听，知杨度住在饭田町田中宅，遂持书前来拜访。

当田中老人将印着“礼部主事赏三品顶戴四品京堂候补王照”字样的名刺交给杨度时，他惊讶道：“是小航先生来了！”

杨度对王照早已心仪，见面之后，方知是个四十多岁的瘦高个子。大家入乡随俗，按照日本人的方式，盘腿坐在榻榻米上，一边品茗，一边闲谈。杨度看了梁启超的邀请函后，甚是高兴，说:“小航先生，明治节那天，我们一道去横滨吧！”

“我就不去了，前些日子才从卓如那里来，这次就不陪你了。”王照想了一下，又问，“横滨你熟吗？”

“不熟。”杨度摇摇头，“我两次从横滨上岸后，都是立即转车来了东京，连街市都没看。”

“那山下町，你找得到吗？”

“我想找得到的。”杨度满有把握地回答，“卓如信上把线路已画得清清楚楚了，况且我们兄弟的日语都还可以，路在口上，弄不清楚就问，总可以找到的吧！”

“你们到底年轻，学话学得快。”王照感叹，“不瞒老弟说，我来日本五年了，还只能用日语说些日常话，要和他们的学人谈学问，和政治家谈政治，还很吃力哩！”

“年纪大了，学语言是困难些。读日文版的书没有问题吧！”杨度自己其实也同样不能用日语谈论深层次的话题，但他一向自视甚高，相信不出一年就可以做到这点。

“读日文书倒不成问题，只是用日文交谈和写作难以提高。”王照似乎为这点很头痛。

“小航先生，这几年您在日本都做些什么呢？”杨度问，他知道短期内不可能回国，如何充分利用在日本的日子，多学些有用的知识，他现在还没有一个完整的计划。王照的经历，或许可引为参考。

“我想做的事情很多，但至今一事无成。”王照端起方形单耳日式茶杯，浅浅地喝了一口，说，“先是一个劲地学日文，但日文未精。继而想写一部关于戊戌年新政的书，把我自己所参与所知道的一切如实记下来，公之于世。写了一半，南海先生要我去组织保皇党。南海先生的家长作风，我又习惯不了，不久就退出来了。后来又想继续国内的《说文》研究，想想在异国研究中国的文字，又自觉不协调，也搁下来了。只有间或应卓如之请，在他所办的报纸上写点诗文，倒还有点小作用。”

提到诗文，杨度想起了王照写的《方家园杂咏记事》在海内外传颂甚广，便说：“小航先生，您的《方家园杂咏记事》记录了戊戌政局中鲜为人知的史实，大家都喜欢读。您这就是在写历史，以后还可以多写点这方面的诗文。”

“那只是些东鳞西爪的事，还谈不上历史。”王照笑了笑，又端起了茶杯。

杨度想起了一事：“小航先生，您在《方家园杂咏记事》里说，西太后唯知权利，绝无政见，纯为家务之争。真的是这样吗？”

“真的这样。”王照望着杨度，正色道，“世人都说戊戌之变是因为太后要维持祖制，皇上要效法西人，彼此政见不同，其实根本不是这么一回事。”

王照望了一眼手中的茶杯，杨度估计杯子里大概没有水了，起身提来一只大肚短嘴三耳鱼纹仿古陶壶，给王照的杯子续上深酱色的浓茶。王照喝了一口，继续说下去：“又如太后黜瑾、珍二妃，世人都说瑾妃、珍妃支持皇上，故太后迁怒于她们，其实是她们卖官惹恼了太后。卖官鬻爵这门子生意，朝廷里只能由太后独揽，别人不能染指。瑾、珍二妃原以为太后可以这样做，她们也可以学样，事情就坏在这个‘学样’上。所以依我的看法，推行新政，如果奉太后为主，让她出头露面，那么新政就是对的了。我早就把这个想法跟康南海先生说过，他是个固执己见的人，不但不接受，还说那拉氏是万不可造就之物，绝对不能让她来主导新政。结果让太后觉得皇上是借变法之名在与她争夺权力，故而要拼死反对，不惜囚皇上、杀六君子，以此来体现她的不可侵犯的权威。英国人聪明，维多利亚女王贪财好货，就让她去贪，她一人贪总有限。她让出了权，国家富裕了，所得远比她的贪污要多得多。倘若康南海能学英国人那样，太后既然贪权，就把新政领袖权让给她，她心里高兴了，顽固派也不敢反对，新政推行则没有阻力，皇上的愿望也达到了，国家也变好了。”

见录》中《戊戌新党王照》:“在戊戌新党中，先生持有一种见解，以为后帝母子有意见，而帝之力不足以敌后，故主张调停帝后。于后则力加推崇，以美名奉之，使悦而不为梗，然后顽固诸臣失其依恃，新政之行可期，下令如流水。其以礼部主事条陈新政请代奏一折，即着重于此，所谓广慈训以定众志也。文有云：‘自外交通，我皇太后听政三十年，忧劳备至，所有变通之端，皇上继之，实皆于皇太后开之，与维多利亚东西媲美，非荷西诸女主所能并论。惟因诸臣奉行不力，致劳我皇上今日之奋厉，而皇太后起衰振靡之夙志，久已表著于中外矣。’又云：‘体皇太后之意以变法，善则称亲，以孝治镇服天下，天下孰敢持异议？’丙寅自跋此稿云：‘是时德宗亲信之臣，以荫桓为第一。荫桓与太后势不两立。南海偏听荫桓之言。一日，余谓南海曰：“太后本是好名之人，若皇上极力尊奉，善则归亲，家庭间虽有小小嫌隙，何至不可感化？”南海不悦，曰：“小航兄，你对于令弟感化之术何如，乃欲责皇上耶！”余不复辩。’又其丁卯所撰《方家园杂咏纪事》有云：‘戊戌之变，外人或误会为慈禧反对变法，其实慈禧但知权利，绝无政见，纯为家务之争。故以余个人之意见，若奉之以主张变法之名，使得公然出头，则皇帝之志可由屈而得伸，久而顽固大臣皆无能为也。此策曾于余之第一奏折显揭之，亦屡向南海劝以此旨，而南海为张荫桓所蔽，坚执扶此抑彼此策，以那拉氏为万不可造就之物。’先生之宗旨可见。猜鸷如西后，用先生之策，亦难保其终不乱政，而先生当时对于大局委曲求全之苦心，自为留心史事者不可不知。”（引者注：此文非朱德裳自撰，系移录徐一士之作于文簿中。）

王照这几句话大大开启了杨度的心扉，他发现坐在眼前的这位中年下台官员，虽没有康有为那样的夺目光彩，却比他有办事的实在本领。他频频点头说：“小航先生，你说得很有道理。老子说‘曲则全，枉则直’，也就是这个意思。”

“对对，正是这个意思。”王照高兴地说，“皙子，我还告诉你一件事。前年，有个来日本考察留学生时务的官员，是我过去的好友，他对我说过，庚子年义和拳闹得正凶时，守西陵的贝子奕谟，对逃难至西陵的齐令辰说，我有两语可以概括十年朝廷之事：因夫妻反目而母子不合，因母子不合而载漪谋篡。奕谟，你知道是什么人吗？他是宣宗成皇帝的胞侄，皇上的嫡亲堂叔，对朝廷的内幕最是了解的。”

“因夫妻反目而母子不合，因母子不合而载漪谋篡。”杨度背诵着奕谟的这两句概括，问王照，“这两句话怎么解释？”

王照向前倾了倾身板，答道：“当年皇上大婚前的冬天，在保和殿召见备选的五个姑娘，她们依次排列。排第一的是都御史桂祥之女，即太后的内侄女，其次是江西巡抚德馨的两个女儿，末为礼部左侍郎长叙的两个女儿。当时太后面南坐着，皇上在一旁侍立，还有荣寿公主和近支几个亲王福晋站在太后的后面。太后座前设一长桌，桌上陈列一柄玉如意、四个大红绣花荷包，这是给选中的人所准备的礼物。选中为皇后的，则给玉如意，选中为妃嫔的，就给一个荷包。太后指着五个姑娘对皇上说：‘皇帝，看谁可以做皇后就给她玉如意。’说着把玉如意递给皇上。皇上拿着玉如意径直走向德馨的长女,刚要把玉如意递给她。太后突然大叫一声‘皇帝’,皇上愣了一下,见太后的眼睛看着站在第一位的姑娘。皇上明白了太后的意思,不得已把玉如意递给了桂祥的女儿。太后不要皇上再选了,命荣寿公主把两个荷包递给长叙的两个女儿,把另外两个荷包收起来。因为皇上喜欢德馨的女儿,太后就偏偏不让她们入宫。但皇上心里总不喜欢皇后,从不宿皇后宫中。他喜欢长叙的两个女儿,封她们为瑾妃、珍妃。皇后向太后哭诉,太后便恨皇上和瑾、珍二妃,尤恨珍妃,加之珍妃又卖官得了巨贿,所以后来太后西逃时,把珍妃推到井里活活淹死。太后既恨皇上不遵己意,又听到皇上要围颐和园逼她让权的谣传,于是先下手,将皇上囚禁,决意废掉。太后要废皇上的消息传到各国驻京使馆,引起外人哗然,都不赞成。太后便向各省督抚秘密征求意见,当时督抚们对于废立这样的大事都不敢明确表态,只有两江总督刘坤一,仗着功高资深敢于直言。他说了两句很有分量的话:君臣之分已定,中外之口宜防。太后听到这两句话后,不敢废皇上,只是选定载漪之子溥儁为皇储。载漪恨外国人干扰其子登基,遂有意引义和拳入京,杀洋人,毁使馆,从而招来了八国联军进京、帝后西逃的奇耻大辱。”

王照说到这里停住了嘴。杨度听得入迷了,心潮不停地翻滚,想不到家庭里的恩恩怨怨,个人的权力欲望,竟然给国家带来了如此创深痛巨的灾难。他心里既愤怒又悲哀,久久地说不出一句话来。

三　杨度为梁启超的书斋饮冰室题名

每年十一月三日,是明治天皇的生日,法令定为明治节。这一天,日本举国欢庆。从朝廷到民间,从东京都到北海道,到处都沉浸在节日的欢乐中。日本人民发自内心地感激、崇拜明治天皇,他们把明治天皇比作中国的汉武帝、唐太宗,比作西方的华盛顿、彼得大帝。事实上,明治天皇睦仁也的确是个了不起的大和民族的英雄。

睦仁是孝明天皇的次子。孝明天皇是一个无权的天皇,这并不是他本人的无能,而是整个天皇制度的式微。

早在一千年前,那时的日本国处于平安时代中期,皇族、贵族和僧侣之间长期纷争。上层争斗的激化,引起下层武士的不满,各地领主便趁机纠集一部分武士组成集团,以控制地方权力。由于各地领主力量强弱不同,集团之间也争战不息，相互兼并，形成了各种藩阀势力。到了平安时代的末期，其中势力最强的武士领主集团，凭仗武力组成了某种独立于朝廷之外凌驾于各藩阀势力之上的权力机构，对各地领主所辖范围内的领地和领民实行统治。这就是日本历史上的幕府政治。幕府首领称征夷大将军。在幕府时期，天皇的统治实际上已名实俱亡，大权旁落到以将军为首的武士集团手中，就连法律法令也完全出自幕府而不出自朝廷。这种制度从一一九二年源赖朝正式建立的镰仓幕府起，中经室町幕府，一直到德川幕府延续不变。一八六七年孝明天皇死去，十六岁的睦仁即位，称为明治天皇。

那时，德川幕府的统治走到了它的末期，各地的暴动如火如荼。明治元年，以大久保利通、西乡隆盛为代表的倒幕势力发动宫廷政变，以睦仁的名义迫使德川幕府交出政权，宣布废除幕府制度，成立天皇政府，实行王政复古。

在这场改变日本国命运的斗争中，年轻的明治天皇充分显示了杰出的政治家才干。他紧紧地依靠一批新生的政治力量，全面敞开国门，彻底地向西方强国学习，自上而下推行新政，提出了富国强兵、殖产兴业、文明开化三大政策，又采取了版籍奉还、废藩置县、地税改革等具体措施，进而颁布帝国宪法，召开帝国会议，短短的二十几年，便使得日本奇迹般地强盛起来，居然在甲午年海战中打败了大清王朝。日本人民为引导他们走上强国之路的明治天皇而自豪，年年在天皇生日这天，为他举杯祝福。

今年是天皇的五十二岁，祝福他万寿无疆的各种标语张挂于高楼大厦、竹篱茅舍、大街小巷、车站码头。不少饭店旅馆，在明治节这天免费供应吃住，也有许多车辆船只，免费为行人使用。大和民族这种强烈的民族感，使得旅居此地的千余名炎黄子孙深深敬佩，同时也为麻木不仁、一盘散沙似的祖国而惭愧。

杨度、杨钧和王代懿一早乘坐的信野号，便是一辆免费运送乘客往来东京至横滨的客车。三郎舅在车上谈起明治节的感受和对东京的印象，无不感慨万端。代懿对陆军大学精良的武器赞不绝口，对学校严格的军事生活至今仍不能习惯，出国前白白净净的漂亮书生，现在变得黑瘦多了。杨钧天性对政治不感兴趣，在弘文学院绝大部分留学生激昂慷慨谈论救国救民方案的时候，他只是偶尔听听，从不多发表意见，更多的时间是用于看书、观察。他喜欢读文学艺术方面的书籍，好观察东京的民风，尤其对东京人的整洁、街道的干净、居室的雅致极为羡慕，常说一个国家富不富裕，先看它的环境是不是清洁。中国的贫穷，首先表现在它的脏乱上，哪天不见脏乱了，哪天就真的富裕了。杨度则总是谈这样一个题目：为什么推翻了德川庆喜，将政权交给睦仁之后，日本国就可以推行新政，实行维新变法呢？他的结论是：看来一个国家的富强，依赖的是英明而强有力的君主。

三人在车上旁若无人地用中国话交谈着，觉得十分畅快，十分舒心。突然，前排一个老太太站起身来，对着窗外说了句："不好了，起火了！"

全车乘客都一齐向窗口望去，只见不远处一家农舍冒出黑黑的浓烟，有几个人出出进进地搬东西，还有几个人在奔跑着提水。一个中年乘客说："我们下去救火吧！"

"对，我们下去帮忙！"

"救火要紧！"

"司机，请停车吧！"

全车厢一片响应之声。客车迅速停了下来，全体乘客无论男女老幼都下了车，争先恐后地向冒火的农舍奔去，杨度兄弟郎舅也加入了救火队伍。没有人指挥，也没有人命令，三十多个乘客迅速地排成两支长队，一头连池塘，一头连农舍，脸盆木桶在各人手中快速传递着，火很快熄灭了。房主带着全家向这群陌生的救火人员连连鞠躬，说不尽的感激话。

有一个老头从兜里掏出一张大票子来，塞在房主的手里，众人纷纷效法，房主和他的妻儿手里都捏着大大小小的票子，杨度兄弟见状，也各人掏出一张票子来。房主一家感动得热泪直流，司机招呼大家重新坐车赶路。

坐在座位上，望着满车见义勇为的乘客，杨度心情很不平静。临时聚合，素不相识，下了车后各自东西，做了好事也没有谁来为你传扬，然而所有的人没有犹豫，没有半点顾虑，完全出于自发地赈灾救难。这种团结互助的精神，是不是正是大和民族自强自立的基础呢？他又习惯地想起了自己的祖国。倘若在自己的家乡遇到这种事，救急救难的人当然也有，但难得的是如此全体齐心，全体自觉。眼下的中华民族与大和民族之间最大的差距，是不是就在这里呢？杨度这样想着想着，车已到了横滨。

横滨位于日本中部西边海岸，离东京只有百来里路，是东京的外港。四十多年前，它还只是一个小渔村，因为是一个很好的港口，随着英、美、俄等外国船只的增多而很快地发达起来。现在的横滨，已是一个拥有三十万人口的大城市了。他们看到市内房屋鳞次栉比，车辆行人熙熙攘攘，商店里百货充盈琳琅满目，市面管理得有条有理井然有序，再次感受到这个蕞尔小国的不可等闲视之。依照梁启超所画的线路图，略微问了问，便找到了山下町梁寓。

梁启超闻讯，赶紧亲自出来打开庭院前的竹篱笆门，把三位远客迎进内室。杨钧是第一次见面，杨度介绍："这是舍弟……"

"不用介绍了。"梁启超豪爽地打断了他的话，"这是杨钧杨重子先生，只要见过你杨皙子的，谁都晓得这是你的老弟。"

"真的吗？"杨度很快活地问，"你觉得他很像我？"

"除开脸没有你的长，唇沟没有你的深外，哪点都像你。"梁启超满含笑意地将杨钧端详了一番，性格内向的重子真有点不好意思了。

代懿插话："小三子真像哥哥吗？我平时总以为他们兄弟俩不像哩！"

"去年，我从檀香山回来，"梁启超带着他们进屋，边走边说，"正要到东京去看望你，谁知你回国准备特科考试去了。如果见到你的话，我一定会制止你去。你看那个那拉氏，她还能考得出真正的人才吗？好端端的一个榜眼公，一句话就给弄丢了。唉，取什么梁燕孙，当初状元就取你杨皙子不蛮好嘛！说来说去，都是我和南海先生害了你们。"

说到这里，梁启超开怀大笑起来。

杨度被笑得有点脸红了，说："是不该去考，考没考中，还受了一肚子窝囊气。"

"不过，考考也好。"梁启超依旧笑着说，"榜眼公的乌纱帽虽没戴几天，但名声已是远播海内外了。现在提起你杨皙子，哪个不知道？"

穿过一个收拾得整整齐齐的小庭院，来到了正房门边，梁夫人李蕙仙站在一旁，微笑着与客人们打招呼，她左手牵着刚满两岁的儿子思成，身后站着一个腼腆的小姑娘，她是长女思顺，今年十岁，已上小学三年级，在学校里有个日本名字，叫吉田静子。李蕙仙出身名门，农家子弟梁启超是凭才学娶得这位大家闺秀的。

光绪十五年，十七岁的梁启超第一次到广州参加乡试，便高中第八名举人，成为这一科最年轻的孝廉。少年梁卓如长得清秀俊雅，宛如一株破土而出的小青松，人见人爱，如今一举登第，稍有点见识的人都能看出，这株茁壮的幼苗日后必定会成为一棵参天栋梁。两个主考官满心喜悦，庆幸为国家选拔了一个贤才。为国庆幸之余，又都想起了自己的心事。

正主考李端棻有个堂妹，二十一岁了，心大眼高，等闲人瞧不起，故至今尚未许人。离京时，婶母一再叮嘱，要他在门生中物色一个合适的妹夫，看准了就由他做主。李端棻已是三为乡试正主考了，还从未见一个超过梁启超的门生，只是堂妹要大四岁，不知这个小举人同意不。但常言说得好，"女大三，抱金砖"，年纪大一点的太太最能体贴丈夫，想必不会反对。他决定请副主考王可庄做媒人。不料这位副主考也正在打梁启超的主意。他的次女十四岁了，也是待字闺中，眼下这个后生子，除开门第不当外，其他各方面都堪称天赐的乘龙快婿。不过王可庄也开通，门第是次要的，关键是本人的才学，能做出这等文章的人，今后还愁荣华富贵吗？他正在思考着找谁来牵红线的时候，李端棻却抢先找上了他。王可庄虽后悔自己办事迟缓，但却碍不过正主考的情面，只好为李学士的堂妹做月下老人。

那时，梁启超的父亲莲涧先生正陪着儿子在广州。王副主考一说，他便满口答应。耕读贫户能攀上官宦人家，这是多么大的荣耀，莫说只大四岁，就大五六岁也不要紧呀，曾文正公的祖母比他祖父要大七岁哩！

第二年，梁启超会试落第。就在这年八月，他结识了康有为，成了万木草堂的得意门生。明年，梁启超再度入京，在新会邑馆与李蕙仙举行了婚礼。康有为赠诗祝贺："道入天人际，江门风月存。小心结豪俊，内热救黎元。忧国吾其已，乘云世易尊。贾生正年少，泆荡上天门。"

后来，李端棻热心支持康梁变法，深得光绪帝器重。王照一折参掉礼部六堂官后，他便被超擢为署理礼部尚书。政变后，他被革去官职，充军新疆，前年赦归贵州原籍，主讲经世学堂，依旧以奖励后进开风气为己任，并首倡自办贵州矿产和铁路，成为一位受人尊重的开明绅士。

趁着梁启超两口子张罗茶水之际，杨度打量着客厅。

这是一个典型的日本式客厅。楼层很低，因而客厅里的用具都是矮矮的，两条黑漆长桌还不到两尺高，东头矮脚柜上摆着一瓶插花，看来那是梁夫人到日本后学会的新手艺：几朵金黄色的山菊花配上几根阔叶兰草，显得清新淡雅。客厅里铺满了用草席织成的寸把厚的榻榻米，将客厅衬托得简朴而洁净。北面墙壁上贴着一张尺来高四尺来长的水墨画，画面上云青青兮欲雨，水淡淡兮生烟，半月形的拱桥旁边，一个书生在抱膝读书。画的左边角题了四个小字：蕙仙学画。

南面墙上，也是一张横幅，也是尺来高四尺来长，与北墙的画正好相配，上面写的是两首七律，题作《自励》：

平生最恶牢骚语，作态呻吟苦恨谁？
万事祸为福所倚，百年力与命相持。
立身岂患无余地，报国惟忧或后时。
未学英雄先学道，肯将荣瘁校群儿！

献身甘作万矢的，着论求为百世师。
誓起民权移旧俗，更研哲理牖新知。
十年以后当思我，举国犹狂欲语谁？
世界无穷愿无尽，海天寥廓立多时。

下署：少年中国之少年辛丑年书于横滨寓所。

客厅的布置，充分突出了主人高雅的情趣、远大的志向，洋溢着夫唱妇随琴瑟和谐的气氛。杨度在心里称羡不已。

梁夫人用茶盘托出四杯盖碗茶，大大方方地说：“日本的茶道我还没有学会，今天还是请你们喝岭南的铁观音吧！”

代懿接过茶，笑着说：“还是我们中国的茶好，日本的茶道吹得神乎其神，我喝了，除开苦外，什么味道都没有。”

大家都笑了起来。梁启超双手端了四个碟子出来，说：“你不知道，日本的茶好就好在这个苦上，岂不闻一苦胜百味吗？”

大家又笑起来。梁启超把四个碟子摊开，指着他们说：“这是地道的倭货，你们吃吧，住在日本，吃不惯他们的饮食可不行。”

众人看时，四个碟子里分别装着炒青豆、烘五香花生米、芝麻椒盐饼、杏仁丁香鱼。

“我吃得惯！”杨钧随手抓起一把杏仁丁香鱼，说，“这个是我们国家没有的顶好吃的东西。”

梁启超说：“重子有眼力，这东西的确是好。今后回国了，我要带它几麻袋回去，让大家都尝尝。”

杨度细细地审看。这是杏仁和丁香鱼的混杂食物。丁香鱼是一种只有半寸左右长的海鱼。将丁香鱼加些香料焙干，再混合在杏仁中，吃起来又香又脆又补人。杨度吃了一口，果然味道甘美。

“卓如，你什么时候又取了个这样长的别号？”杨度指着《自励》诗后的署名“少年中国之少年”，问梁启超。

“我初来日本时，作文署名常用‘哀时客’，后来写了《少年中国说》。别人都说中国是老大帝国，我说老大帝国要新生，它是一个新生的少年，我梁卓如也要和自己的祖国一道新生，所以从那以后，我便改名为少年中国之少年了。”

众人都点头称是。

“现在我又有一个新名字：饮冰子。”

“饮冰子？”代懿觉得有趣，“这是什么意思？”

“你们猜猜。”梁启超乐道。

“我知道。”杨钧想了一下说，“此典出自《庄子·人间世》：‘今吾朝受命而夕饮冰，我其内热乎？’看来卓如兄有两患之难。”

“正是，正是。重子书读得不错。”梁启超鼓掌欢笑，“我自号饮冰子，书斋便跟着叫饮冰室。只是名字取好了，匾还没有写成。皙子来得正好，你的书法独步东瀛，就请你给我题个匾吧！”

杨度说：“独步东瀛不敢当，既然你看得起，写几个字还是可以的。”

“就写，就写。”

梁启超连忙进书房拿出纸笔来。杨度也不客气，饱蘸浓墨，抬起臂腕，一笔一画，似凝聚着万钧之力。转瞬之间，矮几上的白宣纸上现出“饮冰室”三个字来。但见它糅汉隶魏碑之长,具庄重端秀之姿,真个是功力深厚，才气纵横。梁启超喜道：“快请落个款吧，不然日后别人看见了，还以为是我梁某人自己写的，那才是贪天之功据为己有哩！”

“好吧！”杨度笑道，“不把这个功劳送给你。”

又题笔写了几个小字：湘潭杨度题。

刚写完，不觉遗憾起来：“可惜不曾带个图章在身上。”

“这有何难，我给你补全。”杨钧早被这种气氛所感染，跃跃欲试，只愁插不上手，现在正轮着他露一手的时候了。“我这就给你现刻。卓如兄，你有印石和刻刀吗？”

梁启超摸着头说：“我于治印一窍不通，这些东西可没有。”

“没关系，把小妹妹的铅笔刀借我用一下。”

杨钧说完走出客厅，在院子里抓了一把泥进来，将铁观音茶滴了几滴，左捏右捏，十几秒钟便捏出一个椭圆形底面的泥柱来。他接过梁启超递过来的铅笔刀，顺手便雕起来。不出两分钟，椭圆形底面上现出了两个字。梁启超又拿出印泥来。杨钧将泥柱在印泥上压了压，然后轻轻地在“湘潭杨度题”的下面一钤。拿开泥柱，纸上现出一个鲜红的椭圆印章，中间两个白文小篆“皙子”清晰古朴，结体别致，令人越看越可爱。梁启超喜不自胜：“杨氏兄弟珠联璧合，饮冰室将倍添光辉。重子，你这颗泥印就存放我这里，留个纪念吧！”

“你为何不早说，它已复归原形了。”杨钧边说边将泥印递过去，梁启超接过看时，它早已被揉成一团烂泥了。

“可惜，可惜！”梁启超、王代懿同时发出叹息。

梁夫人出来给大家添茶，看见杨氏兄弟合作的这幅艺术品，爱不释手，说：“卓如，我看不要去做匾，再巧的工匠，也摹不出这字和印的神韵，不如干脆做一个玻璃镜框把它镶起来，挂在书房里。”

代懿忙接言：“嫂夫人真正是行家。宣纸上的字和印是天籁，摹到木板上便是人籁了，两者岂能相比！我没有皙子和重子的才情，我来出力出钱，配一个好的镜框子，就算我们郎舅三人合伙送你的一件礼品。”

“最好，最好！”梁启超高兴地笑道，“这件礼品是无价的。蕙仙，你把你娘家贵筑的特色菜多烧几个出来款待他们。”

代懿说：“湘黔同味，重在一个‘辣’字，你这个老广受得了吗？”

梁启超说：“受不了也得受，我今天是舍命陪君子了。”

收拾题字和笔砚后，大家重新坐定饮茶。

杨度问梁启超：“你这次到美洲去了哪些地方？”

梁启超答：“我正月里起程，先到了加拿大的温哥华，再到美国的纽约，后来又去了费城、芝加哥、旧金山，最后再由温哥华乘中国皇后轮返日本。”

代懿说：“走了这多地方，大开眼界了。”

“眼界是开了，但越看到人家的进步，对比中国的落后，心里就愈加不好受。”

“那是的。”杨度很能理解这种心情，又问，“你这次去美洲办什么事呢？”

“这次美洲之行是南海先生交给我的任务。他这一年来一直在南洋各国忙碌着，无暇远去美加一带，要我代他去一趟。他交给我的任务，一是在美国和加拿大各地建立保皇会，二是扩大译书局股份，集股开办商务公司，用以作为实业基础，第三是筹款。”

“成效大吗？”杨钧插话。

“这是对你们说句实话，在美加一带的华人小区宣传保皇，再也不像前两年那样激动人心了。”

“为什么呢？是孙中山他们那些革命党把地盘抢去了吗？”代懿饶有兴趣地问。

“倒也不是革命党抢地盘。”梁启超手托茶碗，不紧不慢地说话。他身着浅咖啡色团花长袍，上罩一件黑缎夹层马褂，和大多数留学生一样，剪去了辫子，留着西式偏分头。他今年三十一岁，面孔显得清瘦，宽大的额头十分突出，似乎天赋的超人智慧尽藏在这突出的前额里。说起话来轻言细语，与政变前那种锋芒毕露、咄咄逼人的气势大有不同。粗粗地看起来，他不大像是一个流落异邦的政治活动家，倒更像一个沉静的学者。“还是朝廷自己不争气，弃北京而逃，已是把祖宗颜面丢尽；回銮两年了，口里喊变法，其实毫无诚意。这次经济特科‘梁头康足’的笑话，很快便传到美洲，华侨们都哑然失笑，不少原来一心保皇的中坚分子失去了对朝廷的信任，都说这样的政府保它做什么！你们想想看，如此气氛下，保皇分会能建得顺利吗？许多人有钱也不愿捐。”

“卓如，听人说，你也有革命的倾向，是真的吗？”杨度问。来到日本后，无论是保皇派的还是革命派的刊物报纸，他都看。他觉得都有其道理，又都有其偏颇，不能完全接受哪一家。梁启超是保皇派的第二号领袖，这几年来办《清议报》，办《新民丛报》，发表了一系列光彩照人的文章，使得他的声望大有超过第一号领袖的势头。日本留学生界普遍认为，梁启超与康有为的思想分歧越来越大，他不仅与孙中山等人有往来，甚至也赞成他们革命排满的主张，说不定保皇派内部有分裂的可能。杨度很看重梁启超的思想，他觉得自己的思想体系与梁有许多接近之处。

“不错，我是觉得革命也未尝不可取。《系辞》上说同归而殊途，一致而百虑，今日中国之各党各派，未必不是从各条不同道路上，向着救国强国的目标而努力。有时，我真的觉得只有排满才能彻底救国，因为现在是民族主义最发达的时代，无此精神决不能立国，而要唤起民族精神，就不能不攻满洲。好比当年日本讨幕为那时最适宜的主义，中国现在可能应以讨满为最适宜的主义。满洲不排斥，则中国无民族主义可言，无民族主义，则不必再谈什么民主民权。今年四月，我在芝加哥专门给南海先生写了一封信，把这些看法直截了当地告诉了他。”

“康先生能同意吗？”代懿问。

“他当然不会赞同。”梁启超淡淡地笑了一下，顺手将一缕垂下的长发梳好，说，“南海先生接到我的信后大不以为然，他为此写了两封公开信，登在《南洋总汇报》上，一封题为《复美洲华侨论中国只可行君主立宪不可行革命书》，一封是《与同学诸子梁启超等论印度亡国由于各省自立书》。南海先生之所以要采用公开信的缘故，是因为不仅仅我梁启超有革命排满的想法，其他弟子，包括他最忠实的弟子徐勤、欧榘甲也持这种观点，他们比我走得更远，‘满贼’、‘清贼’之言盈篇溢纸，南海先生认为非再次公开阐述他的观点不可了。”

“卓如，有一个问题，我想要你实话告诉我。”杨度认认真真地对梁启超说。

“什么问题值得你如此认真？”梁启超望着杨度说，“你只要提出，我都会实话答复你的。”

“卓如，你是康先生的大弟子，最了解他，康先生不愿反满，死心保皇，除开他受过皇上的非常之恩外，还有什么别的缘故吗？”杨度挺身敛容地问道，那神情，全然是一副探讨中国何去何从的严肃态度。代懿、杨钧也在热切地等待着梁启超的回答。

“南海先生不赞成革命，力主君宪，除开皇恩外，最主要的原因是怕革命排满后引起中国的混乱而导致分裂。”梁启超不愧为康有为的大弟子，他不用思索，就以非常明白的语言回答杨度的提问，“南海先生说，今日如果推翻了皇上，则必然各省都要自立，一旦自立，则必然相争，一旦相争，十八省则为十八国。这一点，南海先生说就连外国人都看得很清楚。到那时，中国则将受制于各大国。他还说过，他自长大以来所见弱小之邦被人吞灭不可胜数。比如琉球被日本所灭，安南、突尼斯、马达加斯加被法国所灭，缅甸、波斯被英国所灭，巴称尔、土尔尼特被俄国所灭，古巴、檀香山、小吕宋被美国所灭。这些都是最近二十年所发生的事。他认为凡物合则大，分则小，合则强，分则弱，如果中国分裂，则由大国变为小国，本来就不强，那就更弱了，要不了多久就会被外国列强所吞灭，我堂堂中华民族则不复存在。这一点是南海先生所反复论述的。”

梁启超转述康有为思想的这番话，使杨度陷入了沉思。

杨钧点头说：“康有为先生的这个顾虑也不是没有根据的，自古以来弱肉强食，鲵遭鲸吞，乃理势之然。依我看，中国既要排满，又不能分裂。”

代懿也说：“重子平时不谈政治，一谈起来，便有独到见解。我完全赞同他这句话，中国要走的只有这条路：既抛开满洲人的统治，又不造成内乱。”

杨度眼一亮，觉得他们两人的话对自己有一点很重大的启示，但他一时还不能在这点启示下形成一种思想。正在这时，梁夫人笑吟吟地进来，对大家说：“你们这些男子汉大丈夫们，一谈起国家大事来就兴头十足没完没了，好像一个个都是决定国策的御前大臣似的。不管中国今后将走哪条路，你们现在都得跟着我走一条路：进餐厅吃饭去！”

众人都哈哈大笑起来。

吃完饭后，梁启超说：“今天你们辛苦了，早点休息，明天还有一个人来，等他来了后我们一起去游总持寺。”

代懿问：“这人是谁呀？”

梁启超卖着关子：“我今天不说，你们去猜吧，猜中了，明天我有赏！”

夜晚，三人睡在榻榻米上，将与梁启超有往来的人，一个个地排列出来，但到底猜不出明天来横滨的是哪一个。

四　智凡带来了八指头陀的信：朵朵莲花托观音

薄薄的晨雾中，从东京开往横滨的首班列车在奔驰着。第三节车厢靠窗边的硬座席上，坐着一个二十出头的年轻人。他穿着一身硬挺的黑呢制服，一行密密的黄铜大扣，从最下一颗一直扣到最上一颗，连两排风纪扣也扣得紧紧的，寸把高硬衣领托起一张清秀的面孔，头上的黑呢鸭舌帽戴得端端正正。他直挺挺地坐着，两只手掌平放在大腿上。火车在高速前进，时有晃动，他却纹丝不动，背与靠垫始终保持着三四寸宽的距离。此人尽管眉眼稚嫩，身板单薄，但看得出，是一个受过严格训练的有着标准军人气质的青年。他，就是已改名为蔡锷的当年时务学堂的学生蔡艮寅。

从上车以来，蔡锷一直面无表情地闭着嘴巴，不讲话，就连与身旁的同座者都没有打一声招呼。他微微侧着头，盯着窗外飞逝的树木农田，一眼不眨，模样很是平静，甚至冷淡，其实，他的脑海里正在波浪起伏，滔滔滚滚。

五年前，正当十六岁的小蔡艮寅在时务学堂刻苦攻读新政时，政变发生了，一夜之间中国全变了样。巡抚陈宝箴、按察使黄遵宪、学政徐仁铸均被革职充军，时务学堂被强行封闭，提调熊希龄押交原籍凤凰县看管，中文教习唐才常逃到日本，秘密组织自立会，筹建勤王自立军。学生们风流云散。蔡锷不愿回家乡，集合五六个好朋友来到上海入南洋公学。到上海后得知恩师梁启超在日本，他写了一封信托人带去，辗转几个月以后，梁启超居然收到了。梁知蔡是个有志少年，尽管他自己经济十分拮据，还是想方设法凑集了一百多块银元汇给蔡，于是蔡和他的几个同学得以来到日本。

那时梁启超住在东京，大家都身无分文，租不起房子，便都挤在梁的小房子里。晚上就在地板上睡觉，早上起来把被子卷起堆在角落里，生活十分清苦。但蔡艮寅和他的伙伴们心情却很舒畅。因为他们在这里可以和梁师一起，无拘无束地高谈国事，骂朝廷，骂西太后，又亲眼看到了日本国的富强，可以在它的国土上学习它的成功经验。年轻的爱国者们，心里正燃烧着烈火般的热情，充实的精神生活给他们带来的欢悦，十倍百倍地超过了因物资困乏而产生的烦恼。后来，梁启超从华侨中为他们募得一点钱，将他们安置进了学校。蔡进了梁任校长的大同高等学校。他珍惜这难得的机会，常常饿着肚子勤奋钻研各门学问。蔡艮寅这种刻苦耐劳的性格，得力于贫寒家庭的磨炼。

蔡艮寅的祖父是一个老实巴交的种田人，娶妻张氏，生有两个儿子，一家四口艰难度日。有一年宝庆府遇到大饥荒，夫妻二人在挖野菜回家的路上，见一棵枯树上吊着一个十三四岁的小姑娘。小姑娘衣衫破碎，骨瘦如柴，他们知道这一定是受不了饥饿而上吊的。穷人心善，很是怜悯，夫妻二人便把那个小姑娘从树上放下来，打算找块破席包好埋掉。正在卷席子的时候，张氏忽然发觉小女孩胸口有一丝热气。“还没死！”张氏惊喜地对丈夫说。“赶快把她抱回家去！”丈夫说着，便把小姑娘放到背上，一步一步驮回家。张氏给小姑娘灌了口温开水，过一会儿，小姑娘活过来了。张氏满心欢喜,又将家里仅有的几粒米熬了一小碗粥,让她喝了。原来，小姑娘一家全都饿死病死了，她又苦又饿，没奈何寻上了短见。张氏可怜她的命苦，又想起自己家贫，今后儿子大了娶媳妇也难，于是把小姑娘作为童养媳收留在身边。五年后，让她与长子圆了房。第二年，她就给蔡家生下了艮寅。艮寅的父亲那时学做裁缝。农民饭都吃不饱，一件衣服穿十几年，裁缝的生意可想而知。家里苦，艮寅无法读书。附近有个私塾先生叫樊锥，见艮寅长得聪明伶俐，就免费让他来读。艮寅天资颖悟，过目不忘,十三岁便中了秀才。后来樊锥来到时务学堂做教习,便把他也带了过来。就这样，蔡艮寅成了梁启超最得意的弟子。

蔡艮寅来东京不久，偶尔去弘文书院，意外地发现了樊锥也在这里读书，师生异国重逢，倍加欣喜。后来梁启超迁居横滨办《新民丛报》，蔡、樊常常去横滨与梁聚会。庚子年，蔡艮寅应唐才常之请，回国参加自立军起义。起义很快便失败了，唐才常惨遭杀害，蔡艮寅再次逃到日本。起义的失败，使他深刻认识到军事的重要，决定弃文习武。梁启超非常支持，向他的朋友、士官学校的教务长佐藤义夫推荐。佐藤接纳了蔡艮寅，将他编进第三期骑兵科。入校前，梁启超对他说：“你现在是军人了，应该有个相称的名字。古诗说‘莲花穿剑锷，秋月掩刀环’，锷者，宝刀也，你就以‘锷’为名吧！”从那时起，蔡艮寅便改名蔡锷。

蔡锷怀着“流血救民吾辈事，千秋肝胆自轮囷”的崇高抱负，在士官学校勤奋学习各种军事技艺，门门功课优异，与蒋百里、张孝准一起，被誉为士官三杰。上个月，他以第二名的成绩毕业，校方奖他一枚菊花勋章。

这时，国内各省都在筹建新军，蔡锷在士官学校的杰出表现，受到了国内的重视。湖南、江西、广西、云南等省都有人来与他联系，聘请他为军事教官。旅居日本多年了，蔡锷无时无刻不想念自己多灾多难的祖国，想念自己那些在贫困中挣扎的父老乡亲，在这里求学求知的最终目的只有一个，那就是救国救民。现在就要取道横滨回国了，满腔热血的青年志士的心潮，能不汹涌澎湃吗？

湖南省政协文史资料研究委员会编《忆蔡锷》一书中的《蔡锷年表》叙述蔡锷之早年经历：六岁发蒙，十二岁从同邑名士著名维新学者樊锥读书，十三岁应院试时为湖南学政江标所赏识，进学为秀才，十五岁考入时务学堂，师从梁启超。十七岁，与范源濂等人去上海入南洋公学，本年七月，逃亡在日本的梁启超来函相招，遂东渡日本，入东京高等大同学校，不久改入东亚商业学校。与吴禄贞等人创办励志会，又加入唐才常的自立会。十八岁那年秋天，与同学十余人回国参加唐才常的自立军起义。事泄失败，蔡幸免，乃改原名“艮寅”为“锷”，表示投笔从戎的决心。十九岁与旅日湘人创立湖南游学编译社，设立留学会馆。年底，考入东京成城学校自费学习陆军。二十岁撰写《军国民篇》，发表在梁启超主办的《新民丛报》上。二十一岁时考入日本陆军士官学校第三期骑兵科。二十二岁那年，十月份以优异成绩毕业于日本士官学校第三期，与蒋方震、张孝准并称“中国士官三杰”。冬天回国，受江西巡抚夏时之委，任江西材官学堂监督。

“梁先生！”蔡锷笔挺地站在篱笆墙外，轻轻地叫了一声。

“来啦！”一个人边答边从室内走出来。

“重子，你怎么在这里？”蔡锷见走过来的是杨钧，大出意外。原来，去年夏天蔡锷听说杨度到了东京，便来弘文学院找他，适逢他外出，没有见到。冬天，蔡锷又一次去拜访，却不料杨度回国去了。今年初夏，他第三次来到弘文学院，寻访樊锥、黄兴、刘揆一等人。揆一告诉他，杨度的弟弟杨钧来了，也在弘文学院。蔡锷便立即去见杨钧，二人相见，谈得十分投机。恰好那几天杨钧同宿舍的几个同学游富士山去了，蔡锷就住在杨钧的宿舍里，一住五天，成了好朋友。

“卓如兄说今天有个人来，原来就是你呀！”杨钧一把抱住蔡锷，很是亲热。

“重子，听说你哥哥来了，也在这里吗？”

“松坡兄弟，是你呀！”

正问时，杨度笑呵呵地走了出来，后面跟着王代懿。

“五年不见面，你长成一个英俊挺拔的大人了！”杨度紧握着蔡锷的手，将他上上下下仔细地打量了一番。

“我去弘文学院找过你两次都没找到，没想到你回国考状元去了。”

蔡锷跟杨度说着话，又同时与代懿亲热地打着招呼。

梁启超夫妇出门，对大家介绍：“松坡从士官学校骑兵科毕业了，我们给他定了十日去上海的船票。”

代懿因为和蔡锷同学军事，遂特别关心他的去向，忙问：“到哪个省的军队去供职？”

“现在还没定，回国后再说。”蔡锷答。

梁启超说：“大家都进屋，吃过饭后我们一起去总持寺，横滨佛教界今天下午在总持寺开斋筵，招待三位从国内来的高僧。我已经跟住持恒静长老说了，我们都去参加。”

众人都很兴奋，杨度更是欢喜。因为那年他在密印寺偶尔听智凡法师说过，禅宗派生的五宗七派，其中曹洞宗在中国本土日渐衰微，自从唐代传入日本后，在日本岛上大炽。现在中国研究曹洞宗的，反而要到日本去求学。日本曹洞宗的总本山为横滨的总持寺，它管辖全日本一万五千个寺院。去年杨度就想看看总持寺，但苦于没有机会，现在跟几个好朋友，尤其是与号称对佛学深有研究的梁启超一起游寺院，那更是有趣的事。

总持寺在横滨西郊，离山下町有十二三里路，五个男子汉都是年轻人，既不坐车，又不骑马，大家一路步行，观看初冬的野景，谈谈都感兴趣的话题，不知不觉就到了。

总持寺果然不愧为日本曹洞宗之首寺，梵宇高大，气魄宏伟，老远就给人一种名刹宝寺的庄严感。梁启超指点着院墙殿堂向大家介绍：“当年和圆法师乘槎过海去大唐国取经，那时临济宗、云门宗、法眼宗均香火旺盛，信徒众多，和圆都不取，一路餐风宿露托钵化缘，来到江西宜丰县洞山，参谒镜峰法师，正听见镜峰法师向众僧传授曹洞宗真谛。”

“什么是曹洞宗真谛？”代懿插话。他对佛学无研究，但有兴趣。

“莫打岔，听卓如说。”杨度对曹洞宗略知一些，但不及对沩仰宗的了解，他正要向梁启超求这方面的知识。

“曹洞宗的真谛嘛，你听着。”果然是才高八斗、学富五车的维新派领袖，梁启超流利地念道，“正中偏，三更初夜月明前，莫怪相逢不相识，隐隐犹怀旧月嫌。偏中正，失晓老婆逢古镜，分明见面别无真，休更迷头仍认影。正中来，无中有路隔尘埃，但能不为当今讳，也胜前朝断舌才。兼中至，两刃交锋不须避，好手犹如火里莲，宛然自有冲天志。兼中到，不落有无谁敢和，人人尽欲出常流，折合还归炭里坐。”

“真有味！什么‘失晓老婆逢古镜’，和尚不娶妻，曹洞宗的祖师爷倒把老婆编进了他的真谛。”代懿一句话，把大家都逗得笑起来。

“这是说的什么东西，我一句都没听懂。”蔡锷不敬神不信佛，他觉得这些玄而又玄的语言甚是无味。

“卓如，据说这就是曹洞宗的五位君臣之说，是吗？”杨度问。

“正是的，看来皙子对曹洞宗有研究。”梁启超笑着说。

“我哪里有什么研究！我是那年在密印寺里偶尔听一个和尚说过，但你的这一席真谛，我一句都背不出。”

“卓如兄，你给我们略为讲解下吧，也启启我们的愚蒙。”杨钧央求道。

“我把刚才的故事说完，你们就懂了。”梁启超扫了一眼四位同胞，除蔡锷在东张西望外，其他三人都在认真听，“当年和圆法师也和你们一样，对真谛一点都听不懂。他问镜峰法师。镜峰说你在这里挂单吧，住三个月你就懂了。和圆就在洞山挂了单。从此，他白天听经，夜里琢磨。三个月后，他真的豁然开朗了。有一天，他对镜峰说：‘法师，弟子明白了。这正中偏，指的是君，是正位，是空界，本来无物。偏中正，是臣，是偏位，是色界，有万象形。正中来，是君视臣，是正中偏背理就事。偏中至，是臣向君，是偏中正舍事人理。兼中到是君臣相合，是冥应众缘，不坠诸有，非染非净，非正非偏。”

杨度默默地听着，似懂非懂。

杨钧摇头：“我还是什么都没听懂。”

代懿嚷道：“这与‘失晓老婆逢古镜’有什么相干！”

只有蔡锷，他根本就没有听讲，他在欣赏总持寺精美的建筑和来来往往穿着和服的善男信女们。

“不懂就算了，看来你们前生都无慧根。不说了，干脆看殿堂和菩萨吧！”其实梁启超自己也不甚懂，再往下说，他也讲不清了，便就势刹住。他指着大雄宝殿说，“这是和圆法师从中国回来后，按他自己所临摹的白马寺建的殿堂。”

大家这时方才认真欣赏总持寺那一座座大殿堂，果然与中国的禅林名寺相差无几。假若把那些前来朝拜的男女都换上马褂旗袍，真的就像回到了日思夜想的故乡。

“皙子，我看这总持寺很有点像你们长沙的开福寺，你说是吗？”梁启超问杨度。

“是的，我看也有点像。”杨度答道。

“看见了它，我就想起在长沙的日子。我在时务学堂的时间虽不长，但在心里刻下的痕迹却最深。”梁启超由总持寺想起了开福寺，又从开福寺想起了时务学堂，从时务学堂想起了为维新变法而壮烈献身的谭嗣同、唐才常，想到这里，他情绪激动起来，颤抖着声音说，“我永远不能忘记在长沙所结识的朋友。”

王代懿与杨钧已走到前面去了，杨度与蔡锷一左一右地走在梁启超的两边，听了他的这句肺腑之言，二人都清楚此时梁启超所怀念的是谁，一时都沉默着，缅怀着。无疑，谭、唐也是他们心中所崇敬的英雄。

“皙子，松坡，你们是湖南人，我是广东人，四五十年前，我们广东人与你们湖南人打了十多年的仗，结果湖南人赢了，广东人输了，至今还有许多广东人恨湖南人。但从我的心里来说，我倒并不喜欢我的同乡洪秀全，我敬重的是你们的乡人曾国藩。”

杨度盯着梁启超看了一眼，没有做声。蔡锷颇觉意外，问：“梁师，真的这样吗？”

“真的这样。”梁启超说，“曾文正公这个人，不但是近代，也是有史以来不一二睹之大人物；不但是我国，也是全世界不一二睹之大人物。我到日本后，又把《曾文正公全集》从头至尾翻阅了一遍，越读越发从心里敬佩他。” 梁启超编有《曾文正公嘉言钞》：在该书的前言中，梁说：“曾文正者，岂惟近代，盖有史以来不一二睹之大人也已；岂惟我国，抑全世界不一二睹之大人也已。然而文正固非有超群绝伦之天才，在并时诸贤杰中称最钝拙，其所遭值军事，亦终身在拂逆之中，然乃立德立功立言，三并不朽，所成就震古烁今而莫与京者，其一生得力在立志，自拔于流俗，而困而知，而勉而行，历百千艰阻而不挫屈。”

曾国藩和他所领导的一批湘军将领的显赫业绩，蔡锷自然听得不少，曾氏的文章他也读过几篇，但全集并未读过。全世界有史以来不一二睹之大人物，岂不与释迦牟尼、耶稣、孔子等同地位了？老师将曾国藩抬到这样的高度，这是蔡锷过去从未听说过的。他怀着强烈的求知欲望问：“梁师，请你简单地说说曾国藩最值得我们学习的地方好吗？”

梁启超严肃地说：“曾文正公并没有超群绝伦的天才，甚至可以说在当时诸多英杰中，他还是较为钝拙的，他一生所处的环境，多为不遂心的逆境，然而他却立德、立功、立言三不朽，所成就者震古烁今，无人可与之相比。他的一生得力于立志。”

梁启超不知不觉地停下了脚步，蔡、杨也都跟着停下来。望着蔡锷瞪着双眼全神贯注聆听的神情，梁启超不由得想起了五年前的时务学堂里师生对坐问答的情景。当年的聪颖少年，而今已成为著名的士官三杰之一，他就要回国担当重任，即将成为国内新式军队的高级教官，救国救民需要大批热忱的政治活动家，也需要大批吃苦耐劳的军事家。梁启超对这个平生最为得意的学生寄托着无限大的希望，他愿学生能以曾国藩作为人生的榜样，像曾氏那样建立不朽的业绩。就像又回到时务学堂的讲台，梁启超神采飞扬，放言高论："曾文正公立志高远，抱负宏大，他自拔于流俗，而困而知，而勉而行，历百千艰阻而不挫屈。不求近效，铢积寸累，受之以虚，将之以勤，植之以刚，贞之以恒，帅之以诚，勇猛精进，坚苦卓绝，终于成为一代伟人，千古楷模。"

梁启超这段话，给蔡锷很大的启发。他说："曾文正公的文章我读得太少了，他的全集卷帙那样多，我一直没有时间通读。"

梁启超说："孟子曰，人皆可为尧舜。尧舜是不是皆可学而为之，我不敢相信，但我相信曾文正公是可学而为之的。读他的文章，就可以学他的为人。他的话字字皆得之于阅历，又切于实际，读来亲切有味，且可以使人照着去办。元好问说，鸳鸯绣了从教看，莫将金针度与人。曾文正公恰好相反，他是把金针度与人的人。我近来有个想法，待过段时间有空了，我要编一本《曾文正公嘉言钞》，分为治身、治学、治世等几个方面，摘抄他的嘉言美语，让世上所有像你这样的忙人也能得到他的教益。"

蔡锷说："吾师此举，功德无量。"

梁启超说："曾文正公于带兵打仗有独到之处，我把他军事方面的嘉言都送给你。今后，你结合军队的实际情况再弘扬发挥，作为教材来训练军队，一定可起事半功倍的作用。"

蔡锷说："那我预先谢谢老师了。"

师生二人正说得起劲，杨度却笑着对梁启超说："我是湘军的后裔，我对曾国藩还没有你这位粤军后人的感情深。说实在的，当年洪秀全玩的那套天父天兄的把戏并不值得赞赏，但曾国藩也算不得真正的伟丈夫，倘若他当年不是那样过于矜惜自己一己一族的私利，为国家社稷着想，他应该乘破金陵之机，率湘军北上推翻满人的朝廷。如此，则何来日后的甲午之败、帝后逃难那样的奇耻大辱？"

梁启超大笑道："这是乃师湘绮先生的高论，然而高则高矣，未见得实在。倘若不胜怎么办？满人继续坐他的江山，而曾文正公一生的事业美名则彻底毁灭了。"

梁启超收起笑容，望着杨度继续说："不过，乃师的策谋我也很敬佩。

有曾文正公的愚忠，又有湘绮先生的奇策，所以四五十年前中国舞台上才会那样有声有色，光彩绚丽。而这一正一奇，都是你们湘人在唱主角呀！”

蔡锷说：“湘人出头露脸，才只是近几十年的事，过去总是被人称为蛮子的。春秋诸侯聚会中原，楚子的地位只能是厨房里的烧火工役，到了唐朝刘蜕中进士，别人都说破天荒。想起来真是惭愧。”

“自从出了曾文正公，湘军打了胜仗之后，那就了不得了。这几十年，无湘不成军，天下督抚湘人过半，哪个省能比得上你们湖南？就是今天，我说句公道话，世上真正做大事的也多为湘人。这叫做老天爷过去亏待了湖南，现在要以偏爱来弥补。” 蔡锷后编有《曾胡治兵语录》，将曾国藩、胡林翼关于带兵打仗方面的言论摘要汇编、并加以评论。全书分为将才、用人、尚志、诚实、勇毅、严明、公明、仁爱、勤劳、和辑、兵机、战守十二部分。 现录一段蔡锷关于“将才”部分的评语，以飨读者：“古人论将有五德，曰智、信、仁、勇、严。取义至精，责望至严。西人论将，辄曰天才。析而言之，则曰天所特赋之智与勇。而曾、胡两公之所同唱者，则以为将之道，以良心、血性为前提，尤为扼要探本之论，亦即现身之说法。咸、同之际，粤寇蹂躏十余省，东南半壁，沦陷殆尽，两公均一介书生，出身词林，一清宦，一僚吏，其于兵事一端，素未梦见。所供之役所事之事，莫不与兵事背道而驰，乃为良心、血性二者所驱使，遂使其可能性发展于绝顶，武功烂然，泽被海内。按其功事言论，足与古今名将相颉颃，而毫无逊色，得非精诚所感金石为开者欤！苟曾胡之良心、血性而无异于常人也，充其所至，不过为一显宦，否则亦不过薄有时誉之著书家，随风尘以殄瘁己身，复何能崛起行间，削平大难，建不世之伟绩也哉！”

杨度被梁启超这一番真诚的话说得激动起来。他想想也是，湖南人中的英雄豪杰的确不少，就凭一千八百万湖南人，中国也不会亡。自古就有“楚虽三户，亡秦必楚”的话，今天，湖南已从蛮荒之地跨入了文明之邦，风气大开。这几年，湖南有志青年纷纷东渡，在日本留学生中人数最多，影响最大。梁启超一篇《少年中国说》对中国产生了很大的激励作用，我为什么不可以写一篇《少年湖南说》呢？一股强烈的冲动撞击着杨度的胸膛，他真想立即挥毫，一抒胸中奇气！

“梁居士，恒静长老派小僧在此恭候多时。”当他们一行走到罗汉堂附近时，一个年轻的和尚从僧房里走出来，操着日本话向梁启超合十打躬。

“哦，原来是海津师父！”梁启超微笑着说，“对不起，我们谈话谈得误时了，欢迎会开始了吗？”

海津抬起头来说：“长老等了许久，一直不见居士来，以为居士忙，今天来不成了。会刚刚开，请居士一行随我来。”

杨度见海津生得眉粗目凶头大腿短，极像一个矮脚金刚，国内寺院很难找得到这样凶煞的和尚。海津将他们一行五人领进传经堂。这是一个宽敞的讲堂，地上放着百来个旧蒲垫，有二三十个日本僧人盘腿坐在蒲垫上，一律穿着赭黄色僧袍。正前方桌旁坐着一个七八十岁须发皆白的老和尚，正在对众僧说话。梁启超悄悄地告诉杨度："那就是恒静住持。"杨度点点头，见这个东洋老和尚也生得颇为清奇古怪，与密印寺里那些个个都一样毫无特色可言的和尚们颇有不同。

他注意听恒静讲话，可惜来晚了，开场白已讲完，只听到最后一句话："现在请支那佛学传经团智凡法师给各位传经！"

二三十个日本和尚一齐依僧礼向远方的客人合十低头，表示欢迎。一个和尚走到侧面，对坐在这里的几个穿青灰僧袍的人说话。原来这个和尚是翻译，他把恒静的日语对着中国客人译成中文。青灰袍中站起一个瘦高的中年僧人，胸前挂着一串长长的栗色念珠，他走到桌子边，先向大家行了一个礼，然后坐在恒静的身旁说起话来："贫僧学殖荒疏，此次来到贵寺，特为向各位法师请教曹洞宗一派从中土传到贵国千余年来的弘扬过程。"

众僧静静地听着，梁启超等人也用心听着，杨度却惊讶起来：这不是密印寺的智凡法师吗？他怎么会来到日本？又怎么会由沩仰宗转而研究曹洞宗？杨度脑中浮起了沩山密印寺里一个月的情景，想起八指头陀寄禅法师来，又想起孤守枫树坳的大空和尚和斗野猪赠倭刀的马福益来。"对了，多时说要找个古董鉴赏家来鉴定一下那把倭刀，这些日子几乎忘记这桩事了，回东京后一定要去访人！"

杨度就这么胡思乱想着。智凡法师口吐莲花般的弘法演讲，他一句都没有听进去。当看见跪着的日本众僧都站了起来，才知道讲佛法的程序已结束，他也跟着站了起来。只见恒静长老领着三位穿青灰僧袍的中国和尚向他们走过来，梁启超等人忙迎上前去。

"这是贵国的大名士梁卓如居士。"恒静指着梁启超用不太流畅的汉语介绍，转过来又向梁启超介绍三袭青灰僧袍，"这是智凡法师、笠云法师、筏喻法师，都是贵国佛学精深的高僧。今日名士高僧相会敝寺，既是三生缘分，也是敝寺一段佳话。善哉，善哉！"

还没有等到梁启超介绍同行的朋友，智凡法师惊道："皙子先生，想不到你在这里，我一直都在找你。"

"智凡法师，果然是你！"杨度高兴地走上前。

"这位居士是谁？你们认识？"恒静问。

"他是我的同乡杨皙子居士，我们多年前相识在密印寺。"

故友在异国重逢，使得梁启超、蔡锷、杨钧、代懿都倍添喜庆，恒静也显得喜悦，忙招呼众人都进斋堂赴席。

智凡和杨度坐在一起。杨度问起寄禅法师。智凡告诉他，寄禅法师已应天童寺之请，到那里做住持去了。寄禅法师由于佛学造诣精深和诗才杰出，国内名声大振，全国各寺院正在筹备佛教总会，拟推举他为会长。智凡还特地告诉杨度："出国前夕，寄禅法师专门写了一封信，要我到日本后把这封信交给你。我在神户、大阪、东京到处找你不着，正寻思着可能会原信带回，真正是菩萨保佑，我没有负法师之托，吃完饭后，你跟我到僧房去取。"

杨度也把来日本这段时期的情况对智凡说了，请他回国后转告寄禅法师。

席上，宾主僧俗之间谈得十分热烈。吃完饭后，恒静把大家带到方丈室饮茶。杨度跟着智凡来到总持寺客房。智凡把八指头陀的信拿了出来。杨度拆开，轻轻念道：

哲子师兄如晤：

知你为避横祸再渡东瀛，且愤且喜。愤者，朝廷无道，国事愈坏；喜者，可借此良机增加见识，以备日后庙堂之用也。闻我中国学子赴日众多，因信仰不同，内部分裂。佛家有言：朵朵莲花托观音。吾兄怀救国救民之志，具佛家慧灵之根，必能深悟此中真意。去国离乡，乏人照料，望多多珍重。

出家人八指头陀再拜

"寄禅法师是要我在日本留学生界中不主派别，团结全体，共同救国，这是对的。"杨度心里想。再看下去，后面还附七律一首：

借问吾乡杨哲子，一身去国归何时？
故山猿鹤余清怨，大海波涛动远思。
独抱沉忧向穷发，可堪时局似残棋。
秋风莫上田横岛，落日中原涕泪垂。

杨度收好信，对智凡说："请你回国后转告寄禅法师，就说我杨度谨领法教，谢谢赠诗。"又问，"回国的船票订好了吗？"

"订好了，后天一早起航。"

“那么明天我来做东，请你们三位饮茶。”

“谢谢了。”智凡说，“明天横滨佛学界为和圆法师圆寂九百五十年做水陆道场，我们要去诵经。你的好意我们心领了。”

“哦。”杨度起身踱步，“这样说来，你们明天没空了，我总得给寄禅法师写两个字呀！”

他又走了两步，突然站住，说:“也好，法师爱诗，我给他写两首诗吧！”

“那太好了！”智凡从怀里掏出恒静送给他的自来水笔，交给杨度，“你就用它写好了。”

说完，又找出一张纸来。

杨度拧开水笔，思忖了一会儿，提笔写道：

赠游日湘僧并怀寄禅法师二首

每看大海苍茫月，却忆空林卧对时。
忍别青山为世苦，醉游方外更谁期？
浮生断梗皆无着，异国倾杯且莫辞。
此处南来鸿雁少，天童消息待君知。

知君随意驾扁舟，不为求经只浪游。
大海空烟亡国恨，一湖青草故乡愁。
慈悲战国谁能信，老病同胞尚未瘳。
此地从来非极乐，中原回首众生忧。

“哎呀，皙子先生，你真有李太白之才！”

智凡见杨度几乎没有思索便写出两首七律来，大为惊讶。

“你一定要带给寄禅法师！”

“一定，一定！”智凡边说边将它郑重放进布囊中。

“智凡师，我再问你一个人。”

“谁？”

“枫树坳守萝卜的大空，还在寺里吗？”

“他早已不在密印寺了。”

“为什么？”杨度心里一怔。

“他原本就是一个临时挂单的游方僧，后来有人说他常与些不三不四的俗家人有往来。住持说了他几句，不久，他就走了。”

“你晓得他到哪里去了吗？”

“不晓得。”

正说着，矮脚金刚海津进来说：“长老请法师过去叙话。”

杨度对智凡说：“你去吧，后天一早我到码头上来为你送行。”

五　若道中华国果亡，除是湖南人尽死

第二天，杨钧、代懿都离开横滨返校。杨度没有回东京，他一则要送智凡等起航回国，二则要和蔡锷多在一起说些话。还有一个重要原因，他要将昨天在总持寺突然萌发的念头变为现实，写一篇《少年湖南说》，而且要在横滨写，写好后请梁启超和蔡锷看看，提提意见。

杨度一向才思敏捷。平常，他白天办事，晚上一盏油灯点起，昏昏的灯火下，挥笔疾书，一夜能写四五千字。五更时分脱衣睡觉，睡上一两个时辰，起来后读一遍，略作修改，便是一篇顶好的文章。这一次，他要写一篇传世之作鼓励湖南人，尤其是湘籍留日学生。同时，他也要以自己的才华再次显示三湘子弟的分量，并暗中存着要与《少年中国说》一比高低的心思，对于身边的这个广东才子，他是既爱慕又颇有点不服气。

梁启超家里来往的人很多，不太安静，恰好不远处有一个单身朋友要去东京办三天事，梁启超立即向他借房子，又对杨度说：“你的大作必须三天内完卷，逾期我就不管了。”

这是一栋建筑在一座小山丘上的庭院，里面有两个客厅，三间卧房，另有餐厅、厨房、杂房、卫生间，大大小小十来间房子。客厅布置得豪华，卧室装饰得奢靡。宽敞的院子里有池塘、假山、花木、曲径，白天可以眺望碧波荡漾的无边海水，深夜可以卧听节奏起伏的海涛拍岸声。杨度从来没有住过这么好的房子，没有享受过这样好的环境，他的心情分外舒畅，才情也似乎比素日更加充沛。他刚提笔写下《少年湖南说》五个字，脑子里不由自主地浮起了梁启超的《少年中国说》，于是干脆闭上眼睛，将它默诵一遍。文章比较长，他不能一字一句地背出，断断续续地背了几段后，心中的豪情便被文章激发起来，难以自已。最后一段，他一向背得烂熟：

红日初升，其道大光。河出伏流，一泻汪洋。潜龙腾渊，

鳞爪飞扬。乳虎啸谷，百兽震惶。鹰隼试翼，风尘吸张。奇花初胎，矞矞皇皇。干将发硎，有作其芒，天戴其苍，地履其黄。纵有千古，横有八荒。前途似海，来日方长。美哉，我少年中国，与天不老！壮哉，我少年中国，与国无疆！

“梁卓如真正不简单！”杨度由衷地发出赞叹，心里想，且不说情感之炽烈，文气之磅礴，光是从立意来说，“中国”就比“湖南”来得高大，若再写一篇论说，要超过梁启超的这篇文章，是很难的了。要想超过，必须另辟蹊径。

“对了！”杨度猛地拍了一下脑门，心里说道，“他写论说，我就写一篇歌行吧！歌行朗朗上口，易于记诵，传播必定更广，影响一定更大，一篇《长恨歌》，一首《琵琶行》，从唐代唱到今天，感染了多少人？再没有哪篇论说能超过它了！”

杨度想到这里，异常兴奋起来，挥笔改写了一个题目：湖南少年歌。

开头几句，他不假思索，一口气写下：

我本湖南人，唱作湖南歌。
湖南少年好身手，时危却奈湖南何！

他停下笔，自己朗读了一遍，觉得这个开头还可以。下面再写什么呢？杨度托腮凝思起来。他想起初到长沙，第一次登岳麓山，眼底山峦起伏，郁郁葱葱，湘江北去，宛如银带；远望南方，似乎隐隐地看见了南岳峰的积雪、苍梧山的古松。下山来到岳麓书院，又为那座千年弦歌不绝的学府而激荡，大门和正厅上的两副楹联如刀刻般地留在他的记忆里。一副是：唯楚有材，于斯为盛。另一副是：吾道南来，总是濂溪正脉；大江东去，无非湘水余波。前一副说湖南的人才，后一副说湖南的学术。作为一个湖南少年，杨度那时曾为自己的家乡深深地自豪。是的，秀美的江山，荟萃的人才，发达的学术，这就是湖南，它足以使国人羡慕，湘人骄傲。写湖南，不写这几个方面还行吗？

夜已深沉，横滨海岸传来的浪涛声像一支气势雄壮的乐曲，激发了杨度的创作灵感。宏伟的抱负，壮阔的气概，渊懿的学问，瑰丽的才情，被一声声浪涛声催发了出来：

湖南自古称山国，连山积翠何重叠。
五岭横云一片青，衡山积雪终年白。
沅湘两水清且浅，林花夹岸滩声激。
洞庭浩渺通长江，春来水涨连天碧。
天生水战昆明沼，惜无军舰相冲击。
北渚伤心二女啼，湘边斑竹泪痕滋。
不悲当日苍梧死，为哭今日民主稀。
空将一片君山石，留作千年纪念碑。
后有灵均遭放逐，曾向江潭葬鱼腹。
世界相争国已危，国民长醉人空哭。
宋玉招魂空已矣，贾生作吊还相续。
亡国游魂何处归，故都捐去将谁属。
爱国心长身已死，汨罗流水长呜咽。
当时猿鸟学哀吟，至今夜半啼空谷。
此后悠悠秋复春，湖南历史遂无人。
中间濂溪倡哲学，印度文明相接触。
心性徒开道学门，空谈未救金元辱。
惟有船山一片心，哀号匍匐向空林。
林中痛哭悲遗族，林外杀人闻血腥。
留兹万古伤心事，说与湖南子弟听。

杨度想想写写，写写想想，一直到东方泛白。一夜工夫写下四十四句诗。他自己高声朗读了一遍，觉得无论是情感、色彩，还是音韵，哪方面都堪称上乘，自认为并不亚于白香山的《长恨歌》，要在吴梅村的《圆圆曲》之上。他很满意。立时便有一种极度的疲劳感，他衣服也不想脱了，倒在床上呼呼睡去。

“醒来，醒来！什么时候了，还在睡觉哩！”杨度正睡得香甜时，被人叫醒了。他睁开眼睛一看，原来是蔡锷站在床边。

“什么时候了？”他擦了擦眼睛问。

“师母惦记着你，说房子是好，但没有饭吃，叫我送中饭来。你看是什么时候了！”蔡锷说着，将竹篮子的盖子揭开，一股香辣味飘出。

“真的是到中午了。”杨度边说，边抬头看墙上的壁钟，正指着十二点半，忙起来洗脸漱口。

蔡锷从篮子里搬出四碟菜来，全是按贵州风味做的，又变戏法似的掏出一瓶茅台。杨度一惊："横滨也有茅台酒卖？"

蔡锷笑道："这哪里是横滨买的！梁师说，这是师母娘家人送的，连他自己都难喝到。师母特别看重你，送给你喝，好把文章写得更精彩。"

杨度爱酒，在异国他乡还能喝到祖国的茅台，真是太美的事了。他感慨地说："卓如有福气，找了一个贤惠的夫人。"又问蔡锷："你吃过饭了吗？"

"没有。"蔡锷道，"梁师要我跟他们吃，我说我和皙子一块吃。"

"最好，最好。"杨度分外高兴，"一人吃饭乏味，一人喝酒更无聊。来，我们一起对饮。"

杨度从房主人的餐柜里找出两只漂亮的小酒杯来。蔡锷虽从士官学校毕了业，即将成为一个军事教官，却天性不善喝酒，他摇摇头说："饭我陪你吃，酒却不喝。"

"那不行，再不会喝酒，也要陪我一杯。"

蔡锷拗不过，只得说："好，说定了，我只陪你一杯。"

"松坡，十号的船票没变吧！"

"没变，十号上午九点钟起航。"蔡锷刚喝了一口，脸便红了。

"我真羡慕你，你马上可以回国了。我现在是有国难归，不知什么时候才可以回家哟！"刚才还处在极度亢奋之中的杨度，几口酒下肚，竟然被即将回国的蔡锷勾起一缕浓烈的思乡之情来。一时间，他想起了老母，想起了妹妹，想起了湘绮师，也想起了新婚妻子黄氏。婚前，他虽与黄氏无感情，但婚后黄氏恪尽一个做妻子和媳妇的职责，使他由敬生爱。

"松坡，你给我带一封家书回去吧！"

"好。"蔡锷自己久羁日本，对杨度此时的心情是十分理解的，他建议，"再过几个月，风平浪静了，你悄悄地回去看一看。"

"我也这样想。"久蓄于中蓦然升起的乡情一旦发泄出来后，杨度心里反倒觉得舒服些了。

"就是一时不能回去，也是好事。日本国家虽小，但却是一所大学堂，各行各业都有值得我们学习的地方。我这几年在日本学到的知识，在国内十年二十年，甚至一辈子都可能学不到。"

蔡锷这几句心里话，使杨度陡然清醒过来。到日本，一是避难，二是求学，而后者更为重要。中国是一定要变的，朝廷现行的大计也同样一定会变的，而自己今后也一定会担当国家重任的。松坡说得对，日本是一所大学堂，要抓紧这段时间多积蓄知识，磨炼才干，今后哪一天重任在肩，便能够胜任无憾。崇高的报国热情，迅速地压下了乍然涌起的游子乡情。杨度端起酒瓶，先给自己斟满，又要给蔡锷再斟。蔡锷慌得忙捂住酒杯："说好的只一杯，再喝，我就连饭都不能吃了。"

望着蔡锷这一副可怜相，杨度痛快地哈哈大笑起来："松坡，你这一回国，便是一个身着戎装的军人了。自古道烈酒壮起英雄胆，故而从来就少有不喝酒的将士。你不喝酒，今后与士兵们相处，也难以和他们以心换心肝胆相照呵！来，松坡，听我一句话，斟满，不喝酒，也要逼着自己学会喝！"

杨度这几句话，蔡锷觉得甚有道理。"醉卧沙场君莫笑，古来征战几人回。"酒能壮起英雄胆，酒能沸腾烈士血，酒能掏出心里话，酒能忘却生死别！自古以来，酒和军人便结下了难分难解之缘。厕身行伍之间，若不能喝酒，则无形之间就与上下左右产生了隔阂。对，不喝酒，也要学会喝！

"皙子先生，你说得有道理。我再喝一杯，以后慢慢学会喝。"

"好样的！"杨度高兴极了，举起酒杯说，"松坡，我本是将门之后，却弃武就文；你本是秀才出身，却弃文就武。现在，我这个本该是军人的文人，祝你这个本该是文人的军人，此次回国之后，以救国拯民作为宗旨，以全新的军事观点、军事技艺训练出一支全新的军队出来，你自己也因此而成为新时代的名将。"

"谢谢你的祝愿。"蔡锷也举起酒杯喝了一口。

"松坡，你们士官学校里的中国留学生，是保皇派多，还是革命派多？"杨度换了一个话题问。

"士官学校的中国留学生，接受日本的军事教育，大都持这样的观点，即军人不干政，军人以服从为天职，军人以打胜仗为荣耀。因此，大部分学生既不参加保皇派，也不参加革命派，只是努力学习日本、德国和其他欧洲国家的军事技术，回国后好好训练军队，提高中国军人的素质。至于国家的国体如何，那是政治家的事，而政治家则应服从全国人民的选择。军人只负责保护由人民所选择、由政治家所管理的国家，此外不宜多干涉。"

杨度对蔡锷的回答深以为然，连连点头，说："士官学校的这个校风很好。的确如此，军人不应干政，政治是政治家的事。同是军校，陆军大学就不一样。代懿说他们那里的留学生最喜谈政治，保皇派和革命派之间争吵得很激烈，反倒把正事耽搁了。"

蔡锷说："日本教官经常说，军人一干政，就会变成军阀，国家就内战不息，不得安宁。联系到中国和日本的历史，的确是这样。如中国唐代的藩镇之乱、日本的幕府专政，若究其实，都是军阀干政的结果。”

“这话是不错的。至于你个人呢？你个人总有自己的看法吧！”

“我个人的看法嘛，”蔡锷想了一下说，“我欣赏的是日本式的君主立宪，既有万世一系的天皇作为国家的象征，又有一套从欧美学过来的完备的宪法以及按宪法产生的内阁。当然，像美国、法国那样的民主共和制也很好。不好的，只是中国现行的君主专制，老百姓没有一点权力、民主和自由，这样的制度是非改不可的。梁师这些年致力于民权民主的宣传，对中国来说，有开启民智的划时代作用，他的政治见解我都赞同。”

杨度笑道：“真是卓如的忠实信徒！”

“皙子先生，你的看法呢？”蔡锷反问。

“我的思想较为复杂。”杨度将酒杯端起转动着，似乎是在欣赏它的制作工艺，“未来日本之前，我基本上抱的是过去士大夫的传统观念，一切维持旧秩序，只盼望官场清正廉明，百姓安居乐业。有段时期倾向于维新派。去年春天第一次来日本，留学生风起云涌的爱国浪潮激荡了我，尤其是革命排满派淋漓痛快的文章更使人醉迷，我的思想一度也很激进，主张骚乱的进步主义。现在我的思想又有一些变化，觉得骚乱进步主义在中国未必就一定很合宜，和平进步主义在中国也未必就一定不对。我变得真有点拿不定主意了。我想，不管是经历一番骚乱而导致进步也好，还是由和平而导致进步也好，只要进步就好，而衡量一个国家进步的标志，主要看这个国家有没有宪政。无宪政，即使骚动之后亦不能进步；有宪政，采取和平方式也同样可以进步。所以我近来决定，暂不去争论第一个阶段的方式，先静下心来致力于宪政的研究。从日本宪政研究起，继而推广到各国宪政。我准备在吸取各国宪政长处的基础上，制定一套符合我们中国国情的宪政。”

“皙子先生，你真了不起！”蔡锷对杨度暂不谈第一阶段的方式，先潜心研究宪政的远见卓识非常钦佩，举起只剩了一半酒的酒杯说，“我相信你今后会成为中国的俾斯麦、玛志尼、伊藤博文！”

杨度正是以中国的俾斯麦、玛志尼、伊藤博文而自期，听了蔡锷这句话，心中十分快慰，也举杯说：“我相信你今后一定会成为中国的克伦威尔、拿破仑。”

蔡锷听了也很舒心，遂将酒一饮而尽。杨度又要端起酒瓶给蔡锷斟酒，蔡锷吓得忙拦住：“皙子先生，你就饶我这一次吧。这酒，我以后再慢慢学着喝。”

说着说着，发觉眼前的杯盘碗碟都在空中旋转起来，他也顾不得与杨度打招呼，便径直向卧房走去。

微微的醉意和刚才投机的谈话，激起了杨度胸中的满腔豪情，平添了如涌泉般的诗思。且不管桌上的杯盘狼藉，也不在乎隔壁传来的如雷鼾声，杨度拿起笔来，将昨夜的诗稿续下去。他要将四五十年前湖南人震惊华夏的事功再次提出，唤醒湘人的记忆，并要对之作出一番自己的评价：

于今世事翻前案，湘军将相遭呵讪。
谓彼当年起义师，不助同胞助胡满。
夺地攻城十余载，竟看结局何奇幻：
长毛死尽辫发留，满洲翎顶遍湘州。
捧兹百万同胞血，献与今时印度酋。
美狮俄鹫方争跃，满汉问题又挑拨。
外忧内患无已时，祸根推是湘人作。

写完了这段世人呵讪湘军的话后，他笔锋一转，发表自己的观点：

我闻此语心惨焦，赧颜无语谢同胞。
还将一段同乡话，说与湘人一解嘲。
洪杨当日聚群少，天父天兄假西号。
湖南排外性最强，曾侯以此相呼召。
尽募民间侠少年，誓剪妖民屏西教。
蚌鹬相争渔民利，湘粤相争满人笑。
粤误耶稣湘误孔，此中曲直谁能校？

接下来，杨度写道，因为中国内部的相争，引来了外寇强人，先是借义和拳打洋人，结果八国联军入京，帝后蒙尘，不得已又杀拳民来媚外。这的确是湘军的不是。但当年湘军中也出了不少将才义士，如罗泽南的老湘营，白日跃马挥戈，夜晚下帐读书的军风；彭玉麟布衣芒鞋步行千里解故友之围的义气；江忠源、王璞山、陈士杰等人带兵的才具，都是历史上不可多见的。写到这里，杨度心头一热，想起湘绮师青年时代的惊人之举更是不同凡响：

更有湘潭王先生，少年击剑学纵横。
游说诸侯成割据，东南带甲为连衡。
曾胡欲顾咸相谢，先生笑起披衣下。
北入燕京肃顺家，自请轮船探欧亚。

能借这个机会，将湘绮师年轻时的奇伟抱负向世人披露，杨度很觉得意。写到湘绮师，他自然想到了曾为湘军军官的祖父和伯父，他们也都是豪侠之士。单独点名颇有自夸之嫌，他决定再专写一段当年湘军官勇的气概，以此来纪念父祖辈的功业。

吁嗟往事哪堪说，自言当日田间杰。
父兄子弟争荷戈，义气相扶团体结。
谁肯孤生匹马还，誓将共死沙场穴。
一奏军歌出湖外，推锋直进无人敌。
水师喷起长江波，陆军踏过阴山雪。
东西南北十余省，何方不睹湘军帜。
一自前人血战归，后人不叹无家别。
城中一下招兵令，乡间共道从军乐。
万幕连屯数日齐，一村传唤千夫诺。
农夫释耒只操戈，独子辞亲去流血。
父死无尸儿更往，弟魂未返兄愈烈。
但闻嫁女向母啼，不见当兵与妻诀。
十年断信无人吊，一旦还家谁与识？
今日初归明日行，今年未计明年活。
军官归为灶下养，秀才出作谈兵客。

杨度放下笔，甩了甩手，自觉这段写得生动精彩。且不说湘军作战其后果如何，单就父死子继、勇赴戎机的壮士气概，就足令湘人脸上生光、湘军后裔自豪。至于湘军中的民族英雄们，他们的业绩更为中华民族大增光彩。

只今海内水陆军，无营无队无湘人。
独从中国四民外，结此军人社会群。
茫茫回部几千里，十人九是湘人子。
左公战胜祁连山，得此湖南殖民地。
欲返将来祖国魂，凭兹敢战英雄气。
人生壮略当一挥，昆仑策马瞻东西。
东看浩浩太平洋，西望诸洲光陆离。
欲倾亚陆江河水，一洗西方碧眼儿。

当年恪靖侯左宗棠的八面威风已往矣，而今是胡骑凭陵，华夏受气。杨度愤怒写道：

于今世界无公理，口说爱人心利己。
天演开成大竞争，强权压倒诸洋水。
公法何如一门炮，工商尽是图中匕。
外交断在军人口，内政修成武装体。
民族精神何自生，人身血肉拼将死。

看看世界吧，俾斯麦、拿破仑都是野蛮的武夫，欧洲古国斯巴达，强者去当兵，弱者则被人杀。小小的普鲁士王国，连妇女儿童都知兵，所以能战胜群雄，统一德意志。想到这里，杨度意气昂扬，既然湖南近五十年来已培植了根深柢固的尚武精神，造就了遍布全国的成千成万将官，湖南理应成为中华民族自立自强的中流砥柱，成为各省奋起的带头人。心在急跳，血在奔流，思想如飙风暴雨，诗才如岩浆迸发。杨度挥笔疾书，谱写出《湖南少年歌》中的最强音：

中国如今是希腊，湖南当做斯巴达。
中国将为德意志，湖南当做普鲁士。
诸君诸君慎如此，莫言事急空流涕。
若道汉唐国果亡，除是湖南人尽死。
尽掷头颅不足惜，丝毫权利人休取。
莫问家邦运短长，但观意气能终始。

写到此，杨度掷笔，重重地吁了一口气。他将这一段再读一遍，觉得有一点易水送别的味道，特别是“若道汉唐国果亡，除是湖南人尽死”两句，真是至悲至壮，至哀至豪！湖南人拯救中国的决心已写尽写绝了，还有什么语言能超得过它呢？

这篇歌行写到这里本可以收笔了，但一向抱负不凡且爱表现的杨度，觉得这样一篇重要的、必将传世的作品中如果不写写自己，那真是太可惜了。不知不觉间，早已是深夜了，室内灯光明亮，隔壁房间里未来的军事家仍沉睡不醒。窗外，夜色黑得连一丝星光都没有，只有日本海的浪涛依旧在不停地奔涌，发出比白天大得多的撞击声。杨度想起了第一次进京中举以来十年间的探索与追求：

我年十八游京甸，上书请与倭奴战。
归来师事王先生，学剑学书杂相半。
十载优游湘水滨，射堂西畔事躬耕。
陇头日午停锄叹，大泽中宵带剑行。
窃从三五少年说，今日中国无主人。
每思天下战争事，当风一啸心纵横。

面对室外寂黑的夜空和渺茫的大海，面对当今弱肉强食的不平世道，杨度从心里发出长啸：王先生所传授的帝王之学、纵横之术什么时候才能真正展布！他心不能自已，情不能自持，再次提起笔来，为《湖南少年歌》续完了冲霄凌云回肠荡气的最后一节：

执此东亚一病夫，任教数十军人辱。
人心已死国魂亡，士气先摧军势蹙。
救世谁为华盛翁，每忧同种一书空。
群雄此日争逐鹿，大地何年起卧龙！
天风海潮昏白日，楚歌犹与笳声疾。
惟持同胞赤血鲜，染将十丈龙旗色。
凭兹百战英雄气，先救湖南后中国。
破釜沉舟期一战，求生死地成孤掷。
诸君尽作国民兵，小子甘为旗下卒。

不知何处一声嘹亮的雄鸡啼鸣，惊醒了蔡锷的酣梦。他见书房里灯火依然亮着，便披衣走了过去。杨度正双手叉腰背对着他，桌上摆着一叠纸。

“皙子,鸡都叫了,你一夜没睡？”蔡锷怀着一种尊敬的心情,轻轻地问。

“松坡,你起来得正好。我的《湖南少年歌》刚刚写完,你是第一个读者,你帮我好好看一看，指正指正，我再修改。”兴许是喝了酒，兴许是为自己创作了这样雄壮的诗篇而亢奋，杨度虽然写了一通宵，却毫无倦意，两只有神的眼睛比往日更加闪闪发亮。

“就写好了？我拜读拜读。”

“湖南少年歌。”蔡锷轻轻地念着题目，“好，题目取得好！梁师有《少年中国说》，你有《湖南少年歌》，正好配合。中国好比一个新生的少年，湖南也是一个新生的少年。”

蔡锷一边夸奖着，一边看下去。嘴里小声地念着。杨度侧过脸去，也看着稿纸，和他一起欣赏自己的佳作。

“好，不悲当日苍梧死，为哭今日民主稀。写得妙！”蔡锷念的声音高昂起来，杨度的脸上露出了笑容。

“好，心性徒开道学门，空谈未救金元辱。写得对，正是如此。”蔡锷又大声念了两句，杨度听了很舒服。

“军官归为灶下养，秀才出作谈兵客。写得生动！我今日又是一个作谈兵客的秀才。”蔡锷特别欣赏将“秀才”与“谈兵”相联系起来的诗句。

“一针见血，一针见血！”蔡锷伸出大拇指指着稿纸上的两句诗。杨度看时，原来他指的是“于今世界无公理，口说爱人心利己”两句。

“哎呀，皙子兄，你这几句真是写绝了！”蔡锷忘形地拍打着杨度的肩膀，高声朗诵起来，“中国如今是希腊，湖南当做斯巴达。中国将为德意志，湖南当做普鲁士。若道汉唐国果亡，除是湖南人尽死！我担保，稍有点血性的湖南人读了这几句，都会去为中国的生存而奋斗。”

杨度的脸上流光溢彩，心里鲜花怒放：“松坡，你不要光说好，也要提意见。”

“要提意见嘛，我提一条。”蔡锷指着稿纸说，“‘若道汉唐国果亡’这一句,‘汉唐’二字改为‘中华’二字更好。因为汉唐作为历史上的两个朝代,实际上早已消亡了,若作为中国人的代称,则人们会理解为汉人唐人,如此,则排斥汉族以外的其他民族。扒开满人不说，中国还有回人、藏人、蒙人，光我们湖南就有苗人、土家人、瑶人、侗人等。不如改用‘中华’二字，则包括了所有的民族。”

“说得对！”杨度心悦诚服地接受蔡锷的意见，提笔将“汉唐”二字圈掉，工工整整写上“中华”二字。

“若道中华国果亡，除是湖南人尽死。”蔡锷重新念了一遍，“这就完美无缺了。”

接下去，他一口气将全诗念完，由衷赞道：“黄钟大吕，铁板铜琶，上下古今为湖南人唱赞歌的，再没有哪篇能超过这首《湖南少年歌》了。我马上就送给梁师去看。”

蔡锷说着，捧起一叠纸飞快地跑了出去。

窗外，天色已大亮，一望无际的海平面上彩霞如锦，波光如镜，一轮朝阳就要从它的怀抱里跳跃出来了。杨度久久地伫立在窗边，眺望着这宇宙间最为壮观的景象，心里默默地念道：“大海呀，你真伟大！”

六　从看到千惠子的第一眼起，杨度就喜欢上了这个美丽的日本女郎

当杨度送别蔡锷回到东京后的第二天，梁启超主办的《新民丛报》便在第一版显著地位刊登了署名皙子的《湖南少年歌》，并亲自为这篇歌行加了一段热情的赞语：“湘潭杨皙子度，王壬秋先生大弟子也。昔罗斯福演说，谓欲见纯粹之亚美利加人，请视格兰德。吾谓欲见纯粹之湖南人，请视杨皙子。顷皙子以新作《湖南少年歌》见示，亟录之，以证余言之当否也。”

一时间，东京中国留学生界，谈话的内容莫不是《湖南少年歌》，纷纷赞扬这篇歌行气势宏阔，才华信美，充溢着强烈的爱湖南爱中国的少年激情，不少人都叹息本省无此美才。也有人对“若道中华国果亡，除是湖南人尽死”这两句不太满意，似乎有点唯湘独尊，眼无他省的味道。但更多人反驳道，这是诗，诗应当有夸张，皙子这里说的湖南人要与敌人血战到底的气概，以及光复中国的决心；何况他也有所本，“楚虽三户，亡秦必楚”，这是载之典籍的名言，如果我们每省都有湖南这种决心，那中国就绝对不会灭亡。湖南人读了这首少年歌，莫不惊喜若狂。这篇长达二百四十六句的歌行，激发了他们作为一个湖南人特殊的自豪感，无论是革命党，还是保皇派，以及没有明显政治倾向以学习科学技术为目的的湘籍留学生们，无一不敬仰皙子，爱戴皙子。这一期的《新民丛报》不仅在学生中，而且在整个日本的华人小区中，成了最为抢手的一张报纸。在国内，尤其在三湘四水之间，更是广为传抄广为传颂，颇有点洛阳纸贵的势头。

为了更好地研究宪政，杨度离开了弘文学院，进了东京法政大学速成科。这里也有一大批中国留学生。他抱着广交朋友的宗旨，很快结识了他们，尤与范源濂、汪兆铭友善。

那是在进法政大学不久的一个中午，饭堂大门边张贴了一幅海报，十几个中国留学生围在旁边看，杨度也挤了进去。海报上写着几排中文字：论辩大会。题目：中国的前进应采用何种方式为宜。地点：秋赏斋二楼北头教室。时间：十二日晚上七时正。主持者：中国留日学生联合会法政大学分会。欢迎全体中国留学生及日本朋友参加。对于这类论辩会，杨度有很高的热情，而且也喜欢发言，只是因为刚进学校，不明情况，这次先听听。

准七时，杨度来到秋赏斋。这间可容纳百来人的大教室已差不多坐满了，其中还有七八个日本学生。主持人简单地讲了几句开场白后，发言者便一个接一个，都是血气方刚、多闻博识的年轻学子，讲起话来，无人不滔滔扬扬辞气激励，对中国的现状几乎都不满意，对中国谋求进步富强的方式的看法却各有不同。除少数人主张应当以普及教育、发展实业的手段来达到国富民强的目标外，绝大部分人都主张应从政治上入手来改变现状。从政治上着眼的主意虽多，归纳起来，仍不外乎维新和革命两种主要途径。主张维新者多为康有为信徒。他们以身处之地日本为最有力的例子，认为不必废除君主制，只要把西太后为首的顽固派搬掉，把权力集中于光绪皇帝一人之手，那么光绪帝就是中国的明治天皇，中国也就会跟日本一样迅速强大起来。主张革命者多信奉孙中山的理论。认为满人的朝廷，无论是慈禧还是光绪，都是一丘之貉，绝无新生之理。第一步先推翻满人的政权，第二步再建立民主共和国，走美国、法国的道路，永远废除君主专制，中国才有可能真正走上繁荣富强的道路。

双方各执一端，争辩十分激烈，间或还杂有人身攻击，使得气氛颇为紧张。这种论辩，过去在弘文学院也时常有过，杨度不以为怪。只是他发现，与一年前相比，今晚的辩论会明显的是革命派占了上风，维新派显得有点阵营不强气势不壮。发言的有十六七个人，给杨度留下深刻印象的是两个人。

一个人中等偏矮的个头，长方脸，鼻宽嘴阔，操一口湘北官话。他认为中国要变革，但不能太剧烈。他打了一个比方：中国现在好比一辆破车子，轮子已陈旧，车板已腐朽，拉车的马是跛子，驾车的人已昏老，若陡然来个急转弯，则必然是车散人亡，一切都颠覆了。因此，只能缓缓地转弯子，昏老的驾车者过不了多久就会死的，那时再让年轻精明的人来代替，情形就会好多了。以后，再换马换轮换车板。经过十年二十年这样的逐步替换，这挂车就会变成轻车快马，奔在别人的前头。当前的主要任务是在国内多办学校，大兴教育，多培养各种人才，不但要培养驭手，还要培养造车轮车板的工匠。中国与日本相比，最大的落后是在教育上，教育是振兴民族的基础。此人的比喻很形象，听众都笑了起来。杨度也觉得他的演讲风趣。

他刚一说完，座位上立即站起一个人，高声喊道："静生此论大谬！"说着便大步流星地走上讲台，听众鼓起掌来。杨度忽觉眼前一亮，心里说着："好个一表人才！"走上讲台的人面庞端正，身材匀称，着一套乳白色西服，系一根浅花条纹领带，神采奕奕，风度翩翩。他一上来便指斥刚才发言的静生是懦夫，所抱的态度乃是对国家和人民不负责任。他慷慨激昂地说，人民已在水深火热之中，国家已在虎狼包围之下，人民随时都可能死亡，国家随时都可能被瓜分。这种危急的局面，迫使我们一年都不能等待，一天都不能等待，必须采取最迅捷最厉害的一着来救国救民。这个漂亮的年轻人认为此着即为暗杀。他毫不隐蔽地说，第一要暗杀慈禧老太婆，第二要暗杀懦弱无能的光绪帝，第三要暗杀狡猾阴毒的袁世凯。他大声疾呼，是好男儿就要为国家为百姓洒一腔热血，舍得一身剐！他自己决心做荆轲、聂政，以一死而博得个流芳百世。漂亮年轻人的壮士气概，赢得掌声雷动满堂喝彩。杨度虽不赞同他的观点，却为他的气概所感动，心里默默地说："这是一个真正的热血志士！"

正在激动之际，听众席上出现了骚动，几个留学生在高声吵闹。有人站了起来，互相指着对方的鼻子叫骂，这个骂那个是满虏的奴才，那个骂这个是祸国的暴民，最后竟然扭打起来。许多人都去劝阻，将扭在一起的人扯开，杨度也挤过去制止。一场热气腾腾的辩论会，因热得过头而不得不中途散会。

第二天，杨度找到了矮个子，跟他互换了名片，才知那人叫范源濂，字静生，湖南湘阴人，半年前从弘文学院转到法政大学。两人原来竟是同乡又是先前的同学，见面之后分外亲切。范源濂早慕皙子大名，见他主动来访，说了许多钦佩的话，自然是彼此都遇到了知音，二人立即成了好朋友。结识了范源濂后，杨度又去拜访漂亮年轻人。那人名叫汪兆铭，字季新，笔名精卫，广东番禺人，为人极是豪爽热情，与杨度一见如故。杨度十分高兴结交了这两个政见虽不同但才气都很足的同窗。三人在一起高谈阔论。彼此政见不同，难免有脸红脖子粗的争吵，杨度常在中间充当和事老。不过争吵归争吵，友谊归友谊，第二天见面又都无嫌猜。后来杨度与留学生界接触日久，方知日本留学生之间大抵都如此。吵得激烈时，甚至大打出手，捅刀子的事都做得出，过后又握手言欢，不记前仇。一旦谁遇到困难，不管政见如何，多数人都会伸手相援。这是因为一则都有着爱国救国的共同目标，二来大家都漂泊异邦，因而更看重乡谊亲情。

范源濂是个活动家，喜欢并擅长筹备组织各色集会活动。他一天到晚出没于东京中国留学生较多的学校，又与国内有密切的联系。他精力充沛，活力很强。汪兆铭挂了个法政大学生的名，其实很少上课，他常在校外秘密学习炸弹地雷的制作方法，十天半月不回校，整夜整夜不归寝室是常事。他与孙中山、胡汉民的关系特别好。

无论是范源濂的串联活动，还是汪兆铭的爆炸试验，杨度一概不参加，他集中精力钻研各国宪政，将研究所得发表在东京各种华文报刊杂志上。杨度的知名度越来越高。他因为不介入派别之争，反而获得了大部分留学生的认可，成为众望所归的人物。当东京留日学生总会改选时，他被一致推举为干事长。从那以后，饭田町杨寓成天人来人往，门庭若市，成为东京留学生们聚会的重要场所。

杨度一方面负责全日中国留学生的联络、组织、指导，同时还担负湖南籍学生创办的《湖南学生界》和《游学译编》的主编。他夜以继日地履行自己的职责，团结各种派别的留学生，同时发愤攻读宪政方面的书籍。他一天到晚为大家服务，尽心尽力，无求无索，任劳任怨，不仅赢得了留学生的敬重，连田中夫妇也对他很尊敬。

光阴荏苒，冬去春来。近半个月里，杨度未去法政大学，也谢绝了大家的来访，他在闭门构思写作一本名叫《金铁主义》的书。他要在这本书里详细而全面地阐述自己改造中国的思想，他将全副心思投入到这本被他称之为伟大的著作之中。

《金铁主义说》是《杨度集》中最长的一篇文章，全文13万余字。对于“金铁主义”，杨度在文中解释道：“我特于吾所谓经济的军国主义，创造一新名词以括之，曰金铁主义。金者黄金，铁者黑铁；金者金钱，铁者铁炮；金者经济，铁者军事。欲以中国为金国，为铁国，变言之即为经济国、军事国，合为经济战争国。”全文分为八节。第一节：今中国所处之世界。第二节：予所持者世界的国家主义（经济的军国主义）。第三节：世界的国家主义（经济的军国主义）之内容。第四节：中国现政府之不负责任。第五节：中国国民之责任心与能力。第六节：政治革命。第七节：君主立宪。第八节：世界将来之中国。此文发表在日本东京由杨度主编的《中国新报》第一至第五号上。

天气不知不觉间变得和暖起来，草木也渐渐地由黄变青，他似乎对这一切都熟视无睹。一天清早，他突然看见庭院里几株高大的樱花树已绽出花瓣来。他欣喜地走出庭院，看到左邻右舍街头巷尾的樱花都开放了，来来往往的行人脸上荡漾着温和的微笑，少女们特地换上了鲜艳的和服，小孩子们打扮得比往日更加漂亮，一向脚步匆忙的东京人明显地放慢了步伐，他们在极有情趣地观赏四周的樱花。

日本国遍地都种着樱花树，每年三月末四月初时分，樱花便陆续开放了。单独的一朵樱花，小小的，娇娇弱弱的，似乎并不起眼，一旦到了高峰期间，它便一朵接一朵，一层压一层，开得满枝满树，密密匝匝。那白白的、粉红色的花层，犹如蓝天的祥云降落地面，给人世间换上一幅极为壮观、极为瑰伟的美景，带来一股使人情绪昂奋、心灵愉悦的浓烈春意。但这奇异的春景却为时短暂，前后加起来不过二十来天，花事最盛时则只有五六天。这几天里，日本全国，从天皇到百姓，从城市到乡村都休假赏花。人们倾家外出，携幼扶老地来到公园、郊外等樱花树集中的地方，一边欣赏，一边饮酒品茗。有的家庭甚至在树下搭帐篷，白天黑夜都在花间生活着，尽情享受造化给人类恩赐的这份珍贵礼物。年轻人结婚也多半选在这个时候。烂漫的樱花丛中，一对新人在亲朋的祝福声里饮下交杯酒，共结百年之好的情景随处可见。也有些文人武士从樱花的乍放骤谢，联想到人生的短促，心绪反倒变得格外的复杂低沉。他们对着樱花举杯长饮以求一醉，然后在醉意蒙胧中唱着大和民族古老的歌曲。那凄婉哀怨的古调，从充满着苦和泪的真诚的胸腔里发出，真的是揪人心肺、催人泪下。更有因巨大的痛苦不能解脱的武士，在痛饮高歌之后，拔出腰间的佩剑来，用刀尖对准自己的肚子，用力猛地一刺，在一声惨不忍闻的厉叫中倒在厚厚的落英上，招来许许多多人的感叹惋惜。

这就是日本的樱花节。它是扶桑国最美丽、最热闹、最隆重、最神圣的节日。“欲问大和魂，朝阳底下看山樱。”所有留学东瀛的中国学子，这几天也都放下手中的书本，停止一切集会、活动，走出学校，走出书斋，踏进如诗如乐、如梦如幻的灿烂樱花图里，欣赏在国内绝不可能看到的那份醉人风光，并从中领略大和民族的精神。

杨度正拟信给弟弟和妹夫，再邀请黄兴、刘揆一、汪兆铭、范源濂等人，一起去上野公园赏两天樱花。下午，田中老先生满脸笑容地走进了他的房间。

“杨先生，我那调皮的孙女来了。”

“千惠子来了！她什么时候来的？”杨度惊喜地问。他常常听老两口说起他们在横滨的孙女儿千惠子，并且拿出千惠子和她父母的照片给他看。

他因而知道千惠子是田中君代的独生女，十九岁了，长得很漂亮，高中毕业后在一所商业管理学校读书。外祖父藤原信宇就只有她一个外孙女，希望她今后能继承藤原家族的财产，把它管好，还指望能在她的手里更加兴旺发达。为此，千惠子不随父姓而随母姓。外祖父还作了严格的规定：今后千惠子也要与母亲一样，只能招赘而不能出嫁，生下的孩子不论是男是女，也都要姓藤原。由于外祖父的家规，也由于千惠子自己择婿的严肃，所以她至今还没有如意郎君。千惠子受祖父的影响，能识汉字说中文，对中国文化很有兴趣，尤其喜欢唐诗，能够背得出几十首，祖父常夸她是女才子。杨度想象中的千惠子也是很可爱的，但千惠子一直未到东京来，他无缘结识。上次在横滨，他甚至动过去拜访的心，只是自觉太唐突便打消了那个念头。早两天，听田中老先生说过孙女要来，想不到真的来了！

"就是刚才，你前脚出去，她后脚就跟着进了屋。"田中老先生的脸上流露着喜气，"一进屋就说，爷爷，我们家住的那个留学生在家吗？我去见见他。她奶奶说，刚进屋哩，坐会儿，歇歇再说。她又问，爷爷，那个留学生学问好吗？我说，好得很，尤其诗作得好。她忙站起说，我去见他。我说，他刚出去，过会儿回来再见不迟。她坐下聊了一会儿家常，我和她奶奶为她准备吃的。待我们把饭菜端出来时，却不见她了。我喊了声千惠子，你猜她在哪里应着，原来她溜进了你的房间，真不懂礼貌！"

"没有关系，我的卧室从来都敞开着门，任谁都可以进。"

杨度被老先生的高兴劲感染了。田中龟太郎一向温文尔雅，不大多说话，说起话来也是慢条斯理的，显示出一种极有修养的学者风度，像今天这样喋喋不休地叙述，说话中还模仿着别人的口气，杨度还是第一次见到，心里笑道："看这小老头，孙女一来，就喜得这样！"

"千惠子指着墙壁上悬挂的《湖南少年歌》问我，爷爷，这篇歌行就是这位留学生写的吗？我说是的，是他自己写的。千惠子说，这篇歌行写得真好，他是一个真正的男子汉。爷爷，他叫什么名字？我于是把你的名字告诉了她，她说等你回来后，一定要来拜访你。"

"不敢当！"杨度谦虚地笑道，"我去拜访她！"

"不，不！"田中忙说，"她比你小，理应她来拜访你。"

"爷爷。"门外响起了悦耳的女音。

田中对杨度说："千惠子来了！"

杨度赶紧说："请她进来！"

田中高兴地对门外说："千惠子，杨先生叫你进来哩！"

“下午好，杨先生！”

随着一句清脆的日本话，一个女郎从门外走了进来。杨度定睛看时，不觉惊呆了，眼前的千惠子是如此的美丽，几乎为他生平所未见过。只见她黑亮浓密的秀发绾成波浪式卷边发髻，发顶上盘旋一条紫红缨络。鹅蛋形脸上长着一对水灵灵的大眼睛，小小巧巧的鼻梁下绽开一朵丰满的红嘴唇。皮肤光洁白净，没有一星半点斑痕黑点。身穿一件淡紫起黄色小花的缎子和服，脚下雪白的丝袜上套一双软底绣花红呢鞋。身材不高不矮，不胖不瘦，浑身上下匀称和谐，端庄灵秀。杨度心里诧异：东瀛竟有如此佳丽，先前怎么没有发现过？口里也用日本话答：“你好，千惠子小姐，见到你真是高兴。”

就在同时，千惠子也发现眼前的这位中国留学生英俊轩朗，气概不俗，与她素日所接触的本国男子比起来，无一点矫揉造作之态，多几分潇洒倜傥之姿，心里也暗暗想着：这才真正是汉唐文化熏陶出来的人，毕竟不同些。

“我正在说你，你就自己来了！”田中慈爱地望着孙女说。

“爷爷，你对杨先生说我什么呀！”千惠子轻轻地努了努嘴，娇嗔地责备爷爷。

“爷爷还会说你什么呀！”田中满是疼爱地说，“爷爷是特来转告你要拜访杨先生的意思。”

“千惠子小姐，我正在对你爷爷说我去拜访你，你就来了。请坐，请坐。”杨度松开双手，热情地招呼，“我给你沏一杯中国茶，你喝得惯吗？”

“最好，最好。”千惠子大方地说。又问，“是龙井吗？”

“我没有龙井，只有我的家乡南岳云雾茶。你尝尝看，它并不亚于杭州的龙井。”

杨度从书架上取下一个有盖的竹筒。这竹筒也是南岳的特产，它是截取冬天的楠竹根稍稍加工而成。成本低廉，制作简单，却有许多用途和优点：樵夫牧童用它装饭，哪怕是三伏天饭菜也不馊；走长途的人，用它装水，烈日暴晒下，筒里的水仍清凉可口，如同刚舀取的泉水；农家用它装菜籽，长出来的蔬菜格外鲜嫩；南岳山下的人们用它装茶叶，十年八年的茶叶泡出来的水都碧绿清香。那年，齐白石从南岳山下一个老农的手里讨得一截二十年的楠竹根，做了三个茶叶筒。他用心雕琢，做得很精美。三个茶叶筒上有他临摹的三幅古画。一个摹“王冕牛车载母春游图”，留给自己用，隐含自己以王冕为榜样，甘于做一个寂寞清贫画家的志趣。另一个摹“玄奘西天取经图”，送给寄禅和尚，鼓励他像玄奘那样孜孜不倦地钻研佛学经义。第三个临一幅“赵匡胤雪夜访普图”，送给杨度，以赵普比杨度，盼望他日后做一个受君王信任的贤宰名相。杨度十分喜欢这幅画，自己也隐隐以赵普为鞭策，东渡日本的简单行囊里就有这个竹筒和一筒子茶叶。他从竹筒里倒出茶叶来，泡了两杯茶，一杯给千惠子，一杯给田中。

“好喝！”千惠子浅浅地呷了一口，称赞道，“中国的茶比日本的茶清香。”

田中也说：“南岳云雾茶叶好，比杭州龙井茶叶泡出的水更清亮。”

杨度听了这两句赞扬后很得意，说：“南岳茶不及龙井的名气大，但我却偏爱它，不喜欢龙井。”

千惠子笑道：“杨先生，我读了你的《湖南少年歌》，很钦慕你的才华和对家乡的挚爱，刚才听到你偏爱南岳茶的话，更确信你是一个纯粹的爱乡主义者。”

杨度哈哈大笑起来：“千惠子小姐真风趣！从来只听说爱国主义者，再没有听说过爱乡主义者。”

田中说：“杨先生别见怪，我这个孙女就爱这样标新立异。”

杨度说：“哪里会见怪！这正是小姐的可爱之处。”

“标新立异有什么不好？”千惠子望了爷爷一眼，对杨度说，“贵国大诗人郑板桥先生有两句诗说得好：‘删繁就简三秋树，领异标新二月花。’花要引人注目，就得标新立异。杨先生，你说是吗？”

杨度大吃一惊，他绝没有想到，这个年纪轻轻的日本女学生竟然可以随口背诵出郑燮的诗来，而且引来为自己辩护，竟如此恰到好处，天衣无缝。他不禁肃然起敬，说：“小姐，你的汉学真好！”

千惠子嫣然一笑，说：“这是我爷爷教我的。爷爷最喜欢贵国的郑板桥。”

千惠子的这一笑，使杨度突然想起久违的静竹来。“她们的笑容很相像！”杨度在心里默默地说。

田中微笑着说：“千惠子说得对，我喜欢板桥的诗，尤喜欢板桥的字，家里常常挂着板桥的书法。刚才这两句诗，千惠子十二三岁时就跟着我学会了。不过，自从看到你的这幅《湖南少年歌》后，无论诗也好，字也好，我觉得板桥在你的面前都要略输一筹。贵国真是一个人才荟萃之邦呀！”

在杨度自己看来，他的诗无疑要比郑燮的好，至于别具一格的板桥体书法，他还不敢确信能超过。今天听到田中老先生这番评定，他很高兴，口里免不了谦虚一番：“哪里哪里，板桥是前贤，他的字在敝国享誉甚高，我自愧不及。”

千惠子忙说:“杨先生你别谦虚，我也同意我爷爷的看法，我到这里来，就是要拜你为师的。一是跟你学中国诗，二是跟你学中国字。杨先生，你住我家的房子，你可不能不听我这个少主人的话哟！”

说罢，“咯咯咯”地笑了起来，露出两排细碎的白牙，显出一种爽朗而带有点泼辣的美来。

“千惠子！”田中嗔道，“你说话怎么这样没有分寸！杨先生，你千万莫往心里去。”

杨度笑道：“小姐的这种性格真正令我喜欢。只是小姐聪颖过人，我哪里敢做她的老师！”

田中说：“我这个孙女，从小让我们给宠坏了，说话没轻没重，但为人最是善良诚恳，没有半点骄虚之气，她是真正地敬佩你。她从小喜欢中国的诗词和书法，要拜一个中国老师学习，是存心已久的了，只是一直没有找到一个合适的人。杨先生，你的确很合适，你就答应收下她这个女弟子吧！”

“杨先生，”千惠子恳切地说，“我因为想跟中国人学诗词书法，故这一两年来一直留心贵国客人，有几个名气较大的，我还特为拜访过。”

“噢，你拜访过哪些人？”杨度颇有兴趣地问。

“一个是梁启超先生，他也住在横滨，我专程去过他家。想必杨先生认识他。”千惠子侧着脸问。

“认识，认识。”杨度答，“我们在国内就是朋友，前一向我还在他那里住了几天。”

“梁先生的确是贵国的大才子，他的文章受到所有人的称颂。”千惠子严肃地说，“但恕我说句不恭的话，他的诗和字都不怎么样。”

杨度微笑着，没有做声。

“还有一个孙文博士，贵国留学生都称他为中山先生。”

“中山先生来日本了？他不是在美洲吗？你什么时候见到他的？他也在横滨？”杨度抑制不住满腔的兴奋，急切地问。他没有见过孙中山本人，但“孙中山”三个字早已如雷贯耳，对这位充满传奇色彩的大革命家有着一种神秘感。他渴望与之见面。

“就是在上个月，我也是在横滨见到他的。”千惠子显然有一种自豪的神色。“中山先生很和气，他不嫌我年幼无知，跟我谈中国的历史，谈中国的现在，讲了许多非推翻朝廷建立共和国的道理。我很崇敬他，见他为革命劳累奔波，不敢向他提出分外的要求。今天有幸认识杨先生，请你不要拒绝我的请求。”

见杨度还在犹豫，田中说：“杨先生，千惠子平时在横滨读书，不会常到东京来，她只是寒暑假才来东京小住一段时期，打扰你的时间不多，你就看在我的面子上，答应她吧！”

从看到千惠子的第一眼起，杨度就喜欢上了这个美丽的日本女郎。他其实非常愿意和她在一起，刚才的推辞，只不过是出于礼貌罢了。见爷孙俩说得如此真诚，他心里早已不亦乐乎了，遂笑道：“好吧，我们就互相学习吧！”

“杨先生，你同意啦！”千惠子拍着手跳了起来，天真地问，“按照贵国的习俗，我应该如何履行拜师的礼仪呢？”

杨度存心想逗她一下，便严肃地说：“按照我们国家的礼仪，先做一个牌位，牌位上写着‘大成至圣先师文宣王孔老夫子之位’，将这个牌位供在墙壁上。再搬一张太师椅放在牌位下。我坐在太师椅上，你由爷爷领着，双手捧着十根干牛肉，在我的面前跪下，向我磕三个响头。”

“行，行！牌位上的字可以请爷爷写，太师椅也有，只是这十根干牛肉一时弄不到。”千惠子想了想说，“杨先生，用十根香肠代替可以吗？”

“不行。”杨度勉强说完这两个字后，再也忍不住大笑起来，田中也快活地笑了。见千惠子站在一旁不知所措的那副模样，杨度不忍心再逗弄她了。“千惠子，我刚才说的都是逗你玩的，完全不要任何仪式，我们也不分什么先生学生，你明天一早就到我这里来，什么问题都可以问。”

“太好了！”千惠子高兴极了。

田中说：“杨先生，拜师的礼仪可以不要，但学费却不能不收。从这个月起，你那一半的房租费我不收了，还免费供应你每天三餐饭。”

杨度没有朝廷提供的公费，也没有梁启超那份日本政界要人的资助，他没有任何经济来源，吃和住成了他一个很大的负担。这半年来，他靠着从家里带来的那一点银元，以及杨钧、代懿从公费里节省的一点钱来支撑着。田中老先生为孙女支付的这笔学费，对于杨度来说真是雪中送炭，太珍贵太重要了。杨度素来豪放，何况此时正需要它，便立刻答应：“那我就谢谢您了！”

“杨先生，学生有一个要求。”千惠子一本正经地对杨度说。

“你有什么要求，请说吧！”

“明天不上课，学生请先生和我们一起去箱根观赏几天樱花。一来这几天正是樱花盛开的时候，错过了太可惜；二来也借此表达学生对先生的一点心意。”

“好！”杨度喜出望外，“我们明天去箱根赏樱花。”

七　樱花丛中，杨度与田中探讨中国的富强之路

箱根在神奈川县，位于秀丽的相模海湾西北，距东京不到二百里路程。境内的箱根火山海拔一千四百多米，山势雄伟，林木葱茏，气象甚是壮观。火山脚下的芦湖，湖水湛绿，一清到底，使人观之心舒气爽。此地多温泉。哪怕是三九隆冬季节，从火山周围地下涌出的汩汩泉水都冒着一丝丝热气，给箱根带来融融暖意。正因为箱根得天独厚的自然环境，使得它成为日本有名的游览胜地。

这里尤其是观赏樱花的好地方。箱根因为境内多温泉，地气暖和，所以樱花开放的时间要比附近的城镇早几天。东京、横滨、静冈等都市里那些爱花惜花的人们，为了能和樱花多相处一些日子，往往先到箱根赏几天花，回去后恰好赶上当地花事盛时。千惠子正是出于这个原因，在东京樱花初绽的时候，趁着放假，特为从横滨来到东京，邀请爷爷奶奶先去箱根赏花。

当田中夫妇和杨度、千惠子来到箱根的时候，果然此地已是繁花似锦、游人如织了。　杨度有《游箱根三首》发表于《新民丛报》上。梁启超在《饮冰室诗话》中称：“哲子以阳历岁暮听讲义于箱根，归而以诗三章见示，吾读之而有以知哲子道心之增进也。”兹录此七律三首如下——　大地茫茫起暮云，危楼孤倚海天昏。万山拥翠来迎我，一月当空出照人。世上生死同逆旅，眼见哀乐寄苍生。当年耕钓同游者，知我今宵故国情。　梦里还家醒后疑，明明茅屋月光敧。山间老树依然翠，水际渔歌更许奇。一世逍遥常自在，千年哀乐倩谁知。槛边风物非吾有，举目徒增去国悲。　五岳游还剩此身，偶然栖息寄高林。半山落叶披帘入，万壑飞泉夹枕鸣。欲语名山中土好，须知浮海圣人憎。求仙欲谢长生客。未许徐郎得避秦。这里山脚、湖畔、水边、路旁生长着成千上万株樱花。有的高达十来米，主干粗大，侧枝茂密，满树花开得亮堂堂、光闪闪，颇似一个身躯肥壮的相扑健将得胜回里，披红挂彩，神气十足。有的只有个把人高，枝干都还显得稚嫩，但也是千朵万朵压满枝头，就像一个头上插满了金花银花的闺中新娘，正在娇羞地等待着迎亲的花轿进门。放眼望去，阳光照耀下的无边无际的花海，泛出一片灿灿烂烂的银白色的浅红色的光晕，整个箱根的湖光山色都被它照亮了染红了，装扮一新的赏花者笑谈着、歌舞着，三三两两地在花海中穿行，又给箱根增添了蓬蓬勃勃的生机。

这种辉煌瑰丽、光彩夺目的壮观，莫说是在国内见不到，就是在东京，杨度也没有见到过。此时此地，世界仿佛没有黑暗，没有贫寒，没有丑陋，更没有罪恶；人世间充满的是阳光，是美丽，是祥和，是人们渴望和追求的幸福。杨度不由得从心底里发出赞叹：“人生永远都是如此，那该有多好啊！”

田中也被兴旺的花事所吸引，听了杨度的感慨后接着说：“是呀，只可惜人生快乐的时候少，忧患的时候多，就像这樱花一样，长年累月都是冷冷寂寂的，热闹风光也就只有这么几天！”

“爷爷，这么快乐的时候，你说这种扫兴话做什么！”千惠子打断爷爷的话。她少年不知愁滋味，生活在她的面前，正如眼前这一片光灿灿的樱花，她绝不愿意去听那种人生多忧人生苦短之类陈词旧调。

爷爷微笑着看了一眼孙女，不再说下去了。和子老太太又重复起她一踏进箱根境内就不断说起的话：“箱根这地方的花，就是比东京的开得好看。”

几株特别高大的樱花树下围着一圈人，杨度猜想一定又是一对新人在举行婚礼。千惠子眼尖，说：“有人在表演茶道，杨先生，去看看吧！”

杨度还没有看过樱花树下的茶道表演，他跟着千惠子挤进了人圈。这是一处露天茶室。地上铺着几块深红色的地毯，地毯的一角跪坐着一大二小主仆三人，面前摆放着茶釜等各种茶具。中间的主人是个二十多岁的女人。她身穿鲜艳的大红和服，腰系翠绿色宽边绸带，头上一个硕大的发髻，发髻上插满了各式耀眼的珠宝首饰，给人一种雍容华贵的感觉。跪坐在她的左右的，是两个八九岁的小女童，她们也穿着红色和服，只是头发未加装饰，三人的面部全都涂上刺眼的白粉，嘴唇则抹得血红血红的。地毯的另一角坐着四个琴师。琴师奏起了古典乐曲，小女童起身为小泥灶升火，女主人为瓦罐加水。一曲古乐刚奏完，瓦罐的水便煮沸了。略停一会儿，古乐再奏起。女主人伸出纤细的双手，端起华丽的茶碗一遍又一遍地洗刷，那态度一丝不苟。洗刷完了，她将两木勺绿茶末倒进茶碗内，用沸水冲泡，再用一个圆形的空心篾器在茶碗内搅拌，然后双手捧碗，一会儿左一会儿右地慢慢转动。左右转了七八次后，另一小童起身，捧了一个黑漆托盘走到女主人身边，女主人将茶碗放到托盘上。

千惠子对杨度说：“我们走吧。这小女孩等下就会朝着看的人走来，她看出哪个人的身份较高，就会请那人喝茶。这喝茶也有许多讲究。说不定那女孩会认出你是中国人，远道来的客人，她会请你喝茶，那就麻烦了。”

“那赶快离开。”杨度笑着说，“我端着茶碗，还真不知道该怎么喝哩！”

二人走出人圈，田中老夫妇正站在一边，对着远处指指点点，显然是在等他们。

“杨先生，中国有樱花吗？”千惠子仰起面孔问杨度，那白里透红的面孔夹在花丛中，简直令杨度分不清哪是樱花，哪是她的脸。杨度突然想起两句唐诗来：“去年今日此门中，人面桃花相映红。”遂答道：“我们中国没有樱花，但有一种花也可以和樱花比美。”

“什么花？”千惠子兴致浓厚地问。

“桃花。”杨度答。他想起了石塘铺仲春的桃花来，动情地说：“在我们家乡，几阵春风春雨过后，山前山后的桃花都开了，很是好看。”

石塘铺的粉红色的桃花，在最旺盛的那些日子里，也会给周围的田野农舍披上一幅彩缎。但杨度心里当然明白，再好看的桃花，也无法跟眼前的樱花相比。首先是这种气势：绵延广阔，一望无边，枝干伟岸，直插云天，令桃花黯然失色。其次是赏花者之普遍，情绪之浓烈，更是中国民众所不可思议的。石塘铺的桃花尽管妖艳耀目，却无人赏识。这真是美景的最大悲哀！此时的这句话，与其是在称赞桃花，不如说是在怀念故园。

杨度这番复杂的心绪，千惠子根本想不到。她兴趣盎然地说：“是的，我虽然没有去过贵国，但我想象得出贵国桃花盛开的时候一定要比这樱花好看。”

“你如何想象得出？”不知是被千惠子这极有礼貌的回答所感动，还是因为樱花旁的她因这句话而更显得美丽，杨度很想与她多说些心里话。

千惠子想了一下说：“贵国有许多文人笔下的桃花都很美，特别是陶渊明的《桃花源记》，更是把个世外桃源写得令人神往。”

“《桃花源记》你也读过？”在异国他乡遇到一位又美丽又爱中国文化的女子，杨度的心里暖融融的，“你能记得中间的几句吗？”

“开头的那一段我可以背得出。”千惠子不无自得地说。

“那就背一背给我这个老师听听。”杨度笑着说。

“好。”千惠子思索了片刻，背道，“晋太元中，武陵人捕鱼为业，缘溪行，忘路之远近。忽逢桃花林，夹岸数百步，中无杂树，芳草鲜美，落英缤纷……”

“千惠子，你在杨先生面前背《桃花源记》，不是班门弄斧吗？”田中老先生哈哈大笑起来，打断了孙女的背书声。

“爷爷，这不是班门弄斧，这是让老师测试测试我的汉学基础。”千惠子说完，又望着杨度，“杨先生，你说是吗？”

“对，对。”杨度频频点头，“不要背下去了，你的汉学基础很好。”

“谢谢！”千惠子高兴地说，“‘芳草鲜美，落英缤纷’，这八个字勾画出来的画面，就够令人向往的了。”

“好是好，可惜，陶老夫子笔下的这个桃花源，千百年来一直是我们中国人心目中的理想世界，并不是实实在在的生活，哪比得上贵国，‘鲜美’、‘缤纷’就在眼前，无须文人去虚构。”杨度突然想到自己贫困落后的祖国，与羁旅中所见的日本相比，简直有天壤之别。一股怅惘涌出，心头顿时紧缩起来。面对着这幅瑰丽的赏花图，不由得思绪万千。

前面横着一道小沟，千惠子搀扶着奶奶小心地迈过去。杨度要来扶田中，老先生摆摆手，敏捷地跨过。小沟这边的樱花似乎更繁茂，树上的花朵一簇挨一簇，一层靠一层，红白闪亮，光彩耀目。树下堆积着飘落下来的花瓣，有的有二三寸厚，虽是落英，却依然鲜艳娇嫩，使人有点不忍心践踏它们。

“落红不是无情物，化作春泥更护花。”田中轻轻地哼着，转脸对杨度说，“贵国龚瑟人先生这两句诗，写出了人生一个很高的境界。我与贵国许多留学生交往过，发现在他们的身上，都有一种宁愿牺牲自我而为后人造福的精神，真正令我敬佩。”

“老先生，您这话过奖了。”田中这番话，令杨度感激，刚才的一丝惆怅也被它冲淡了。

“来我家与你交往的留学生们，我看得出，都与你一样，个个既是忧国忧民之士，又是慷慨热血之徒。贵国有你们这样的青年，我看桃花源不久就会在贵国变为实实在在的眼前之景。”

田中老先生的善良真诚，使杨度十分感激。十年前，当日本海军大败北洋水师的时候，杨度和所有中国爱国士人一样，对日本有着一股强烈的仇恨情绪。来到日本后，这种情绪不知不觉地在减退。尤其是这次，住的时间较长，对日本社会和文化了解得较多，加之会说日本话了，与日本普通百姓的接触也便更为广泛，杨度对这个曾被他轻蔑地叫做“蕞尔小国”的日本的情感起了很大的变化。他深深地感觉到，日本是一个很不平凡的国度，它有许许多多值得中国效法之处，而最值得中国效法的就是它的君宪国体。同时，大和民族又是一个进取心极强的民族，他们总是敏锐地虚心地学习别的民族的长处，并通过全体一致的勤奋努力，很快地便把这种长处据为己有。

“杨先生，这半个月来，你天天足不出户，伏案疾书，你是不是在为贵国未来的桃花源勾画蓝图呢？”见杨度在沉思，田中又开口了。

“老先生，真让您说对了。”杨度颇为兴奋地说，“我正在草拟一部敝国的治国大纲。”

“治国大纲？”千惠子被这四个字吸引了，她掉转头来惊奇地反问了一句。

“对，这是一部治理国家的大纲领。我用‘金铁主义’四字来做书名。”杨度不无得意地说。

田中说：“当年德国宰相俾斯麦以铁血主义挽救了德意志，你的金铁主义是不是从铁血主义衍化过来的？”

“不是。”杨度断然否定，“俾斯麦倡导的以黑铁加赤血救国的主张，即世人所说的铁血主义，使普鲁士统一德国诸联邦，进而称霸欧洲。俾斯麦之所以倡议此种主义，是因为普鲁士为一寡民小土之国，其条件不足以让它生存于列强争霸之欧洲，故非有兵力不足以排奥挫法而团结德国各邦，建成一个联合统一的德国。它后来称霸欧洲，是全以兵力从事征战所致。但敝国不能采用铁血手段。敝国有五千年文明历史，儒家仁慈友爱之说深入人心，若纯倡铁血，则使民智日暗，民德日薄，而民力亦会因之而不振，社会经济亦必日渐萎败。”

“说得对！”田中十分赞许地说，“贵国是一个诗书礼仪之邦，贵国所有的救国者都不能丢失了这个优秀的传统。”

“是的。”杨度点点头，颇为自负地说，“我取俾斯麦之长，又以吾国的传统补其短，故而用‘金’来替换其‘血’。所谓金者，黄金也，即金钱，即经济，欲以此来求得人民的生活富裕。铁者，即黑铁，即铁炮，即军事，欲以此来求得国家的力量强大。”

“民生富裕，国力强大。目标很好。”田中又赞许道，“足下为贵国所画的蓝图的确很宏伟。不过，我听说贵国留学生中常有争论，而争论的焦点并不在目标，而在于达到目标所采取的手段。”

“您看得很清楚，所争的确实不是目标，而是手段。”

“听说争论者有两种主张，一为采取民主共和制，一为采取君主立宪制。是这样的吗？”田中问杨度。

杨度还未来得及回答，千惠子抢过来说：“爷爷，你怎么知道得这么清楚呀！”

“你爷爷呀，”和子老太太笑着说，“年轻时也是一个狂热的政治活动家，为倒幕派暗中出过不少好主意哩！我那时为他提心吊胆，万一德川幕府倒不了，天皇掌不到权，我们家就要遭大祸了。”

“哎呀，想不到爷爷还是王政复古运动的功臣哩，怎么没有捞个一官半职呀！”千惠子有意调侃爷爷。

田中爽朗地笑道：“要什么一官半职！为国家谋利益是每一个公民应尽的职责。没有明治天皇的维新，哪有我们田中家族今天的幸福？这就够了。何况爷爷我，只会帷幕策划，却不喜簿书应酬呀！”

说罢，放声大笑起来。矮小单瘦的田中龟太郎，在杨度的眼中瞬时高大起来：一个多么可亲可敬的小老头哟！

“老先生，您一向对敝国很友好，又到过欧美许多国家，见多识广。我今天以一个学生的身份向您请教。您认为，敝国到底是采取民主共和制好呢，还是采取君主立宪制好呢？”

杨度很久就想找一个机会跟田中好好聊一聊，就中国今后的国体问题，听一听这位中国通的日本老人的意见。古人说“不识庐山真面目，只缘身在此山中”，中国人对国家的出路自己看不清楚，是不是正因为是身处其间的缘故呢？一个有见识的外国人或许能以旁观的角度看得更准确，更深刻。今天，在这么美好的樱花丛中，老人又有这么高昂的兴致，话题既然已扯到这上面来了，何不就此请他谈谈呢？

“杨先生，你是一个很有学问的人，又是一个有很大抱负的人，你以学生的身份向我请教，我不敢当。若是我们之间以一种朋友的关系来探讨一下贵国的政治，那我倒是很有兴趣的。”

杨度是个直爽人，见老先生态度诚恳，便笑着说：“师生也罢，朋友也罢，这都无关紧要，紧要的是我想听听您对敝国政治的批评，帮助敝国选一条自立自强的道路。”

“你真爽快！”田中高兴地说，“我在年轻的时候，去过贵国三次。第一次去的时候，你的同乡、最先倡导自立自强的大人物曾国藩还在。我们原想在上海登陆后径去南京拜访他。谁知他刚刚奉调到直隶去了，失之交臂。待到第二次再去贵国时，他已经去世了。我心里直叹可惜！”

“我的这位乡贤，我也没有见到。我出生时，他已作古三年了。”杨度插话。

“后来，我又去了一次贵国。这最后一次时间最久，足足待了四年。”

“怪不得您的中文如此好！”杨度禁不住又插话。

千惠子打趣道：“爷爷，你怎么没有替我娶个中国奶奶回来？”

“这个死丫头！”和子老太太轻轻地拍了一下孙女的肩膀。千惠子快活地笑起来。

“我那时是想娶呀，写信回家征求你奶奶的意见，她死命不答应。”田中边说边向太太挤眼睛。

“是这样的吗？奶奶！”千惠子撒娇似的依偎在祖母的身上，对着祖母的耳朵轻轻地问。

“你听你爷爷瞎说！”和子老太太瞪起眼睛望着老头子，“在杨先生和孙女面前扯这样的谎，也不害臊！真是越老越没正经了。”

老头子听了老太太的责骂，哈哈大声笑起来。

杨度看着这一幅家庭怡乐图，很是羡慕，笑着说：“老先生是一个又老实又惧内的人，我想他即使在中国住十年八年，也不敢有娶中国太太的想法。”

“好啦，再谈正题吧！”田中对孙女说，“刚才都是你引起的。你只许听，不许再打岔了。”

“我再不说话了。”千惠子重新挽起奶奶的手，慢慢地走着，一边欣赏樱花，一边听爷爷和杨度的谈话。

“二十年前，我在一艘海轮上做过两年会计，随着这艘海轮去过法国、英国、德国、美国和加拿大。将东方和西方比较，又将贵国与敝国比较，我认为，贵国的进步，宜采用君主立宪，而不宜走民主共和的道路。”

“老先生，您也这样认为？”杨度十分兴奋，以他的性格，真想把身边这个志同道合的朋友搂抱起来，“您能说说理由吗？”

“我不是思想家，说不出很深刻的道理。”田中恢复往日温文娴雅的仪态，以不疾不徐的声调说下去，“从东西两方的文化渊源来看，西方接受专制的历史没有东方长久。西方人受基督教义的影响较大。基督提倡平等博爱，故西方人自由、民主、平等的观念强烈。东方接受专制的历史悠久，受佛教的影响大。佛教是个等级分明的宗教，因此，东方人习惯于在君王的统治下过日子。假若哪一天没有了君王，他们就茫茫然，有群龙无首之感。另一方面，实行民主共和，必须全体国民有较高的教养。一事当头，大家都有替国家替公众着想的道德意识，民主共和才有基础。否则，愈是民主，愈办不成事。而要办成事，便只有靠专制独裁了。打个比方说吧！一个村庄没有路，村长召集村民商量。若是村民们都有公共道德意识，则先是响应，然后出钱出力，大家同心合作，路便很快修好了。反之，假若没有这种公共道德意识，或者只是少数人有，大多数人没有，这条路就修不起来。先是对这个建议，便有人赞成有人反对，意见不能统一。然后是有钱的不愿出钱，有力的不愿出力。待到收了钱后，经手的人便从中贪污，剩下的钱买了石头木料来，有的村民便会半夜偷回自家砌房子起猪栏牛舍。这样一来，路还修得起吗？像这样的村庄，便只有起用一个有远见卓识又手段强硬的村长，无须讨论，直接命令大家出钱出力，并组织纠察队严行监督，不执行命令者予以惩罚，又制定纪律，严加管理。如此，才有可能把路修好。杨先生，你说是吗？”

“正是这样。”杨度心悦诚服地说。田中虽不是思想家，但他既能从东西文化的区别中看问题，又能以浅近的比喻说清说透，他其实要超过许多自命思想家的人，要比许多自命不凡的中国留学生高明。杨度为田中的论述补充了一个中国古代的成例。“敝国春秋时期有个政治家叫子产，他在郑国掌权之初采取了一些变革措施。国民因为没有子产的远见，囿于长期的旧观念，对子产的变革群起攻击，有的甚至主张杀掉他。直到三年后，国民从变革中获得了明显的好处，这才纷纷颂扬他，说他是个好宰相。”

“这个故事好极了。”田中饶有兴致地听完杨度讲的典故，再接着分析，“假若这个郑国当时实行的不是君主制而是民主制的话，子产就会被民主公议而杀掉。所以，在一个国民道德意识和知识水准不高的国家里，只能行君主不能行民主，道理就在这里。恕我说句直话，尽管贵国历史上曾经是世界文化最发达的国家，但现在相对来说是落后了。敝国国民的教育水平，就整体来说要比贵国的高，比起欧美来又差了一大截。所以敝国也只能取君主制，而不能行民主制。”

“贵国这几十年来在明治天皇的英明领导下，无论在经济上，还是在军事上，都有着翻天覆地的变化。贵国的成功，为敝国树立了一个活生生的榜样。中日两国同文同种，贵国的道路，应该是敝国应走的道路。这就是为什么近几年来大批中国学生来贵国求学的缘故。”

杨度这番话，显然使田中听了很舒服。他谦和地笑着说：“日本永远感激中国的惠赐之恩。徐福带五百童男童女东渡沧海建立日本国的事，虽然还有待考古学家们去证实，但唐初，日本派出了一批又一批的遣唐使去中国留学，以鉴真大师为代表的炎黄精英不惧海涛凶危来日本传经送宝，这都是千真万确的历史。现在，日本走到了前面几步，中国又派出自己的优秀子弟来日本，我以为这也是正常的，中日之间要互相帮助。”

“正是这句话。”杨度由衷地钦佩田中的这番话，他从这个普通老头子的身上看到大和民族博大善良的胸怀。

“我以为中国只有走日本的道路，才可能真正实现富国强兵的理想。不过，君主立宪有两个方面，刚才只谈到君主的一面，另一面是立宪。”田中继续他的宏论，“过去，无论是中国还是日本，都只有君主而无宪法，君主的话就是法。既使得君主的权力无穷无尽的大，同时，国无成法，一切无一个固定的法则，国家就会乱。近代先进的国家学说告诉我们，集中一个国家的一批精英人才，制定一部有效的治国法律，然后从精英人才中推选出一批最优秀者，组成一个既对君主负责又对国民负责的内阁来执行法律。至于君王，只作为国家的代表，监督内阁而不具体执政。这样的国体，才是一个完美理想的国体。”

“田中老先生，”杨度以极其尊敬的口吻说，“您刚才这一席话使我受益匪浅，敝国有一句老话，叫做闻君一席话，胜读十年书，我今天移赠给您，应该是最为恰当的。”

千惠子一直在默默地听着，这时也感慨地说：“爷爷，你今天的话讲得真好。我本来对政治没有兴趣，这下都产生兴趣了。爷爷，天皇应该请你去当首相才是。”

“爷爷老了，都快八十了……”田中说到这里，突然脸色一变，转向千惠子说，“有人来了，你快躲开！”

大家都甚觉意外，一齐向前方看去。

八　遗失在中国的千年古刀又回到了藤原家族

原来，就在前面七八米远处，一个头上蓄着长发，额上绑着一条白布带，身穿灰色武士袍的二十多岁的醉汉，一手握着一把细长的钢剑，跌跌撞撞地直朝千惠子奔来，嘴里大声嚷道：“你这个臭婊子，你花光了我的钱，又跟别人跑了。老子今天捅了你！”

千惠子吓得脸色惨白魂飞天外，两腿抖抖索索地，居然一步都迈不动了。田中老两口也吓得不知所措，只顾拖孙女，却又拖不动。杨度也很着急。眼看醉汉离千惠子只有几步远了，他猛然记起腰间正挂着那把马福益所送的古日本腰刀，顿时心里镇静了。今天一早换衣服时，他看到箱子里那把腰刀，到野外看樱花，带把腰刀在身上会有用处的，于是便顺手将它挂在腰间。这时，他掀开上衣，把刀抽了出来，握在手里，大步向醉汉迎过去。那醉汉见有人持刀拦他，狂怒起来，骂道：“马驴，找死来了！”

说着，挥起长剑就向杨度砍来。杨度身子一闪，让过了他这一剑，那醉汉以为杨度怕他，更加凶恶了，睁大两只布满血丝的红眼睛，恶狠狠地大叫："老子先劈了你！"

醉汉横起长剑，用尽力气，直向杨度的腰间劈来。杨度不慌不忙，屏住一口气，两只脚稳稳当当地立定，微微弯屈，摆出一个金刚移山的架势，右手紧握腰刀。眼看着一道剑光闪过，那把长剑已来到身边。杨度挥起腰刀，猛地一砍，只听见"咔嚓"一声，醉汉的长剑已被腰刀削成两截，那醉汉颓然倒下。杨度跨上一步，将醉汉提起。这时，远远的一个老太太大声嚷叫："请莫杀他，他喝醉了！"

田中这时惊魂方才安定，也忙过去劝阻杨度。杨度笑道："我不是杀他，我是扶他起来。"

周围已聚集了一大群人。人们纷纷称赞杨度临危不惧的胆量，也惊叹他手中那把腰刀的锋利非常。刚才大叫的那个老太太气急败坏地分开众人，走到杨度身边，两手放在膝盖上，向杨度深深地弯下腰，满脸流着泪水说："他是我的儿子，请先生宽恕他。半年前，跟他相恋三年的木子小姐随别人跑了。他从那以后便常常喝酒，喝醉后就又哭又闹，疯疯癫癫的，一看到年轻的女人，就说是木子，要拿刀拿棍的。今天在花下，他喝了整整一瓶酒，又把这位太太当成木子了。我只有这个儿子，虽不争气，但他的确不是坏人，请先生和太太原谅他。"

说完又连连鞠躬。

千惠子被老太太叫做"太太"，觉得很不自在，脸色由白变红了。杨度知道老太太误会了，忙说："她不是我的太太，她是千惠子小姐。您放心，我不会伤害您儿子的。您扶他回家吧！"

醉汉经此惊吓，酒已醒了多半，自己爬起，说了声"对不起"，便满脸羞惭地走出人群。

这突然而来的意外冲击，把大家好端端的赏花兴致全破坏了，尤其是和子老太太，连连念佛，又说："不看了，找家旅馆歇息吧！"

田中见天色也不早了，便同意老伴的要求，来到附近的庐湖旅馆，租了两间客房。他和杨度住一间，千惠子和奶奶住一间。

吃过晚饭洗过澡后，醉汉给千惠子所留下的最后一丝恐惧感都已消失殆尽。奶奶在琐琐碎碎地清理随身带的杂物，她一个人懒散而舒适地靠在被子上，思绪如同一只断了线的风筝，无拘无束地飞来飘去。从昨天到今天，十九岁的女学生觉得这是她有生以来最不平凡的两天。

从爷爷的信中，千惠子早就知道爷爷的家中住了一个年轻又有才华的中国留学生。出于对中国文化的爱好，她想见见这个人，只是这半年来忙于功课没有到东京来。昨天一进屋，见到悬挂在墙壁上的《湖南少年歌》，立时就被诗中强烈的爱国情绪和雄壮的男儿气魄所吸引，再加上端实而灵逸、雄劲而奔放的书法，在千惠子看来，那仿佛就是五千年华夏文化的缩影，心中赞叹不已，艳羡不已。待看到这个留学生本人时，又为他不同凡俗的风度而惊讶。就在那一刻，千惠子心中突然涌出一股从来没有过的激情。这种激情，昨夜几乎伴随她一整夜。

千惠子是一个活泼开朗而又纯洁自矜的大家闺秀。富裕的家庭，美丽的容貌，使得登门求婚者络绎不绝，但她的芳心从来没有为谁而动过。她向往中国古代诗词中那种高尚无瑕的恋情，也暗暗地描摹过未来的白马王子的形象。然而因为缺少现实的对象，这个白马王子的形象总是模糊的，但这两天来似乎有点变化。

千惠子年年踏青赏樱花，觉得唯独今年的春光格外的明媚，樱花也格外的亮丽。她的心中，似乎常常感觉到有春风在吹拂，有暖气在回荡。今天一整天，她都想与这个异国留学生多接触，多听听他说话。你看他谈起自己的治国大纲来，那情绪的高昂，那信念的坚定，那神态的潇洒，仿佛就是《英杰传》中那位卓荦不凡的伊藤博文似的。一股莫名其妙的情感驱使着她从床上跃起。她要到隔壁房间去！

刚迈开步，她又犹豫了：这么晚了，去说些什么呢？况且爷爷也在那里。猛然，她想起了白天那把削断醉汉长剑的腰刀，如此锋利，真不多见。对！借口看看他的腰刀，就从腰刀谈起。千惠子欣喜极了，对奶奶说声“我到爷爷那里去了”，便轻捷地出了房门。

杨度和田中正在闲谈，见千惠子进来，忙招呼她坐。千惠子笑着说：“杨先生，想不到你一介书生还有这么好的武功。你是怎么学来的？”

“怎么学来的？”杨度痛快地一笑，“你不记得我的《湖南少年歌》里诗句：我家数世皆武夫，只知霸道不知儒；家人仗剑东西去，或死或生无一居。我的武功是祖传的。”

田中微笑着说：“杨先生文武双全，真是个了不起的人才。”

“这样说来，杨先生白天使用的那把腰刀也是祖传的了？”千惠子望着杨度，两眼射出迷人的光彩，“杨先生的祖传宝刀能不能让我们看看，开开眼界？”

“武功虽说是祖传的，这把腰刀却不是。”杨度说着起身，从枕头底下把腰刀拿出来，递给千惠子。“你绝不可能想到，这把刀恰恰是贵国打磨出来的。”

“日本的？”田中祖孙俩异口同声地发出惊叹。

千惠子接过腰刀，手指在刀刃上轻轻地触了一下。田中也凑过脸去仔细地欣赏，说：“看这样式，是像我们日本的刀。造型古朴，像是古物。”

千惠子拿起刀来，这边看看，那边看看。慢慢地，她的眼光停在刀柄上那七颗熠熠闪光的黑色珠子上，突然，她对杨度说：“我外祖父有一把和你一模一样的腰刀，刀柄上也有七颗珠子，不过不是黑色的，而是红色的。”

“真的？”杨度惊喜地说，“你外祖父也有一把这样的腰刀？”

“真的，我不骗你！”千惠子认真地说，“四年前，我过十五岁生日那一天，爸爸妈妈外祖父外祖母一起为我祝贺生日。吃过饭后，外祖父带着微微的酒意，从卧室里双手端出一样东西来。我一看，原来是截木头。木头是栗黑色的，没有上漆，看样子有许多许多年了。木头有两尺来长，半尺多宽，三四寸厚。我觉得奇怪，便问外祖父这是什么东西。外祖父说我打开给你看。外祖父将木头两侧的插销拔掉，用力一拉，木头分成了两块。两块木头都挖空了。一块挖空处卧着一把古色古香的腰刀。外祖父把腰刀拿出来，对我说，这是我们藤原家族世代传下来的一件宝贝。原本有两把，号称雌雄刀。两把一模一样，枣木刀柄上都按北斗七星的图形布下七颗宝珠。不同的是，雌刀的珠子是红的，雄刀的珠子是黑的。我外祖父手里的刀，柄上的珠子是红色的。我问，这把刀是雌刀了，那么雄刀呢？外祖父说，雄刀当年被先祖带着去了中国，后来先祖死在中国，那把刀也就不知下落了。我问外祖父先祖叫什么名字，是哪朝人，为什么去中国。外祖父说我还小，不多说了。又说四五年后，如果我妈还没生男孩的话，这把腰刀就归我继承，到那时再把藤原家族的传家宝的原委详细告诉我，说完，外祖父又将刀仔仔细细地看了一遍，然后放进木头挖空处，最后将两块重新合拢，插上插销，双手捧着它，走进了卧室。”

“想不到你外祖父还有这么一个宝贝，我们相识几十年了，就没听他露半点风！”田中边说边从孙女手中拿过腰刀，对它重新审视了一番。

“有这么巧！”杨度异常兴奋，“说不定我这把刀就是你家的那把雄刀。千惠子，你拿回去，给你外祖父看看！”

“这样吧！”千惠子作出了决定，“明天我们绕点路，从横滨回东京，请杨先生到我家去做做客，当面看看那把镶红宝石的刀。”

“好极了！”杨度喜形于色，一口答应。

田中也很高兴，说：“若真的这两把刀破镜重圆，那的确是一件奇事。”

这一夜，杨度和隔壁房间里的千惠子都兴奋得大半夜没睡着。

箱根离横滨不过四五十里路程，第二天中午，千惠子带着杨度和爷爷奶奶回到家。父亲田中君代有事到北海道去了，外祖父藤原信宇、外祖母米子和母亲美津子欢欢喜喜地接待大家。千惠子向外祖父、外祖母和母亲介绍了杨度。一家人都向杨度鞠躬致意，杨度也一一还礼。

千惠子对他们说：“杨先生有一把镶黑宝石的腰刀，也是按北斗星座的位置镶在刀柄上的，很可能是我们先祖遗留在中国的那把宝刀。”

千惠子满以为外祖父会很惊喜，谁知他脸上毫无异样的表情，只是淡淡地笑了笑，没有做声。杨度也随着千惠子的眼光转向藤原信宇。藤原比田中显得年轻很多，矮而略胖的身材结结实实的，头顶上大半头发虽已秃谢，脸色却红光亮堂，两只眼睛也有精神。他一手托着茶碗，一手摸着光光的肥厚下巴，有一种长期养尊处优的仪态。

美津子问女儿：“你怎么知道杨先生有一把镶黑宝石的腰刀？”

“妈妈，若不是杨先生这把腰刀，我昨天差点出大事了！”

千惠子话刚出口，母亲和外祖父外祖母几乎同时问：“昨天出了什么事？”

房间里的气氛顿时紧张起来。杨度从这瞬间的变化中看出了千惠子在家里的地位，它是自己腰间的这把小刀所万万不可企及的。

千惠子将昨天赏花过程中遇到醉汉撒野的事大致说了一遍，当说到腰刀把醉汉的长剑削成两截的时候，杨度看到藤原的眉尖抖动了一下。

“杨先生，请问你这把腰刀是府上家传的，还是自己买的？”藤原很有礼貌地问。

杨度欠身答道：“既不是祖传，也不是自己买的，这把腰刀乃朋友所赠。”

“噢！”藤原轻轻地点点头，“请原谅我再问一句，赠刀者是官宦子弟，还是书香世家？”

“既非官宦子弟，亦非书香世家，我的这位朋友乃江湖英雄。”

“啊！”藤原的脸上微露一丝惊讶，稍停片刻，他又问，“这位英雄从何处得到这把刀呢？”

杨度本想从实告诉他，是从古墓里得到的，但从刚才藤原脸上的表情中看出他对“江湖英雄”怀着世俗的偏见，若实说，他会更害怕，也可能会对自己敬而远之，遂扯了一个谎：“这位朋友偶尔在一个古洞里发现的。”

“噢。”藤原的脸色平静下来。“这样说来，杨先生，你不知道这把腰刀的来历，是吗？”

杨度笑道：“我不知道。”

“外祖父，您老是问什么，看看刀吧！”千惠子见外祖父对她的这一重大发现并未给予应有的重视，心中颇为不满。

“好,好,正要瞻仰杨先生的宝刀。”藤原说着站了起来。杨度也忙站起，从腰间解下刀，双手递过去。

藤原从黑牛皮刀鞘中抽出腰刀来，只见寒光闪烁，刀刃锋利。他在心里赞叹：“果然是把好刀！”他又细细地看了刀柄，黑沉沉的枣木刀柄上当真镶着七颗发亮的黑宝石，也真的是按北斗七星的位置排列，大小间距也与家藏的那把差不多。米子母女也都专注地审视着，大家都不做声。过了好一会子，藤原将刀重新插进刀鞘里，双手恭还给杨度，微笑着说：“杨先生这把刀的确是把好刀，但不是敝先祖丢失在贵国的那把雄刀。那把刀已失去千多年了，恐怕早已不存人世。”

千惠子大为扫兴，嘟着嘴巴说：“外祖父，你怎么能断定不存人世了。这把刀和我们家的一模一样，正是黑宝石镶的北斗星，你不妨把家里的那把拿出来比一比嘛！”

田中龟太郎也很想见见藤原家藏的刀，于是帮着孙女说话：“老弟呀，我们是几十年的亲家了，你一直对我保密，我都对你有意见了。你今天拿出来给我和你亲家母看一看吧！这位杨先生是一位至诚君子，管他这把刀是不是你家那把雄刀，你就看在他昨天救你宝贝外孙女的份上，也要让他看看嘛！”

“爸爸，你就拿出来给爷爷奶奶和杨先生看看吧！”美津子也怂恿着。

藤原拗不过众人，又觉得不拿出来，也确实失礼于这位中国留学生。“好吧，你们稍等一下，我去拿！”

一会儿，藤原从卧室出来，双手捧着一截旧木块。里面果真放着一把没有刀鞘的腰刀。藤原将腰刀取出，双手递给杨度说：“这就是舍下收藏的雌刀，请杨先生过目。”

杨度恭敬地接过刀。这把刀与自己的那把，无论形状还是大小，真的一模一样，刀柄上那七颗宝石也正是一个造型美丽的北斗星座，宝石闪烁着深红色的光彩，比起自己的那把来，威武之中更添一种妩媚之气。称它为雌刀，真正恰如其分。因藤原并不承认雄刀的身份，所以杨度不说什么，看后便客气地还给了主人。藤原又捧给田中看。田中接过后眯起眼睛，皱紧眉头，从刀尖到刀尾，从正面到背面，认认真真地端详了一番，然后又要来杨度的刀。他把两把刀并排摆在左手掌上，右手从上衣口袋里掏出老花眼镜来戴上，就像一位考古学家似的，一丝不苟地考察着，鉴别着，反复将刀尖刀身刀口刀柄，尤其是那七颗宝石比验着。凭着他数十年的博闻广识，他基本上可以肯定，这两把刀出自一个工匠之手，杨度的刀应该就是那把丢失在中国的雄刀。但他不想把自己的判断说出来，因为他知道亲家把这把祖传的刀看得很重，不愿意轻易承认别人的刀是自己的祖产，何况世间偶合的东西也不是没有。北斗七星为古今所共仰，以它的形状作为图标也绝非一人的奇想。一向办事说话稳重的田中老先生长久地缄默着。他凝视手中的两把刀，有时把它放到镜片边，有时又把它拉得离眼镜远远的。蓦地，一个想法在他的脑中浮起：若真的是雌雄刀，应该可以合得起来。他立刻把两把刀尖对尖、尾对尾地合在一起，左挪右移，总觉得有点隔阂。他把刀分开，仔细地查看。原来，两把刀的柄尾略有点不同：藤原的刀柄尾处有一个凹下去的小三角形，杨度的刀柄尾处有一个凸出来的小三角形。田中极其小心地将这两个凹凸小三角形对好，然后再一合，果然一丝空隙都没有了，两把刀合为天然的一把。他暗暗称赞当年那位工匠的高超手艺。设计匠心良苦，锻冶技术之精更是世间罕见——这把雄刀历尽千年劫难，居然仍与当初打造出炉时的模样丝毫无损！

田中正要取下眼镜时，又忽然发现刀柄侧面上似乎有几个字。他把合起来的两把刀再次拉到镜片边。果然不错，刀柄侧面现出四个字来。这一惊非同小可！他抬起头来问："亲家，打造这把刀的先祖名字，你知道吗？"

"知道。"藤原似不在意地回答。

"请你告诉我。"

"老人家叫藤原一夫。"

"亲家，你过来看看，这是什么？"田中指着合起来的刀柄，大声地叫唤着。

藤原起身走过来，弯下腰一看，心里大吃一惊，怎么回事？这刀柄上不正是"藤原一夫"四个字吗？他不敢相信自己的眼睛，对身边的夫人说："你把我的眼镜拿来！"

米子很快从书房里拿来一副眼镜。藤原接过，又从上衣口袋里摸出一块小手绢来擦了擦镜片，戴上后再弯腰一看，镜片中清清晰晰显出四个字：藤原一夫。

这时，千惠子、美津子、和子、米子一齐围了过来，大家都看到了“藤原一夫”四个字。

“亲家！”田中紧紧地握住藤原的手，激动地说，“再不会错了，这真的是那把雄刀！”

藤原睁大眼睛盯着镶黑宝石的腰刀，许久许久才动情地说：“真是我们家的雄刀回来了！”

一句话刚说完，两只眼睛便湿润了。他摘下眼镜，用手绢擦着眼睛。千惠子过来，抱着外祖父的肩膀，无比欢喜地说:“外祖父，我没有说错吧，我们要好好感谢杨先生！”

“是的，我们全家都要感谢他！”米子擦拭着眼睛，喃喃地念叨着。

“不要感谢。”杨度站起来，从田中手中取回腰刀，豪爽地说：“这把腰刀能回到主人的家中，是一件很令人欣慰的事。藤原先生，您这就拿去吧！”

“不，不！”藤原伸出双手阻挡着，“虽说这把刀是我们藤原家的，但已失落千年了，现在的主人就是你，我不能凭空要你的。”

“藤原先生！”杨度诚恳地说,“敝国有句老话,叫做物归原主理所当然，无所谓凭空不凭空。”

田中感动地说：“杨先生，你是一位义气深重的君子，我的亲家不会亏待你的。”

“杨先生，这样吧！”藤原思考片刻说，“刀你暂且收起，容我们再商量一下。今晚上，我把这对雌雄刀的历史好好地跟你说说。”

“好吧。”杨度把刀插进牛皮鞘里，重新挂在腰间。

九　藤原对今天的留日生讲述古代遣唐使的故事

藤原把杨度安置在家中最好的客房，晚上，又特为在一家名叫海龙酒楼的中国餐馆里订了一桌丰盛的酒菜招待他。吃过饭后，藤原将杨度请进二楼的一间小房子。

这是一间布置得相当精致的会客室，全部西式摆设。地上铺着厚厚的绒毯，摆着四个宽大松软的牛皮沙发。四壁贴着墙纸，墙上挂着三幅装潢考究的西洋油画。北边那幅大森林油画下是一个敞开的壁炉。因为天气暖和，壁炉里没有生火。一个男仆进来，上了两杯咖啡。

“杨先生，请喝咖啡。”藤原换上一套浅灰色西服，系上一条大红领带，显得更年轻了。粗粗一看，简直不到六十岁。他指着红领带说：“今天是我们藤原家族的大喜日子。我特地系了它，以示庆贺。”

杨度端起咖啡杯，笑着说：“今天也是我到日本以来最快乐的一天，我和你们一起祝贺它。”

“说起这对雌雄刀，还有一段凝聚着日中两国友好交往的动人故事。”

“真的吗？请您说给我听听。”杨度放下咖啡杯，专注地望着藤原。

“这还是公元八世纪初叶的事情。”藤原两手托着小小的咖啡杯，面色凝重，慢慢地叙说着藤原家族世代流传的古老的故事。

日本大宝二年，正是中国唐朝武则天执政的时候。那时，中国以其高度发展的经济和文化吸引了世界各国，日本文武天皇向中国派出了第一批遣唐使，除国家使节外，还有一批年轻的留学生，他们随同使节来到长安，然后在长安住下，潜心学习大唐帝国的文化。这一批留学生中有一个便是藤原信宇的先祖藤原一夫。

藤原一夫那年正当二十岁，没有结婚，是一个聪明颖秀的学子。藤原一夫来到长安一年后便掌握了汉语，能流利地用汉语与中国人交谈，也能读得懂当时唐朝廷颁发的文书告示。一夫有感于大宝元年所制定的《大宝律令》的不完善，便潜心钻研唐朝的各种刑令法律。经过两年多的刻苦学习，他已通晓了大唐帝国的大部分律令。

这代日本天皇对都城藤原京不感兴趣，决定在奈良再建一个都城，遂命令在长安的日本留学生于半年内画出一张长安建筑图。一夫以出众的才智被推举为总绘图师。半年后，一夫带着全套长安建筑图回到东京，立刻参与了奈良平城京的建设。合同三年，平城京建好。它完全依照长安的样子，东西三十二町，南北三十六町，不论东西南北，每隔四町均有大路相通，形成整齐的棋盘街。在北面的正中处，建了一个占地八町的皇宫。当然，平城京远没有长安的大，它只有长安的四分之一，但比起藤原京来则要壮丽得多了。

天皇很满意，当年便率百官贵族迁到这里，从此开创了日本人民引以自豪的具有灿烂文化的奈良时代。天皇重赏了一夫。也就在这年冬天，他和出身名门的乔子小姐结了婚，天皇还给他们送了礼，一时成为轰动京城的佳话。婚后夫妻二人十分恩爱，日子过得甜美。一晃三年过去，乔子为一夫生了两个儿子。一夫想起在长安的学业并没有结束，便和乔子商量，要重返长安，继续中国律令的研究。

乔子舍不得丈夫远离，但对丈夫的志向很能理解，因为丈夫要把强盛的大唐帝国的律令全部学过来，以便为制定完备的日本律令提供一份最好的借鉴。丈夫是为了国家强盛而暂时离开她和孩子的，深明大义的乔子含泪同意了一夫的远游计划。

出于对丈夫的深切的爱，也盼望丈夫早日学成归来，夫妻重圆，乔子用重金雇了一个手艺极高的铁匠打造了一对雌雄腰刀。这两把腰刀外形一模一样，分开为两把，合起来为一把，唯一不同之处是刀柄上所镶的北斗七星的颜色。雄刀为黑宝石，雌刀为红宝石。为了表示夫妻永远一体的心愿，乔子将两把刀合起来，亲自用雕刀在刀柄上刻下“藤原一夫”四个字。雌雄刀装在一截阴沉木做成的木盒里。

离开平城京的前一夜，乔子将雄刀从木盒里取出来，插进一个牛皮制的刀鞘里，郑重送给丈夫，流着泪对丈夫说：“你将这把雄刀佩戴在身上，天天看到它，天天记得家中的雌刀在盼望它早日归来，与它团聚。此刀锋利无比，万一遇到坏人，它还可以作防身之用。千万不可丢失！”

一夫接过妻子所赠的腰刀，同时也将妻子的一番深情珍藏心中。第二天一早，他离开娇妻幼子，再渡沧海，负笈西游。

一夫到了长安后，一头扎进卷帙浩繁的簿书中。为了将大唐律令的沿革弄明白，他又把唐以前的各代有关文书简策找来阅读。研究之余，一夫迷上了中国的诗歌，自己居然也能写出很不错的汉诗来，并与当时长安的著名诗人沈佺期、张九龄、王翰、王湾等结为诗友，互相唱和。然而，不管埋首群籍之中也罢，吟咏宴席之上也罢，一夫都排除不了对妻子和两个儿子的刻骨思念。他常常在夜深人静的时候，对着明月抚摸着那把妻子亲手所赠的腰刀，仿佛已飞越了高山大海回到平城京的家中，正抚摸着妻子那双冰清玉洁的纤纤小手。张九龄很能理解他的这种思家之情，特为送他一张条幅，上面写着他那首脍炙人口的《望月怀远》：

海上生明月，天涯共此时。情人怨遥夜，竟夕起相思。
灭烛怜光满，披衣觉露滋。不堪盈手赠，还寝梦佳期。

张九龄这首诗写的正是一夫的心情。他将条幅挂在壁上，夜夜诵读，夜夜相思。为了早日回家团聚，他加快了研究速度，并同时将研究的成果整理出来。

日本养老元年初春，一份八九万字的研究成果出来了，他兴奋地给这份成果标个题目，叫做《大唐刑律法令考查存要》。他把这份《存要》送给张九龄看，请张提意见。张甚为称赞，同时也给一夫指出一个疑点，并告诉一夫，要解决这个疑点，可以请教沈佺期，但沈这些日子在凤翔法门寺养病，要到暮春天气和暖时才回长安。

等到暮春尚有两个月，第三批遣唐使将在四月初起航回国。如果等沈佺期暮春回长安后，再从长安到渤海湾，无论如何都赶不上这批回国的航船。藤原一夫回家心切，决定自己去凤翔法门寺找沈佺期。张九龄说，现在正是大雪封山的时候，沿途多险，不去为好。一夫谢绝了好友的规劝，独自一人离开长安奔法门寺而去。

三月中旬，正是及第举子们"春风得意马蹄疾，一日看尽长安花"的时候，沈佺期从凤翔回来了。张九龄问他是否见到藤原一夫，沈说根本就没有见过他的面。张大惊，派人沿途去查询，都说不曾见过这样一个人。从此以后，再无一夫的音讯了。彻底绝望的张九龄、沈佺期趁着又一批遣唐使回国的时候，把那份挚友为之付出生命的《大唐刑律法令考查存要》托带回国。日本朝廷对这份《存要》视为珍宝,养老三年颁布的《养老律令》，基本上就是按照这份《存要》制定的。

为表彰藤原一夫舍身求法的崇高爱国精神，天皇追封他为右大臣，又赐给他家一座十分宏丽的住宅。但乔子却不相信自己的丈夫已埋骨异乡，她天天把木盒打开，久久地凝视闪烁着红色光彩的雌刀，她坚信丈夫一定会回来，雄刀一定会和雌刀团聚在一起。然而，乔子一直到头发变白也没有盼到这一天……

藤原信宇说到这里，早已嗓音嘶哑。他将手中的咖啡杯送到嘴边，慢慢地吮着。杨度被这个故事深深地打动了。他绝没有想到，那年马福益所赠的这把古倭国腰刀，看似平平凡凡，却原来这样地非同寻常。这把刀可说是爱情和爱国的象征，是崇高追求的象征，是献身伟大事业的象征。自己曾经拥有过它，真是幸运，而今天又由自己亲手将它送回藤原家族，更是一种莫大的荣耀。

他对藤原信宇说："当年，友人将这把刀送给我时，我和我的老师都以为这是古代一位将军的指挥刀。我的老师还按这个想法写了一篇古风。没有想到它出自闺阁之手，是一个书生的佩饰，令先祖夫妇的情操，真令我钦佩。我想，这把刀今日回到您的手里，不仅仅是藤原一个家族的喜庆，也是中日两个国家友好交往的一段佳话。"

说到这里，他再次解下腰刀，说:"藤原先生，你不要推辞了，收下吧，它也可以作为中国人与日本人友谊的一个见证。"

“谢谢，杨先生，我会收下的。”藤原并不急着接过腰刀。他以手示意，杨度明白，遂将腰刀放到茶几上。

藤原继续说：“正如杨先生你刚才说的，腰刀的回归，既是藤原家族的喜庆，也是日中友好的一段佳话。杨先生愿意慷慨割爱，我们若无表示，岂不显得我们藤原一家太自私了吗？”

“藤原先生，你说哪里话来！敝国有句古话，叫做施恩图报非君子，何况物归原主，还谈不上‘施恩’二字，我不需要你们的表示。”

杨度由衷的诚意使藤原很感动。他想了一下，决定把原定的回报加大一倍：“杨先生，你为我们带回了失落千年的雄刀，对于藤原家族来说，无疑归还了一件无价之宝。如果你不嫌少的话，我想回赠你二十万银元。不知你可否赏我一个面子收下。”

二十万银元！杨度心里大大地吃了一惊。当时清朝廷为官费留日生提供的费用，按学校的不同，每月在四百至五百银元之间。这笔费用不仅够留学生本人的各种开支，还可以用剩余的钱雇一个下女。所以当时许多官费留学生都雇了下女，既为他们打杂役，又供他们消遣取乐。王代懿就是其中一例。二十万银元，意味着三四十个中国留学生一年的经费。这笔数目相当庞大。有一大批自费留学生，他们的境遇十分窘迫，不得不利用课余去打工帮佣。银元，对他们来说是多么重要！还有许多维新志士，他们要办报纸杂志，鼓吹自己的政治主张，唤醒沉睡中的广大民众，他们亟需大量的资金。更有不少革命党，他们要实行武装推翻朝廷的鸿图大业，购买枪支弹药，组织敢死队员，奔走东西南北，联络山堂会党，每项开支，都需巨款。总之，所有在日本的中国留学生，除开那些家资富饶又无政治目的的纨绔子弟和那些有官费而又一门心思只想求知识的本分人外，莫不迫切需要银元。

杨度虽是自费生，但一来田中已答应免费提供食宿，二来杨钧节俭寡欲，常可帮助哥哥一点钱，何况他一心要做一个侠义君子，只在情谊，不索报酬，他正要婉言谢绝，突然想起一件事来。

那是两个多月前的一天夜里，刘揆一的胞弟刘道一匆匆来到田中寓所，告诉他一个惊人的消息：湖南灾情严重，人心浮动，正是揭竿起义的好时候，黄兴、刘揆一已回国，在湘中一带暗地活动，准备择日起事。但眼下有两大困难。一是资金短缺、枪弹匮乏，二是无可靠的会党首领可共事。刘道一问杨度有无办法。

杨度一听，思索良久。他虽然在努力寻求以君主立宪的方式挽救中国，但对黄兴、刘揆一等人的武力暴动也并不反对，有时他还认为这或许也是一条路。要走武力这条路，见效最快的是利用会党的力量。往哪儿去找呢？他无意间看见悬在床头的腰刀，想起赠刀的马福益及大空和尚。大空曾是哥老会头领，马福益这个人，从哪方面来看，都像个非等闲人物，说不定是个大头领。大空已离开密印寺不好找，但马福益却是可以找得到的。杨度将寻找马福益的方法告诉了道一。至于筹款，他却是一点办法都没有。

现在，这位富商愿以二十万相赠，何不先把他的钱拿过来，资助黄兴、刘揆一呢？转念一想，这毕竟有点索报的味道，君子不屑为此。稍停一会儿，他有了一个两全其美的主意。

"藤原先生，你的慷慨使我钦佩。二十万元巨款，我是万万不能收的，只是眼下我有一批朋友要办一件大事，正火急需要钱。你先借我五万，待他们事成之后，一定归还。"

"好！"藤原见杨度想了这么久，最后还是同意接受五万，很高兴，说，"什么借呀还呀之类的话都不要说，五万银元，就算我们藤原家族的一点小意思了。"

说着，从西服里子口袋里拿出一叠支票来，填上五万元的数字，撕下交给杨度。杨度接过，说："请你叫仆人拿纸笔来，我立个字据。"

藤原站起，哈哈一笑："什么字据不字据，你太认真了。"

杨度固执地说："我既然说是借，当然要有个字据才是。"

"也行。"藤原略想了一下，顺手按了按电铃，刚才送咖啡的仆人应声进来。藤原对他说："你去拿一张上等宣纸和毛笔砚台来。"

一会儿，仆人右手捧着笔砚，左手拿一张卷着的宣纸进来，放在茶几上，铺开纸后退了出去。

杨度见那张宣纸足足有四尺多长、二尺来宽，笑道："立一张借据，何须如此大的宣纸！"

"不是借据。"藤原说，"方才杨先生说过，你的老师曾按将军指挥刀的构想为这把雄刀写过一篇古风，我想那一定十分有趣。拿宣纸来，是想请你把这篇古风抄赠给我。"

"好哇！"杨度很乐意为人写字，他边说边将纸抹平，"不过，诗中咏的与令先祖的行事不相吻合呀！"

藤原笑道："没有关系。让这把雄刀带着一段这样的传奇回到老家更好。"

杨度提起笔，凝神片刻，王闿运当年鉴赏这把腰刀即景吟咏的那一幕浮现在眼前。宣纸上出现了杨度雄浑而潇洒的字迹：

生赠友人观斗篇，友人赠生古倭刀。
诗成明珠照神骨，刀如秋泉割云窟。
吾观锋刃浮海来，昔人佩之登将台。
中原百年洗战血，边塞再乱如奔雷。
龙蠖乘时能屈伸，誓将提挈靖烟尘。
悲风夜卷北山雪，晴日朝分西海云。
不须刬割试铦利，一条寒光生壮气。
白霜莹透秋鹰棱，青电平磨老鲛背。
本知神物不妄伤，奇气惊人人走藏。
空堂广坐起芒刺，世间不敢看锋芒。
冰文霜华仍寸裂，出匣入匣经年月。
大冶镕成信不祥，百炼纯钢终自折。
长虹耿耿北斗摇，儿童魑魅皆寒毛。
休辞弃置比凡铁，为应留用与铅刀。

王闿运的《古倭刀歌》录完后，杨度又在旁边写了一条注文：“当年藤原一夫为精研大唐律令，致使雄刀失落于中国。越千年之后，杨子为求宪政而负笈东瀛，将雄刀带回，面交藤原信宇先生，真人世间一段奇缘也。吾师湘绮先生曾有《古倭刀歌》一篇，虽与史实不合，然心意固美。今遵主人之嘱，录之以供后人一笑。湘潭杨度皙子谨志。明治三十八年樱花时节于横滨。”

杨度放下笔，将腰刀放在宣纸上，对藤原说：“请你一并收下吧！”

“我祗领了！”藤原双手放在膝上，向杨度深深一鞠躬。

夜晚，躺在松软舒适的钢丝床上，杨度兴奋得久久不能入眠，一段可载于《今古奇观》的故事实实在在地发生在自己的身边，而自己也是其中的当事人之一，已够使他兴奋不已了，突然而来的五万银元也足以给自己和朋友们带来实惠。他将五万元做了个大致的安排。

自己留下二万。从这二万中拿出三千给弟弟。杨钧喜欢收集古碑古画，买这些古董要大钱。再拿五百给代懿，要他寄三百回家去，将叔姬母子接到东京来，剩下两百租赁房子，购置家具。待叔姬来后，再拿二千五百给她，以示对弟妹一视同仁。他不能先把三千给代懿，说不定代懿会把这笔钱塞给那个日本下女。

再拨出一万来给梁启超。梁启超这几年办《新民丛报》,近来又开办《新小说报》，经费拮据。这一万给他，必定可助他为国家作出更大的贡献。

剩下的二万，即刻汇往长沙给黄兴、刘揆一。他知道，湘江边的革命党朋友们是何等急切地需要大批款子，五万全部给他们也是不够的。但杨度不能全部给他们。

黄兴的革命是救国的一条道路，梁启超的维新也是救国的一条道路，而自己所探索的以金铁主义为宗旨的君主立宪制也是救国的一条道路。如同对待弟弟妹妹应该一视同仁一样，杨度对这三条救国道路也采取一视同仁的态度。

正当远方的游子尚在思考探索的时候，故园的热血子弟已在磨刀擦枪图谋暴动了。